LES CONTES MORALISÉS

DE

NICOLE BOZON

FRÈRE MINEUR

PUBLIÉS POUR LA PREMIÈRE FOIS
D'APRÈS LES MANUSCRITS DE LONDRES ET DE CHELTENHAM

PAR

LUCY TOULMIN SMITH

ET

PAUL MEYER

PARIS
LIBRAIRIE DE FIRMIN DIDOT ET Cie
RUE JACOB, 56

M DCCC LXXXIX

Publication proposée à la Société le 26 avril 1882.

Approuvée par le Conseil le 24 mai 1882 sur le rapport d'une commission composée de MM. G. Paris, de Queux de Saint-Hilaire et Raynaud.

Commissaire responsable :

M. G. Paris.

SOCIÉTÉ

DES

ANCIENS TEXTES FRANÇAIS

LES CONTES MORALISÉS

DE NICOLE BOZON

FRÈRE MINEUR

Le Puy, imprimerie de Marchessou fils, boulevard Saint-Laurent, 23

INTRODUCTION

Nicole Bozon était, il y a peu d'années encore, entièrement ignoré. Par une heureuse fortune, il a été donné à l'un des auteurs de la présente publication de rencontrer successivement, au cours de ses recherches, le manuscrit de Gray's Inn, à Londres, qui renferme le texte le plus complet des contes, puis le manuscrit de la bibliothèque de Sir Thomas Phillipps, à Cheltenham, qui contient, outre la plus grande partie des mêmes contes, un recueil unique des poésies de Bozon. En dehors de ces deux manuscrits, on n'a trouvé jusqu'à ce jour aucun témoignage sur cet écrivain, à la fois prosateur et poète. C'est donc uniquement de ses ouvrages que doivent être tirées les notions à l'aide desquelles on peut se former une idée du caractère de l'auteur, et lui assigner sa place dans la littérateur de son temps.

Le ms. de Cheltenham, décrit en grand détail dans la *Romania* [1], nous donne le nom de l'auteur sous deux

1. T. XIII (1884), pp. 497-541.

formes : *Boioun*[1] et *Bosoun*[2]. Une table ancienne placée en tête du ms. porte deux fois *Boson*[3]. D'autre part, le ms. de Gray's Inn, dans un *explicit* qui sera cité un peu plus loin, porte *Bozon*, forme que nous avons cru devoir adopter. Les mêmes mss. font suivre le nom de notre auteur de la qualité de frère mineur.

Il reste à déterminer le pays d'où il était originaire et le temps où il a vécu. Pour ces deux points nous devrons nous contenter de notions encore un peu vagues. Sa langue est le mauvais français qu'on parlait, et surtout qu'on écrivait, en Angleterre à la fin du XIIIe siècle et dans la première moitié du XIVe. Deux passages des contes nous permettent de préciser un peu plus. Au § 144[4], il est question de l'évêque John d'Alderby, qui occupa le siège épiscopal de Lincoln de 1300 à 1320. La manière dont il est parlé de ce personnage donne à penser qu'il était mort lorsque Bozon écrivait. Les contes auraient donc été rédigés après 1320. On ne peut les croire de beaucoup postérieurs à cette époque, car les deux mss. qui les renferment ne paraissent pas plus récents que le milieu du XIVe siècle ; celui de Cheltenham pourrait même passer pour antérieur. Deux autres passages des mêmes contes donnent à penser que Bozon était originaire du nord de l'Angleterre. Dans l'un il nous parle de moutons venus d'Ecosse § 19). Ce n'est pas bien décisif ; voici qui l'est peut-être davantage. Au commencement du § 78 notre auteur mentionne deux rivières de l'Angleterre septentrionale, le Trent et le Derwent. Ces renseignements biographi-

1. *Romania*, XIII, 507, 508, 509, 515, 518, 519, *Boioum*, 512.
2. *Ibid.*, 508, 526.
3. *Ibid.*, p. 499.
4. Voir le commentaire, p. 295-6.

ques sont bien incomplets; et toutefois, Wadding, et, à son défaut, Sbaraglia, s'ils les avaient connus, n'auraient pas manqué de donner à Bozon sa place parmi les *Scriptores ordinis Minorum.* Entre nos anciens auteurs il en est beaucoup pour lesquels nous devons nous contenter de moins encore.

Il est temps maintenant de passer à l'examen des œuvres en prose et en vers de Bozon : nous y trouverons les éléments nécessaires pour apprécier son caractère et pour lui assigner un rang dans la littérature de son temps. Nous commencerons par les contes qui sont l'objet de la présente publication.

I. — Les contes

L'attribution à Nicole Bozon du recueil de contes que nous publions pour la première fois ne peut soulever aucun doute. Dans le ms. de Cheltenham ces contes sont anonymes, mais le ms. de Londres est précédé d'une sorte de table à la fin de laquelle on lit :

Explicit tabula metaphorarum secundum fratrem Nicholaum Bozon, *de ordine Minorum.*

Cette table est un simple relevé des rubriques latines qui, dans ce manuscrit, sont placées en tête des paragraphes. Ces rubriques manquent dans le ms. de Cheltenham, et il est fort probable qu'elles ne sont pas de Bozon. Elles sont plutôt d'un copiste qui les a rédigées de façon à faire ressortir la leçon morale que renferme chacun des chapitres en tête desquels il les a placées. Mais ce copiste, à en juger par l'âge du ms., devait être, sinon contemporain de Bozon, du moins de peu d'années postérieur. Nous pouvons tenir son témoignage pour pleinement autorisé.

En employant le mot *metaphoræ*, le copiste du ms. de Gray's Inn, ou son devancier — à supposer que les rubriques et la table viennent d'un ms. plus ancien — a bien marqué le caractère du livre de Bozon. Ce livre n'est pas seulement un recueil d'exemples, c'est-à-dire de contes réels ou fictifs pouvant donner lieu à une application morale. Il y a beaucoup d'exemples dans le livre de Bozon, et c'est à vrai dire ce qui s'y trouve de plus intéressant. Mais il y a aussi, et en plus grand nombre, des notions empruntées à la science du temps, principalement à l'histoire naturelle. Ces notions sont exposées, non pour elles-mêmes, mais pour l'enseignement moral que l'auteur arrive, par voie de métaphore, à en tirer. Le nom de *metaphoræ* est donc justement appliqué, et nous en aurions fait le titre de l'ouvrage s'il avait été possible de le faire passer en français avec le sens qu'on lui donnait en latin du moyen âge dans des exemples comme celui que nous fournit le prologue d'un recueil de fables ésopiques en vers rythmiques :

> ... Esopi fabulas vigiles audite
> Que sunt *per metaphoram* recitate rite [1].

L'idée que la nature en ses diverses manifestations est un enseignement perpétuel offert à l'humanité a été, pour ainsi dire, générale au moyen âge, qui ne l'a pas inventée, car il l'a reçue des pères de l'Eglise. Cette conception étrange, qui, en détournant l'homme de l'étude

1. Th. Wright, *A selection of latin stories* (Londres, 1842, Percy Society), p. 137; Hervieux, *Les Fabulistes latins depuis le siècle d'Auguste jusqu'à la fin du moyen âge*, II, 436.

sincère et désintéressée de la nature pour le jeter dans la recherche de vaines figures, a retardé notablement le progrès des sciences naturelles, a son point de départ dans un passage du livre de Job dont on avait forcé le sens : *Nimirum interroga jumenta, et docebunt te, et volatilia cœli et indicabunt tibi. Loquere terræ, et respondebit tibi, et narrabunt pisces maris* (JOB, XII, 7, 8). Bozon n'a pas manqué de citer ces paroles dans son prologue, et il est resté fidèle à une longue tradition en composant un ouvrage dans lequel des faits plus ou moins exacts, empruntés à l'histoire naturelle, servent de fondement à un enseignement moral. Les fables, les anecdotes anciennes ou récentes, ne viennent qu'en seconde ligne et pour compléter la démonstration. Ce qu'il peut y avoir d'original dans sa façon de procéder doit être cherché d'une part dans le choix des éléments mis en œuvre, d'autre part dans le caractère des applications qu'il en a tirées. Nous avons donc à déterminer les sources du livre, et à apprécier la morale de l'auteur.

L'étude des sources où Bozon a puisé la matière de son édifiant recueil est déjà faite dans la mesure où elle est possible. Le commentaire que renferme la présente édition indique, avec toute la précision qu'il a été possible d'apporter à cette recherche, soit le texte dont Bozon s'est inspiré, soit, lorsque l'original n'a pu être déterminé sûrement, et c'est le cas le plus fréquent, des textes plus ou moins analogues à celui que Bozon a dû avoir sous les yeux. Il ne reste plus qu'à résumer les notions éparses dans ce commentaire et à en tirer des conclusions générales. Mais cette tâche n'est pas sans difficulté.

Les éléments du livre sont de trois ordres différents. On y peut distinguer : 1° des faits d'histoire naturelle, ce qu'on appelait au moyen âge les « propriétés des choses », 2° des exemples, 3° des fables proprement dites. Etudions successivement ces trois catégories.

Propriétés des choses. — Et d'abord, considérons les faits empruntés à l'histoire naturelle. Si on s'en tenait à l'impression que laisse une lecture superficielle, on serait porté à croire que Bozon était un homme d'une assez grande érudition. Il cite Aristote, Pline, Dioscoride, saint Basile, Isidore, Avicenne et d'autres encore. Les avait-il lus? En soi la supposition n'a rien d'impossible. Les mêmes auteurs sont bien souvent cités au XIIIe siècle et au XIVe par des écrivains qui les avaient réellement étudiés. Mais tel n'est pas le cas de Bozon. Il a composé son recueil avec très peu de livres, et ces livres étaient en général de date assez récente. Déjà, au § 29, une singulière méprise nous montre que ses connaissances littéraires étaient bornées. « Barleam conte en son livre... » nous dit-il, et il nous récite la célèbre parabole de l'unicorne, tirée du pieux roman de *Barlaam et Josaphat*. Il a cru que Barlaam était un auteur, erreur qu'il n'eût pas commise s'il avait lu l'ouvrage lui-même. On reconnaît à première vue que les citations d'auteurs anciens sont faites de seconde main. Bozon les a prises dans une compilation peu ancienne. Quelle est cette compilation? C'est le *De proprietatibus rerum* de Barthélemi l'Anglais, ou un ouvrage apparenté de très près à celui-là. Qu'on n'objecte point que Barthélemi l'Anglais, ou *de Glanvil*, comme il est appelé depuis le XVIe siècle, aurait vécu au milieu du XIVe siècle, et par conséquent pourrait difficilement être la source de Bozon. Les nombreux bibliographes qui, se copiant les uns les autres, ont placé Barthélemi au XIVe siècle, ont répété sans vérification une insoutenable erreur. Déjà en

1819 Amable Jourdain, dans ses *Recherches critiques sur l'âge et l'origine des traductions latines d'Aristote* [1], avait établi, par l'examen des versions d'Aristote dont Barthélemi a fait usage, que cet écrivain avait dû composer le *De proprietatibus* au plus tard vers 1260. Tout récemment M. L. Delisle a démontré dans l'*Histoire littéraire* [2] que le frère mineur Barthélemi, peut-être anglais de naissance comme semble l'indiquer son surnom *Anglicus*, mais qui vivait en France, doit être rangé parmi les auteurs de la première moitié du règne de saint Louis. J'ai donc pu légitimement rapprocher, dans le commentaire, les récits de Bozon du texte de Barthélemi l'Anglais et indiquer celui-ci comme la source de ceux-là. Quiconque prendra la peine de vérifier les passages rapprochés reconnaîtra que le français est la traduction libre ou la paraphrase du latin : les faits sont exposés dans le même ordre, avec les mêmes détails, et appuyés des mêmes autorités. Les chapitres se suivent souvent dans un ordre parallèle [3]. Les contre-sens que commet Bozon, pour avoir lu son texte trop rapidement [4], tendent à confirmer plutôt qu'à détruire la présomption d'origine. Certaines erreurs communes à Bozon et à Barthélemi fortifient le rapprochement, comme lorsque l'un et l'autre auteur font mention de la Sicile (*Sicilia*) au lieu de la Cilicie (*Cilicia*) [5]. Devons-nous toutefois affirmer que c'est exactement au *De proprietatibus* de Barthélemi que notre conteur a emprunté les

1. Première édition, 1819, p. 398; 2e édit., 1843, p. 358-9.
2. T. XXX, article intitulé : *Traités divers sur les propriétés des choses*; voy. notamment pp. 353-5.
3. Voy. notamment les notes des §§ 47-8; 64, 100, 101.
4. Voy. par ex. §§ 66, 86, 91, 125.
5. Voy. le § 117 et la note correspondante.

notions d'histoire naturelle qui forment l'élément principal de son œuvre? J'avoue que je n'en suis plus très sûr. Les raisons de douter sont celles-ci. D'abord il est bon nombre de ces notions qui ne se trouvent pas dans le *De proprietatibus* ou qui n'y sont pas présentées de la même façon que dans les contes [1]. Sans doute il se pourrait que Bozon eût fait usage de deux compilations d'histoire naturelle, dont l'une resterait à déterminer; mais il semble plus simple de supposer qu'il a tiré d'une seule compilation tout ce qu'il dit des propriétés des minéraux, des végétaux et des animaux. D'autre part, il est remarquable que les rapprochements avec le *De proprietatibus* sont fournis par sept livres seulement de cette compilation, les livres VII, XII, XIII, XV, XVI, XVII, XVIII, et encore faut-il noter que les livres VII et XV sont représentés chacun par un seul texte [2]. Il serait donc admissible que Bozon eût mis à profit une compilation à peu près semblable en plusieurs de ses parties à celle de Barthélemi, moins étendue toutefois et renfermant par contre diverses notions qui n'ont pas pris place dans le *De proprietatibus*. Or il est certain que de telles compilations ont existé. M. Delisle en a fait connaître une en grand détail dans l'article mentionné ci-dessus de l'*Histoire littéraire*. Elle est intitulée, dans l'un des deux mss. qu'on en connaît, *Tractatus septiformis de moralitatibus corporum celestium, elementorum, animalium, piscium, arborum sive plantarum, herbarum ac lapidum pretiosorum*, ou, selon un titre plus simple ajouté au XVe siècle, *Proprietates rerum mora-*

1. Voy. notamment les notes des §§ 53, 94, 106, 107-9, 111, 113, 116, 123, 126, 133, 137, 141, 144, 145.

2. Voir les notes des §§ 86 et 91.

lizatæ[1]. Elle est anonyme (on l'a attribuée sans raison suffisante à Gilles de Rome), et a été composée entre 1281 et 1291. Les sept livres dont elle se compose correspondent respectivement aux livres VIII, IV, XII, XIII, XVIII, XVII et XVI, de Barthélemi[2]. La compilation de ce dernier étant divisés en dix-neuf livres, on voit que douze de ces livres n'ont point d'équivalent dans les *Proprietates moralizatæ*. Il est certain que Bozon n'a pas fait usage de ce dernier ouvrage. L'analyse qu'en a donnée M. Delisle suffit à le prouver. On a vu du reste que Bozon n'a rien tiré des livres IV et VIII de Barthélemi, qui sont compris dans les *Proprietates moralizatæ*. Mais il a existé d'autres compilations du même genre. M. Delisle en signale plusieurs à la fin de l'article précité[3], et s'il est vrai qu'aucune ne correspond à l'ouvrage de Bozon, il est à supposer qu'on en retrouvera d'autres encore que l'imperfection des catalogues n'a pas permis jusqu'à présent d'identifier.

Exemples et fables. — Bozon procède généralement de la façon suivante. Il expose la « propriété » d'un animal, d'une plante ou d'une pierre, il en tire l'application morale qu'il accompagne de citations bibliques, puis il confirme son dire par le récit d'une fable ou d'une anecdote plus ou moins historique. Le récit, souvent précédé dans le ms. de Londres de la rubrique *narratio ad idem* ou *fabula ad idem*, est un accessoire important, mais c'est un accessoire. Il semble que parfois, surtout vers le commencement de l'ouvrage, Bozon passe légè-

1. *Hist. lit.* XXX, 335.

2. *Ibid.* p. 345; cf. pour la concordance des deux compilations pp. 347-51.

3. P. 365 et suiv.

rement sur ces narrations édifiantes. Il les présente sous une forme résumée, les faisant précéder de ces mots : « Ici on peut conter de... », ou « ici on peut conter une fable, comment... [1]. » Quelquefois le récit est simplement indiqué comme s'il devait être développé oralement [2]. Mais, d'autre part, il ne manque pas de contes exposés avec une ampleur suffisante, et souvent même avec esprit. Tous ces contes, quelle que soit leur nature, ont été compris au moyen âge sous le nom latin d'*exempla*, terme général par lequel on entendait ce qui est cité pour servir d'exemple. Bozon emploie ce mot dans le sens le plus étendu : il désigne par là toute espèce de récit, une pure fable [3], l'exposition morale d'une propriété naturelle [4]. Mais « fable » a pour lui une signification plus restreinte. Il réserve cette dénomination aux récits, venus en général de l'antiquité, dont les acteurs sont des animaux [5]. Nous appellerons exemples les historiettes, réelles ou fictives, qui ne sont pas à proprement parler des fables, et que Bozon appelle parfois, non plus « exemples », mais « aventure » [6], « fait » [7], « conte » [8]. Le rubricateur du ms. de Londres établit la même distinction dans l'emploi qu'il fait de *fabula* et de *narratio*.

En appuyant ses préceptes par des exemples (ce mot étant ici employé en son sens le plus général), Bozon se

1. Voy. pp. 14, 16, 28.

2. Voy. p. 54 (fin du § 34), 58 (fin du § 42), 92 (fin du § 72), 94 (fin du § 74), 128 (fin du § 111), etc.

3. §§ 53 (p. 75), 129 (p. 152), 131 (p. 156).

4. Commencement du § 2 (p. 9).

5. Voy. pp. 28, 37, 77, 133.

6. §§ 58 (p. 81), 81 (p. 105).

7. §§ 45 (p. 63).

8. §§ 50 (p. 70), 81 (p. 101), 122 (p. 145), 145 (p. 186).

conformait à un usage fort ancien, puisqu'on peut le faire remonter à saint Grégoire le Grand, mais qui jamais n'avait été plus à la mode qu'à son époque et au siècle précédent. Etienne de Besançon, général de l'ordre des Dominicains († 1294), composa pour l'usage des prédicateurs un recueil d'exemples appelé *Alphabetum exemplorum* dans lequel, au mot EXEMPLUM, il affirme la supériorité des exemples sur la prédication purement dogmatique : *Exempla plus movent quam predicatio subtilis* [1]. Et il poursuit ainsi :

BEDA, in *Hystoria Anglorum*. Quidam episcopus litteratus et subtilis valde missus fuit ad conversionem aliorum (*corr.* Anglorum ?), et utens subtilitate in sermonibus suis nichil profecit. Missus est alius minoris litterature qui, utens narrationibus et exemplis in sermonibus suis, pene totam Angliam convertit.

Toutefois, si les exemples ont été employés dans la prédication dès l'époque ancienne à laquelle se rapporte le témoignage de Bède, il faut croire que, jusqu'au XIIIe siècle, ils n'étaient pas d'un usage bien fréquent, ou du moins que les sermons d'un caractère populaire, où ils devaient naturellement prendre place, ne nous ont pas été conservés. Dès les premières années du XIIIe siècle, ou même dès la fin du XIIe, les témoignages deviennent abondants. Alain de Lille († 1202) recommande au prédicateur de placer des exemples à la fin des sermons pour justifier la doctrine exposée [2]. Jacques de

1. Bibl. nat. lat. 15913, fol. 36 *c*.

2. « In fine vero debet uti exemplis ad probandum quod intendit. » *Summa de arte prædicatoria*, dans Migne, *Patrologie latine*, CCX, 114. Cf. Lecoy de La Marche, *La chaire française au moyen âge*, 2e éd., p. 298, qui cite ce texte d'après un ms. anonyme. On peut rapprocher de ce précepte la remarque que font les

Vitri surtout est connu pour avoir introduit dans ses sermons, principalement dans ceux qui portent le titre de *sermones ad status* (sermons sur les divers états de la société) ou *sermones vulgares*, une profusion d'*exempla* de tout genre. Plusieurs ont déjà été publiés, principalement par Th. Wright, dans ses *Latin stories* [1], mais cet érudit, ayant fait usage de compilations anonymes, n'a pas su les attribuer à leur auteur. Beaucoup de ces *exempla* sont publiés d'après les manuscrits dans le commentaire qui fait partie du présent ouvrage. En tête de son recueil, Jacques de Vitri a écrit un prologue dans lequel il insiste sur le parti qu'on peut tirer des exemples dans la prédication [2]. Les sermons paraissent avoir été prononcés avant son élection à l'évêché d'Acre, qui eut lieu en 1217. Vers le même temps prêchait un moine cistercien qui a fait aussi grand usage des exemples, et que l'on trouvera souvent cité dans les notes de ce volume : Eude de Cheriton. Cet auteur, dont le surnom a été diversement, et en général, incorrectement écrit [3], nous a laissé trois recueils de sermons dont l'un, daté en certains mss. de 1219 [4], a été imprimé en 1520 sous le nom de *Magister Odo, can-*

Leys d'amors (III, 290) à propos de la figure *paradigma :* « Aquesta « figura se fay tostemps qu'om reconte alqun yssemple o alquna « hystoria de la Scriptura a nostra estructio..... ayssi quo dizo « soen li religios en lors sermos. Et cant han pro parlat, il dizo « soen a la fi de lor paraulas ayssi : E que aysso sia vertat, com- « tar voz hay un ysshemple : Lieg se en aytal loc que una ves fos « us hermitas... »

1. Londres, 1842, in-8° (*Percy Society*).

2. Le passage est cité par M. Lecoy de La Marche, *op. cit.*, p. 300.

3. *Shirton, Sherston, Cherrington, Sherington.* Il tirait son surnom de Cheriton (Kent).

4. Voy. *Romania*, XIV, 390.

cellarius parisiensis, et un recueil de fables dont il sera question plus loin.

Bien d'autres prédicateurs, après ceux-ci, ont entremêlé d'*exempla* leurs expositions morales, sans compter le *pardoner* de Chaucer qui connaissait le goût des laïques pour les vieux contes, *for lewed people loven tales olde;* et encore maintenant certains genres d'exhortations religieuses, celles notamment qui font partie du mois de Marie, sont toujours suivies d'une historiette édifiante.

Les *exempla* que Bozon s'est appropriés ont certainement été puisés par lui à des sources variées. Mais il est impossible, dans la plupart des cas, de déterminer ces sources avec précision. Le même récit se rencontre souvent en des ouvrages différents sous des formes assez rapprochées pour qu'il soit difficile de dire que l'imitateur a suivi plutôt l'une que l'autre, surtout si on considère que Bozon imite très librement. D'autres fois les formes diffèrent notablement et il se trouve qu'aucune ne correspond exactement à la narration de Bozon [1]. Il paraît bien probable cependant que notre auteur a fait usage de Jacques de Vitri (soit qu'il ait lu ses sermons, soit plutôt qu'il ait eu entre les mains quelqu'un des recueils de ses *exempla* [2]), de l'*Historia ecclesiastica gentis Anglorum* de Bède [3], d'un recueil de miracles de la Vierge [4]. Assurément, il a fait des emprunts à bien d'autres ouvrages, tels que les *Vitæ Patrum,* la *Disciplina clericalis* [5],

1. C'est le cas notamment pour l'exemple de l'ange et l'ermite, § 31; voy. la note, p. 242.

2. Voyez notamment les notes des §§ 29, 43, 140.

3. Voy. § 81.

4. Voy. §§ 86, 189.

5. §§ 122, 141.

mais rien ne prouve que ces emprunts soient directs. Dans la plupart des cas, à défaut d'originaux certains, on a dû se borner à signaler en note des formes parallèles à celles de Bozon.

Entre les exemples cités il en est plusieurs que l'auteur nous présente comme des faits réels connus de lui et de ses contemporains. Telles sont l'anecdote concernant l'abbé de Westminster et Henri III, (p. 85), celle où figure l'évêque de Lincoln John d'Alderby (p. 181), qui nous aide à dater l'ouvrage, celle de l'escamoteur du comté de Leicester (p. 180), encore bien que l'emploi des noms significatifs *Sterlyn* et *Galopyn* indique que l'histoire a été arrangée en vue de la narration, celle de la cardeuse de laine (p. 117). Peut-être faut-il encore classer ici l'histoire de Hichebon ou Hikedon (p. 26) et celle du chevalier Raouf Baron secouru au moment de la mort par la Vierge Marie (p. 63), quoique, pour le fond, l'aventure de ce seigneur se rattache à une série de miracles de la Vierge.

Il est assez probable que Bozón a fait usage de récits anglais, soit écrits, soit oraux. On sait combien est faiblement représentée la littérature anglaise pendant tout le XIIIe siècle et une partie du XIVe. La mode était d'écrire en français. Les compositions anglaises, s'adressant aux petites gens, étaient peu appréciées, peu copiées et avaient beaucoup de chances de se perdre. Certains noms significatifs dont fait usage notre auteur semblent indiquer l'existence de récits appartenant peut-être plutôt à la tradition orale qu'à la littérature écrite, mais, en tout cas, formulés, sinon rédigés, en anglais. Nous avons cité les noms Sterlyn et Galopyn, qui figurent dans une anecdote probablement contemporaine de Bozon. Mentionnons ceux de *Croket, Hoket* et *Loket* appliqués (p. 137) aux trois ribauds qui réussissent à voler un agneau, en faisant croire à celui qui le porte au marché que cet agneau est un chien. L'histoire de l'agneau appartient à la tradition écrite et a été mainte fois contée au moyen âge; Croket, Hoket et Loket sont des personnages allégoriques pris dans quelque récit anglais. On en peut dire autant des noms *William Werldeschame* et *Maude Mikilmisaunter* (p. 166, cf. p. 288), à moins toutefois que ces noms aient été créés par Bozon. Mais pourquoi, écrivant en français, leur eût-il donné une forme anglaise? Le trait du paysan qui disait, en semant une poignée de fèves dans son champ : *On this I trust nought*, et en mettait une autre poignée dans sa bouche en disant : *This I have now bought* (p. 110), semble être une de ces historiettes populaires qui n'ont pas besoin d'être écrites pour circuler.

Une histoire qui est bien incontestablement d'origine anglaise est celle des sept chiens du diable qui occupe le long § 22 (pp. 29-36). Cette histoire (voir le commentaire), a pris place, abrégée et autrement encadrée, dans les *Gesta Romanorum*, ch. CXLII, mais elle ne se trouve nulle part ailleurs. M. Œsterley, qui, naturellement, ne connaissait pas Bozon, n'en a pas rencontré d'autre rédaction que celle des *Gesta* [1], et les noms, évidemment anglais, des chiens lui ont fourni un argument en faveur de l'origine anglaise des *Gesta*. La valeur de cet argument est contestable, car, d'une part, il se trouve précisément que l'histoire des sept chiens du diable manque, comme M. Œsterley l'a reconnu, dans le groupe nombreux des mss. des *Gesta* qui ont une origine anglaise,

1. *Gesta Romanorum* herausgegeben von H. Œsterley, (Berlin 1872), p. 263.

et d'autre part M. Œsterley ne veut sans doute pas dire que le compilateur des *Gesta* a inventé ce récit allégorique. Or, s'il ne l'a pas inventé, s'il a simplement recueilli et narré à sa façon un récit d'origine anglaise, il ne s'en suit pas nécessairement qu'il ait été lui-même anglais. Nous n'avons pas à rechercher présentement si le compilateur des *Gesta* était anglais, ce qui d'ailleurs est possible, mais non démontré, ou s'il appartenait à quelque autre nationalité. Ce qui nous intéresse ici, et ce qui paraît ressortir avec évidence de la comparaison de son récit latin avec le récit français de Bozon, c'est qu'il a fait usage de ce dernier, soit qu'il ait eu connaissance d'un ms. de nos contes, soit qu'il ait trouvé le même texte ailleurs. Nous croyons du moins l'avoir démontré dans la note sur le § 22. Tout autre est la question de savoir si Bozon est l'inventeur du récit ou s'il a seulement accommodé à sa manière une histoire en vogue de son temps. Assurément il était capable de l'imaginer. L'idée de mettre en allégorie la chasse au chien courant, c'est-à-dire une scène de la vie contemporaine, devait avoir pour lui un attrait particulier. Mais d'autres peuvent avoir eu la même idée avant lui. Bozon, autant que nous pouvons le vérifier, n'est pas le créateur des exemples qu'il insère dans son livre. Il a peut être simplement refait un récit allégorique anglais. En ce cas, comme en bien d'autres, la source nous ferait défaut.

Nous avons maintenant à examiner les fables contées par Bozon. Tandis que les exemples proprement dits sont de nature très variée et n'ont guère été assemblés en recueils que dans le cours du XIIIe siècle, ou même plus tard, les fables forment une matière plus limitée, et groupée, dès l'antiquité, en des livres qui ont assurément subi pendant le moyen âge bien des remaniements, mais dont la forme première reste cependant reconnaissable malgré la variété des rédactions. Or, les collections de fables qui ont eu cours au moyen âge sont maintenant bien connues, et celles qui dérivent de Phèdre (c'est le plus grand nombre) se trouvent réunies dans un livre commode à consulter, et qui le serait plus encore s'il y avait une table générale, dans les deux gros volumes de M. L. Hervieux sur les *Fabulistes latins depuis le siècle d'Auguste jusqu'à la fin du moyen âge* [1]. Il semble donc à première vue qu'il doive être relativement facile de déterminer le recueil ou les recueils où Bozon a puisé les fables dont il a fait usage. Aussi est-on surpris de constater qu'ici encore la source directe de Bozon nous échappe. C'est ce que montrera un rapide examen de ces fables dont nous allons d'abord dresser la liste, adoptant les titres les plus connus, notamment ceux que fournit La Fontaine :

1. § 8. Le renard et le corbeau.
2. — 10. Le corbeau et les abeilles.
3. — 14. L'escoufle et le corbeau.
4. — 15. Le mauvis et l'étourneau.
5. — 17. Le chat-huan et l'autour.
6. — 18. Le paon et la destinée.
7. — 21. Le loup et le lièvre.
8. — 23. La cour du lion.
9. — 26. Le coq et l'anneau d'or.
10. — 30. Le renard et le paysan.

1. Les *Fabulistes latins depuis le siècle d'Auguste jusqu'à la fin du moyen âge*, par Léopold Hervieux. Paris, Didot, 1884, 2 vol. in-8° de VIII-731 et 852 pages. L'ouvrage a pour second titre : *Phèdre et ses anciens imitateurs directs et indirects*. Voir sur ce livre les deux articles de M. G. Paris dans le *Journal des Savants*, 1884-1885.

11. § 34 et 121. La brebis et la corneille.
12. — 46. Le loup et le renard.
13. — 47. Le singe et son petit.
14. — 49. Le loup et l'agneau.
15. — 50. Le chat, la souris des champs, la souris d'eau et la souris de grenier.
16. — 53. Le chat qui ne voulait pas rester au logis.
17. — — Les oiseaux qui proposent à l'aigle le chat-huan (la chouette?) pour épouse.
18. — 55. La brebis plaidant contre le loup par devant le lion.
19. — 56. Le lièvre élu juge.
20. — 61. Le renard et le pigeon.
21. — 72. Le loup et la grue.
22. — 74. Le singe et le renard.
23. — 75. Le rat qui voulait prendre femme.
24. — 91. Le soleil qui voulait prendre femme et la Destinée.
25. — 94. Le fèvre et la forêt.
26. — 114. L'ours glorieux de ses mains.
27. — 116. Le renard et le pigeon.
28. — 120. L'âne et le porc.
29. — 121. Le conseil tenu par les rats.
30. — 128. Le renard et le mouton.
31. — 129. Le lion et le rat.
32. — 130. Les bœufs et leur maître.
33. — 131. Le lion et ses compagnons.
34. — 132. L'homme, son fils et l'âne.
35. — 135. La geline remariée à l'autour.
36. — 142. Le lion malade, le renard et l'âne.
37. — 145. Le renard et le chat.

Entre ces trente-sept fables il en est quatre seulement dont on peut, à peu près sûrement, désigner l'original immédiat. Ce sont les fables 5, 7, 16, 28 tirées du recueil d'Eude de Cheriton. Il eût été difficile que Bozon ne connût pas les fables si répandues de son compatriote, et on s'étonnerait que, les connaissant, il ne s'en fût pas servi, car elles présentent en général des moralités qui devaient lui convenir. M. Hervieux [1] a signalé vingt-trois mss. de ces fables, et ce nombre pourrait être augmenté. De plus il en existe deux traductions, l'une du XIIIe siècle et en prose française [2], l'autre du XIVe en prose castillane, *el libro de los gatos* [3]. Il est peu de recueils analogues qui aient obtenu un aussi grand succès. Entre les autres fables, il en est sept (n°s 2, 3, 15, 17, 19, 26, 35) qui ne semblent pas se trouver ailleurs. Comme il est très peu probable que Bozon les ait inventées, on peut supposer que quelques-unes au moins se retrouveront en des livres où je n'ai pas eu l'idée de les chercher, mais il est sûr du moins que ce ne sont pas des fables appartenant aux recueils les plus répandus au moyen âge. Quant au reste, il a été possible d'indiquer dans le commentaire, des rédactions parallèles, mais les rédactions mêmes que Bozon a connues nous font défaut. Cependant, si nous considérons non plus le sujet de chaque fable, mais la forme qu'elle présente chez Bozon, nous arriverons à constater quelques faits intéressants.

Entre les fables connues d'ailleurs, il en est un certain nombre qui se rapprochent plus de la rédaction de Marie de France que d'aucune autre. C'est le cas des n°s 13, 20, 23, 24, 25, 32, 36, de la table donnée ci-dessus. Le commentaire a déjà signalé cette ressemblance, qui cependant n'est pas assez complète pour nous donner le droit de dire que Bozon a emprunté ces sept fables à Marie. Cette hypothèse du moins ne pourrait être admise que pour le n° 32, où, comme on l'a remarqué à la note du § 130, les deux rédactions concordent fort exacte-

1. *Fabulistes latins;* I, 667.
2. Voy. *Romania,* XIV, 381 et suiv.
3. *Ibid.* p. 393 note 5.

ment. Mais dans les six autres cas, il faudrait supposer que Bozon a pris plaisir à modifier les données de son original. On ne voit pas pourquoi il aurait pris cette peine, puisque, étant donné le but qu'il poursuivait, les détails de la narration ne devaient avoir, à ses yeux, qu'une importance bien secondaire, et les modifications ne sont pas de celles qu'expliquerait un souvenir imparfait. Les différences et les ressemblances, par rapport à la rédaction de Marie, s'expliqueraient beaucoup mieux si on admettait que dans les cas sus-indiqués, et probablement en d'autres encore, Bozon a fait usage d'un recueil apparenté de près à celui de Marie. On sait que Marie a traduit ses fables d'après un livre anglais attribué au roi Alfred [1]. C'est elle-même qui nous l'apprend dans son épilogue, et nous n'avons aucune raison de révoquer en doute son assertion, qui du reste est confirmée par certaines traces de l'original conservées dans la version [2]. Que l'auteur du recueil anglais (traduit lui-même du latin) ait été le roi Alfred ou non, c'est ce qu'il nous importe assez peu de savoir. L'existence d'un livre de fables anglaises, aujourd'hui perdu, est tout ce que nous avons à constater. Marie a traduit en vers ce livre à la fin du XIIe siècle, Bozon peut l'avoir connu au commencement du XIVe siècle, sous une forme plus ou moins rajeunie. On pourrait alors considérer comme venant de l'original les vers anglais qui forment la moralité de certaines fables (pp. 20, 44, 110, 145, 151). On peut encore proposer une autre hypothèse, sans doute un peu plus compli-

1. On lit dans le texte suivi par Roquefort *Li rois Henris*, mais il y a lieu d'adopter la leçon beaucoup plus autorisée *Li rois Alvrez*.
2. Voy. à ce propos Éd. Mall dans la *Zeitschrift für romanische Philologie*, IX, 175 et suiv.

quée, mais qui mérite d'être examinée parce qu'elle répond mieux que la précédente, au moins en apparence, à certaines données de la question. Si on examine la rédaction de certaines fables ou de certains récits qui, sans être proprement des fables, peuvent avoir été compris dans un recueil d'apologues, on y reconnaîtra comme des débris de vers, reconnaissables aux rimes. Ainsi :

(P. 44) Fols est qe se *affie* en autres après sa *vie* e lest sa alme *nuwe* pur mettre en estrange *muwe*.

Il suffirait de peu de changements pour restituer quatre vers de six syllabes.

(*P.* 48) Ta lange moy fist *confort*, mès par ta meyn si ay la *mort*.

(*P.* 52)... Quaunt guerpistez pur moy la dreit [1] *voye*, puis qe saveys qe fol *estoye*.

(*P.* 78) Quant le lou ad pris ceo qe lui *plest*, lors vynt le gopil la tot *prest*, e le corf ne vent mye *tart*, ne le mastyn de prendre sa *part*.

(*P.* 143) Meux est de travailler e sauver la *peel* qe de estre un poy a eese e puis poynt de *cotel*.

(*P.* 145) Touz diseient qe le conseil est *seyn*, mès nul ne voleit mettre la *meyn*. E Badde s'en ala com *avant* e destruit petit et *graunt*.

(*P.* 153) Vous me feïstez *curtesye*, e jeo vous saverai la *vie*.

Dans la fable de la geline remariée à un autour les vers sont si nombreux qu'il a paru opportun de les mettre à la ligne (p. 165).

En présence de ces faits on ne serait pas éloigné de supposer que Bozon a fait usage d'un livre de fables

1. On pourrait supprimer *pur moy* et corriger *dreite*.

anglo-normandes actuellement perdu, qui aurait eu en partie la même source que Marie de France, et de plus renfermant certaines fables (comme celle de la geline remariée) dont nous ne connaissons jusqu'à présent aucune rédaction en dehors de Bozon. Rien n'empêcherait d'admettre que ces fables anglo-normandes se seraient terminées chacune, en manière de conclusion, par un ou deux vers anglais, que Bozon aurait, en certains cas, reproduits dans sa narration. Le mélange du français et de l'anglais n'a rien d'insolite dans un ouvrage anglo-normand du milieu ou de la fin du XIIIe siècle.

Toutefois il convient de ne pas trop insister sur cette hypothèse, dont quelque découverte imprévue démontrera peut-être un jour le bien fondé, mais qui actuellement n'est pas la seule qu'on puisse proposer. Les fragments de vers apparaissent quelque fois, bien que rarement, en dehors des fables [1], et Bozon, qui était poète, ou qui du moins a composé d'assez nombreuses poésies, peut avoir eu la fantaisie intermittente d'orner sa prose de rimes [2]. Ce qui reste acquis, c'est que Bozon a connu un recueil de fables rédigé très probablement en Angleterre, soit en anglais soit en français, et ayant en partie la même source que le recueil de Marie de France.

Morale. — L'originalité de Bozon consiste moins dans le choix des exemples que dans l'enseignement qu'il en tire. Les exemples étaient le condiment ordi-

1. Voy. par ex. pp. 9 (note 3), 115, 121 (§ 100, e puis lur cressent *eles*, deus arceons de une *sele)*, 133.

2. Ce ne serait pas un cas unique. On a signalé depuis longtemps le même usage dans l'ancienne version des *Quatre Livre des Rois*. Un chroniqueur du commencement du XIVe siècle, Jean de Cantorbéry, se plaît à insérer dans sa narration des sentences en vers (voy. *Hist. litt.* XXVIII, 483), qui paraissent de sa façon.

naire de la prédication du temps, et si, pour beaucoup, la source immédiate nous manque, si même certains d'entre eux ne nous sont connus que par Bozon, nous n'attribuons pas de ce chef à notre auteur un mérite d'invention qu'il eût sans doute été le premier à dédaigner. Son enseignement a le caractère populaire; sa morale est appropriée à l'intelligence et aux besoins spirituels des laïques. Bozon n'est ni un théologien ni un logicien, moins encore, quoique franciscain, un mystique. Il ne cherche point à expliquer la Bible, mais il s'applique à donner des règles pour la conduite de la vie. Comme beaucoup de prédicateurs, ses devanciers ou ses contemporains, il procède par voie d'exposition allégorique, mais ses allégories, nous l'avons vu, sont tirées non de la Bible, mais de l'histoire naturelle, d'une histoire naturelle toute fantastique et d'autant plus propre à piquer la curiosité et à retenir l'attention des bonnes gens. Des ecclésiastiques plus autorisés que lui avaient reconnu l'inconvénient d'une prédication trop savante quand on s'adressait à un auditoire laïque [1]. Bozon n'encourra pas ce reproche. Il y a peu de théologie dans son livre. Les préceptes proprement religieux en occupent la moindre partie. Quelques chapitres sur

1. « Item quidam, cum debeant lac dare, dant solidum cibum, « sicut ille qui laïcis de trinitate personarum et unitate essentie « et naturis duabus locutus est. Alius faciens sermonem monachis « de trigonis et tetragonis et angulo contingentie et hujusmodi pre- « dicavit, sed ad capacitatem et facultatem auditorum temperandus « est sermo. Unde Ysa. lxxij : *Preponite viam populo, planum facite* « *iter*. Alii rigmos et transcendentiam verborum magis student « pronunciare ut aures demulceant et gloriam captent quam planis « et rudibus verbis tangere vulnera peccatorum. » (Eude de Cheriton, sermons sur les épitres des dimanches, ms. de Toulouse 252, fol. 237 *d*).

la confession et la contrition (§ 58, 86), sur la pénitence (§ 63), sur la béatitude céleste (§ 90), sur la vertu des messes et de l'aumône comme moyen de sauver les âmes du purgatoire (§ 81), sur la puissance miraculeuse de la vierge Marie (§ 45), des exhortations à l'amour du Christ (§ 61, 62, 79), à la contemplation de sa passion (§ 78), à la résignation chrétienne (§ 98), constituent à vrai dire tout l'élément pieux de l'ouvrage. Le reste est d'une morale assez vulgaire, parfois passablement égoïste, tendant plutôt à une réforme sociale qu'à la perfection religieuse. Les vices que l'auteur signale et blâme sont ceux des puissants, spécialement des hommes qui ont le gouvernement et l'administration du pays. La convoitise est l'un de ses thèmes principaux. Volontiers il dirait comme le *pardoner* de Chaucer : *Radix omnium malorum est cupiditas* [1]. Ce sujet lui fournit l'occasion de s'en prendre aux prélats, aux seigneurs, à leurs sénéchaux, aux baillis [2] qui épargnent les forts et oppriment les faibles (pp. 11, 12, 117). Les évêques font la sourde oreille aux réclamations qui leurs sont adressées, tant qu'elles ne sont pas appuyées d'un présent (p. 55). Les avocats, les légistes savent accommoder les lois et les décrétales à l'avantage de la partie qui offre la bourse la mieux garnie (pp. 9, 32). Les textes les plus sévères de l'Ecriture sont cités contre les riches (p. 139), dont le sort, au jour du grand jugement, est mis en contraste avec celui des malheureux. « Maintenant les simples

1. I TIM. VI, 10.

2. En Angleterre le sénéchal était proprement l'intendant du seigneur. Au-dessous de lui était le bailli. Sur les fonctions de ces deux fonctionnaires, voy. *Fleta*, dans Houard, *Coutumes anglo-normandes*, III, 344-5, Walter de Henley, traité de *husbandrie*, dans la *Bibl. de l'Ec. des Ch.*, 4ᵉ série, II (1856), pp. 130-1.

« gens fléchissent sous le fardeau, et sont pauvrement « rémunérés de leur peine... mais au jour du Jugement, « les simples seront élevés pour leur bonnes actions, et « les hautains abaissés pour leur orgueil. Dieu fera « comme le tailleur de vieux qui met au corsage la « partie qui formait la jupe... *Ne irrideas hominem in* « *amaritudine anime sue : est qui humiliat et exaltat* » (p. 39). Les usuriers sont l'objet de ses plus violentes attaques. Il constate avec douleur qu'on se montre à leur égard moins sévère que jadis. « Hélas ! » dit-il, « comme le siècle est changé en mal ! Jadis si un homme « était connu pour usurier, il n'eût trouvé personne « pour lui donner la paix à l'église, et aucun de ses « voisins n'eût voulu chercher du feu chez lui. Les « enfants le guettaient dans la rue et le montraient du « doigt comme un excommunié. Sa maison était appe- « lée la maison du diable; son corps était enseveli dans « les champs ou en un jardin. Mais maintenant tout est « renversé : celui de qui on eût refusé de baiser la bouche « en église, on lui baise le pied. Celui chez qui on se « gardait d'aller prendre du feu, maintenant on accepte « de lui à manger et à boire. Celui que les enfants « méprisaient, les grands seigneurs lui font honneur. « Ceux que, conformément à la sainte Ecriture, on « enterrait dans les champs sont maintenant, pour leur « malheur, enterrés devant le maître autel » (p. 35-6) [1].

Ces attaques violentes contre les riches et les puissants

1. La remarque de Bozon sur le changement qui s'était produit dans l'opinion à l'égard des usuriers est fondée. On pourrait citer plusieurs témoignages analogues, et d'une date plus ancienne. L'auteur inconnu d'un *sirventés* composé vers 1260 (et qui, dans le ms. unique qui l'a conservé est placé bien à tort sous le nom de Pierre Cardinal) se plaint de ce que le siècle est changé de

n'ont rien d'exceptionnel. On en trouverait, dès le XIIIe siècle, de non moins âpres chez maint prédicateur français décrivant les vices du clergé ou des seigneurs [1]. Toute la différence est qu'ici elles sont appropriées à la société anglaise. Ce qui est peut-être plus rare et plus caractéristique, c'est la sympathie que Bozon manifeste pour les petites gens. Toutefois, l'opposition des classes n'est pas encore poussée à l'excès, comme elle le sera plus tard par certains prédicateurs populaires, dont la turbulence provoquera de la part du pouvoir royal une sévère répression [2].

On ne saurait d'ailleurs reprocher à Bozon de prêcher une morale d'une rigueur excessive. Il trouve bon que ceux qui ont la richesse en profitent, et il se moque de ceux qui n'en savent pas jouir. « Il y a des malheu-
« reux, dit-il, à qui Dieu a donné de quoi vivre avec
« honneur, et qui vivent chichement et misérablement,
« se nourrissant mal, et se refusant tout plaisir, s'occu-
« pant à bêcher la terre et à ramasser le fumier. Ordinai-

bien en mal, et l'un des faits qu'il signale est que l'on tient pour sages les usuriers (*A totas partz vei mescl'ab avareza*, Mahn, *Ged. d. Troub.*, n° 327).

1. Voy. les passages de sermonnaires cités par M. Lecoy de La Marche, *La Chaire française au moyen âge*, 2e éd., pp. 350 et suiv., et par M. Hauréau, *Hist. littér.*, XXVI, 393-5, 425, 442, 443-4.

2. En 1382 une ordonnance de Richard II, (5e année, statut II, art. 5, dans les *Statutes of the Realm*, II, 25), enjoint aux viconte[s] et autres officiers royaux d'arrêter les prêcheurs qui, sans licence[s], prêchent non seulement dans les églises, mais au dehors, dans les foires, marchés et autres lieux publics « diverses matiers d'es-
« claundre, par discord et dissencione faire entre diverses estatz du
« roialme ». Voy. Jusserand, *La vie nomade et les routes d'Angleterre au XIVe siècle*, p. 165 (p. 281 de la traduction anglaise de Miss L. T. Surith, *English wayfaring life in the Middle ages*).

« rement ces gens là mènent une vie fort irrégulière, se « décidant difficilement à se marier, par crainte qu'une « femme les induise en dépense... Ils ne pensent qu'à « augmenter leur trésor et à avoir de petites maisons « pour y entasser leur gain, établissant bonne garde à la « porte pour empêcher Dieu et les braves gens d'entrer « et d'avoir part en leurs biens » (p. 179). L'un des exemples cité à l'appui est l'histoire, contée par l'évêque de Lincoln John d'Alderby à l'abbé d'Ensham, de cet ecclésiastique qui vivait pauvrement, sans inviter personne, sans jamais manger un bon morceau, et qui laissa huit mille livres sterling. « Huit mille livres! huit mille « livres! » disait l'évêque à l'abbé en terminant son récit, « et jamais il n'avait fait un bon dîner! »

S'il est, dans la morale de Bozon, un trait qui mérite d'être relevé, c'est l'éloge énergique qu'il fait du travail considéré comme profitable au corps et à l'âme. « Rien, dit-il, ne vaut en cette vie, pour le corps et pour l'âme, autant que travail bien ordonné » (p. 142). Et il appuie cette doctrine d'un texte qu'il attribue à la « sainte Ecriture » et qui mériterait de s'y trouver : « Le travail « chasse les occasions de pécher et procure à l'homme un « bon sommeil pendant la nuit. Le travail allège les cha« grins, calme les maladies. C'est le salut des gens, c'est ce « qui aiguise tous les sens; c'est une dette pour les jeunes, « un mérite pour les vieux. » De telles paroles sont rares dans la prédication du moyen âge, qui, en général, n'arrive pas à se soustraire à la tendance contemplative du christianisme.

Bozon tombe parfois dans le défaut que n'évitaient pas les prédicateurs populaires : il est vulgaire, même grossier. Voir la morale qui suit la fable de la poule qui se remarie (p. 165). On est tenté de lui adresser l'observation que faisait, à l'occasion d'un de ses confrères, un anglais du xve siècle : « Mon amy, il m'est avis que un « precheur ne devroit mye parler si ordement devant le « comon peuple si come le cordeller fesoit devant hier [1]. » Mais chez lui ce vice est accidentel. Bien d'autres, qui prêchaient en latin, ont bravé plus habituellement l'honnêteté.

Somme toute, Bozon ne saurait passer pour un esprit original ni bien distingué. C'est un moine honnête, quelque peu vulgaire, qui a une certaine expérience de la société de son temps et la juge d'une façon étroite et malveillante. Son livre est cependant des plus intéressants. Il a un caractère de sincérité qui séduit. Évidemment c'est un livre qui a été prêché, et sans doute plus d'une fois, avant d'être écrit. Le désordre qui se remarque dans l'arrangement des matières montre que nous sommes en présence de morceaux rapidement rédigés, négligemment rassemblés, où même quelques parties sont encore à l'état de notes. Il n'y a pas, dans toute la littérature anglo-normande, un second ouvrage qui puisse nous donner une idée aussi complète de ce qu'était en Angleterre et au commencement du xive siècle [2], la prédication populaire. Non que le livre de Bozon soit proprement un recueil de sermons ; mais on peut légitimement le considérer comme formé des éléments qui fai-

1. Morceau transcrit à la suite de la *Manière de langage* (fin du xive siècle), *Revue critique d'histoire et de littérature*, 1870, II, 405.

2. On possède plusieurs recueils d'homélies et de sermons anglais du xive siècle, mais ils n'ont pas un caractère véritablement populaires. L'un au moins est traduit du français, les *Old Kentish sermons* du ms Laud 471, publiés par le Rev. R. Morris en 1872 pour l'*Early English text Society* (publication n° 49); voy. mon Rapport au Ministre sur les mss. d'Oxford, *Arch. des missions*, 1868, pp. 163 et 247-8.

saient le fonds des sermons prêchés au peuple par les prédicateurs de l'ordre auquel appartenait Bozon. Nous verrons du reste, au commencement du chap. III de cette introduction, qu'il n'est nullement impossible que ces prédicateurs se soient servis de la langue française de préférence à l'anglais ou au latin.

II. — Les poésies.

Pour les poésies, notre source principale est le ms. de Cheltenham. A une exception près, tous les poèmes qu'il est permis d'attribuer à Bozon s'y trouvent réunis, et plusieurs d'entre eux ne se trouvent que là. C'est aussi notre seule autorité, puisque là seulement des rubriques mettent sous le nom de Nicole Bozon des pièces qui ailleurs sont anonymes ; mais ce n'est pas une autorité absolument sûre. D'une part certaines pièces que des preuves intrinsèques permettent d'attribuer à notre auteur y figurent sans rubrique — ce peut être un simple oubli du copiste, — mais d'autre part une pièce au moins, qui ne peut aucunement être de Bozon, lui est formellement attribuée par le ms. de Cheltenham. C'est la prière des neuf joies Notre-Dame (*Reïne de pitié Marie — En cui deïté pure et clere*, etc.), qui a été publiée, sans raison suffisante, parmi les œuvres de Rutebeuf [1], mais

1. Fol. 57-8 du ms. ; voy. *Romania*, XIII, 511. — Depuis la publication de ce mémoire a paru l'édition de M. Kressner (Wolfenbüttel, 1885), où cette pièce est imprimée parmi celles de Rutebeuf sans discussion, mais aussi sans que l'éditeur, dont le travail est à tous égards singulièrement insuffisant, ait eu connaissance de ce qui avait été écrit sur ce sujet dans la *Romania*.

qui, si elle n'est pas de ce poète est en tout cas d'un poète français et non anglais. Les données du ms. Phillipps ont donc besoin d'être soumises à un examen critique.

Dans l'énumération qui suit on indiquera d'abord les pièces dont l'attribution à Bozon ne semble pas contestable, en commençant par celles que renferme le ms. de Cheltenham : c'est le plus grand nombre. Elles seront rangées selon leur importance. Ensuite viendront les pièces dont l'attribution est douteuse.

1. — *Le Char d'Orgueil*. Poème allégorique fort curieux et d'un réel mérite littéraire. On en connaît quatre mss., à savoir :

CAMBRIDGE. Bibl. de l'Université, Gg. 6. 28, ff. 1-8. Première moitié du XIVe siècle, incomplet du début. Extraits dans la *Romania*, XV, 344-6.

CHELTENHAM. Bibl. Phillipps, 8336, ff. 66-74. Première moitié du XIVe siècle. Extraits dans la *Romania*, XIII, 515-8.

LONDRES. Musée brit., Old roy. 8. E. XVII, fol. 108 v°. Commencement du XIVe siècle. Court extrait (seize quatrains) précédé d'une rubrique ainsi conçue : « Ici comence la geste des dames ». Publié par Th. Wright, *Reliquiæ antiquæ*, I, 162-3.

OXFORD. Bibl. Bodléienne, Bodley 425 (*Catalogi* de Bernard 2325, 6), fol. 94. Fin du XIVe siècle.

L'attribution de ce poème à Bozon est garantie par la rubrique du ms. de Cheltenham : « Cest tretys fist frere « NICH. BOIOUN, del ordre de freres menours. » Une table en latin, jointe au ms. vers la fin du XIVe siècle, mentionne l'ouvrage sous le titre de « Currus Boson » (*Romania*, XIII, 499, note). Il ne peut donc subsister aucun doute sur l'auteur, bien que le poème soit anonyme dans les autres mss. : il ne faut pas oublier en effet que le ms. de Londres ne contient qu'un très court fragment, et que le ms. de Cambridge a perdu son premier feuillet, où pouvait se trouver une rubrique avec le nom de l'auteur. Le *Char d'Orgueil* se compose d'environ 500 vers alexandrins disposés en quatrains. L'auteur fait d'Orgueil un être féminin [1], qu'il suppose fille de Lucifer. Il feint que cette « dame de grant aage » s'est fait construire un char dont il énumère toutes les parties, à commencer par les roues, et chacune de ces parties représente un vice. Il en est de même des quatre chevaux qui tirent le char. L'intérêt de cette froide allégorie serait médiocre, si l'auteur ne s'était livré à certaines digressions sur les vices du temps, qui nous donnent, en même temps qu'un aperçu de ses propres sentiments, certains témoignages dont on pourra tirer profit pour l'histoire de la société d'alors. Entre ces digressions, il en est une que Bozon regretta plus tard, et pour laquelle il fit amende honorable ; c'est celle qui a pour objet les mœurs des dames de son temps [2]. L'épisode est par lui-même intéressant ; il pique d'autant plus la curiosité que les termes dont l'auteur se sert pour décrire les manières des dames ne sont pas toujours pour nous d'une parfaite clarté. Notons en passant que Bozon — comme au reste presque tous les sermon-

1. Orgueil a été personnifié en d'autres poèmes, par ex. dans la *Letre le emperour Orguoil* dont j'ai donné un extrait, *Bulletin de la Soc. des anciens textes*, 1880, p. 78, mais il est toujours masculin. Il est possible que Bozon ait été influencé par quelque écrit latin sur la *Superbia*.

2. C'est le morceau qui se trouve copié à part dans le ms. de Londres cité plus haut. Je l'ai réimprimé *Romania*, XIII, 516, d'après le ms. de Cheltenham, et XV, 344, d'après celui de Cambridge.

naires du moyen âge — manifeste plus d'une fois, dans ses contes, des sentiments peu bienveillants pour le sexe féminin. — Il serait sans doute assez difficile de dire où il a pris l'idée de son allégorie. Peut-être dans quelqu'ouvrage latin jusqu'ici non signalé. On trouve bien, dans les *Distinctiones* de Pierre de Limoges la description d'un char allégorique [1], mais elle n'offre avec celle de Bozon aucun rapport.

2. — *De la bonté des femmes.* Cette pièce, incomplète de la fin, est dépourvue de rubrique dans le ms. de Cheltenham, et ne se trouve point ailleurs. Mais l'auteur, s'il ne s'est point nommé, s'est du moins fort clairement désigné dès le début, en disant qu'un char qu'il a charpenté lui a valu le courroux d'une dame, qui n'est point autrement désignée. Ce char est le *Char d'Orgueil*, où en effet les dames sont incidemment représentées sous un aspect peu favorable. La pièce est donc sûrement de Bozon. C'est une sorte de palinodie. Comme elle n'est pas très longue et qu'elle offre un certain intérêt, il a paru opportun de la transcrire ici en entier. On y trouvera le développement de certains lieux communs qu'on a déja rencontrés dans les apologies du même genre que renferme

1. Au mot CONTEMPLATIO, Bibl. nat. lat. 16482, fol. 18. En voici les premiers mots :

Legitur in libro Regum [IV, II, 11] quod Helyas ascendit in celum in curru igneo. Iste currus quatuor habebat rotas. Iste quatuor rote sunt quatuor anime potentie. Una enim potentia ostendit anime quid bonum eligendum, et hec est racionalis; alia prede appetit istud sibi oblatum, et hec est voluntas; tercia movet contra impedimentum quod eam potest impedire ad hoc, et hec est irascibilis ; quarta desiderat istud donum predictum sibi uniri et habere, et hec est concupiscibilis...

notre ancienne littérature, et par exemple l'idée qu'Adam, acceptant la pomme, a été plus coupable qu'Ève la lui offrant (couplets VII-IX) [1]. Mais il y a aussi des traits qui semblent particuliers à Bozon, notamment le passage (couplet XXX) sur la résignation avec laquelle la femme sait supporter l'infidélité de son mari, qui rappelle une touchante histoire contée dans le *Ménagier de Paris.*

I De bone femme la bounté (*Fol.* 93)
Vorroy byen que fust counté
Si ce peüsse [2].
Jeo fuse a blamer pur verité
Si jeo celasse lour bounté
Et me teüsse.

II Pur un char q'ay charpenté
Ou tut le mounde i est entré,
Haut et bas,
Une feme fu coroucée,
Et si n'oust il fors verité
Et beau solas.

III Unkes n'entendy revyler
Famme qe deusse taunt amer
A bon droyt.
Bone famme doit hom pryser,
Et pur autre doit hon prier
Que meuth ly soyt.

IV Bone famme est sovent blamée
Pur la fole q'est enfamée
De folye,

1. Cf. le petit poème sur la bonté des femmes qui a été publié, *Romania*, XV, 316, d'après un ms. de Cambridge; voir notamment p. 319, vv. 212 et suiv.
2. Ms. *si ee puysse.*

Et quant fole pur tele est clamée, (v°)
Si est la bone le [1] meyns amée,
Ceo est sotye :

V Si deux greffes d'une nature
Soyent entées par grant cure
En un vergier,
Mès qe la une devyent pas meure [2]
Taunt com l'autre crest et fleure,
Ne puys blamer

VI La bone greffe ben florye
Pur ceo qe l'autre de tut flestrie.
N'est pas saver ;
Eynz doyt estre plus cherée
De ceo q'ad conquys la mestrée [3]
Souz [4] yver.

VII Meynt hom est de male glette
E touz maus a femme rette
A mal tort,
Qar un home par poy d'abette
Nous myst touz en greve dette
Ver la mort.

VIII La famme ne fist for purparla
Et son baron entisza
A la pomme,
Meis son baron plus pecha
Qaunt a la folye s'acorda,
Com sage home.

IX La femme qe fu de tendre aage
N'entendi pas tel damage

1. Suppr. *le*.
2. La fin de ce vers paraît corrompue.
3. Corr. *cherie-mestrie*.
4. Corr. *Sour*.

En son dit,
Mès li home qe fu plus sage
Ben savoit le graunt hountage
Qe il enprist,

X Si home en quer bien s'avisast,
Ja des femmes ne mesparlast [1]
Pur nule rien.
Regarde chescun son estat.
Et seit a femme bon e grat [2];
Si fra bien.

XI Des femmes sumes tuz porteez,
Des femmes sumes tretuz neez
Et swef norryz;
Des femmes sumes tuz leectez;
Des femmes fumes bien gardez
Et garryz.

XII Pur nul home qe soyt vivant *(Fol. 94)*
Ne fust li enfes teysant
Si famme ne fust,
Qar la famme de son anfant
Mout est pensive e compassant
Qe bien li fust.

XIII Bone famme, n'est pas fable,
Eynz est plus covenable
Ke nul tresor,
A Deu et prodhome amiable,
De cors et de quer mout estable
Com est li or;

XIV Et nequedent lur curteysie
Lur est turné a vyleynie
Par mesdisauns:

1. Ms. *f. tremes parlast.*
2. *Grat* est l'adj. latin *gratus,* à peine modifié.

Si symples soyt en compaynie,
Lors est jugé hautenerye [1]
U noun sachauns.

XV Si ele juwe et sovent rye
Ov home estrange par courteysie,
Lors meytenaunt
Li home quyde et desafie
Qe la famme ver luy plye,
Et va dysaunt

XVI Que toust la querroyt a sa amye;
Si il la prent [2] de sa folye
Par semblaunt;
Sy q'a peyne est famme en vye
Qe sache eschyvre felonye
De mal pensaunt.

XVII Si de mesfere fust ausy preste
Cele qe bone est et honeste
Com sont la gent,
Ly roy d'enfer averoyt feste
De graunt pechié et [de] moleste
Plus sovent.

XVIII Ne covyent ja qe hom la blame,
La gentile et bone dame,
Mès que soyt eschywe.
A peine est home dehors la frame [3]
Ov qy ele ose pur sa fame
Estre veüwe.

XIX Quant un home a pecchié

1. Ce mot, qui doit être assez rare (il n'est pas dans le dict. de M. Godefroy), est employé par Bozon dans les *Contes*, p. 133.

2. Corr. *Si la reprent*?

3. Ce mot ne semble pas français. L'anglais *frame* ne paraît toutefois donner ici aucun sens.

Mult trés poy en est chargé
De autre gent,
Mès si femme par cas ad folee,
Par tut le pais la fame [a] volee
Sodeynement[1].

XX Donks la gent q'escryent[2]
Totes les autres que bones sunt
Pur une sote,
Malement avisez sunt,
Qe les bones medlez sunt
Ove la male rote.

XXI Nette famme de beau port
Vaut plus qe home grant et fort
En suillure,
Qar y est doné gage et sort,
Qe femme est frele, home plus fort
En nature.

XXII Dount la verryne fet plus a priser
Q'encountre vent puet estriver,
Q'est si tendre,
Qe la pere qe mout de legier
Par goute de yawe voit debriser
Saunz defendre.

XXIII La femme est verryne qe mout est tendre,
Home la pere, qe de force est grendre
E mout vaut;
Meis en taunt li home est mendre
Qe la femme, qe pust deffendre
Quant home faut.

1. Le même préjugé est constaté par Philippe de Navarre dans son traité des *Quatre temps d'âge d'homme*, éd. de la Société, §§ 22 et 88-9.

2. Corr. *qu'escrié unt?*

XXIV Bone feme estable et leale[1],
Ja ne seit ele si trebele,
Mout bien entent,
Que meynte feme si chauncele
Par bele promesse e favele
De mout de gent.

XXV Tieux unt premis une siele
Qa ja ne dorreyent la cenele
Ne fourdyne,
Dount la dame ou damoysele
Poy unt chargee lour querele
E lour covyne.

XXVI Ja ne verrez le tourneour
Sovent fere iloek sojour
La ou verra
Une femme ver son seignour
Demoustrer joye et grant amour,
Mès tost s'en va.

XXVII Ne nul troverez jousteour
Qe sovent veygne cum dauneour
A damoysele
Qe ly respount par reddour ;
« Va t'en de moy, vous pygasour[2]
A vydele![3] »

1. Pron. *lele*, forme ordinaire en anglo-normand, voy. *Bulletin de la Soc. des anc. textes,* 1881, p. 39.

2. Ce mot n'est pas relevé dans les dictionnaires; mais on sait que *pigace* ou *pigache* désignait une sorte de soulier à pointe qui fut en usage au XIIe et au XIIIe siècle; voy. Quicherat, *Hist. du costume en France,* p. 155-6, et le dict. de M. Godefroy où sont cités deux exemples de ce mot, l'un de la fin du XIIe siècle, l'autre du XIIIe. *Pigace* a été par extension employé pour désigner une femme coquette; voir l'ex. de Pierre de Peckam cité par M. Godefroy. *Pigasour* pourrait donc désigner celui qui porte des *pigaces*, un homme coquet, fat.

3. Cette expression m'est inconnue.

XXVIII Asez soffist l'estableté *(Fol. 95)*
De bonne femme icy nomé,
Mès plus avaunt
Parler covyent de lur bounté,
C'est a saveir de humilité
Qe vient siwaunt.

XXIX Humble femme en bounté
A son seignor est doné,
Pur meut soffrir,
Sovent encountre son eyndegré [1]
Pur a ly plere e Dampnedé
E pur meryr.

XXX Taunt est femme humble et sofraunte,
Mès qe son seignour autre haunte
Qe voit celer;
Ja ne dirra a uncle ne aunte,
Mès par douçour li enchaunte
De mal lesser.

XXXI Humble femme par humbletee
Sy par angweyse soyt grevée,
Elle se coevere;
Devaunt la gent se fet heytée
Por eyser seignour e meynée
Tan ke recoevere.

XXXII Et si a tort hom [2] la recte,
En quele blasme hom la gette,
Ele s'afye,
Taunt cum ele se treve nette,
Qe plus avera le duce motette
En l'autre vie.

1. « De son propre gré », mot hybride fréquent en anglo-normand, dont le premier terme est l'ancien anglais *aȝen*, angl. mod. *own*.
2. Le ms. ajoute ici *a*.

XXXIII Humble femme moustrer n'ose
L'amour q'en son cuer repose
Ver son seignour;
En sa parole se tient mout close,
Mès en fet, a cheef de pose,
Si moustre amour.

XXXIV Ore ay counté ma devise,
De lur humilité bone aprise
A grant summe;
Ore vous dirray grant franchise
Q'en quer de femme est assise
Plus q'en home.

XXXV Sovent avez oy retrere
Qe gentile femme de bele tere
Plus tost prent
Un home qe seit de bone afere
Qe nul autre pur sa terre;
Si ne fount mye gent.

XXXVI Par les femmes enrychy sount (v°).
Mout de gens par my le mound
Par lour fraunchise,
Mès poy de femmes avauncés sount
Par les gens q'endurcy sount
Par coveytyse.

XXXVII Aprés la fraunchise de lour quer,
De lour naturesce voyl counter
Saunz ambage;
Plus vaut fylle qe fyz q'est heyre,
Quant a naturesce, ver pere e mere
E vers lynage.

XXXVIII Al lynage son seignour
Sovent moustre grant amour
E fet graunt bens,

E par ce se quert honour ;
E du lynage e du seignour
Si ne pert riens.

XXXIX Ja n'est trovee en tere ou en mer
Piere preciouse nule si chere
Qe vayle a femme,
Ne charbuche q'est si cler
Ne diamand qe dure entier
Ne autre gemme.

(*Le reste de la page est blanc.*)

3. — *La femme comparée à la pie*. Court poème en sixains *(aabccb)* qui se trouve sous le nom de Bozon dans le ms. de Cheltenham au fol. 75 [1] et anonyme dans le ms. du Musée britannique Harl. 2253, fol. 112, d'après lequel il a été publié en 1842 par Jubinal, *Nouveau recueil*, II, 326, et la même année par Th. Wright, *Specimens of lyric poetry*, nº XXXVIII. Toute date faisant défaut, il est impossible de savoir si cette pièce est antérieure ou postérieure aux deux précédentes. Bornons-nous à dire qu'elle est certainement plus désobligeante pour les femmes, irrévérencieusement comparées à un oiseau considéré comme peu noble, que les quatrains du *Char* dont pourtant Bozon crut devoir faire amende honorable.

4. — *Poème allégorique sur la Passion*. — En quatrains de vers alexandrins. Se trouve dans le ms. de Cheltenham, fol. 38-40 [2], et dans le ms. du Musée britannique Cotton, Jul. A. V. Le dernier couplet, où Bozon se nomme, fait défaut dans le ms. cottonien d'après

1. Les premiers vers sont rapportés *Romania*, XIII, 518.
2. Voy. *Romania*, XII, 507.

lequel la pièce a été publiée par Jubinal, *Nouveau recueil*, II, 309, puis par Th. Wright, en appendice à son édition de la chronique de Pierre de Langtoft. Elle avait été bien à tort attribuée à ce chroniqueur par l'abbé de la Rue. C'est un poème qui ne manque pas de mérite. Jésus est représenté par un roi qui avait une amie et l'aimait plus que sa vie. Elle se laisse enlever par un traître. Pour la recouvrer, le roi prent les armes d'un sien bachelier appelé Adam et s'en fait revêtir par une demoiselle (l'incarnation). Puis il se présente contre le ravisseur, sire Belial, et le combat, un vendredi, sur une montagne (le Calvaire). Il est blessé en cinq endroits (les cinq plaies de Jésus) et finit cependant par reconquérir son amie, à qui il pardonne et qu'il prend pour épouse. Bozon a-t-il conçu l'idée de cette allégorie ? Il est permis d'en douter, si on considère qu'un récit analogue se trouve, avec des différences, dans un sermon du dominicain Gui d'Evreux, qui prêchait à la fin du XIIIe siècle [1], un peu avant le temps où écrivait Bozon, et dans un sermon du frère mineur Albert de Metz qui vivait au commencement du XIVe siècle [2]. Voici l'un et l'autre morceau, tels qu'ils ont été récemment mis au jour par M. Hauréau [3] :

GUI D'EVREUX, *Bibl. nat. lat.* 15966, *fol. 46 v°*. — Quædam domicella erat quæ fuit dives et de magno genere, scilicet natura humana vel fidelis anima, quia domina super omnem creaturam inferiorem, sed a quodam potente per violentiam et injuriam exheredata, scilicet Diabolo, et ita depauperata quod non inveniebat in terra aliquod auxilium, quia purus homo satisfacere non volebat. Quod audiens filius cujusdam

1 *Hist. litt.* XXI, 174-80.
2. *Ibid*, XXVII, 102-4
3. *Notices et extraits des mss*. XXXII, deuxième partie, 281-2.

magni regis, scilicet filius Dei patris, desponsavit eam, scilicet quando sumpsit carnem, et pugnavit cum illo potente, scilicet hodierna die, et restituit hereditatem, quia per passionem Christi redditur via cæli. Sed tamen in bello occisus est ex vulneribus assumptis. Sed quid fecit illa? Accepit arma et posuit in camera sua, et quotiescumque videbat ea flebat; et dum rogaretur quod se maritaret, semper currebat ad illa arma, et cum videbat ea, tantum dolebat in corde suo quod nullo modo concedere volebat. Non enim dederat oblivioni amicum suum. Etiam sic debet homo accipere cor et recolere passionem Christi, et si rogatur *de se marier*, id est tentatur de peccato, debet recurrere ad arma amici sui, scilicet Christi, et tunc non peccaret. Sed scitis quod est de quibusdam sicut de mulieribus Lombardiæ quæ in morte maritorum se lacerant et in crastino se maritant.

Le rapport avec la pièce de Bozon est lointain, bien qu'incontestable. Chez le dominicain le péché est assimilé au mariage, ou du moins à un second mariage, idée qui n'apparaît pas chez Bozon, mais le même récit va nous présenter, chez Albert de Metz, un point de contact avec le poème de Bozon, à savoir le fait des cinq blessures reçues dans le combat par le jeune guerrier :

Albert de Metz. *Bibl. nat. lat. 14952, fol. 68.* — Fuit quædam puella a quodam tyranno graviter impugnata ; nec habebat virum aliquen qui posset eam defendere contra tyrannum qui volebat sibi hereditatem suam auferre, Sæpe clamabat ad Dominum ut liberaret eam de potestate illius tyranni. Tandem venit quidam juvenis miles, qui obtulit se pro ea pugnaturum. Tantum dixit ei quod nihil quærebat ab ea, nisi ut, si vinceret tyrannum et viveret, quod haberet illius memoriam ; si autem moreretur, custodiret tunicam suam ad amandum in memoria. Accessit dies conflictus. Ille juvenis miles pugnavit cum tyranno a mane usque ad vesperam et devicit tyrannum ; sed vulneratus fuit graviter quinque vulneribus, et in quinto mortuus fuit. Tum illa puella accepit tunicam ejus tinctam suo sanguine, ut ille rogaverat, et posuit in camera sua, in tali loco quod ipsam videbat quoties intrabat cameram, et ingrediens flebat pro amore illius, et sæpius ibat in cameram ut videret tunicam et haberet amici sui memoriam.

Spiritualiter puella ista fuit humana natura, tyrannus Diabolus, miles Christus, qui accepit tunicam albam ad armandum se contra Diabolum, scilicet carnem in utero Virginis. Bene fuit alba quia peccatum non fecit. *Il prist la cuirée blanche a la croix de g[u]eules*, et pugnavit contra Diabolum usque ad nonam, et vulneratus fuit quinque vulneribus, cum lancea lanceatus et mortuus: sed tamen Diabolum devicit. Tu ergo, o anima christiana, accipe tunicam, scilicet passionis suæ memoriam, et pone ante oculos tuos, et tunc superabis omnes adversarios tuos.

Il est peu probable que Bozon se soit inspiré de l'un ou de l'autre de ces deux récits. Non qu'il n'ait pu connaître au moins le premier, mais parce que les différences avec son poème sont véritablement considérables. Toutefois, si la même allégorie se rencontre sous deux formes, il est bien permis de supposer qu'il en a existé au moins une troisième. C'était probablement un lieu commun imaginé au XIIe ou au XIIIe siècle, à l'époque de la grande vogue des romans de chevalerie, mais la forme première nous en est inconnue.

8. — *Traité de « denaturesce »*. — Cette courte pièce ne se trouve que dans le ms. de Cheltenham (fol. 49 v°) où elle est formellement attribuée à Bozon [1]. La rubrique porte : « Ceo tretis *de naturesse fist frere* NICH. BOIOUN..... » ; Mais il faut sans doute corriger *de* [*de*]*naturesce*, car le texte traite proprement de la *denaturesce*, c'est du vice qui consiste en l'absence de ce qu'on appellait *naturesce*. Par ce dernier terme, dont tous

1. *Romania*, XIII, 508.

les exemples connus appartiennent à la littérature française de l'Angleterre [1], on entendait l'affection pour le prochain [2], et, en un sens plus général, tout un ensemble de qualités nobles et élevées. *Denaturesce*, est le manque de *naturesce,* d'affection. Bozon s'élève dans sa poésie contre les rivalités et les haines qui surgissent entre personnes de la même famille.

6. — *Sermons en vers.* Sous ce titre vague nous grouperons une suite de sept petits poèmes compris dans ma description du ms. de Cheltenham sous les nos 25 à 31. Ce sont autant d'exhortations morales sur des sujets variés. Tous sont en vers octosyllabiques à rimes plates, sauf le no 26 qui est en sixains. Bozon s'est nommé à la fin des nos 26 et 31, mais il n'est point douteux qu'il est aussi l'auteur des autres morceaux de la même série. Certains de ces sermons en vers expriment des idées analogues à celles qu'on rencontre dans les contes en prose du même auteur.

7. — Poème sur l'annonciation, en tercets de vers de quatre syllabes, le troisième rimant en *a*. C'est une des formes de la strophe *couée,* du *rhythmus diptongus caudatus* de la poésie du moyen âge [3]. Ms. de Cheltenham, fol. 75 v°; voy. *Romania*, XIII, 519.

8.— *Prière à la Vierge.* Quinze dizains coués. Ms. de Cheltenham, fol. 50 v° à 51 r°; voy. *Romania,* XIII, 509.

1. Voy. le Dict. de M. Godefroy à ce mot. Il y a bien un exemple (le dernier cité) tiré d'un texte proprement français, mais avec le sens tout différent de science de la nature.

2. C'est en ce sens que *naturesce* est employé au v. 218 de la pièce transcrite ci-dessus, no 2.

3. Voy. Thurot, *Notices et extraits des mss.*, XXII, 454.

9. — *Paraphrase de l'Ave Maria.* Pièce en quatrains dont les couplets ont successivement pour rime chacun des mots dont se compose l'*Ave Maria.* Ms. de Cheltenham, fol. 50; voy. *Romania,* XIII, 508-9.

Telles sont les poésies que le ms. de Cheltenham place sous le nom de Bozon, et dont il n'y a aucune raison de contester l'attribution. Quelques autres, transcrites sans nom dans le même recueil, sont probablement aussi de lui. En dehors de ce ms. nous trouvons encore divers poèmes qui paraissent bien être du même auteur. En voici l'indication :

10. — *Proverbes de bon enseignement.* Ce titre est tiré de l'ouvrage même, qui est un traité de morale compilé d'après des sentences tirées de la Bible, de Sénèque, etc. Chaque sentence est paraphrasée en quatre vers de sept ou huit syllabes rimant deux à deux. Le texte latin est ordinairement écrit en regard de la paraphrase [1]. L'auteur adresse son poème à un ou à plusieurs amis [2]. Le traité de *naturesce* ou de *denaturesce,* de Bozon (ci-dessus n° 5), est également adressé à des amis :

> Va, escrit, en moun message,
> Dire as amis...

L'attribution à Bozon des *Proverbes de bon enseignement* se fonde sur les derniers vers de l'un des mss. [3] :

1. Des cinq mss. qui ont été signalés de cet ouvrage un seul (Oxford, Bodl. 425), ne contient pas le latin.

2. *Chier amis* ou *Chiers amis,* au premier vers, peut être au sing. ou au plur. Le ms. du Musée britannique Old roy. 8. E. XVII, porte *Chier ami,* qui se prête également aux deux interprétations.

3. Le ms. de la Bodléienne Selden supra n° 74, le seul qui les contienne.

Ore priez tous pur Boün
Ki vous presente ceste lessun,
K'il, par vostre oreisun,
Viengne a bone salvacion.

Les sermons en vers mentionnés plus haut (nº 6) se terminent d'une façon analogue par ces vers :

Pryez Deu pur Bosoun
Ke vous fet ceo sermoun.

La différence de forme entre *Boün* et *Bosoun* n'est pas un obstacle décisif à l'identification de notre Bozon avec l'auteur des *Proverbes*. Le ms. de Cheltenham, donne plus d'une fois, sinon *Boün,* du moins *Boioun*, qui n'en diffère pas beaucoup.

J'ai proposé, il y a quelques années, cette identification [1], et depuis je n'ai rien trouvé qui vînt la confirmer ou l'infirmer.

II. — *Vies de saintes.* Un manuscrit du musée britannique, fonds Cottonien, Domitien XI [2], nous a conservé neuf vies de saintes en vers français dont on ne possède pas d'autre exemplaire. Ce sont les vies des saintes Lucie, Marie-Madeleine, Marguerite, Marthe, Élisabeth de Hongrie, Christine, Julienne, Agnès et Agathe. Deux de ces poèmes portent le nom de Bozon. A la fin de la vie de sainte Marie-Madeleine on lit :

Mais jeo pri Marie la dulce
Ke sa bonté point ne grouce
De ayder Bozun en son mester
Ki sa vie voult translater.

1. *Romania*, XIII, 539-41.
2. Décrit par Fr. Michel, *Rapports au Ministre* (*Doc. inéd.*), I, pp. 258-70.

Et à la fin de celle de sainte Agnès :

> Jeo pri Angneis de Dieu cherie
> K'ele nus seit en aye,
> E k'ele prie pur Bozun
> Ki ad descrit sa passiun.

Les neuf légendes versifiées du ms. Cottonien sont des œuvres fort ordinaires dont aucune ne se recommande par les idées ni par le style. Th. Wright a supposé qu'elles sont toutes de Bozon [1], et c'est une opinion qui nous paraît fort vraisemblable. Mais nous ne serons pas d'accord avec cet érudit lorsqu'il écrit que le style des poèmes paraît être celui de la fin du XIIe siècle. C'est au contraire le style et la langue de la fin du XIIIe siècle. Wright, non plus que l'abbé de la Rue qui, avant lui, avait placé Bozon au XIIe siècle, n'a pas fait attention que parmi ces légendes figure celle d'Élisabeth de Hongrie, qui mourut en 1231 et fut canonisée en 1235. Pour que le lecteur soit en état de se former une idée du style un peu terne de Bozon traducteur de vies de saints, nous transcrivons ici le début de la vie de sainte Agnès.

La vie seinte Angneys. (Fol. 103 *d*)

> Jeo fu prié, meis, sanz prier,
> Me deit amour bien charger,
> Ke jeo parle de seinte Agneys,
> La bone, la bele, la curteys,
> Juvene e sage e advertie,
> Pure e nette, sanz felonie,
> Dunt bien acorde sa vie al noun
> K'ele aveit par tele resoun,

1. *Biographia britannica literaria*, II, 539.

Ke Agneis est tant a dire
Cum agniel dulce k'est sanz ire.
Le agniel conut bien sa mere,
E Agneys aveit fey mult chere ;
Agniel lete, e ele letout
De Dieu la dulceur ke bien la pout ;
Angniel doute lou e gopil,
E ceste se garda de chescun peril ;
Angniel pris pur mettre a mort
Ne refert ne remord, (*Fol. 104*)
Ne ceste ne voleit cuntredire
Pur Dieu sufrir grant martire ;
E tut est bon ke del angniel veent,
Chare e leyne, pele e feent,
Ne rien est trovée en seinte Agneis
Ke de bounté ne porte peis.
Ceil e tere l'ad honurée,
Cum resone est, pur sa bountee.
Outre nature ele out grace
En tele age, kant enchace
Honur del mound de son quer
Pur soul Jhesu enbracer.
A peyne fut ele de trez anz
Kant lessa custume d'autres enfanz
Ki rien ne pensent d'autre vie
Fors de ceste k'est gylerie [1].
Meis ele se dona a Jhesu Crist
Jour e nute de quer parfit.
Ceo apparut bien en son fet,

1. Ce mot, qui doit être assez rare, car il n'est pas enregistré dans le dictionnaire de M. Godefroy, se trouve deux fois dans les contes de Bozon (voir le vocabulaire). On le rencontre aussi dans le poème sur la Passion (ci-dessus, nº 4) :

De ly se vout venger ke fist la gylerye.

(*Romania*, XIII, 507).

Si cum vus orrez, si vus plest.
Un juvencel de grant renoun
L'atendy d'estre son barun,
E l'ad offert grant noblesce
De or e argent e richesce,
E de gemmes pretiouses
E de vestures delitouses,
Issi k'ele voulsist assentir
De parfere son desir.
Ele respondit de quer leel :
« E vus, » dit al juvenceel.
« De peché estes norisance,
« De verey mort la sustenance.
« Ore en alez meyntenant ;
« Jeo ne ay ke fere tant ne kant
« Ne de [1] vostre ne de vus.
« Tut autre ay ke n'est [2] vus,
« La beauté ki [3] le soleil pase,
« La ki richesce tuz autres quasse,
« La ki force force veynt,
« Le amour de ki amores esteynt,
« Ki par son pere n'out unk mere
« Ne par sa mere n'out unke pere, (b)
« A qui les angeles se abaundonent,
« Par ki les morz a vie retournent.
« A li me su jeo en tut donée,
« De son anel me ad affiée,
« De ses vertuz me ad vestue,
« En ses amours me ad resceüe,
« De son sanc me ad merchée [4],

1. Corr. *del.*

2. Corr. *estes.*

3. Corr. *La ki (cui) beauté.*

4. « Achetée », mercatam. Il n'y a dans le dict. de M. Godefroy que *marcheer*, avec un seul exemple.

« Issi ke d'autre ne sey clamée.
« Par li ay promission
« De tresor sanz comparison.
« Sa bele chambre est la preste
« Ou chaunt e orgyn ert a la feste,
« E la karole de virgines
« Ke la serrunt mes veysines;
« Son cors al meyn en netteté
« Par fin amour se est doné,
« E cors e quer, tant cùm jeo vayle,
« De tut ay mys en son bayle.
« Tant est mon quer de li surpris
« Ke de nul autre ne ten ge pris. »
Li juvencel ke fut paen
Ne out mye grace de tel sen,
Ne pout conceyvre Jhesu Crist
Dunt ele parla, meis entendist
K'ele amast autre e out despit
De ses dounes ke out promys.
Si prinst autres de greygnur prys.
Ele respondit cum fit avant :
« Jeo ne ay ke fere tant ne kant. »
Dunt li juvencel enmaladit;
E kant l'encheson estendit
A son pere, mult se greva ;
De li venger se purpensa.
Pur son lignage il n'oseit
Si autre encheson ne li seit.
Un ribaud dunt li diseit
Ke Angneis cristiene esteit.
Le mestre dunc de la citee
Ki fiz ele out refusee
Vers la pucele se adrescea;
En tele manere la aresona
K'ele reniast seinte eglise (c)
E a lur Dieus feit sacrifise,

104 Ou ele serreit amenée
Al bordele nue pur estre defolée...

Ces vers ne sont pas une simple traduction. Si, comme il est probable, l'original est la vie publiée par les Bollandistes (21 janvier), qui a été fort répandue au moyen âge, il faut admettre que Bozon a traité sa matière avec assez de liberté. Le jeu de mots sur *Agnes* et *agneau*, notamment, lui appartient en propre. Jacques de Varazze avait, il est vrai, commencé sa vie de sainte Agnès (*Legenda aurea*, ch. XXIV) par ces mots : « Agnes dicta « est agna, quia mitis et humilis tanquam agna fuit », mais il propose aussitôt deux autres étymologies, et il y a loin de cette rapide indication aux développements ingénieux dans lesquels entre Bozon. La langue et le style ne présentent aucun trait qui empêche d'attribuer cette légende et les autres à l'auteur des contes et des poésies du ms. de Cheltenham. L'identification proposée est d'autant plus probable que le nom de famille ou surnom de Bozon parait avoir été peu répandu en Angleterre.

III. — Langue

Au temps ou Bozon écrivait, le français était devenu, en dehors du monde ecclésiastique et universitaire qui continuait d'écrire en latin, la langue littéraire par excellence de l'Angleterre. Depuis la conquête l'usage de l'anglais, en tant que langue écrite, avait été constamment en déclinant. La littérature importée par les Normands s'était développée sur le sol de la Grande-Bretagne comme sur le continent, et s'était imposée peu à peu aux indigènes. Dès la fin du XIIe siècle des écrivains anglais de naissance composent en français. Leur nombre s'accroît au XIIIe sous Henri III. Sous les trois Édouards le français remplace en une certaine mesure le latin dans les actes émanant de l'autorité administrative ou judiciaire. Au même temps les compositions anglaises, en prose ou en vers sont rares et ne semblent pas avoir beaucoup de succès. Peu à peu l'usage de la langue à la mode se répandait en dehors des familles normandes, qui ne s'étaient guère mises en peine d'apprendre l'anglais, si bien qu'au commencement du XIVe siècle le français était bien près de devenir le langage commun de toute l'Angleterre. Nous avons sur ce point un témoignage assez précis. Un historien qui écrivait aux environs de 1350 dans un comté du Nord-Ouest de l'Angleterre, Ranulph Higden, constate avec un certain étonnement, peut-être même avec regret, l'état d'abandon et de corruption dans lequel était tombé l'anglais, et il l'attribue à cette circonstance que les enfants étaient astreints dans les écoles, depuis le temps de la conquête, à traduire le latin en français, de sorte que les enfants de familles nobles (les autres n'allaient guère à l'école) sont formés dès le berceau à l'usage du français. Il ajoute :

Les habitants des campagnes, voulant leur ressembler, pour avoir l'air plus *respectable*, s'appliquent de toutes leurs forces à parler français (*francigenare*). Et ici on constate avec surprise que la langue naturelle et propre des Anglais, renfermée dans les limites de l'île, offre d'infinies variétés de prononciation, tandisque la langue des Normands, venue du dehors, est, à peu de chose près, partout la même.

Entrant ensuite dans quelques détails sur les variétés de l'anglais, qu'il propose de ramener à trois dialectes, il dit que cette langue reste à peine en usage chez un petit nombre de gens sans cultures : « De prædicta quoque lingua Saxonica tripartita, *que in paucis adhuc agrestibus vix remansit...* [1] » Il ne faut sans doute pas prendre ces paroles à la lettre : les *pauci agrestes* devaient former le fond de la population rurale. Ranulph Higden attribue ici à la langue française une trop grande extension. La vérité est, selon toutes les apparences, que de son temps le français avait pénétré dans les campagnes et y était, sinon parlé, du moins compris par une bonne partie des habitants. Bozon, un peu antérieur à Ranulph Higden, confirme indirectement cette opinion. Car les contes moralisés dont il est l'auteur n'ont certainement pas été faits pour le monde de la cour du roi d'Angleterre, ni même pour la société seigneuriale. Ils s'adressent bien plutôt à la classe moyenne, à des gens qui savaient l'anglais de naissance, — puisque l'auteur cite souvent des

1. Hæc quidem nativæ linguæ corruptio provenit hodie multum ex duobus : quod videlicet pueri in scholis, contra morem cæterarum nationum, a primo Normannorum adventu, derelicto proprio vulgari, construere gallice compelluntur ; item, quod filii nobilium ab ipsis cunabulorum crepundiis ad gallicum idioma informantur. Quibus profecto rurales homines assimilari volentes, ut per hoc spectabiliores videantur, francigenare satagunt omni nisu. Ubi nempe mirandum videtur quomodo nativa et propria Anglorum lingua, in unica insula coartata, pronunciatione ipsa sit tam diversa, cum tamen Normanica lingua, quæ adventitia est, univoca maneat penes cunctos. De prædicta quoque lingua Saxonica tripartita, quæ in paucis adhuc agrestibus vix remansit, orientales cum occiduis tanquam sub eodem cœli climate lineati, plus consonant in sermone quam boreales cum austrinis.

(*Polychronicon*, l. II, ch. LIX ; éd. Babington, II, 158-60).

proverbes ou des phrases en cette langue [1], — mais qui avaient appris plus ou moins le français et considéraient cette langue comme plus noble, et prenant place, dans l'ordre des préséances, immédiatement après le latin. C'est ainsi que de nos jours, dans le midi de la France, dès que la conversation s'anime (et elle s'anime facilement) on voit des personnes habituées à parler français intercaler dans leur discours des paroles ou même des phrases de l'idiome vulgaire, du patois.

Il reste donc acquis qu'au temps où Ranulph Higden écrivait, le français avait fait des progrès considérables dans les classes moyennes et même inférieures de la société anglaise. Mais, dès la seconde moitié du XIVe siècle, l'anglais regagnait rapidement le terrain perdu. Jean Trévisa [2], traduisant en 1385 le *Polychronicon* de Ranulph Higden intercalait la remarque suivante après le passage où Ranulph parle des efforts que les gens de la campagne faisaient pour parler français à l'exemple des personnes nobles :

Tel a été l'usage jusqu'à la première mortalité (*la peste de 1348*), mais depuis est survenu un changement, car John Cornwail, maître de grammaire, a changé la méthode dans les écoles de grammaire, en substituant, pour les traductions [du latin] l'anglais au français. Richard Pencriche adopta d'après lui cette manière et d'autres la prirent de Pencriche. De sorte que maintenant, l'an du Seigneur 1385, la neuvième année du règne de Richard II, les enfants ont abandonné le français et traduisent et apprennent en anglais. Ils ont à cela avantage d'un côté et désavantage d'un autre. L'avantage est qu'ils apprennent leur grammaire (le

1. Voy. la table des matières, au mot *anglais*.

2. Sur cet auteur on peut voir une note de Babington, dans son édition du *Polychronicon*, I, LIII-V.

latin) en moins de temps qu'auparavant, le désavantage est que maintenant les enfants des écoles de grammaire ne savent pas plus le français que leur talon gauche, et cela est un inconvénient pour ceux qui ont à passer la mer et à voyager à l'étranger. Les gens nobles aussi ont maintenant cessé dans une grande mesure d'enseigner le français à leurs enfants [1].

En effet, dès 1362, Édouard III, cédant aux sollicitations de la commune de Londres, ordonnait que dorenavant les plaids auraient lieu en anglais et non plus en français [2]. Vers le même temps les traductions anglaises d'œuvres françaises vont se multipliant [3]. C'est à cette

1. This manere was moche i-used to-for the firste deth, and is sithe sumdel i-chaunged, for John Cornwaile, a maister of grammer, chaunged the lore in gramer scole and construccioun of frensche into englische; and Richard Pencriche lerned that manere techyng of hym, and othere men of Pencrich, so that now, the yere of oure Lorde a thowsand thre hundred and foure score and fyve, and of the secounde Kyng Richard after the Conquest nyne, in alle the gramere scoles of Engelond, children leveth frensche and construeth and lerneth in englische, and haveth therby avauntage in oon side and disavauntage in another side : here avauntage, is that they lerneth her gramer in lasse tyme than children were i-woned to doo ; disavauntage is that now children of gramer scole conneth no more frensche than can hir lift heele, and that is harme for hem and they shulle passe the see and travaille in straunge landes and in many other places. Also gentilmen haveth now moche i-left for to teche here children frensche.

(*Polychronicon*, éd. Babington, II, 159-61.)

2. « Ad petitionem etiam communitatis placita in lingua materna et non gallica versari jussit. » Thomas de Walsingham, *Historia anglicana*, éd. Riley (coll. du Maître des Roles), I, 297. Ce passage est cité par Du Cange dans la préface du *Gloss. med. et inf. latinitatis*, éd. Didot, p. 14 *a*, mais avec la date de 1367 au lieu de 1362. — Voir le statut même dans les *Statutes of the Realm*, I, 375 (36 Éd. III, st. 1, art. 15.)

3. La version anglaise de Guillaume de Palerme peut être datée

époque que William Langland et Chaucer commencent à écrire[1]. Dès lors la littérature anglaise prend son essor, et le français, perdant sans cesse du terrain, devient peu à près une langue savante, à l'usage de l'administration et surtout des jurisconsultes. Ceux-ci lui resteront longtemps fidèles et ne l'abandonneront guère qu'au XVIIe siècle.

Peu s'en est fallu pourtant que l'idiome porté en Angleterre par les Normands de Guillaume le Conquérant ne soit devenu la langue commune du Royaume uni. Si l'effort si manifeste au XIIIe siècle et dans la première moitié du XIVe s'était poursuivi pendant une cinquantaine d'années, si l'effroyable guerre de Cent ans n'était venue diminuer les relations entre la France et l'Angleterre, ou, en tout cas, en modifier la nature, l'anglais, réduit déjà à l'état de patois, se serait éteint peu à peu. Les conséquences de ce fait, qui paraissait probable au temps ou écrivait Higden, eussent été incalculables, et il est à croire qu'elles eussent été profitables à l'humanité.

Ce ne fut pas impunément que le français pénétra dans les classes inférieures d'une population accoutumée aux sons et aux formes d'un idiome tout différent. La langue, qui s'était conservée dans un état de pureté relative jus-

de 1350 environ, voy. la préface de l'original français, édition de la Société, p. XVI. Le traducteur dit en terminant qu'il a fait son travail pour ceux qui ne savent pas le français : *for hem that knowe no frensche ne never underston.*

1. La première forme de la vision de Piers Plowman est de 1362 et la première œuvre à peu près datée de Chaucer, *The Compleynte to Pite*, est de 1366-8 (Furnivall, *Trial Forewords*, p. 15, publication de la *Chaucer Society*, 1871). Cf. *Chaucer's Minor Poems*, édition Skeat, 1888, pp. xlvii-lvi.

qu'aux premières années d'Henri III [1], dégénère rapidement avant le milieu du XIIIe siècle. Il ne semble pas qu'elle soit partout aussi uniforme que le dit Ranulph Higden dans le passage cité plus haut : elle offre au contraire dans sa corruption une variété assez grande. Ce qui est vrai, c'est que les différences linguistiques qu'on observe d'un texte à un autre ne semblent pas correspondre, en général du moins, à des régions déterminées, mais dépendent du plus ou moins d'instruction des auteurs ou des copistes.

Il serait difficile de fixer les caractères de la langue de Bozon d'après son recueil de contes. Nous possédons en effet de ce recueil deux mss. qui diffèrent assez sensiblement, comme on peut le voir par les variantes, et dont aucun ne peut prétendre à représenter, à l'exclusion de l'autre, la langue de l'auteur. Les poésies offriraient naturellement une base plus solide, mais elles ne sont pas comprises dans la présente édition. Elles sont assez nombreuses pour former un volume à part, mais il serait prématuré de les publier actuellement, car l'attention étant désormais appelée sur notre auteur, il est vraisemblable que de nouvelles recherches feront connaître quelque manuscrit jusqu'à présent non signalé de tel ou de ses poèmes. On peut cependant, dès maintenant, déterminer quelques-uns des caractères de l'idiome très corrompu qu'il écrit. Dans cette recherche on fera surtout usage des poésies, et particulièrement de la pièce sur la bonté des femmes, éditée dans le chapitre précédent Jusqu'à présent il n'a été publié aucune étude sur

1. La langue de frère Anger, qui écrivait à Sainte-Frideswide, Oxford, en 1214 et pendant les années précédentes, ne se distingue du français de France que par un petit nombre de traits; voy. *Romania*, XIII, 192 et suiv.

le français qu'on parlait et qu'on écrivait en Angleterre au temps d'Édouard I. La méthode qu'on appliquera dans les remarques qui suivent consistera à choisir quelques faits considérés comme caractéristiques, à en vérifier l'existence en des documents du même temps, et à déterminer, dans la mesure du possible, l'époque où ils apparaissent.

1. — Les diphtongues *oi* (lat. *ē, ĭ)* et *ai* sont altérées au point de se confondre en un même son. Dans la *Passion* (éd. Wright, p. 434), *rois, lois*, riment avec *palais*, et *pray*, représentant le latin præda, rime avec les prétérits *juai*, *donai*. — De même chez Pierre de Langtoft *ai* (habeo) et la première personne sing. du futur, riment avec *may* (moi), *fay* (foi), *cray* (crois), *ray* (roi), etc. (éd. Wright, pp. 34, 246).

2. — Les mêmes diphtongues, suivies d'une nasale aboutissent à un son unique qui se confond avec *en*. Du moins voit-on *grendre* (fr. *graindre*, lat. grandior) et *mendre* (fr. *meindre*, *moindre*, lat. minor), rimer avec *tendre* (tener) et *deffendre*, ci-dessus, p. XXXVII, coupl XXIII.

3. — La diphtongue *ue* venant d'ŏ latin rime avec la finale *-er*, lat. -are; *quer-counter*, ci-dessus, p. XL, coupl. XXXVII. Dans la *Passion* (éd. Wright, p. 434), dans le *Char* (*Romania*, XIII, 517), dans la vie de sainte Agnès (ci dessus, p. XLIX, v. 29), le même *quer* rime également avec des infinitifs de la 1re conjugaison. Même fait chez P. de Langtoft (Wright, p. 66, 104, etc.), et plus anciennement dans la vie de saint Alban (vv. 205, 685, 1348, etc.)

4. — La diphtongue *ei* se confond avec *é* : *heyre* (heres) rime avec *quer, counter, mere*, p. XL, coupl. XXXVII.

5. — L'*e* posttonique, en contact avec *é* tonique, devient muet et souvent n'est pas écrit. Ainsi dans la pièce sur la Bonté des femmes, coupl. I, le participe féminin *countée*, écrit *counté*, rime avec des mots en *é*. Au couplet XXXI, *humbleté* rime avec trois mots en *ée*. De même dans la *Passion* (éd. Wright, pp. 430, 436), dans la vie de sainte Agnès, v. 25-6, etc. La réduction d'*ée* à *é* s'observe d'une façon constante chez Pierre de Langtoft. En fait, cet auteur de même que Bozon n'a plus de rimes en *ée*. Il a des rimes en *é* dans lesquelles prennent place les mots qui régulièrement devraient se terminer en *ée* (éd. Wright, I, 6, 36, 54, 68, 80, 134, etc.). La perte de l'*e* posttonique dans ce cas est notablement plus ancienne que Bozon et Pierre de Langtoft. Dans le petit poème de New Ross (Irlande), qui est de 1265, on voit rimer ensemble le part. fém. *sonée* et *fossé* (écrit *fossee), aportée* et *volunté* [1].

Vers 1250, dans le poème sur la bataille de Mansourah *é* et *ée* sont absolument confondus [2]. — On trouverait des exemples isolés du même fait dans des poèmes plus anciens encore. Mais, dans le français d'Angleterre, la variété est grande à toute époque. Aussi ne s'étonnera-t-on pas de voir qu'*é*, *ée*, sont nettement distingués dans la pièce en sixains sur la guerre des barons, qui est de 1263 environ [3].

Il semble aussi que l'*e* posttonique s'efface après *ai, oi.*

1. *Archæologia*, XXII, 316, 319.
2. Ed. Fr. Michel (à la suite de Joinville), pp. 327, 334, 335.
3 Wright, *Pol. Songs*, pp. 59, 61, 62.

Du moins on trouve dans la *Passion* (Wright, 434), les rimes *estoi (= estoie)*, *sai (= soie)*, *moy (= moie)*, *juai* (prét. de *juer)*. Le même fait s'observe en divers textes du temps de Bozon ; voir par exemple Pierre de Langtoft, I, 404, où *vay (= voie)*, rime avec des futurs à la première personne du singulier.

Il est bien évident que la perte de l'*e* posttonique a été facilitée, dans le cas d'*-ée* et d'*-aie*, *-oie*, par l'analogie de son qui existait entre la tonique et l'atone consécutive, car les auteurs qui laissent tomber la posttonique en ce cas, la conservent après *i* et après *u*. Dans le *Char* de Bozon les rimes en *i* et en *ie* ne sont jamais confondues [1]. Les rimes en *-ie* du poème sur la bonté des femmes (ci-dessus, couplets IV, VI, XIV, XV, XVI, XXXII), sont parfaitement pures. Il en est de même chez Pierre de Langtoft.

6. — L'*e* posttonique tombe encore après *er*. Le couplet XXXVII, fait rimer ensemble *quer* (cor) *counter*, (computare), *heyre* (heres), *mere* (mater). De même au couplet XXXIX ou *mer* (mare), et *entier*, riment avec *chiere* [2]. Tel est aussi l'usage chez Pierre de Langtoft où *pere*, *mere*, *frere*, *emperere*, *ariere*, figurent souvent dans des tirades en *er* (I, 50, 58, 62, etc.) En fait cet auteur, de même que Bozon, n'a pas de rimes proprement en *ére* [3].

1. Voy. *Romania*, XIII, 516, un couplet en *-y* suivi d'un couplet en *ie* et p. 515 deux couplets en *-ie*.

2. Dans le même couplet il y a *cler*, adj. se rapportant à *charbuche* (escarboucle). Mais ce dernier mot ayant en anc. fr. les deux genres, on ne peut savoir si *cler* est masculin ou féminin.

3. Il est bien entendu que les rimes en *ére* sont celles où *é* correspond à un *a* latin *(pére)*, ou à un *ĕ* (*arere*, fr. *ariere*). Il ne s'agit pas des rimes en *ère* où *è* correspond à *e* latin en syllabe fermée ou à *ai* (*tere*, *fere*).

La perte de l'*e* dans ce cas n'est pas aussi ancienne que dans le cas précédent [1].

7. — Un certain nombre d'infinitifs en *-eir, -re -ir* se rattachent à la conjugaison en *-er*. Ainsi dans le *Char* on trouve *failler* (faillir) dans une rime en *er (Romania*, XIII, 516). Dans les contes on trouvera *acqueller* [2] (accueillir), *apparer* (anc. fr. *aparoir)*, *assailer*, *cheer*, *choiser*, *departer*, p. 58, *empler*, *enricher*, *failler*, *joier* (jouir), p. 45, *meigtener* (maintenir), *mover*, p. 40, *overer* (ouvrir), *oyer*, *oier* (ouïr), p. 55, *pleyser*, p. 51, *profrer* (a. fr. *paroffrir)*, *regeier* (a. fr. *regehir)*, *resailer*, (resaillir), *sailler*, *saver*, *seer*, *soffrer*, *vener*, *voler* (vouloir) [3]. C'est par l'assimilation à la première conjugaison que s'expliquent les participes *assentez* (assentir) et les préterits *combata*, *entenda*, p. 65, *apparerent*, *descenderent*, p. 103, *luserent* (de *luire* ou *lusir)*, *oyerent*, p. 107, *renderent*, p. 111, *vierent* (virent), p. 105. Il se peut que ces formes, qui souvent varient d'un ms. à l'autre, soient dues, en partie du moins, aux copistes, mais il n'est pas douteux que Bozon les connaissait et en faisait usage.

Dès le XIIIe siècle, l'assimilation plus ou moins impar-

1. On trouve *baner* (bannière) en rime, dans la complainte de William de Longuespée (éd. Michel, pp. 345-6), mais comme le mot est mis au masculin (*son baner, le baner*), il peut être considéré comme distinct du féminin *banere*.

2. Pour tous les exemples qui ne sont pas accompagnés d'un renvoi, voir le vocabulaire.

3. Je ne sais si on peut classer ici *metter* (p. 11), *defender* (p. 12), *receyver* (p. 31), *siwer* (p. 184) parce que la finale *-er* peut, dans ces verbes, avoir été atone, comme dans *chiever*, p. 15, pour *chievre*, *monster*, p. 47, pour *monstre*, etc., les formes régulières étant *mettre*, *defendre*, *receivre*, *sivre*.

faite des verbes en *-eir*, *-re*, *-ir*, aux verbes en *-er* est fréquente. Elle commence par les verbes en *-eir; aver* (avoir) rime avec *amender* dans la vie de saint Thomas de Cantorbery [1] qui est de la première moitié du XIIIe siècle. *Aver* et *poer* (écrit *poar, poare)* riment en *-ér* dans le poëme sur la bataille de Mansourah ; de même *aver*, *poer*, *saver*, *voler* dans la vie de saint Alban. Ce genre de barbarisme va se multipliant dans les textes de la fin du XIIIe siècle et du XIVe qui représentent le mieux l'état du français parlé en Angleterre. Ainsi, dans le poëme sur les articles de « Trayllebaston » on trouve *gyser* (gesir), *soffrer, choyser,* en rime avec *demorer* [2]. Pierre de Langtoft emploie non seulement *aver*, *poer, voler,* qui sont fréquents avant lui, mais *arder*, I, 148, 346, *enrycher* (216), *forbanez* (224), *mover* (426, 442). Dans la chronique française de Londres, qui s'étend jusqu'en 1344 [3], on peut relever *arder*, *asailer*, *assenter*, *aver*, *coiller*, *esbayer*, *espaunder, establer* (établir), *giser*, *maintener, mover, overer* (ouvrir), *pursuer*, *revester*, *saver, seiser*, *socurer* (secourir), *sustener*, *ver* (voir). Si ces verbes étaient tous des verbes français en *-oir*, le passage à *-er* pourrait être considéré comme un fait de prononciation ; voy. plus haut n° 4, mais on a vu qu'il se rencontre dans le nombre plusieurs verbes en *-re* et en *ir*. D'ailleurs l'hypothèse d'une modification phonique est exclue par les prétérits en *-a* (3e pers. du sing.) et par les participes passés en *é*. Dans le français des livres de loi *(law french)* du XVe et du XVIe siècle l'assi-

1. Voy l'édit de la Société, p, XXVIII.
2. Wright, *Pol. Songs*, p. 234-5.
3. *Chroniques de Londres, depuis l'an 44, Henri III jusqu'à l'an 17, Edw. III*, edited by G. J. AUNGIER. London, Camden Society, 1844.

milation des verbes de toute origine à la première conjugaison est pour ainsi dire illimitée.

Ici on peut remarquer que cette tendance à l'unification de la conjugaison [1] s'est manifestée dans la langue parlée avant de faire son apparition dans les textes. A une époque où dans la langue écrite la terminaison *-er* ne s'est guère étendue qu'aux verbes *aver*, *poer*, *saver* et *voler*, où les prétérits en *a* (3e pers. sing.) ne se montrent pas encore, nous avons la preuve que les Anglais prêtaient à rire en faisant entrer bon nombre de verbes dans la première conjugaison. Les pièces où leur langage est tourné en ridicule présentent avec abondance ce genre de fautes. Ainsi dans le poème en quatrains connu sous le nom de *la Paix aux Anglais*, qui paraît dater de 1264 [2], on lit *rier* (rire), *chier* (cheoir), *rompier* (rompre). Dans le poème de Blonde d'Oxford, écrit vers 1270-80, Philippe de Beaumanoir met en scène un seigneur anglais, le comte de Gloucester, qui emploie les prétérits *disa*, *ria*, *vena* [3], *vola*, de *dire*, *rire*, *venir*, *vouloir*.

Inversement, il est arrivé que des verbes de la première conjugaison ont reçu, à l'infinitif, la terminaison *-ir* (part. passé *-i)*, ou *-re*. Ainsi nous trouvons dans les contes de Bozon [4] *demorir*, *donir*, p. 55, *esparnir* (épargner), *fichi*, participe passé de *fichier* ou *ficher)*, *gettre*

1. Remarquons en passant qu'on observe la même tendance, moins générale toutefois, en divers patois du nord et du midi où quelques-unes des formes de la première conjugaison se sont étendues bien au delà de leurs limites originaires.

2. *Histoire littéraire*, XXIII, 452-3.

3. Voy. dans les *Œuvres poétiques de Ph. de Beaumanoir*, éd. de la Société, le poème de Blonde d'Oxford, vv. 2700, 3105-6, 3110, 3149. L'auteur emploie ces formes non seulement à la 3e pers. du sing., mais encore à la 1re, ce qui est une exagération.

4. Voir le vocabulaire.

(jetter), *luttre* (lutter), *pledir* (plaider, anc. fr. *pledier*), *recovery*, p. 70, part. de *recoverir* (recouvrer), *severir*.

Cette sorte de confusion est assez fréquente dans les textes peu anciens du français d'Angleterre. On trouve *secchir* (sécher) en rime dans le débat d'Henri de Laci et de Gautier de Biblesworth [1], *plurir* (pleurer) et *sonir* (sonner) en rime dans les pièces sur la mort d'Edouard I [2]. Dans une poésie qui ne peut être postérieure au commencement du XIVe siècle [3], *bouter* est devenu *boutre* en rime [4].

8. — Le roman que les Normands portèrent en Angleterre avait deux formes d'imparfait : l'une en *-oe*, *-oes*, *-ot*, ... *-oent*, pour la première conjugaison, l'autre en *-eie*, *-eies*, *-eit*, ...*-eient*, pour les autres conjugaisons. Dès le commencement du XIIIe siècle s'observe la tendance, qui a triomphé de très bonne heure en français de France, à réduire ces deux terminaisons à une seule, la seconde. Le religieux Angier, qui écrivait à Oxford en 1212-4, emploie encore la 3e pers. du sing. en *-ot*, mais il lui substitue souvent la finale *-eit*, et au plur. il ne connaît plus que *-oient* [5]. La même tendance s'accentue notablement pendant le cours du XIIIe siècle, et Bozon nous donne, pour la première conjugaison, des formes telles que *quidoit*, p. 102, *ploreit*, p. 120, *entreynt*, p. 130. Dans le manuscrit des contes qui sert de base à la présente édition *ei* et *oi* sont employés indifféremment. Les

1. *Reliquiæ antiquæ*, I, 135. Ce petit poème doit être des dernières années du XIIIe siècle.

2. Wright, *Pol. Songs*, p. 244.

3. Le ms. est de la première moitié de ce siècle.

4. Stengel, Description du ms. Digby 86, p. 41.

5. *Romania*, XII, 200.

auteurs contemporains, et notamment Pierre de Langtoft, offrent en abondance des preuves de la même assimilation.

Si la langue de Bozon présente un grand nombre des caractères qui au temps d'Edouard I ou d'Edouard II distinguaient le français d'Angleterre de celui de France, elle ne les présente cependant pas tous. La syntaxe de Bozon est encore assez française. L'emploi des temps est conforme à l'usage du continent. L'auteur sait la valeur propre de l'imparfait et du prétérit. A cet égard il se distingue avantageusement de Pierre de Langtoft, qui emploie à tout instant le premier de ces temps à la place du second [1].

IV. Manuscrits

Les contes de Bozon nous ont été conservés par les deux mss. déjà mentionnés au commencement de cette introduction, l'un appartenant à la bibliothèque de Gray's Inn, l'autre à celle de sir Thomas Phillipps, à Cheltenham. De plus un ms. du Musée britannique, dont nous devons la connaissance à une bienveillante indication de M. H. L. D. Ward, conservateur-adjoint de cet établissement, renferme une série de récits latins dans lesquels il nous a été facile de reconnaître une traduction partielle des contes de Bozon.

Nous allons examiner ces divers textes et en faire ressortir les particularités.

Le ms. de Gray's Inn a été suffisamment décrit par

1. Voy. les tirades en *-ait* et en *ayent*, si fréquentes chez cet auteur (Wright, I, 4, 14, 22-6, 38, 40, etc.).

feu A. J. Horwood dans le catalogue des manuscrits anciens appartenant à cette société [1], où il porte le n° 12. C'est un volume en parchemin de 286 feuillets, ayant les dimensions d'un petit in-folio et dont l'écriture cursive et bien anglaise peut être rapportée au milieu du XIVe siècle. Il renferme :

1. Deux sermons latins (ff. 1-8).
2. Un *Ars prædicandi* (ff. 8-12).
3. Un sermon latin (ff. 12-3).
4. Les contes de Bozon (ff. 15-49).
5. La règle de saint Augustin, avec le commentaire de Hugues de Saint-Victor (ff. 51-68).
6. Un traité de saint Bonaventure *de vita beate Virginis* (ff. 69-78).
7. Une *Summa de viciis*, commençant : « Tractatus iste continet novem partes... » (ff. 79-260).
8. Un traité des quatre vertus cardinales, imparfait à la fin, le ms. ayant perdu ses derniers feuillets, et commençant : « Postquam dictum est de morbis anime... »

Ce ms. faisait partie de la bibliothèque où il est actuellement conservé dès une époque antérieure à 1697. Il figure en effet dans les *Catalogi librorum manuscriptorum Angliæ et Hiberniæ*, publiés à Oxford, en 1697, t. II, p. 359. Plus anciennement, il appartenait au couvent des Franciscains, à Chester, comme l'atteste une note écrite au XVe siècle sur le premier feuillet de garde et ainsi conçue : « Summa de viciis et virtutibus. Et est de communitate Minorum Cestrie, e dono Conewey ministri [2]. »

1. *A catalogue of the ancient manuscripts belonging to the honourable Society of Gray's Inn.* London, Spottiswoode. 1869. In-8°, viij-22 pages.

2. Nous adressons tous nos remerciments à M. W. R. Douth-

Le ms. de Cheltenham a été, comme nous l'avons dit en commençant, décrit et analysé en détail pour la première fois, en 1884, dans le t. XIII de la *Romania*. Il est de diverses écritures qui toutes sont du milieu environ du XIVe siècle. Peut-être est-il un peu antérieur au ms. de Gray's Inn. Les contes de Bozon y occupent les feuillets 120 à 153.

Le ms. Harleien 1288, qui contient la traduction en latin des premiers contes de Bozon, est un recueil factice composé de morceaux d'origine diverse réunis sous une même couverture. On en trouvera la description détaillée dans le catalogue de la collection Harley. Le morceau qui nous intéresse, et qui occupe les pages 195 à 227 de la présente édition, y est mentionné d'une façon assez vague, et en effet, à moins de connaître le texte original de Bozon, que personne n'avait signalé, il était impossible de savoir que ces pages latines étaient traduites du français. De cette version il ne reste qu'un fragment de quatorze feuillets (ff. 112-125). L'écriture est celle de la fin du XIVe siècle. Le ms. n'est point original : c'est une copie non exempte de fautes.

Si on compare ces trois textes, on observera tout d'abord que celui de Gray's Inn et celui de Cheltenham ne rangent pas dans le même ordre les divers morceaux dont se compose le recueil, et que la version latine suit l'ordre du ms. de Cheltenham. On trouvera ci-après, pp. 189-193 la concordance des deux mss. français. Il en résulte que les paragraphes du ms. de Gray's Inn sont rangés dans le ms. de Cheltenham comme suit :

waite, bibliothécaire de Grays' Inn, qui a bien voulu déposer ce ms. au département des mss. du Musée britannique, où Miss Smith a pu, à loisir, le transcrire et le comparer avec les épreuves.

§§ 1-20,	§§ 99-111,	§§ 78-98,
142-143,	70-77,	56-63,
121-133,	112-119,	120.
21-42,	43-55,	
64-69,	134-141,	

De ces deux classements quel est l'original? Probablement celui du ms. de Cheltenham; non pas seulement parce que l'ordre adopté dans ce ms. est confirmé par la version latine, mais aussi parce qu'en lui-même il présente certains éléments de probabilité. Il place le § 21 à la suite du § 133, et en effet, dans ces deux paragraphes il est question de la nature du lièvre. Il joint le § 99 au § 69, et on verra dans le commentaire que ce dernier paragraphe correspond au *De proprietatibus*, XVIII, LI, et l'autre au même ouvrage XVIII, LII. Les §§ 119 et 43, rapprochés dans le ms. de Cheltenham, n'ont aucune connexion, mais le § 118 traite de la nature du cerf, comme le § 43, la matière de l'un et de l'autre étant empruntée au *De proprietatibus*, XVIII, XXIX. Ils ne sont séparés dans Cheltenham que par le seul § 119. Les §§ 55 et 134, qui se suivent dans Cheltenham se rattachent l'un au ch. X, l'autre au ch. VIII du livre XII de la même compilation.

Néanmoins il a paru préférable de prendre pour base de l'édition le ms. de Gray's Inn. Ce ms. en effet est le seul complet. Celui de Cheltenham offre trois lacunes assez considérables. La première, résultant de l'enlèvement du feuillet 143, a fait disparaître l'exemple du § 44 et les §§ 45 et 46 en entier, soit la valeur de quatre pages de la présente édition [1]; la seconde, beaucoup plus étendue, a

1. Voy. p. 61, note 17.

pour cause une inadvertance du copiste qui a réuni le § 86 au § 97 en omettant toute la partie intermédiaire. Il est probable qu'il manquait à cet endroit dans son original un ou deux feuillets. Quoi qu'il en soit, il y a là une lacune qui correspond à dix pages de l'édition [1]. En outre, la fin du texte de Gray's Inn (§§ 144 et 145), soit environ neuf pages, manque entièrement dans le ms. Phillipps. Il nous aurait donc fallu, si nous avions pris pour base ce dernier texte, en combler les lacunes à l'aide du ms. de Gray's Inn ; et, comme la graphie des deux mss. est assez différente, il en serait résulté un disparate fâcheux.

Enfin la copie de Gray's Inn a un mérite qui manque à celle de Cheltenham. Elle est divisée en chapitres plus ou moins régulièrement constitués, se composant en général d'une sorte d'instruction morale accompagnée d'un exemple à l'appui. Ces chapitres sont précédés de rubriques qui sont réunies au commencement du volume en forme de table. Cette disposition est commode pour les citations, et d'autre part elle a l'avantage de marquer nettement le caractère moral de l'ouvrage. Si, comme il est probable, elle n'émane pas de Bozon lui-même, elle est sans doute l'œuvre d'un des premiers copistes, peut-être un de ses confrères, qui ont transcrit les contes.

On voit que le choix du ms. de Gray's Inn, comme base de l'édition, se recommandait par des considérations d'une certaine valeur. Le ms. Phillipps n'a véritablement en sa faveur que le mérite d'un classement qui semble original. Mais ce mérite est bien médiocre. Car si l'ordre du ms. Phillipps semble plus autorisé, il est loin cependant d'être très satisfaisant. Que l'on adopte

1. Voy. p. 108, note 7.

l'un ou l'autre, le recueil n'offrira en aucun cas l'aspect d'une œuvre bien composée. Et enfin il n'est pas absolument sûr que Bozon soit resté tout à fait étranger à l'arrangement que présente le ms. de Gray's Inn. Ce ms., on l'a vu, se termine par deux longs chapitres qui manquent dans l'autre. Il se peut à la rigueur que l'auteur ait fait deux éditions de son ouvrage et que le mss. de Gray's Inn représente la seconde.

Quant au texte, aucun des deux mss. n'est tout à fait correct. Celui de Cheltenham cependant semble exécuté avec plus de soin que l'autre. Aussi en avons-nous fait usage en mainte occasion pour corriger les fautes ou suppléer les omissions du ms de Gray's Inn. Nous croyons du reste en avoir relevé et publié en note toutes les variantes qui ne sont pas de pure graphie.

La version latine, dont malheureusement nous ne possédons, comme on l'a vu, qu'un fragment, a pu, en certains cas, fournir un secours utile pour l'établissement du texte. L'auteur inconnu de cette version a fait usage d'un bon texte, qu'il a traduit en un latin à la vérité fort médiocre, mais toutefois avec fidélité et intelligence. Ce texte devait se rapprocher beaucoup plus de celui de Cheltenham que de l'autre. Non seulement la traduction suit, comme on l'a dit plus haut, l'ordre de ce ms., mais lorsque les deux mss. français offrent des leçons divergentes, c'est généralement la leçon du ms. de Cheltenham que reproduit le traducteur [1]. Cependant le texte qu'il avait sous les yeux différait en certains cas de nos deux mss. Ces particularités ont été signalées en note [2]. En outre la version latine offre assez souvent des additions

1. Voy. p. 197, note 4, p. 203, note 2, etc.
2. Voy. p. 197, note 5, p. 200, note 1, p. 202, note 2, etc.

et des développements que nous avons distingués du contexte à l'aide de parenthèses. Faut-il en conclure que le texte traduit était plus développé que celui qui nous est parvenu? Cette conclusion pourrait être légitime en certains cas [1], mais le plus souvent il paraît bien que le traducteur a jugé à propos de développer sa matière. Notons encore que certains passages où l'auteur se met en scène ont été modifiés. Ainsi, au § 5, l'original porte : « Jeo oy dire que jadis fust un riche homme qe un sergeant out norry... » et il y a simplement dans le latin. « Narratur de quodam armigero... » Au § 19 la traduction omet le passage sur les moutons d'Ecosse au sujet desquels Bozon apporte son propre témoignage.

Une particularité assez curieuse de cette version est qu'elle renferme un certain nombre de mots anglais, introduits en façon de gloses, qui ne se trouvent pas dans l'original. Ainsi :

2. Qar ceo piere que ay nomé, qe en latyn est *magnes* apellé, sonne en fraunceis « greyndur »...	Nota *magnes* latine, anglice dicitur *greete*...
5. La nature e la custume de le sengler est...	Nam natura apri, anglice *a boore*, est...
7. E vient lui home qe lui gueite ; ci fiche les estakes entour cel arbre...	... quod percipiens venator ponit palos, anglice *stakys*, circa arborem...
10. Un pesson de la mier qe est appellé crabbe	Est autem quidam piscis maris vocatus anglice *a crabbe*
13. Mès homme atempree...	Sed homo modestus... ca-

1. Par ex. p. 198 à la fin du § 4, où est indiqué sommairement un exemple (*qualiter equus centum solidorum trahit currum unius marce post se*) qui fait défaut dans notre texte français.

prent ensample del oliphant[1] ke se garnist des oreilles encontre wibetz.	pit exemplum de elephante qui custodit diligenter aures suas a muscis et *herewyckys*.
15. Dont le mauveyz dit al estornel qe encontra sur le mier...	Fabula de hoc per avem que vocatur anglice *a puttocke* et de lampreda.
17. Le huan...	Bubo, anglice *an howle*...
122. Quant mul ou chival est *redossé*...	Cum equus vel mulus fuerit redorsatus, anglice *gallyd*...

Il n'est guère permis de supposer que la prose française de Bozon ait été mise en anglais, puis traduite de l'anglais en latin. L'explication la plus probable de la présence de ces mots anglais est que la traduction latine ayant été exécutée à une époque où le français perdait du terrain, dans la seconde moitié du XIVe siècle, le traducteur aura jugé à propos de mettre en anglais les mots qu'il ne savait comment rendre en latin, et, en d'autres cas, pour la plus grande commodité de ses lecteurs ou auditeurs, de gloser en anglais certains mots latins. L'emploi le la langue vulgaire dans les mêmes cas est fréquent dans les sermons latins. Il est même à croire que l'idée de mettre en latin le recueil de Bozon a eu pour cause de désir d'approprier à la prédication latine un recueil qui sans doute avait été mainte fois mis à contribution par ceux qui prêchaient en langue vulgaire[2].

On voit que l'ouvrage dont la Société des anciens

1. Leçon du ms. de Cheltenham, le ms. de Gray's Inn coupant la phrase en deux.

2. On peut rappeler à cette occasion que la table du ms. de Cheltenham indique comme suit les contes de Bozon : « Item, exempla bona et narraciones utiles pro sermonibus, in gallico » (*Romania*, XIII, 499, note).

textes français donne aujourd'hui la première édition ne laisse pas de soulever d'assez nombreuses questions qui ne peuvent toutes, dans l'état de nos connaissances, recevoir une solution parfaitement certaine. Il est probable que de nouvelles découvertes permettront un jour de rectifier et de compléter les conclusions qu'on s'est efforcé d'établir dans cette introduction. Les bibliothèques du Royaume uni n'ont pas été tellement fouillées qu'on ne puisse espérer encore y trouver quelque manuscrit des œuvres en prose et en vers de Bozon, ou de la traduction latine de ses contes. En attendant, nous espérons que ce volume, tel qu'il se présente, sera favorablement accueilli de ceux qui s'intéressent à l'histoire des contes du moyen-âge et à celle de la littérature anglo-normande.

P. M.

LES CONTES MORALISÉS

DE

NICOLE BOZON

LES CONTES MORALISÉS

DE

NICOLE BOZON

FRÈRE MINEUR

F. 15 1. *De remedio contra lapsum.*

2. *Contra advocatos, legistas et juratos.*
3. *De justitia, veritate, judicio et equitate.*
4. *Quod mali prelati affligunt subditos humiles et parcunt astutis et versutis.*
5. *Quod senescalli sint advocati pauperum contra dominos impios et injustos.*
6. *De malis dominis et iniquis.*
7. *Contra conscientias dilatatas.*
8. *Quod verba adulatoria minuunt merita et virtutes.*
9. *Quod domino recedente ab homine suscitatur odium in eodem.*
10. *De senibus deficientibus et juvenibus proficientibus.*

b 35. *Quod boni si delinquunt, cito resipiscunt, et mali in malicia diucius perseverant.*

36. *Quod omne bonum est Domino ascribendum.*

37. *Quod leviter auditur quod placet*, *et quod displicet nullatenus.*

38. *Quod alterius onera alterutrum sunt portanda.*

39. *Contra luxuriosos.*

40. *Quod id quod addiscitur in juventute permanet in senectute.*

41. *Contra maliciosos.*

42. *Quod male adquisitum relinquitur, set precium remanebit.*

43. *Quod multos excecat gaudium mundiale.*

44. *Quod Dominus quos diligit corripit et castigat.*

45. *Quod perire nequeunt quos beata Virgo voluerit esse salvos.*

46. *Contra cupidos.*

47. *Quod dulcedo verborum multos fallit.*

48. *De gratitudine.*

49. *Quod consortia malorum sunt fugienda.*

50. *Quod consorcia divitum a pauperibus sunt fugienda.*

51. *Quod Cristus est similis pellicano.*

52. *De varietate hominum et felicitate juratorum.*

53. *Quod fugiantur ornate femine juniores.*

54. *De fortitudine mulierum.*

55. *Quod mali malis alterutrum suffragantur.*

56. *Quod boni superiores bonam familiam peroptant et mali malam.*

57. *Quod memoria Dominice passionis levigat penitentiam.*

58. *De confessione et contricione.*

59. *Qualiter diminuitur malicia malignorum.*
60. *Quod stulti amplectuntur stulticiam, sapientiam contempnendo.*
61. *Quod in solo Cristo spes nostra est figenda.*
62. *Quod contra Cristum contendere non debemus, set in ejus misericordiam sperare.*
63. *Contra penitentiam hic facere contempnentes.*
64. *Contra cupidine estuantes.*
65. *Quod stultis in sermonibus est parcendum.*
66. *Contra luxuriosos et maliciosos.*
67. *Quod per unum mortale peccatum multa bona inficiuntur.*
68. *Quod verba dulcia demulcent dominos et ballivos.*
69. *Quod bonum cupiatur et vana gloria fugiatur.*
70. *Quod valenciores sunt humiliores et invalidi nequiores.*
71. *Quod parvipendenda sunt verba stultorum a sapientibus et discretis.*
72. *Quod divites modica dant et raro.*
F. 15*c* 73. *Quod boni succurrere debent fraudulenter oppresso et inmerito diffamato.*
74. *Quod rarus amicus in angustia repperitur.*
75. *Quod superiora nobis querere non debemus.*
76. *Contra ypocrisim pretendentes.*
77. *Contra detractores.*
78. *Quod nulla pena mundialis Cristi penis poterit comparari.*
79. *Quod Cristus peccatorum non poterit oblivisci.*
80. *De misericordia Dei et Virginis gloriose.*
81. *Quod anime in purgatorio liberantur per missas et elemosinas.*

82 *Quod amor mundanus post mortem cito evanescit.*

83. *Quod multi sunt in uno proficiunt, in alio deficiunt.*

84. *Quod sancti et salvandi per adversitatem variam comprobantur.*

85. *De fragilitate humana pensanda et de cordis liberalitate.*

86. *De remediis contra peccatum.*

87. *Quod vanitas mundi a sapientibus contempnitur et a stultis amplectitur.*

88. *Contra cupiditatem.*

89. *Quod voluntas propria fugiatur.*

90. *Quod per multas tribulationes ad celeste gaudium pervenitur.*

91. *Quod per malos dominos divites depauperantur et ideo fugiantur.*

92. *De castitate habenda verissima medicina.*

93. *Contra malos prelatos.*

94. *Quod honorare debemus id pro quo plurimum honoramur.*

95. *Quod Deus suos approbat et malos sustinet ut convertant.*

96. *Contra cupidos et injustos.*

97. *Quod non est tutum cum sola muliere habere consorcium.*

98. *Quod gaudia mundana sanctis displicent et adversa placent.*

99. *Contra malos ballivos et senescallos.*

100. *Quod de nichilo elevati multum intendunt iniquitati.*

101. *Quod multi multa tenaciter custodiunt ad comodum aliorum.*

102. *Quod multi nobiles degenerant.*

103. *Quod diabolus multos vulnerat per peccatum mortale terrena injuste adquirentes.*

104. *Quod potestas multos facit effrontes.*
105. *Quod diabolus per potestatem mundanam fallit quamplurimos et seducit.*
106. *Quod confessio est sepius facienda.*
107. *Quod multorum verba operibus sunt contraria.*
d 108. *Quod diabolus multos fallit suggestione, operacione et assuefacione.*
109. *De remedio contra diabolica temptamenta.*
110. *Quod diabolus multos multipliciter ex[c]ecat et de peccato allicit in peccatum.*
111. *Qualiter peccator resipiscere debet a peccatis.*
112. *Contra invidos maledictos.*
113. *Quod memoria Dominice passionis est necessaria contra diabolica temptamenta.*
114. *Contra jactatores.*
115. *Contra superbiam remedium salutare.*
116. *Quod sancta crux bonis est remedium cristianis.*
117. *Contra cupidos et locupletes. — Fabula moralis contra cupidos et divites* [1].
118. *Contra divites.*
119. *De caritate erga pauperes exercenda.*
120. *Quod quidam in presenti nunquam bene faciunt, et ideo ad inferna trahuntur.*
121. *Contra pusillanimes subditos et prelatos.*
122. *Contra maledicos et iniquos.*
123. *Quod defectus in proximis excusemus.*
124. *De mala disciplinatione filiorum.*

1. C'est exceptionnellement que le copiste a inséré à la table la mention de cette fable, à laquelle il a donné le n° 118. Nous supprimons cette cote, et conséquemment nous baissons d'une unité tous les numéros qui suivent.

125. *Contra eos qui dampna inferunt proximis magis quam extraneis.*
126. *Quod parcatur proximis pocius quam extraneis.*
127. *Quod filii bene doctrinentur.*
128. *De mala societate fugienda.*
129. *Contra a[m]biciosos judices et iniquos.*
130. *Quod mali servi que injunguntur invite faciunt.*
131. *Contra cupide adquirentes heredibus.*
132. *Quod intencio recta ordinetur, et de verbis adulatoriis vel detractoriis non curetur.*
133. *Quod de aliorum factis non curemus, set facta propria ponderemus.*
134. *De conjugio fideliter conservando.*
135. *De viduitate caste conservanda.*
136. *Quod que volunt viduitatem caste conservare se debent ab hominum conspectibus elongare.*
137. *De virginitate sollicite conservanda.*
138. *Quod virgines corumpuntur per impudicarum consilium vetularum.*
139. *Quod exponantur in juventute filii discipline, et de hiis qui proficere [n]unquam volunt.*
140. *Quod quidam in juventute mox incipiunt bene facere.*
141. *Quod qui omnia cuperint omnia perdunt.*
142. *De stultis qui de male in pejus semper deficiunt.*
143. *De bonis qui de bono in melius semper proficiunt.*
f. 16 144. *Quod multi divicias laboriose adquirunt et irridentur ab aliis qui eas consumunt.*

145. *Quod quasi sub virtutis specie diabolus vicia frequenter inducit.*

Explicit tabula Metaphorarum secundum fratrem NICHOLAUM BOZON, *de ordine Minorum.*

(F. 17) En ceo petit liveret poet l'em trover meynt beal ensaumple de diverse matiere par ont l'em poet aprendre de eschuer peché, de embracer bontee, e sur tote rien de loer Dampnedee qe de bien vivere nous doynt enchesoñ par la nature des creatures qe soñt saunz reisoñ. Pur ceo dist Job .xij° : « Vous qe ne savez mye « le mal eschure et le bien eslire, demaundés les bestez « [e il vus aprendrount, les oiseus qe volent [1]] e ils vus « dirroñt, les matiers de la tiere e ils vus respounde« roñt, les pessoñs de la mier e ils vus denuncieroñt [2] », ne mye en parlañt, mès chescun en sa nature diversement overañt, coment par les uns vus purrez bien faire, e coment par les autres de mal vus purretz retrere.

1. *De remedio contra lapsum Ade.*

Le noble clerk Ysidre nous dit e soñ livere .xvj. [3] qe il y ad une piere qe est apellé magnete, e ceste piere tret a luy le fer, mès li amannd est de greignore force, e par sa vertue fer retorne e guerpit la magnete e se joynt a l'amand e le syut quele part qe il va. Et ceste ensañple peot estre remenée a deus chosez : primes en bon signi-

1. *Restitué d'après B.* — 2. *Imité de* JOB, XII, 7, 8. — 3. ISID. Etym. XVI, IV, XIII; *cf.* Gesta Romanorum, *éd. Œsterley*, n° 245.

fiaunce e pus en mal. Ceste piere magnete qe tret le fer après luy signifie le maufé ki [1] Adam nostre primer piere tret a luy par peché e ceaux qe vyndroñt de luy, qe plus estoyent pesantz aveir [2] qe nul fere; mès survynt le douz amant de greignore vertue, e tolist al magnete son graunt poer e si fist a lui le fer retorner, quant Jhesu, par sa douce passiouñ venquist le deable et lui tolist sa praye. Et pur ceo dit nostre Seignour : « Quant fort par « greignore force vencu est e pris, lors perd sa preie que « avañt out conquis [3]. » *Cum fortis armatus custodit atrium suum, in pace sunt omnia que possidet, set si fortior illo superveniens vicerit illum, universa arma distribuet in quibus confidebat* [4].

2. *Contra advocatos, legistas et juratos.*

En autre manere peot cest ensample estre amenee encoñtre les uns advocatz countours, legistrers e pledours e les gence qe soñt en dozeyns. Qar ceo piere qe ay nomé, qe en latyn est *magnes* apellé, sonne en fraunceys « greyndur », e signifie veritee, qe passe tote rien en terre, com dist Zorobabel au roy Darie [5]. Et ceste piere tret a lui le fer pesant, qar ja ci grevouse ne ert la cause qe ne peut estre triée, si verité peut demonstrer sa mestrye; mès privement survynt luy amañd, une piere mout preciouse [6]; ceo est un bourse od la monee, qe fet la cause resailer [et verité de tot failler [7]]. Pour ceo dist

1. *D'après B; A* les maus que. — 2. *Corr.* e neirs, *Harl.* nigros et ponderosos. — 3. *Avec un léger changement* :

Quant par greignor fors vaincus est e pris
Lors pert sa preie que avant out conquis.

— 4. Luc. xi, 21-2. — 5. Unus scripsit : « Forte est vinum »; alius scripsit : « Fortior est rex »; tertius scripsit : « Fortiores sunt mulieres »; super omnia autem vincit veritas. III Esdras iii, 10-12. — 6. *B* trop amée. — 7. *Restitué d'après B.*

Ysaie: « La ley resorte hors de cours par tant qe verité « faut en [1] cours. » *Conversum est judicium retrorsum, quia veritas corruit in plateis*, 59° [2].

3. *De justicia, veritate, judicio et equitate.*

Quatre freres furent jadis entrejurez en terre : Dreiture, Verité, Jugement, Equitee; par ceaux fut la terre bien governé, mès ore sount abatus par Coveitise, *Mikelyerne* [3], qar un bourse od blaunche monée plus peut en terre que Verité : cum dit Ysaie : *Veritas*, etc. Et Dreyture, fet il, ceo [4] tient ariere, *Justicia stetit a longe* [5]. Lors vient *(v°)* Equité pour les causes terminer : si est rebotée al huis e ne ose entrer, *et Equitas non potuit ingredi* [5]. Ceo veit Jugement e se retorne, e ne ad cure plus demorir, *et conversum est judicium retrorsum* [5]. Pour ceo dit : les simple gentz qi ne scevent de coveitise ne de quoyntise, ne ne veolent aprendre pour lour conscience sauver, sovent sont malmys par tant qe ils nen ont nul defense. *Qui recessit a malo, prede patuit, et apporiatus est, quia non est qui occurrat* [6].

4. *Quod mali prelati affligunt subditos humiles et parcunt astutis et versutis.*

[7] Le lou et le asne e le gopil furont somons al court de leon. Lors dit le leon al lou : « Que face tu ci? — Sire, » fet il, « pour ceo [ke jeo [8]] pris [un [8]] berbis ils moy ont « somons a vostre court.—Veire, » fet il, « va t'en a me-

1. *A ajoute* soun. — 2. ISAIÆ LIX, 14. — 3. « *Qui désire beaucoup* ». — 4. *Corr.* se. — 5. ISAIÆ LIX, 14. — 6. ISAIÆ LIX, 15-6. — 7. *B commence par une phrase de transition :* Dount il est ore com jadis fu de le ane. — 8. *Restitué d'après B.*

« soñ ; bien scet l'em qe ceo est ta nature de beiser le mo« toñ. » Pus dit il al gopil : « Et tu, Renaud, tañt sagez « et veillañt, pour quoy es tu si travailee ? — Sire, » dist il, « un howe [1] se pleynt de moy pour ceo qe jeo, après sa « confessioñ, penaunce lui donay ; pour ceo mei feseynt « si venir a respondre de ceo trespaz. — Veir, » fait il, « poy out a faire. [Retornez en meson [2]] Ceo est vostre « office penaunce doner après confessioñ. » Pus se torne le leon al asne, si luis aresona : « Dy moy, sire Baudewyn, « qe as tu fet ? Pour « quoy tu es venu ci ? — Sire, » dist il, « pour Deux merci, un bouchee [3] de sauge pris [de un « sauger [2]], et par tant sui destreynt de venir ci. — Or [4] « a mal houre ! » dist le leoñ, « deis tu manger le sauge « al prodhome ? Ore to[s]t ! » dit il as sergeañtz, « primez « soyt bien batu e pus eschorchee. » Auxint est ore en siecle entre prelatz e baillifs. Il [5] esparnunt les pussantz e les doggetz [6], e defoulent les simples gentz sovent sañz reisonn. Pour ceo dit le Escripture : « Si riche home seit « grevee de rien, il trovera assetz des gentz qe serroñt « pour lui, ne mye soulment des amys, mes uncore des « enemis. Et si lui povere de rien trespace, tantost est « mys souz piee. » *Dives commotus confirmabitur ab amicis suis, pauper cum ceciderit expelletur* [*et*] *a notis* [7].

5. *Quod senescalli sint advocati pauperum contra dominos impios et injustos.*

La nature e la custume de le sengler est, quant veit chen ou lou ou autre best aproscher ver ces porceaux en boys ou en gastine, de metter sey devañt ces porceaux e

1. *A* homme. — 2. *Restitué d'après B.* — 3. *A* braunche. — 4. *A* oure. — 5. *A* Eux. — 6. *L'anglais* dogged *dans le sens ancien de « violent, excessif »? B* dogez. — 7. Eccli. xiii, 25.

agüer ces dens e boter avañt l'espaudle destre, qar ceo [1] est plus fort que l'autre. Facent auxint les senescalle des graunt seignours qui ont le poverail en gard, quant veynt lour seignours gettre enchesoñs vers les poveres pour aver de lour; parlent donqes pour eux e boutent avañt l'espaudle destre, ceo est la verité, qe ont pour eaux, pour defendre les cheitifs. Veyre, veyre, blaunche face [2] neyre. Ceo dussent ils feare, mès il ne ont qe feare :

For zif ye louerd bidd sle,
Ye stiward biddes fle [3].

Doñt plusours des senescall veolent mès ove lur seignours en enfern descendre [4] qe encountre lour volenté dire pour defender les poveres.

Narratio ad idem.

(F. 18) Jeo oy dire qe jadis fust un riche homme qe un sergeañt out norry de un enfañt [5], qe mout ama, tañt qe ceo sergeañt enmaladit [6] a le mort e deveit feare soñ testament, si devisa soñ corps a la cimitier e sa alme a enferne, mès ceo ne fust pour rien qe pour nul de ces cu[m]paignoñs voleit chañger sa sentence. A ceo vynt soñ seignour, si lui [7] reprist de sa folie; et l'autre respoñdi qe meux voleit estre od lui en enfern qe sañz lui demorir a ciel. Pour ceo le [8] di qe plusours par compaignie vont od lur seignours al maufee, pour duresces

1. qar ceo, *B* qe. — 2. *B* chause. — 3. « *Car si le seigneur ordonne de tuer, le sénéchal ordonne d'écorcher.* » *Inversement dans B :* If ye loverd biddes flo | Ye stiward biddes slo. *De même dans Harl.* — 4. *A* mès qe l. s. en e. descendent. — 5. *B* de enfaunce. — 6. *A* enmaladie. — 7. *B* qi le. — 8. *A* jeo.

qe font a ceaux qe deussent norir e meigtener; qar ils guerpissent[1] la manere del sengler, e se donnent al manere de un oysel qe est appellé voutre.

6. *De malis dominis et iniquis.*

Le voutre[2] si est trop cruel vers ces pigeons, cum dit li philosophre Plynye, qar ci tost cum aparceit qe la gresse lour crest al cors, il lur bate des eles, e les fiert du beke, tan qe devynerunt[3] megres. Donqe les eyme e pour les seons les cleyme. Auxint le font ils sil qe fierent del beke pour mesdire et manacer, e batent des eles de mestrie e voler, tant heent qe[4] lur pigeons, ceo est a dire qe lur tenantz, dussent nul gresse quiler. Pour ceo dist nostre Seignour par Jeremie : « En vos eles est trovee sank « e suour des poveres gentz et des innocentez. » *In alis tuis inventus est sanguis pauperum et innocentium.* Jer. 2º[5]. Par les deus eles de riches, de mestrie e de volenté, soñt les poverez myz souz pié. *Sequitur : Et dixisti*[6] *: absque peccato ego sum*[7].

7. *Contra conscientias dilatatas.*

Lui ours rampist amoñt les arbres en deserte pur quere miel qe tañt desire. E vient lui home qe lui gueite; ci fiche les estakes entour cel arbre[8], e pent un malleit par un corde devañt le tru ou est le miel; le ours enprenst[9] graunt bataile od cel malleit quant il vient de quere sa prey ; il fiert de piee cel malleit e boute eynz le groyn al[10] tru. Le maillet revient desus le ours[11]. De

1. *B* guerpirent. — 2. *B* Cest oisel dount jeo ci parle. — 3. *B* devenent. — 4. *B* tant qe ount qe. — 5. Jer. II, 34. — 6. *A* dixit isti. — 7. Jer. II, 35. — 8. *B ajoute* mout trés agu. — 9. *A* prenst. — 10. al *est répété dans A*. — 11. *B* Revient le maillet, si le dounc

ceo se grieve et refert : ci est referu; e tant combate od cel maillet qe il est vencu, qar il chiet sur les estakez e si est confundu. Auxi va de conscience quaunt home desire aver ceo qe ne doyt, e encoñtre conscience le veot aver; mès ceo ne peut il mye sañz estriver, e tant estrive encontre conscience qe il est a darreyn hony. SAP. 17° : *Frequenter preocupant pessima redarguente consciencia. Cum [1] sit enim timida nequitia dat testimonium conde[m]pnationis ; semper enim presumit seva perturbata conscientia.*

8. *Quod verba adulatoria minuunt vitia et virtutes.*

Lui philosophre Plynye dit, *li° 8°* [2], [qe [3]] le arbre de olive, ja si bien soyt flori, si la lange de chiver la touche devient baraigne [4], e ceo est mervaille graunt. Auxint est de fous, qe par lur lange perdent moult des vertues, sicom tesmoigne seynt Pool, COR. : *Corrumpunt* [5] *bonos mores colloquia prava* [6]. E peot cet ensample autrement estre receu. L'arbre de olive bien flori est home [7] de *(v°)* biele vie, qe poet de leger perdre merite de ces benfetz si il se doynt al lange de chevere, ceo est a dire a fous losongeours. Pour ceo nous aprent Salamon, e dit, PROVERBIO .j°. : « Beau fiz, ne soffrez pas vostre qeor en le lousengeour reposer. » *Fili, si te lactaverint peccatores ne adquiescas eis* [8] :

Ici peot l'em coñter de le corf.

desouth le oye.— 1. *Depuis ce mot* ISAIÆ XVII, 10. — 2. Hist. nat. VIII, 50 (in fine), *cf.* XV, 8 et XVII, 24.— 3. *Restitué d'après B.* — 4. *B* ne seit f. perd sa vertue et devent baraine si.... — 5. *A* corripiunt. — 6. I COR. XV, 33. — 7. *B* prodhome. — 8. PROV. I, 10.

Fabula ad idem.

Le corf[1] porta un furmage en sa bouche, a ky le gopyl encountra ; ci dit : « Dieux ! com vous estez beal oysel, e « ben seriez[2] a preiser, si vous chauntassez[3] auxi cler « cum fist jadys vostre piere ! » Le corf fust joyous del loenge, si overi sa bouche pour chaunter, e perdy soñ furmage. « Va tu, » dit le gopil, « asez en ai de toñ chañt. »

9. *Quod recedente Domino ab homine suscitatur odium in eodem.*

La nature de chiever si est tiel, quant le solail se retret e va en declyn, chescun tourne a autre le dos et gist roñgeañt ceo qe ad mangee. E quant le solail vient en retournañt, lors se assemblent e vont en pasture com feseynt avant. Auxint est entre les gentz, quant Dieux se enloigne[4] de lour queors : par corouce qe sourde de graunt envye, chescun de autre se retret e va roungeañt en malice ceo qe avañt ad conceu : *Concepimus et locuti sumus de corde verba mendacii*, Ys.[5]. Mès donqes piert qe le verray solayl entre la gent se demonstre, quant chescun va[6] a autre, ne mye soulment pour manger e solacer, mès en bosoigne pour ayder ; qar l'em trovera plusours amys a la table, de queux l'em faudra bien de trover ayde en graunt bosoigne ; si cum tesmoigne l'Escripture, Ecc. 6 : *Est amicus socius mense, set non permanebit in die necessitatis*[7].

1. *B réunit cet alinéa au précédent :* .... conter coment le corf. — 2. *A* serrettez. — 3. *B* chauntissiez. — 4. *B* aloigne. — 5. Isaiæ lix, 13. — 6. *B* veent. — 7. Eccli. vi, 10.

Narratio [1].

Ici pout l'em counter coment un sage home offri soñ servise a un graunt seignour, e dit q'il savoyt bien prier amys de manger od lui. E quañt fust en voye de feare ceo mister, si les pria de venir od chivaux e armes. E nul ne vynt fors un soul. Celui tynt il soñ verray amy. Ecc. 6 : *Amico fideli non est comparatio* [2].

10. *De senibus deficientibus et juvenibus proficientibus.*

Un pessoñ de la mier qe est appelle crabbe si ad mout des piez. Le lievere ne ad qe quatre [3] ; si correit le lievere plus de voie en quatre [4] ke la crabbe ne freit en vynt e quatre. E pour ceo dy qe plusours sey avancent e dyent : « Tant de tens ay esté en ordre, e jeo tant [de « temps a la court, et jeo tant [5]] en servise ou en autre « aprise. » Si ne ont mye tañt espleyté les uns en vynt ans cum foñt le ascunez en synke ou .vj. Pour ceo dit le seinte Escripture [6], Sap. 4° : « Bon juvente bien de« menée [7] si condepne male vie longe menée. » *Juventus consumpta cellerime vitam condepnat injusti* [8]. *Una senectus venerabilis est non diuturna, neque numero annorum computata, set etas senectutis vita immaculata* [9]. Ici peot l'em counter coment le corf reprova le ee de soñ age.

1. *Ce paragraphe manque dans B.* — 2. Eccli. vi, 15. — 3. *B* plusors p. ou le l. ne ad si q. non. — 4. *A* plus en un jour. — 5. *Restitué d'après B.* — 6. *B*. S. Esprit. — 7. *B* hastée. — 8. Sap. iv, 16. — 9. Sap. iv, 8, 9.

Fabula ad idem.

Le corf fist graunt noyse outre les ees. [Lors pria le ee que le corf lessast sa noise [1]] Dont dist le corf a le ee : « Vous comencez assetz tost de estre rebeles as eynés [2] ; « vous [ne [1]] estes fors de un ane, e jeo sui de cynquant. — Voyr, » fet l'autre, « mès plus de bien ay fet en un an « qe vous en tote vostre vie. »

11. *Contra superbos et contrariosos.*

Le tor ad le pee mout dur, e home ad le pee mout assez tendre, e si vaut plus un soul home qe .c. tors. Auxint est cumpaignie en siecle ou en religion : le un peot juner e veiller e mout des travaillez endurer, e de ceo sei [3] energoile, si est rebel e contrarious e non menable [4], com est le tor. L'autre serra de non power de juner e veiller e pur mout travailler ; si ert [5] par aventure *(f. 19)* assetz plyant, douce en parole e curteys e compaignable e obesant. Dont plus vaut un home en humilitee qe dis en [6] dozze de orgoille envenimee. Ecc. j° : *Melior est pauper ambulans in simplicitate quam dives in itineribus pravis* [7]. *Et dixit Helcana : Anna, cur fles? numquid non melior ego sum tibi quam decem filii* [8]*?* « Joe « soul vail plus a vostre oops qe diz fitz qe issent de « vostre ventre ». Beauté, force, sen, vitesce, richesse, sotilté, hardiesce [9], poer, language, clergie, *unde versus :*

1. *Restitué d'après B.* — 2. *A* agenestes. — 3. *A* si. — 4. *B* maniable. — 5. *A* est. — 6. *Corr.* ou? — 7. Prov. xxviii, 6. — 8. I Reg. i, 8. — 9. *B* hardinesce.

Si tibi copia seu sapientia formaque detur,
Sola superbia destruit omnia si comitetur[1].

[Car [2]] par orgoill fust destruit beauté en Absolon, REG. 2°; force en Sampson, JUDIC. 13°; sen en Salomon, REG. ij ; vitesce en Azael, REG. 2 ; richesse en Nabugodonosor, DAN. 4°; sotilté en Gabaa, JUDIC. 20 ; hardiesce en Eleazar, MACH. 6°; poer en Oloferne, JUDITH, 13 ; languag en Amon, Reg. [3]... clergie en [4]...

1. *Ces vers dactyliques ont été souvent cités. Jacques de Vitri, les donne sous une forme un peu différente dans un de ses sermons aux Templiers* (ad fratres ordinis militie), *Bibl. nat. lat. 17509, fol. 72 a :*

Si tibi gratia, si sapientia formaque detur,
Inquinat omnia sola superbia si dominetur.

*La même leçon est donnée par un recueil de lieux communs à l'usage des prédicateurs, composé au XIII*e *siècle, dont il y a un ms. du commencement du XIV*e *siècle à Tours (n° 460 du catalogue de M. Dorange, fol. 80 a). Le copiste, après avoir écrit au second vers* dominetur, *a corrigé* comitetur. *Les mêmes vers se lisent encore actuellement sur l'un des contre-forts du porche du plus grand des châteaux bâtis par les croisés en Syrie, le* Kalaat el Hosn, *ou* Krak des Chevaliers, *sous cette forme, chaque hexamètre étant divisé en trois vers :*

Sit tibi copia, sit sapientia formaque detur,
Inquinat omnia sola superbia si comitetur.

Voy. G. Rey, Étude sur les monuments de l'architecture des croisés en Syrie (1871, Doc. inéd.), *p.* 51, *et Renan,* Lettre au Dr Strauss, *dans le* Journal des Débats, 16 *sept.* 1870, *ou dans* La Réforme intellectuelle et morale, *p.* 174. *Enfin, ils sont cités dans le* Speculum doctrinale *de Vincent* (IV, CXXII, *col. 369 de l'éd. de Douai) sous le nom de* Primas, *le versificateur célèbre sur lequel voy. Delisle,* Bibl. de l'Éc. des Ch., XXXI, 301-11, *et Hauréau,* Not. et extr. des mss. XXIX, II, 259-65. *Le texte est tel que chez Bozon, sauf qu'il y a, au premier vers,* Si tibi gratia, si patientia. — 2. *Restitué d'après B.* — 3. *Il y a un blanc dans A ; il s'agit probablement de* IV REG. XXI, 19 *et suiv.* — 4. *Blanc dans A. Cette fin manque dans B.*

12. *Contra divites pauperes spoliantes.*

La owaile e le chevere vont a pasture, mès en diverse manere, car le owail prent en reposañt, la chievere en passañt. Auxint[1] les riches hommes pernent tot; *in Ps.: Devorant plebem meam*[2]; « les poverez men« diantz[3] receyvent ceo qe l'em lur dorra[4]. » P. *Dimiserunt reliquias suas parvulis suis*[5]. *Unde Dominus in parabola pauperis*, Ys.: *Factus sum quasi qui colligit racemos post vindemiatores*[6]. « Il va de moy cum « de celui qe va quillaunt les reisynes après les vini« ters[7]. »

13. *Contra iracundos.*

La grue[8], quant ele veit rien qe la despleyt, tantost lieve sus le beke e fet noyse assez desavenañt. Tiel est homme qe est irrous. Pur ceo dit Ys.: « Lur espirit est en lur nariles. » *Spiritus ejus in naribus suis*[9]. Mès home atempree e bien ordené prent ensample del oliphañt.

14. *De patientibus.*

Le eliphañt[10] se garnist des orailles encoñtre wibetz

1. Auxint *manque dans B.* — 2. Ps. XIII, 4. — 3. *A* medinantz. — 4. *B* qe le volent doner. — 5. Ps. XVI, 14. — 6. MICH. VII, 1. — 7. *La traduction du verset cité manque dans B.* — 8. *B* truye, *et, par suite, à la ligne d'après,* groine, *au lieu de* beke. — 9. ISAIÆ II, 22. — 10. *B unit ce paragraphe au précédent:* del o. ke.

e mouschez volañtz ; auxint ly homme atempree[1] lest passer parolez volañtz e ne fet semblañt de rien [entendre[2]]. P. *Mala mihi locuti sunt ; ego autem tamquam surdus non audiebam* [3]. Qui veot esteyndre le fyu lui covent retrere les tisoñs. Ecc. : *Cum defecerunt lingna extinguetur ignis* [4].

Fabula ad idem.

Le coufle fist le serement [5] qe jamès [ne [2]] tuereit poucyn si ne fust ke le poucyn lui donast enchesoñ pour mesdire, tant que au dreyn se pleynt al corf qe il out graunt feym. « Veiez la, » dit le corf [6], « ou voñt deuz « poucynez. Entrés em matere de tencer vers [7] eaux, e « lur eschapera ascun parole doñt mal lour avendra. » L'autre le fist, mès rien ne lui valust, car le poucyn bien se tint [8]. De ceo ce pleynt le coufle al corf. Le corf doñt respoñd en soñ engleys :

Wel wurth suffraunce yat abatez strif,
And wo wurth hastinece yat reves man his lif [9].

Ecc. 28 : *lis festinans effundit sanguinem* [10]. *Attende igitur ne labare in lingua tua, set frenum facito ori tuo ne forte cadas in conspectu inimicorum insidiantium tibi* [11].

1. *Ce mot et les trois précédents manquent dans B.* — 2. *Restitué d'après B.* — 3. Ps. xxxvii, 14. — 4. Prov. xxvi, 20. — 5. *B* Ci peut l'em dire coment le c. f. s. — 6. *B* l'autre. — 7. *B* si tencez envers. — 8. *A* tient. — 9. « *Bonne est la souffrance (patience) qui abat la querelle, et mauvaise est l'impatience* (*anc. fr.* hastiveté) *qui prive l'homme de sa vie.* » — 10. Eccli. xxviii, 13. — 11. Eccli. xxviii, 30.

15. *Contra servos insensatos.*

La[1] chievere ad si poy de [2] entendement qe il ne scet par lui, saṅs enseignement, [au matin [3]] vers le boys aler ne au seier par sei retorner, ja tant sovent *(v°)* ne soyt amenée [que tost ne seit obliez [3]] ; mès quaṅt soṅ dustre le ad mys en pasture, par tut va wacraṅt. Doṅt fort est a trover en un lieu demoraṅt, et quide touz jours melliour pasture ailiours [4] trover, la ou troeve par aventure peior [5]. Auxint est de plusours servaṅtz qui par eux ne scevent feare ceo qe apent a lur mester si ils ne soyent touz jours apris ; e ceo qe apernent un feche, meigtenant le ont obly[é]. Pur ceo est mal servaṅt comparisounee al asne en seint Escripture, pur ceo qe il est un beste trop obliaunt par nature e veot sovent estre meigtené [6] de la verge e sovent travailé de charge [7]. Ecc. 33 : *Cibaria virga et onus asino ; panis, disciplina et opus servo* [8]. Et sicom le chievere ne scet demorer en un lieu en [9] pès, auxint plusours ne scevent en bon service demorir, mès quident touz jours lur mals teches coverir par sovent chaṅger. E com plus changent sovent, meux se foṅt conustre pur fol gent. Doṅt le mauveyz dit al estornel qe encoṅtra sur le mier : « Quel part? quel « part? — Outre mier, » dit l'estornel. « E pur quel rei« soṅ? » dit le mauveyz. « Pur un columber qe jeo ay « destruit e hony doṅt les columbes sount mout grevez. — Ou est le instrument », dit le mauvys, « doṅt as fet « taṅt mal [10]? — Veiez ci moṅ beke, » dit l'autre. « Veir, » fet il, « retornés : meux vaut honyr un pays qe

1. *B* Li. — 2. *B* si povre. — 3. *Restitué d'après B.* — 4. *Ce mot manque dans B.* — 5. peior, *A* par ire. — 6. *B* ameintiné. — 7. *A* chargé de travaill. — 8. Eccli. xxxiii, 25. — 9. *A* cum. — 10. *B* t. de damage.

plusurs. » PROVERB.: *Melior est homo qui abscondit stulticiam suam quam qui abscondit sapientiam suam* [1].

16. *De filiis nobilium deficientibus et filiis ignobilium proficientibus.*

Ore bestorne le siecle tant qe saphir tourne en moustard e gravel tourne en rubie, qar les gentilez devinrent faillize les pesauntz devi[e]nent gentilez [2]. Dont la reison si est tiel qe poverez gentz de basse lignage pernent ensample de la Ruge mier qe de sa nature ne est pas colurée, eynz prent colur de un roche [3] ou ele se abate, e la sont trovez les rubiez. Auxint font les poverez : les uns se mettent al court, les autres al escole. E ceo qe ne ont pas par nature, par graunt travaillie se purchacent sen e curtesie, e pensent de la parole qe dist Ys. 28 : « Par graunt « travaille covient purchacer afeytement. » *Sola vexacio intellectum dabit auditui* [4]. *E nota inde* Ys. 28 : *Coangustatum est stratum ita ut alter decidat, et pallium breve utrumque operire non potest* [5]. Mès les fitz de grauntz seignurs se appuent tant a lur gentryé qe meyns [6] apernent. Dont les uns sont semblablez a eaux qe crient gentil moustard [7], qe est fet de raiz e de cerveise egre. Ceo moustard ne est ja le plus gentil, mès pur le [8] crie. Nient plus [ne [9]] sont [a preiser [9]] ceux qe sont de mal nurture e de gentil linage. Pur ceo dit nostre Seignur. « Si vous estez fitz de prodhomme, les fetz de pro« dhomme ensués. » *Si filii Abrahe estis, opera Abrahe facite* [10].

1. ECCLI. XLI, 18. — 2. *B* gentifs.... faillifs... gentifs.... — 3. *B ajoute* par grant travail.— 4. ISAIÆ XXVIII, 19.— 5. ISAIÆ XXVIII, 20. — 6. *B* en gentirise de noun qe poi. — 7. *B ajoute* la mustard. — 8. *B* m. qe soit tel. — 9. *Restitué d'après B.* — 10. Jo. VIII, 39.

(Fol 19 v°) 17. *Quod ignobiles, licet educati, gestus habent ignobiles.*

Le huan pria le ostur de norir soñ fiz; l'autre lui graunta e lui dist que il le feit venir e mettre entre ses pigeons demeigne[s]. Si tost cum cel oysele vynt[1] en cel compaignie, le ostur le dit (*fol. 20*) que il se confurmast a ses pigeons e aprist lur nature; tan qe le ostur voleit[2] quere lur viaunde, revynt et trova soñ ny ordement soilli. « Qe est ceo, » fest il, « que jeo trove encoñtre « norture? qui ad ceo fet? — Vostre norry, » foñt ses ñtz. — Veir! » fet il, « veirs est dist en engleis : *Stroke oule* « *and schrape oule and evere is oule oule* [3]. » Auxint est de plusours gents que soñt nez de bas lignage. Mès ke il soyent en haüt mountez, sovent apris e enformés en religioñ ou en siecle ou en dignetee, touz jours retornent a lur estat e a la nature doñt il soñt neez[4]. Pur ceo dit l'em en engleys : *Trendle the appel nevere so fer he conyes fro what tree he cam*[5]. Pur ceo dist le roy David de ces norriz : « Home quant en honur esteit « il ne se entendeit, eynz se confurma a bestaille; gentz « qe vivent com bestez plus entendant a nature qe a nor- « ture. » P. *Homo cum in honore esset non intellexit; comparatus est jumentis et insipientibus similis factus est illis*[6]. Et sequitur optime : *Hec via illorum scandalum ipsis*[7].

1. *B* entra. — 2. *B* prist son vole de. — 3. « *Caressez un hibou, grattez un hibou et le hibou reste toujours hibou.* » — 4. *B* estret. — 5. « *La pomme ne peut rouler si loin qu'on ne sache de quel arbre elle vient.* » *B* ... hit kytes wethin hit comes. — 6. Ps. XLVIII, 12. — 7. Ps. XLVIII, 13.

18. *Contra proximos contempnentes* [1]. *Rubrica.*

Lui bon clerke Basilius nous dit en un livere qe Exameron est apellé [2] qe les uns bestez en terre par Deux meismes soñt ordeinez pur travailler, e rien ne valent a manger, sicum chivale e asne [3], les autres soñt [donez [4]] pur sustenañce de manger, si ne valent rien a travailler [5], com berbitz, porcs, gelinez, owes; e soñt les altres qe ne valent ne pur manger, ne pur travailler, mès soñt ordeinez pur la meisoun garder e purger, cum chiens e chatez. Les chiens gardent, les chatez purgent. Auxint est en religioñ e en chescun hostel de prodhome: les uns gentz valent pur un mestier, les autres pur autres e si ne deit nul autre reprover, cum dist seint Pool Cor. 13 : « En un cors soñt plusours membres, e chescun vault pur soñ office. » *Posuit Deus membra in corpore unumquemque sicut voluit* [6]. *Que putamus ignobiliora membra corporis esse, hiis honorem habundanciorem circumdamus* [7]. *Non potest dicere oculus manui : « Opera tua non indigeo » ; aut iterum capud pedibus : « Non estis mihi neccessarii* [8]. » Et nota totum illud *tabernaculum aureum opertum et inmunitum saccis cilicinis* [9]. Exod. 27.

Fabula ad idem.

Le poon se pleint a Destinée qe trop fust a mal ese de

1. *B* c. perturbatores pacis. — 2. *Il y a bien un rapport général entre l'idée ici exprimée et S. Basile*, Hexam. *Hom.* IX, § 43, 4, 5, *mais l'original est un morceau publié dans* Gesta Romanorum, *éd. Œsterley, n° 261.* — 3. *B* s. pert de ch. e a. e de mule. — 4. *Restitué d'après B; il faudrait plutôt* ordenez, *comme plus bas.* — 5. *B* sanz travail. — 6. I Cor. xii, 18. — 7. I, Cor., xii, 23. — 8. I, Cor., xii, 21. — 9. *Cf.* Exod. xxvi, 67.

queor, qe chañter ne seot sicum la russinol. A ceo respoundi Destiné : « Tu as le col si gent, la cowe longe « qe a terre pent, voz pennez soñt si colurez les uns de « porpre, les autres blieus[1], les uns com saunke, les autres « desorrez[2], pur quoy es tu donqe grevé? Soyez payé de « ceo qe avez. » Pur ceo dit seint Pool, Eph. 4 : « Ches- « cun solenke ce ke ad receu voit avañt en bon ver- « tue. » *Digne ambuletis vocacione qua vocati estis*[3].

19. *Quod non est parcendum filiis nec servis.*

Les uns bestes oñt de nature de estre damesches, com aignel, les autres de estre savagez, cum cerf e bisse. E cels qe soñt savagez peout l'em daunter, e cels qe soñt[4] damaschez de nature l'em peot tant soffrir a volenté qe els devendroñt savagez, com jeo mesmes (*v°*) ay veu de berbitz qe vyndroñt de[5] Escoce. Auxint est des enfañtz e des servañtz. Les unes peot l'em daunter par aprise, tot seyent de estraunge manere, P. : *Disciplina tua correxit me in finem*[6], *etc. Stulticia alligata est in corde pueri, virga discipline fugabit eam*[7]. Les autres peot l'em tañt soffrer a volentee qe ils devyndront[8] savagez e contrarious a ceux queux ils dussent estre obeisañtz. Pur ceo dist Salomon : « L'enfañt ou le « sergeañt qe est soffert a volentee confundra ceux qe « li ont norri. » *Puer qui dimittitur voluntati sue, confundet matrem suam*[9]. Pur ceo nous aprent le Seynt Esprit e dist, Ecc. 7 : « Si vous avez fitz ou servañtz, « apernez les[10] en juvente. » *Si filii tibi sint, erudi illos a puericia eorum*[11]. Mès ceo ne fet mye a oblier qe une beste est trovée qe jamez [ne] ert dauntée. Si est apellé

1. *B* blefs. — 2. *B* dorretz. — 3. Eph. I, 1. — 4. *B omet* savagez.... sont. — 5. *B* c. j. l'ay v. de b. aveñ en. — 6. I. Ps. XVII, 38. — 7. Prov. XXII, 15. — 8. *A* devyndrent. — 9. 3. Prov. XXIX, 15. — 10. *A*. leus *ou* lens. *B ajoute* et dauntez. — 11. Eccli. VII, 25.

tigre. Tieles sunt ore asez qe ja par nul aprise ne serrunt afaitez. Pur ceo dist Salomon : « Les foux a peyne[1] sont chastiez. » *Stulti difficile corriguntur* [2].

Narratio ad idem.

Un prodhomme veux e enveogles, clerke e entendañt, out plusours fitz. Entre queux un fust apellé Hichebon[3], qi unqes aprise ne pout receyvere, si qe un jour il list un lessoñ en seynt eglise trop fausement[4]. Lors dit le piere al enfaunt : « Vous mentez sur[5] « Dampnedieux.—Sire, » font les autres, « ceo est Hichebon.— Ha ! » dit le piere, « lessez Hichebon dire e feare « quanque lui plest a gree, qar ja par aprise ne ert amendee. » Nul [ne [6]] peot amender ceo qe Dieux ad refusee, Ecc. 7 : *Nemo potest corrigere quem Deus despexit* [7]. Qar, sicom le tigre delite veere e regarder sa semblañce en myrour qe par deceite est mys en sa voye, auxint les foux ne regardent autre myrour fors ceo qe acorde a lur folie. Pur ceo dit Jesu Syrac [8] : « Fol ne veot regarder fors chose qe lui plest. » [Ec. : *Cum fatuis consilium non habeas* [9].]

20. *Contra male adquirentes* [10].

Les unes bestes quierent lur praie de jour, cum fet le egle e le ostur ; les unes de nuyt, si com gopil e lou ; les

1. *B* f. de fort. — 2. Eccle. I, 15 : « Perversi difficile corriguntur, et stultorum infinitus est numerus. » — 3. *B* Hug', *et plus bas* Huchoñ *et* Huchū. — 4. *A* fouxment. — 5. *B* dit il, de.— 6. *Restitué d'après B.* — 7. Eccle. vii, 14.— 8. *A* Crist.— 9. Eccli. viii, 20; *restitué d'après B. La suite du verset est :* Non enim poterunt diligere nisi quæ eis placent. — 10. *B* c. raptores, adulteros, falsiloquos.

unes de nuyt e de jour sicom le chat. Auxint est ore entre les gentz. Les graunt seignours qe sont egles e osturs pernent[1] lur preye en aperte. Des queux JOB 13 : *Habundant tabernacula predonum et audaciter provocant Dominum, cum ipse dederit in manus eorum omnia*[2]. *Vim fecerunt depredantes pupillos et vulgus populi*[3]. E SAPIENS j° : *Stabunt justi in magna constancia adversus eos qui se angustiaverunt et qui tulerunt labores*[4]. Les autres quierent de nuyt, si com gopil e lou; ces sont larons e lechours qe font lur mal en tapissant, cum dit JOB 24 : *Per noctem erit quasi fur*[5]. *In tenebris fodiunt domos*[6]. *Oculus adulteri observat caliginem dicens : « Non me videbit oculus; » et operit vultum suum*[7]. P. : *Qui finxit oculum [non] considerat*[8]. Les autres sont qe preyent de jour e de nuyt, cum fet le chat. Tieux sont fauxez gentz qe pernent del un partie e [de]l autre[9], mès avauntage ne font mès al une partie. Ecc. 2 : *Ve peccatori terram ingredienti duabus viis*[10].

21. *Quod mulierum consortia fugiantur.*

Le lievere ad de nature, quant oyet les chienz questeyer e crier e le venour torner, de mettre sei a fyute; qar il ne ad autre *(fol. 21)* arme dont il se peot defendre, fors qe vitesce de pié. E a ceo se prent e poynt ne atent[11], qar si il se donast a chiens, son afere ne vaudreyt riens. E pur ceo se met al aler qe il ne vigne en pelote de leverer. Facent auxint les unes gentz : quant oyent les

1. *B* querent. — 2. JOB XII, 6. — 3. *Ibid.* XXIV, 9. — 4. SAP. V, 1. — 5. JOB XXIV, 14. — 6. *Ibid.* 16. — 7. *Ibid.* 15. — 8. Ps. XCIII, 9. — 9. *B* g. en doseinez qe pernent de ambe part, en apert de une part, en privé del autre. — 10. ECCLI. II, 14. — 11. *B ajoute* qant est chasé.

chienz questeyer, ce sont les domoiseles qe vont caroler, e lui venour qe va cornant, e ceo est le tabour qe lour somont a lur peril, se aloignent donqe meigtenañt, qe pris ne soy[en]t e suppris. E ceo est le counseil seint Pool qe dit : « Fuez fornicacioun [1]. » Il ne dit mye « combatés fornicacioñ », mès « fuez », qar par autre veye fort est [de] lur meyns eschaper[2], com dit Salomon : « De « femme la compaignie est un liem qe fort lye. » *Vincula sunt manus ejus* [3]. Ici peut l'em counter un fable coment le lievere combata od le lou [4].

Fabula ad idem.

Un lou jadis encountra un lievere ; si lui dist : « Doñt « sers tu ? ou es tu demorañt ? pur quoy ne viens tu en« tre les autrez bestez ? Tu vas en tapissaunt, trop es [5] « cheitif e coward. — Veire, » fet le lievere, « si vous « volés luttre, jeo vous abateray. — A cieles [6] », dit le lou, « graunt luttour te tendrai [7]. — Veietz moy ci, » dist [le [8]] lievre ; e se mette al aler. « Coment ? » [dit [8]] le lou, « lut« tés vous en fuaunt ? — Oïl, » dit il, « en cel manere ai « fet meynt leverer recreaunt [9]. » Pur ceo di jeo, si home se voile sauver de peril, eschue la compaignie de fole femme par qi Salomon le sage fust hony, e Sa[m]pson sa force perdi, Loth lui alosee si vilement peccha, e Sichem le gentil la mort endurra ; par qi Joseph fust enprisonee, e Judas lui vaillañt fust enginé, par [qi fu [8]] trahi Sisara, e tote un lignée destruit. Ja pur ceo qe Salomon senti sa part, de mal femme nous garnist, e dit, PROVERB. 8 : « Ne « seietz pas deceü par femme, qar plusours a la mort

1. I COR. VI, 18. *B ajoute* oïl, fet il, chescun encheson, *ab omni specie mala, etc.* (I THESS. V, 22). — 2. *B* est de eschaper de lour meyns. — 3. ECCLE. VII, 27. — 4. *B* f. tot ne seit pas veirs nen covenable. — 5. *B* tap. ton corps com. — 6. *B* celis. — 7. *B* g. loer vous dorrai. — 8. *Restitué d'après B.* — 9. *A* m. foyze.

« sont mys par lui[1]. » E coment nous devons eschure tiel peril nous dit la manere : « Loynz vous tenez », fet il, « de sa compaignie. » *Longe fac ab ea viam tuam*, PROV. 5[2] : « Tornez ta face de face de femme qe beal se « aorne, qar fieu se esprent en queor dedenz par fol regard « einz qe l'em sache ». Pur ceo dit JESUS SIRACH : *Averte faciem tuam a muliere compta ; ex hac enim concupiscentia quasi ignis exardescit*[3].

[22.] *Quod diabolus venatur animas canibus suis maledictis.*

Quant le lievere est chacé[4] par le venour, il prent la tertre a plutost qe il peot, e par reison qe il ne veit pas[5] cler devaunt lui sovent avient qe il est tenu et confundu en les reis qe devant lui sont estenduz. Cel venour si est le maufee qe chace home vers peché. Dont dit JEREM. le prophete : « Les venour font lour venerye e vous « chaceroun[6] hors de vostre recet. » *Venabuntur vos de « cavernis vestris*[7]. » Vostre receit si est Jesu Crist, de qi plusours departent par la chace de le mauveyz espirit qe met ses reis en lur chimyn par la deceite de ses enginez, sicom dist le P. : *Cadent in retiaculo ejus peccatores*[8] ; « les pechours cherrount[9] en ses reis. » E devez saver qe icel venour qe chace après les almes, si ad quatre couplez de chiens, les unes pur un best, les autres pur autres : Richer e Wilemyn, Havegyf e Baudewyn, Tristewel e Gloffyn, Beauviz, e Trebelyn. Les primes deus sont descouplés a cerfs et a bisses ; ceo est a dire Richesse e Volentee sount ateiclez[10] as grauntz seignours par

1. PROV. v, 2-5? — 2. PROV. v, 8. — 3. ECCLI. IX, 8, 9. — 4. *A* eschape. — 5. *A* par. — 6. *A* chacerent. — 7. JER. XVI, 16. — 8. PS. CXL, 10. — 9. *D'après B ; A* cher. — 10. *B* atitlez, *ce qui peut être la bonne leçon, comme aussi à la fin du* ℥ 24.

queux plusours soñt chacez en le rey del maufee, qar Richesse met homme sovent hors de veie e de reisoun, e par soñ grant poer sa volenté *(v°)* veot aver. Pur ceo dit le seynt Espirit en lur noun, SAMPSON 2 : *Sit fortitudo nostra lex justicie* [1]. « Usoms nostre poer en lieu de « dretoure. » Qar tot est dreit qe voloms puis qe fere le pooms. Doñt ces deux chiens corañtz, Richesse e Volenté, chacent les grauntz seignours en la rey del maufee. E pur ceo dit seint Bernard [2] : « Si volentee ne fust, enfer « ne serreit. » *Cesset voluntas propria, et infernus non « erit.* » Facent donqe com sagez e resteyent coñtre male volentee cum lui cerf les chiens quant il est eschaufee. E prengent les riches ensample del emperour Constantyn qe deseit : « Plus est veyntre nostre mal vo« lentee qe de mettre tot un host al espeye. » Le roy David vout [3] aver sa volenté encoñtre la coñseil des sagez, e lui mesavynt, R. 2 [4] ; a Roboam auxint et a plusours autres [5]. Pur ceo dit le seint Espirit, Ecc. 13° : « Eschuez « ta volenté qe tes enemyes ne enjoyent de toñ encom« brer. » *A voluntate tua averte, ne faciat te venire in gaudium inimicis tuis* [6]. Et aux[i] bien [plet [7]] al venour, e graunt joie en ad quaunt le cerf devañt ses chiens prent le chimyn devañt sa rey, auxint le maufé se rechesse [8] quant veit homme prendre le chimyn vers enfern, chaceañt [9] cel part par torcinouse volenté. Et ceo tesmoigne Ys., e dit 9° : *Exultant victores capta preda quando dividunt spolia* [10]. « Les deables ont graunt joie quaunt ils « departent lur preie. »

1. SAP. II, 11. — 2. *B* l'escripture. — 3. *A* voleit. — 4. *Cf.* II REG. XXIV. — 5. *Cf.* III REG. XII. — 6. ECCLI. XVIII, 30, 31. — 7. *Restitué d'après B :* Mout plet a v, — 8. se rechesse *manque dans B.* — 9. *B* chace — 10. Is. IX, 3.

Tertius canis.

Puis al venour descouplé un autre chien, qe est apellé Havegyf, ceo est a dire « pernés et donez », qel est descouplé sur les abbés, priours e chivalers e damez qe ont esglises en lur donisoñ, qe pensent en donant de doner e prendre : de doner un esglise de lur doneisoñ e lur [1] seignurage, e pur lur doun receyver ascun avañtage. Pur ceo dit JESUS SIRACH : « Dieux alowera vostre doñ « solom la entente qe vous le donés ». *Omnis misericordia faciet unicuique locum secundum meritum operum suorum*[2] *et secundum intellectum*[3]. Ceaux qe donent a foux e a mauveys en beauté de fevour od de lur terrien aver dussent doner as prodhomes de bone vie, solenke le aprise[4] nostre Seignur qe dit : « Donez a prodhome e « rebotez les mauveyz ; *Da bono, et ne receperis pecca-* « *torem*[5]. » A tieux donours de chose espirital parle seint Piere, e dit : « Voz quers [6] ne soñt ordenez solom Dieux, « quaunt vous entendez terren lower eñ chose qe deit es- « tre franchement doné soulment pur Dieu. » E pur ceo dit il : « Voit od vous en perdicioun ceo qe donez od « pernez par tiel doñ [7]. » Veiez ici Havegif, un chien bien corañt qe meynt alme chace en enfer par le seon donant.

1. *B omet* doneison e lur. — 2. ECCLI. XVI, 15. *A meritum suum.* — 3. *A integritatem ; B sec. inte*m. — 4. *B* Iceo qe dussent doner pur Deu a prodes hommes de bonne vie, donnent au fous et a mauvais en beauté de favour ou de louer terrien encontre l'aprise. *Cf.* Gesta Romanorum, *ch. 142, éd. Œsterley, p. 497 :* Isti dant ut accipiant, quia, quod probis hominibus et bonis clericis dare deberent, hoc dant fatuis et discolis propter favorem et laudem. — 5. ECCLI. XII, 5. — 6. *A* clers ; *cf.* ACT. VIII, 21 : « cor enim tuum non est rectum coram Deo. » — 7. ACT. VIII, 20.

Quartus canis.

Un autre chien ad puis [1] descouplé, qe Baudewyn est apellé, a pledours e a legistres e a coñtours, doñt plusours soñt chacez en enfer par baudour de lur sen, qe par [2] lur cauteles a lur ascient vont encoñtre dreit. Pur ceo dist JOB 2 : *Audaciter provocant Deum* [3]. « Par « graunt baudour le bastoñ encoñtre Dieu pernent. » Dieux est dreiture, e plusours de eaux pernent le bastoñ encoñtre dreit par baudour de lur quoyntise, e de ceo ensyut [4] qe ils pernent le bastoñ encoñtre Dieu [5]. Seit ore de la faux partie un bourse pleyn de monée, e la verreie partie rien donant, vous verrés qe la bourse trerra vers lui (*fol.* 22) les leys e les decrettiles, e fra les leys acorder a lui encontre verité. Pur ceo dist ABACUC le prophete : « La ley si est bestorné, e pur tañt soñt les « faux jugementz donez.» *Lacerata est lex. Proptera egreditur judicium perversum* [6] » ABACUC. Et ceo chien Baudewyn, si est le baudour de sen e des paroles, enchace plusours advocatz, legistrez e pledours en la rey del maufee, sicom dit le P. : « Le travail de la bouche « lur mettera mout profoñd. » *Labor labiorum ipsorum « operiet eos* [7], id est in profundum inferni deprimet « eos. Sequitur : *In ignem deicies eos, in miseriis non « subsistent* [8]. Pur ceo jeo lou qe ceo qe [9] est chacee par baudour de sa [10] quoyntise vers soñ peril, qe il puse eschaper, qe il prenge esample del gopil. Quant le gopil est tot hasté, e [11] le chien corañt lui vient a la [12] cowe, le gopil fert sa cowe entre sez quises e fet uryn ; si doynt

1. *B omet* puis. — 2. *B* e de. — 3. JOB XII, 6. — 4. *A* enfyut. — 5. *B omet* e de ceo.... Dieu. — 6. HABAC. I, 4. — 7. Ps. CXXXIX, 10. 8. Ibid. 11. — 9. *B* celi qui. — 10. *B omet* sa. — 11. *B* qe. — 12. *A* au.

le chien en my la vys de cel eswispiloñ [1] enbeveri del amertee de sa urine. La cowe del gopil signifie la fyn des gentz wischous e cautelous [2]; la urine tant amere signifie la amerté de la morte ; doñt jeo lou qe ils doygnent a baudour en my la vis de cel ewispiloñ par ount [3] qe il seit a bay, e doynt voye [4] a ceux de eschaper. Pur ce dit le seint Espirit : « Ha ! ha ! cum est amere la mort a « pensere ! Oïl, » fet il, « ne mye a touz, mès a ceux qe « soñt nient dreitrelez [5]. » *O mors, quam amara est memoria tua homini injusto* [6] !

Quintus canis.

Ore alom a Tristwel, le queynt chien del venour, qe [7] est descouplé as lieveres qe tant sunt vistes de passer les montaignes, com soñt les ordenez de seynt Esglise, persones, prestres, moignes, freres, qe dussent par rei-soñ mongter les moñtaignes de haut vie e legerment passe[r] sanz [8] charge de terrien aver la valeye de cest moñd. Mès, allas ! qe dirrai ? plusours sunt chacés en la rey de venour par Tristewell soñ chien qe les mene a sa volenté, pur ceo qe eux affient en chose qe lur deceivera. Quant persone de cent livres de rente ad quilly deux platers du [9] relef a sa table pur envoyer a [10] deus poveres, doñt lui est avis qe il ad mout fet pur Dieux, e qe il eyt congee de estuer tot le remanent a soñ us [11] demegne [12] pur despendre en pompe e en vanité, e, qe pys est [13], en lecherie e en [lour [14]] affinitee, sicom la

1. *A* cele wisp. — 2. La... cautelous *manque dans B.* — 3. *A* ant. — 4. *A* vue. — 5. *B* dreiturel. — 6. Eccli. xli, 1. *Le texte porte:* Homini pacem habenti in substantiis suis.— 7. *B* ceste. — 8. *A* souz. — 9. *A* de. — 10. *B* pur. — 11. *B* oe. — 12. *A* de mesme, *le mot est omis dans B.* — 13. *B ajoute* de plusours. — 14. *Restitué d'après B; Harl.* vel in nepotum promocionibus.

chose ne est mye louur [1], fors soulment a necessité de clers. Pur ceo dit nostre Seignur as [2] prelatz de seynt Esglise : « Vous escowez [3] les wibetez e transglutez le ca-« maile [4]. » Ceo est a dire : vous pernez la grosse [5] a vous, e chose qe rien ne vaut donés a poveres. *Duces ceci excolantes culicem, camelum autem transglucientes* [6]. Les chapeleynez e les unez de religioun auxi se affient [taunt [7]] en lur corone e en la reverence qe la gent lur font, qe si ils eyent chaunté une messe le [8] jour, lur est avys qe tot la remenant del temps lur seit grauntee a hudivesce [9] e pur solacer le [10] cors. Et qe pis est, de ascuns mauveys ribaudes qe tant se affient en lur noun de chapeleyn qe il vendra de sa puyte e chañtera sa messe de si haut note sicom sa vie ordenée solom Dieux estoyt [e tut le jur après despendra en ribaudie [7]]. De ceo [11] [sei [7]] pleint le seint Espirit e dit : « Il y soñt [de [7]] mauveys qui se fount auxi « seürs [12] cum ils eüssent les fetz des prodhomes. » *Sunt impii ita securi quasi justorum facta habeant* [13]. E ceste faux seürtee les chace a confusioñ [14], cum dist seint Job 21° : « Sire Dieux, » fet il, « pur quoy vivent les « mauveys? Ils ont lur parens e lur enfañtz geauntz [15] « devañt eaux, e soñt asez seürs par tant qe ils ne sen-« tent [16] vostre chastiment. Ils (v°) pernent lur solace en « ceste vie e dient en queor : De Dieux ne avoms qe fere. « Mès jeo say, » fet il, « en poy de houre en enfer descen-« deroñt. » Job 21°. *Quare impii vivunt? sublevati sunt* [*et*] *comfortati diviciis. Semen eorum permanet coram eis, propinquorum turba et nepotum in conspectu eorum. Domus eorum secure sunt et pacate, et non est*

1. *B* ne est pas lour. — 2. *B* a. — 3. *B* escouhet. — 4. *A* les camailez. — 5. *B* les gras. — 6. Matth. xxiii, 24. — 7. *Restitué d'après B*. — 8. *A* del. — 9. *Harl.* in vanitatibus. — 10. *A* la. — 11. *A* ces. — 12. *A* e se tienent auxi dignes. — 13. Eccle. viii, 14. *Il faut, comme dans Harl.*, impii qui ita s. sunt. — 14. *B* confession. — 15. *B* juauntz. — 16. *B ajoute* point.

virga Dei super eos[1]. Sequitur : *Ducunt in bonis dies suos, et in puncto ad inferna descendunt*[2]. Ceo est le chien qe en engleys est apellé Tristewell, qe chace plusours gentz de seynt Esglise a la[3] rei del[4] venour ici[5] cruel.

Sextus canis.

Un autre chien ad descouplee[6] qe est Trebelyn apellé, ceo est a dire usure, as marchañtz, par quoy pechent plusours e cheient en laz au deable. E pur ceo est apellé Trebelyn ceo chien qe lur chace, qar rien ne vendroñt ne apresteroñt ne achateront si ils ne eyent le treble a gayn. E pur ceo le prophete aresone nostre Seigneur e dit en le P. : « Sire, » dit il, « qe meindera en vostre « seint habitatioun[7] ? » A celui est respoundu « q'il qe soñ « preosme ne deceit, [ne par usure de li receyt[8]], cil meyn- « dera od moy en ma meisoñ[9]. » Or ou serroñt donqe les usurers qe vendent lur almes pur deners, « pur ceo qe les « citez sunt ja replenys de usure e trechrie ? » Dit le seint Espirit e respount : « La mort lur prendra e en enfern « les mettra : *Veniat mors super illos et descendant ad infernum viventes*[10], *quia non defecit de plateis ejus usura et dolus*[11]. Allas ! cum le siecle est ore bestornee ! Jadis estoyt custume en terre, si com nous trovoms en escrit, qe a peyne fust trové un usurer en un citee. E celui qe pur tiel fust conu, il ne trova homme qe pees lui voleit baiser[12] en seint Esglise, ne nul de ces veisinez de fieu voleit quere[13] a sa meisoñ. Les enfañtz en la rue lui gueiterent[14], e de lur dey pur escomengé lui demous-

1. JOB XXI, 7-9. — 2. *Ibid.* 13. *Le texte latin est omis dans B.* — 3. *A* au. — 4. *B* lour. — 5. *B* taunt. — 6. *B ajoute* a tesons. — 7. Ps. XXIII, 3, 4. — 8. *Restitué d'après B.* — 9. *Cf.* Ps. XIV, 1, 4, 5. — 10. Ps. LIV, 16. — 11. *Ibid.* 12. *B donne les deux parties de la citation selon l'ordre de l'original.* — 12. *B* p. voleit a lui doner. — 13. *B* v. qe voleit quere feu. — 14. *B* guerpirent.

t[r]erent [1]. Sa meisoñ fust appellée meisoñ al deable; son cors fust seveli en chaump od en gardeyn. Mès ore chescun poynt tourne arer dos [2], qar celui qi out en esglise le bouche refusé a beiser [3], ore bayse l'em soñ [4] piee. De qi l'e[m] ne voleit fieu qere, ore l'em receit a manger [e boyre [5]]. Celui qe les enfañtz donqe despiserent e pur escomengés demoust[r]erent, a ces font les graunt seignurs reverencez e honurs. La meisoñ de queux [6] soleit estre en despit, ore tourne a plusours, si com lur est avis, a profit. Or ceaux qe soleynt estre enterrez as chaumps, cum reisoñ voleit [7] par [8] Escripture, ore soñt enterrez devañt le haut auter a lur mesaventure, qar les almez soñt par Trebelyn chacez en les puitz de enfern, e demorir sañs fyn en peyne e ordure [9].

Septimus canis.

Ores vient Beauviz [10], de qi le venour se tañt assure [11] qe ne ad beste petit ne graunt au qi se chien ne se allye [12]. Ceo est le peché de touz pechez qe est en siecle plus usee; ceo est lecherie; ceo est en clerke, ceo est en lay, ceo est en povere [13], ceo est en riche, ceo est en joene, ceo est en veilard e en meseaux. De checun compaignie chace plusours en la rei del maufee. Pur ceo dit Salomon, Proverb. 7 : « Plusurs pur lecherie sunt abatuz e playés, e ceux « qe furent vaillauntz e fortz, pur lecherie soñt mys al « morte; qar la voye vers enfern prent, qe a lecherie « mette soñ entent. » *Multos vulneratos dejecit et*

1. *B* moustrerent.— 2. *B* o. est ch. p. tourné a rebours.— 3. *B* b. a pes bayser refusé.— 4. *B* b. lour.— 5. *Restitué d'après B.*— 6. *B* des quex.— 7. *B* le vout.— 8. *A* pur.— 9. *B* p. T. en le puis de e. chacé. — 10. *A* Beuamiz, *mais plus haut* Beauviz, *et ici-même en marge* Beauvis.— 11. *B* taunt se assure.— 12. *B* ce ch. ne se seyt allyé. — 13. *Ce subst. et les suiv. sont au plur. dans B, comme aussi dans Harl.*

fortissimi ab (fol. 23) ea interfecti sunt. Vie inferni domus ejus penetrantes inferiora mortis [1]. Pur ceo se gardet chescun qe sages est qe il ne chiece [2] en la rey de ceo venour qe est ataché de quatre cordez. La corde par desouz si est la perfoñdesse de enfern; la corde par desus si est la destorbaunce que nul [ne [3]] peot ver mout a lumere parceyvere; la tierce corde al un boute, si est la flanme qe ne cesse arder; la quarte corde si est durañce sañz jamès terminer.

(F. 23) 23. *Quod divites prelati querunt occasiones erga subditos.*

Le philosophre Plynie nous dit en soñ livere qe le leon par graunt [4] nature [a [3]] haigne vers le asne, ne mye par deserte, mès par desir que ad de sa char manger. Auxint est des richez homes : ilz trovent enchesoñ vers les poveres, ne mye pur ceo que ils eyent mal deservi, mès pur ceo que ils vodrent de lour aver. Pur ceo dist Jhesus Sirach : « Si com le asne savage est la preye del leon, « auxint est lui povere pasture de lui richez. » *Sicut onager in heremo venacio est leonis, sic pascua divitis est pauper* [5].

Fabula ad idem.

En un fable est trovee que le leoñ fist serement que il ne mangereit [6] char tot le quarasme, si beste ne lui donast trop graunt enchesoñ de trespaz par ont que il deservit la mort; tañt que il out feym et mout desirra de char manger. Si ne sout enchesoñ trover. Au droyt se

1. Prov. xvi, 26-7. — 2. *A* chiete, *B* chese. — 3. *Restitué d'après B.* — 4. *Omis dans B.* — 5. Eccli. xiii, 23. — 6. *B* mangeust.

porpensa e vynt a chievere, si lui dist : « Coment vus « semble de ma aleyne? — Il puit vilement, » dist l'autre. « Veir, » fet il, « moy avez mesdit. » Fist assembler la court et demanda jugement de celui que avoyt mesdit au baillif de tere. Les autres, pur luy payer, le chievere jugerent al mort. Un autre jour il aveit feym e encoñtra un poleyn. « Sire, » dist il, « vostre aleyne pluz douce « odure que mirre ou canele. » Fet l'autre : « Vilement « moy avez charni : bien scevent touz que tu as mentu, « Doñt par agard de la court de vostre char serrai pieü. » Quant fust deliveré de celui [1], en voye encoñtra une sienge [2], si lui demanda com il fist des autres. Le sienge se tieüst [3] et rien ne parla. « Coment ! » fist il, « avez dedeyn de parler od moy? » Ove jugement de la court fust jugé al mort. — Auxint est des grauntz seigneurs : par defaute de enchesoñ ne faudroñt jamès de amercier les gentz. Pur ceo dist le livere : « Le riche fet al povre tort et uncore se coruce. » *Dives injuste agit et fremit* [4]. Ecc. 13°.

24. *Quod divites ex labore pauperum incrassantur et ideo non molestentur.*

Plynie dit en soun livere .X°. qe la urine del asne madle espessist e multeplie les cheveux de home [5]. Auxint le suour des simplez gentz travaillantz encrest e multiplie les sustenancez des riches e des eseez. E pur ceo dit nostre Seignur a tieuz : « Les autres avoynt les « travailez e vous estez en lur travailez entrés » [6]. Jeo lou donqes as richez e [as [7]] pussañtz qe se [8] gardent de feare

1. *B* de cele saülé. — 2. *B* un sengler au bois ad encuntré. — 3. *B* l'autre soi tuet. — 4. Eccli. XIII, 4. — 5. *A* des homes. *Pline*, XXVIII, 75, *dit simplement que l'urine de l'âne mêlée à de la boue guérit de la gale* (scabies). — 6. Joan. IV, 38. — 7. *Restitué d'après B*. — 8. *B* q'il encontre.

moleste as simples gentz travaillañtz, e qe ils en pensoñt de ceo qe est escrit qe lui poverez dreitreux[1] esterroñt al jour de jugement encoñtre richez cruels, e les acouperoñt[2] de lur travailez e de la duresce qe [les[3]] ount fet en tere. « Ha! ha! » dirroñt les autres horriblement enpouriz, « ceo soñt la gent qe jadis fust *(v°)* en despit: « veiez ore com soñt entre les fitz Dieux honurez! « Quey nous valust donqe richesse e bobañce, qe ore « sumes abessez[4]! » Les paroles qe cy ay dit soñt les paroles de le seint Espirit. Ore sunt les simplez gentz abessés par travaille, poverment soñt[5] conreés[6], sicom avient souvent a laver de mes piés, quaunt sui alee en gravele e mout travailee, mon compaignon tost se aquite de la plante del pié e frete bien la keville[7], qe poy ad de mester. Mès al jour de jugement serroñt les simples pur lur bien fetez enhaucez[8], e les hauteyns pur lur orgoil abessez. Lors fra Dieux, com fet le[9] dobbour de veux dras qi tourne le geroñ a la peitrine, et ceo qe fust amont tourne[10] vers val. La piece qe porta[11] la figale[12] si est atieclé[13] au nees, [e qe avaunt feust au nés liveré[3]], après ordure[14] oustee, si serra de or aorné. Pur ceo dit le seint Espirit: « Ne eyez nul homme en eschar qe vous « veiez en amertee de queor, qar Dieu scet enhaucer les « uns e abesser les autres », *Ne irrideas hominem in amaritudine anime sue: est qui humiliat et exaltat*[15]. Nota hic qualiter Jacob cancellatis manibus benedixit minori. GEN.[16]. Par cet ensample l'em peot penser de deus poketez[17] en un fontaigne, doñt le une gist al foñdz, l'autre pend amoñt en le heyr: si celui qe est amoñt reprovast l'autre qe gist al foñdz de sa viletee entre crapaudez

1. *B* dreiturel. — 2. *A* acomperoñt. — 3. *Restitué d'après B.* — 4. *B* sunt alosee. — 5. *B* e pur tut lur travail povrement sunt. — 6. *A* corees. — 7. *B* jaumbe. — 8. *A* enhaucer. — 9. *B omet* fet le. — 10. *A* tournee. — 11. *A* parta. — 12. *B* sigale. — 13. *B* atitlé, *cf. p. 29, note 10.* — 14. *B* l'ourdure. — 15. ECCLI. VII, 12. — 16. *Cf.* GEN. XLVIII, 14. — 17. *B* bokes.

[e lesars [1]], en poy de houre verret après qe il descendereit e l'autre montereit. PROV. : *Obviaverunt sibi dives et pauper* [2].

25. *De intentione recta ordinanda.*

Le noble clerke Avicenne nous aprent par la nature del leon coment nous devoms ordener nostre entente, en chescun bone fet; qar le leon, quant deit nul part mover, tous jours mette avañt le pié destre. Par le pié destre deit estre entendue bone entencion [3] qe mettre devoms devañt chescun bone fet qe comenceoms. Pur ceo dit seint Pool : *Omnia quecumque facitis in honorem Dei facite* [4]. Mès autrement est del gopil. Le gopil si est de autre nature, qar il mette avañt le pié senestre quant comence de mover. Et la reisoñ est pur ceo qe le pié senestre [5] est plus long qe l'autre, par ont qe le gopil cloche. Auxint plusours clochent en lur entente, si com dit le Ps. : *Claudicaverunt a semitis tuis* [6]. Ils clochent hors de luy sente, qe lessent le honour de Deux pur plere a homme.

[26]. *Quod amaritudo mundi multis placet et verbum Dei displicet.*

Un pessoñ de la mier qe est apellé coytar [7] si est de tiel nature qe tañt com dure en ewe salée, bien se tient e joyous est. Mès ci tot com gette la test hors del ewe salée, e l'autre [8] ewe qe chiet de pluye le peot tocher, meigtenant tourne sus le ventre e fet semblañt de morir,

1. *Restitué d'après B.* — 2. PROV. XXII, 2. — 3. *A* entente. — 4. COR. X, 31. — 5. *B omet* quant..... senestre. — 6. PS. XVII, 46. — 7. *B* koytar. — 8. *A* e le,

tan̄t qe seit reconfortee par la nature del ewe salée. Pur tot le moñd est ore ensynt des gentz plusours : mout lur plest par tot le simeigne la amertee de ceo moñd en travaille e en dolur. Mès quant vient al dimenche, qe la parole Dieu lur deit comencer aroser, lors tournent sus le ventre, ceo est a dire se excusent par lur ventre qe le jour est mout passé e deussent estre a manger.

Fabula ad idem.

Le coke trova un anel *(fol. 24)* de or au [1] fimer : « Quc « est ceo? » fet il, « qe facez tu ci? Ne t'ey quis ne t'ey « desiré : meux vodreie trover une grein de furment qe « tey e tieux cent. » Auxint grieve plusours plus une court sermoñ qe .vij. [2] jours en la simeigne de estre en labour e en corporel affliccioñ. Pur ceo dit l'Escripture : Quant Dieu pleot de ciel cele douce pouture [3] qe manna fust [4] apellée, les fitz de Israel touz de ceo furent saciez, et diseient qe meux vodreient estre en Egipte od porreis e oignoñs qe illeoqes demorir od cele douce viaunde : *Anima nostra arida est, nichil aspiciunt oculi nostri nisi manna* [5]. *In mente nobis veniunt porri, cepe et allia* [6]. » Mès encoñtre cel mal avoms ensample de bien par nature de un autre pessoñ de la mier qe la philosophre appele conche [7].

27. *Quod mane est surgendum et verbum Dei libenter audiendum.*

Un pessoñ de la mier qe est appellé conche qi vient

1. *Ou* an ? — 2. *Corr*. .vj. — 3. *A* poudre. — 4. *B* est. — 5. Ex. XI, 6. — 6. *Ibid*. 5. — 7. *A* cenche ; *c'est le latin* concha ; *voy*. ISID. Etym. XII, VI, 49.

de custume [1] par matyn al houre de la mier quaunt la rosée descent, si desclost [2] soñ [3] eschale [pur receivre tel douçour, e quant l'ad receu, resclost l'escale [4]] e retorne, e cele [5] rosée norrit la gemme qe est appelée margarite, une piere preciouse. Auxit deussent la gentz qe soñt en ceste mier de custumee par matyn a mouster aler, e la, en priañt et escotañt la parole Dieu, les escales de lur queor overir e receyvere la [6] rosée qe vient de ciel par graunt poer e grace de seynt Espirit, doñt est norrye riche gemme qe meux vaut qe nul tresor : ceo est bone vie par ont il est sauvee [7], qe serreit sañz lui dampnee. Pur ceo dit le seint Espirit : « Beau fitz overez toñ qeor « et recevez ma parole, si averez la vie par quey si vous « la gardez. »

Doñt seint Piere dit a nostre Seignur : « Sire, vos pa« roles donent vie perdurable : *Domine, eterne vite verba « habes* [8]. » Et ceo ne peot feare nul piere preciouse, doñt nostre Seignur dit qe pur ceste piere aver deit home doner seon estre [9]. Et nul rien ne avoms propre fors qe pecché; et ceo dey jeo volenters guerpyr pur cest piere aver : *Inventa una preciosa margarita, abiit et vendidit omnia qe habuit et emit eam* [10]. Com fist la Magdaleyne qe vient al sermoñ Jesu Crist en Galilée, e par la douceour de ces paroles conceut tiel grace qe tot lessa qe soen fust, e tiel vie après mena qe sa vie a Dieu plust.

28. *Qualiter homo in etate deficit, proficit etiam in diviciis.*

La nature de lievere si est tiel : quant lievere saut de

1. *B* Cest p. de c. vent. — 2. *A* desclest. — 3. *B* l'. — 4. *Restitué d'après B.* — 5. *B* e de ceo. — 6. *B ajoute* douçour de — 7. *B ajoute* cil. — 8. JOAN. VI, 69. — 9. *A* c̄. — 10. MATT. XIII, 46.

fourme devaňt le leverer primes se prent al vert chymyn et puis tient son cours en moňtaňt desqes tant comence enfiebler; lors retorne par dreit nature vers le pays doňt primes sailly pur la morir. Auxint est de homme. Primez chiet en terre com lievere de [1] fourme en ventre sa miere, doňt Salomoň pur lui pur nous touz dist : « Jeo chey en terre et de terre sui char fourmee en ventre ma miere. » *Decidi in terra, figuratus sum caro in ventre matris mee* [2]. Puis saut hors de fourme quant e[st] nee, com dist Salomon : « Après jeo nasqui e pris comun heir. » *Ego natus suscepi comunem aerem* [3]. Puis si prent le vert chimyn, *(v°)* ceo est [4] jolitee en juvente, com font les enfaňtz, en qi noun dit l'Escripture : « Usoms le siecle, tant com dure [5] nostre juvente. » *Utamur creatura tanquam in juventute celeriter* [6]. E puis tient la montaigne touz jours vers moňt, qerraňt honurs e richessez. E taňt com plus aprechent les deus leverez Blanchard e Preisaňt, tant plus se haste vers moňt. De tieux parle Ecc. 3°, e dit : « Il ne cessent jamès [de travailler, ne la vue n'est jamès [7]] saülee a plus desirer; si ne pensse [8] rien pur quoy tant travaille, ne a qi ne coment deceit sa alme demeigne des biens qe purreyt feare ». *Laborare non cessat nec saciantur oculi ejus* [9]. Puis, quant il se sent qe il ne peot avaňt, a fine force lui covient retorner al lieu doňt il vient, sicom dit le seynt Espirit : « De terre vienent e en terre retornent. » *De terra facti sunt et in terram revertentur* [10]. Mès lentement si court le lievere en avalaňt a ceo qe fist en montaňt, par reisoň de sa fourchure par devaňt qe plus est courte qe deriere, ceo est a dire qe les gentz plus se hastent en purchaceaňt de mounter as richessez mès laschement e avalaňt se

1. *B* en. — 2. *Cf.* Sap. vii, 1. — 3. *Ibid.* 3. — 4. *B ajoute* la. — 5. *A* dyre. — 6. Sap. ii, 6. — 7. *Restitué d'après B.* — 8. *A* passe; *B ajoute* de. — 9. Eccle. iv, 8. — 10. *Ibid.* iii, 20.

hastent de feare nul bien quañt apreschent vers la fyn [1], sicom avynt jadis al roy Alisaunder qe tañt hasta vers moñt qe dedenze dozze ans seignur estoit de tot le munde; mès en apreschañt vers la mort poverment espleita quant tot soñ porchace si malment enplaya. Et si foñt plusours autres. E pur ceo dit P. : « Les foux morroñt « e lur biens a estranges lerroñt ». *Simul insipiens et stultus peribunt ; et relinquent alienis divicias suas* [2]. Et chargez ici deus chosez qe foux soñt appeletz, e qe lur biens lessoñt a estraunges qe nul bien pur eux ne froñt, mès des biens qe autres ont purchacé se font heitez, com fist un minestral de qi ci orrez.

Fabula ad idem.

Un veox homme jadis out une joene femme. E pur graund affiaunce qe out en lui, touz ces bienz a lui dona en morrañt. Si la pria pur Dieu qe ele pensast de lui eyder après sa mort. « Volunters, » fet [ele [3]], « si voille Dieux! » Morust le sire e la femme prent un garceoñ qoynt vielours et assemee, taunt que un jour la femme envoya un presañt de payn e de cerveyse al chapelyn pur chañter pur la alme sa primer baroñ. L'autre vynt; si lui encontra e fist le present retorner. « Jeo « say, » dit il a sa femme, « meux chañter qe le chape« leyn. Emples deus hanapez, si irroms caroler. Le vail« lard fui plus gelous de autres qe de sey, et jeo, qe sui « estrange, quai frai jeo pur lui [4] ? » Fols est qe se affie en autres après sa vie e lest sa alme nuwe pur mettre en estrange muwe. Ceo est a dire en engleys :

He yat hadd inou to [5] help him self wital,
Sithen he ne wold [6], I ne wile ne I ne schal [7].

1. *D'après B, A* fynt. — 2. Ps. XLVIII, 11. — 3. *Restitué d'après B.* — 4. *A* qe fra pur lui qe fray. — 5. *B* til. — 6. *B ajoute* for sothe. — 7. « Ce-

E pur ceo jeo lou qe chescun se enforce de bien fere en sa vie e sages seit e sa alme demeigne. E ceo est le coñseil del seynt Espirit qe dit : (*fol.* 25) « Celui fet a preiser « qe est sages a sa alme demeigne. » *Est sapiens anime sue et ipse laudabitur*[1].

29. *De periculoso transitu hujus mundi.*

La nature del asne si est qe il doute mout passer ponte od veit desouz l'ewe profonde. Et nous qe sums en ceste vie passañtz par un ponte mout estreit e perilous, cum dit nostre Seigneur : *Arta est via qe ducit ad vitam*[2]. « Estreit est la voye qe estent vers ciel. » E le ewe est tant parfoñd desouz qe nul ne chiece il ne trovera retorner, si com dit le Livere : « Ja ne est nul conu qe de « enferne seit revenu. » *Non est agnitus qui ab inferis sit reversus.* Sap. 2°[3]. Mout avons grand mestier sagement le pyé ficher en si estreit passage, com dit seint Gregor : « Il est prest de perir qe ne pense poynt coment « deit eschaper. » *Prope est ut pereat qui non providet quomodo evadat.* Pernoms garde coment se mene [celui[4]] qe le perillous pont passera : tant com il seit passé, ja ne ad cure de garder entour lui[5] pur chasteux ne pur meisoñs, de embracer ne de beiser pur foux amours, mès tot sa entente mette de bien eschaper. Auxint faceoms [nus[4]] qe nous pusoms joier après od ceux qe ja soñt passez, et jamès en tiel peril après ne vendroñt. De ceo loent Dieu les seintez de ciel e dient : « De grant per[il] eschapez sumes, doñt graces a Dieu « rendoms. » *De magnis periculis a Deo liberati mag-*

lui qui avait assez pour se pourvoir lui-même, dès qu'il ne voulut pas [le faire], je ne le veux ni ne le ferai. »

1. Eccli. xxxvii, 25.— 2. Matt. vii, 14.— 3. Sap. ii, 1.— 4. *Restitué d'après B.* — 5. *B ajoute* d'estriver.

nifice gratias agimus MACH. [1]. Mès, allas! qe dirray?
plusurs oblient lur peril e lur avient com jadis avynt a
celui qe fust mys en exil, com vous orrez coñter.

Fabula.

Barleam coñte en soñ livere qe un homme en desert
aperceut qe un [2] unicorn lui suist as talons, doñt il se
mist en un arbre e la se tynt. Après ceo regarda vers la
racyne del arbre, si aperceut deus petites bestez, le un
blanke l'autre neyr, rongeantz la racyne de acravañter
cel arbre. Puis aperceut desouz lui un puit perfond e un
grant dragoñ gisañt al fond ; et contre [3] sa test aperceut
pendant un espeye par un gresle fil. Et celui qe fust en
si [4] diverse perils regarda e vyt près de lui, en un braunche, un poy de myel, vers ou mist tant sa entente qe il
mist en obly tretouz les perils. A ceo cheï le arbre, e il
en la goule al dragon. Cesti unicorn doñt ici parloms,
ceo est la mort qe nous syut jour et nut; le arbre est
ceo moñd en qi nous trop affium [5]. La blanche beste si
est la jour, la neyr si est la nuyt par queux la arbre va
en declin tant [6] qe au dreyn par lur roñger serra abatu.
Le puit perfoñd si est enfern ou meyñt le dragoñ tañt
hidous prest a receyvere les pecchours. Le espey pen-
dañt outre la test est le jugement Dampnedieu prest a
prendre vengeañce des mesfesañtz. Les deus goutez de
miel qe tant desirroms soñt charnels delitez en terrienz
honurs qe meyñt homme deceyvent, qe tant entendent
de ateyndre a ceo [7] qe desirroñt qe ils oblyent lur peril e
sodeynment perisoñt. Pur ceo dit Moyses de tieux qe
soñt nonchalañtz en tiel peril : (v°) « Plust a Dieux, »
fet il, « qe eux eussent dreit savour e bon entendement e

1. II MACH. I, 11. — 2. *B* li. — 3. *B* outre. — 4. *B* taunt. —
5. *A* nous trespassoms. — 6. *A* en declinant. — 7. *A* ceux.

« sage purveañce ! » *Vtinam saperent et intelligerent ac novissima providerent !* DEUT. 31°[1]. » Ceo est a dire si ils eussent dreit savour en amour de cest moñde ils trovereient[2] mout amier ceo qe tienent ore douce e cher. Pur ceo dit Ys. 5 : « Dolour seit a ceux qe amertee tor-« nent en douceour e douceour en amertee. » *Ponentes amarum in dulce, et dulce in amarum*[3]. Del autre [part[4]] s'il[5] eussent entendement en quel peril ils sont, ils ne serreient pas si seurs ne si joyous com ils soñt. Pur ceo dit nostre Seignur : « Si vous sceussez vostre « estat, vous plorissés quant vous riez. » *Si cognovisses, et tu utique fleres.* Luc. 19[6]. Doñt plusours, com dit seint Job, usent lur jours en grauntz desportz e descendent en enferne avañt qe ils sachent mot[7]. *Ducunt in bonis dies suos et in puncto ad inferna descendunt* JOB 21[8]. Pur ceo vodreit Moyses qe ils eüssent purveaunce e ceo purveïssent encontre la fin. Com dit Salomon : « Pensetz de vos darreyns e jamès ne peccheretz mortel-« ment. » *Memorare novissima et in eternum non peccabis*[9].

30. *Quod in verbis adulatoriis ullatenus est properandum*[10].

La sirene est une monster en la mier qe en partie porte semblaunce de peissoñ e en partie semblaunce de femme. Et cest best est mout perilous a ceux qe passent par mier, qar ele ad une tredouce voiz. Doñt ceux qe ne

1. DEUT. XXXII, 29. — 2. *A* la entendreient. — 3. Is. V, 20. — 4. *Restitué d'après B.* — 5. *A* si eux. — 6. LUC. XIX, 42 ; *la citation n'est pas littérale.* — 7. *A* seient mortz. — 8. JOB XXI, 13. — 9. ECCLI. VII, 40. — 10. *Ici et à la table, p. 2, l'abréviation donne plutôt* perpandum *ou* perparandum. *B* contra maliciosos attrahentes per sermones dulces.

scevent pas sa malice [1] se trehent [2] [de [3]] cele part e s'endorment touz par la douceour de se [4] voyz ; mès a mal houre lour! qar ele bestorne la nief si tost cum la peot adesser. Ceste best signifie la malice [1] de ceo mon̄de qe plusours atrest par beau parole pur aver af-fian̄ce en lur ditz e honist au fet, quant a ceo vient ou deussent trover profit com avynt jadis [5].

Fabula ad idem.

Le gopil dit al charuer : « Le venour me vient suan̄t. « Ore vous pri pur Dieux qe vous moy seietz eydan̄t. — « Veir, » fet l'autre, « va t'en chocher [6] en ceste reon [7], e « jeo te coveray de mon̄ tabard. » Le gopil contre se purpensa qe bele parole ne fust pas certeyn. La ou il gyust desouz le tabard pensa cil : « Jeo voil aver le un « oel descovert. » A ceo vynt le venour cornan̄t e de-manda le caruer si il ne veist pas le gopil passer. L'autre boute le deye vers le gopil tapissan̄t, e dist de haut voyz qe au boyz fust alee un poy devan̄t. Le venour plus creust al meyn qe a la bouche, se myst al tabard e dit al gopil : « Tu seies bien trovee, Reneward. — Et tu mal venuz, » fet l'autre. Lors dit le caruer : « A moy ne rettez poynt : « vous avés bien oy ceo qe jeo ay dit. — Veire, » fet l'autre, « beneitte seit ta lange e maudit seit [8] ta meyn ! « Ta lange moy fist confort, mès par ta meyn si ay la « mort. »

1. *A* milice. — 2. *A* thent. — 3. *Restitué d'après B.* — 4. *B* la. — 5. *B, réunissant cette phrase à la suivante,* jadis au gopil qui dist au charner. — 6. *B* cocher. — 7. *B* tele reume. — 8. *B* mal dayeit.

31. *Quod quos Deus flagellat per adversitatem coronat per gloriam.*

Pur ceo dit l'Escripture : « Il endouce [1] sa parole e « vous gueyte de honir al fet quant vient a mistier. Si « mal vous avigne, vous le troverez la le primer. » *In labiis suis indulcat inimicus, et cum invenerint te mala, invenies eum illuc priorem* [2]. Mès Jesu Crist si est de autre *(fol.* 26) nature, qar il est dur a ses amys en parole [3], e se monstre douce en fet, sicom fist Joseph a ses freres de qi l'Escripture dit : « Il parla dur odvesqes « eaux com ils fussent estraungez, » mès ils le troverent mout douce en fet. *Quasi ad alienos durius eis loquebatur*, GEN. 43 [4]. Si fist Jesu Crist a seint Piere : il parla dur quant lui appella deable, mès autrement se [5] monstra en fet quant lui bailla les cliefs du ciel. Pur ceo dit Salomon : « Meux vaut le ba- « tre de bon amy qe le beiser del enemy. » *Meliora sunt vulnera diligentis quam blanda oscula odientis* PROV. 24 [6]. Jeo say un riche homme a la court, quant il parle dur a celui qe lui prie de grace, celui peot estre seur qe ses bosoignez serront espleytez. Auxint vous, di pur veir, ceux a queux Jesu Crist parle dur par dure cheances en ceste vie, si ils eyent suffrañce, cils pussent [7] estre seürs qe lur bosoignes irroñt bien [8] en l'autre vie. Et tieux a queux respoñt mool [9], par soffrañce de lur voler ils se porreñt doter qe ils faudroñt aillours a grant mestier, sicom vous orrez si coñter.

1. *B* endoucist. — 2. ECCLI, XII, 15, 17. — 3. *A* qar il parle dur a ses amys. — 4. GEN. XLII, 7. — 5. *B* li. — 6. PROV. XXVII, 6. — 7. *B* il pount. — 8. *B ajoute* à la cour. — 9. *B* mol.

Fabula.

Un seynt homme pria jadis Dieux qe il lui monstrast pur quoy les bons sont dur demenez e les mauveys sont suffertz. A ceo vient un aungele Dieu en fourme[1] de homme, si lui prist e mena od lui. La primere nuyt se herbergerent al hostel un prodhomme qe lur[2] receut devoutement pur Dieu amour. Au matyn prierent le prodhomme de conduyt. Et le prodhomme envoya son fiz qe mout lui fust chier odvesqes eux. Quant vindrent a un pont outre un grant fluvie, le angele Dieu prist l'enfant e le neya. « Allas! » fet son compaignon, pur « quoy avez ci fet? — Jeo vous dirray autre fethe, » fet l'autre. La nuyt ensuant vyndrent al hostel un autre prodhomme qe bien lur[3] receut. Et celui aveyt un mazer lequel le aungel emporta au matyn. La tierce nuyt vyndrent al hostel un mauveys homme qe a grant peyne[4] le covert lur graunta. Au congee prendre le angele lui dona cel hanap qe out tolette al prodhomme. Lors dit son compaignon : « Moy en mervaille plus qe avant ne « fesoye. — Veir, » fet l'autre, « ore est houre qe jeo « vous monstre le conseil Dieu. Le primer homme qe « nous receut mout est bien de Dieux, e nul fiz out fors « celui soul qe est neiee qi Dieu lui ad tollet pur son « bien, qar il avoit vers lui trop grande amour, e co- « mencea southtrere[5] les biens qe soleit feare. L'autre « prodhomme fust assotee de son hanap, e plus en beüst « qe feare ne deüst. [Pur ceo li toli l'encheson du peché « et de son delit[6]]. Le tierce est mauveys, si ne avera ja « part del regne Dieu. Pur ceo lui dona pur son hostel « le hanap en guerdon qe fust al prodhomme de mal en-

1. *A* enfournee. — 2. *B* qui les. — 3. *B* les. — 4. *B* martir. — 5. *B* de retrere. — 6. *Restitué d'après B.*

« chesoñ. Et pur ceo dit le livere : Les jugementz Dieu « soñt privees [1] ».

32. *De contrarietate corporis* [*et anime*].

Dieus pieres soñt trovéez qi portent un noun : magnete appellez ; mès trop soñt contrarious de nature, qar le un enchace *(v°)* le fere de lui, si ne ad que fere de sa compaignie, l'autre tret le fere a lui e ferme [a li [2]] se allie. Auxint est ore entre le corps e la alme, qe tut est un homme. Le cors tret a lui le fere, par qi vous devetz entendre pecché, par tañt qe le fere est pesañt, et auxint est pecché, com dit le P. en noun de pechour : « Jeo sui chargee de pesañte charge de pecché. » *Sicut onus grave gravate sunt super me* [3]. De autre part, le fer est neyr, e si est peché; pur ceo dit Jere. de pechours : « Ils soñt ennyrsiz plus qe carboñ. » *Denigrata est facies eorum super carbones.* Trenor. 4° [4]. Et tiele chose eyme le cheitif cors e tret a lui ordure de lecherie e pesantyne de terrien aver, de peresce et de glotonye, doñt la alme ne ad qe feare en sa nature. Pur ceo dit seint Pool : « La char coveyte encontre le espirit, e l'espirit « estrive encoñtre la char [5]. » Mès, allas ! qe l'espirit est menee par la char [6] a soñ pleyser, sicom jadis avynt de un fol qe mena le sage a mal hostel, sicom vous orrez si coñter.

Fabula ad idem.

Deus compaignoñs estoient jadis, le un fol, l'autre sage, tañt qe vyndrent un jour al carfouke de une veie. Lors dit le sage al fol : « Tenoms ceste veie [a destre [2]].

1. Rom. xi, 33 ? — 2. *Restitué d'après B.* — 3. Ps. xxxvii, 5. — 4. Thren. iv, 8. — 5. Gal. v, 17. — 6. *B* qe la char ameyne l'espirit.

— Nenyl », fet l'autre, « mès sués moy; ci gist la « voye a senestre. » A ceo s'en alerent et od laroñs encountrerent, e furent despoilez e batuz e affraiez, e le fol lierent meyns e piés e le getterent en un fossee, e amenerent l'autre et lui mistrent en un prisoñ et de longe temps le tyndrent en peyne [et en cheitifsoñ [1]]. Lors diseyent les laroñs a un de eux : « Querés [2] ceo « feol qe nous lessames en la fosse. » Quant le fol fust amenee a soñ compaignoñ, doñt dist le sage : « Maluree « seit toñ [3] coñseil, qar par vous sui durement menee. — « Mès hony », fet l'autre, « seit vostre sen e vostre avi- « sement, quaunt guerpistez pur moy la dreit voye, puis « qe saveys qe fol estoye ». Ces deus compaignoñs soñt cors e alme ; le quarfouke de la veie si est frankes arbitrement a prendre bien od mal, ou la alme sovent se assent a mal par atret de la char. Lors cheient en meyns de laroñs, ceo soñt les maufez, e soñt despoillez de lour vertues e naufrez par mortiel pechee. Puis est le cors par mort en un fossé getté e la alme en prisoñ amenée. Puis est le fol de la fosse [4] quis al jour de jugement, quant mortz releveroñt, e en cors e alme pur lur fol acorde saunz fyn estriveroñt. Pur ceo dit l'Escripture qe parle vers le espirit : « Ne suwez pas vostre char pur « mettre vous a mort e vos enemys en coñfort. » *Post concupiscentias tuas ne eas, ne facias te in gaudium venire inimicis tuis* [5]. Sampsoñ qe tant estoyt pussañt e fort, pur [6] plere sa femme se myst al mort. Pur ceo si descord seit entre le corps et la alme pur enchesoñ de peché, sicom monstre cest ensample devañt, jeo lou qe en ceste vie seit fet acord par autre ensample de un piere qe amand est appellé.

1. *Restitué d'après B.* — 2. *B* alom quere. — 3. *B* e son c. l'ad aperçu : Maluré, dist, seit vostre. — 4. *B* P. ert li cors en fossee. — 5. ECCLI. XVIII, 30, 31. — 6. *B* de.

33. *De penitencia.*

Lui sage philosophre Diascorides dit en soñ livere qe ceste piere amañd est de si grand vertue qe si femme la porte sur lui qi *(fol. 27)* est a descord od soun mary, par ceste piere de mout legier grace en lui peot trover [1]. Ceste piere signifie penañce par qel la char peot acorder al espirit de legier. Pur ceo dit Salomon : « Amertee « mout est douce al alme [q'est familous [2]] ». *Amarum pro dulci sumet anima esuriens* [3]. La viaunde del alme si est penañce du corps. Ceo qe est amier al cors est douce al alme ; pur ceo si le cors se veot acorder al alme, covient qe il obeie a sa volenté. De ceo avoms moustraunce en la veyll ley, quaunt Agar s'enfuï de sa dame Sarray, pur ceo qe ele la reprist e manya auqes dur, a qi le aungele Dieu comenda q'ele retornast e fuist obeïssañt a sa dame [4]. La alme est la dame, la char [5] ancele qe dur deit estre demenee, sicom la [6] ortye : si vous la manyez swef vous la senterez auqes grief [7] ; si vous la estreynez dur, poer ne avera de vous poyndre. Pur ceo dit Salomon : « Qi norist soñ servañt deliciousement, « il lui trovera rebel e contrariouse. » *Qi delicate nutrit servum suum, ipsum sentiet contumacem* [8]. Ecc. : *Cibaria virga et honus asino ; panis, disciplina et opus servo* [9].

34. *Quod benigni sint domini humilibus subditis, et duri rebellibus.*

Gentil chien com est leverer, assez est cruel a beste

1. *B* recovrer. — 2. *Restitué d'après B.* — 3. Prov. xxvii, 7. — 4. *Cf.* Gen. xxi. — 5. *B ajoute* est. — 6. *B* c. est del. — 7. *B* grevouse. — 8. Prov. xxix, 21. — 9. Eccli. xxxiii, 21.

savage, mès mout est curteys a beste damesche. En ceste manere se deivent porter ces grantz seignours qe curteys seyent as simples gentz et peisibles, et a ceux moustrer reddour qe sont rebeles e contrarious. Et ceo tesmoigne le curteys rey Dauid qi dit en le Psauter [1] : *Cum innocente innocens eris, et cum perverso perverteris* [2]. Ensynt fet le leon qe est rey de touz autre[s] bestes : ja ne fra mal a homme ne nomement a enfant santz grant encheson. Mès ore les mestres as privés e as sages e as amys sont [3] contrarious [4], et as enemys corteys e delicious. Auxint avynt a Herodes qe occist cez fitz demeigne e les autres espernist ; si font plusours. Pur ceo dit le berbitz al cornaille qe sist sur son dos e aracea sa [5] leyne : « *Over me you* [6] *may* [7]. »

35. *Quod boni, si delinquunt, cito resipiscunt et mali in malicia diutius perseverant.*

Si leverer par case comence de assailer un homme il retrest meigntenant e moustre [8] par contenance q'il ad honte de ceo q'il ad fet e contre reison de genterye. Mès autrement est de mastyn qe santz reison [comence e sanz reson [9]] se [10] afforce de continuer sa malicc. Auxint est entre la gent : les uns qe sont bons, si par cas mesfacent ou mesdient, tot se repentent e cessent. Ecc. 21° : *Fili, peccasti? ne adicias iterum, set de pristinis deprecare ut tibi dimittantur* [11]. Mès lui mauveys, sicom mastyn touz jours dure en sa malice Ecc. : *Stultus acriter improperabit* [12], *et apertio oris illius inflammatio* [13]. Nota

1. *B* en un vers de Sauter qui dist issi : Seez dous a bons e dure a grevous. — 2. Ps. XVII, 26, 27. — 3. *B ajoute* trop. — 4. *B ajoute* a lointeyns. — 5. *B* la. — 6. *B* thow. — 7. « *Sur moi vous le pouvez.* » — 8. *B* a mustrer. — 9. *Restitué d'après B.* — 10. *A* de. — 11. ECCLI. XXI, 1. — 12. *Ibid.* XVIII, 18. — 13. *Ibid.* XX, 15.

hic qualiter Saul *(v°)* persecutus est David, R. 24o [1], et Asael, R. 2o [2] et ultra quid contigit.

36. *Quod omne bonum est Domino ascribendum.*

Quant le leverer ad bien coru e pris sa preie, cierf ou bisse, a soñ seignour de soñ travail si est paiee de ceo qe l'em lui dorra. Et tot ne eit de sa preie, ja pur ceo ne lerra de coure autre foiz. Issint est [3] de chescun bien fet et devereit estre [4] qe nous fesoms : le honur del fet devoms doner a nostre creatour Esample avoms de Jab [5], R. 12°. *Misit Jab nuncios ad David dicens : Dimicavit exercitus contra Rabaht et jam capienda est civitas. Veni igitur et cape eam ; nomini meo victoria ascribatur* [6].

37. *Quod leviter auditur quod placet, et quod displicet ullatenus.*

Le cierf, quant lieve sus les oraillez, donqe bien peot oyer, mès quant les abesse, a peyn rien ne oyt. Auxint est des plusours. Quant chose est dit qe lur plest, levent les orialles e bien escoutent e bonement, seit ceo veirs seit ceo fauce, seit il bien ou mal. Mès quant lur desplest, ne poent rien oyer, sicom le esvesque qe si fist sourd quant un clierke mañda sa doite treis foyz a haut voys ; mès quant il [li [7]] offri soñ palfray od basse voiz pur donir, tañt tot le evesque lui en mercia. Ecc. 8°. *Non incendas carbones peccatorum, arguens eos : non enim possunt diligere nisi qui eis placent* [8].

1. I Reg. xxiv. — 2. II Reg. ii, *et suiv*. — 3. *B* doit estre. — 4. *B omet* et d. e. — 5. *A ici et à la ligne suivante*, Job. — 6. II Reg. xii, 27, 28. — 7. *Restitué d'après B*. — 8. Eccli. viii, 13, 20.

38. *Quod alterius honera alterutrum sunt portanda.*

Les cierfs qierent lurs pasturs en meynt [1] pays par odur e ne mye par vewe. Et lors quant passent braz de mier, chescun de eux met sa test sus autri croupe le [plus [2]] fortz devañt. Et quañt cil devañt enfiebliz par travail se retrest, un autre se met avañt, e ensynt chescun de [3] autre est eidé. Auxint deit estre de nous qe sumes passañtz ceste mier perillouse. Mès la pasture celestien, qele nous aloms qerañtz, ne mye par vewe, mès par odur e bon esperañce [4] de ferme creañce, chescun deit eider autre e supporter, com nous aprent le apostole seint Pool : *Supportate invicem in caritate* [5].

39. *Contra luxuriosos.*

Le cierf, quant est en rutteye [6], nous aprenst de conustre la manere de leccheour, qar donqe le cierf va trippañt e saillañt, e fiert la terre del pié. Ezechiel, 25 : *Pro eo quod plausisti manu et pede percussisti, extendam manum meam* [7]. Et est le cierf trop gelous e surqerañt par gelousie, talent perde de manger e trop enmegrist e soñ groyn par famine [8] enneyrsist. Auxint le lechour perde talent de espiritel manger, sicom dit Salomon, Prover. : *Audiet luxuriosus et displicebit ei* [9]. Et la bouche [li [2]] enneyrsist, par ordes paroles e vileynes, sicom dit Jerem., Tren. ultimo : *Denigrata est facies eorum super carbones* [10]. Et la gresse lour chiet de grace e des vertuez, si devinent megres, sicom dit Jere. 4° :

1. *B* lointeyne. — 2. *Restitué d'après B.* — 3. *B* par.— 4. *A* asperance. — 5. Eph. iv, 2.— 6. *B* rut. — 7. Ezech. xxv, 6, 7. — 8. *B* foynur. — 9. Eccli. xxi, 18.— 10. Thren. iv, 8.

Adhesit cutis eorum ossibus eorum[1]. Mès lui cerf, quant ad lessé ces amours, lors commence de pasturer e sa gresse recoverer e de[2] la rosé ennette soñ[3] groyn.

40. *Quod id quod addiscitur in juventute permanet in senectute.*

(Fol. 28.) Le cerf nous aprent de chastier[4] nos enfañtz, qar si en juvente, avañt qe les corns lui cressent seit chastree[5], ja corn ne lui crestra; mès si après, rien ne vaut. Auxint est del enfañt. Pur ceo dit le livere Ecc. 30 : *Curva cervicem ejus in juventute. (Exemplum de virga tortuosa) dilacera eum*[6] *dum infans est, ne forte induret et non credat tibi; tunc erit dolor anime tue*[7].

41. *Contra maliciosos.*

Le cirogrille nous aprent la manere des gentz maliçousez, qar il ad urine [trop[8]] venimouse; e de ceo quide autres grever, mès il mesmes est le primer qe en ad damage par sa urine demeigne. Ecc. 37° : *Qui laqueum ponit alio, peribit in illo, et qui statuit lapidem proximo suo, super ipsum devolvetur*[9].

42. *Quod male adquisitum relinquitur set precium remanebit.*

Quant le sienge ad deus siengeoñs[10], celui qe plus

1. Thren. iv, 8. — 2. *B* par. — 3. *B* ennetiit le. — 4. *B* endaunter. — 5. *B* enchastrée. — 6. *Il faut* tunde latera ejus. — 7. Eccli. xxx, 12. — 8. *Restitué d'après B.* — 9. Eccli. xxvii, 29, 30. — 10. *B* synjoñs.

eyme [prent en son braz, et celi que meyns eyme [1]] pend [2] au cool. Mès quant il est tañt chacee [desi avañt [1]] qe lui covient le un lesser, covient qe celui qe plus eyme de lui gettre [3]; qar l'autre qe lui pend au col ne veot poynt departer. Auxint est de mauveys purchace e de peché. Qar le purchace covient lesser, mès le peché remeynt e la peyne del peché. Pur ceo dit le P. : *Cum interierit non sumet omnia, neque descendet cum eo gloria ejus*, etc. [4]. Par mesme cest ensample peot l'em dire coment [le low e le herison devendrent compaingnoñs tañt qe [1]] le lou prist un agneile e fui [5] suï des chiens et des bastoñs, e prist soñ congee del hericeoun [d'eschaper au bois. « Ha! » dist le herison [1],] « baisez moy a congé prendre. — Vo« lenteres, » fet le lou, et au beisere le hericeoñ lui erda [6] al mentoñ. L'autre escowe la teste e ceo veut deliverer, mès ceo ne fust pur rien [7] : od lui maugree le seoñ lui porta. Le lou est pechour, le hericeoñ od les espinez si est peché qe ferme se lye al pecheour; sicom dit Salomon : *Iniquitas ejus cum ipso est.*

43. *Quod multos ex[c]ecat gaudium mundiale.*

La nature del cierf si est tiel, sicom nous trovoms en escrit, qe mout se delite en melodie, doñt le venour qe lui veot deceyvere fet un homme sañz arme devañt lui floüter ou doucement chañter. Et le cierf va [8] escotañt od grant delit, e endementers [9] vient le archer en costeañt : si lui doynt de un seate e lui tourne joie en dolur. Auxint est de plusurs gentz qe trop se delitent en ceste siecle, et ne pernent poynt regarde des engyns le maufee.

1. *Restitué d'après B.* — 2. *A* c. qe p. e. le pend. — 3. *B* Celui qu'il eyme covent de li geter. — 4. Ps. XLVIII, 18. — 5. *B* fust. — 6. *B* li beise. — 7. *B* nient. — 8. *B* s'en va sivant e. — 9. *B* e tantost.

Dont seint Escripture se pleint e dit : « Les foux sunt trahy par fols delitz, e ne pernent garde tanqe la seat lur doint par my [1]. »

Fabula ad idem.

Un rey fust jadis [2] en la terre de Grece qe touz jours fust pensant e mournes. De ceo lui aresona son frere un jour devant moutz des gentz. Le rey se tient cele houre sanz rien dire. Lendemeyn le rey comanda privement qe l'em sonast le busyne devant la port son frere. Lors fust custume en cele terre devant qi [3] porte la busyne fust oye, mort serreyt lui sires del hostel. Lors fust (v°) pris e amenee devant le rey lyee, od harpe e viole [4] e autre minestracie a grant plentee. Lors dit le roy a son frere : « Pour quoy ne ryez [ne] solacez? — Jeo, » fet il, « coment le purreie feare? qe de totez partz sui assez de « guerre, quatre espeyez [5] a moy tretes [6]. La poynt del « un me toche le piz, la poynt del autre moy toche l'es- « chyne, e les deus autres me tochent les deus costez. « Coment porra[y] [7] jeo donqe beal semblant feare? — « Bien avez dit, » fet le roy, « e pur moy ore est houre « qe jeo vous respounde a vostre demande. Quatre es- « peyes moy toillent solace de ceste vie : peché qe jeo « ay fet, la mort qe vers moy tret, la jugement qe jeo or- « ray e la peyne qe endurray. Pur ceo dit l'Escripture : « Celui est beneuree qe touz jours est poürous. » *Beatus vir qui semper est pavidus; qui vero mentis est dure corruet in terram.* Prov. 28° [8].

1. Cf. Prov. vii, 22, 23. — 2. *B* De ceo se avysa jadis un roy. — 3. *B* qele. — 4. *B* fyele. — 5. *B* espiz. — 6. *B* trez. — 7. *Corrigé d'après B.* — 8. Prov. xxviii, 14.

44. *Quod Deus quos diligit, corripit et castigat.*

Si prodhomme seit dur demenee en ceste vie et de ceo se mervaille, voist a la nature del egle, si trovera matiere doñt peot estre confortee. La nature del egle si est tiel, quant ses pigeoñs soñt bien cruz il avise queux porrent bien regarder [1] le solail e queux noñ. Et ceaux qe ne poent mye afficher la vewe au solail saunz clinier del oel, ne les cleyme poynt pur seoñs, einz les gette hors de son ny [e facent lur meuz[2]]. Les autres qe gardent mout cler [3] norrist od graunt diligence, primes od sange [k'y souche de sa preye, ke verce en lur gorge [2]], e puis od char [kaunt sunt menz vanez [2]]. Mès a plutot cum aparceit qe la gresse lur charge [4], ils les bate des eles e les fert du beke e defoule des piez pur feare les haut voler ou moñter [5] en le eyr e suïr ces traces, qi est rey de touz oyseaux e plus haut vole. Auxint va de Dampnedieux qe est roy de totes creatures. Il prent garde des gentz en terre, qe deüssent [6] estre les fitz Dieux par reisoñ, queux regardent au solail de sa doctrine [par ki homme est assensé sanz enclyner deluyl, e le queus noun. E pur ceo ke plusours unt la wue si feble en volunté k'yl ne pount regarder le solail de sa doctrine [2]] qe deust ecchaufer lur alme tañt freilouse e encenser [7] en voye si perillouse, Dieux, qi est egle volañt, ne les conust pur ces enfañtz. Pur ceo dit nostre Seignur en reprenañt de tieux en la veilly ley, e peot mout meux estre dit en la novele : « Jeo sui, » dit il, « lour piere, qe les « ay fourmee, mès ils soñt engressy [8]; si me ount des- « pisé [9]. Sicom le egle aprent ces pigeoñs de voler en

1. *A* regardez. — 2. *Restitué d'après B.* — 3. *B* ky sunt mult chers et les. — 4. *B* les comence a charger. — 5. *B* p. f. l. en haut mounter. — 6. *B* deivent. — 7. *B* assenser. — 8. *A* en rien criz. — 9. *B* e mei unt refusé.

« haut, jeo leur ay apris ceo qe deveyent feare, mès ils « soñt desleaux fitz a lour piere. Ils me ount corucee « par lur folur, e jeo lour coruceray par ma reddour [1]. » Ore pernoms gard combien en siecle regardent sañtz clinier vers le soleil de sa doctrine, q'il [2] nous aprent de amer veritee, chastee e charitee, e hayer tote maner de peché. Si vous parlez de tote maner de leautee, qe est ore qe regarde cele part sañtz clinier? Tañt ad de clartee en les [3] rays de ceo soleil si covert [4] ne seit de vewe [5], ceo est a dire qe verité passe par loer [6]; si vous parlez de charitee, qe la purra garder [7] pur sa grande clartee? Auxint de chastee e des autres vertues, tañt ont la vewe [8] *(fol. 29)* pleyn de corrupcion [9]. Pur ceo dit seynt Pool : « Ils ne soñt « pas les fitz de Dieux, qe soñt hors de soun aprise. » *Si extra disciplinam estis, filii ejus non estis* [10]. Mès les autres qe fichent le vewe en la parole Jesu Crist, qe soñt les reys de soleil de seint Esglise [11], soñt clamés pur ces fitz, les queux il debate e defoule en ceste vie sicom le egle [12] ses pigeons, pur fere les haut voler et suwer lour piere, sicom dit seint Pool : « Chescun fiz q'il eyme il bate [13]. » Et Salomon dit q'il het soñ fitz qe espernist la verge [14]. Et sicom plusours enfañtz meffeïssent [15] si ils ne fussent batuz, auxint plusours se perdereynt si ils ne fussent humiliés. Pur ceo dit le prophete a nostre Seignour : « Sire, « fetes les huntages et ils vous serront pliañtz. » P. *Imple facies eorum ignominia et querent nomen tuum, Domine* [16]. Si com avynt jadis de une homme [17].

1. *Cf.* Deut. xxxii, *passim*. — 2. *B* ke. — 3. *B* la. — 4. *D'après B; il y a plutôt* conter *dans A*. — 5. *Corr.* newe? *B* myl? — 6. *B* loucher. — 7. *B* le put ore regarder. — 8. *B ajoute* espiritel. — 9. *A* perfeccioun. — 10. Hebr. xii, 8. — 11. *B* ewangelie. — 12. *B ajoute* fet a. — 13. Hebr. xii, 6. — 14. Prov. xiii, 24. — 15. *B* mesfereient. — 16. Ps. lxxxii, 17. — 17. *B ajoute* dont orrez cy conter. *Mais la suite manque dans ce ms. jusque ci-après, page 66, par suite de l'arrachement du feuillet 143.*

Narratio ad idem.

Un homme estoyt contrarious a sa femme, e sovent la soleit batre sañtz reisoñ. Avynt [1] un jour qe deus hommes quistrent un cirurgien au fitz le roy malade. A queux la femme, qi fust sovent batu de soñ baroñ, dist : « Jeo ay un baron » fist ele, « bon cirurgien, mès « ceo est sa manere qe rien ne veot fere avañt qe il soyt bien batu. — Ou est il ? » foñt les autres. « Al charue », fet ele. « Et coment serra conu? » foñt ils. « Pur tiel seyne, » fet ele. Ils alerent, et com ils oñt trovee le vileyne, deserent : « Des[j]oygnés le charue. — I ne [2] pas temps, » fet il. « Si frés, » foñt ils. « Et qe fra jeo? » fet il. « Vous vendrés al court le roy. — A quey fere ? » fet il. « A prendre cure del fitz le roy, » foñt ils. « Jeo, deable ! » fet il, « jeo ne saveye unqes de tiel mestier. — Ore agardés, » fet le un al autre, « veyrs est qe la femme nous dit. » Lors comencent de fraper le vileyn. Et il cria : « Assez, assez, jeo fra vostre comandement. » Mès lui vileyn en alañt lur dit qe rien ne saveit de cel mestier. Les autres lievent le bastoun e frapent le vileyn, tant q'il graunta qe il savoyt assez de cel miester. Quant vynt devant le roy, fust comandé qe l'em lui feist aeese, e lui promist bon guerdoñ si bien espleitast en la cause pur qele fust maundé. « Sire, » fet le vileyn, « pur Dieu merci, vous gentz me mettent [3] sur la rage, qe fere say qe unqes fere ne saveie. — Sire, » foñt les sergeañts, « ceo est sa manere, qe rien ne fra de bien « avant qe il seit batu. » Fit le roy : « Degysee est sa manere, « mès puis qe tiel est, lui donés ceo qe il demande. » Et les autres le frapent bien. Et il cria : « Assez, assez ! pur « Dieu, moy lessez aver la vie ! » Auxint est de plusours

1. *Ms.* auxynt.— 2. *Pour* Il n'est, *ou* Je n'ai ?— 3. *Ms.* mettens.

qe plus vaillent de estre foles qe honurez. P. *Homo cum in honore esset non intellexit* [1].

45. *Quod perire nequeunt quos beata Virgo voluerit esse salvos.*

La nature de un oysel qe est apelé calabre [2] si est digne de memorie, e remenable a la digne [3] nostre Dame, par ceste reisoñ qe si homme malade en meisoñ gise de qi l'em doute si il vivera ou morra, facent venir cel oysel devañt le malade. Et si le oysel se regard, seür seietz de sa vie. Mès si il tourne la face de lui, ne est fors mort. Et qi est plus malade qe pechour? Mès celui vers qi nostre Dame se tourne ne peot estre pery. Pur *(v°)* ceo dit seint Anselyn a nostre douce Dame: « Douce dame » fet il, « auxint com celui ne peot estre sauvé qe vous refusez, « auxint ne peot estre dampnee vers qi des eols de pitee « vous regardez. » Et ceo peot par meynte cheaunce estre tesmoyné. Doñt, entre plusours eovers de pitee, un fet vous counterai qe avynt a mon sir Raüf Baroñ.

Narratio ad idem.

Monsir Raüf Baroñ estoit chivaler jadis, jolifs e trop doné au folie de siecle, tañt qe enmalady a la mort, e fust prest de rendre le espirit. A ceo vindrent les mauveis aungels; si chalangerent lur dreit, et les bons espiritz aleggerent al encountre. Mès tot sa fole vie fust mys en balaunce, e les maufez porterent tesmoigne qe il deveit estre lur. Mès nostre Dame lui vynt tost en socour: si dit q'il la aveit servi par tañt q'il trova lumere a un de ces auters. Les autres aleggerent q'ele ne avoit droit en-

1. Ps. LXVIII, 13, 21. — 2. *Corr.* caladre. — 3. *Corr.* dignetė?

coñtre lur cleym. « Si ay, » fet ele, « en tañt qe moñ fiz « me graunta sa vie ; par ont il se amendera, e par soñ « amendement vostre dreit defaudera. » Les maufez s'en alerent touz confuz. Et lui malade retorna e vesqi syz anes après, e chescun jour dit soñ psauter e oy la messe nostre Dame. Nul tere voleit tenyr, mès de pastures e poleynes si vesqi e soñ tens chaungea en meux e sa vie finist.

46. *Contra cupidos.*

En la tiere de Ethiopie si est trovée un piere qe est appellé crisopaz. E ceste piere lust trop cler tant com la nuyt dure. Mès ci tost com vynt a cler jour, meyntenañt perde sa biel colour. Auxint est de coveitise de ceste moñde. Ele piert bele quant a plusours qe ne oñt mye dreit conisañce de la volentee Dampnedieu. Mès quant vendra a cler jour, ou touz verroñt la verité, lors ert tenu pur folie, e folye ert [1] tenu pur graund sen. Seint Pool le tesmoigne e dit : « Le sen de ceo moñd est « folie quaunt a Dieux [2]. » Doñt plusours soñt deceüs, com avynt jadys.

Fabula ad idem.

Le lou dist al gopil : « Jeo ay trovee un furmage bon « e bel, sicom or resplendisañt ; si jeo le pusse aver jeo « serroye heité. — Bien, » fet le gopil, « moustrez moy « le furmage e vous le averés. » L'autre va e lui moustre la lune resplendisañt e un servour. « Ore agardez, » fet le lou, « biel furmage e graunt. — Lui desirez mout aver ? » fet le gopil. « Oyl, » fet l'autre, « plus que nul

1. *Ms.* est. — 2. I Cor. III, 19.

« autre aver. — Mettez, » fet le gopil, « vostre cowe de« denz l'ewe, e jeo vois de autre part pur fere le venir a « vous, e quant serra atachéa vostre cowe vous le trerrez « sus. » L'autre fit sicom le gopil dit. Sa cowe comence tost de engeler e le gopil a demander : « Coment vous « est? — Bien, » fet il, « jeo sent pesañt al cowe. — Ceo est bien, » fet l'autre, « ore comence de atacher. » Quant le gopil entenda qe le giel fust bien endursy, si dist al lou qe il treisist le furmage a lui. Et l'autre trest e sa cowe demora [1] en la ewe. « Allas! » dit le lou, « ore « ay perdu ma cowe e moñ furmage, e sui hony; ore ne « ose mès apparer entre la gent. A mal houre desiray [2] « chose qe ne fust pas pour moy! » Auxint moutez des gentz desirent sen e saver de ceo moñde, qe est semblable a [3] la lune e al umbre de la lune qe lust en la ewe, qar quant vous le quidez happer vous en fauderez. Tañt com soñt en purchaceañt, le gopil lur demañde : « Coment « vous est? *(fol. 30)* — Bien, » foñt ils, « nous sen« toms la bourse auques graunde e pesaunte. — Veir, » fet l'autre, « entendez uncore a tiel miestier : vous ave« rez le furmage tot enter, ceo est a dire tot la ville od « la manere. » Mès quant quident meux happer, lors s'en vont sañz cowe de terrien aver. Doñt n'y ad fors dolour e pleynte e tristour, sicom dit l'Escripture, qe tieux dirroñt après lour jours : « Allas! nous eslumes qe « rien ne valust, nous ne veyms pas le soleil de dreit « entendement. » SAPIEN. 5 : *Erravimus a via veritatis et justicie et lumen non illuxit nobis et sol intelligentie non est ortus nobis* [4].

47. *Quod dulcedo verborum multos fallit.*

Lui philosophre dit en soñ livere qe un pessoñ est en

1. *Ms.* demorra. — 2. *Ms.* desirray. — 3. *Ms.* al. — 4. SAP. v, 6.

la mier qe est apelle fauste, la nature de qi est tiel : il endoucist les ewes salez qe lui entrent en bouche, doñt il deceit les meyndres pessoñs qi siwent [1] cel douceur qe vient hors de sa bouche, [kar [2]] si tost com aprochent a lui, meigtenañt [3] les devoure. Auxint est ore des plusours : par douces paroles de flaterie attrahent les simples gentz de affier en eux, mès quant vient al fet, ils les troveroñt tot autres, sicom avynt del sienge e del ours.

Fabula ad idem.

Le sienge moustra soñ sienget al leon e lui pria q'il denst soñ avys. Le leoñ respoundi : « Auxint de vostre fiz « com de vous : del un pru ne del autre joye. » Le sienge s'en departi corucee, e vynt [4] al ourse e demanda [5] coment lui fust avys de soñ beal fiz. « Hay! » fet le ours, « est celui [6] le beal enfañt de qi homme [7] parle tañt [8]? — Oyl, » fet le sienge, « mesme cestui. — Soffrez, » dit le ours, « qe [9] jeo lui beise, qe tant ay desirree de [10] « aver veü [11]. » Et [12] dit le sienge : « Vous estez moñ amy « e moñ bien voillañt. » Et le ours prent le sienget e le devoure [13]. « Ha ! » dit le sienge, « hony seit douce pa« role a bountee descordant! » Pur ceo dit Salomon mout sagement, Pro. 27° : « Meux vaut un batre de vos« tre amy qe un douz beiser de vostre enemy. » *Meliora sunt vulnera diligentis quam blanda oscula odientis* [14].

1. *Ici cesse la lacune de B.* — 2. *Restitué d'après B.* — 3. *B* il. — 4. *B* e s'en vient. — 5. *A* demandi. — 6. *B* icesti. — 7. *B* dount l'on. — 8. *B ajoute* en pays. — 9. *B* Ha s. dunk ke. — 10. *B omet* de. — 11. *B omet* veü. — 12. *B* Veire. — 13. *B* le syengeoth e ly devora de meyntenant. — 14. Prov. xxvii, 6.

48. *De grâtitudine.*

Le sage homme Plinie nous dist en soñ livere qe un pessoñ est en la mier, grant de cors e greignour de curtesie, delphyn appellé [1]. Quant trove homme mort al [2] foñd la mier, il sent par sa nature si celui unqes en sa vie mangeast de tiel pessoñ cum il est. Et si il ne eit poynt mangee, il lui semble qe il ne ad deservi vers lui ne vers soñ linage par ont qe il [le] deüst manger. Doñt ja pur famine tiel cors [ne] entamera; mès [3], par [4] cortesye de sa [5] nature [6], od ses compaignoñs a la terre lui ameneroñt. Ha! cortesie de creature sañz reisoñ, com vous repernetz le outrage de celui qe deüst aver descrestioñ, quant homme par coveitise ou par malice ou [7] par envye quert enchesoñ de grever celui qe poy ou nient le ad deservi, sicom fist le lou al motoñ [8].

49. *Quod consortia malorum sunt fugienda.*

Le lou et le motoñ laverent lur pieez en [9] ewe corañt. Lors dit le lou [au motoun [10]] : « Vous avez trublee le ewe qe fust avant si clier.— Nenil, » dit [11] l'autre; « [ceo « ne put estre en nule manere [10]]; vous estez amoñt de « moy, dount [12] vostre lavure [13] descenta moy.—Veir! ri- « baud, » fet l'autre [14], « me avez respoñdu en tiel ma-

1. *Ce mot et le précédent sont placés dans B à la fin de la phrase suivante, après* cum il est. — 2. *B* La nature de ly est tele quant trovera un h. au.— 3. *B omet* par ont... mes.— 4. *B ajoute* grant. — 5. *B omet* sa. — 6. *B ajoute* ensemblement. — 7. *B* p. malice ou par outrage ou par coveytise ou — 8. *B continue, en réunissant les deux chapitres,* ke laverent... — 9. *B* a une. — 10. *Restitué d'après B.* — 11. *B* fet. — 12. *A* tot. — 13. *A* lavere; *corrigé d'après B.* — 14. *B omet* fet l'autre.

« nere ? je te mesderrai [1] : vous verretz tost ceo [2] que « jeo [3] frai. » Et hape [4] le motoñ a lui e soñ mantel lui tolly. Pur ceo dit Jesus Sirach [5] : « Tiel compaignie com « est entre le [6] lou e le [6] aignel si est entre prodhomme e « mauveys ; » qar, sicom le lou quiert enchesoñ al aignel de meffere [7], auxint les mauveys e les [8] feloñes pensent touz jours coment il poent les simples *(v°)* gentz enginer [9] e meffer. E pur ceo jeo conseil qe il se tigne loyns de tieux qe ont poer de meffere, et des [10] riches auxint qe volent aver des poveres ceo q'ils oñt; dont les menues [11] gentz oñt mester de prendre ensample de la lune.

50. *Quod consortia divitum a pauperibus sunt fugienda.*

La lune se tient [touz jours [12]] loynz del soleil. Quant le soleil se monstre en le orient [13] la lune se tient en la occident [14], e quant le soleil [15] vient en la occidente [16] [dunk [12]] la lune se tret vers le orient [17]. Facent ensint [18] les simples gentz : [loynz se tenent de ryches genz [12]] pur eschure maux [19] qe lur [20] purr[ei]ent [21] torner a damage, sicom le sorice dit al chat [22].

Fabula ad idem.

Le chat sit sur le fourure [23] e vynt la sorice champes-

1. *B remplace* en t. m. je te m. *par* houtenderay. — 2. *B omet* ceo. — 3. *B* vus. — 4. *B* hapa. — 5. *B omet* Sirach. *Cf.* Eccli. xiii, 21. — 6. *B omet* le. — 7. *B* malefere. — 8. *B omet* les. — 9. *B* engrever. — 10. *B* de. — 11. *A* menes (*ou* meues), *B* mene. — 12. *Restitué d'après B.* — 13. *B* est. — 14. *B* se tret vers le west. — 15. *B ajoute* se. — 16. *B* a west. — 17. *B* al eest. — 18. *B* issy. — 19. *B* mout de kas. — 20. *B omet* lur. — 21. *Corrigé d'après B.* — 22. *B continue* ky sit. — 23. *A* fourue *ou* fourne, *B* forure.

tre e la sorice ewestre [1] e la sorice gernetere [2] touz treis en pelerinage par le chat [3]. « Ordre, ordre [4] ! » dit le chat, « vous estez de ma subicioñ, jeo sui vostre esvesqe; ve« nez, [si [5]] pernez ma beniceoñ.— Nenil, » fet le sorice, « jeo voil meux estre ici od ta maliceoñ, qe venir plus « près pur aver [6] ta beneïceoñ. » Auxint [7] vaut [8] plus a plusurs de estre loyns des [9] grantz seignours od poy damage et mau gré [10] qe de aver trop aqueyntañce qe lur tourne a damage e si ne averoñt ja gree. Pur ceo dit Jesus Sirach : « Tant com vous lui donés, il vous [recey« vra e quant plus ne avez a doner il vus [5]] refusera. Il « mangera bien odvesqe vous e vous enpover[r]a, e quant « serrez cheü en povert il vous escharnira. » *Si largitus ei fueris assumet te, et si non habueris derelinquet te, et si neccessarius ei fueris supplantabit te.* Sequitur : *dicet tibi : « Quid opus est tibi? » et confundet te in cibis suis, et in novissimo deridebit te* [11].

51. *Quod Christus est similis pellicano.*

Nostre Seignour dit en un vers del Psauter : « Je sui [12] « semblable al pellican.» Et bien le peot dire par ceste reisoñ : le pellican est un oysel en la tiere de Egipte qe mout est amerous de ses pigeons e bien les norrist. Mès les pigeons lui sont desnatureux [13], qar ci tost com soñt bien cruz ils donnent al piere du beke enmy la face, e le piere [de fyn ire [5]] les met a la mort, e puis lui prent si graunde pitee qe les ad [si [5]] tuez qe treis jours les environe piteousement [e leirmaunt [5]]. Et puis se met entre eux e ceo [14] doune mesmes de beke al costee [15], [taunt

1. *B* ewerete.— 2. *D'après B*, *A* gerentere.— 3. *B* pylrimage passans a esveske.— 4. *B* Venez si as ordres.— 5. *Restitué d'après B.* — 6. *B omet* aver.— 7. *B* Sy.— 8. *B ajoute* il.— 9. *B* de.— 10. *B* p. de mau gré.— 11. Eccli. xiii, 5, 7, 8.— 12. *B* k'yl est.— 13. *B omet* de ses..... desnatureux. — 14. *B* se.— 15. *B* m. a costee de

ke le saunk raye de soun costé [1]], en qi Dieux ad mys tiel vertue qe par cest [2] sanke soñt les pigeons resuscitez. Lors devient tot [3] fieble [ly pellicans [1]] pur [4] mout seigner qe mesmes ne [se [1]] peot eider. Doñt [5] les uns de ces pigeons qe [6] par soñ sanke soñt [6] resuscitez, [sicum il eüsent discretioun [1],] foñt com natureux e sustienent lour piere e quierent sa viande [par pays [1]] tanqe il [7] seit recovery; les autres, com desnatureux, voñt lour veie e fors ne foñt [ke ly aveyne [1];] mès après, quant aperceit [8] queux [9] lui oñt servi e queux [9] [li unt [1]] deguerpy, [dount il [1]] a les uns [10] mout cher, et les autres ne veot regarder. Ore avisoms [nus [1]] qe ceo poet estre. Le pellican signifie [11] nostre Seignour qe [12] mout fust tendre de ces pigeons norrys en parays, Adam et Eve, les queux ci tost com furent [parcruez, furent [1]] rebeux a lour piere, [dount [1]] il se vengea si fort [13] qe les myst a la mort. De ceo après lui prist pitee si graunde qe .xxxiij. annés [en tere les [1]] ala pleignañt, et au dreyn, enmy lieu ses pigeons, seoffri soñ costé overer [14] de lañce, dount [15] issit [le [1]] sanke beneite qe les mist de mort en vie. Et de ceo enfiebli tant [16] qe treis jours geust en terre com mort. Doñt les uns natureux le sustenerent et les autres [17] desnatureux qe ne mye soulment [ly [1]] deguerpirent, mès en diverse manere [18] lui guerreient; [dount jeo vus countray cy une counte acordant a la matere [1]].

soun bek demene. — 1. *Restitué d'après B.* — 2. *B* teu. — 3. *B* si. — 4. *B* par. — 5. *B* Dunkes. — 6. *B omet* qe *et* sount. — 7. *B omet* il. — 8. *A* aperceut; *corrigé d'après B.* — 9. *B* les q. — 10. *A* a les uns est. — 11. *B omet* signifie. — 12. *B omet* qe. — 13. *B* dure. — 14. *B* overyr. — 15. *A* Donqe. — 16. *B* si e. sey. — 17. *B* D. les uns ly sunt n. e les a. si. *A moins d'adopter en bloc la leçon de de B, il faudrait ajouter ici, dans le texte d'A,* [li furent]. — 18. *B omet* en d. m.

Narratio ad idem.

Un homme jadis estoit qe norrist treis fiz, [les queus ben entendyt [1]] qe fussent seons fiz demeigne, tant qe sa femme dist un jour en graunt malice [2] q'il ne aveit dreit fors a [3] un soul. Dont il pria sa femme q'il peot saver a quel [4] il out dreit, mès ele ne lui voleit dire en nul manere. Morust la femme e le prodhomme dona sa terre a cel enfant ou son queor plus se joynt [5] par nature. Puis morust cest homme [6], e sourdi grant estrif entre *(f. 31)* les enfantz pur cele terre, tant q'a dreyn fust ordenee par jugement qe le cors lur piere mort serreit pris hors de terre [7] e lié [8] par un corde a un fust, e qi [9] de eux treis porreit le cors plus perfond seater, par force de dreit [10] serreit eyr son piere. Quant les deus aveint seatee, le tierce se retrest et comence de lermer. « Coment ! » fet le juge, « ne volez pas seater ? — Non, » fet l'autre, « ne pas [11] a mon piere : je reneye la terre avant qe « jeo enprenge un tiel miester. — Veire, » fet le juge, « vous estez son fiz e il vostre piere. » Auxint nostre Seignour norrist e sustient en sa meison des cristiens treis manere des gentz com ses treis fitz, quant al sustenance terrien : le un est [12] apert, l'autre covert, et le tierce sanz perte. Le primer est apert mauveys, qe force ne fet qi lui veit meffere. L'autre est covert, qi covere son cuer [13] devant la gent pur estre tenuz autre qe il ne est. Le tierce est sanz pierte, qe rien ne perde par tant qe prod-

1. *Restitué d'après B.*— 2. *B* coruz.—3. *B* k'en.— 4. *B ajoute* de ceus.— 5. se joynt *d'après B*, *A* y a.— 6. *B* ceu prodhome.— 7. *B omet* pris hors de terre. — 8. *A* lier. — 9. *B* qel. — 10. *A* par dreit de force. *Dans B aussi il y a* par dreyt de force, *mais des signes de renvoi indiquent qu'il faut transposer* dreyt *et* force. — 11. *B* mye.— 12. *B ajoute* apelee.— 13. *A* couere, *B* L'a. se c.

homme est, e rien ne perde [1], ne mye le tens q'il mangiwe e dort, qe tot ne lui seit sauvee e alowé [2] devant Dieux. Mès les deus primereyns ne soñt pas ses fitz leaument engendrez en la doctrine de seint Esglise, mès q'ils les sustiene en sa meisoñ, qar ils seatent lur piere de meynt malveis fet e [pur ceo [3]] dit [le [3]] Ps. : [« Il seatent a ly e de ceo ne unt poynt de poür, trop sunt hardifs [3]. »] *Subito sagittabunt eum et non timebunt* [4].

54. *De varietate hominum et felicitate juratorum.*

En la mier de Nile, com dit le bon clerke Ysidre, si est trovee un [5] graund merveille de un pessoñ qe est appellé ipothahm, qe ore est pessoñ ore est beste, acun foyz en la mier noañt, ascun foyz sus [6] la tiere wacrañt, ascune foiz mangiewe les bledz com [7] chival, e ascun foyz transgloute les pessoñs de la mier [8] sicom [9] baleyne. Ore est cea, ore est la [10], a qi plusurs gentz soñt semblables, qe jamès a peyne soñt en un estat de corage, mès ore sunt en un sentence [11], ore en autre, [ore en une volunté e ore en autre [3]]; un foyz dient, un [12] autre foyz dedient, ascune foyz del un part, ascune foyz del autre, si qe a peyn seot l'em ou aver les pur [13] flecchisañce. Pur ceo dit saint Jake : « Homme de double corage est [14] flecchisañt en « totes ses veies [15]. » Ceo piert bien [16] par tut ore en assises e en dorreins [17], en lay court e en seint Esglise, ou verité deüst estre demeyné [18], mès par flecchisañt est destruit e

1. *B omet* e r. ne p. — 2. *B* ne seit a son us et avouhé. — 3. *Restitué d'après B.* — 4. Ps. LXIII, 6. — 5. *B omet* un. — 6. *A* en. — 7. *B ajoute* un. — 8. *B* manere. — 9. *B* com. — 10. *B* et ore la. — 11. *B* sustence. — 12. *B omet* un. — 13. *B* les uns par lur. — 14. *B* ert. — 15. *B* fetes. *Le texte porte :* Vir duplex animo inconstans est in omnibus viis suis (Jac. I, 8). — 16. *B* p. ore ja; *et à la ligne suivante* ore *est omis.* — 17. Sic *ici et plus loin, po r* dozzeins; *B omet* en d. — 18. *B* meyntenu.

confundue. Ore est le siecle venus a tañt qe si une dorreyne est chargée de une serement, mès qe la greignor partie sache la veritee, un soul, pur [1] doute ou pur poer [2] ou pur [1] amour, les peot trere a lui a la faux partie, tant soñt ore les queors fleschisañtz. Pur ceo voderoie qe gentz feïssent com font les bons chiens corañtz quant soñt descouplés : chescun va querrañt sue part ; et si tost com un de eux lieve la voiz [3], les autres trehent vers lui. Et si lui [4] trovent veir disañt les autres suent lui [5] tesmoignañtz ; et si [6] le trovent faux, q'il eit quisteié pur [alouhe ou [7]] wodecoke ou pur tiel autre bieste volañt [8], ils retornent chescun sa part et ne ont qe fere mès de [venir a [7]] soñ crie. Auxint deüst homme reville[r] [9] celui que une foyze est ateynt pur faux [10]. Pur ceo dit seint Pool : « Vous ne deüssez mye par raisoñ a tiel gent por« ter compaignie [11]. »

53. *Quod fugiantur ornate femine juniores.*

Autalop [12] est un beste coynt e viste e de gentil manere, mès malement est deceüe de poy [d'enchesoun [7]], qar il eyme trop les foilles de sauz, quant comencent de burgeoner en la noveutee. Et tant com il est rongeant [13] les burgeoñs de ces foilles, il est gueyté del venour qe lui donne de seate [14] par mye [15]. Auxint vous dy qe [16] meynt homme est deceü par les bourgeoñs qe se monstrent en teste de joene femme. Doñt plusours de tieux poent bien estre [17] ditz [18] foilles de sauz, qar eles soñt [19] amers de

1. *B* par. — 2. *B omet* ou p. p. — 3. *B* le cry. — 4. *B* t. de cele part. Si yl le. — 5. *B* le s. — 6. *B* Sy il. — 7. *Restitué d'après B.* — 8. *B* w. ke sourde devant. — 9. *B* A. dut l'em reveyler. — 10. *B ajoute* e fleschisaunt. — 11. *Cf.* I Cor. v, 9, 10; II Cor. vi, 14. — 12. *A* La partipol. — 13. *B* roncheant. — 14. *B* d. v. e seetee. — 15. *B ajoute* certes pur veyre. — 16. *B omet* qe. — 17. *B* sunt bien. — 18. *B ajoute* le. — 19. *B ajoute* mult.

parole et de fet, mès (*v°*) la teste bien burgeonée les queors as [1] gentz atret. Et tant com la entendent, le maufee de sa seate les doynt par my [2], ceo est a dire par mortel pechee lour boñtee defaut [3]. Pur ceo dit le seint Espirit en le [4] livre de Sapience : « Tornez vostre viwe de femme « bien aornée [5], qar [6] meynt homme par lui ad perdu la « vie. » *Averte faciem tuam a muliere compta; propter speciem in muliere multi perierunt* [7].

Fabula ad idem.

Un homme se pleint a son veisin [8] qe sa [9] chat ne vout demorer [10] a meisoñ. « Non? » fet l'autre, « escourtez sa « cowe, e copés les orailles, e broillés la peel, e ele [11] de- « morra a meisoñ [12]. » Auxint [13] vous di des [14] femmes : affolez fussent, lour cowes escourtez ou [15] lour chiefs amenusez e lour vestures descolourez, ne serreient [16] donqe [taunt boutées ne [17]] de la gent tant desirrés.

Ad idem.

Les oyseaux diseient a lur parliament, puis qe le egle estoit lur roy [18], qe voleint aver un compaigne a soñ eops. Et manderent al huwan qe venist al parliment. Le huwan enquist des [19] messagers pur quoy fust maundée. Les autres diseyent : « Pur estre reïgne. — Et savez, » dit ele, « pur qele enchesoñ [20] fui eslue plus qe nul [21]

1. *B* de. — 2. *B omet* l. d. p. m. — 3. *B* sy defet. — 4. *B* un. — 5. *B* cointie. — 6. *B* par ky *et omet* par lui. — 7. Eccli. ix. 8, 9. — 8. *A* de se veisine; *corrigé d'après B.* — 9. *B* soun. — 10. *A* vodreit morer, *B* vout demoryr. — 11. *B* il vus. — 12. *B omet* a meison. — 13. *B* E issy le fyt. Ausi com. — 14. *B omet* des. — 15. *B* e. — 16. *B ajoute* pas. — 17. *Restitué d'après B.* — 18. *B* p. kc il aveint le egle a rey. — 19. *B* de les. — 20. *B* resoun. — 21. *B* une.

« autre? — Oïl, » foñt les messagers, « pur vostre grosse « test. — Oïl? » fet ele; « si moy ayde Dieux! si ma test « fust desplumée, ele serreit auxi grele [1] com est la « vostre. » Cest ensample est assez apert.

54. *De fortitudine mulieris.*

Un pessoñ est en la mier qe est [2] appellé affor : a peyn est demye pié de longe. Et de tiel nature est qe, si il soyt alliee [3] a un [4] nief plein des gentz [5], la nief demorra en pès sañz plus avant passer [6], ne mye pur force q'en la [7] pessoñ est, mès pur la nature qe Dieux lui ad donée. Tiel est la nature de femme : tot seit ele petit de cors e fieble de force, neqedent ele est graunde de vertue [8], qar ja ne seit si [grant [9]] seignour [10] a qi ele serra [11] alliée qe ne serra retenuz e destourbee par lui de soñ bon purpose. Doñt nous trovoms escrit qe le rei Darie giust en soñ lit et ne peot dormer. Lors fist appeller ses treis chamburleynes pur dire lur veirdit quel chose porte [12] mestrie en terre sur totes choses [13]. Le primer dit : « Le « rei ad mestrie de [14] totes choses [15], par tant qe nul homme « ose estre encontre ses mandementz [16]. » L'autre dist qe vyn ad la mestrie, par tant [17] qe vyn par yveresce mestrie roy e baroñ, e met plusurs a la mort par contencioñ, e fet leur oblier divyn [18] promissioñ, e fet homme perdre sa langage [19]. Le [20] tierce, qi fust appellé Zorababel [21], le fiz Salathiel, qi fust [22] del people de Israel, dit : « Beaux sei-

1. *D'après B*, *A* grosse. — 2. *B* Un petyt p. de la m. e. — 3. *B* ahers. — 4. *B ajoute* grant. — 5. *B omet* p. d. g. — 6. *B ajoute* taunt ke teu pessoun peut a la nef venyr. — 7. *B* ke seit en le. — 8. *B* de g. v. de autre part. — 9. *Restitué d'après B.* — 10. *B* ja si g. s. ne sera. — 11. *B* seyt. — 12. *A* porta. — 13. *B* ky porte m. en t. de tote rien. — 14. *B* sur. — 15 *B* rien. — 16. *B* comaundemens. — 17. *B* ceste resoun. — 18. *B* e vyn f. la gent o. dette e. — 19. *B* e ceus ke ne sevent language de parlyr lunge resoun. *Il semble que B cherche à multiplier les rimes.* — 20. *B* Dunk dit le. — 21. *Cf.* III, Esdras iv, 13 *et suiv.* — 22 *B omet* qi fust.

« gnours, escotés ore a moy. Fort est lui reis, plus fort « est le vyn, mès [jeo vus troveray ancore lur mestre : « femme mestrie e rey e vyn, car de femme naquit rey e « tut li autre par ky vus avez le vyn [1]]. Femme fet homme « guerpir piere et miere, e femme fet [ly leaus devenir « leere [2]]. Femme fet coward [3] hardi, [e quant ke l'en « purchace deporter a ly. Plusours gens se [4] aragent par « amur de femme e perdent cors e alme [5]]. Femme de- « mort [6] a meisoñ e se fet a eese, tañt qe soñ baroñ tra- « vaille par mier ou [7] par terre; e a soñ revenir mout est « heité a sa femme [8] pleere. [Jeo vey, dyt il, un rey un « jour ser a manger, e sa amye près de ly, ke pryt la co- « roune le rey de sun chef e le myt sus sa teste demeyne, « e de sa meyn senestre dona une bufe au rey ; e quant « ele esteyt ryaunt, dunk fyt le rey beu semblaunt. « Beaus seigneurs, ore ditez veyr, ne est femme de grant « poer ? » [9]]

55. *Quod mali malis alterutrum suffragantur.*

Le livre de nature nous dit qe le neyr corf est mout pro-

1. *Restitué d'après B. Il y a simplement dans A* : mès trés forte est femme, qar femme f. h. *Cf. le texte :* Nonne mulieres genuerunt regem et omnem populum qui dominatur mari et terræ ? Et ex illis nati sunt et ipsæ educaverunt eos qui plantaverunt vineas ex quibus vinum fit ? (III, Esd. iv, 15-6). — 2. *D'après B* ; *A* fet desleaux venir, *qui se laisse corriger aisément par la simple addition de* [les leaux] *après* fet. *mais le latin semble favoriser la leçon de B :* Et accipit homo gladium suum et vadit in viam facere furta et homicidia (iv, 23). — 3. *B ajoute* devenir.— 4. *Ms. (B)* de.— 5. *B ajoute* pur l'amur de femme, *ce qui semble une pure répétition. Tout ce qui est entre* [ ] *est restitué d'après B, et paraît justifié par le texte :* (24) ... cum furtum fecerit et fraudes amabili suæ offert... (26) Et multi dementes facti sunt propter uxores suas... (27) Et multi perierunt..... et peccaverunt propter mulieres. — 6. *B* set. — 7. *B* e. — 8. *B* k'yl le pusse. — 9. *Au lieu de ce morceau emprunté à B, et qui correspond à* III Esd. iv, 29-32, *il y a dans A :* Doñt veirs est sans nul fail qe femme est plus pussañt de tot animaillie.

fitable e [1] especial [amy [2]] al gopil, doñt il le vient en eyde quant aperceit q'il [ad mester, si par kas [2]] seit assailli de teissoñ [3] ou de oyseal [4]. Tiel [5] est la manere de [6] gent qe chescun meffesañt seit autre en [7] eidant : si seignour de hostel ou prelat de seint eglise ou enquerrou[r]s qe vienent [8] en pays vodreient [9] leaument trier un pleinte qe fet est sur baillifs ou sergeañtz, il ne poent venir a [10] chief, pur ceo qe chescun procure ses amys pur autre eider. Et ceo tesmoine seint Job : « Cils [11] tienent « si ferme ensemble [12] qe nul les peot severir [13]. » *Tenentes se nequaquam separabuntur* [14]. [Dunk jeo vus countray cy une fable acordaunt [2].]

Fabula ad idem.

Le leon tient sa court e vynt le berbys, si [15] se pleint del lou qe il out tollet son aignel. Lors dit le leon [16] al lou : « Coment volez vous aquiter de cest fame ? — *(Fol. 32)* Sire, » fet il, « jeo moy mette em mes [pro- « cheyns [2]] veisinez. — Et queux soñt ceux ? [17] » fet [le] leon [18]. — « Sire, » dit il, « le gopil et le corf [19] et le « mastyn [20]. » Ces treis [21] furent mañdés e de veir dire jurés [22]. « Sire, » foñt ils, « par le serement qe nous « avoms fet, le lou est sages e corteys e dreitus [23] en ses « fetz. — Veire ! [24] » dit le berbis en soñ engleis,

1. *B omet* profitable e.— 2. *Restitué d'après B.* — 3. *B* cestun (?) — 4. *B ajoute* ou de beste.— 5. *B* E ceo. — 6. *B* entre.— 7. *B omet* en.— 8. *B* sunt enviez.— 9. *A* voderent.— 10. *A* e.— 11. *B* ke dyt: « Il ».— 12. *A ajoute, répétant ce qui précède,* qe ne peot venir a chief pur ceo qe chescun procure ses amys pur autre eider, e tesmoige seint Job. Cils tienent si ferm ensemble.— 13. *B* k'il ne poant estre severez. — 14. Job xli, 8. — 15. *B* e.— 16. *B omet* le leon. — 17. *B* il.— 18. *B omet* fet le leon. — 19. *A* cerf, *mais plus loin* corf.— 20. *B* le corf un autre e le lymaceun le terce.— 21. *B omet* ces treis.— 22. *B* e jugez de v. d.— 23. *Leçon de B, A* dreit's, *l'abréviation n'est pas très claire.* — 24. *B ajoute* syre.

« *schrewe on, schrewe oyer* [1]*?* Veir oñt ils ditz : il [2] « est corteys quant a eux. » De autri quir large correye [3] : quant le lou [4] ad pris ceo qe lui plest, lors vynt [5] le gopil tot [6] prest, e le corf ne vent [7] mye tart, ne le mastyn [8] de prendre sa part. Doñt ils averoyent mout perdus si un tiel [9] mauveys eüssent confunduz [10].

56. *Quod boni superiores bonam familiam peroptant et mali malam.*

Amand est une piere preciouse qe trest a lui le fer, e gagaz est [une [11]] autre piere qe tret la paille a lui, et signifient les grantz seignours en terre, doñt les uns trehent a eux [12] les establez gentz [13] e leaux et de bon coñseil, les autres trehent vers eux la paille [14], les foux et nices e losengers, sicom fit le lievre [15] eslu pur justice. Lors diseient ses amys qe bon serreit q'il preïst bon coñseil [16] a lui e [17] bon compaignie. « [De par Deu ! » dyt il, « a queus mei dey jeo prendre? [18]]— Vous prendrez, » foñt ils, « un beof pur ceo q'il est fort [19] e un chival pur ceo « q'il est bien portant, e un leverer pur ceo q'il est gen« til e bien corañt. — Veire ! » fet l'autre, « avez [20] tot « dit? De ceux qu'avés nomee ne ay qe fearc tant ne « quant, qar le beof est trop hurtañt e le chival trop [21] « regiwañt et le leverer trop rechinañt, mès jeo moy prent « al sienget [22] e al chitoñ et al cheveret. » Auxint font

1. *B* Schreu on, schreu oyer, *c'est-à-dire « fourbe l'un et fourbe l'autre.* » — 2. *B* k'il. — 3. *Proverbe fréquent; voy. Le Roux de Lincy*, Livre des Proverbes, 2*e éd.*, II, 279-80, 489. — 4. *B* cesti. — 5. *B* est. — 6. *B* g. la mult. — 7. *A* vynt. — 8. *B* ly maceun. — 9. *B* cesti. — 10. *A* confundez, *B* fut pendu. — 11. *Restitué d'après B.* — 12 *A* leux, *B* vers eux. — 13. *B* estable gent *(sans article)*. — 14. *B omet* la paille. — 15. *B* le chevre qe fut. — 16. *B omet* bon conseil. — 17. *B omet* e. — 18. *D'après B; A* Dieux dit il qu'il prendra jeo. — 19. *B* pussaunt. — 20. *B ajoute* vus. — 21. *B omet* trop. — 22. *B* synjot.

les [1] grauntz seignours : ils ne oñt qe fere del beof qe lur boute hors de lur purpos, ne del chival qe fiert de pié, ceo est a dire de homme qe eyme verité, ne del leverer mordañt, ceo est a dire de homme qe grousse de lur folie, mès [2] touz se apuent [3] ja al chitoñ, as [4] foux qe suent lur folie e [5] lur volentee, e al sengeot qe lur [6] fet bien [7] rire de vanité, e al cheverot qe soñt alliez a eux par parentee. Pur ceo dit SALOMON : « Tiel seigneur, tiel meignée [8]. » *Qualis rector civitatis, tales habitantes in ea* [9].

57. *Quod memoria Dominice incarnationis levigat penitentiam.*

Si homme eit en soñ cors mort char ou playe qe covent estre arse ou trenché, e desire [10] eschaper saunz peyene sentir tant com cele [11] medicine endure, prenge [avaunt [12]] un racyne de un herbe qu'est [13] mandrage appellé, qe porte de homme semblañce, e la face quire en vyn douce. Et quant avera beü de ceo beverage, si fort [14] ert endormi qe l'em purra fere de lui ceo qe l'em vodera, sañz grevañce sentir. Et qi est ore en ceste vie, homme ou femme de age, qe ne eit en lui mort [15] char ou plaie de ascune peché? Il [16] covient a fine force, si deit estre sanee, de estre avañt purgee par arsoñ de penañce ou de ascun autre grevañce qe lui covient endurer. Mès qi veot bien endurer e [17] eschaper sañz trop de grevañce sentir, prenge la racine de mandrake [18] qe porte

1. *B* nos. — 2. *B place ici* ja *qui dans A est plus* loin. — 3. *B* pernent; *A pourrait se lire* apernent, *si le* p *avait été barré.* — 4. *B* a. — 5. *B* f. qe fount. — 6. *B* les. — 7. *B omet* bien. — 8. *Proverbe, voy. le Roux de Lincy*, II, 100, 230. — 9. ECCLI. X, 2. — 10. *B* voelle. — 11. *D'après B, A* ele. — 12. *Restitué d'après B.* — 13. *B omet* de un herbe qu'est. — 14. *B* ferme. — 15. *B* morteu. — 16. *B* ke. — 17. *B omet* endurer e. — 18. *B* ceste r. m.

semblañce de homme, e la face quir en vyn douce, ceo est a dire q'il pense [1] enterment de douce affecioñ de celui q'est appellé racyne e comencement de tot rien, coment il prist pur nous semblañce de homme, en quele tant des ans tant des mauz soffri [2] pur nous [3]. Et si nous seioms [4] de cest pensé bien enbeus, ne ert rien qe nous porra [5] grever [6]. Pur ceo dit seint Pool : « Pensez de lui « qe tant soffri pur vous, qe vous pussez le meux soffrir « pur lui [7].» Doñt jeo vous coñterai ceo qe avynt jadis [8].

Narratio.

Un riches homme esteit qe fust mout aumoniers, mès trop fust jolif de soñ cors eyser [9], qar il ne voleit [10] a peyne nul vendredy juner ; il ne voleit matyn lever ne rien enprendre qe deüst sa char grever, mès tot se affia [11] en aumones doner. *(v°)* A ceo lui prist un maladie q'il quidoit morir. Et [12] com il geust en trance, lui fust avys qe Jesu [Crist mesmes [13]] demanda des plusours des [14] espiritz qe passerent a cel houre [hors de secle [13]] qe ils avoyent fet en ceste siecle pur lui [15]. « Aha ! » pensa celui, « jeo ay bon respoñse, qar jeo ay fet plusours au- « mones.» Quant nostre Seignour vynt a lui, ne demañda poynt celui « q'as tu fet ? » mès qe pur lui out soffert [16]. L'autre se teust e puis respondy : « Jeo ne ay « rien pur vous soffert. Sire, merci vous cri, mès un poy « qe pur vous donai [est la chose en quey jeo me afy [13]].

1. *B* que vus pensez. — 2. *B* en laquele t. suffryt mauz. — 3. *B* vus.— 4. *B* si vus seez.— 5. *B* vus puse.— 6. *B ajoute* sy cum dyt seint Bernard.— 7. *Il y a quelque rapport avec* I PETRI, IV, 1, 14, 19.— 8. *B* cy une counte ke jadys eschey.— 9. *B* Un ryche home fut mult aumeoeus *(sic)*, m. t. fut gelous de s. c. hesier.— 10. *B* vout.— 11. *B* delyta.— 12. *B ajoute* taunt.— 13. *Restitué d'après B*.— 14. *B omet* des.— 15. *B* eurent pur ly fet.— 16. *B* poynt le demaunda ceo k'yl out pur ly fet, mès ceo ke il out pur ly suffert.

« — Veire! » dist nostre Seignour, « ceo qe [1] donastes « jeo le vus [2] prestay [3]. Mès rien ne pensastes [4] de moy « alower en vostre char ceo qe pur vous enduray [5] en ma « char [6]; mès pur voz aumonez tant vous fray : pur vous « amender espace vus dorray [7]. » Quant cestui revynt a lui mesmes, loa Dieux de ceste avisioñ [8], e ne mye se afforcea de aumones doner, mès de penañce fere pur ces pechez [punir [9]] e a [10] Dieu plere.

58. *De confessione et contricione.*

Poudre de ysope ennettist la face de homme o l'eawe [11] de fontaigne. Ceo poudre de ysope signifie confessioñ en menues [12] parceles divisée qe mout fet clere la face del alme, si od eawe de repentañce [du quer [9]] seit bien mellée. Doñt le prophete David [13] pria nostre Seignour [14]: « Sire, » dist il, « de ysope od eave medlée [15] ma face « arrosez, e par cele lawure [16] plus blanche qe neif serray [17] « trovee [18]. » Ceo est a dire : si od contricioñ en [19] confessioñ me grantez, assez en averay [20] de beauté. Dunt jeo vus countray cy un aventure delytouse [21].

Fabula ad idem.

Un seinte homme jadys regarda les gentz entrantz [22]

1. *A ajoute* tu, *malgré* donastes. — 2. le vus *d'après B, A* tey. — 3. *A* aprestay. — 4. pensastes *d'après B, A* aprestates. — 5. *A* endurray. — 6. *B* ceo ke jeo vus en donay. — 7. *A* e. dorra. — 8. *B* wue. — 9. *Restitué d'après B.* — 10. *B* de. — 11. *A* e e. — 12. *B* merse *(sic)*. — 13. *B omet* Davi. — 14. *B ajoute* e dyt. — 15. *B* en e. ploungé. — 16. *D'après B, A* blancheure. — 17. *D'après B, A* serra. — 18. Ps. L, 9 : Asperges me hyssopo et mundabor; lavabis me et super nivem dealbabor. — 19. *B* e o. — 20. *A* a. avera. — 21. *D'après B, depuis* Dunt, *A* com ja orrez. — 22. *B* un jour coment entrerent.

en un mouster pur oier le service Dieux [1], entre queux un entra qe avoyt la alme mout hidous [2]. Celui demora [3] od les autres a mouster tant qe parole Dieux fust prechée, e par cel [4] sermoñ conceut en queor graund repentañce de ces maux, e out ferme volenté de confesser [5]. Après, quant les gentz issirent, cestui passa devant le hostel de lui seinte homme. Or donqe [6] lui regarda e tot chañgé le trovea, qar lors appareust beal en la alme e deliciouse [7]. Le seint homme le appella a lui e dist : « Beaus amiz, Dieux moy monstre [8] graund merveille en « vous. Oreyns estoiez en alme [9] trop hidous e [10] ore estez « graciouse. — Sire, » dit l'autre [11], « merci vous cri [12] : « jeo sui pechour e de mes pechez moy [13] repent, e vous pri « de [14] confessioñ. » Par ceste cas peot l'em saver qe Dieux est [curteys e [15]] merciable e pardoynt trespaz de peché par contricioñ e volenté [16] de confessioñ, sicom dit le Evangile : « Les prous [17] alañtz vers le chapeleyn avant « q'ils vyndrent al chapeleyn soñt nettez [18]. »

59. *Qualiter diminuitur malicia malignorum.*

Un herbe q'est appellé squille, tant com est ẹnter, [o touz les braunches [15]], si est trop venimouse ; pur ceo l'em sake chescun brauñche de autre e les plañte [19] se-

1. *B* lur service. — 2. *B* e. les autres un autre de ki il aparceut l'alme trop hydouse a regarder. — 3. *A* demorra. — 4. *B* teu. — 5. *B* de sey c. en haste. — 6. *B* Après le servyce, issirent les genz vers mesoun, e cesti passa o les autres devant la mananche le s. h. ke. — 7. *B* t.; cely ke fut avaunt si orde en alme e taunt hydouse, lors apparut au seint homme beaus e delytouse. — 8. *B* me ad moustré. — 9. *B omet* en alme. — 10. *B* mès. — 11. *D'après B*, *A* d. il. — 12. *B omet* vous cri. — 13. *B* jeo me. — 14. *B omet* vous *et* de. — 15. *Restitué d'après B*. — 16. *B* m ke par soule volunté de confessioun pardoune t. du p. si cum tesmoyne le s. E. quant les dys. — 17. *Corr.* Les leprous? MATTH. VIII, 2-4, MARC. I, 40-4, LUC. V, 12-4. — 18. *B* furent ennettyz. — 19. *B* les fount plaunter.

veralment, e donqe est la malice aswagee [1]. Auxint est de mal compaignie [2] : chescun se joynt a autre en malice, ne est [mye [3]] bon a dalier od tiel [4] part, mès bon serreit qe ceux qe [unt le [3]] poer de tiel [5] compaignie les severassent chescun de autre e les plantassent en diverse lieus, e donqe serreit lur malice asuagé, sicom dit le prophete [6] Daniel, qe [7] les deus [8] veux deables qe voleint [par malice [3]] aver confunduz la bone dame Susanne, quant furent severez, lur malice ne aveit poer [9]. « Severez les, » dist il, « loynz chescun de autre. » *Separate eos ab invicem procul.* DANIEL 13 [10].

60. *Quod stulti amplectuntur stulticiam sapientiam contempnendo* [11].

Hiere tereste si est de tiel nature : si vous facez vn vessel de la racyne e la facez empler de vyn e de ewe mellé, le ewe descendera al fond e en gettera le vyn amont. Tieux sont les queors des foux : ils receyvent les foliez e guerpissent les sens.

61. *Quod in solo Christo spes nostra est figenda.*

Columbe est de tiel nature qe jamès ne est seüre en ville ne en champe, [mès touz jours poürous [3]] tant qe vigne a son recept. Auxint devoms nous [12] en ceste vie touz jours doter le mal ne [13] jamès en autre rien [14] affier, mès [15] en Jesu Christ, en qi coste devoms prendre

1. *B* asuagie. — 2. *B ajoute* taunt cum est enteer e. — 3. *Restitué d'après B.* — 4. *B* de d. cele. — 5. *B* de cele. — 6. *B omet* le prophete. — 7. *B* de. — 8. *B omet* deus. — 9. *B omet* Susanne... poer. — 10. DAN. XIII, 51. — 11. *Ce paragraphe manque dans B.* — 12. *B* estre. — 13. *D'après B, A* e. — 14 *B* chose. — 15. *B* fors.

nostre recept e [1] refut, sicom dit [2] JERE. le prophete [3] par [4] ensample del columbe : « Seietz » dit il « semblablez al columbe, e pernez vostre recet en la piere percée [5] », ceo est en [6] la coste Jesu Crist. Et si le maufee par deceite vous veot *(fol. 33)* retrere de vostre seurtee, pensez de la coste de Jesu Christ qe pur nous receyvere fust overt [7].

Fabula.

Le gopil passa desouz un roche, si garda amont e vist un columbe seer [8] en haut, vers qi le gopil dit : « Mout « plu[s] beal vous serreit ici aval entre les bestez giwer [9] en « la lande, qe de seer [10] amont entre les freides pieres.— « Veire, » fet l'autre, « vous ne estez pas touz mes freres « ne jeo [ne [11]] m'affye pas en vous [12].— Si poez » dit le gopil « [tut surement [11]] : les lettres sont venuz [13] de la « court le roy qe touz serroms de un acord, e nul ne fra « grevance a autre desornemès. » A ceo vynt un chivaler od quatre levererz suantz. « A Dieu ! » fit le gopil al columbe, « jeo prent mon congé de vous, beal cosyn, jeo « ne ose plus demorir. — Si frez, » dit il, « ils sont nos « freres ; pensez de ce final acord fet entre nos bestez. — Nanil, » dit le gopil, « jeo ne sui pas certeyn qe les « chienz ont veü les lettres, quar ils sont envious [14]. »

1. *B omet* recept e.— 2. *B* nus aprent.— 3. *B omet* le prophete. — 4. *A* pur. — 5. JER. XLVIII, 28. — 6. *B omet* en. — 7. *B* J. C. ke de la launce pur nus receyvvre esteit percée. Et si le m. p. d. nus voyle r. de nostre s., nus devom penser de un fablet ou gyst bele aprise du colom e du gopyl. — 8. *B* r. ou syt un coloum. — 9. *B* juher. — 10. *B ajoute* la — 11. *Restitué d'après B.* — 12. *B ajoute* dedenz. — 13. *B* la l. est venu. — 14. *B* a un acord. Ore sera wu, dyt le columb : si venent quatre levrers suaunz un chyvaler. Veyr, dyt le g., jeo p. m. c. de v., a Deu vus comand. Atendez, dyt le columb, e pensez de l'accord. Napyl, dist il, jeo ne su pas certeyn si les chens unt wu la lettre.

Auxint[1], si le maufé vous entice, e[2] conseile de pecher par[3] entente de amendement, dites qe si[4] il vous monstre la lettre q'il ad de Dieu pur pardoñ doner de tieux[5] pechez, [e jeo crey ke il faudra ben de trover cele lettre en ses cofres[6]]. Pur ceo dit seint Piere : « Dieu ne « esparnia poynt a ses aungels quant pecherent ; coment « donqe esparnireit a nous cheitifs du siecle quant nous « pechoms ? » *Angelis peccantibus non pepercit Deus*[7].

62. *Quod contra Christum contendere non debemus, set in ejus misericordia sperare.*

Sicom poy ou nient vaut a homme povere pledir od riche, auxint meyns vaut a nous pechours de estriver encountre Dieux pur nos pechez : si fors seit quise, il est treifort ; si il nous veot accoper de nul trespace, un soul parole ne pooms respoñdre. Mout il vaut meux[8] fere com fist le abbé de Westmonster qe empleda le roy Henri de un beal manere. Et quant aperceut qe rien ne valust soñ affere, appella Henry de Wyncestre a soñ coñsel par congé des justicez, sicom son tenañt de un autre manere q'il tynt del abbé, e lui chargea [par ceu tenement[6]] q'il lui coñseillast le melliour coñseil q'il peot aver devers le roy. Lors dona [le rey[6]] conseil al abbé q'il feïst pees od le[9] roy, e le manere lui demorreit. Jeo lou auxint qe nous faceoms vers nostre Seignur

1. *B* Pur ceo. — 2. *B* de crere son. — 3. *B* pur metre vus en peryl e. — 4. *B* d. ly ke. — 5. *B* p. aver p. de ses. — 6. *Restitué d'après B.* — 7. II Pet. ii, 4. *B termine ainsi ce paragraphe :* a des aungels ke p., pernez vus en garde. — 8. *B* ne vaut nent au povre de pleder au ryche : noñ fet il a vus d'estryver a Deu ; pur ceo dyt seint Job (ix, 19) : Si fort seyt quis il est trefort. Sy il me wulle acouper de nul trespas, ne puse un soule mot respoundre. Dunk vaut meuz de. — 9. *B* au.

Jesu Christ pur conquere [le [1]] dreit qe nous chalengeoms en le eritage du ciel ou jamès [2] ne vendroms par mestrie. Mès nous lui devoms prier, pur cel tenure qu'il tient de nostre [3] humanitee, qe par douceour prist de nous, ne mye a ferme mès en fee, qe par soñ coñseil pussoms overer, q'il nous mañde par message e dit [4] : « Fetes pees « od moy, fetez pès od moy. » *Faciant mihi pacem, pacem faciant mihi* [5].

63. *Contra penitentiam hic facere contempnentes.*

Plusours gentz soñt semblablez a wandelardz qe soñt par lur trespaz cheüz en la merci lur seignour : en la court la ou ils [6] peüssent eschaper par [7] un dener donent [8] quatre ou cynkc après pur [9] lour folie demeigne. Nous pussoms ore par court penañce en ceste siecle vers nostre Seignour eschaper la longe peyne del autre siecle si nous voloms. Pur ço dit nostre Seignour : « Pur un « jour de penañce en ceste vie je vous relesse [10] un an « en l'autre [11]. » Mès nous fesoms com jadis fist un fol [12].

Narratio ad idem.

Un rey graunta a [13] soñ sergeañt de chescun homme qe fust clop o boceous [14] ou teignous, ou qi out perdu le un eol [15], un dener, que vynt passañt [16] par my la porte de la citee. A ceo vynt un clocheañt. « Ci vient un dener, »

1. *Restitué d'après B.* — 2. *A ajoute* la. — 3. *B* de nus nostre. 4. *B ajoute* issy. — 5. *Cf.* Is. XXVII, 5.— 6. *B omet* ils.— 7. *B* de. — 8. *B* durrount. — 9. *B* par.— 10. *B* v. dounk r. de.— 11. *Nous n'avons pas trouvé cette parole dans la Bible.* — 12. *B* cum fyt jadys un homme dount je vus countray cy. — 13. *B omet* a. — 14. *B* bossu. — 15. *B* ou le destre huyl eut p.— 16. *B* un d. de checun ke teus apparcyt en issaunt hors de la feyre.

dit le sergeañt. « Ore paiez, » dit il. « Noñ fray, » dit l'autre. [« Sy freez, » dyt il. E[1]] tant estriverent q'il gette le chaperoñ de ces eols, e doñt ne out il fors un eol. Dit le sergeañt : « Ore paerez deus deners[2]. — Noñ fra[y], » fet l'autre. [« Sy freez, » fet yl[1]]. Le sergeañt lui sake le chaperoñ[3], e donqe appareust teignous. « Hey ! » dit le sergeañt, « avañt pussez aver eschapé pur deus[4] denerz, « e ore vous paierés treis. [— Noun fray, » dyt l'autre. « Si freez, » fet il[1].] Le sergeañt lui tolli le tabard, e donqe fust boceous[5]. « Veire, » dist le sergeañt, « ore paierez « quatre[6]. »

64. *Contra cupidine estuantes.*

Le taupe, com dit le philosophre, quant est en moriañt, lors eovere primez les eols[7], qe unqes mès ne vist. Auxint est de mauveys coveitous : en[8] lur vie Dieux ne veient ne verité ne creent ; mès a la mort (*v°*) verront la veir. Pur ceo dit le prophete, P. : *Cognoscetur Dominus judicia faciens*[9].

65. *Quod stultis in sermonibus parcendum est.*

Le teissoñ nous aprent coment nous devoms garder e destreyndre[10] noz paroles encoñtre mesdisañtz, la nature de qi est tiel qe quant est chacee des chiens, il retient sa aleyne dedenz soñ[11] cors tant com peot bonement, par reisoñ qe les chiens ne deient mye ficher denz en lui.

1. *Restitué d'après B.* — 2. *B* Ha! ha! dyt il, ore vount d. d. paiez ! payez!— 3. *B* E s. le ch. de la teste. — 4. *B* avaunt, dit il, vus p. estre e. de un. — 5. E ly t. sun t. e d. apparut boszu. — 6. *B ajoute* meyntenant. — 7. *A ajoute* e veist. — 8. *B* q'en. — 9. Ps. IX, 17. — 10. *B* restreindre. — 11. *A* soñz, *B* le.

Auxint face chescun prodhomme quant est hastee par mesdisañtz : se tiegne coye sañz respoñse, qe l'autre ne eit enchesoñ de lui tuer [1] par fole respoñse. Pur ceo dit Salomon, PROV. 26 : *Ne respondeas stulto juxta stulticiam suam, ne similis ei efficiaris* [2].

66. *Contra luxuriosos et maliciosos.*

Le herinaz est un beste espinouse, demorañt en cave de roche, la nature de qi est tiel qe ja ne serra si [3] chargee des ponmez qe il ne portera un en sa bouche. Auxint est del lecheour, auxint est [4] del trechour : ove tote la charge q'eux portent de peché, uncore ne soñt il paiez si noñ qe la bouche parle de vanité, qe pirs est de tot l'autre [5]. Pur ceo dit SALOMON qe fol escharnist peché : *Stultus illudit peccatum.* PROV. 14° [6]. Quare? *Quia letantur cum male fecerint et exultant in rebus pessimis* [7].

67. *Quod per unum mortale peccatum, multa bona inficiuntur.*

De autre part, le herinaz ad nature, quant est bien chargee de fruit, si une ponme lui chece del dos, il se escue e perd tot soñ travaille. Auxint est des plusours qe moutz des biens oñt quilly en alme par grand travaille, e par un mortel peché perdent tot. Ceo tesmoigne nostre Seignour, EZECH. 33° : *In quacumque die peccaverit justus omnes justicie ejus non recordabuntur* [8].

1. *B* retenir. — 2. PROV. XXVI, 4. — 3. *B* ja taunt ne serra. — 4. *B omet* est. — 5. *B* p. si la bouche ne soi avaunce, que pys est qe l'a. — 6. PROV. XIV, 9. — 7. PROV. II, 14. — 8. EZÉCH. XXXIII, 12, 13.

68. *Quod verba dulcia demulcent dominos et ballivos.*

Le hericeoñ si est de [1] tiel nature qe si homme lui broche de verge ou de bastoñ, tañt plus ferm se tient, e boute hors le agu del espyne; mès par eawe tieve l'em lui poet overir a volentee. Pur ceo nous aprent coment [2] devoms dalier od gentz qi soñt en power de baillye ou de [3] seignurie, qe par estre tariez de grosse parolez ne volent estre vencuz, ne angucez [4] par manacez, mès par ewe, souple parole e priere, volent estre vencuz. Ceo apareust en Sauli, R. 16°. Quant le rey Saul fust anguissé, David par harpeüre lui aswagea, *Quandocumque spiritus Domini malus arripiebat Saul, David liram percuciebat manu, et levius habebat* [5]. *Loquimini nobis placentia,* etc. Ys. 34° [6].

69. *Quod bonum cupiatur et vana gloria fugiatur.*

La fourmye est de tiel nature qe [7] greyn ne quiert fors greyn de furment, e [8] soñ purchace met en privé lieu par dedens soñ clos pur sauver le de [9] vent, qe ne soit emportee. Et si la pluvie par cas le touche, autre foyz le ensechist al soleil. Tiel deit estre la vie de prodhomme : rien desirer fors qe [10] bountee. Prov. : *Desiderium justorum omne bonum* [11]. Et quamque purchace en mal moisture de veyn loenge en ensechist al solail de veritee, e ensuit le met en priveitee, qe [12] perdu ne seit par vent de

1. *B* Li h. ad. — 2. *B ajoute* nus. — 3. *B ajoute* aucune. — 4. *B* qe ne volent estre tariez de grosse parols ne agucé. — 5. I Reg. xvi, 23. — 6. Is. xxx, 10.— 7. *B* q'autre. — 8. *A* en. — 9. *A ajoute* le. — 10. *B omet* qe. — 11. Prov. xi, 23. — 12. E q. p. de bien en alme mucer de vein loenge qe.

veyn glorie. MAT. : *Videte ne justiciam vestram faciatis coram hominibus ut videamini ab eis* [1]. Qar, si il face, il perd mout : *Amen dico vobis : receperunt mercedem suam* [2]. Et si moisture de charnel delit sourd, al soleil covient trere, qe touz mauz ensechist par ardour de sa charitee. Ecc. 39° : *Convertit aquas in siccitatem et siccata est terra* [3].

70. *Quod valentiores sunt humiliores et invalidi nequiores.*

Entre totes bestez qe vont sus terre, si est le eliphañt plus grant [4] tenuz, e de touz pessoñs qe noent en mier si est tenuz plus grand [5] le grand cete, e neqedent ne le un ne l'autre ne ont poynt de fel, com dit le philosophre ; mès lui botraz qe tant est petit e tant wyvre, si tost com l'em le touche, comence de enfler e se arme a ire. PLINIUS 6°, 28° [6]. Auxint va entre gentz. Nous trovoms sovent les plus vaillañtz les plus humblez e plus debonerez, solom l'aprise Salomon *(fol. 34)* qi ditz : [« Cum plus « estez greinur, plus seez umble [7]. »] *Quanto magnus es, humilia te in omnibus* [8]. E nous trovoms les meyns pussañtz plus envious e [9] orgoillous. Doñt Dieu se pleynt e dit : « Treis chosez soñt qe jeo mout hiece [10] : povere « homme orgoillous, riche homme mentour, e veux « homme [11] lechour. » *Pauperem superbum, ditem mendacem et senem fatuum* [12]. *Reddite singula singulis et ponderetis bene.*

1. MATTH. VI, 1. — 2. MATTH. VI, 5. — 3. ECCLI. XXXIX, 29. — 4. *B* e. de greignur. — 5. *B omet* si... grand. — 6. *La citation est fausse ; ce qui paraît s'en rapprocher le plus est ce que dit Pline,* VIII, LVIII, *des blaireaux* (meles). — 7. *Restitué d'après B.* — 8. ECCLI. III, 20. — 9. *B* les plus e. e plus. — 10. *B* qe mult heez. — 11. *B ajoute* fol. — 12. ECCLI. XXV, 4. — 13. *Cf.* ROM. XIII, 7.

71. *Quod parvipendenda sunt verba stultorum a sapientibus et discretis*

Al oliphant Dieux ad doné tiel nature qe, tot seit il [1] de tant force q'il peot [2] porter plusurs gentz bien armez, e de tañt baudour [3] q'il ose assembler a tot un host, uncore il doute un sorice [e eschive sa compainie, mès q'il peut la sorice [4]] del un pié quassaer. Et pur qoi [5] le ad Dieux [6] doné tiel nature, mès pur aprendre les sages, tot seient ils de grand poer, de ouster [7] lez fouz jangelours e eschure lur compaignie? Qar tieux soñt semblable al sorice qi tolt meynt homme soñ repos. Pur ceo dit lui sage homme, Ecc. 24º : « Double lange e noysouse [8] destourbe la pès des plusours. Et qi ad regard de tiel « lange, ja pès ne trovera. » *Susurro et bilinguis maledictus est ; multos turbavit pacem habentes. Qui respicit illam non habebit requiem* [9].

72. *Quod divites modica dant et raro.*

La nature del oliphañt est une foiz de porter fruit, e dozze [10] ans le porte en ventre avant q'il seit deliveré; e après cele un foiz ja ne esperez plus de lui fruit [11] aver, mès q'il vive treis centz ansicom nature lui condonne. YSID. XIIº [12]. Auxint va de grauntz seignours : le uns promettent largement [e targent longement de doner [4]], e quant rien donnent, donnent poy ; e puis ne coveint pas après penser de,[13] plus demander. Dont Salomon lur re-

---

1. *B* mès qu'il seit de — 2. *B* pusse.— 3. *A* bondour.— 4. *Restitué d'après B*. — 5. *A* qi. — 6. *A ajoute* lui. — 7. *B* doter. — 8. *B* mesuse. — 9. ECCLI. XXVIII, 15, 20. — 10. *B* deus. — 11. *B* omet fruit.— 12. ISID., Etym. *l.* XII, *chap.* II.— 13. *B* pas penser après cel'oure.

prent e dit [1]: « Homme riche e nobul qe mout promet « e poy donne si est semblable al vent sañz pluvie. » Prov. : *Ventus et pluvie non sequentes, vir gloriosus promissa non implens* [2]. Ha Dieux ! com il dit bien ! qar sicum [3] le vent est messager del pluvie, auxint promesse deit estre messager de bon doñ. Mès plusours foñt com fit le lou qe fust enossé, e promist al grue grañt loer pur ceo qe lui sanast; mès quant la grue out fet sa mestrie e demanda loer, lui fust respoñdu : « Seiez paié de vostre « vie : quant vostre col fust dedenz ma bouche [4], en ma « cortesie fust de vous sauver ou tuer. »

73. *Quod boni succurrere debent fraudulenter oppresso et inmerito diffamato.*

Le oliphañt, com dit le livere, ne peot mye reposer en gisañt ; lors se purveie de un arbre ou se peot [5] appower e dormir en esteañt. Doñt vient homme qe scet soñ recet, ou il [6] est hantañt, e cye le arbre près de la racyne e poy del tot, fors qe le trove [7] en esteañt. Et vient le cheitif a soñ appuaille, sicom il soleit fere, si est deceü e chiet a terre piteousement criañt. Lors est la nature del oliphañt pour [8] eider a celui qi est cheü : [si [9]] vienent [de meintenaunt [9]] e mettent lur groynez desouz soñ doz, e lui relevent par grand force e savent lur compaignoñ de peril.

Plust a Dieu qe ensynt fust entre la gent ! Vient un homme innocent de grant bountee e de bon los e se pourveit de vn aspuayl de bon noun qe plus vaut qe nul tresor, com dit Jesus Sirach : « Seiez gelous de bon « noñ aver par decerte [10], qe plus [vus [9]] vaudra qe mil

1. *B ajoute* issi. — 2. Prov. xxv, 14. — 3. *A* sunt. — 4. *B* en ma goule. — 5. *B* ou il se pusse. — 6. *B* ou la beste. — 7. *B* de la tere, pur poi de tut, fors qe seit trové. — 8. *B* de. — 9. *Restitué d'après B.* — 10. *B* par desert.

« tresour.» Ecc. : *Curam habe de bono nomine : hoc tibi magis valebit quam mille thesauri magni et preciosi* [1]. A ceo se appue le prodhomme, mès vient le maufee qe lui gueite par envye q'il ad a sa grand boñté, e deffet soñ appuail par un sye de ses denz qe Dieux destruiera, com dit le prophete : *Deus conteret dentes eorum in ore ipsorum* [2]. E chiet meynt prodhomme e bon femme en grant perte par mesdisaunce. *Insidiatur ut subvertat te in foveam*. Ecc. 12° [3]. Mès donqes deüssent bien [4] [les [5]] autres veisines fere com foñt les oliphañtz od lour compaignon : reliever sa [fame [5]] ou sa perte par conseil e par eide de dit e de fet, sicom [nus [5]] aprent le seint Espirit : (*v°*) « Eydez, » fet il, « e relevez celui q'est cheüz « [en charges. *Subvenite oppresso* [6]. Mès ceo ne fount pas, mès eynz pernent [7]] ensample des mastyns qe soñt bons compaignoñs en abbays, mès ci tost com un [8] est abatu de un piere e comence de huler, les autres touz a lui assaillent [e le desakent [5]] : P. : *Quoniam quem tu percussisti persecuti sunt, et super* [*dolorem*] *vulnerum meorum addiderunt* [9].

74. *Quod rarus amicus in angustia reperitur.*

Quant le oliphañt va en deserte e soñ poleyn va suañt, si il veit un homme hors de la veie, lors quide meigtenant qe le homme desire soñ poleyn, e pur ceo, pur lui deliver de cel homme e sauver soñ poleyne [10], trest al chymin qe geüst plus [11] procheyn pur mettre le [12] homme en la voye. Et ceo ne fet mye pur ceo qe le homme [ne [5]] deüst pas errer [13], mès [14] fet par voidie pur se mes-

1. Eccli. xli, 15. — 2. Ps. lvii, 7. — 3. Eccli. xii, 15. — 4. *B omet* bien. — 5. *Restitué d'après B.* — 6. Is. i, 17. — 7. *D'après B ; A* cheüz e lesser l'. — 8. *B* home. — 9. Ps. lxviii, 27. — 10. *B* e pur sei d. e pur sauver soen enfaunt, sei. — 11. *B omet* plus. — 12. *B* cel. — 13. *B* meserrer. — 14. *B* eyns.

mes deliverer, qar si il va bien ou mal, force ne fet mès qe il seit deliverez. Tiel est l'amour de plusurs gentz : si ils veient un homme qi seit abbessé par dure cheañce, hors [1] de veie de coñseil e de solaz, venir en lieu ou ils soñt demorañtz, mès qe rien crient [2] ne dient de lur defaute, uncore se doutent qe venuz seient [3] pur aver eide de lur biens, pur ceo qe lur [4] veient abessez. Doñt lui sage dit en soñ livere, Ecc. 13° : « Lui povere « homme est en despit quant al riche. » *Execratio divitis pauper* [5]. E pur ceo se deliverent a meux q'ils poent [6] par ambage de tiel counseil : « Alez » fet il « la « ou la, e par tañt bien vous avendra. » Si lui avigne mal ou bien, force ne fet nul rien. Pur ceo dit seint Jake, JACOB. 2° : « Si vostre preosme eit mestier de vous « e vous lui dites q'il se face a eese e [7] rien ne lui fetes, « quei lui vaut? Tiele fei saunz fet si est mort. » *Si frater aut soror indigeant et nudi sint, et dicat aliquis ex vobis illis : « Ite in pace, caleficimini et saturamini, et non dederitis eis que necessaria sunt corpori, quid proderit ? » Sic fides sine operibus mortua est* [8]. Ici peot l'em dire [9] coment le sienge pria le gopil qe il lui feïst solaz de une partie de sa cowe en allegeañce del un e en avañcement del autre.

75. *Quod superiora nobis querere non debemus.*

Un verme qe est appellé en latyn eruke, mès qe sa nature seit de aler sus [10] terre, il estent deus eles largez e tenvez qe le portent ascun foiz amoñt en le eyr, [e [11]] en contrefet les oyseaux [volanz [11]], mès soñ vol ne dure gueres, mès tost rechet e vient a soñ dreit. Tieux soñt

1. *A* lors — 2. *B* r. ni prient. — 3. *B* sunt. — 4. *B* qe il les.— 5. ECCLI. XIII, 24.— 6. *B* sei delivre... q'il peüst.— 7. *A* a.— 8. JAC. II 15-17. — 9. *B* counter. — 10. *B* souz.— 11. *Restitué d'après B.*

plusours en terre qe volent e se afforcent de monier plus haut que lur estat ne demande. Et pur ceo qe fońt [ceo [1]] qe fere ne poońt, meynt foiz sońt reboteez. Pur ceo dit nostre Seigneur : « Qi se enhauce [2] encontre « dreit, il ert abessé a bon dreit.» *Qui se exaltàt humiliabitur* [3].

Fabula.

Le rat ne voleit femme prendre, si il ne eüst la fille al [4] soleil com la plus haut creature de [4] mońd. Mès le soleil lui dist q'il alast al nuwe [5] com a greignour mestre [de ly [1]], e lui priast de sa fille. La nuwe [5] lui envoya al vent, le vent al pluvie, la pluvie lui envoya a un [6] grange, la grange lui envoya a un [6] sorice com a cel que fust mestrece [7]. Lors vient de haut en bas e descendy a sоń dreit. Pur ceo nous aprent le livere graunt sen, e dit : « Ja ne garder a chose ou tu ne poez atteyn« dre.» *Ne respicias ad opes quas habere non potes* [8]; *ne gloriosus appareas coram rege, et in loco magńorum ne steteris. Melius est ut dicatur tibi : « Amice, ascende huc », quàm ut humilieris coram principe* [9].

76. *Contra ypocrisim pretendentes.*

Un' autre [10] nature est de ceo verm qe est appellé en latyn eruke et en engleiz *glouworm* [11], qar il lust trop cler de nuyt, e quant vient en lumere de jour, si est trové orde best. Tieux [12] sońt les ypocritez qe lusent

1. *Restitué d'après B.* — 2. *A* enchauce, *B* qi qe sei enhauce.— 3. Luc. xiv, 11. — 4. *B* du. — 5. *B* la lune. — 6. *B* au. — 7. *B ajoute* taunt com dessit la corture (?) — 8. Prov. xxiii, 5. — 9. Prov. xxv, 6, 7. — 10. *B* La. — 11. *B* golworm. — 12. *B* Ces.

cler par contenaunce : trovez serrount tut [1] autres al jour de veres conisañce. Pur ceo dit le livere [de ceus [2]] : « Is sei [3] monstrent com angeles de lumere, mès lur ho-« nurs doñt soñt preisez passeroñt tost, e dirroñt lui au-« tres al jour de jugement [4] : Celui qe appareust avant ci « beaus par seinte contenaunce, coment est ore chaungee « de lumere en oscurtee? » *Quomodo obscuratum est aurum, mutatus est color optimus? Candidiores nive etc.* Et sequitur : *Denigrata est facies (fol. 35) eorum super carbones, et non sunt cogniti in plateis.* Tren. 4to [5].

77. *Contra detractores.*

La nature de cel verm [6] doñt avoms parlé si est de roñger les flures des arbrez e destruire les fruz [7]. Si foñt les mesdisañtz : roñgent e jugent les fetes [8] de autrui, e condempnent les biens qe ils foñt. Dont seint Job dit a ses compaignoñs : « Vous trovez parolez pur moi bla-« mer, e sañz reisoñ si estez entour pur moi bestorner « si vous pussez venir a chief. » *Ad increpandum eloquia componitis, et subvertere nitimini amicum vestrum.* Job, 6 [9].

78. *Quod nulla pena mundialis Cristi penis poterit comparari.*

Nous veioms qe cestez douces ewes [10] qe courent par mye la terre si portent chescun soñ noñ solomc la custumme de païs, mès ci tost com soñt descenduz en Trente

1. *D'après B, A* pur. — 2. *Restitué d'après B.* — 3. *A* ne. — 4. *B* juise. — 5. Thren. iv, 1, 7, 8. — 6. *B* de ceo beste. — 7. *A* foillez. — 8. *B* fès. — 9. Job vi, 26, 27. — 10. *B* qe ceo dytelez.

ou en Derwente ou en autre grand rievere, meingtenant [1] ont perdu lur noñ primere e se tienent al noñ de la rievere. Auxint vous di [2] par de cea : si totez les peynez de cest moñde, doñt les unz soñt appellez penances, les autres maladies, les uns poverte, les autres defaute, les uns prisonnes, les autres afflictioñs, seient menez [3] al afflictioñ [4] Jesu Crist [5], ceo qe pur nous soffri, ne deient [6] desormès estre appellez peynez solom lur primer noñ, mès par bon reisoñ deient estre appellez douceour e devocion. Doñt nous trovoms escrit de plusurs seintez, tant com furent plus penès a la mort, unqes tant de douceure ne sentirent en qeor com a cel houre. Pur ceo dit seint Job pur lui e pur touz autres qe se allient a Jesu Crist : « Solaz e coñfort me serra qe jeo ne sui mye es-« parni pur soffrir dolour pur Dieux amour [7]. » Auxint dit un pucele en la terre de Gales, de qi nous trovoms escrit qe ele esteit si ferue de lepre qe la maladie lui out tollet le niés e les eols [8] de la test et tot le cors fust repleny de boces [pleyn de quyture [9]], e uncore [jour e nuyt [9]] ele gueymenta e dit : « Allas! qe je ne sui mye « digne pur [10] soffrir plus pur lui qe tant soffri pur « moy! »

79. *Quod Cristus peccatorum non poterit oblivisci.*

Qui venesist de [11] la court a ver soñ amy en prisoun e lui conforter, a soñ retorner je crey qe le cheitif emprisonee [12] lui prierait a penser de lui qant vendreit devant le rey. E si le autre lui deïst [13] qe volenters le freist, uncore

1. *B ajoute* sy. — 2. *B ajoute* de. — 3. *B* amenez. — 4. *B* a la suffraunce. — 5. *B ajoute* de ben charger. — 6. *B ajoute* pas. — 7. Cf. Job vi, 10.— 8. *B* e amedeus les eus hors.— 9. *Restitué d'après B.* — 10. *B* de. — 11. *A* a, *B* vensyt de. — 12. *B omet* emprisonee. — 13. *B* dyseit.

lui chargereit qe il freit un [1] nou en sa ceynture, ou [meyt un anel au deyt, ke quant regardereit le signe, ly sovenist de ly [2]]. Mès Jesu Crist nostre douz amy [3], fiz au roy de ciel, qe pur fyn amur e pitee qe il eust de nous cheitifs prisouns nous vynt visiter en ceste prisoñ e conforter, e puis a soñ retorner, pur aver remembraunce de nous en la court celestien, tant nous out cher qe il ne vout pas sa ceynture en remembraunce noer [4] ne anel de or [ne d'argent [5]] en soñ deie porter, mès des plaies qe pur nous suffri verrey signe en lui demort [6], qe nous le seioms plus près de queor, qe [7] sa boñtee nous seit plus cher. Pur ceo nous dit ceste parole qe nous est de grand confort : « Peot la miere soñ enfañt oblier ou refuser qe « ele ne ait merci de lui par nul reisoñ? Et nequedent [8] « si la miere met en obly soñ enfañt, jeo ne vous pusse « mye oblier, qar veiez ici mes meynez en queux vous « estez escritz. Et tañt sui gelous de vostre savacioñ qe « touz jours estez devant ma vewe. » Ici [vous countrai un coñte de grant confort a pechours [9]].

Narratio ad idem.

Un seint home qe fust appellé Carpe out tournee un mescreañt a la fei de seint Esglise. Et tant com fust hors du pays, celui returne a mescreaunce par coñseil de un mauveys home. Doñt seint Carp fust tant grevee de ceo e [10] a mal eese q'il pria a Dieux qe il preïst de eux vengeañce. E en poy de houre [11] lui fust a vys [en avision [5]]

1. *B* acun. — 2. *Restitué d'après B; cf. plus bas où il est fait allusion de nouveau à l'anneau employé comme aide-mémoire. A* ou autre signe, qe quant le regardereit, de lui sovendreit. — 3. *B ajoute* le. — 4. *B* a seynture en r. now fere. — 5. *Restitué d'après B*. — 6. *B* ensigne ly demur. — 7. *B* e. — 8. *B ajoute* fet il. — 9. *D'après B; A* Ici gist un coñte. — 10. *B omet* grevee de ceo e. — 11. *B ajoute* après.

q'il vy enfern overir e ceo deuz prestez pur entrer. Et tant fust corucee vers lur peché qe il desira [1] qe eux fussent entrez. Lors appareust Jesu Crist od ses [2] playes totes sanglan̄tz, e dit a Carp : « Vers moy regardez e ma « peyne avisez e de qeor [3] entendez ma [4] dolour qe jeo « endurai [5] pur sauver pechour. Vous pernez a trop le- « gier ceo qe me costa mout cher. Si autre foiz morir « puse, com fere nel puis a nul feor, ma volenté serreit « pur home morir, tant ay a [6] lui grand amur. » Le seint home, après la vewe, se repenty, e pria Dieux (*v*°) pur les autres merci.

80. *De misericordia Dei et Virginis gloriose.*

Une piere preciouse q'est appellé enidre [7] monstre se [8] merveille qe touz jours est [degoutant e touz jours est [9]] en un estat de graundure [demorant [9]]. Tiel est la merci Jesu Crist, tiel est la douceour de nostre Dame qe touz jours degoute vers nous [par ovres de pyeté [9]], e touz jours demeort en un graundure, sañz estre amenusee. Pur ceo parle l'Escripture en lur noun [e dyt issy [9]] : « Les goutez del pluvie e la durance de ciel qi les peot « saver [10] ? » Ceo est [11] a dire lur graundure e lur douceour nul [12] ne peot con̄ter ; lour douceour en allegean̄ce, e lur graundure en duran̄ce. Touz jours dure leur bon̄tee e tous jours degoute lur pitee, ne mye soulement a [13] eux qe on̄t pechee a pardonir, mès en eux qe vodereient mesfer a destorber. Don̄t vous orrez ci [14] un cas qe vous durra matiere de Jesu Crist nostre [15] seignur [16] loer.

1. *A* desirra. — 2. *B* le. — 3. *B omet* de qeor. — 4. *B* la. — 5. *A* endurrai. — 6. *B* vers. — 7. *A* oyndre. — 8. *B* tele. — 9. *Restitué d'après B.* — 10. *Cf.* Eccli. 1, 2.— 11. *A* C'este.— 12. *A* nel. — 13. *B* en.— 14. *A* ce. — 15. *A* vostre. — 16. *B* matere vos d. a Deu.

Narratio ad idem.

Quañt le rei Richard ala a [1] la Tiere seinte, un chivaler de sa compaignie [2] fust assotee de une dame de religioñ [en une cyté ou furent demoraunz une pece [3]], tant qe la dame fust vencue par soverene [4] request de ceo chivaler. Un nuyt [au primer somyl [3]] prist les clefs del mouster, com cele qe fust segresteyne [e ben le pout fere [3]], e voleit aler a ceo chivaler qi hostel fust près de lur meisoñ, si qe la dame out estee devoute a Dieux avant e a sa douce miere, e out en usage qe chescun foiz qe ele [5] passa devant la croiz, ele engenoilla [6] e dit : « Jeo « vous aoure, Jesu Crist, e gracez vous renke de ma re« dempcioñ, e pur voz dignez plaies e vostre seinte pas« sioñ defendez moy de encumbraunce e de enfernal « prisoñ. » Quañt ceo out dit, les cliefs prist e le huis overy e voleit [7] issir. Lors esteut la croiz devant lui od les bracez estenduz. Et ele tant fust alumet de la [8] temptacioñ de char e tant enoscurée par tenebrour de la nuyt, qe ele ne sout qe chose ceo fust. Doñt la ymage de la croiz desoveryt [9] la un meyn e la embracea [e ly retynt [3]] qe ele ne pout avant, tant qe les damez leverent a matyns e la troveroñt [illoik [3]] retenue. Lors comencea de regeier soñ mauveys purpos e promist amendement. Et la croiz retrest sa meyn. Touz qe savoient cel [10] miracle loerent Dieu com reisoñ fust. Pur ceo dit seint Greg. : « Mout est grand la merci Dieu qe nous destorbe de pe« ché [11]. » Sequitur illud Osee 2º : *Ecce sepiam viam tuam spinis* [12].

1. *B* vers. — 2. *B* esteyt en sa c. ke. — 3. *Restitué d'après B.* — 4. *A* souen'e, *B* sovernele. — 5. *A* il. — 6. *B* ele cheyt a genuz. — 7. *B* vout. — 8. *B* a. par. — 9. *B* desjoynt. — 10. *B* E totes q. s. la. — 1. *B* pechier. — 12. Os. II, 6.

81. *Quod anime in purgatorio liberantur per missas et elemosinas.*

Si femme travaille [fortement [1]] de enfañt e ne peot deliverañce aver, pernez un penne ou deus [de les eles [1]] de un oysel q'est appellé voutre, e fetez lier al pié senestre de ceste femme travaillañt, e [si jamès sera deliveré [1]] par cel penne trovera eide meigtenant. Cest ensample vaut pur les almez qe soñt en purgatore, [ke [1]], sicom nul peyne, save la mort, ne est comparée al peyne de femme travaillañt, ne solaz a soñ solaz quaunt est deliverée e ad beal enfañt, auxint nul peyne, hors pris la peyne d'enfern, peot estre semblable a lour peyne en purgatore, ne nul joie encontre lur joie quant soñt delivers e ont receü la joye du ciel [2]. Mès tant com lur peynez durent, ils braient e crient, e ces vers sovent dient : *Miseremini mei, miseremini mei, saltem vos amici* [3]. Querez donqe cel oysel qe vole ci haut par amour de longe durée, par deus eles qe le [4] portent : leauté e naturesce ; si pernez un penne del un ele [5] e un autre del autre, e al pié senestre le attachez ceo est a dire : « Fetez messes chañter e « aumonez doner pur le trespace [de [1]] lur peché, e par « tiel medicine serroñt delivrez de lour peyne. » Dont vous « contera[y] un coñte qe seint Bede coñte en les gestez de Englętere [6].

Narratio ad idem.

Un chivaler estoit jadis qe fust appellé sir Yomi [7], e fust pris en bataille de ses enemys, e fust mys en pri-

1. *Restitué d'après B.* — 2. *B* r. de ciel la glorie. — 3. *En français dans B*: Eez mercy de mey, eez mercy de mey, vus nomement ke jadys futes amy a mey. — 4. *A* les. — 5. *A* eel. — 6. *B, réunissant ce paragraphe au suivant, ajoute* ke. — 7. *B* Ymme.

soñ e trop chargé de fer [1], mès nul lien lui pout tenir longement, qar chescun jour a houre de tierce soñ gardeyn lui trova desliee, e ja tant sovent ne fust reliee qe a cele houre ne fust desliee. De ceo se merveilla mout le chivaler mesmes e touz les autres qe ceo vierent. Au dreyn fust trovee qe il avoy[t] un frere en un abbé qe quidoit qe soñ frere fust mort en bataille; si [2] chañta chescun jour a houre de tierce un messe pur la alme *(fol. 36)* son frere [3]. Doñt ceste sacrament monstra al cors en ceste vie quel lien la messe [4] tient al alme en l'autre vie. Pur ceo dit seint Escripture : « Seint e sayne pensee est « de prier pur les mortz, qe de lur peynez seient allegez. » MACH. : *Sancta et salubris est cogitacio pro defunctis exorare, ut a peccatis solvantur* [5].

82. *Quod amor mundanus post mortem cito evanescit.*

L'amour [6] de ceste vie est semblable al amour de porcs. Quant un porc est saké vers la mort, les autres crient e braient e suent aprez tant com [7] la noyse de celui seit tot eschevi [8], e donqe [9] retornent chescun sa part, e [10] jamès après ne lur sovendra de lui. Ceo ne est pas merveille de beste noñ resonable [11]; mès [12] est merveille de grant [13] amour de gent qe ci tost après la mort mettent en obly [14] lurs amys e parentz, com vous orrez counte[r] [15].

1. *B* e ch. de f. trop grevousement. — 2. *B* e. — 3. *B* p. l'alme de ly. — 4. *B* q. l. il. — 5. II MACH. XII, 46. — 6. *B* Mès a. — 7. *B* ke. 8. *B* chevye. — 9. *B* meyntenant. — 10. *B* ne. — 11. *B omet* de b. n. r. — 12. *B* eynz. — 13. *B omet* grant. — 14. *B* ublyance. — 15. *B* sy cum fyt cely de ky jeo vus countray cy.

Fabula.

En les gestez Charles [1] est trovee escrit de un chivaler souder qi a sa mort devisa soun palfrei e soñ harneys a soñ esquier [ke esteit son cosyn [2]], e lui pria, pur la affiañce qe il out en lui, qe il vendisist soñ destrer e feïst pur lui messes chañter. L'autre lui promist leaument qe ci freit [3] hastivement, mès il ne tynt pas covenañt. Le chivaler morust, e trente jours après appareust a soñ esquier [4] en avisioñ, e lui dist [issy [2]] : « Si leaux e na- « tureux vous eüsse trovee, jeo ne fusse pas si dur me- « nee ; mès Dieux ad ci ordenee qe pur les trente jours « qe pur vostre faucyne [5] ay esté peyné, vous serrez en « enferne perdurablement. » L'autre le prist a legier e le tynt pur [6] sounge. Tant qe un jour fust moñtee cest destrer, veañt tot la gent qe la furent present, les maufez vyndrent en le eyr [7], les uns en semblañce [8] de ours, les autres [9] de siengez, e [10] descenderent e pristerent cest esquier [11] en cors e en alme, e lui porterent a [12] enfern ou touz jours ert en peyne. Pur tiel cas deüssent bien les [13] executors estre garnys qe soñt desleaux a lur amys.

83. *Quod multi sicut in uno proficiunt, versa vice.*

La nature del [14] aille est tiel qe tañt de bien qe fet en le un part, tant de mal fet de [15] autre part. Il est bon pur le pis e mal pur la teste, bon encontre verms du cors e

1. *B ajoute* si. — 2. *Restitué d'après B.* — 3. *B omet* e feïst... freit. — 4. *B* l'aparut. — 5. *B* faussyne. — 6. *B* a. — 7. *B* d. la virent tute la g. ke f. en la companye les m. en l'eyr venaunt. — 8. *B* fourme. — 9. *B ajonte* en semblaunce. — 10. *B* ke. — 11. *B* cely, — 12. *B* e en a. deks. — 13. *B* mauveys. — 14. *B* de. — 15. Ke taunt com fet ben de une p. taunt fet mal del.

mal pur l'estomach ; il fet bien a frillous e fet mal a coleriks ; il destruit la royne e norrist la piere [1]; il enchace venym e amene frensye; il nette les reyns e enveogle les eols. Et tant com fet de bien en un part [2] tant fet de mal en autre part [3]. Ensynt va de plusours. Tant com font de bien de un part, destruient par peché del [4] autre part [5]. Un aungele vynt [6] jadis a une seinte home, e lui dist : « Venetz veere treis foliez qe la gent font en « terre. » Si lui monstra un homme haut montee, e sus le col le [7] chival tynt un longe [perche en travers, o laquele il vout entrer [8]] un paleys, e ne pout. Il lui monstra un autre home qe fist un grand fees de busche quel il voleit porter, et ne poeit, e si myst plus a ceo e donqe pout pirs porter [9]. Puis lui monstra la tierce folie [pur quey jeo vus counte tut l'autre : il ly monstra [8]] un home [qe [8]] planta planceons del un meyn e les aracea del autre meyn [10]. Dont [11] dit le seint home : « Ore jeo « ay veü treis merveillez qe ne sont mye sanz folie ; vo« lenters vodrey saver qe ceo signifie. » Le aungel dit : « Le primer signifie les grantz seignurs qe a totes fines « volent aver lur volenté avant, et od tel volentee qui« dent entrer le regne Dieux ; e faudrent, qar il lur co« vient abesser [a lur surfetouse voluntez pur Deu ser« vir [8]]. L'autre signifie ceux qe sont en mal vie, e « chescun jour enoyntent [12] plus e plus [13] ; et tant com « plus mettent dez pechez, tant plus serront de peynez « chargeez. Le tierce signifie ceux qe sont variablez en « lur [14] veiez : ore font bien, ore mal [15], ore Dieux prient, « ore lur prosmez maudient ; un jour vont en peleri-

1. *B* lepre. — 2. *B* manere. — 3. *B omet* part. — 4. *B* Quant qe f. ben en u. p. (e mal en autre), *les mots entre ( ) sont ajoutés en interligne.* — 5. *B ajoute* E ceo fut moustré par. — 6. *B omet* vynt. — 7. *B* de sun. — 8. *Restitué d'après B.* — 9. *B* le pout pys fere. — 10. *B omet* meyn. — 11. *B* Par feyt. — 12. *B* ennoytent. — 13. *B ajoute* de mal. — 14. *B omet* lur. — 15. *B* le b. o. le m.

« nage [1], un autre jour pur fere damage donnent les « maillez a povre gent e pernent les mars malement [2]; « desportent la cerveise ou le [3] vyn un jour, un autre « jour sunt yvres [4]; desportent lur femmez par vendredi « e pernent lur veisinez par samedi ». Pur ceo dit Salomon : « Poy vaut de bien fearc e par peché soñ bien des« fere [5]. » *Unus edificans (v°) et unus destruens, que utilitas in utrisque [6]?*

84. *Quod sancti et salvandi per adversitatem variam comprobantur.*

Peyvere est un grayn bon e [7] neyr dehors e blanke par dedenz, petit quant a vewe, mès grant de [8] vertue. Tant com est entier, piert [9] de non poer, mès quant est debrisee, donqe l'em peot la vertue trover. Auxint fust de seintz gentz jadis : quant a foreyne apparañce fuerunt despisables, mès quant a vertue del alme furent delitablez. Et ceo ne quidrent pas les autres quant [10] les virent entieres [11], mès quant furent debrisez par mort, les unz par martir, les autres par penance longe de amur Dieux, lors soñt trovez poignantz e vertuous [12], qe avant apparerent despitous. Pur ceo nous dit le seint Espirit : « Despisez nul home en foreyne apparañce [13] ». Ceo nous monstre un aventure [ke avynt [14]] en la terre de Griece.

1. *B* pylrimage. — 2. *B* deners fausement. — 3. *B omet* la, le. — 4. *B* e treyfez s. y. u. a. j. — 5 *B* e ses ben fez par p. d. — 6. Eccli. xxxiv, 28. — 7. *B omet* bon e. — 8. *B* en. — 9. *B omet* piert. — 10. *B* taunt cum. — 11. *B* en teu royf. — 12. *B* les uns par mort de martirye, les autres par mort de longe penaunce pur Deu amur, lors ert trovee poynaunt e vertuouse. — 13. Cf. Malach. ii, 16? — 14. *Restitué d'après B.*

Fabula.

Un roy estoit jadys qe mout honura les poverez gentz, doñt un graunt seignur lui reprist un jour e dit qe il fit graunt deshonur a se mesmes de ceo qe tant les honura. Le rei ne lui [1] respoñdi rien a cel houre, mès privement fit feare deus coferez, la une par depeynture dehors, e l'autre de neuwe table, quel il fit empler des espicez e des richez gemmes [2], e lessa l'autre voyde [3]. Si mist celui en eleccioñ qel il vodreit choiser [4]. L'autre [se [5]] prist a la foreigne beautee; doñt dit le roy : « Vous estes de-« ceü en bon leautee : vous quidez », fist le roy, « qe ri-« chesse seit pleyn des bienz e poverte [6] pleyn des fiens, « mès jeo vous di qe povert est pleyn de miel e richesse « pleyn de fiel. »

85. *De fragilitate humana pensanda et de cordis liberalitate.*

Le noble clerk Avicenne nous dist en soñ livere qe veer et vyn medlez enchacent la piere. Verre est fresle, vyn est douce, e piere est dure [7]. Le verre qe tant est fresle signifie la freltee de cest vie; le vyn qe tant est douce signifie la douceur de ciel, e par maladie de la piere si [8] devoms entendre duresce de queor, quel [9] bien deit estre chacee [10], si nous pensoms com fresle est ceste [11] vie e com douce est le joye de ciel qe par Dieux est graunté

1. *B omet* ne lui. — 2. *B* le un de metal beau doré e le fyt empler de payle et de plume, un autre de vil matere e le fyt empler de espycerye e de ryches gemmes. — 3. *B omet* et lessa l'a. v. — 4. *B* de choyser le queus il vousyt prendre. — 5. *Restitué d'après B*. — 6. *B ajoute* seit. — 7. *B* vere si est frele chose e vyn si est douce chose e pere si est dure chose. — 8. *B omet* si. — 9. *B* ke. — 10. *B* enchacee. — 11. *B* nostre.

a ceux qe sont largez de queor [1]. Pur ceo dit nostre Seignur : « Donez e il vous sera donee. » *Date et dabitur vobis* [2]. C'este a dire : « Donez franchement de ceo qe « vous avez, e la joie de ciel pur loer averez [3]. »

Narratio ad idem.

Un chivaler jadys voleit poyndre un chival graunt, e le chival fust fort de la teste [4]; si le porte outre un roche e le tua. Mès avant q'il rendy l'espirit il geust longement en traunsee, e vist son jugement, e dist ceste parole : « Beneit seit large queor [5]. » E par tant entendirent les autres qe la parole oyerent qe par ceste parole [6] estoit sauvee.

86. *De remedio contra peccatum.*

Si homme seit poyné de serpente ou mors de chien, prenge ruwe et des aux e seel e le noel dez [7] noyz, et de ces quatre chosez face [8] un confeccioun e la beyve od vyn, si trovera garison. Auxint vous di especialment [9]; si homme seit entoche par mortiel pecché par le deable, prenge ruwe, qe signifie contricion [10], e des aux qe enchace venym, ceo est verreie confession, e du seel q'est penance [11] solom descrescion, e le noel de noiz, qe signifie la douceour de la passion Jhesu Crist, par qi [vertue [12]] home ert sauvee, si [13] la prenge od vyn de bon

1. *B* de l. q. — 2. Luc. vi, 38. — 3. *B* receyverez. Dount. — 4. *B* de goule. — 5. *B* largesce de. — 6. *B* cele vertue. — 7. *B* du. — 8. *D'après B, A* festez. — 9. *B ajoute* de parler. — 10. *Jeu de mots sur le sens de l'anglais* rue, *actuellement écrit* rew, *et du français* rue, *nom de plante.* — 11. *B* e seel de penaunce. — 12. *Restitué d'après B.* — 13. *B* il.

devocioñ, sicom vous orrez [1] par un cas qe avynt en la citee de Rome.

Narratio ad idem.

Un homme estoit qe out [2] un femme baraigne, tant qe par prierez e par aumonez conceust un enfant semblable al piere en face, mès ne mye en bontee. Qar al oure qe il fust parcreü, soñ piere en religioun se rendy, e après engendra un enfañt de sa miere. Avynt qe le pape enmaladie, e vynt le deable en semblañce de phisicien e lui tendi sa cure. Le pape respondi [3] qe plus se affia en cel [4] femme e en sa priere qe en totes ses mestriez. « Veire! » fet l'autre, « vous estes deceü, qar ele est « mauveis e lechiere, e de son fitz ad un [en]fant conceü [5], « e pur ceo [6] cel enfañt ad puis de sez meynz tuee. » Le pape se merveilla; si la fist mañder, et ele entendi l'enchesoun, si prist respit de treis jours. Et dedenz cel terme de ces pechez fust repentañt e fust confesse, e prist penance. Et puis se mist [7] cele part. Lors dist le pape al deable qe appareust fisicien : « De qele chose « voillez tu ele acouper? » L'autre respondy qe ne out conissaunce de lui. Et veiañt tot la *(fol. 37)* gent, le deable s'en va e grand partie de la meison emporta. Ore agardez quele vertue porte confessioun qe vient de ver-

1. *B* jeo vus moustray. — 2. *B* Un prodhomme out. — 3. *B* de sa mere, de ky la citee de Rome out grant quidaunz de bountee, taunt ke la pape respoundy. — 4. *B* a la priere cele. — 6. *B* portee. — 6. *B omet* pur ceo. — 7. *Ici B omet la fin du* § *et ce qui suit jusque vers le milieu du* § 97. *Voici le passage :* E pryt respit de treis jours e dedens ceo terme de ses pecchez fut repentant, ele fut confees e pryt sa penaunce, e puis se myt ecle mit quant ele leva pur dire ses matines ly vynt... *La lacune est entre* ecle (*corr.* cele) *et* mit (*corr.* nuit, *voir ci-après* § 97. *Il manquait probablement un feuillet à cet endroit dans le ms. sur lequel B a été copié.*

reie repentañce de queor. Ys. *Dic iniquitates tuas ut justificeris* [1].

87. *Quod vanitas mundi a sapientibus contempuitur et amplectitur a stultis.*

La pomme de cedre si est de tiel nature qe près del escors par dehors est assez douz a goster, mès tant cum entre (?) parfound, plus est amiere. Auxint est de la vanité du si[e]cle et de se mond. Il plest a comensement a plusurs, mès tant cum plus en maschés, tant plus est egre trovee, oyl as sages, enmye (?) as fols. Pur ceo dit un sage home : « Mond ! mond ! qe ben vos count, poy « vos eyme, poy vous count [2]. » Ce senti ben seynt Jake qe dit : « A Dieu serra enemy qe al mond se fest amy. » *Amicitia hujus mundi inimica est Deo, et qui voluerit amicus esse hujus mundi inimicus Dei constituitur.* Jac. [3]

88. *Contra cupiditatem.*

La nature de l'oingnon est tele qe engendre seyf en bouche, enflure en cors, dolour a la teste, larmes as oels, horibul songe en dormant, suour en veillant, e poy de norisment a celui qe le mangiwe. Tel est coveytise de terren purchaz. Qar primes donne seif com plus ont plus a desirer [4]. A tieux dit Salomon : « Ils ne sount jamès « saül [5] ». Pus fet home emfler par grossur de quer vers son preosme, sicome dit seynt Poule de tieux : « Ils sont

1. *Cf.* Is. xliii, 26? — 2. *Ce sont deux vers de huit syllabes :*

Monde, monde, qui bien vous conte,
Poi vous aime et poi vous conte.

3. Jacobi iv, 4. — 4. *Il paraît manquer quelques mots à cette phrase.* — 5. *Cf.* Eccle. i, 18 ?

« emflés, la test fet dolour par travayl et par penser, les « eols fet lermer par trop veyler, de songer[1] en dormant, « de suer en travaylant, e poy de pru enporte al para- « ler. » Pur ceo dit Salamon : « Touz les jourz de lour « vie vivent en dolour, e autre ben ne enportent fors « travayl sanz lower[2]. » Est et ceo la reson pur ceo qe ils ne ount regard a la vie qe est a vener, mès tot a gayn qe ne peot endurer. Si come fist le vileyn qe sema fieve's, qe jetta un poynes en la terre, e dist en son engleys : « *On yis ne trist I me nout*[3]. » E un autre poyne getta en sa bouche e dist : « *Yis have I now y-bouth*[4]. » Ceo qe sement en aumoyne pur Dieu lur est a vys qe est perdu[5], pur ceo qe ne ont pas[6] lowere meyntenant; mès trawayl et dolour enpernont pur louer, e ceo est perte[7] trop nusaunt.

89. *Quod voluntas propria fugiatur.*

En la terre de Babiloygne crest un arbore de banne[8] qe resemble gent de propre volunté, qar il ne veot aillourz crestre fors la. E si par cas seyt remué e allours plaunté, ja ne portera frut ne foylle, mè[s] ensecchist e tot esvanit. Tiele est la manere de ascun gent. Si ils pussoñt estre la ou ils veolount, e fere chose qe lur plest a queor, domcue ils le freyt assez bein; mès si lour mestre lur veot remuer ou autre office assigner qe ne veoñt poynt a lour talent, ils ne portront frut ne foyle, c'est a dire qe ja bein ne froñt ne bien dirroñt. E si deyvent touz saver qe ceo est la plus haut chose qe seyt trovée[9] delesser sa volunté domene pur fere autre volunté. Et seo temoyne

1. *Ms.* songes.— 2. *Cf.* ECCLE. II, 23; V, 16? — 3. « *Sur celles-là je ne compte guères.* »— 4. « *Mais celles-là c'est pour moi.* »— 5. *Ms.* pur dieu. — 6. *Ms.* par (p *barré*). — 7. *Le ms. répète les mots* trawayl... perte. — 8. *Pour* d'ebanne. — 9. *Le ms. ajoute* e.

le Scripture qe dit : « Plus vaut obediense qe nule of« frendes. » *Melior est obedientia quam victime* [1].

Narratio ad idem.

Un seynt home jadis vit quater orders ou ciel, la quarte [2] fut plus honuré qe les autres. Trés lors enquist del angel la mostrance de cele veüe. E respondeu lui fust qe le un ordre fust de ceux qe aveynt en lour vie suffert povert e maledie en pacience, l'autre fust de ceux qe avoynt fest aumoyns e hospitalitez; le terz fust de ceuz qe soul par eux en desert aveynt Dieu servy; le quart fust de ceux qe se renderent en religioun pur fere autre [3] volunté. E pur ceo qe la quart fust plus en meschief pur Dieu qe les autres, « par tant », dit ly angel, « est plus honurés ». E reson le peot [4], qe celui qe plus se abesse en terre plus haut seit en ciel. *Qui se exaltat humiliabitur, et qui se humiliat exaltabitur* [5].

90. *Quod per multas tribulationes ad celeste gaudium pervenitur.*

En la terre de Ethiope est trové un douce arbre cresçant qe est apellé cinamome, mès l'em suffre grañt travayl avaunt qe l'em pust atteyndre a cel vergilet, quar il covient passer par ronses et par espines avant qe l'em pust adesser a cel lieu. E ben est enplayé cel travayl pur la valeur de la chose. Mès nul home ne est si hardi a travayler entour ceol vingne, après le solayl resconz. Ceste chose singnefie la joye de cel pur sa graunt douceur, qel douceour lange ne peot counter ne

1. I Reg. xv, 22. — 2. *Ms.* quatre. — 3. *Il faudrait* autrui *ou* autri. — 4. *Corr.* prove *ou* veot? — 5. Luc. xiv, 11.

queor penser, com dit seint Pool [1] a qi la joye de ciel fust monstrée. Et qi la veot aver, covient qe il passe par rounces e par espinez, ceo est a dire par *(v°)* peynez e anguisez de ceo vie endurer, qar issint dit le Escripture qe Moyses, Abraham, Ysaa[c] et Jacob e quant qe furent de Dieux amez par plusurs anguissez sount passez. Qar, sicom dit seint Pool : « Qele reison qe l'em « vigeie [2] a grant lower par petit travaill [3]? » Doñt jeo vous di, si une home travaillast mille annez en ceste vie pur un jour en le joie du ciel, il le tenderoit bien emplayé. Bien deit l'em donque un poy de houre travailler pur cele joye sañs ſyn aver.

Fabula.

Un homme de religioun pria Dieu longe tens qe il lui monstrast un des meyndrez joiez du ciel, tant qe un jour lui vynt un oysel qe unqes tiel ne vist, e lui comencea a chaunter. Le seint homme ensuist tant qe vynt en un boys hespès, ou le oysel se assist sus un arbre, e le prodhomme estut desouz pur escoter cel melodie. Quant le oysel s'en party, le seint homme returna ver sa meison. Mès il estoit desconuz de touz qe la furent, e tot fust chañgee ceo qe il trova [4]; e lur dit qe il ala hors de leynz mesme jour, a matyn. Les autres demanderent qi fust abbé a cel houre, e il lour dit. Et quant ils eüssent regardez lours croniclez, troverent qe fust passé .ccc. annes qe celui issist. Meintenant le seint homme morust e s'en ala a Dampnedieux.

1. I Cor. II, 9. — 2. Sic, *corr.* vingne? — 3. *Cf.* I Cor. III, 8. — 4. *Ms.* trovaa.

91. *Quod per malos dominos divites depauperantur, et ideo fugiantur.*

Qui ad trop de chevux e veot estre allegee prenge le jus de cardoñ e moille sa test, e il trovera allegeaunce a sa volentee. Auxint vous di : qi est trop chargé de chateux ou des biens temporaux ou de deners, quierge l'amur de felun seignur e sa aquoy[n]tañce, e il serra deschargee. Pur ceo dit le sage homme : « Ne vous aquoyntez pas al « riche [1] », qar com plus lui donez plus te grevera.

Fabula.

Le soleil fist jadis somondre a sa court .....[2]; si les pria qe ils purveïssent de un riche dame a sa femme. Les autres alerent a Destinee e lui prierent de coñseil ou ils trovere[ie]nt dame de si graunde richesse qe fust digne al soleil. A ceo respondi Destinee, si lur dist : « Vous estez « foux e meyns avisez chescun pié. Ja saviez bien qe par « le soleil estez sovent eschaufeez : si par vostre pur- « veiaunce de greyndre richesse seit afforcee, tant pirs « vous esterra; pur ceo vous rechessez qe vous ne seiez « plus grevez. »

92. *De castitate habenda verissima medicina.*

Qui trop poyz des cheveux ad a la teste e les veot ennoyter, prenge l'eschorche e la foille de chastener, e les face ardre e mettre en poudre e temperer od vyn douce, e face un emplaster; e si juvencel seit od juven-cel[e], assez en avera des chevux, sicom dit le philosophre

1. *Cf.* Eccli. xiii, 2. — 2. *Le copiste a passé quelques mots.*

Ysaac. Auxint, si vous estez juvencel e desirez[1] estre avenañt devant Dieux, hauntez le chastener qe signifie chastee, e pernez l'escorche, ceo est a dire qe vous eiez honeste porture en foreyn, solom l'aprise seint Pool[2], e la foille de chastener, ceo est a dire que vostre lange seit chastié saunz ordure ou vilenye, sicom l'Escripture nous aprent, e les fetez arder en nette amour de queor vers Dieux e les seintez de ciel, e puis les mettez en poudre, qe vous ne seietz enorgoilly des biens qe en vous sunt. Et entemprez ceste chose od vyn douce, qe vous eietz douce affeccioñ vers autres qe soñt en vostre compaignie. Qar chastee sañz charitee, com dit seint Gregore, ne est guers a priser. E par cest medicine vous averez cheveux a plentee, qe signifient diverses gracez qe foñt home pleisañt a Dampnedieux, sicom dit Ezechiel[3].

93. *Contra malos prelatos.*

Le arbre qe portet grauntz noyz si ad grauntz foillez e mout amers, si est de mal odour e poyour savour, la umbre de qi est si perillous qe il est enchesoñ de diversez maladiez a ceux qe reposent par desouz. Tiels soñt les uns prelatz qe ont large foille e mout amiere, ceo est a dire des paroles soñt mout amiers e comaundent largement ceo qe mesmez feare ne volent ; soñt de mal odour, ceo est a dire de mal fame plusurs, e de piour en bouche savour, qar l'em ne peot trover matiere de bien parler de tieux sañz mentir. Doñt la umbre, c'est l'avocherie e prelatye de tieux, si est perillous a lur suggetz qe reposent desouz eux, qe ils donent enchesoñ de diverse maladie de peché e de perdicioun.

1. *Ms.* desirrez. — 2. Cf. Col. iv, 5 ; I Thess. iv, 11 — 3. Ezech. xx, 40.

Fabula ad idem.

Deus chapeleyns furent jadis compaignoñs, si qe[1] le un pria l'autre a soñ moriañt qe lui feïst asaver de soñ estat après sa mort. L'autre lui graunta. Puis vynt *(fol. 38)* il, si monstra sa meyn ou fust escrit : « Sathanas prince de enferne mercie mout les prelatz e les « princes de terre de la perdicioun du people. » Et de ceo se pleint nostre Seignour qe soñ people p[e]rist par mauveis seignuragez. *Dominatores tui iniqui*[2]. Ys.

94. *Quod honorare debemus id pro quo plurimum honoramur.*

La manne est un herbe doñt les ees pernent matiere de miel e de cire. Et tant lui rendent honur pur la recette, qe si vous moillessez la meyn de la jus de ceste herbe, vous pussez mettre la meyn a lur recet sañz damage. E pur quoy ne voletz donqes honurer la chose qe vous honure? Clerke est honuree pur sa clergie, chivaler pur sa chivalerie, les sotils pur lur sotilté; mès quant sen est tourné en folie e sotilté en gylerie e clergie en janglerie, doñt l'em[3] fet graund deshonur chescun a cel estat doñt ad receü soñ honur.

Fabula ad idem.

Un fievere fesoyt un foiz un hasche bien trenchañt; et pur ceo qe il ne out poynt mañche prest, vynt al boys, si pria les arbrez qe lui feïssent la compaignie de un

1. *Ms.* qi. — 2. Is. LII, 5. Dominatores ejus inique agunt. — 3. *Suppr.* l'em.

mañche. Touz lui denierent. Lors respoundy le aubespine; si lui dist qe lui preïst un braunche de lui. Mès si tost com cel hache fust [el] manche [1], meintenant aracea tot le arbre près de la terre. Doñt dit l'espine al hache: « De moy receüstez vostre honur, e ore me fetez tiel « deshonur! » Ensynt foñt moutz des gentz qe tournent en mal vertuez e sens.

95. *Quod Deus suos approbat et malos sustinet ut convertantur.*

L'em taste fruit si il seit meür, ne mye soulement par goust de savour, mès par tast, si il seit pliañt desouz la meyn. Auxint nostre Seignur... [2] ceux qe soñt pliantz a sa meyn, et poynt ne groussent de la duresce qe il lur fest en ceste vie; ceux soñt ja meürs [3] a soñ eops e pur ceo les prent il. Les autres qe soñt durs e egres si lest il pur ver si ils veolent enmoürer, ceo est a dire sei amender, sicom nostre Seignur nous monstre par ensample del figer [4]. Mès plusurs soñt semblablez a un manere de fruit q'est apellé miral, qe primes est auqez douz et savoree, e puis, encontre reisoñ de nature, tant com plus dure tant devient plus egre e plus dessavoree, pur monstrer qe ascunez gentz, tant com plus durent, tant meynz vaillent. Nous trouvoms de Salomon, tant com fust jeones, il fust sagez et se dona mout a Dieux. Mès quant il vynt a age, si devynt il foux e se dona a lecherie e a mahumetterie, e refusa, sicom plusurs foñt ore [5]. Et si ils ne le dient de bouche, il le monstrent en fet, e par tant soñt semblables a une manere de gent en la terre de

1. *Ms.* com cel manche fust; *au-dessus de* manche, *le copiste a écrit* hache. — 2. *Il manque ici un verbe*, taste? — 3. *Ms.* meors. — 4. *Cf.* MATTH. XXI, 19. — 5. *Lacune?*

Inde, qe en lur juvente soñt chanuz, e quant vienent en age oñt les cheveux com enfañt.

96. *Contra cupidos et injustos.*

Le sage homme Diascorides dit : qi vousist quire la racyne de cardoñ en ewe e beyvre le au matyn e au seir, par ceste beverage homme sereit bien desposé a coveitise. Mès, beneit seit Dieux! ne est pas mester en temps qe ore est de trop travailler entour cel beverage, qar ils soñt trop coveitous les uns od les autres. De ceo se pleynt nostre Seignur e dit vers la terre em parlañt ensynt : « Vous qe soliez estre dreitreux, ore estes pleyn « de fauxine e de coveitise e de homicide. Vos princez « soñt desleaux e soñt compaignoñs a laroñs [1]. » Certez, il dit veir. Les laroñs emblent privement, mès ils robbent apertement. Ils ne veolent pas aver le noun des laroñs, sicom l'em dit jadys de un peigneresce en suth pays, de un femme qe fust apellé *Leve in yi rokke* [2], qe fust sotil en le mester de peigneresce, mès nul oeveraigne prendreit de homme ne de femme qe ele ne prendreit e en portereit graund partie de la leyne, ja tant ne lui fust doné pur son servise, doñt de lui sourdi un tiel parlance :

Leve in yi rokke ne is no thef,
Take oyer mannez wulle is hire to lef [3],

Auxint est des graundz seignurs : ils ne veolent pas le noñ des robbers ne des laroñs, mès de autri bien soñt trop desirrous e trop pernañtz par coveitise.

1. Is. 1, 23. — 2. « *Vis de ta quenouille.*» — 3. « *Vis de ta quenouille* » *n'est pas une voleuse, mais elle aime trop à prendre la laine d'autrui.*

97. *Quod non est tutum cum sola muliere* [*habere consortium*].

Un herbe qe est appellé colloquintida, quant vous la troverez cressañt par sei hors de compaignie de autre herbe, ne approschez mye, qar cel herbe est trop venimouse e tue la gent. Atant vous di de fole femme : si vous la trovez soul, ne aproschez *(v°)* mye, qar vous purrez estre envenimee. Ensample avoms de Thamar e de Bersabee e de plusurs autres en la veilli ley. Pur ceo dit le seint Espirit : « Ne seiz pas od femme soul en « aventure, que vous ne encline tant vers lui qe vous « cheiez en perdicioñ [1]. »

Narratio ad idem.

Un seint homme maneit en desert qe mout fust prodhomme e de haut vie. Doñt le deable vers lui out grand envie, e tant fist qe une femme seul vynt une nuyt de yvere, quant le gele estoit fort e la neif espesse, e comencea de crier a la port fortement qe l'em out de lui pitee pur l'amour Dieux. Le seint homme fust de grand pitee e se dota de sa mort estre chalengee, si la ne lessat entrer. Entour la mye nuyt [2], quant [3] leva pur dire ses matyns, lui vynt en pensee qe il fust [4] soul od soul [5], doñt lui sourdi un temptacioñ [en sa char [6]] treiz fort, tant qe [7] il estoit pur poy vencu. Mès il revynt tost a sei e dist em parlant vers sei mesmes : « Assaiez pri-

1. *Cf.* Eccli. ix, 12 13. — 2. *Ici reprend B* (*fol.* 151), *cf. p.* 108, *note* 7. — 3. *B ajoute* ele ; *il devait y avoir* il *dans son original ; il a corrigé* ele, *pensant avoir sous les yeux la continuation du* § *86, où il est question d'une femme.* — 4. *B* esteit. — 5. *pour* seule ; *B* soule. — 6. *Restitué d'après B.* — 7. *B* sy l. f. ke.

« mez si vous pussez [1] endurer le fieu qe ci ard, avant « qe vous donez vostre alme a [2] fieu d'enferne. » E mist sa meyn al chandele, e tant fust la temptaçouñ graund qe il ard [3] les quatre deyez de sa meyn avant qe il [4] sout. L'endemeyn au matyn vindrent les sergeañtz au deable par queux [5] la femme fust envoyé pur lui deceivere, e lui demanderent si nul femme le [6] venist veire. Dist le prodhomme : « Honye seit sa venue! La menez « hors odvesqes vous, qar ele ne est pas femme, mès est « le maufee. Ore agardez quele lower pur moñ bien « fete! » E monstra sa meyn coment ses quatre deys furent ars [7]. Les autres vyndrent al femme [ke jut derere le us e la voleient mener hors [8]]; si la troverent mort. [Mês [8]] le seint homme rendi bien encontre mal : si se mist en orisoñ e tant pria Dieux qe par sa priere la femme fust resuscitée [9] e tot changea sa vie.

98. *Quod gaudia mundana sanctis displicent et adversa placent.*

Le foille de saffran se monstre vert e de beal colour en tens de yvere, mès [10] quant [vyent [8]] a la seisoñ del [11] estee, lors enflestrist e gette sa colour. Ici gist beal ensample. Vous devetz entendre par [le tens de [8]] yvere duresce [e destresce [8]] de ceste vie, et par le estee solaz e joliftee de ceste vie [12]. Doñt les seint hommes jadis, [taunt [8]] com furent en destresce, feseint beal semblañt pur la joye qe ils avoyent en qeor pur [13] ceo qe ils poent tiel duresce [14] pur Dieu soffrer e pur la merite qe ils entendirent après aver. Mès ci tost com vyndrent a tieux

1. *B* poez. — 2. *B* en. — 3. *B* ke ele arda (*cf. page précédente, n.* 3). — 4. *B* ele. — 5. *B* ky. — 6. *A* la. — 7. *B* coment fut arz. — 8. *Restitué d'après B.* — 9. *B* releva de mors en vye. — 10. *B* e. — 11. *B* de. — 12. *B omet* de ceste vie. — 13. *B* de. — 14. *B* cele destresce.

solaz com le siecle demande, lors changerent la colour com fist la foille avandit [1].

Narratio ad idem.

Nous [2] trovoms de un seint homme en [3] religioñ qe, tant com un an endura [4] nul jour [ne [5]] lui passa qe ascune houre del jour ne ploreit. Vynt un de ses privez a lui ; si enquist [6] l'enchesoñ. L'autre respoundi e dit ensynt : « Jeo ay esté en religioñ mout des ans, e un-« qes nul an ne fust qe Dieu ne pensast de moi de ascun « especiauté ou de maladie ou de autre grevañce, par « ont jeo avoy espeir [7] de graund loer. Mès ore cest an « moy ad Dieu mys en obliañce, qar [8] jeo ne ay rien « sentu qe grever me deüst e jeo pusse merir le meux [9]. » Pur se dit SALOMON : « Meux vaut coruce qe ri-« seie [10]. » [C'est a dyre [5]] : il piert qe Dieux seit [11] corucee a [12] ses amys pur ceo qe il les purge en ceste vie de lur pecchez e qe il rist sur les autres a queux il seoffre lur volentee. Mès, sicom dit le franceys : « Mieux vaut ploure chañt qe chañt ploure [13]. »

99. *Contra malos ballivos et senescallos.*

Formicaleon est un beste petite, enemye al fourmie, qe

1. *B* de saffran. — 2. *B* Dount nous. — 3. *B* de. — 4. *A* endur-ra. — 5. *Restitué d'après B.* — 6. *B omet* passa..... enquist. — 7. *B* par unc jeo ne ay esperaunce. — 8. *B* ublie qe. — 9. B par unc le puse merer.— 10. ECCLE. VII, 4. — 11. *B* est.— 12. *B* vers. — 13. Mout vaut mieuz pleurechante qe ne fait chantepleure, *est le cinquième vers de la* Pleurechante, *poème moral en quatrains dont on a de nombreux mss. Voy. le Bulletin de la Société des anciens Textes français,* 1883, *p.* 101, *et* Romania, XIII, 511.

entre en [1] lur gerner e devour lur estor. E par la destriccioñ qe il fet de lur viañde, qe ils oñt par grañt travaille purchaceez, les cheitifs fourmies meorent de feym. Doñt le formicaleon, qe est leon de fourmiez, od pleyn ventre de robberie, seet en contre le soleil, e vynt le coufle, si le happe a lui e lui devoure. Lors est devouré qe autres devoura. Auxint avynt des plusours gentz [2] qe soñt en baillie. Eux [3] escorchent les autres pur eux enricher, et quant soñt enrichez, par autres soñt escorchez. Pur ceo dit Ys. le prophete : « Maus veys cheitif qe autres robbez, e ne serrez vous robbez? » *Ve [qui] predaris, nonne et ipse predaberis* [4] *?* Ys. *Qui calu[m]pniatur pauperem ut augeat divicias suas dabit ipse diciori se et egebit.* Prov. 22 [5].

100. *Quod de nichilo elevati multum intendunt iniquitati.*

Entre les fourmies sunt les uns de tiel nature qe primes soñt petites e gresles au ventre, e puis lur cressent eles de voler, e [6] meintenañt comencent de estre trop nusañtz e a homme e a beste, sicom dit le philosophre [7]. Auxint est des plusurs, qe primes soñt petites par poverte e gresles a ventre par defaute, e puis lur cressent eles, *(fol. 39)* deus arceons de un seal [8], e volent entour, e donqes adeprimes monstrent lur malice. Exod. 5 : *Venit musca gravissima in universa terra* [9].

1. *B omet* en. — 2. *B omet* gentz. — 3. *B omet* eux. — 4. Is. xxxiii. 1. — 5. Prov. xxii, 16. — 6. *B* pur voler, e si tost com poent voler, lors. — 7. *B omet* le philosophre. — 8. *B* deus arsouns de une sele. — 9. Ex. viii, 25.

101. *Quod multi multa tenaciter custodiunt ad comodum aliorum.*

En la terre de Inde sunt une manere de bestez qe portent noñ de formye, e ceux gardent un montaigne ou est graunt plenté de or e des richez gemmes, dont ils ne oñt ja [1] pru, ne [ne [2]] soffrent a lur poer [3] qe autres eient; mès quant chalur del [4] soleil ardañt lur chace de entre les bouz souz terre, lors vienent les gentz qe scevent lur manere; si emportent le tresor sañz leur assent [5]. Auxint est ore [pur tut le mound [2]] de diversez tenours [6] qe gardent lur biens si estreit qe mesmes ne oñt pru ne autres en lur vie; mès [7] quant [8] le chalur del soleil ardant, ceo est a dire la reddour del Tot Puissañt, lur enchace par la mort de entre bowez souz terre, dount vendroñt autres maugré lour, si [9] enporteront ryf e [10] raf. E de tieux fet Salomon graund pleint : Ecc. 6° : *Vir cui Deus dedit divicias, nec tribuit ei potestatem ut comedat ex eis, set homo extraneus vorabit ea* [11].

102. *Quod multi nobiles degenerant.*

Le leopard qe tant est gentil de lignage, mout est vileynz de manere, qar, encontre genterie de nature, trop est enamouree de mascher e manger cel ordure qe vient [12] de homme. Auxint la manere e les techez des [13] plusurs ne se acordent mye al genterie de lur nation, nient plus qe ne [14] fet moustard gentil a soñ noñ, quant [est] crie pur gentil, e si est fet de egre cerveise e de raïz [15]. Pur ceo dit

1. *B* n'i ount memes. — 2. *Restitué d'après B.* — 3. *B* voler. — 4. *B* de. — 5. *B* su. — 6. *B* des dures avers. — 7. *B omet* si... mès. — 8. *B* qe. — 9. *B* qi. — 10. *B omet* e. — 11. Eccle. vi, 2. — 12. *B* yst du corps. — 13. *B* de. — 14. *B omet* ne. — 15. *B* ratz. *Cf.* § 16.

nostre Seignur en le evangelie : « Si vous estz fitz de « prodhomme, siwez les techez vostre piere ». *Si filii Abrahe estis, opera Abrahe facite* [1]. Sed dicitur Apoc. 3° : *Dicunt se Judeos esse, et non sunt, set mentiuntur* [2].

103. *Quod diabolus multos vulnerat per peccatum mortale terrena injuste adquirentes.*

Lui leopard, par vile amour qe ad a fiente [3], si est deceü par tiel manere : qar le venour qe lui gueyte si [4] fet pendre [5] sus un brañche un vessele pleyn de tiel fiente, qe [6] tant com l'autre est travaillañt de purchacer cel ville purchace, le venour lui doynt par my [7] de un seate e lui tue [8], qe plus [9] lui rehete. Le deable auxint met a la mort meynt homme par pechee, par vile purchace de terrien aver qe est appellé en seint Escripture estronterye, qar [10] plus est amée e desirrée qe ne est la [11] joye del autre vie. Phil. 3° : *Que fuerunt mihi lucra, hec arbitratus sum propter Christum detrimenta, et arbitror ut stercora ut Christum lucrifaciam* [12]. Tren. 4° : *Qui vescebantur voluptuose interierunt in viis, et qui nutriebantur in croceis amplexati sunt stercora*, etc. [13]

104. *Quod potestas multos facit effrontes.*

Lui cierf, tant com sent ses corns, mout est enorgoillee [14], mès quant vynt al seison qe les corns covient gettre, lors se tient a bay, e se tient en covert tant qe autre foiz seient revenuz. Auxint est des baillifs. Tant com

1. Jo. viii, 39. — 2. Apoc. iii, 9. — 3. *B* feenz. — 4. *B* geite de mal.— 5. *A* prendre.— 6. *B* e. — 7. *B omet* par my. — 8. *B* told. — 9. *A ajoute* de. — 10. *B* quant. — 11. *B* au. — 12. Phill. iii, 7, 8. — 13. Thren. iv, 5. — 14. *B* s'en orgulit.

dure lur mestrie, sount baudz et fiers, mès quant vient al sesoñ qe il devoñt [1] lur bailliez [2] lesser, lors soñt a bayz par tant qe soñt abessez. Par tant purrent dire ceste vers del Psauter : *Exaltatus autem, humiliatus sum et conturbatus* [3].

105. *Quod diabolus per potestatem mundanam quamplurimos fallit et seducit.*

Le leopard, par voidie e ne mye par poer, si mestrie le leon, e pur ceste veie : il monstre al leoñ un chimyn souz [4] terre od [5] large entree e large issue, mès trop est estreite en mye lieu. Le leopard va devant e lui leon ensuañt. Quant vient al estreit, le leon ne peot plus [6] avañt, eynz est ferm tenuz, e le leopard fet soñ torn, si vient par deriere e le confoñd [7]. Auxint va de [8] deable. Il moustre as grantz seignurs la nobleye [9] de ceste vie e lur promet la nobleie [plus large en l' [10]] autre vie. Mès quant vient al estreit, plusurs donqes deceit, qar donqes ne poent avañt, par [11] maux qe ils oñt fet. Pur ceo dit seint Job, 16° : *Artabuntur gressus ejus e precipitabit eum consilium suum* [12]. « Lur passage ert estreit e « serroñt confundeux par coñseil qe ils oñt creü. » « Lors serroñt escharniz de mesmes celui qe les ad si [13] « menés » Job. *Et erunt tiranni ridiculi ejus* [14]. Nota qualiter crassator projecit socium suum in foveam et postea deridebat eum ; sic diabolus [15].

1. *B* qe lur covent.— 2. *B* baillie.— 3. Ps. LXXXVII, 16. — 4. *B* un douhe fet desuz la.— 5. *B omet* od.— 6. *B omet* plus.— 7. *B* si li ad confundu — 8. *B* du. — 9. *B* nobelesce. — 10. *A* del ; *restitué d'après B*. — 11. *B* pur. — 12. Job XVIII, 7. — 13. *A* se, *B* ci. — 14. Hab. I, 10. — 15. Nota... diabolus *manque dans B*.

106. *Quod confessio est sepius facienda.*

Lui oliphañt dozze [1] foiz par an se va laver a la rivere, e amene soñ fitz od lui; si l'aprent [2] [de [3]] issi fere. Bien deüst homme donqes un foys e treis sa alme netter [4] par confessioñ, sicom dit le prophete : *Lavamini et mundi estote* [5].

(v°) 107. *Quod multorum verba operibus sunt contraria.*

Une beste qe est appellé hyheyne [6] si ad trop merveillous manere, sicom dit le philosofre Plinie li. 8 [7], qar il fet voiz de homme ou de femme e devoure la gent la ou il les peot prendre. Doñt plusurs gentz ad deceü par sa voiz quant ne est pas aperceü, qar il les attrest par douceure de sa voiz, mès si les peot happer [8], cele douceour les tornera a [9] dolour. Auxint est ore [10] entre la gent, de plusurs desqueux la voiz e lur fet ne acordent poynt. La parole est [11] douce e pleisaunt e la malice cruel e compassañt [12]. Gen. 3° : *Vox quidam vox Jacob, set manus, manus sunt Esau* [13].

108. *Quod diabolus multos fallit suggestione, operacione et assuefacione.*

Ceste beste hyene [14] si ad un autre nature merveil-

1. *B* deus. — 2. *A* le prent. — 3. *Restitué d'après B.* — 4. *B* Lors deit homme ben deus foiz ou treis par an ennettir sa alme. — 5. Is. I, 16. — 6. *A* hyleyne, *corrigé d'après B.* — 7. *A* 18, *corrigé d'après B; cf.* Plin. Hist. nat. VIII, XLIV. — 8. *B* puse hapir. — 9. *B* li torne en. — 10. *B* Par tot le mond est or ici. — 11. *B omet* est. — 12. *B* persaunt. — 13. Gen. XXVII, 22. — 14. *A* hybeyne, *corrigé d'après B.*

louse [1], com dit le philosophre, q'i n'y ad [2] homme ne femme en q'il eit fichi le oil treiz foiz qe a la tierce vewe ne face le homme arester e maugré [3] le seon ficher le pié [4] au terre. Auxint va del deable : primez regard vers homme de mal eol, quant lui broche a volenté du pecher ; puis autre foiz lui regard de piour [5] eol, quant lui mene al fet; mès al tierce vewe lui fet demorir e ficher le pié, quant le met en custume ou de mentir ou de embler ou de [yveresce ou de [6]] fere [7] autre peché. Doñt entre .xx. a peyne sunt treiz qe le eschapent. TREN. : *Dedit te in manu de qua non potes surgere* [8].

109. *De remedio contra diabolica temptamenta.*

Mès de mesme ceste beste [dount [6]] avoms ensample [cy [6]] de mal, si [9] pooms aver ensample de bien e remedie de cestui [10] mal. Qar qi peot aver le fiel de lui vaudreit mout pur ouster le teye qe tolt la vewe del eol. Auxint qi peüst et vousist prendre a queor la amiertee de deable, com est amiere la peyne qe lui ensuist [11], la viwe de soun entendement serreit esclarsi e verreit soñ peril. PROVER. : *Cor qui novit amaritudinem anime sue*, etc. [12].

110. *Quod diabolus multos multipliciter execat et de peccato allicit in peccatum.*

Lui ourse [13] nous aprent coment lui maufee amene la

1. *B* autre merveilous manere de nature. — 2. *B* q'il n'ad. — 3. *A* manger *ou* mauger ; *corrigé d'après B*. — 4. *B* poe. — 5. *B* pis. — 6. *Restitué d'après B*.— 7. *B omet* fere.— 8. THREN. I, 14. *Il y a dans le texte* me *et* potero. — 9. *B* nus. — 10. *B* ceo. — 11. *B* suist. — 12. PROV. XIV, 10. — 13. *B* ourser.

gent. Primes lui ourse [si [1]] est enveogli par tant qe basyn ardañt lui est mys devañt les eols, ou il affiche [2] la vewe trop ardantment. Et quant la vewe lui est tollet, lors est enchenee e ferm liee, e puis soñ mestre lui fet sailler a volenté. Auxint [fet [1]] lui maufee : primes present devañt la gent la ardañt amour de ceste vie, et par regard de tiel [3] folour plusours perdent conissañce de lur estat demeigne. P. : *Supercecidit ignis et non viderunt solem* [4]. Puis soñt liez ferme enchené [5] de une pleisañce de ceo mond. Ensynt fust Sampsoñ liee e enveogli par ceo qe trop folement ama a desmesure, Judic. 16. Et donqes les fet lui maufee sailler de peché en peché, Apoc. : *Qui in sordibus est sordescat adhuc* [6]. P. : *Suiper dolorem vulnerum eorum addiderunt* [7]. Et de peché les fet sailler en custumme, et de custumme en necligence, et de necligence en obstinaçoun [8], et de obstinacioñ en desperañce [9], et de desperañce en perdicioñ [10]. Pur ceo dit seint Job, 18° : *Expellet eum de luce in tenebras et de orbe transferet eum* [11].

111. *Qualiter peccator resipiscere debet a peccatis.*

Mès encontre ceo mal avant dit si [12] avoms remedie par ensample de un petist best q'est appellé lesarde, la nature de qi [13] est tiel, quant la seisun de yvern ad gieu en une crevesce de la terre ou de alcun viel mur [14], par longe demeore qe ad [15] demeoree [16] lui crest la teye outre la vewe, doñt trop est grevee vers cel lieu ou ad demorré.

1. *Restitué d'après B.* — 2. *B* ad fiché. — 3. *B* cele. — 4. Ps. LVII, 9. — 5. *ou* en cheue; *B* encheiné. — 6. Apoc. XXII, 11. — 7. Ps. LXVIII, 27. — 8. *B ajoute* sayler uncore. — 9. *B ajoute* uncore un saut. — 10. *B* e hors de d. deske en p. ceo est trop malveis salt. — 11. Job XVIII, 18. — 12. *B omet* si. — 13. *B ajoute* si. — 14. *D'après B ; A* ou en humour. — 15. qe la est. — 16. *B ajoute* si.

Lors va qerant autre recet en ascun lieu vers le soleil, qe les eols comencent a[1] lermer, e passe par[2] la teye, e issint[3] recovere sa[4] vewe. De ceste beste deit le pechour qe longe tens ad demeoree en mal vie prendre ensample de corucer sei vers ses pechez[5] qe lui oñt[6] tollet la vewe de espiritel entendement, com[7] dit Jer. 4° : « Al-« las! qe nous avoms peché e perdu entendement. Doñt « le queor nous[8] est dolent! » *Ve nobis quia peccavimus ideo contenebrati sunt oculi et mestum factum est cor nostrum*[9]. Puis, quant homme aperceit qe peché lui tollist[10] [lumer[11]] de grace, guerpisse donqe la enchesoñ, com fet la lesard, e quierge remedie. *Surge qui dormis et illuminabit te Christus*[12]. Regardez fortement vers les raiz[13] du soleil tant qe la teye chiece des eols par poer des lermez. C'est a dire : regardez les eovers de merci qe tant cler estencelent[14] *(f. 40)* de la clartee nostre Seignour, sicom nous aprent le seint Esperit, Ecc. 2° : *Respice, fili, in nationes hominum : quis unquam speravit in Domino et confusus est, aut quis invocavit Dominum et derelictus est,* q. d.[15] nullus; propter quod addit : *quoniam pius et misericors est et peccata remittens in tempore tribulationis*[16]. Nota hic narrationem de Manasse qui, post tanta peccata[17] perpetrata missus in doleo eneo[18] oravit ad Dominum et exauditus est[19].

112. *Contra invidos maledictos.*

Le cauf soñice ad tiele nature, quant veit lampe ou

1. *B* de. — 2. *B omet* par. — 3. *B omet* issint. — 4. *B* la. — 5. *B* torner sei o son p. — 6. *B* ad. — 7. *B* sicom. — 8. *B omet* nous. — 9. Thren. v, 16, 17. — 10. *B* li ad t. — 11. *Restitué d'après B*. — 12. Eph. v, 14. — 13. *B* R. v. l. r. ferniclement. — 14. *A* entendent; *corrigé d'après B*. — 15. *C.-à-d.* quasi diceret. — 16. Eccli. ii, 12, 13. — 17. *A* prius. — 18 *B* mala. — 19. *Cf.* II Par. xxxiii.

cierge enlumie, landreit se met pur esteyndre la lumere, mès il porte plus de damage. Auxint va des envious : trop sont [1] grevez de bone fame de prodhomme, e mout se afforcent de amenuser ceo qe trovent de bien en lui, mès le damage est le seoñ, qar ils pechent mortelment e seoffrent en queor grand torment, e deservent enfern si ne amendent [2]. Pur ceo dit le seint Espirit par Ysaie le prophete : « Maudit seit qe lumere torne en tenebrour « e bon fame de homme met en pioar, qar [3] ils en [4] ar- « deront [5] com fieu arde les copez de fust. » *Ve qui dicitis bonum malum, ponentes lucem tenebras. Sicut flamma ignis devorat stipulam, sic radix eorum quasi favilla erit* [6]. Nota quod stipula omnino consumitur.

Narratio ad idem.

A cest ensample peot l'em coñter coment un coveitous e un envious estriverent devant un rey. Le primer demandereit un doñ qe le rei doublereit al dreyn demañdant [7]. Le coveitous ne veot demañder [8] pur ceo qe il voleit [9] le double aver, ne le envious ne vout primer pur ceo qe ne vout [10] l'autre avañcer. Au dreyn [11] le envious [12] conveneit parler ; si pria le un eol perdre [13] par si qe l'autre perdisist les deus. Ceo est la manere des envious : receyvere damage pur autres endamager, sicom avynt de ceux qe accuserent Daniel par graunt envie. Ils lui quiderent confundre e furent confunduz.

1. *B* est, *mettant conséquemment au singulier les verbes qui suivent* (aforce, trove, peche, *etc.*). — 2. *B* sy il ne se amende. — 3. *B omet* qar. — 4. *B omet* en. — 5. *A* arderent ; *corrigé d'après B*. — 6. Is. v, 20, 24. — 7. *B* ki primes d. un d. ke ly au d. d. doublereit. — 8. *B* ne v. pas comencier. — 9. *B* vout. — 10. *B* v. pas prier pur ceo k'yl hey. — 11. *B* taunt ke. — 12. *B* d. li. — 13. *B* k'il perdesit un huyl.

Querebant satrape occasionem ut amoverent Danielem. DAN.[1].

113. *Quod memoria dominice passionis est necessaria contra diabolica temptamenta.*

Lui philosophre nous dit qe serpent [2] tant [3] het le cierf qe si homme out meyn ou pee [4] freschement en-sanglaunté de [5] sanke de joene cierf, il ne averoyt garde de serpent a cel jour. ARISTOTIL, li. 8 [6]. Auxint le dy par decea : si homme out freschement [7] en memorie la passioñ Jhesu Crist e le sanke [benet [8]] qe il espandi pur nous, la sue merci, ja ne avereit garde del maufee [ne de ses engyns [8]]. Pur ceo nous dit seint Piere, PETRI 4° : « Jhesu soffri pur nous mort; armez vous de ceo « penser [9]. » *Christo passo in carne, vos eadem cogitatione armamini* [10]. Et Ys. 43° : *Deduc me in memoriam* [11].

114. *Contra jactatores.*

Le ours demanda dés autrez bestez : « Coment vous « semble de mes meynz ? » Jeo crey qe ils diseient [12] qe en lur esquele ne entreynt poynt [13]. [Et nequydent [8]] lui ours ne cesse poynt, après travail, de beyser ses meynz e souger par deyntee. Auxint plusours avauntours : mès qe lur fetz seient de petit pris quant as autres, ne cessent

1. DAN. VI, 4. — 2. *B* la serpente. — 3. *A ajoute* qe. — 4. *A* la meyn happee. — 5. *A* ensanglañt oynt. *Voici pour ce passage la leçon de B :* homme eut meyn ou pee frechement ensanglanté du. 6. *Cf.* PLIN. VIII, 50 *et* XXVIII, 42. — 7. *A* franchiment, *corrigé d'après B.* — 8. *Restitué d'après B.* — 9. *B* cele pensée. — 10. I PETRI IV, 1. — 11. Is. XLIII, 26; Deduc *dans les deux mss., il faut* reduc. — 12. *B* ki i autres dirreient. — 13. *B ajoute* sa main.

poynt de aver en bouche lur fetz demeigne, qe Dieux desprise [1] e seint Escripture. Pur ceo dit seint Job 31° : « Si jeo unqes ma meyn beysay, vengeañce seit pris de « mey. » *Si osculatus sum manum meam ore meo, que est iniquitas maxima et negatio contra Deum altissimum* [2]. Celui beise sa meyn qi proise soñ fet demeigne, sicom dit seint Greg., e Salomon dit ensint [3] : « Soffrez « qe autrez vous proisent, e ne mye vostre bouche. » Prover. *Laudet te os alienum et non tuum* [4].

115. *Contra superbiam remedium salutare.*

Homme qe se enorgoille prenge ensample del poon de sei humilier, qe après [5] orgoil de sa cowe gette la vewe a pié, e tant tost le orgoil est appesee. Apoc. 3° : *Dicis quia dives es, et nescis quia miser es et miserabilis* [6]. *Quid superbis terra et cinis* [7] ?

116. *Quod sancta crux bonis est refugium Christianis.*

En la terre de Inde est trovee un arbre, com dit le livere, de merveillouse grandour, mès uncore de plus merveillouse nature ; qar ne est jamès trovee sañz fruit ne sañz foillie. Enqi habitent une manere de colombes qe sunt sustenuz de cest fruit ; e par desouz une foñtaigne de ewe tredouce. Un dragoñ qe ment en cel pays tant heet la vertue de cel arbre que jamès ne ose adesser *(v°)* [8] cele part ou le umbre [9] se estent, mès

1. *B* mesprise.— 2. Job xxxi, 27, 28.— 3. *B* Pur ceo nus aprent S. e dist.— 4. Prov. xxvii, 2.— 5. *B ajoute* le — 6. Apoc. iii, 27. — 7. Eccli. x, 9. — 8. *B ajoute* de. — 9. *D'après B*, *A* l'arbre.

touzjours se trest del [1] autre part. Et tant com les columbes se tienent dedenz la franchise de cel arbre, [il [2]] ne oñt gard du [3] dragoñ; mès, ci tost com passent hors del umbre [4] meyntenant sunt happez del dragoñ e devorrez [5]. Et pur quoy ad Dieu mys tant vertue [6] en cel arbre [7]? Pur monstrer [8] la [graunt [2]] vertue de cel arbre qe Dieux ad plantee en seint Eglise, doñt seint Escripture dit: « Dieux ad plantee en mi lieu paraïs « un arbre de vie. » *Lignum vite posuit Deus in medio Paradisi.* GEN. 2° [9]. Ceste arbre est la seinte croiz par qele nous avons la vie, qe plantee est en mi lieu pur receyvere petitz e grauntz e les veux e les enfañtz. En ceste arbre nous trovoms la fruit qe [10] ne defaut. Doñt seint John dit: « Jeo vi la rivere de eawe vive, e desouz [11] « la rivere l'arbre de vie rendant fruit adessement [12]. » La rivere est la coste Jhesu Crist doñt issirent [13] eawe e sanke, qe seint John mesmes vyt [14], doñt nous sumez enbeverez, de noz pechez mondez [15]. La arbre de vie est [16]

1. *B* de.— 2. *Restitué d'après B.*— 3. *A* de, *corrigé d'après B.*— 4. *B* de lur garant.— 5. *B* e du dr. d.— 6. *B* taunz merveilles.— 7. *B ajoute* mès, *réunissant cette phrase à la suivante.*— 8. *A* monstre. — 9. GEN. II, 9. *Dans B on lit, en la marge inférieure :* In hystoria Ierosolimitana, ca. 85, et est titulus « De diversis arboribus », scribitur sic : « Olim in universo mundo vinea balsami non nisi in Terra Sancta, in loco qui dicitur Jerico, inveniebatur. Procedente autem tempore translata est ab Egyptiis in campum civitatis Egiptie que Babilonia nuncupatur. Dicunt autem Egypcii quod experimento probaverunt quod si a Saracenis excolatur, illo anno scilicet, permanet, quasi fructum facere dedignetur. Excolitur autem a christianis sub dominio Saracenorum detentis. Sunt autem in predicto campo fontes in quorum uno dicunt quod beata virgo Maria Christum parvulum balneavit. Unde certum est et probatum quod liquor balsami, quod opobalsamum phisici appellant, translata predicta vinea seu frutice in alium locum, nunquam potest procreare. *C'est un extrait de Jacques de Vitri,* BONGARS, Gesta Dei per Francos, 1099. — 10. *B ajoute* ja. — 11. *B* suz.— 12. APOC. XXII, 1, 2.—13. *B* issyt. — 14. Jo. XIX, 34.— 15. *B* amendez.— 16. *A* e; *corrigé d'après B.*

la croiz joignant a la [1] rivere [2] de ces costez qe fruit nous rend de sustenañce e de savacioñ. En la umbre de cest arbre meynent les columbes, qar en avowerie de sa passioñ soñt savez del maufee les prodhommez. De ceo parle [3] le seiñt alme [4], e dit : « En la umbre de lui me « sui assiz, e douz est de gouster le fruit qe pend en lui « a ma goule. » *Sub umbra illius sedi et fructus ejus dulcis est gutturi meo.* CAN. 2° [5]. Ceo fet a charger qe autre oysel qe columbe nouñ en cest arbre peot reposer; qar les autres [6] ne oñt qe feare : le egle, pur sa hautenerye, le corf pur sa robberie, le [esturnel pur janglerie, ly perdyz pur lecherie, ly [7]] messoñ pur sa combaterye, [ly woutre pur sa crueleté [7]], ne plusurs autres qe ne soñt pas nomeez, mès soulement le columbe meynt en cel arbre : ceo est lui prodhomme. Pur ceo dit seint Pool, COR. 1° : « Folie est a gentz perdues la croiz Jhesu Crist « e sa passioñ, mès a ceux qe soñt eslus vertue est e [8] sa- « vacioñ. » *Verbum crucis pereuntibus stulticia, hiis autem qui salvi sint,* id est nobis, *virtus Dei est* [9].

Fabula.

[A cest ensaumple avaunt dist vus dirray un fablet ke amener poez a graunt profist [7].] Le gopil jadys dist al colombe : « Combien savez de voydiez, si mestier « fust [10]? » Respondi le columbe [11] : « Fors un soul.— « Soul est com nul [12], » dit le gopil, « e nepurquant, « quel est ta veudie? — Certez, » fet le columbe [13], « quant « tempeste sourd ou egle ou ostour moy vient atteignañt, « jeo ne ay autre socours [14] fors un arbre cros [15] ou moñ

1. *A* al ; *corrigé d'après B.*—2. 8 *B* rive.2.—3. *B* parout. — 4. *B* abac°. *Les deux leçons nous paraissent également obscures.* — 5. CANT. II, 3. — 6. *B omet* oysel...autres. — 7. *Restitué d'après B.* — 8. *B* a. — 9. I COR. I, 18.— 10. *B omet* si m. f.—11. *B* L'autre respount. — 12. *B* Ne est nul. — 13. *B* f. l'autre. — 14. *B* refute. — 15. *B* croyse.

« recet est jour e nuyt. — Ceo ne est rien », dit le gopil, « mès jeo sui de veudiez bien estoree : un sake ay tot « pleyn [1], qe unqes ne fust attamee [2], e auxint un poket. « — Veire! » fet l'autre, « tot vous ert bosoigne a un « jornee. » A ceo vynt un venour cornañt [3] od un mot des chienz e les descoupla al gopil. Et les chienz corañtz lui environent tot part e comencent de acqeller le gopil [4]. Lors dit le columbe en deriañt [5] : « Attamez [6] « le poket. Je crei qe le sake seit [7] tot alee [8].— Nenyl, » fet l'autre, « il est decirez, et touz [9] mes queynti- « sez [10] soñt eschapez. » Ore trehoms a [sens [1]] cest folie; [si verrom ke ceo signifie [1]]. Lui columbe signifie les simples gentz [saunz malice [1]] qe ne oñt autre recet qe en [11] Jhesu Crist, fors e cele croyz ou il se mist pur nous, en chescun anguise qe lur prent. Mès les sagez de ceo [12] mond [13] se affient en lur sen qe lur deceit al [14] paraler [15] quant cel busyne cornera doñt parle [16] seint Pool e dit [17] : *Canet enim tuba, etc.* Thess. [18] « La busyne so- « nera e les mortz releveroñt en vie. » En cel tempeste les columbez prendrunt lur vole e volerunt [19] en haut a Jhesu Crist [en le eyr [20]], com dit seint Pool, e les chienz corañtz corrunt [21] al gopil. C'est a dire, les maufez accoperunt [22] de tot part les feloñes [od les felouns [20]] e [les [20]] wichous [23] qe oñt deceü lur preosme par [24] cautelz e mestriez. Pur ceo dit nostre Seignour qe ceux qe

1. *B ajoute* e un poket de coste, *et, par contre, omet dans la même phrase* e auxint un poket. — 2. *B* entamee. — 3. *B* comence un v. de corner. — 4. *B* e un mute des ch. curaunz le gopyl de acuyllir li environnent de totes parz. — 5. *B* par eschars. — 6. *B* entamez. — 7. *A ajoute* est. — 8. *Les mots* je crei... alee *manquent dans B*. — 9. *A ajoute* touz. — 10. *B* veidies. — 11. *B* a. refute. — 12. *B omet* ceo. — 13. *A ajoute* qe. — 14. *B* detenent a. — 15. *A* parler; *corrigé d'après B*. — 16. *B* parout. — 17. *B omet* e dit. — 18. I Cor. xv, 52. — 19. *A* prendrent... volerent; *corrigé d'après B*. — 20. *Restitué d'après B*. — 21. *A* corent, *B* courrount. — 22. *A* accoperent, *B* acoperunt. — 23. *B* winchous. — 24. *B ajoute* lur.

luserent cler [1] com solail al siecle par sen e par mestrie averoñt [2] les maufez al dreyn jour en lur [3] baillye. *Sub ipso erunt radii solis; sternet sibi aurum quasi lutum*, Job 41° [4]. Donqe purroñt dire les bons as autres: « Per« netz a voz senz e a vo parentz e a voz richesses, en « quoy plus affiastes qe en Damnedieux. » *Surgant igitur et opitulentur vobis et in necessitate vos protegant* [5]. Plus vaut donqe un voidie al columbe qe un [6] pleyn sake de cautiels al gopil.

117. *Contra cupidos et locupletes.*

En la terre de Cizille un piere neyr e boystouse est trovee e de nature contrariouse. Qar, sicom dit Ysidre [7], tant com l'em plus gette del eawe, tant plus ardantment eschaufe la piere. Mès si poy ne y mettez de oille, *(fol. 41)* qe meigtenant se esteynt. E se piert contre reisoñ, qar oille a fieu [8] est norice e ewe marastre; mès Dieu le monstre pur nous aprendre la manere de plusours qe oñt le queor si ordenee a coveitise [9] qe tant com plus sovent soñt enfoñdrez en terrien aver, tant soñt plus eschaufez e ardantz de plus avier. Mès quant aproschent al oille de charitee, ja soñt esteynt e [10] ne pooñt avant. Si vous lui touchez de un sake de leyne [a vendre bon marché [11]] ou de un [12] roncyn bien portant [ou de hostyour bien volañt [11]] od de autre chose [13] qe seit a soñ

1. *B* luisent *et omet* cler. — 2. *B* querrount. — 3. *B omet* lur. — 4. Job xli, 21. — 5. Deut. xxxii, 38. — 6. *B omet* un. — 7. Etym. XVI, iv; *c'est le* gagates, *qui, selon Isidore, a été trouvé, non pas en Sicile, mais* in Cilicia. — 8. *B* t. cum plus y mettez del ewe, taunt plus ardaunt est ke nuyl ewe se desteynt, e ceo porrez encountre resoun tirer, k'uyle an fu. — 9. *B omet* a coveitise. — 10. *B omet* e. — 11. *Restitué d'après B*. — 12. *B omet* un. — 13. *B* ou des autres choses.

pru, od grant ardour de [1] queor prest avera le dener; mès si le povere prie un feryinge [2] pur Dieu amur, tant tost la dure piere e neyr qe gagat est appellé perde [3] sa chalur. Et ceo est merveille, dit le livre de Sapience, qe eawe deit alumer [4] [ceo ke dut esteindre; ceo est a dyre ke homme deit estre allumee [5]] e par desir de terrien aver enflaumer [6], doñt deüst estre encombree, e de si poy peot fere graund pru. Mès soñ pru lui est [7] enemy. Doñt pitee est ja tornee en [dolour e en [5]] amierté, sicom jadis fust tournee un aignel [8] en chien, sicom orrez [9].

Fabula moralis contra cupidos et divites.

Une homme ala vers [la [5]] marchee, si porta un aignel a vendre [10]. Vyndrent treiz ribaudz lui [11] suañtz. Dit [12] le un a ces compaignons: « Vous dirrez sicom jeo [13] dirrai, « e nous [14] deceyveroms cel homme [15] de soñ aignel [16].» Lors dit celui al prodhomme [ke porta le agnyel [5]]: « Quele part vous mene Dieu? — Al [17] marchee, » fet il [18]. « A quey fere [19]? » fet l'autre. « Pur vendre cest ai« gnel, » dit il. « Aignel! » dit le ribaud, « il est un « chien! » Celui passa, e vynt soñ compaignoun e aresona le prodhomme [20] en mesme la manere; si lui fist

1. *B* qe seyent solun dyners estant afferaunt ou grant arsoun du. — 2. *C'est-à-dire un farthing.* — 3. *B* la dure e neyre e veye gagat apele taunt tost pert. — 4. *Allusion à* SAP. V, 23 : excandescet in illos aqua maris! — 5. *Restitué d'après B.* — 6. *B* e p. d. enflaumbé de terrien dolour. — 7. *B* p. ke est. — 8. *B ajoute* dekes. — 9. *B* poez oyer. — 10. *B ajoute* e. — 11. *B omet*-luy. — 12. *B* diseyt. — 13. *B omet* jeo. — 14. *B omet* nous. — 15. *B* ceo bacheler. — 16. *B omet* de soun aignel. — 17. *B* vers le. — 18. *B* l'autre. — 19. *B omet* fere. — 20. *B* Qey? fet il, pur vendre un chen. — Un chen! » fet l'autre, « mès est agnyel.» Cely passe, un autre vient e ly aresonne.

entendre qe soñ aignel fust un chien. Vynt le tierz ribaud e tesmoigna com avant [1]. Lors pensa le prodhomme [2] : « Si moñ aignel seit tornee en chien? » e [3] prent soñ aignel e le gette de lui, e dit : « Va t'en de ci, « mauveys : ja pur tey ne froñt la gent mokoys de « moy [4]. » [Si vous amez ben le secle, vus troverez, vers ceo ke dirray, ke[5]] ore est aignele tornee en chien, douceour e pité en ravine e pautenerie e en eschar [6] par treiz ribaudz qe soñt appellez *Croket* [7], *Hoket*, e *Loket*; e vous dirrai coment. La gent jadis soleient le agneil de pitee en qeor porter pur vendre a [8] marché, de doner e prendre, de doner payn ou argent pur prendre [9] lower tiel cent. Ore vienent ces treiz ribaudz ; si lez [10] foñt entendre tot autrement, qar l'amur de Dieu [11] qi se deveit [12] estendre [avaunt [5]] vers autres par celui Croket est [13] repliee vers se mesmes, si qe a peyne [14] est ore homme qe pense de autre [15] dolour fors de [16] la sue. Et ceo nous promist seint Pool, mille ans soñt passez, qe tiel siecle vendreit vers la fyn du [17] moñd qe la gent serreient [18] sañz pitee, e chescun qerañt [19] soñ solaz demeigne, e fors ne freit de autri. *Erunt homines seipsos amantes sinde affeccione, sine benignitate* [20]. Puis vient l'autre qe est appellé Hoket [21], e happe vers lui quant qe peot, a dreit e a tort, chescun en dreit soñ estat par faux mesure e par faux [22] usure ou par taillage, ou par gage; e tant com plus avera happé vers lui, tant meynz avera pitee de autri. Neqedent plusurs se coverent fauxment,

1. *B omet* si lui... avant. — 2. *B* p. cely. — 3. *B ajoute* a ceo vient le tierce e tesmoyne ceo ke les autres unt dist e il vus. — 4. *B* la g. du marché de moy lur mokes. — 5. *Restitué d'après B.* — 6. *B omet* en eschar. — 7. *B* Croc. — 8. *B* au. — 9. *B* e p. pur. — 10. *B* le. — 11. *B* de homme. — 12. *B* dust. — 13. *B* p. ceo ke li kroch s'y est. — 14. *B ajoute* ne. — 15. *B* ver autri. — 16. *B omet* de. — 17. *A* de ; *corrigé d'après B.* — 18 *B* serreyt. — 19. *B* querreyt. — 20. Tim. iii, 3, 4. — 21. *B* Hok. — 22. *B* ou par.

e dient qe ceo est la reisoñ pur quoy ils[1] desirroñt[2] mout purchacer qe ils pussent plus de aumonez doner. Mès ceo est nient[3] : com plus oñt, tant meynz foñt, e ceo poés vere par[4] ensample del cierf.

118. *Contra divites.*

Le cierf, tant com est en mene[5] estat, ne trop gras ne trop megre[6], se monstre en apert en champ, mès quant comence de quiller gresse, ne veot estre veü[7], mès se tient en covert. Auxint est des plusurs, e nomement des[8] clers. Tant com soñt menez[9] gentz ne foñt force qe les trove a meisoñ. Mès ci tost com comencent a gresser[10] par richessc, ne serroñt[11] trovez a meisoñ[12]. Pur ceo dit Salomon : [« Cum plus est riche plus est po-« vre[13]. »] *Est pauper cum in multis diviciis sit*[14]. Et pur quoy se? Sicom le cierf en tens de gresse se doute de chescun noyse, qe l'em lui voille toler la peel, e pur ceo se tient en covert[15], auxint les richez se mussēt del clamour[16] des poverez pur saver lur bienz. Pur ceo dit nostre Seignur : « Ensint[17] soñt engressi e plus qe en-« gressi, e rien ne pensent[18] des poverez gentz[19] ». *Incrassati sunt et impinguati et causam pauperum non judicaverunt*[20]. Puis vient le tierz ribaud q'est appelle Loket[21], e porte tesmoigne a Croket e Hoket[22], qe le aignel deit estre chien, e comande qe ceo qe Hoket e Croket oñt purchacec par lui seit issi *(v°)* gardee qe

1. *B omet* ils. — 2. *B ajoute* de. — 3. *B ajoute* taunt. — 4. *B ajoute* un. — 5. *B* meen. — 6. *B ajoute* lors. — 7. *B* aparceu de la gent. — 8. *B* de. — 9. *B* meene. — 10. *B* c. il c. e engrescier. — 11. *B* ne pount estre. — 12. *B omet* a meison. — 13. *Restitué d'après B.* — 14. PROV. XIII, 7. — 15. *B omet* en covert. — 16. *B omet* del clamour. — 17 *B*. il. — 18. *B* enpensent. — 19. *B* de povre gent. — 20. JER. V, 28. — 21. *B* Look. — 22. *B omet* e Hoket, *ici et plus loin.*

Dieu ne prodhomme [n'y [1]] eient [2] part. Et pur ceo dit Salomon : « Jeo vey richessez estuez en damage de lui « qe [3] les gard. » Et [ki nus dirra [1]] la reisoñ pur quoy nous monstre [4] seint Jake : « Plorez e hulez, vous durez gentz « sañz pitee, pur [5] vos dolours qe vous avendront. Vous « soffrez », dit [6] il, « voz bienz porrer e voz draps de ver- « mez ronger, or e argent de enneyrsir; le [7] lower re- « ceyvez dez [8] servañtz e fors [9] ne fetez de mendiañtz. « De ceo serrez accopez e pur [10] tieux fetes durement « meneez. » *Agite nunc, divites, plorate ululantes in miseriis vestris que advenient vobis. Divitie vestre putrefacte, et vestimenta vestra a tinea comesta sunt. Aurum vestrum et argentum eruginavit, et erugo eorum in testimonium vobis erit, et manducabit carnes vestras sicut ignis. Thesaurizatis vobis iram in novissimis diebus. Ecce merces operariorum vestrorum qui messierunt regiones vestras, que defraudata est a vobis, clamant, et clamor eorum in aures Domini introivit,* etc. *Epulati estis super terram et in luxuriis enutristis corda vestra in die occisionis. Adduxistis et occidistis justum, et non restitit vobis. Pacientes ergo estote usque adventum Domini* [11].

119. *De caritate erga pauperes excercenda.*

Qui veot estre endoctriné de curtesye e de charitee, voit al eagle e prenge gard de sa nature, quele [12] fet tant a preiser qe homme se [13] deit bien aviser, e nomement le puissañt qe ad assez a doner. Les oyseux qe vivent [14]

1. *Restitué d'après B.* — 2. *B* ayt. — 3. *B* de cely ki. — 4. *B* E ki nus dirra r p. q. ? Veez moy cy, fet. — 5. *B* en. — 6. *B* fet. — 7. *B omet* le. — 8. *B* de. — 9. *B* force. — 10. *B* de. — 11. JAC. v, 1-8. *Cette citation latine manque dans B.* — 12. *B* laquele. — 13. *B* la. — 14. *A* vienent ; *corrigé d'après B.*

de preie e ne se poynt [1] bien eider [sevent [2]] par nature e par assay la graund fraunchise qe est en le egle. Doñt lui siwent de lieu en lieu pur estre de [3] lui sustenu. Le egle de la preye qe il prent partie [4] en prent, et le remenañt a ces [5] autres lest; e [6] cel fraunchise ad de nature, fors [7] si graund famyne ne le face, jamès soul soñ purchace sañz compaignoñ [8] ne usera. Tieux deüssent estre les puissañtz vers [9] autres qe soñt de noñ poer. Pur cco dit seint Job, qe jadys estoit richez e puissañt, pur aprendre as autres : « Si jeo unqes deniasse a « povere chose qe il desirrast de le meon, e mangeasse « soul [10], sañz partir od ceux qe aveient mestier, je « voil », fet il, « qe vengeance Dieu seit pris [11] de moy. » *Si negavi pauperibus quod volebant, et comedi buccellam meam solus, etc. Humerus meus a junctura sua cadat et brachium meum cum ossibus suis confringatur.* Job 21° [12].

Narratio ad idem.

Entre les miraclez qe soñt escritz, si est trovee de un enfañt qe trova un ymage de Nostre Dame esteañt sus [13] terre en un mouster, qe tynt soñ enfañt entre ses braz, de qi l'autre quidoit qe il fust vif enfañt, e lui tendi de soñ payn qe avoyt [14] en sa meyn. Et quant aperceust qe prendre ne voleit [15], lors plorout tendrement e dist : « Beau compaignoñ, [pur Deu [2]] mangez od « moy. » A cco respondy un voiz hors del ymage [cel

1. *B* e ne pount mye. — 2. *Restitué d'après B.* — 3. *B* par. — 4. *B* de ceo ke aprent sa part. — 5. *B* as. — 6. *A* a; *corrigé d'après B.* — 7. *B omet* fors. — 8. *B* compaignye. — 9. *B ajoute* les. — 10. *B* du men hou manchase par moy sul. — 11. *B* dyt il qe Dieu prenge v. — 12. Job xxi, 16, 17, 22. *B ajoute :* E cy est de un beau counte. — 13. *B* a. — 14. *B* tenyt. — 15. *B* ne le vout.

enfaunt [1]] e dit [2] : « Beau compaignoñ, ore ne voil [3] od « vous manger, mès vous vendrez od moy manger, gi- « wer e solacer ». Après le tierz jour de ci la voiz fust oye de gentz encoste, e [4] demanderent quoy cel fust. Dit l'enfañt [5] qe soñ compaignoñ le out dit qe od lui vendreit giwer. Et meyntenañt enmaladye l'enfañt e morust le tierz jour après. Pur ceo le dy : puis qe Dieux alowa tant l'enfañt [6], qe ne sout qe il fist, un poy de payn e la charitee qe il lui [7] mounstra a la mort ymage, mout plus savera gree [8] a ceux qe sustienent ses membrez demene; qar quant est fet as seoñs est fet a lui. Et pur ceo il dirra [9] al jour de jugement [10] : [« Jo avey le « mestier e vus me feytes socour. Venez ore o moy man- « ger, juher e solacer e herberger saunz fyn [1]. »] *Esurivi et dedistis mihi manducare*, etc. [11].

120. *Quod quidam in presenti nunquam bene faciunt, et ideo ad inferna trahuntur.*

[Le pork e ly ane ne unt pas une vye, kar [1]] le porke, tant com est en vie nul bien ne fet, mès en hudivesce [12] se tient e mange e beit [e dort, mès après la mort sourde le prou de ly [1]]. Mès lui asne est en travaille tot sa vie [e fet grant service a plusours genz [1]], e de sa mort nul gayn ne vient. Issi va entre la gent. Les uns ne froñt jamès bien tañt com vivent, mès mangent e beyvent [13] e quillent gresse en cors e chatieux al siecle [14]; et puis soñt tretz al larder de enferne, e donqes adeprimez oñt

1. *Restitué d'après B.* — 2. *B* sy d. issy. — 3. *B ajoute* poynt. — 4. *B* sy. — 5. *B* ke fust ceo de l'e. e il respoundy. — 6. *B* ke sy D. taunt a. un e. — 7. *B* ki. — 8. *B* queu gré s. — 9. *B* mès il le prent tut a ly quant ke l'en fet en noun de ly. Pur ceo les dirra. — 10. *B* justise. — 11. MATTH. XXV, 35. — 12. *B* udifesce. — 13. *B* fors m. e b. — 14. *B* e en ch., *omettant* al siecle.

autres bien de lur quiller. Par ont [1] jeo say [2] qe les gentz [3] qe pur Dieux se oñt mys en povere [4] religioñ ne faudrent mye de sustenance, *(fol. 42)* tant com lur [5] sire de ciel ad ses porcs a tuer. Qar, sicom le prodhomme avant la seisoun tue un porke ou deus pur doner les puddingez e les entraillez [6] a ces enfañtz e a sa meignee, auxint nostre Seignur tuera les dures vileynz avant qe lur [7] tens vigne pur doner ces bienz as poverez gentz qui soñt les enfañz Dieux [8]. Pur ceo dyt le P. qe genz [pleyn [9]] de sank [e pleyn de gylerye [9]] ne ateynderount [10] pas al meytee de lurz jours. *Viri sanguinum et dolosi non dimidiabunt dies suos* [11]. Et ceo peot estre par deus reisoñz : pur ceo qe rien ne foñt pur Dampne[deu [9]] ne [poynt [9]] travaillent pur lur cors garder en sauntee. Qar nul rien en ceste vie tant vaut pur cors e alme qe [12] travaille bien ordenee. Doñt seint Escripture descrit travaille en tiel [13] manere : « Travail est la vie de homme e gardeyn de sauntee; travaille enchace enchesoñ [14] de pecheer et fet homme sei mesmes [15] reposer, de langur est allegeañce, a maladie resteañce, savacioñ des gentz [16], acueson [17] de touz les senz, marastre a peresce [e norice de leesce [9]], deitee as [17] joenes gentz, e [18] merite as [19] veillis genz. Doñt celui qe veot desporter la joye de perdurable vie se contre gard, dit l'Escripture, q'i poynt ne travaille en ceste vie.[20] Pur ceo meux vaut de estre asne qe porke. [Dount jeo vus countray un fablette, e tut seyt il fable, le ensaumple est covenable [9]].

1. *B* Par unc. — 2. *B ajoute* ben. — 3. *B* freres. — 4. *B* poverte de. — 5. *B* ly. — 6. *B omet* e les entrailles. — 7. *B omet* e a sa.. qe lur. — 8. *B* p. d. ceo k'il unt cully a p. g. ke s. ses enfaunz.— 9. *Restitué d'après B.* — 10. *A* ne atteyndrent. — 11. Ps. LIV, 24. *La citation latine manque dans B.* — 12. *B* cum. — 13. *B* ceste. — 14. *B* achesoun. — 15. *B* sejnement la nuyt. — 16. *B* de tens. — 17. *B* aguzoun a. — 17. *B* dette a. — 18. *B ajoute* graunt. — 19. *B* a. — 20. *Il n'y a rien de tel dans la Bible.*

Fabula.

Un prodhomme ont en soñ hostel un asne e un porke, et aperceut le asne qe le porke fust chescun jour bien pieü e rien ne fist, et il touz jours fust [1] en travaille e malment servy. E [2] après se feynt malade e se cocha sus le femer. [La vynt la bone emme e le dona bone payn assez. Pensa cyl : « Cy a bone vye » [3]]. Tant qe un jour aperceust qe[4] le porke fust saket vers la mort, e comence de brayer e crier e coment le cotel lui fust mys al gorge. « Veir ! » dit le asne, e saut sus, « meux est de travailler « e sauver la peel qe de estre un poy a eese [5], e puis poynt « de cotel. » [Pur ceo l'em dyt en chantaunt : [3]] « Meux vaut plur chant qe chant plure [6] ».

121. *Contra pusillamines subditos et prelatos.*

Le nature del limaceoñ si est tiel qe com [7] sont en quiete, entre compaignoñs, les corns boutent hors e se tienent grantz seignurs. Mès si tost com sentent grisyl ou pluvie ou vent, ou encontrent a nul resteañce, meyntenant retrehent lur corns e se closent dedenz lur clos. Issi foñt les uns prelatz, issi foñt les gentz comunañs [8]. Les prelatz soñt baudz en solace e tapissañt en manacez. Pur ceo dit le prophete Osee 8° : *Loquente Effraim horror invasit Israel* [9]. Les grantz seignours manacent e les prelatz se doutent, mès quant as [10] pove-

1. *B omet* fust. — 2. *B omet* e. — 3. *Restitué d'après B.* — 4. *B* coment. — 5. *B* ahesee. — 6. *Voy. ci-dessus, p.* 120, *note* 13. — 7. *B* Tele est la n. de l. taunt c. *Dans B ce morceau fait suite au* § 143 *d'A.* — 8 *B* comunaumenz. — 9. Oseæ XIII, 1. — 10. *B* a.

res soñt assez baudz e [1] hardyz. Ceo [2] dit Daniel a les prelatz de la veilli ley : « Vous avez fet issi e issi [3] as sim- « ples gentz de vostre people qe pur [4] doute ne osent « dire [5]. » *Sic et sic faciebatis filiabus Israel et ille timentes vobis loquebantur* [6]. Pur ceo dit le berbit al cornail qe sist sur soñ dos e aracea sa leyne : « Vous ne « feïssez issi [7] al mastyn qe est appellé Griffyn [8]. » Et ne mye soulment les prelatz, mès les gentz cominaux sont poürous de dire veritec ; mès [9] quant seent [10] en compaignie e parlent de tortz qe sont fetz en pays ou en religioun par les [11] mestrez qe ont les autres en gard, lors dient e promettent qe ils frount amendez, si jamès veient lieu e tens ; mès quaunt celui vendra qe amendez fere purra [12] nulz ne est si osé de parler, eynz foñt com les soricez fierent jadis.

Fabula ad idem

Les soricez tyndrent [jadis [13]] lur parliament [e sei pleindrint chescon a autre [13]] de [mon [13]] sire Badde, le blanke chat qe [14] out destruit lur lynage e se afforcea de [15] eux destruire. « Qe froms nous » fit un [16] « de sire [17] Badde « qe vynt [18] sur nous [19] privement quant nous sumez a [20] « nostre solaz e nous fet les angles quere pur poour de « sa venue [21] ? » Fet un : « Nous mettrons un campernole « entour son col, [q'il nus puise par ceo garnir, e nus par « taunt li honeroums [13]], e par ceo seroms de sa venue « garniz. — Com ceo est bien dit ! » fet chescun a autre. « Lors tenoms [nus [13]] a tañt ; mès purveyoms [dunks

1. *B omet* baudz e. — 2. *B* Pur c. — 3. *B* si e si. — 4. *B* par. — 5. *B* dedire. — 6. Dan. XIII, 57. — 7. *B* f. mie si. — 8. *Cf. la fin du* § *34*. — 9. *B omet* mès. — 10. *B* q. sei venent. — 11. *B omet* les. — 12. *B* duist fere. — 13. *Restitué d'après B*. — 14. *B* q'il. — 15. *B* aforceit pur. — 16. *B* il. — 17. *B* mestre. — 18. *B* veent. — 19. *B ajoute* si. — 20. *B* en. — 21. *B* p. ñn p. *(omettant* de sa v.).

meintenant [1]] qi fra ceste [2] chose qe est purvewe. » [Chescon de eux s'est escoñdu [1].] Touz diseient qe le conseil est seyn, mès nul ne [3] voleit mettre la meyn. E Badde s'en ala com avant, e destruit petit e graunt. Auxint plusurs en compaignie promettent [4] de amender les outragez des sovereynz, mès quant veient lur presence : « *Clym! clam! cat lep over dam!* [5] » [Tache! tache! vuyle vivre en pache [1]].

122. *Contra maledicos et iniquos.*

Quant mul ou chival est redossè ou seit plaiee al costé, la se mettent les mousches, la se asseent, la se reposent e sukent [6] le sanke. Auxint est de mesdisauntz : si ils [7] veient homme ou femme qe ad mout des [8] vertuez e un defaute, la se mettent *(v°)* e reposent. Et quel est la reisoun? Pur ceo qe plus lur plest ordure qe douceour; sicom dit seint Job 10 : *Malum est dulce in ore ejus* [9]. « Les maux lur savorent bien en bouche. » Ici gist un counte.

Fabula ad idem.

Maymound fust ci usé [10] de parler mal [11] qe soñ mestre [li [1]] pria un jour, quant [il [1]] vynt de un [12] feyre vers meisoñ e le encontra hors [13] la ville, qe il ne lui coñtast nul mal novel. « Nenyl [14], » fet l'autre;

1. *Restitué d'après B.* — 2. *B* la. — 3. *B* fust bon e s. mès n'i. — 4. *B* f. covenaunt. — 5. *Les deux premiers mots sont une exclamation dont toute la valeur consiste dans l'allitération; le reste signifie : « le chat saute par dessus la barrière. »* — 6. *B* souchent. — 7. *B omet* ils. — 8. *B* qe eient plusours. — 9. Job xx, 12. — 10. *B* adusé. — 11. *B* de mauparler. — 12. *B* la. — 13. vers. — 14. *B* nanan.

« jeo ne say nul, fors qe le chat [1] est tuee. — Et coment? » fit soñ mestre. « Vostre chival » fist il « fust affrayé e « mercha sur lui. — Et doñt fust il [2] affraié? » dit soñ mestre. « De vostre fiz » fit Maymound [3] « qe chey en le « fontaigne e se neya. — Et qe [4] fist sa [5] miere? » fit l'autre [6]. « Mist fieu desouz un paele e saüt sus pur ei« der l'enfant, e chey en la fontaigne e se neya. — Et qi « prist gard al fieu? » dist soñ mestre [7]. « Nul homme, » dit l'autre. « Et quoy est venuz as [8] noz meisoñz? — « Sont ars tot a poudre, » dist [9] Maymond; e menty chescun parole [10]. [« E quoi fetes vus? » dit son mestre [11].] « M'en alay encontre vous pur counter la novele [12]. — « Veire, » [fet [11]] soñ mestre [13], « honye seit vostre « bouche qe tañt se delite de [14] malz novelz coñter! » Pur ceo jeo [15] dy qe plusurs oñt la lange si usee de mal parler [16] qe ils ne sevent en autre chose se [17] deliter. Pur ceo dit JER. [18]: « Ils apernent lur lange de mal par« ler. » *Docuerunt linguam suam loqui mendacium; ut inique agerent laboraverunt* [19]. « Et le eol del mauveys « est touz jours al mal. » *Oculus nequam semper ad malum.* Ecc. 14° [20]. [C'est la manere de mouche toujours a corupcioñ [11]]. Mès la nature [21] de fourmye est tot autre.

1. *B* vostre kenet. — 2. *B* le cheval. — 3. *B omet* fit M. — 4. *A* qi, *B* qoi. — 5. *B* la. — 6. *B* dist le mestre. — 7. *B omet* d. s. m. 8. *B* sunt avenuz de. — 9. *B* s. a. fet. — 10. *B* ch. mot. — 11. *Restitué d'après B.* — 12. *B* p. dire vus n. — 13. *B* fet l'autre. — 14. *B* en. — 15. *B* le. — 16. *B* si a hus de mesparler. — 17. *B omet* se. — 18. *B ajoute* le prophete. — 19. JER. IX, 5. — 20. « Oculus malus ad mala », ECCLI. XIV, 10. — 21. *A* m. la manere de n.; *corrigé d'après B qui a simplement* mès autre est la nature de formie.

123. *Quod defectus* [1] *in proximis excusemus.*

Le fourmye ad tiel nature qe quant ele trove un karkoys de best mort, si nul partie seit corumpue ou [2] tournee a poreture, ceo retrest e eschue cel part, e quiert l'autre part qe seyne est [3], tañt het ordure e eyme [4] netteté. Et [5] ceo nous aprent, si nous trovons defaut en homme qe peot estre escusee [6], qe nous eschuoms cele part e pernoms a [7] bienz qe en lui soñt, sicom dit le sage homme en son [8] livre de sen : « Prodhomme » dit [9] il « torne « sa face e fet semblañt de chose qe il veit com il ne le « veïst. » Et [10] pur ceo qe il ne est pas certeyn il ne le dit [11]. *Est justus qui inclinat faciem suam, et fingit se non videre quod ignoratum est.* Ecc. 19° [12]. Pur ceo dit Salomon, Prov. 6 : « Alez al fourmye, e pernetz gard de « sa vie, e apernetz sen de lui [13]. »

124. *De mala disciplinatione filiorum.*

La [14] yraigne, meyntenañt quant est fourmee par aprise de ses parentz, comence de tystrer sa teille pur prendre les musches, e touz jours est travaillañt, touz jours en fesañt, mès par un poy de vent tot soñ travaille perist [15]. Ensynt [16] est ore en siecle novel [17]. Si tost com les enfantz scevent eschivacher [18], soñt envoyez pur aprendre cautels de enlacer les muschez, ceo soñt les deners. Doñt

1. *A (pas de rubr. dans B)* defunctus. — 2. *B* e. — 3. *B* p. de illuc sei retrehent tel part eschuent e querent l'a. p. q. s. e. e entrent. — 4. *B* t. heuent o. e eyment. — 5. *B omet* Et. — 6. *B* eschui. — 7. *B ajoute* les. — 8. *B* un. — 9. *B* fet. — 10. *B omet* Et. — 11. *B* C. qe blamer ne deit. — 12. Eccli. xix, 24. — 13. Prov. vi, 6. — 14. *B omet* La. — 15. *B* pert. — 16. *B* Issi. — 17. *B* en ceo n. s. — 18. *B* chivacher.

dit Ys. 1° : « Ils sont teillez de yraigne dont ils ne ser-« ront ja meux covertz, qar ils ont mal overaigne entre « meignez [1]. Ils sont prestez a mal e ne ont qe fere de « pees. » *Telas aranearum texerunt, nec erit eis in vestimentum, quia opus iniquitatis in manibus eorum. Pedes eorum ad malum currunt, viam pacis nescierunt* [2].

125. *Contra eos qui dampna inferunt proximis magis quam extraneis.*

Le phil. Plinie nous dit en son livere qe un montaigne est près de Eufraten ou meynt un manere de serpentes de merveillouse nature. Qar [3] si homme de estrange pays passe par cel [4] montaigne, ja mal ne avera ; mès si homme de mesme [le [5]] pays vigne par lui [6], tantost serra [7] assailly [8]. Tieux sont ore plusurs en siecle, qe si ils ont apris nul queyntise par ont ils poont la gent [9] grever, en lur veysynz assaieront e les loyngteynz esparniront. Et [10] ceo est contre l'aprise seint Pool qe dit [11] : « A touz devez bien fere si poez, mès nomement a « ceux qe sont voz privez ». *Bonum facientes ad omnes, maxime autem ad domesticos fidei* [12]. Pernent donqe ensample del lou [13].

126. *Quod parcatur proximis pocius quam extraneis.*

Le nature del lou est tiel qe poynt de damage fra en

1. *B* enter mains. — 2. *Cf.* Is. LIX, 6-8. *A la suite du texte cité on lit dans A les chiffres* 185.— 3. *B* qe.— 4. *B* la.— 5. *Restitué d'après B.* — 6. *B* la. — 7. *B* est. — 8. PLIN. Hist. nat. VIII, LXXXIV. — 9. *B* les genz. — 10. *B omet* Et. — 11. *B ajoute* issi.— 12. GAL. VI, 10. — 13. *B rattache ce* § *au suivant par ces mots* la qi nature si est tele, com dist li philosoph, que point....

contree [1] prez de lui, quant novelement ad chaelee, mès en longteyn païs va quiere sa preye, pur ceo qe il ne vodereit qe ses fiz pur soñ outrage fussent [2] grevez. Facent auxint les sagez coñtours e pledours e baillifs [3] : seent corteis vers lur payz ; et [4] si [5] ne volent [6] pur eux mesmes, [le [7]] facent pur lourz fitz, qe ils ne sentent après lurs jours les outrages qe lur auncestrez [8] oñt fest. Pur ceo dit un prophete en le secunde livere des Reys 7° : « La ley Adam nostre primere piere [9] veot qe « homme enpense de ces enfañtz. » *Recogitet de suis post.*, etc.

127. *Quod filii bene doctrinentur.*

Nous trovoms escrit qe le philosophe Plinie dit 18° [10] qe la deyme [11] aprent soñ feon *(fol. 43)* de sailler outre fossez pur sauver sa vie. Auxint [12] soleient les prodhommes [e bones femmes [7]] en auncienerie aprendre ses enfañtz de eschure peché, q'est entendu par le fossé ou soñt trovez les crepaudes emflez de orgoille e de envie, les serpentz de malice e de felonye, les limaceoñs de laschesse, de paresce e de accide [13], e [14] les reignes de descord e losengerye [15], e touz manere de pechez les soleint aprendre de tressailler pur sauver lur vie. Ensynt fist Joseph e Jacob, ensynt Tobie [16], 4° : « Esch« uez, [beauz filz [7]], » fet il, « qe vous ne consentez a « pechee. » *Cave ne peccato aliquando consencias. At-*

1. *B* en pays. — 2. *B ajoute* ne. — 3. *B* les sage pledours et les s. c. les sages b. — 4. *B omet* et. — 5. *B ajoute* s. — 6. *A* voleit; *corrigé d'après B.* — 7. *Restitué d'après B.* — 8. *B* qu'il. — 9. *Il y a bien dans* II Reg. vii, 19 « Ista est enim lex Adam », *mais non pas ce qui suit.* — 10. Hist. nat. VIII, l. — 11. *B* bisse. — 12. *B* Issi. — 13. *B* de l e de lecherie. — 14. *B omet* e. — 15. *B* jangelerie. — 16. *B* Issi le f. Jacob, issi le fist Josep, issi fist T.

tende, fili mi, ab omni fornicacione, et superbiam in corde tuo nunquam permittas dominari [1].

128. *De mala societate fugienda.*

Aristotil dit en soñ livere qe si poleyne [en juvente [2]] seit del let de asne norri, qe cely [3] quant vendra en age guerpira sa nature demeigne, e par la [4] norissaunce del let le asne qe en juvente ad receü, se joyndra al asne [5]. Auxint meynt homme par fol compaignie eñ juvente est hony en age, si com avent a [6] Roboam [7]. Pur ceo dit le seint Espirit : « Si vous recevez en com« paignye [homme [2]] de estraunge natioñ, il bestor« nera vostre manere e vous amenera hors de la dreit « veie. » *Si admittas alienigenam, subvertet te et alienabit te a viis propriis* [8]. PROVER. XI.

Fabula ad idem.

Le gopil dit al motoñ [9] : « Amez [10] poynt de fur« mage [11] ? — Nanil [12], » dit l'autre, « il [13] ne me vient « poynt de nature. — Noñ? » dit le gopil, « venez od « moy, e jeo vous aprendra de [amer [2]] chose qe unqes « ne amastez. — Et loez issint ? » dit le motoñ. « Oyl, » fet l'autre, « en bon fey. — Ou le trouve« rons? » dit le motoñ. « Jeo vy un homme porter « furmage, » [dit le gopil [2]], « près de un foñtaigne, e

1. TOB. IV, 6, 13, 14. — 2. *Restitué d'après B.* — 3. *B* q. teil poleyn. — 4. *B* sa. — 5. *Cf.* ARIST. VI, XXIX ? — 6. *A* sicom de; *corrigé d'après B.* — 7. *Cf.* II PAR. XI, 21; XII, 1; ECCLI. XLVII, 28. — 8. ECCLI. XI, 36. — 9. *B rattache ce paragraphe au précédent :* sicom le g. fist le m.— 10. *B ajoute* vus.— 11. *B ajoute* dist le gopil au moton. — 12. *B ajoute* veir. — 13. *B omet* il.

« le homme cesta, e un [1] furmage lui eschapa e chey [2] en « le foñtaigne. — Et coment le averons? [3] » dit le motoun. « Jeo descendray » dit le gopil « en un dez bo- « ketez [4]. » Quant le gopil fust descenduz jesqes al foñd, le motoñ demañda : « Pur quoy demorrez tant? — « Le furmage » fet l'autre « est si graund q'i moy co- « vient de aver eyde. Saillez » dit il al motoñ [5] « en « l'autre boket; si averoms [fet de [6]] meyntenañt. — « Veiez moy ci, » fet le motoñ en descendañt en la boket [7]. Et le gopil vynt sus en l'autre boket mountañt, e saut [8] a terre e dit al motoñ en riaunt : « Est le fur- « mage bon e [9] savoree? — Veire! » fet l'autre, « hony « seiez vous de Dampne Dieu!

« Was it nevere my kynd
« Chese in wellez grond [10] to fynde [11]. »

Pur ceo dit Salomon, Prov. 1° : « Si lui mauveis « homme te prie de aver ta [12] compaignie, veietz qe « vous [13] ne assentez mye. » *Si te lactaverint peccatores, ne adquiescas illis; si dixerint : Veni nobiscum,* etc. [14].

129. *Contra a[m]biciosos et iniquos judices et perversos.*

Le phil. Plinie nous dit en soñ livere [15] qe asne ja-

1. *B* le.— 2. *B omet* e chey.— 3. *B* c. avendrom.— 4. *B* bokes. — 5. *B omet* al motoun. — 6. *Restitué d'après B.* — 7. *B* en le b. descendant, *attribuant vraisemblablement ces paroles au mouton.* — 8. *B* g. vus veint moutant, saut. — 9. *A* a, *corrigé d'après B.* — 10. *B omet* grond. — 11. « *Ce n'a jamais été ma nature de trouver fromage au fond d'un puits.* » — 12. *B omet* ta. — 13. *B* tu. — 14. Prov. I, 10, 11. — 15. *B ajoute* 28 c. 7; *c'est* Hist. nat. VIII, LXVIII; *cf. ci-dessus* § 29.

mès a son voler [1], sanz force de homme, ne moñtera en haut pur passer poñt ou il peot veer par my le poñt ewe corañt desouz, tant [se [2]] doute de peril. E [3] plust a Dieu qe noz layz e nos clerks e simplez [4] gentz eüssent tiel regard al peril de lurz almes, qe sanz nul afforcement saillent [5] avant de passer le pont perillous de [6] moñter en baillie ou de [7] estre en prelacie! [Si [2]] ne donent regard al peril qe est [8] desouz. De qel peril parle le livere de Sapience 8°, e [9] dit : « Qui est plus haut en « dignetet, plus avera de peyne après sa mort, si meux « ne seit avisee. Escotez ja, [10] » fet il, « vous qe avez « la gent en gard e delitez en voz bailliez, qe faux « jugement ne ert passet par ceux qe si [11] ont la mestrie. » Pur ceo nous aprent Jhesus Sirach sen, [qe le vut entendre [2],] e dit : « Ne vous afforcez mye de monter « en baillie, et [12] de autre charge ne vous chargez, qar « del vostre assez avez [13]. » *Noli querere te fieri judex neque alliges te peccata dupplicia; non enim in uno inmunis eris*. Ecc. 7° [14]. Mès pur ceo qe seint Pool dit qe poer e [15] baillie est purveü par Dieu [16], jeo loo qe chescun sage se avise qe nul ne se boute mesmez avant, mès si Dieux le eit purveü qe il [le [2]] seit, qe il le face solom Dieux, e prenge garde de un ensample del leon.

Fabula ad idem.

Un leon vout jadis reposer, e un sorice vient e [17] le esveilla. Lors dit le leon al sorice : « A poy [18] qe

1. *B* voille. — 2. *Restitué d'après B*. — 3. *B omet* E. — 4. *B* qe nus e nos lays s. — 5. *B* sei launsent. — 6. *B* pur. — 7. *B* b. pur. — 8. *B ajoute* par. — 9. *B* parout le seint Espirit en le livere de sen e. — 10. *B* sa. — 11. qe j. tredure fet en ceux qe ci. — 12. *B omet* et. — 13. *B* avrez. — 14. Eccli. vii, 6, 8. — 15. *B* en. — 16. *Cf.* Rom. xiii, 1. — 17. *B* e vient un sorice si. — 18. *A* Avoy; *corrigé d'après B*.

« jeo ne te tue [1] ! — Ceo serreit » fet l'autre « petit « pruesce [2] quant a vous. — Veire, » fet le leon, « va « t'en [3] de ci; pardonee seit! » Le sorice [4] s'en va e le leon dormy. L'endemeyn tiel cas avynt [5] que le leon fust *(v°)* pris en un fosse; vynt la [sorice e le [6]] trova guaymentant e piteousement pleignant. Lors dit la sorice : « Vous me feïstez curtesye, e jeo vous savera[i] « vostre [7] vie ». Et assembla ses compaignoñs, e rongerent les cordez de la reye doñt la fosse fust covert, e lui enseignerent coment deveit romper la corde e eschaper. Auxint ert des grauntz seignurs, des prelatz e [8] baillifs que oñt mestrie en terre : si ils esparnient as autres tant com lur poer dure e lur baillye [9], par ceo serront aydez quañt averoñt mestier, Pur ceo dit nostre Seignur : « Qi des autres merci ad, merci de Dieu tro« vera. » M[t] 5° : *Beati misericordes quoniam ipsi misericordiam consequentur* [10].

130. *Quod mali servi que injunguntur invite faciunt inique.*

Lui sage homme Plinie nous dit en soun livere, 28° c° [11], qe lui asne ad tiel nature de moiller le pié mout enviz [12]. Et si force lui face de passer un ewe, il pisse en le ewe avant qe seit passé. Ensynt [13] va des unz servañtz : mout enviz foñt chose doñt soñt chargez. Et si fere lur covient, ils le froñt [14] en tiel manere qe vaudreit

1. *B* ne vus use tué. — 2. *B* poi de mestrie. — 3. *B* va tu. — 4. *B ajoute* s'. — 5. *B* escheï. — 6. *Restitué d'après B.* — 7. *B* la. — 8. *B* des. — 9. *B omet* e lur baillye. — 10. MATTH. 1, 7. — 11. *L'indication du chapitre, qui du reste est inexacte, manque dans B. C'est* VIII, LXVIII, *mais la première phrase seule est prise de Pline.* — 12. *B* qe mult enviz moile le pé. — 13. *B* Issi. — 14. *B omet* chose... frount.

meux [1] qe fust desfet. De tieux [2] servañtz parle en le livere de Reyz, R. 19°; Miphiboseth dit a David : « Moñ sergeañt moy ad en despit e moñ [3] comande« ment, e sur ceo me accusa vers vous, qe plus est char« geañt. » *Servus meus contempsit me, insuper et accusavit me* [4]. Ceo est la manere des mauveys serfs qe fere ne veot qe fere deit, e de soñ seignur blamé seit; lors accuse soñ seignur e dit qe trop est contrarious e dur, sicom avynt jadis entre les beofs e soñ [5] seignur.

Fabula.

Un prodhomme estoit jadis qe feseit ses beofs trere hors les fienz [6] de sa boeverie. De ceo se grousserent [7] les beofs, e diseient a lur seignur : « Malment [8] alowez [9] « le payn [10] e la cerveyse qe avez par nostre travaille, « quant de tiel travaille [11] nous avez encombree ». Lors dit le [12] seignur : « Mes douz amys, par qi fust la mei« soñ de fienz emplé [13]? — Par nous, » foñt lui autres, « nous ne [14] pooms desdire.— Ne est ceo donqe reisoñ » fet lui sire « qe vous la deliverez? » Pur ceo dy qe nul ne eit [15] hoñte de servir, com dit seint Pool : « Si vous « estez serfs, force ne facez. Et si vous pussez estre « fraunch de autri servise, meux devez voler servir. » *Servus vocatus es? non sit tibi cure, set et si potes fieri liber magis utere* [16] servitute, secundum glosam. Qar, com dit seint Pool, humble servise est haut fraun-

1. *B* plus. — 2. *B* De ceaux. — 3. *B* moun s. ont en d. m. — 4. II Reg. xix, 26, 27. — 5 *B* lour. — 6. *B* le fens. — 7. *B ajoute* mout. — 8. *B ajoute* vus. — 9. *Corrigé d'après B.* — 10. *A* les paynz, *corrigé d'après B.* — 11. *B* tel overaine. — 12. *B* lour. — 13. *B* repleniz. — 14. *B* ceo ne. — 15. *A* est, *corrigé d'après B.* — 16. I Cor. vii, 21.

chise. *Servus libertus est Domini; [similiter] qui [liber] vocatus est [servus est Christi* [1].

131. *Contra cupide adquirentes heredibus, et [de] ingratitudine heredum.*

Aristotil parle en soñ livere 5° [2] de la nature del asne, e dit qe tant est assotee de soñ jeone poleyne, qe par my le fieu [4] se met, avant qe se aloigne [5] de soñ poleyne [5]. Et jeo pusse verreyment dire qe assez y ad de tieux qe se mettent al fieu de arder pur lurz heyrs enricher [e enhaucer [6]], qe ne soñt [7] mye paiez pur lesser a lour heirs [8] ceo qe lur piere lur lessa, si le eritage ne seit doublés, coment qe seit purchacee. Doñt pur lur eirs se [9] mettent al fieu ou le qeor est ars [10] premerement, puis passent al fieu ou le cors est ars ensement, [e au drein cheent [6]] en fieu perdurable, cors e alme, tot sañz fyn [11]. Le primer fieu si est pensée qe ard le queor adessement; qar jour e nuyt soñt em penser coment pooñt lur bienz enoynter. De cel fieu parle SALOMON e dit : « Le « fieu si dit : « Ja matiere qe [12] seit ne me suffist.» *Ignis nunquam « sufficit » dicit;* scilicet avaricie, secundum glosam. Tant com homme plus avera, plus desirra e tant en greignoure peyne de pensée serra. Pur ceo dit le seint Espirit : « Lur vie est pleyn de dolour, e quant deüssent « reposer, ne trovent repos. » *Cuncti dies ejus erumpnis*,

1. I COR. VII, 22. *Le copiste a omis les mots rétablis entre [ ] et a fait de* qui vocatus est *le commencement de la rubrique suivante*. — 2 PLIN. Hist. nat. VIII, LXVIII. — 3. *B* p. le mi du fu. — 4. *B* qe aloiné ne seit. — 5. *B* enfaunt. — 6. *Restitué d'après B*. — 7. *B* e s. — 8. *B* a eux. — 9. *B* p. eux s'en. — 10. *B ajoute* tut. — 11. *B* en fu u ardent corps e arme durablement. — 12. *A* ne; *la phrase est très différente dans B* : Le fu, fet il, si dist : Ja matere qe receif.

etc. [1]. » L'autre [2] si wast le cors, e ceo est travaille [3] surfetous qe arde la nature e destruit. Com dit JOB, 32°, de coveitise : « Ceo est » fet il « un fieu qe devoure e « destruit de homme la nature. » *Ignis est usque ad consummacionem devorans* [4]. Le tierz fieu si est le fieu de enfern ou plusurs arderunt en cors e alme pur l'amour de lour heirs, sicom dit seint JOB, 21° : « La char me « freinst [5] de poour quant jeo vey homme enhaucee par « richesce, e ses bienz hors de soñ poer ; soñ enfant « se giwera e il en enfern ardera [6]. » Et tieux [7] soñt bien [8] comparez al asne pur lur folye, qar foux est qe pur soñ fitz si est en cors e alme mesmez honyz, puis qe [9] fiz soñt [10] *(fol. 44)* si desnatureux a piere e a miere com l'em veit de jour en jour [11]. E ceo peot l'em ver par ensample coment le leon e le poleyn e le chievere partirent lur preie.

Fabula ad idem.

Le leoun prist un veel ; si dit a ses compaignoñs : « A « moi apent le tierz partie par reisoñ de seignurie. « L'autre partie a moy apent par ceo qe jeo le pris. Ore « covient entre nous [12] combatre pur la tierce partie. — « Nenyl, » foñt les autres, chievere e poleyne, « le [13] « vostre seit entierment, sañz nul departir. » Auxint est de plusours eirs, quant soñt fetz executours lour piere, e oñt [pur [14]] compaignoñs deus simplez hommez de la ville. « Espleitoms » fet il « del testament, e do- « noms a chescun ceo qe a lui apent.— A moy [apent [14]] »

1. ECCLE. II, 23. — 2. *B ajoute* fu. — 3. *B ajoute* trop. — 4. *A* devoratus JOB XXXI, 12. — 5. *B* fremit. — 6. *Cf.* JOB. XXI, 6-13. — 7. *B* ceaux. — 8. *B omet* bien. — 9. *B ajoute* les. — 10. sount *est répété dans A.* — 11. *B* tot en j. — 12. *A* vous, *avec un* v ; *B* nous treis — 13. *B omet* le. — 14. *Restitué d'après B.*

fet le eyr [1] « la tierce partie par ley de [2] terre; l'autre « partie a noz enfauntz ; la tierz [3], qe apent al alme, nous « covient tenir pur plee e contek [4]. — Veir, » font les simplez gentz, « vostre seit entierment : de plee [5] savoms « poy ou nient. »

132. *Quod intencio recta ordinetur, et de verbis adulatoriis vel detractoriis non curetur.*

Aristotil [en sun liver [6]] 8° [7] dit qe le corf par malice quiert damage al asne, e sur tot rien desire de lui [8] toller lez eols de soñ bek. Mès Dieux ad donee al asne graund eide de ces surcilez, doñt le quir est si hespez e [9] les eols assiz si parfondz dedenz la teste qe [10], quant le corf fiert a lui, il clost les eols e guenchist la teste, e par tant sauve sa viwe e se garnist de lui. Ici ad beal aprise pur sauver nostre entent bon e bien ordenee, qe le deable sur tot rien, qe est entendu par le corf, se afforce de tolir de bone gent bone entente [en ben fesaunt e veue de le alme, com dist nostre Seignur : « Si vus avez » fet il « le entente bone [6]], tot vostre fet ert donqe cler. » *Si oculus tuus fuerit simplex, totum corpus tuum lucidum erit.* Luc. XI [11]. « Et si vostre entente seit mal, vous « perdrez la vewe espirital. » *Si autem fuerit nequam, totum corpus tuum tenebrosum erit* [12]. Pur ceo deit [13] chescun sage en ses bien fetz sauver [sa [6]] entente del beke au deable, qe il [14] ne quierge loenge de faux losengers, ne ne

1. *B* fet il. — 2. *B ajoute* la. — 3. *B ajoute* partie. — 4. *B* par pley et cautels quere. — 5. *B ajoute* en. — 6. *Restitué d'après B.* — 7. *Le chiffre manque dans B. A* Aristotil dit 8; *B* A. en s. l. nus d. *Il y a simplement dans Aristote, Hist. des Animaux*, IX, 1, *que le corbeau attaque le taureau et l'ane en volant et leur crève les yeux.* — 8. *B omet* de lui. — 9. *B* qe. — 10. *B* dount. — 11. Luc. XI, 34. — 12. *Ibid.* — 13. *A* dit; *corrigé d'après B.* — 14. *B* qu'ele.

cesse de soñ bien [fet [1]] pur nul mesdisañt lange [2]. Qar qi qe mette sa entente en autri lange [3], ore ert preisee e ore despreisee [4] com dit seint Bernart, solom se qe plest al parlant [5]. Doñt JHESUS SIRACH nous dit qe qi regard parlaunce des gentz, il perd repos en queor : *Qui respicit linguam nunquam habebit requiem* [6]. Qar nul ne peot a touz plere : si il [7] [est [1]] coy e [8] simple en sale, lors est tenuz nyces ou hauteyn ; si il est parlañt e solaceañt [9], janglour ou avauntour [10] ; si il poy mange e beyt poy, lors est gageous ou escoymous [11] ; si bien mange e bien beit, lors est glotoñ ou [12] outrageous ; si il est large ou [12] mettañt, donqe est il [13] fol ou trop despendeañt ; si touz temps regarde pur doner soñ doñ [14], donqes est chinchez ou [15] trop retenañt ; [si veut sa chose defendre e s'anur, lors est pledour e entremettour [1]] ; si sa bien lesse passer [16] pur pees aver, donqes est failly ou [17] nul bien ne seit. Pur ceo homme ne scet coment vivere, tant est siecle [18] contrarious, mès faceoms com fist jadys un homme de qi orrez [19].

Fabula ad idem.

Un homme vynt jadis chivachaunt [20] soñ asne del marchee e soñ fitz lui suïst a piee. Et de [21] ceo fust juggé des uns qe passerent par le voye. Quant il les oy [22] il [23] voleit eschure lur parlaunce ; si descendi : « Moñ-

1. *Restitué d'après B.* — 2. *B* pur lange de mesdisans. — 3. *B* en l. de autri. — 4. *B* mesprisé. — 5. *B* a parlauns. — 6. SAP. XXVIII, 20. — 7. — *B omet* il. — 8. coye e, *A* coye. — 9. *B ajoute* lors est. — 10. *A* e vanitour ; *corrigé d'après B.* — 11. *B* gayons e escoymuse. — 12. *B* e. — 13. *B omet* il. — 14. *A* touz, *corrigé d'après B.* — 15. *B* e. — 16. *B* si il lesse passer. — 17 *B* e. — 18. *B omet* siecle. — 19. *Les trois derniers mots manquent dans B.* — 20. *A* chiuschañt. — 21. *B* pur. — 22. *B* tresoy. — 23. *B omet* il.

« tez, » fet il a soñ fitz, « e jeo m'en irray a piee. » Mès rien ne [1] lui valust, qar tantost fust des autres juggee. La tierz manere vout assaier, e fist soñ fitz descendre e amena le asne en sa meyn [2]. Mès par tant ne pout uncore eschaper, qar fust dit qe il fust si [3] gelous del asne qe il ne osea lui moñter [4]. Il pensea qe uncore vout [5] assaier si il pout en autre manere lur parlañce eschaper : si [6] moñtea mesmes soñ asne [7] e soñ fiz ensement, mès par tant ne eschapa nient : fust dit [8] qe cruel esteit quant de deus hommez le asne chargereit [9]. « Ore ne [10] « say » fet lui penseañt [11] « en autre manere assayer e [12] « lange de foux eschaper, si jeo ne pusse le asne sur « moñ dos porter. Maudit seit » fet il « qe pur lur « emparlañce [13] force ne [14] fra ! Dye chescun ceo qe il « vodera. » Auxint dy jeo par decea : de autri dit force ne faceoms tant com nous avoms nostre entente [bone e seyne. Pur ceo dist le seint Esperit : « A ches- « con vent ke vole ne donet pas vostre entente [15].] » *Non te ventiles (v°) in omnem ventum* [16]. « Par double lange « est homme esprovee, » leqel il est, estable ou flichisañt, un de medisañtz e un autre de losengeañce [17], *Sic probatur homo in dupplici lingua*. Ecc. 5° [18]. Pur ceo, dit il : « Tenez vous ferm e en dreit veie, e mettez « vostre entente en bien. » *Esto firmus in via Domini in veritate sensus tui et scientia, et prosequatur [te] verbum pacis et justicie*. Ecc. 5° [19].

1. *B omet* ne. — 2. *B* le a. en sa m. mener. — 3. *B* de taunt fu. — 4. *B* ne oseit chevacher. — 5. *B* Li paysaunt (*corrigé d'abord :* passaunt) vout uncore. — 6. *B omet* si. — 7. *B omet* soun asne. — 8. *B* tauntost. — 9. *B* qe de d. h. le a. chargoit. — 10. *A répète* ne. — 11. *B* passaunt; *cf. note* 5. — 12. *B* la. — 13. *B* parlaunce. — 14. *B* en. — 15. *Restitué d'après B.* — 16. Eccli. v, 11. — 17. *B* p. d. l. un de mesdissaunce un autre de losengeaunce, e. h. e. l. q. il seyt e. o f. — 18. Eccli. v, 11. — 19. *Ibid.*, 12.

133. *Quod de aliorum factis non curemus, set facta propria ponderemus.*

Le nature del lievere est tiel qe meux e plus cler veit [1] de costee [2] qe devant lui. Et tant com [3] plus ferme fiche sa [4] vewe de costé, tant plus tost lui mesavynt encontre [5]. Auxint va de plusours gentz. Assez oñt la vewe clier de costé pur ver [6] autri mesfetz [7], mès lur fetz demeigene qe oñt fetz devant ne veient poynt [8], dount poy les chargent. Pur ceo dit SALOMON : « Balaunce e « peys tricherous si est a Dieux despitous. » Ceo est a dire : « Qi autri fet charge trop, e le seoñ trop poy, « Dieux par sa dreteure a lui dist : « Avoy ! » PROVER. 20 : *Pondus et pondus, mensura et mensura, utrumque est abhominabile apud Deum* [9]. Ceo fet homme meserrer e soñ fet [10] poy charger qe [11] prent plus de gard de [12] autri fetz qe des [13] seons demeigne. Pur ceo vodereie qe chescun feseit [14] com fierent jadis [15] les freres qe compilerent [16] [les [17]] concordañces. Chescun prist gard a la lettre qe a lui fust mandee [18]. Cil qe aveit *A* ne avoit qe fere de *B*, e cil qe out gard de [19] *B*, rien se entirmettout de *C;* et si qe chescun lettre del abicee a divers estoit liveree, et chescun se prist a sa lettre, e nul ne vousist [20] de autri fet [se [17]] entremetter. Par tant vindrent al noble livere dount [21] seint Esglise est mout solacee. Issy voderey qe chescun, clerke e lay, hors de religioñ e en religioñ,

1. *B* m. v. e p. c. — 2. *B ajoute* li. — 3. *B* qe. — 4. *B* la. — 5. *B* ly mesavient par acun acontre. — 6. *B* p. v. de costé.— 7. *B* mesfet. — 8. *B* avaunt point ne v. — 9. PROV. XX, 10. — 10. *B* mesfet. — 11. *B* chescun. — 12. *B* as. — 13. *B* a les. — 14. *B* feït. — 15. *B* ceo qe j. feseient. — 16. *A* complierent, *corrigé d'après B.* — 17. *Restitué d'après B.* — 18. *B* bailé. — 19. *B* out en garde. — 20. *B* voleit. — 21. *A* par tant; *corrigé d'après B.*

preïst gard a la lettre qe lui est deliverée [1], ensynt [2] qe Adam e Aliz ne se entremeïssent de Batholomé, ne Beatriz, ne Colyn ne Colette de autres, fors chescun de la sue. Mès ore [3] pussez dire : doñt servent les prelatz, les princes e les baillifs? qe oñt en gard [4]? Ne deyvent [5] as autres entendre? — Sy deyvent, ne mye pur condempner, mès pur aprendre e defendre e sauver. Pur ceo avom [6] en la fyn del abicee [*tytil*, *tytil*, *tytil* [7]], *est*, *amen*. Le un titel soñt les princez e les baillifs qe oñt en gard le [8] lay fee; l'autre titel soñt les prelatz qe ont en gard seint Esglise [9]. Le tierce titel soñt les abbés e les priours qe ont en garde religioñ. Ceux deivent entendre a lurz compaignoñs pur eux enseigner e [10] sauver, ne mye pur malement juger. Pur ceo par seint Pool fust dit e comañdee a un mestre qe il entendesist a se mesmes e as autres, Thim. 4to : *Attende tibi et doctrine* [11], a ces fetz [12] demeigene pur juger e redrescer [13], as autres pur enseigner, « qar ne est [14] digne pur autres governer », fet il, « qe ne scet sa conscience demeigne rectifier. » *Qui domui sue nescit preesse, quomodo ecclesie Dei diligenciam adhibebit?* Thi. 3 [15]. De ceo sert le titel [pur sauver de faus latin; quant titel [16]] seet amoñt, doñt seet [17] a soñ dreit; quant est [18] par [19] desouz, signifie fauxetee. Auxint les prelatz [20], tant com se tienent amoñt, par dreit, savent lur sugetz de mal fame; mès quant [il

1. *B omet* Issy v... delivré. — 2. *B* issi. — 3. *B* Lors. — 4. *B* q. des autres ount la garde. — 5. *B ajoute* il. — 6. *A* ams *ou* auis; *corrigé d'après B.* — 7. *Au lieu de ces trois mots il y a dans A le signe* ÷ *qui dans les mss. antérieurs au* XIIe *siècle signifie* est, *et qui a été aussi employé pour désigner l'once. Il y a souvent à la fin des alphabets du moyen âge certains signes abréviatifs; c'est probablement ce que B aura voulu indiquer en répétant trois fois* tytil (*le latin* titulus). — 8. *B omet* le. — 9. *B omet* l'autre t. ..... Esglise. — 10. *B omet* eux ens. e. — 11. Tim. IV, 16. — 12. *B* a ses fiz. — 13. *B ajoute* e puis. — 14. *B ajoute* pas. — 15. Tim. III, 5 — 16. *Restitué d'après B.* — 17. *B* lors vet. — 18. *B* set. — 19. *B* a. — 20. *B*. Les prelatz ausi.

vount [1]] par desouz, qe parler ne osent pur doute ou pur [2] doñs, lors [3] les sugetz mesfeont, e plusurs de eux perdus soñt ensemblement od eux [4] qe en gard les oñt [5]. Pur ceo dit un prophete a nostre Seignur de mauveis prelatz e bailifs par queux les sugetz soñt fauxés : « De « vostre livere, Sire, les oustez, qe trovee ne seient es-« critz en le livere de vie od dreitreux. » *Deleantur de libro viventium et cum justis non scribantur* [6]. Allas! e nul ne ert sauvee fors qe en cel livere escrit serra trovee.

134. *De conjugio fideliter conservando.*

Un oysel qe l'em appelle cicoigne si est de cest [7] nature, com dit seint Ambrosie [8], qe tañt com sa compaigne vist, sy leaument se porte [9] vers lui qe, ja si loynz ne vole en pays ou hors de pays severet de lui qe pur rien ne veot [10] a autre compaigner [11], *(fol. 45)* [e [1]] tañt het sa nature desleautee [en cele allyaunce [1]] qe si [il [1]] la trove od autre ou peot [12] saver par saveour [ke ele eyt mesfet vers ly [1]], jamez de cel jour [avaunt [1]] ne ad qe feare en sa compaignye. Mès tant com ele se garde leaument devers lui, [sy cum il fet vers ly [1],] donqe la ad si cher qe il se met en soñ lieu de cuver ses eofs [13] tant com ele voile en soñ pays pur solacer [14]. Et tant com ele coeve [15], il travaille entour lur viañde purchacer, ne jamez aillours, forz dedenz soun ny, [ne se [1]] assem-bl[e]ra a lui, et mout [est tendre e gelous [1]] de norrir les

1. *Restitué d'après B.* — 2. *B* par... par. — 3. *B omet* lors. — 4. *B* ceus. — 5. *A* le soñt; *corrigé d'après B.* — 6. Ps. LXVIII, 29. 7. *B* le. — 8. *A B.* Ambr. — 9. *A* v. e se porte l.; *corrigé d'après B.* — 10. *B* se vut *(ou* se unt?). — 11. *B* acompaignier. — 12. *B* puse. — 13. *B* l. pur seer. — 14. *B* au pays de ly heser. — 15 *B* set.

pigeons qe vienent de lui. Dieux! com si ad beal lessoñ a homme e a femme qe soñt de reisoñ! Pur ceo [1] dit seynt Job : « Enquerez des oyseaux, e ils vous dirront « par nature ceo qe fere devez par dreiture [2]. » Dreyture veot e Dieux le [3] comaund qe ceo sacrament des [4] esposaylez seit gardé sañz blemure, qe l'em avyse lieu e tenz e la entente de ceo fet, qe chescun a autre gard [5] sa foy, qar le sacrament est mout haut e perillous a enfreyndre [6], e par mout des reisoñz : primez pur celui qe le ordena, qe [7] fust Dieux mesmez; puis pur le lieu en ky [8] fust ordenee, qe fust [9] en paradys; puis après pur le tens quant fust ordenee, avant qe esteit nul peché [10]. La quarte reisoñ est [11] qe nostre Seignur ne veot pas nestre de virgine [12] tant qe ele entrast le ordre de matrimonie. Desouz cel mantel [le fyz [13]] Dieux tapist. Ha! Dieux! com cel estat deit estre nettement gardé [14], qel [15] le fiz Dieux tant honura! e pur avañcer e [16] afforcer cel [17] honur qi a cel estat apent en sa propre persoñ, Dieux [18] vynt manger en un esposaille ou il, par moustraunce de ceste reisoñ, tourna l'ewe en vyn; qe, sicom l'ewe par sey est liquour dessavoree [19], auxint charnel fet sañz esposaillez est mortel peché; mès donqes est ewe tornée en vyn quant charnel fet est sauvee par [sacrement de [13]] esposaillez. Donqes est celui maleüree qe lest [20] le bon vyn qe [21] Dieux mesmez benefya [22], et se prent al ewe pulente. Jer. 2° : *Quid tibi vis in Egipto ad aquam turbidam* [23]?

1. *A* par le. — 2. *Cf.* Job xii, 7. — 3. *B omet* le. — 4. *B* de. — 5. *B omet* sanz... gard. — 6. *A* enprendre, *corrigé d'après B*. — 7. *B* ceo. — 8. *B* l. ou. — 9. *B omet* qe fust. — 10. *B* a. qe n. p. fust. — 11. *B omet* est. — 12. *B ajoute* en. — 13. *Restitué d'après B*. — 14. *A* gard, *B* gardee. — 15. *B* ke. — 16. *B omet* avauncer e. — 17. *B* tel. — 18. *B omet* Dieux. — 19. *B* messavoree. — 20. *B* lesse. — 21. *B* v. et pure de ky. — 22. *B* beyve. — 23. Jer. ii, 18.

135. *De viduitate caste conservanda.*

La turtre est de tiel nature, qant ad perdu soun mary, qe chast se tient après tot sa vie; loynz se trest de la gent et ne ad qe feare de compaignie, mès touz jours est [pensyf e [1]] pleygnañt de la perde soun mary. Tiels deüssent estre les vidvez [2] e [3] les damez e [3] les femmes par totz partz [4] qe ount perduz lur seignurs, tote lur vie après demorir chastez, nomement celes qe le pooñt feare saunz peril. Qar seint Pool dit qe cele deit estre appellee vidve au [5] droit qe après soñ seignur se tient chaste. « Mès si juvente le demaund, meux vaut » dit il « en « cas [6] baroñ prendre qe par aventure mesprendre [7]. » Et si est [8] merveille qe [9] femme ose autre foiz baroñ prendre [10] par double reisoñ : [ke [1]] si elle out avant [un [1]] prodomme, e prenge après un merde, lorz est soñ solace [11] tornee en dolour.

Fabula ad idem.

Si com avynt de un [12] gelyne qe primez out un [13] coke a soñ [14] seignur, qe tañt la tynt cher qe si il trovast un greyn de furment, il le deportereyt de sa bouche, e lerreit [15] a sa compaigne, [cum sa nature demande [1]]. Morust le coke en bataille pur l'amur sa compaygne [16].

1. *Restitué d'après B.* — 2. *B* nos veves. — 3. *B omet* e. — 4. *B* parmy le pays. — 5. *B* a. — 6. *B omet ici* en cas, *voy. la note suiv.* — 7. *B* qe en autre manere pur kas m. *Cf.* I, Cor. vii, 8, 9. — 8. *B ajoute* ceo. — 9. *B ajoute* nule. — 10. *B* ose retourner pur sey avanturer e. — 11. *A* salace. — 12. *B* la. — 13. *B* le. — 14. *B omet* soun. — 15. *B* pur le lesser. — 16. *B* pur sun amur.

Doñt [1] vyndrent les parentz la gelyne, si la tendirent un autre koc a [son [2]] baroñ. « Nenyl, » fet ele :

« Jeo ne ay a fere de chauf meyson.
« Moñ baroñ [3] fust de tiel natioñ
« Qe [4] ne sout aillourz fors a meisoñ.
« Ja ne lerreit pur estraunge
« De gardyr le huis de la graunge.
« Jeo ne poy espatiller [5],
« Qe l'enchesoñ ne vout saver.
« Il ne sout [6] qe feare en pays
« Entre oyseaux qe sount de pris.
« Doñt me prent al ostur
« E il [7] serra moñ seignur. »

Le ostur se assenty ne mye pur la sue amour, mès pur ses [8] poucyns doñt il [9] pout aver socour. Lui ostour quist sa preye par les riverez du pays, e quant failly de preye, de [un [2]] poucyn ne pout failler. « Qe est ceo, « sire? » fist ele, « si [10] ne fist pas moñ primer ba- « roñ [11]. » Lors adeprimez aperceust soñ [12] folur. Issint [13] foñt les femmes : quant après prodhomme pernent un merde, malement oñt chaungez. *(v°)* Si [14] après un merde prenge un autre merde [15], donqe serra sa dolour doublee. « Mal cea, mal la! » doñt peot ele dire; sicom dit [16] celui qe porta deus gopilez a vendre, a qi le achatour pria qe lui choisist le meillour : « Certes, » fit l'au-

1. *B omet* Doñt. — 2. *Restitué d'après B*. — 3. *B* seygnur. — 4. *B omet* qe. — 5. *B* ne p. jeo patiler. — 6. *B* unt. — 7. *B* e cely. — 8. *B* les. — 9. *B omet* il. — 10. *B* issy. — 11. *B* seygnur — 12. *B* sa. — 13. *B* Sy. — 14. *A partir d'ici jusqu'à la fin du. fol. 46 v°, intervient une nouvelle écriture moins nette et moins soignée que celle du reste de l'ouvrage.* — 15. *B* quant eles unt malement chaungé, e si ele out un merde avaunt, ele prent un autre après. — 16. *B* Mau za, mau la, mau ke l'encountre Dount ele put dyre ke dyt.

tre, « jeo ne say del un pru ne del autre joye. » Si ele seit enuyouse e de contrariouse manere, e prent un homme qe seit de mal affere, doñt peot le pays dire, com avynt jadys prest de moñ pays, qe William Werldeschame [1] esposa Moalde [2] Mikimisaunter [3]. Pur ceo, quañt a Dieux e quañt a siecle, graunt honur est de garder enseurement vedeutee, si [4] fere le peut.

136. *Quod que volunt viduitatem fideliter conservare se debent ab hominum conspectibus elongare.*

Cest oysel qe ay nomé uncore aprent a vedves un autre lesson, qe se tret [5] loyngz des gentz, qar qi qe [6] se donne mout as gentz ne peot mye longement vivre chas[tement] [7]. Et ceo nous monstre nostre Seignur par la nature de deus pieres qe sont trovez en un montaigne, e [8] la une piere porte figure de homme [9], l'autre de femme. Et tant com soñt sever[e]z [10] la une del autre, ne [11] piert si freydure non, mès si tost com [12] aprochent, le fieu se esprent en la une e l'autre. Auxint est de homme e de [13] femme : tant com sont loyngz le une de [14] l'autre ne senteroñt si bien non ; mès ore ne seoffrent pas les femmes [15] qe l'em les qierge la ou eles soñt menantes, mès de profrer lur marchandie les viles ou le [16] pays [17] vont regeantes [18]. De [19] ceo se pleynt seint Pool e dit : « Eles vont rongeantes [20] les messons, ne mye sou-

1. *B* Worldeschame; *ce nom signifie respect humain.* — 2. *B* Molde; *c'est* Maude, *Mathilde.* — 3. *B* Mykilmisauntir, « *beaucoup de malechance, pas de chance.*» — 4. *B* seureté serreyt et g. h. femme garder sa weuveté qel qe. — 5. *B* ke eles se treent. — 6. *B* feme qi. — 7. *A* chaste ; *corrigé d'après B, pour rétablir la rime.* — 8. *B* dount. — 9. *B ajoute* e.— 10. *Corrigé d'après B.* — 11. *B* ke nul ne aproche autre ren n'y. — 12. *B ajoute* il. — 13. *B omet* de. — 14. *B* t. c. l'un est l. de. — 15. *B* wuwes. — 16. *B* e les. — 17. *A* payns. — 18. *B* renchant. — 19. *A* Et, *corrigé d'après B.* — 20. *B* renchant.

« lement udives [1], mè[s] parlont [2] choses qe ne affiert « mye [3]. » « Pur ceo, » dit il, « honurez les vedves qe « sont a honurer [4], si eles [5] seient com estre deyvent, si « testimoigne eyent de bone fame, si eles trehent lur en- « fantz a bien, si lour mesnée [6] seit bien attecché [7], si « eles facent hospitalitee, si les piez des poveres [genz [8]] « par eles [9] seient lavez, e si a bones oreisons [10] seient « acostumez. Dont [11] purront » [dyt il [8]] « estre appellez « vereys vedves, qar vedve qe vist autre vie, ele est morte « [en sa vie [8]] e sanz vie [12]. »

137. *De virginitate sollicite conservanda et habenda.*

Le nature de falcon est tiele qe pur nul famine [13] qe il eit, ja sur caroigne ne descendra, e pur ceo qe sa gentyrye est si graunde q'il ne ad qe fere de cel ordure, graunde defaute sovent endure, mès il attent et seoffre tant qe il peut [14] attendre a sa [15] preye qe apent [16] a sa nature. Cest ensample est bon pur femmes que se donnent [17] a Jhesu Crist en lur juvente e tant [sunt gelouses de chasteé e taunt [8]] volent haut vers ciel par dessirrouse pensée, qe pur nul [defaute k'yl eyent en sustynaunce ne pur nule [8]] temptation qe lur peot [18] avenir en char, ne voilent discendir de cel haut estat de virginitee pur eux alier a caroigne de homme a [19] perdre cele dignité. Meux voillent juner e [20] veiller e peynes endurer e at-

1. *B* udivesce. — 2. *B* parlaunz. — 3. I Tim. v, 13. — 4. *Ibid.* 3. — 5. *B* ycels (*omettant* si). — 6. *B omet* eyent... mesnée. — 7. *B* entheché. — 8. *Restitué d'après B.* — 9. *B* ly. — 10. I Tim. v, 5 : « et instet obsecrationibus ac orationibus nocte ac die. » — 11. *A ajoute* qe. — 12. *Cf.* I Tim. v, 3-6. — 13. *A* femme; *corrigé d'après B.* — 14. *B* puse. — 15. *B* la. — 16. *A répète les mots* attendre a sa preye qe apent, — 17. *B* doyvent. — 18. *B* puse. — 19. *B* e. — 20. *A* de; *corrigé d'après B.*

tendre lur preye, ceo est Jhesu Crist, qe de giwer e solacer e lur cors par ordure entamer e perdre [1] le fruit [e prendre a [2]] la flowr [3] qe tost [4] envanist. Issi fist seint Annès, [seynte [5]] Katerine, seinte Sicilie, seinte Margarete, [seinte [5]] Agathe, [seynte [5]] Clare, e autres assez [que fort serreyt a counter [5]].

Narratio ad idem.

[6] Nous trovoms de seinte Clare q'[ele [7]] fust la file un graunt seignur, e encontre la volenté ses parentz se mist en le conseil seint Fraunceys, e fust la primere abbesse de cel ordrè des poveres dames, don un tiel cas avynt en la citee ou ele fust enclose od ces compaignes, qe la citee fust environnee de lur enmys [8], don les uns voleient entrer [9] la meyson des [10] povers dames pur fere damage e [11] mefere la seinte pucele [12], *(fol. 46)* seint Clare prist la boiste od le cors Jhesu Crist [13] entre ses meynes et dist: « Jhesu Crist, mon cher amy, pur qe amour jeo ay « guerpy [14] touz charnels delitz, vous moy [15] seiez ore en « eyde enconstre ceste gent mefesant. » A ceo respondi une voiz hors de la boiste [16] : « Ne vous dotez de rien; jeo

1. *B* guerpyr. — 2. *Restitué d'après B*; *au lieu de ces mots, A a* en.— 3. *Il semble qu'il y ait dans A* florir.— 4. *B* taunt.— 5. *Restitué d'après B.*— 6. *B ajoute* Dount.— 7. *A* qe; *restitué d'après B.* —8. *B* dunt un teu kas eschey en sun tens la ou ele fut e. od s. c. en un meson joynaunt au mour de la syse, e la cité fut de lur enemyes envyrouné. *Cette leçon, quoique corrompue, contient néanmoins la bonne lecon. Il faut corriger* au mur d'Assise; *voir la vie de sainte Claire,* AA. SS. *Août,* II, 759 c.— 9. *A* voilerent entr'r'; *corrigé d'après B.* — 10. *B* de. — 11. *B omet* f. d. e. — 12. *B omet* la s. p. — 13. *B* c. Deu. — 14. *A* guerry; *corrigé d'après B.* — 15. *Au lieu de* vous moy, *B a* nus. — 16. *B ajoute* e dyt : Cher amy e lel espouse.

« su od [1] vous e [2] serray, e pur l'amur de vous tote la « cité [3] garauntereye. »

138. *Quod virgines corrumpuntur per impudicarum consilium vetùlarum.*

Lui gentil faucon qe monte si haut par veie de nature sovent par deceyte descent mout e[n] bas, car luy oysealloix qe la veot decevere si met un veux columbe devant sa rey, com un estale, par ont le faucon est deceü, pris, confundu [4]. Auxint est del maufee : quant aperceyt les jeovenes femmes emprend[r]e si haut chose a gardyr com est chastee, lur met un estal un veux columbe, une [5] baudestrote [6] par ont la juvencele est sovent [7] encómbrée.

Narratio ad idem.

Auxint [8] jadys de un dameseile qe out mys tote sa entente de amer chasteé, tant [9] qe vynt une deabblesse qe fust lowé par un clerk qe la out long tens daunyé [10]; si fist une kenette juner deus jours [11], e puis ly [12] dona a manger payn e mustard; si vynt a la [mesoun cele [13]] juvencele e se sist [14] près de lui. Et quant [15] la juvencele enquist pur quoy la kenette [16] lerma : « Ha! » dist ele, « [pur Deu mercy [13]], ne parlez mès [17] de ceste matere vers

1. *A* en; *corrigé d'après B.* — 2. *B ajoute* o vus. — 3. *A* cete *ou* tetee; *corrigé d'après B.* — 4. *B* d. e prys e retenu. — 5. *B omet* une. — 6. *B* baudestrod. — 7. *B omet* sovent. — 8. *B réunissant cet alinéa au précédent,* si cum avint. *En marge B porte* narratio Petri Alphunsi. — 9. *A* quant; *corrigé d'après B.* — 10. *B* daunee. — 11. *B* si f. j. d. j. un kenet. *Il y a dans le latin* caniculam. — 12. *A* la; *corrigé d'après B.* — 13. *Restitué d'après B.* — 14. *B* e syt. — 15. *A* tant; *corrigé d'après B.* — 16. *A* le chen. — 17. *B* nent plus.

« moy! » Don l'autre fust plus entalentee de saver [ke ceo fut, e [1]] la deabblesse en plorant la dist : « Ceste lice « qe ci veiez estoit ma bealle [2] file, et avynt issi qe un « clerk la ama par amur; si ne pout epleyter, dont le « clerk moreust de fyn deol. Dont Deux se corucea tant « vers ma file qe la torna en un kenette [3], et touz jours « lerma [4] puis, e [5] uncore lerme [6] com beien veiez. — « Allas! » dist le juvencele [7], « jeo su [ore [1]] en mesmes « ceo [8] cas : par fyn amur de chasteté jeo [9] ay deveé [10] une « clerk sa volenté. Quoy [11] est hore vostre conseile, [bele « mere [1]]? » Respont la maluree [12] : « Mon conseile est « tiel [13] qe tost lui mandez qe vous frez de totes partz sa « volenté [14]. » Pur ceo dit Salomon : « Jeo ay trové as- « cune femme plus amyere qe la mort [15]. » Et vers est : qar la mort ne prent fors une vie, mès par baudestrote soñt occis [16] treis a une foiz : sa alme e deus autres.

139. *Quod exponantur in juventute filii discipline, et de hiis qui proficere nunquam volunt.*

La nature del ostour est tiel, quant veit ses pigeons en poynt de voler, il les enchace hors de son nye e les aprent en [17] lur juvente de estre pernantez et hardy, si qe en age ne deyvent estre perceous [18], ne soulement entendantz a lur viande quere [19], mès a value e prwesce fere. Auxint les prodhommes qe ont les enfantz beaus e teissantz ne les deivent pas [s]offrer trop longement desouz

1. *Restitué d'après B.* — 2. *B* bele. — 3. *B* deks en chen. — 4. *B* ad lermé. — 5. *A* en; *corrigé d'après B.* — 6. *B ajoute* si. — 7. *B* l'autre. — 8. *B* le. — 9. *A* jea. — 10. *A* denye, *B* deveye. — 11. *B* Quel. — 12. *B omet* r. la m. — 13. *B omet* tiel. — 14, *B* q. vus pur ly m. e sa v. de tut parfacez. — 15. Eccle. vii, 27. — 16. *B* f. un a une feez, m. ceste femme b. occyt. — 17. *A* a; *corrigé d'après B.* — 18. *B* ne devenent perzous e. — 19. *A* qar; *corrigé d'après B.*

lour eeles, mès enchacer les, un a un mester e autre a autre [1], par ont ils pussent aprendre en juvente dont ils pusset garrir [2] en age, ne mye [3] soulement pur querre lur viande quant a cheitif [4] cors, sicom fet le corbyn e [5] le coufle, mès entendre a pruesce e a walue, sicom [6] le ostur. Et ou est greindre [7] value qe de veyntre le maufee [e [8]] purchacer le regne Dee? Et qi qe deit ceste [9] pruesse fere, comencer le [10] covient en juvente, qar l'em ne poet mye de merryn porri fere bon meisoñ. *(v°)* Pur ceo dit le seint Espirit : « Metez vostre quer en bien « tant com dure vostre juvente [11]. » E pur quoy? « Jeo « le [12] vous dirray, » fet Salomon. « Ceo qe en juvente « ne avez quilly, coment le troverez en age [13]? » Mès il est de plusours sicom il avynt jad[i]z [de un bon fyz a ky son pere maunda ke ly enveyat de sa cerveyse [8]].

Narratio de idem.

Un bon homme manda a son fiz qe il mandast de sa bon serveyse. Et il respondi al messager qe sa [14] serveyse fust trop novele [a soun pere e ly freyt mal al nees [8]]. Autre foiz respondy qe la serveyse fust trop forte e lui grevereit la teste. A la tierce foiz respondy [15] qe la serveyse fust sur [16] lye [17] e fut turné a coripcion. Pur ceo [le [8]] dy [18] plusours ne voilent presenter Dampnedeux de lur [juvente ne de lur force ne de lour [8]] veillesce.

1. *B* les a. a un a. — 2. *A* garry; *corrigé d'après B*. — 3. ne mye, *B* nent. — 4. *A* chistyce; *corrigé d'après B*. — 5. *B* ou. — 6. *B* com fet. — 7. *B* greignur. — 8. *Restitué d'après B*.— 9. *B* tele. — 10 *B* ly. — 11. ECCLE. XI, 9. — 12. *B omet* la. — 13. ECCLI. XXV. 5. — 14. *B* la. — 15. *B* si le maunda. — 16. *B* se jut sus la. — 17. *A* laye; *corrigé d'après B*. — 18. *A* dyt; *corrigé d'après B*.

140. — *Quod quidam in juventute mox incipiunt bene facere.*

[M]ès autrement font les ees; qar meyntenant com sont criez, comencent par temps de bien fere e de [1] bien overer; quillent les flours e font la cire e le meel. Auxint les sages comencent par temps de bien fere [e] vont a les flours, ceo [2] sont les bons doctours [3] e la pernent la matiere dont vient le myel [4] de douce devocion e la matiere de cire dont est allumé seint Esglise par lour conversacion; e pur ceo qe ils scevent qe mort ne esparnyst a nuluy, ils pernent le tens de bien overer tant com [lur [5]] dure, solom le conseil seint Pool qe dit issi : « Faceoms « le bien qe nous [6] peoms tant com tens avoms. » *Ad omnes, dum tempus habemus, operemur bonum* [7].

Narratio [*ad*] *idem.*

Le fitz de un gentil home [8] en sa juvente se mist en religion, dont son piere fut mout corucee e [9] se mist cele part pur destruire la meyson, si son fist ne lessast [10] sa [11] religioñ. « Sire, » dit il, « volenters le fray, par si « qe vous oustez de vostre terre un mauveisse costume. — Certz, » dit le piere, « dites le mei [12], e serra fet saunz « delay. — Sire, » dit il, « vous avez un costume en « vostre terre qe les juvenceles [13] meorgent [14] com font

1. *B* que taunt tost en juvente, après ke sunt creez, c. de b. — 2. *B* ces — 3. *A* dottorours; *corrigé d'après B.* — 4. *B* agnyel. — 5. *Restitué d'après B.* — 6. *A* vous, *corrigé d'après B.* — 7. Gal. vi, 10. — 8. *B* Issy le fit jadys le f. un riches h. ke. — 9. *B* f. si c. k'yl. — 10. *A* lassast, *corrigé d'après B.* — 11. *B* la. — 12. *B* Ore dites mei quele el est e ceo. — 13. *B* juvenceus. — 14. *B* morrent.

« les vieillardz ; [1] oustez cele costume, e jeo m'en ir« ray [2] od vous. — Certes, beau fiz [3], » dist le piere, « jeo ne puis ceo fere, quar cele ordenance est de par « Dieu fete. — Ceo est [4] bien, » dit le fiz ; « pur ceo me « sui pris a tiel lieu pur estre prest a sa volenté. » Quant le piere le oy ceo dire, tout après guerpi le siecle e se myst en cel meyson pur servyr Dieux tote sa vie.

141. *Quod qui omnia cupiunt omnia perdunt.*

Le nature del perdriz est tiele qe ele ne [est [5]] mye payé de norryr ses pigeons demene, si ele ne va [6] embler les eofs sa compaigne. E quant ele a tot travaillee entour les seons e entour les autres, queux [7] a tort les [8] cleyme pur les seons, vendra le perdrisoure, mettra [9] ses engyns chacera, trestouz en son [10] tonel, e prendra les uns et les autres ; si lerra les vels ruhanz voler pur un tiel cas autre foiz [11] aver. Auxint est de plusours qe ne sont mye payé de ceo qe Dieu lur preste [12], si els [13] ne purchacent plus a ceo en male manere. Et quant ont quilly grant aver et grant terres, vient le perdrisour, rey ou justice, e met ses engyns de dur enchesonement, et les chace en sa prisone, e prent de eux quant qe [14] ont purchacee, a dreit ou a tort. Et puis, quant lui plerra, les lest voler [15] les veux [ruan a sa primere baylie [16]] ou as autres [17] qe plus valent [18] pur autre foiz trover encheson a eux [19]. Pur ceo dit le Scripture [20] : « Qi fet damage as au-

1. *B ajoute* ore. — 2. *B* me renk. — 3 *B omet* beau fiz. — 4. *B* pensay. — 5. *Restitué d'après B*. — 6. *B* voit. — 7. *B* ke. — 8. *B omet* les. — 9. *B* e ensestra. — 10. *B* e les ch. trestuz en un t. — 11. *B* si l. voler les veuz ruan p. t. c. autre an. — 12. *B* l. a presté. — 13. *B* il. — 14. *B* k'yl. — 15. *A* voiler, *B* volir. — 16. *A* le v. baillifs ; *corrigé d'après B*. — 17. *B* ou a un autre. — 18. *B* vaut. — 19. *B* ly. — 20. PROV. XXII, 16 ?

« tres pur se mesmes enricher, ses mestres prendront de « lui quant qe il ad pris [1], esi [2] devendra poveres.» Dont vers est dist [3] : « Qui tot coveite tot perde [4]. »

(Fol. 47.) *Fabula ad idem.*

Treys [5] compaignouns [6] alerent en pelerinage ou [7] vyndrent en un ville ou nul payn fust [8] a vendre, mès [9] soulement faryne, doñt se feseyent un tortel. Et un tiel covenant firent entre eux [10] qe celui qe en dormañt avereit le plus merveillous sounge preïst le tortel entier a lui. Et tant com les deus dormirent, le tierce [se porpensa ke ses compaynouns le voleyent deceyvre, si [11]] s'en va al tortel e le mangea chescun mye; et puis se cocha pur dormir. Les autres lievent sus e counterent [12] deus soungez. Le un dist [13] qe lui fust avys qe deus aungels lui pristrent e lui [14] porterent a ciel; et l'autre dist qe lui fust avys [15] qe deus deables lui pristrent [16] e porterent a enfern. Quant vyndrent a lur compaignoñ e lui comencent de aveiller, il monstra signe de graunt afray, e ne cessa de crier. « Qe est ceo? » fount ils [17], « es tu aragez? — Nenyl, » fet il, « mès « jeo [18] sui enmerveillez qe de ci loynz si toust estez re- « venuz [19]. Il moy fust avys qe jeo vy deus aungels por- « ter un de vous vers ciel, e deus deables porter l'autre [20]

1. *B omet* q. q. il ad p. — 2. *B* il. — 3. *B* D. nus trovoms veirs dyt. — 4. *Proverbe fréquent; voy.* LE ROUX DE LINCY, Livre des prov. II, 274, 407, 488 — 5. *A* Deus; *B* Sy cum avynt jadis de treys. — 6. *B ajoute* ke. — 7. *B* e. — 8. *B* troverent, — 9. *B* fors. — 10. *B* si ke les deus voleynt deceyvre le terce e feseyent un covenaunt qe. — 11. *Restitué d'après B.* — 12. *B* contrevent. — 13. *B* ke l'un direyt. — 14. *B omet* lui. — 15. *B omet* d. q. l. f. a. — 16. *B* quistreat. — 17. *B* les autres. — 18. *B omet* jeo. — 19. *B* de ceo ke estes de sy loynz si toust retournee — 20. *B* prendre l'autre et porter.

« vers enfern, e jeo ne savoy meillour counseil [1], mès « pris confort a moy, e mangeay tot [2] nostre tortel. » Doñt dient [3] les autrez [en aperte [4]] : « Qi tot coveite « tot perde [5]. »

142. *De stultis qui de malo in pejus semper deficiunt.*

Graunt diversetee de nature est entre le [6] asne e le [6] motoun, qar le asne, tant com plus crest en age, taunt [7] meynz ad de matiere dount [8] estre preisee; qar lors devent [9] desavenant, velu e hercelee, seke e freillous, pesaunt e obliouse. Tieux sount plusurs qe comencent beal, mès en cressañt vount enpiraunt [10]. En lur juvente soñt pleisañtz, debonerez, piteousez, devoutz a Dieux e ferventz [11] en amur, prestez a touz bienz e de bon remembraunce. Mès en chescun poynt qe ils deûssent crestre, decressent, qar ceux qe furent en juvente pleisauntz devenent en age desavenañtz, amerz par mal conversacioun. GAL. 3° : *Sic stulti facti estis ut cum spiritu inceperitis, carne consummemini* [12]. Ceux qe furent debonerez devienent com asne velu e hercelee, ceo est a dire de queor irrous e as autres grevous. Pur ceo dit Ys. 53° [13] : « [Lur [4]] beal parol torné est en groun« delour [14], e lur douceure en maufiel [15]. » *Argentum tuum versum est in scoriam, et vinum tuum mixtum est aqua* [16]. Ceux qe furent piteousez si devienent durs;

1. *B* ne savey el. — 2. *B omet* tot. — 3. *B* dysent. — 4. *Restitué d'après B.* — 5. *Cf. page précédente, note* 4. — 6. *B omet* le. — 7. *B* dount. — 8. *B* d'. — 9. *A* vynt; *corrigé d'après B.* — 10. *A* aspiraunt; *corrigé d'après B.* — 11. *B* de pitouse devenent f. — 12. GAL. III, 3. *B omet toute la phrase depuis* ceux qe furent en juvente, *et la reporte plus loin.* — 13. *A ajoute* 53, *chiffre inexact.* — 14. *B* groundiler. — 15. *B* est medlé ove mausavour. — 16. Is. 16, 22. *Vient ensuite dans B la phrase* Cil qe furent en juvente ..... consummainini.

ceux qe furent ferventz devienent laschez e [1] inobedientz. De queux parle seint Pool e dist Th. 3° : « Ils « serroñt coveitous encountre pitee; soulment [2] ame- « rount [3] lur pru demene, e ceo est encountre charitee; « serroñt inobedient encountre humilitee. » *Erunt homines se ipsos amantes, cupidi, avari et inobedientes*, etc. [4]. Et la dreigne condicioun del asne, q'il est taunt [5] oblious, nous monstre l'estat des foux qe est [6] trop perillous. Qar la nature del asne est [oblier [7]] ou dreyn fust en peril; ja pur ceo ne lessera de autre foyz retourner. Pur ceo dit Salomon, Ecc. 8° : « Et [si [7]] lui mau- « veyz cent foyz retorne a soñ peché pur ceo qe il [ne] « treove contredit, jeo di » [fet il [7]] « qe bien lui aven- « dra, si se retrest pur doute de Dieux [9]. »

Narracio ad idem.

[10] Le leon geust malade e vyndrent les bestez pur lui visiter. Le gopil jugea [11] sa urine e dit : « Si il eüst le « queor del asne, il serreit garry. » Apellé fust le asne e comaundé de tuer. Doñt pria le asne qe il pout a meisoñ aler pur soñ testament feare [12] e fia sa fiaunce de retorner; mès il ne voleit [13]. Quant le gopil vist qe il ne retorna poynt, a lui se mist par ses cautieles, si lui [14] remena. Tost fust le asne tuee e deschorchee, overt et defet. Et en defesaunt le gopil embla le queor e privement le mangea. Le queor fust quis e poynt trovee, *(v°)* et de ceo fust le gopil devañt le leoñ accoupé. A ceo respoundi

1. *B* C. qi f. p. si d. feinz e lears e. — 2. *B* soul. — 3. *A* amerent, *B* averount. — 4. II Tim. iii, 2. — 5. *A* est qe tañt; *corrigé d'après B.* — 6. *B omet* qe est. — 7. *Restitué d'aprés B.* — 9. Eccle. viii, 12. — 10. *B ajoute:* Cy gist un grant counte acordant a ceste matere. — 11. *B* regarda. — 12. *B* e f. s. t. — 13. *B omet* m. il ne v. — 14. *B* a li s'esmuth e par ces cautels le.

le gopil [1] e dist qe le asne ne out poynt de queor, e ceo par reisoñ vodreit prover [2]. Remembraunce vient hors de queor, e il out perdu remembraunce de soñ peril quant autre foiz retorna [3] a sa mort. Doñt bien piert qe il out perdu le queor aillors, quant tiel peril de mort out oblyé [4]. « Bien avet dit, » fet le leoun. « Retornez « sañz chalange [a meson [5]]. » Et pur ceo jeo dy qe males gentz voñt touz jours, sicom le asne, par empirement [6], e oblient lur peril e touz jours retornent, tañt qe vienent a lur definement. Pur ceo dit seint Pool : « Ils « voñt touz jours de pys en pys. » *Mali homines proficiunt in pejus, errantes et in errorem alios mittentes.* Th. 2° [7].

143. — *De bonis qui de bono in melius semper proficiunt.*

Mès le motoñ nous aprent un autre [8] lessoñ de aler par amendement, e nient par enpeirement [9]. Il est en juvente amyable, mès en age plus covenable, qar donqe nous monstre en sa nature quatre chosez qe devoms sure. Une chose est qe il se doune a compaignie des veux [10] berbitz e refuse les aigneux, com dit le philosophre, c° 4to [11], qe nous auxi a compaignoñs sagez devoms allyer [12] et ne mye a jeonez foux, com fist Roboam, R. 12° [13], par ont [14] il perdi tañt. Pur ceo dit Thobie a soun fitz : « Donez vous touz jourz as sagez, e de ceux querez toñ

1. *B omet* le gopil. — 2. *B* cuer a cele houre q'il retorna par ceste r. q. — 3. *B* par une a. f. e pus. — 4. *B* Dunkes parut bien q'il ont le cuer ailours jetté quant cel p. avoit o. — 5. *Resti tué d'après B.* — 6. *A* p. aspirañt; *corrigé d'après B.* — 7. II Tim. iii, 13. — 8. *B* a. nostre. — 9. *A* apirement ; *corrigé d'après B.* — 10. *B* de vel. — 11. *Ce renvoi, probablement inexact, manque dans B. Cf. Pline*, VIII, lxxii. — 12. *B* ph. et n. a. a c. s. eynnez. — 13. *Cf.* III Reg. xii. — 14. *B* par unc.

« counseil [1] »; « mès de foux vous co͞ntregardez, » fet Salomon, Ecc. 8°, « pur conseil demander, qar « autre chose ne eyment mès ceo qe lur plest. » *Cum fatuis non habeas consilium* [2]. Un autre condicioun si ad le moto͞n : com plus crest en force plus [3] [fert [4]] la terre del pié; et [5] ceo nous aprent com plus cressoms en age plus aver le mound souz [6] pié. Pur ceo dit seint Pool : « Quant jeo estoye enfa͞nt jeo fesoye sicom enfaunt [7] : « me [8] donay a folye del mo͞nd; mès quant sui venuz a « hommesse, jeo face com [9] apent a homme. » *Cum essem parvulus loquebar ut parvulus,* etc. Cor. 12° [10]. « Jeo tienk « le mond en despit [11] com fiente a [12] atteyndre l'amour « Jhesu Crist. » Ph. 3° : *Omnia detrimentum feci et arbitratus sum ut stercora, ut Christum lucrificarem* [13]. La tierce condicioun si ad le moto͞n : com plus crest en graundur plus donne de leyne. Auxint deit homme [14] sage com plus crest en graundur [15] plus abunder en aumone, sicom Abraham, Job, Thobie, e Cornelie [16]. Pur ceo dit sent Pool : « Jeo pri » fet il « qe vostre charitee e « vos bienfetz cressent plus e plus [17]. » *Hoc oro ut caritas vestra magis ac magis abundet* [18]. La quarte condicio͞n si ad le moto͞n qe, sicom il crest e court en age, auxint crest en hardiesce de queor par armure qe il porte en [19] so͞n chief. Issint deit chescun prodhomme, sicom il crest en age, crestre en hardiesce [20] de [21] corage pur defendre les leys [22] de seint Esglise ou de la terre. Pur ceo dit le apostle : « Cressez en vertue; » *crescentes in virtute confortasti.* Col. 1° [23]. Mès jeo pusse dire surement qe les

1. Tob. iv, 18, 19. — 2. Eccli. viii, 20. — 3. *B omet* plus. — 4. *Restitué d'après B.* — 5. *B omet* et. — 6. *B* desouz. — 7. *B omet* jeo..... enfaunt. — 8. *B* mei. — 9. *B* ceo qe. — 10. I Cor. xiii, 11. — 11. *B omet* en despit. — 12. *B* c. feenz pur. — 13. Phil. iii, 8. — 14. *B* chescun. — 15. *B* age. — 16. *B* Josie Cornelie e Tobie. — 17. *B* de p. en p. — 18. Phil. i, 9. — 19. *B* a. — 20. *B* hardinesce. — 21. *B* du. — 22. *B* la ley ou. — 23. *Cf.* Col. i, 10, 11.

cornes del [1] motoñ soñt tornez en cornes del limaceoñ [2], quant as [3] prelatz qe reddour deüssent monstrer encountre pechee, e quaunt a comune de la terre ou de religioñ qe deüssent accuser lur mestres de forfeture assez provee [4].

144. — *Quod multi divicias laboriose adquirunt et irridentur ab eis qui eas consumunt.*

Le teissoñ est un best basse e pulente e qe de orde preie se peust, com de verms ou de caroigne ou de novel fust des berbitz qe mout eyment, doñt ils foñt mal as faudagez; e tant soñt ardañtz en lecherye qe en lur ruteisoñ ils assailerent [5] bien un homme e le frount assez a feare. E soñt bestez qe mout travaillent, qar ils foñt lur recetez parfound en terre od estreit entree, mès dedenz soñt assez largez e mout [y ad] des angles où ils tapissent. Et coment qe seit orde *(fol. 48)* beste, uncore est gageouse en tañt qe quant le gopil qe les gueyte, quant ils averoñt tot parfet, avera fet sa vilenye en le entrée, jamès illeoqes ne vendrent. Auxint y ad plusurs cheitifs a queux Dieux ad assez donee doñt vivere en honur, qe tot se donent a chinchesse e cheitiveté, e se pessent de nient, ne en rien se delitent, mès qe a fower la terre, et les fienz des berbitz attrere e chateux quiller au dreit e a tort. Et comunement soñt fors holers, qar a peyne volent femmes prendre, dotañtz qe eles les freyent trop despendre. Et coment qe ils seient cheitifs e de mal fame, nul n'y avera qe plus tost parlera e avañcera le mal de un homme, si ils pussent nul enchesoñ oyr. Et autre rien ne pensent forz de tresor acquiller e

1. *B* de. — 2. *B ajoute* e. — 3. *B* a. — 4. *B continue avec le* § *121 d'A:* Tele est la nature de limassoun..... *Les* §§ *144 et suiv. ne s'y trouvent pas.* — 5. *Pour* assailleront; *de même plus loin,* vendrent, averent, *etc.*

de aver petitez e bassez meisoñz pur sauver lur purchace, od estreite garde de entree a la porte, qe Dieux ne nul bon homme ne entre pur part aver des ses bienz, e dedenz devers diverciles[1] (?) ou tapir purra si nul bon homme le quierge. Et al chief de tour vient a eux com avynt al tregettour.

Fabula ad idem.

Un tregettour y aveit en la counté de Leycestre qe vynt al hostel un bon homme, ou graunt assemble des bonz gentz serreit cel jour, e privement muscea soñ sachel od ses deceitez, tant qe a tens. Mès deus mauveis garceoñs esteient, Sterlyn[2] et Galopyn, qe virent ou il aveit muscee soñ sachel e le pristrent, e feseient leynz lur vilenye, qe il ne savereyt poynt, e le remistrent. Et a tens le tregettour prist soñ sachel e vynt devañt les gentz pur feare sa menestracye, e comencea comunez tregettez par vitesce de meyn. Doñt diseyent qe sotilment giwa. « Nenyl, » fet il, « mès uncore y ad un gyle « en ma bourse. » Et hastiment bota sa meyn en soñ sachel pur prendre ses deceitez, e la retrest tot lede del ordure des ribaudz, e si puaunt qe il ne pout demorir en la sale, mès s'en fuï criaunt : « Allas! allas! cest gyle « me ount fet Sterlyn e Galopyn. » Doñt nul n'y aveyt en la sale qe ne rist sur lui, e diseient : « Veyre, veyre, « tregettour, bien p[ar]lastez : autre deceit fust en vostre « bours qe vous quidastez. » Auxint les chinchez richez qe rien ne purroñt endurer a doner pur Dieux, ne despendre en honur entre lur veisyns, quant vendrent devañt le seignur de ciel pur acounte rendre de touz lur fetez e touz lur paroles, lors serroñt com chienz, faux, maux e puauntz, e gettez de la fest Dieux par le

1. *Ms.* diu'ciles *ou* dm'ciles. — 2. *Ici ms.* Sterbyn *mais plus bas* Sterlyn.

ordure del esterlyn pur qi ils trotterent e galoperent, poyndrent e corurent en ceo siecle, e autres se frount mout bien a eese en queux par cas il ont malement voché, sauf en lur vie. Dont ils ne averent mès qe eschar en ciel ne en terre, sicom dist le P. : « *Videbunt justi et timebunt et super eum ridebunt*, etc. [1] » « Les « seintz le verront, e peour en averont, e sur lui rie- « rent e dirront : Veiez le homme qe poynt se espera « del eyde Dieux, mès esperance aveit en sa graunt ri- « chesse e puissant fust en sa vanité [1]. » Et verreiment est vanité dont homme a son greigneur meschief e[st] deceü e deseydé.

Fabula ad idem.

Le bon homme Johan de d'Alderby, evesque de Nichol, monstra al abbé de Gignesham [2] qe mangea od lui en son chastel de Bannebury, un gentil homme qe il y aveit, e lui dist qe ceo fust executour a un persone qe fust mort en le eveschee; e vynt a lui pur counseil aver del execucioun. « Celui persone, » fist il, « fust procura- « tour as Templers en les Arches a Loundrez, e aveit de « eux bouche a court pur lui e un garceoun e un chival, « robes e un pension par an. Et coment qe il [3] fust « avancee a une trés bone esglise e bones empensions « avoit il, ne despendi rien, mès tot [mist] sur les Tem- « plers, auxi longement com il poeit endurer de aler *(v°)* « a les Arches. Et quaunt plus ne poeit avaunt, il ala a « sa esglise, e demorra cheytifment, qe unqes veisyn « ne appella, ne un bon repast mangea. Au dreyn, en « son moriant, il fist soun testament, qe amounta a « treis cent liveres, e bailla a ses executours les deners « touz countez. Mès en la fin de son testament, il fist

1. Ps. LI, 8-10. — *Corr.* Evesham? — 3. *Ms.* ils.

« mettre cest parole : *Ad hec autem omnia remanent octo* « *sub cathedra*. Mès nul ne saveyt des executours qe ceo « devoit amoñter, ne il ne voleit a nul de eux counter. « Morust, e ses executours entendañtz qe la parole en « la testament ne fust pas escrit pur rien, privement « enserchérent touz les meisoñs, e fors un chaier ne « troverent, qe estut en un petit basse e oscure chaumbre, « ou ses predecessours soleient cocher lur vynes en gros, « a qe le chambre en tot soñ tens ne aveit fermyne. « Souz cele chaier, foañtz bien parfonde, troverent un « coffre od huyt mille liveres des esterlyns. Doñt celui « qe est principal executour est venu a nous, » fist le evesque, « pur counseil aver quoy seit a fere de cel « avere. » Et dit le evesque al abbé en audience : « Huyt « mille liverez ! huyt[1] mille liverez, sire abbé, en tre- « sorie avoyt, e unqes un bon repast manger ne poeit ! » Et quant qe ceo oyrent de sa folie, ristrent, e a soñ executour en counseillaunt distrent qe lui e ses compaignoñs les deners pristrent, e ceux e lours de eux richez feïssent. Mès le evesqe ordena de cel pur la alme solom sa descrescioun, e de ceo chargea le prodhomme en peril de sa alme.

145. *Quod quasi sub virtutis specie diabolus vicia frequenter inducit.*

Quaunt le venour est aperceü de un cierf grasse e fort, ja garde ne ad de ses chienz ne de ses archers ; lors demet a prendre le pur quoyntise ; si le lest tot en pès saunz nul affray fere a lui, e espye ou soñ haunt seit a soñ recet, ou le cierf se soleit reposer, e la va mettre privement un kalketrappe, e la coevere, e en tote la place entour esparpille hiere e choletz. Doñt, quant le cierf

1. *Ms*. hyut.

vient vers soñ recet e veit le hiere, il se areste e rounge de les foillez e de le brouz qe il mout eyme. Et veiaunt devaunt lui les choletz qe plus eyme, se haste la e se pest. Et ensynt va pessaunt, ore del un, ore del autre, eslisañt cel qe meux quide, tant qe avant qe le sasche, merche le pié en la kalketrappe, e esta illeoqes si ferm liee qe il ne se peot eyder, tant qe le venour qe ne est mye loynz vigne e lui defet, si si fort ne seit qe il peot la corde debriser, e ensynt eschaper. Auxint le maufee, la ou il veit un homme qe se deyñt tot a Dieux e a soñ servise, coñtre lui deit (?) par deceites e cautieles, e par colur de seyntetee e de bien le mene a mal e a peché. Et la ou il quide de bien overer, chiet en mal saunz retourner, si la mercy de Dieu ne seit; qar ja deynté ne ad a soñ dynre[1] les simples gentz qe gers ne scevent defendre countre lui, mès les bonz gentz e seintez e qe se donnent a tenir le vou qe nous fesoms touz en nostre baptesme a reneier de cel houre en avaunt le deable e touz ses eoverez, e prendre a Dieux e a sa comaundementz, contre ceux se met od tot soun poer, com dit seint Job : « Il humera sus la graund ryvere », ceo est a dire le graund nombre de mescreauntz e des mauveis faux cristienz qe soñt freidez e sañz charitee dessavorez par mescreaunce, e touz jours movañtz par variaunce, e pas ne se merveillera, mès uncore se affye qe la flume Jordan, c'est a dire les bonz cristienz qe Dieux eyment parfitement, corra en sa goule : *Absorbebit fluvium et non mirabitur, et habet fiduciam quod fluat Jordanis in os ejus*[2]. Doñt Sathanas lur mestre comaunde a ses ministres e dit : « Alez countre touz.....[3], countre « graundz e petitz e countre ceux nomement qe me ount « en despit. A nul reaume *(fol. 49)* de mound ne devez

1. dynre *ou* dyure ; *mot corrompu, corr.* decyvre? *P.-é. aussi y a-t-il ici une lacune.* — 2. Job xl, 18. — 3. *Mot illisible ; il y a quelque chose comme* motcone *ou* morcone.

« esparnir, mès tretouz comunement frez a moy servir ». JUDITH : *Egredimini contra omne regnum occidentis, et precipue contra eos qui imperium meum contempserunt. Non parcat oculus vester ulli regno, set omnes meo subjugabitis* [1]. Mès pur ceo qe, com dit seint Jerom, il nous purra bien enticer, mès a mesfere nient afforcer : *Suggerere potest, precipitare non potest,* qar le roy de majesté est si pleyn de pitee qe nul ne soffre tempter qe il ne purra endurer la pussoms [2], si nous voloms : *Fidelis Deus qui non permittit vos temptari supra id quod potestis, set faciet etiam cum temptatione proventum ut possitis sustinere* [3]. Pur ceo, si nous de nostre fraunche volenté lui vodrons siwer, il nous menera com par reisoñ, e pur nostre profit de mal en pirs, com le chat amena le gopil.

Fabula ad idem.

Le gopil en boys encountra un chat grosse e grasse, e lui demanda doñt il fust en tiel poynt depuis qe il aveit graunt feym. « Jeo ay assez, » doñt fet le chat, « e si « averez vous si od moy vodrez venir. — Volenters, » fet le gopil. Et ne se dota de nul deceite. Le chat lui mena la nuyt proscheyn a un ville a la court un graunt seignur, e lui demaunda : « Ne savez poynt manger de « furmage e de chars saleez ? — Mout bien, » fet l'autre, « e de bon volenté. » Le chat lui mena par mye un fenestre estreit en la larder, et lui fist manger de chars salez bon saülée ; puis lui mena en le deyerye ; si lui fist flater de let tant com il poeit. Puis lui fist manger furmage au-

1. JUDITH II, 5, 6. *Il y a dans la Vulgate :* omnemque urbem munitam subjugabis mihi. — 2. Sic. *Il semble que le copiste ait confondu deux rédactions :* que il ne pusse (*ou* purra) endurer, *ou* que endurer ne la pussoms. — 3. I COR. x, 13.

tre saülée e puis flater du let. « Ore, » fet le gopil, « nous « sumes bien ; bon est qe nous en aloms. — Non pas « uncore, » fist le chat : « nous mangeroms de deyntez « par enchesoñ de vous. » Lors lui mena en la sceler ou ils troverent chars fresses e peissoñ, et le afforcea de mout manger. Et quant il ne poeit plus, uncore le chat lui fist retorner pour flater du let, pur congé prendre, taunt qe fust si gros que a peyne poeit aler. « Ore, » fet le chat, « nous sumes bien a eise, ore voloms chaunter. — Ne voille Dieux! » dit le gopil, « nous seroms ho- « nys. — Ne eyez cure, » fit le chat, « mès siwez moy. » Et il comencea de crier tant haut com il poeit. Le despenser et le deye, qe oierent la noyse, alumerent pur vere quei ceo poeit estre, et a lur venue le chat saut hors al fenestre la ou il entra, si s'en va. Le gopil voleit [aler] après, mès pur nient. Il fust si gros de trop manger e flater qe il ne poeït avant, mès fust pris e tant batuz qe il fust pur mort tenuz. Auxint le maufee par ses cautieles nous mene de pecché en pecché, tant qe il nous eit en sa calketrappe encombré e des cordez de nos pecchez demeyne enlacez. *Funes peccatorum circumplexi sunt me* [1]. « Les cordez de mes pecchez me oñt ja « trop ferm liez. » Mès ceo fet il si coyntement qe nous ne pussoms apercever. P. : *Laqueum paraverunt pedibus meis et incurvaverunt animam meam* [2]. « Lur cordez » fet il « oñt contre moy ajustee [3] e ma alme ont abessé, » ceo est a dire trest a pecchee, qar primes al assent nous tret e puis nous mene a fere le fet, au dreyn nous lie par costume; lors quide qe les seons sumes. Qar dure est a briser la corde ou treis cordeus y acorde. SALOMON : *Funiculus triplex difficile rumpitur* [4]. Mès Nostre Seignur qe nous fourma e de soñ sank nous chata, qe touz hommes veot estre sauvez e nul morir en ses pechez,

1. Ps. LXVIII, 61. — 2. Ps. LVI, 7. — 3. *Le ms. a plutôt* mustee. — 4. ECCLE. IV, 12.

quant le deable nous ad guilee en sa kalketrappe menee, si nous voloms a lui crier e de sa merci lui prier, de la corde nous delivere e a lui nous prent, tot a delivere. P. : *Anima nostra sicut passer erepta est*, etc., usque *qui fecit celum et terram* [1]. « Nostre alme com le oysel est « deliveré del laz cruel; la corde est rumpue e defet, e « nous deliverez e saufs par le seignur qe crea ciel e « terre e quant qe il y a. » Dont vous dirray un counte.

Narracio ad idem.

Un moygne de mout seint vie, par assent de son abbé se mist en desert loyng de chescune veye de houme, e vesqui de racyns, herbes e fruitz del desert, e se herbergea en un cave de une roche, e mout parfitement e devoutement servy a Dieux, e mout des ans nul homme *(v°)* ne vist. Le deable od lui aveit graund envye e assez lui tempta, e lui ne pooit par nul art encliner de assentir a nul peché, tant qe un jour il vynt a lui en resemblaunce de un heremite, si sembla de vewe mout espirital e devout, e dist qe il aveit longment demoree la deprès, e qe mout se merveilla qe il ne lui aveit veü mès. Et dit qe bien saveit qe Dieux se grea de lur vye, e pur ceo les fist donqes venir ensemble, chescun de estre counforté par autre. Et demaunda del bon homme se il tynt totes les observances de son ordre. L'autre dist : « Oyl, » saf qe il ne leva poynt al mye nuyt a dire ses matyns. « E ceo est » fit il « par reisone « qe jeo ne ay nul oriloge ne fieu ne chaundel. — Non? » fet l'autre « vous fetes mal; jeo vous fra[i] aver un koke « qe chantera e vous esveillera tost aprés la mye nuyt, « e fusil e caillou e autre instrumentz vous donray [2],

1. Ps. CXXIII, 7, 8. — 2. *Ms.* dirray.

« doñt vous espondrez del fieu e frez vostre ordre. » Et ensynt fist : le koke chaunta ordenement, e le bon homme se reposa surement tant qe al coke chauntant. Et lors leva, e après tot la nuyt veilla en ses oreisouns. En[1] poy de houre le coke se detynt de chaunter, e le bon homme se cocha tant qe fust a peyne jour e mout parsy[2] de sa devocioñ. Le mauveys heremite revynt a lui, si lui demaunda de soñ estre : « Jeo sui bien, » fet l'autre, « mès moñ koke me deceit ascune foyz. — Oyl? » fet le maufé, « jeo lui amendra[i]. » Si lui porta un autre jour treis gelines, a queux meigtenant le coke se allya. Les gelyne pontrent, coveerent e desclostrent, doñt le bon [heremite] graunt pitie aveyt, qe vist les poucyns, si innocent creature, morir du feym. Doñt chesun jour de un pal ala fower en terre pur quiller des verms pur lur vye sustener. Survynt le maufé e lui demanda de soñ estre : « Malement, » fist l'autre. « Ore oñt les gelynez « de poucinez, doñt assez sui occupé tot le jour a quil- « ler[3] des vermes pur lur sustenaunce, e lesse mes orei- « souns e ma devocioun. — Veir ! » fet l'autre, « bien sera, « e par tens. » Et revynt un jour e od lui mena un garcette jeone e blounde, pur servir al bon homme, tant com il entendy a sa devocioñ. La garce fist le bon homme manger du payn e beyvere vyn qe avoit od lui portee, ensynt qe la charnaltee qe en lui fust enmortie comencea revigorer e relever encountre l'espirit, en tant qe la garce tant bourda un jour od le seint homme qe il fust tot en poynt de aver peché od lui. Mès Dieu de sa grace lui visita, tant qe [il] pensa de soñ estat e fist sur lui signe de la seint croiz, e meyntenant envanyst le faux heremite, le garcette, koke e gelynez e quant qe le maufé aveit purveü en deceit de le seint homme, qar tot furent mauveyz espiritz en tiel fourmez. Et le prod-

1. En, *ms.* Et. — 2. *Ms.* psy (p *barré)*; *corr.* perdy? — 3. a quiller, *ms.* acquiller.

homme se repenti de sa sotie, e tot se dona a Dieu loer e servir, e bien vesqui e finy en le servise Dieux omnipotente. *cui* [1] *sit honor et gloria in secula seculorum. Amen.*

Hic liber est scriptus, qui scripsit sit benedictus.
Amen.

1. *Ms.* qui.

CONCORDANCE DU MS. DE CHELTENHAM (*B*)

AVEC CELUI DE GRAY'S INN (*A*)

CHELTENHAM.		GRAY'S INN.
Fol. 120 r°	En ceo petit liveret	*Prologue.*
—	Li noble clerk Ysidre	1
—	En autre manere peust	2
—	Quatre freres	3
— v°	Le lou e le gopil e le asne	4
—	Nature e costume de sengler	5
Fol. 121 r°	Cest oisel dount jeo	6
—	Li ours raumpit	7
—	Li philosoph Plinie	8
— v°	La nature de chevre	9
—	Un pesson de la mer	10
—	Toor si ad le pee	11
Fol. 122 r°	Li owail de li chevre	12
—	Li truie quant	13
—	..... de li olifaunt ke sei garnit	14
—	Li chevre ad si povre entendement	15
— v°	Ore bestorne li secle	16
—	Li houhan pria le houstour	17
Fol. 123 r°	Li bon clerk Basilius	18
—	Les une bestes ont de nature	19
— v°	Les une bestes querount lour preie	20
—	Grant diverseté de nature	142
Fol. 124 r°	Mès li motoñ nus aprent	143
—	Tel est la nature de limasouns	121
Fol. 125 r°	Quant mule ou chival est redossé	122
— v°	La formie ad tel nature	123
—	Yrayne maintenant quant est formee	124
—	Li philosoph Plinie nus dist en son livre	125

Fol. 125 v°	..... de lou la qi nature si est tele [1]......	126
Fol. 126 r°	Nous trorom escrit de ly philosoph Plynie.	127
—	Aristotyl dist en son livre qe si polein...	128
— *v°*	Li philosoph Plinie nus dist en son livre 28 c. 7 que adne................	129
—	Li sage homme Plinie dist en son livre qe li adne........................	130
Fol. 127 r°	Aristotle parout en son livre 5..........	131
— *v°*	Aristotle en sun liver nus dist qe lo corf.	132
Fol. 128 r°	La nature de levres est tele.............	133
— *v°*	Le levre ad de nature quant oit.........	21
Fol. 129 r°	Quant levre est chacé par venour.......	22
Fol. 130 v°	Li philisoph (*sic*) Plinie nus dist en son livre qe lo leon....................	23
Fol. 131 r°	Plinie en son livre .x. dist qe la urine del adne.........................	24
— *v°*	Li noble clerk Avic. nus aprent........	25
—	Un pesson de la mer q'est apelé koytar..	26
Fol. 132 r°	Cesti pesson de custoume vent par matin.	27
—	La nature de levre si est tele : quant levre.	28
— *v°*	La nature de le adne si est q'il doute mult.	29
Fol. 133 v°	La serene est un monstre.............	30
—	Pur ceo dist l'Escripture : Il endoucist...	31
Fol. 134 r°	Deus peres sunt trovés qi portent	32
— *v°*	Li sage philosoph Diascorides...........	33
—	Gentil chen com est leverer.............	34
Fol. 135 r°	Si leverer par cas comense.............	35
—	De autre part, quant leverer............	36
—	Li serf quant leve les orils..............	37
—	Les serfs querent pasture...............	38
— *v°*	Le serf quant est en rut............. ..	39
—	Le serf nus aprent de endaunter enfañs..	40
—	Le cirogrille nus aprent la manere......	41
—	Quant li synge ad deus synjoñs.........	42
—	La taupe dist li philosoph..............	64
Fol. 136 r°	Le tesson nus aprent..................	65
—	Li herinaz est une beste................	66

Ce § est, dans *B.* joint au précédent.

Fol. 136 r°	De autre part le herinaz	67
—	Li herison ad tel nature	68
—	La formie est de tel nature q'autre greyn.	69
— v°	Formicalion est une petite beste	99
—	Entre les formies sount les uns	100
—	En la tere de Ynde sont une maniere	101
—	Li lepard qe taunt est gentifs	102
Fol. 137 r°	Li lepard par vil amur	103
—	Li serf, taunt com tent ses cornis	104
—	Li lepard, par veydie e ne mie	105
—	Li olifaunt deus foyx	106
—	Une beste est apelé hiheyne	107
— v°	Ceste beste hyene si ad un autre merveilous	108
—	Mès de meme ceste beste	109
—	Li ourser aprent coment li maufé	110
—	Mès encontre cel mal	111
Fol. 138 r°	Entre les bestes	70
—	Al olifaunt Deu ad doné tel nature	71
— v°	La nature de ly oliphant	72
—	Li olifaunt, cum dist le livre	73
Fol. 139 r°	Quant li olifant va en desert	74
—	Une verme q'est apelé en latin eruke	75
— v°	La nature de cel verme q'est apelé eruk	76
—	La nature de ceo beste	77
—	La chaufe sorice ad tele nature	112
Fol. 140 r°	Li philosof nus dist	113
—	Si le ours demaundast	114
—	Homme ke se enorguylle	115
—	En la terre de Ynde est trové un arbre	116
Fol. 141 r°	En la terre de Sicil	117
— v°	Li cerf taunt cum est en meen estat	118
—	Entre les miracles ke sunt escriz	119
Fol. 142 r°	La nature du cerf sy est tele	43
— v°	Sy prodhomme seyt dur	44
Fol. 143	*Coupé*	45 *à* 47
Fol. 144 r°	Li sage home Plinie nus dyt que un pesseoun	48

Fol. 144	*r*°	Sy cum fyt le lou au motoun ke laverent lour peez...........................	49
—		La lune se tient touz jours............	50
—	*v*°	Nostre Seygnur dyt en un vers du sauter.	51
Fol. 145	*r*°	En la mer de Nyle........................	52 [1]
—	*v*°	Autalop est une beste coynte..........	53
—		Les oyseus a lur parlement.............	53
—		Un petyt pessoun.......................	54
Fol. 146	*r*°	Le lyvre de natures nus dyt.	55
—		Un oysel ke l'en apele sycoynnie.......	134
—	*v*°	La tourtre est de telle nature...........	135
Fol, 147	*r*°	Cest oysel ke ay nomee.................	136
—		La nature de faucon est tele............	137
—	*v*°	Le genty faucon ke mounte si haut.....	138
—		La nature del hostour si est tele........	139
Fol. 148	*r*°	Mès autrement fount les ees,...........	140
—		La nature de perdriz est tele............	141
—	*v*°	Nous veüm ben qe ceo dytelez..........	78
Fol. 149	*r*°	Ky vensyt de la court ver sun amy......	79
—		Une pere k'est apelé enidre....	80
—	*v*°	Si femme travayle fortement d'enfaunte.	81
Fol. 150	*r*°	Mès amour de ceste vie est semblable..	82
—		La nature de aylle si est tele............	83
—	*v*°	Peyvre si est un greyne neyr par dehors.	84
—		Li noble clerk Avicenne...............	85
—		Si homme seit morz....................	86 [2]
Fol. 151	*r*°	...quant ele leva pour dire ses matines. *fin de*	97
—		La fuylle de saffran se moustre..........	98
—	*v*°	Aymand est une pere preciouse.........	56
—		Si homme eyt en son cors..............	57
Fol. 152	*r*°	Poudre de Ysope ennetyt la face........	58
—		Un herbe qe est apelé squylle	59
—	*v*°	Columbe est de tel nature...............	61 [3]
—		Ne vaut nent au povre de pleder au ryche.	62

1. Numéroté par erreur 54, ci-dessus, p. 72. — 2 La fin du § 86 et les §§ suivants jusque vers le milieu du § 97 manquent dans *B* par suite d'une omission du copiste; voy. p. 108, note 7. — 3. Le § 60 manque : 59 finit le recto et 61 commence le verso.

Fol. 152 v° Plusours genz sunt semblables a wandelardes........ 63
Fol. 153 r° Un rey graunta soun sergeaunt........ 63
— Le pork e ly ane........ 120
— *v°* Un prohome out........ 120

TRADUCTION LATINE DES CONTES DE BOZON

(Musée brit. Harley 1288).

(*Fol. 112* [1]) In isto parvo libello sive opusculo potest quis invenire multiplex exemplum pro materiis diversis, unde possit addisci ad reprobandum malum, scilicet peccatum [2], et ad (eligendum sive [3]) amplexandum bonum (scilicet virtutes et opera bona), et precipue ad laudandum Deum qui bene vivendi dedit nobis occasionem per naturam creaturarum que sunt sine ratione, prout dicitur Job 12° : *Interroga jumenta et docebunt te, volatilia celi et indicabunt tibi; loquere terre et respondebit tibi*; id est : Vos qui nescitis peccata vitare et operari bona, interrogate bestias et ille vos docebunt, aves volantes et ille vobis dicent; materias terre que vobis respondent [4]; pisces maris, et illi vobis modum denunciabunt, non sermone, sed quelibet creatura in natura sua diversimode operatur, et ostendit docendo quomodo per aliquam poteris benefacere et per aliam a malo te retrahere.

[**1**] Ysidorus narrat in libro [XVI°] quod est lapis unus qui vocatur *magnes*, qui naturaliter trahit ferrum post ipsum, sed adamas est lapis majoris fortitudinis, cujus virtute ferrum redit et relinquit magnetem, conjungens se cum adamante, sequens illum ubicumque voluerit. Istud exemplum potest

1. *Nous donnons les chiffres des pages d'après l'ancienne pagination. Les chiffres gras placés entre* [ ] *sont ceux des chapitres du texte français.*

2. *Il y a simplement dans le texte* de eschuer peché.

3. *Les mots entre* ( ) *n'ont pas de correspondant dans le français.*

4. *Le ms. porte ici* .i., *ordinairement* id est, *ce qui n'offre guère de sens.*

significare duo; primum sic : Iste lapis *magnes* qui trahit ferrum post se significat diabolum qui traxit sibi per peccatum Adam primum parentem nostrum et quotquot de illo procreati sunt, in tantum quod plus reddidit illos nigros et ponderosos quam totum ferrum mundi, sicut leviter posset ostendi aperta ratione. Sed supervenit ille dulcis adamas, scilicet Jhesus Christus Dei filius, qui est majoris fortitudinis et virtutis, et abstulit a magnete potestatem suam magnam, et cogebat ferrum ad se reverti, quando pascione sua beatissima vicit diabolum et rapuit ab eo predam suam (scilicet totum genus humanum). Ideo dicit Dominus in Ew°. : *Cum fortis armatus custodit atrium suum, in pace sunt omnia.*

[2] Item istud exemplum potest reduci contra legistas et advocatos, anglice *pletours,* et deceptores falsos. Nota *magnes* latine, anglice *(v°)* dicitur *greete* [1], et significat veritatem que ita magna est (vel saltem esse deberet), quod omnia terrena transiret, sicut dixit Zorobabel David [2] regi. Et iste lapis, scilicet veritas, trahit sibi ferrum, quia nulla est causa ita ardua nec magna quin veritas ejus probari possit et ostendi manifeste, si veritas ipsa pati poterit et demonstrare suum magisterium; sed frequenter [3] supervenit subito adamas, lapis multum adamatus et dilectus, qui potest dici una bursa cum alba moneta et rubea, que facit causam resilire et veritatem omnino deficere. Ideo dicit Ysay : *Conversum est retrorsum judicium, quia veritas corruit in plateis.*

[3] Erant enim olim .iiij°r. fratres jurati adinvicem in terra, scilicet Justicia et Veritas, Judicium et Equitas, quibus terra optime regebatur (temporibus suis), sed modo quasi totaliter ad terram sunt prostrati (vel de terra exulati) per Cupiditatem. Nam Veritas per bursam albe monete ad terram deicitur, sicut testatur Ysay, dicens : *Veritas corruit in plateis*, quia, ut communiter deficit et retrahit se non audens appropinquare, *Justicia stetit a longe,* [4] que causas juste de-

1. Greete *(angl. mod.* great) *n'est que la traduction du fr.* greyndur.
2. *Il faut* Dario ; *ms.* DD.
3. Frequenter *rend mal le* privement *du texte.*
4. *Il doit manquer quelque chose comme* Et venit Equitas.

beret pro quolibet determinare, sed statim expulsa pergulam [1] non audet intrare; et ideo addit Propheta : *Equitas non potuit ingredi.* Quod cernens Judicium (et quod non expedit ulterius ibi morari) revertitur, sicut adjungit Propheta : *Conversum est retrorsum Judicium.* Et iccirco simplices qui nesciunt de cautelis nec eas vellent libenter adiscere pro suis conscienciis, et quia aliunde non habent consilium [2] nec auxilium, sunt confusibiliter decepti et illusi tota die. Ideo subnectit [3] : *Qui recessit a malo, prede patuit, et apporiatus est, quia non est qui occurat.*

[4]. Et ideo istis temporibus est sicut olim erat de asino, lupo et vulpe [4]. Lupus et asinus et vulpis semel erant citati ad curiam leonis, qui dixit lupo quid faceret ibi ? Et respondit : « Domine, » inquit, « quia osculatus sum quamdam « ovem venientem de longinqua peregrinacione ». Et dixit leo : « Bene ! statim redeas domi ! Bene sciunt omnes homi« nes quod natura tua est osculari oves errantes et custodire « que non habent pastorem. » Deinde dixit vulpi : « Et tu, « Reginalde, prudens in conciliis, quare es tu in tantum ve« xatus ? — Domine, » dixit ille, « auca super me conquesta « *(fol. 113)* est quod post confescionem suam michi factam « nimiam sibi dedi penitenciam, et citatus sum ad venien« dum huc ad respondendum de delicto. — Vere », dixit leo, « modicum habuerunt facere. Redeas domi, quia officium « tuum est dare penitenciam post confescionem. » Post hec quesivit ab asino, dicens : « Domine Baldewine, quid fecisti « tu, et quare huc venisti ? » Respondit ille : « Domine, mi« serere mei pro amore Dei ! Transiens per sata sumpsi buc« cellam de avenis unius hominis [5], et pro tanto sum cons« trictus ad curiam vestram comparere. » Respondit leo : « Malo tempore velles tu destruere probum hominem ! » Et dixit clientibus et scutiferis suis [6] : « Primo fortiter verberetur « asinus, et postea flagellis consci[n]detur ! » Ita enim est

1. *Texte fr.* si est rebotée al huis.
2. *Ici et ailleurs* concilium.
3. *Ms.* subuertit?
4. *Ici et ailleurs le latin suit B.*
5. *Il y a tout autre chose dans le texte français.*
6. Clientibus et scutiferis *rendent le fr.* sergeantz.

modo in mundo et in Ecclesia de prelatis et baillivis, parcentibus [1] illis qui sunt magni et potentes, et opprimunt simplices et asininos homines pluries sine ratione. Et ideo dicit Scriptura : *Dives commotus confirmatur ab inimicis ; pauper cum ceciderit expelletur eciam a notis;* id est, si dives gravetur in aliquo, inveniet satis pro eo correspondentes, non solum de amicis sed eciam de inimicis ; sed si pauper delinquerit in minimo, statim erit subpeditatus. (Et hoc est quod testatur sapiens ECCLESIASTES, 10, *quia pecunie obediunt omnia* [2] ; nam trahit ad se et post se quasi omnes. Exemplum de advocato qui, post ostencionem pecunie, omnes leges in Codice scriptas scivit ducere ad propositum [3], qui tamen ante nullam. Et ad hoc exemplum qualiter equus centum solidorum trahit currum unius marce post se.)

[5]. Nam natura apri (anglice *a boore*) est, quando videt lupum, canem vel aliam bestiam accedere vel appropinquare porcellis suis, in nemore vel campo, offert se ante porcellos, acuendo dentes, exponendo scapulam dextram, que forcior est sinistra, ad defendendum illos ; sed num [4] faciunt sic senescalli *(v°)* et ballivi habentes simplices pauperes ad custodiendum quando vident dominos fingere occasionem unde extorqueant aliquid ab eis, loquuntur pro eis tunc et exponunt scapulam dextram, id est veritatem quam habent [5] ad defendendum miseros [6] ? Certe raro vel nunquam [7], sed quid ? *Yf the lord byddyth fle the stewward byddyth sle.* (SAPIENC. 2° : *Opprimamus pauperem justum et non parcamus vidue nec veterano* [8], et ACTUUM 5° : historia de tribus de quadringentis qui consenserunt, *Theodas nomine*, etc. [9]; et AD THESSA-

1. *Il faudrait* parcent.
2. ECCLE. X, 19.
3. *Cf. un passage analogue, dans le texte français, p. 32.*
4. Num, *ms.* ne.
5. *Ms.* habeat.
6. *Dans l'original les verbes sont au subjonctif, avec sens optatif : « Fassent ainsi les sénéchaux... qu'ils parlent... qu'ils mettent en avant... »*
7. *Le passage* veyre, veyre, blaunche face (*ou* chause) neyre, *n'est pas rendu.*
8. SAP. II, 10.
9. ACT. V, 36.

LONIC. 5° : *Caritatem veritatis*, etc. [1].) Unde plures de senescallis et ballivis eligunt potius cum dominis suis ad inferos descendere quam contra voluntatem illorum veritatem dicere in pauperum defensione. Narratur de quodam armigero quod dominus suus nutrivit ab infancia et multum amavit, tandem iste armiger infirmabatur usque ad mortem, et faciens testamentum legavit corpus suum ad cimiterium, animam autem ad infernum ; quam ordinacionem nullo modo vel racione voluit, nec informacione alicujus socii, revocare. Tandem supervenit dominus suus increpans fortiter de stulticia sua (et dissuadens ut sentenciam suam fatuam mutaret). Cui respondit quod maluit secum esse in inferno quam sine eo in celo empireo. Ita est modo. Plures vadunt ad diabolum in societate dominorum suorum pro duricia et malo quod fecerunt illis quos debuerunt nutrivisse et manutenuisse. Nam tales relinquunt exemplum apri laudabile, et secuntur modum et credulitatem cujusdam avis que vocatur *vulter*, [6] que non sinit pullos suos inpinguari : verberat eos alis et perculit rostro usque deveniant macillenti. Ita faciunt predicti senescalli, etc. : percuciunt miseros subditos rostro austere et crudelis loqucionis et comminacionis, et verberant eos alis dominacionis, potestatis et voluntatis, in tantum quod pulli, scilicet tenentes de domino, non possunt inpinguari, id est ditari. Idem dicit Dominus per prophetam JEREM. 2 : *In alis tuis inventus est sanguis pauperum et innocentium (f. 114). Et dixisti : absque peccato ego sum.*

[7] Ursus naturaliter super omnia diligit mel, pro quo querendo in deserto (vel ubi moratur) ascendit arbores ; quod percipiens venator ponit palos (anglice *stakys)* circa arborem, suspendens malleum per cordam coram foramine, id est loco ubi est illud mel, ita quod ursus veniens et videns malleum illum, amovet a loco pede vel ore, et percutit, et malleus rediens repercutit eum, nunc in oculis, nunc in ore, nunc in uno loco capitis, nunc in alio, ita quod oritur magnum bellum ibi inter malleum et ursum. Nam quanto magis offenditur ursus et percutit malleum pluries, tanto percutitur ipse pluries a malleo ; unde tandem, fatigatus ni-

1. II THESS. II, 10.

mium, vincitur, cadens de arbore super palos illos, et sic (capitur et) confunditur. Ita est de consciencia hominis quando aliquis desiderat quod non deberet, contra conscienciam tamen vellet habere illud frequenter, sed homo non potest aliquo sensu sine bello (contra conscienciam propriam, que est malleus, et mundum istum, qui est illud mel) ; quem consciencia sua propria tantum redarguit et repercutit quod cadit super palos diaboli qui est venator, id est cadit in diversa peccata venialia et aliquando mortalia, quibus infirmatur usque ad mortem, et sic in fine confunditur [1]. SAPIENC. 17 : *Frequenter preoccupant pessima redarguente conscientia* [2]. Et sequitur : *Cum sit timida nequitia data est in omnem condempnacionem* [3], (quia, ut dicit Apostolus AD ROMANOS 12 : *Testimonium reddente illis consciencia cogitacionem accusantium aut defendentium, in die qua judicabit Dominus occulta hominum*, etc. [4]. Et ideo monet Salvator [5] LUC. 12 : *Vadens, inquit, in via cum adversario, da operam* etc. [6].

[8] Plinius, libro 8, dicit de arbore olive quod quantumcumque ornetur et decoretur pulcherrime floribus, perdit naturam suam et fit sterilis si tangatur lingua capre solum. Sed est mirabile (*v°*) magnum. Ita est de lingua hominis consueta ad loquendum malum, ut de luxuria vel de consimilibus, quamquam homo talis sit optimus in operibus multis [7], sicut testatur Apostolus : *Corumpunt bonos mores colloquia prava.* Item exemplum illud potest exponi : nam arbor olive bene florigerata potest dici homo dotatus multis bonis operibus et virtutibus, qui leviter potest perdere merita operum illorum, si ea posuerit in lingua adulatoris. Ideo hortatur Sapiens, PROV. primo : *Si te lactaverint peccatores, ne adquiescas eis, fili mi,* etc. Hic dici potest fabula quomodo corvus volavit cum caseo in ore, quod cernens vulpis, dixit

1. *La lutte de l'homme contre sa conscience est ici plus longuement décrite que dans le français.*
2. *Il n'y a rien de tel dans la Bible.*
3. *Corrompu; cf. le texte français, p.* 14.
4. ROM. II, 15.
5. *Ms.* Salo^on^.
6. LUC. XII, 58.
7. *Traduction développée.*

sibi : « A! Domine Deus, quod tu es pulcra avis, et multum fores commendabilis si cantares ita bene sicut pater tuus fecit! » Alius appeciit laudes, et aperiens os ad cantandum, statim amisit caseum. « Vade », dixit vulpis, « satis habeo « de cantu tuo. »

[9] Natura caprarum talis est quod quando sol retrahit se et declinat ad occasum, quelibet vertit dorsum alteri, jacens et ruminans cibum quem ante commedit. Et quam cito sol revertitur, statim congregant se simul, euntes ad pascuas sicut fecerunt prius. Ita est inter peccatores ; quando ipse Deus (qui est verus sol) elongat se a cordibus eorum, propter iracundiam que surgit de invidia, quilibet retrahit se ab alio, ruminans in corde suo maliciam quam prius acceperat. Pro quo Ysay : *Concepimus et loquti sumus de corde verba mendacii.* Nam tunc patet manifeste quod verus sol lucet hominibus, (id est Deus est inter homines) quando quilibet visitando venit ad alium, non solum convivandum vel spaciandum, ynmo eciam ad adjuvandam. Cicius tamen inveniuntur tales qui sunt amici mense quam negocii in necessitatibus arduis, sicut ostendit Sapiens, Eccli. 6to : *Est amicus socius mense, sed non permanebit in tempore necessitatis.* Ad hoc potest narrari quomodo unus sapiens optulit servicium suum uni magno domino, et dixit sibi quod scivit bene invitare amicos suos ad prandendum cum illo. Qui semel hoc facere exiens rogavit eos venire cum equis et armis, et nullus venit de omnibus nisi solum unus, quem reputavit dominus verum amicum et fidelem, Eccli. 6to : *Amico fideli nulla est comparacio.*

[10] Est autem quidam piscis maris vocatus (anglice *a*) *crabbe*, habens multos pedes, et lepus non habet (*f. 115*) nisi quatuor. Ita est de multis jactantibus se et dicentibus : « Tanto tempore steti in religione, » et alius : « Tanto « tempore fui in curia regis », et alius : « Et ego tanto tem« pore fui in servicio talis ». Sed quid profuit illis eorum longa stacio, si non fecerint tot opera bona in viginti annis sicut alius in sex annis vel quinque? Ideo dicitur Sap. 5 : *Juventus consummata celerius longam vitam condempnat injusti. Unde senectus venerabilis non est diuturna, videlicet numero annorum computata, sed etas senectutis vita immaculata.* Fabula ad hoc de corvo et ape, quomodo corvus expro-

bravit apem de etate sua, sedens et garriens et faciens magnum strepitum supra apes. Que rogaverunt eum ut taceret et cessaret. Quibus dixit corvus : « Vos incipitis satis tempestive « esse rebelles senibus et provecte etatis. Vos non estis etatis « nisi unius anni, et ego sum quinquaginta. » Respondit apis : « Verum dicis, sed plus ego feci de bono infra unum « annum quam tu fecisti vel facies toto tempore vite tue. »

[11] Taurus habet pedem valde durum, homo autem habet pedem satis tenerum; tamen plus valet unus solus homo quam centum tauri. Ita de societate in mundo vel religione. Unus potest vigilare, laborare et multa facere, tamen semper bene durare, sed de hoc superbit et est rebellis et contrarius, et non potest regulari, sicut nec taurus, nec manu duci. Alius est inpotens ad vigilandum et ad multum laborandum, etc.; tamen est satis obediens, dulcis in affatu, curialis et socialis et multum tractabilis. Unde : *Melior est pauper ambulans in simplicitate quam dives in itineribus pravis.* Ideo dixit Helcana Anne : *Anna, cur fles? Numquid non ego melior sum tibi quam decem filii?* (Humilitas alloquitur Gratiam, dicens :) « Ego sola (humilitas) plus valeo tuo usui quam decem filii qui exierunt de te, scilicet pulcritudo, sensus, fortitudo, agilitas, divicie [1], audacia, potestas, ydyoma et scienciarum litteratura :

> Si tibi copia seu sapientia formaque detur,
> Sola superbia destruit omnia si comitetur.

Nam per superbiam destruebatur pulcritudo in Absolone, RE. 18; fortitudo in Golia, R. (v^o) 17; sensus in Salomone, R. .ij.; agilitas in Azael, R. 2; copia et divicie in Nabugodonisor, DAN. 4; subtilitas in centum et decem de Gabaa, JUDIC. 20, (qui ita fuerunt subtiles manibus, etc.); audacia in Eleazaro, MAC. 6; potestas in Holoferne, JUDITH 13.

[12]. Ovis et capra ierunt pascue, sed diversimode commederunt, nam ovis totum integre commedit et munde [2], capra e contrario transeundo semper de loco ad locum. Ita est de divitibus et pauperibus. Divites sumunt totum (munde). P. : *Devorant plebem meam,* etc. Sed pauperes mendicantes

1. *Il faut ajouter ici* subtilitas; *cf. le texte français et ce qui suit.*
2. *Le texte fr. est différent.*

rapiunt[1] que homines volunt eis conferre (de elemosina); P. *Diviserunt reliquias suas parvulis suis.* Unde Dominus in persona pauperis per YSAY : *Factus sum sicut qui colligit racemos post vindemiatores.*

[13] Sus[2] videns aliquid sibi displicens, statim elevat sursum suum *groyne,* et facit sonitum satis horribilem. Talis est homo iracundus, sicut testatur YSAY : *Spiritus ejus in naribus suis.* Sed homo modestus et bene moderatus capit exemplum de elephante, [14] qui[3] custodit diligenter aures suas a muscis et *herewyckys*[4]; sic ille permittit verba volare acsi non audiret nec intelligeret. P. : *Mala michi loquti sunt; ego autem tanquam surdus non audiebam.* (Ideo dicit SAPIENTIA :

Extrahe ligna foco si vis extinguere flammam.)

ECCL. : *Cum defecerint ligna, extinguetur ignis.* Fabula de milvo jurante quod non occideret pullum sine occasione ut per verba mala, etc. Tandem[5] conquerebatur corvo quod graviter esuriebat. « Ecce », dicit alius, « ibi vadunt pulli; loquere eis de materia aliqua litigando, et aliquod verbum evadet eis, velint nolint, unde male illis continget. » Ille enim sic fecit, sed nichil ei profuit, quia pulli satis bene [se] custodierunt. Pro quo iterum milvus conquerebatur corvo, et ille sic respondit :

Well worthe suffrawns yat abatyth stryfe,
And who worthe hastynesse yat revyth mannys lyfe.

ECCLI. 28 : *Lis festinans effundit sanguinem. Attende ergo ne labaris in lingua tua, sed frenum facito ori tuo ne forte cadas in conspectu inimicorum (f. 116) insidiancium.*

[15] De servo malo et oblivioso est sicut de capra et asino. Capra ita modicum habet intellectum et pauperem sensum quod nescit per se ipsam sine doctrina ire mane versus silvam nec in sero redire. Et quociens docetur, to-

1. *Corr.* recipiunt; *cf. le français.*
2. *C'est la confirmation de la leçon de B.*
3. *Comme dans B.*
4. *Sans doute pour* earewickes, *des perce-oreilles; ce n'est pas la traduction exacte du fr.* wibets.
5. *Le latin traduit, ici et ailleurs, le* tant que *du fr. par* tandem.

ciens tradit oblivioni. Sed quando dux ejus posuit eam in pascua, discurrit hinc inde vagabunde, putans semper meliorem invenire pascuam, non permanens in alico certo loco, ita quod difficile est eam invenire, et forte habet per hoc pascuam pejorem. Ita est de famulis qui ita stolidi sunt quod nesciunt per informacionem facere quod deberent et pertinet ad eos, licet [1] instruantur tota die; inmo sicut docentur, sic tradunt oblivioni, sicut capra. Ideo talis in Scriptura comparatur asino, quia asinus eciam est bestia multum obliviosa per naturam, et vult (et indiget) sepe habere de virga et onerari labore. Eccli. 33 : *Cibaria et virga et onus asino ; panis et disciplina et opus servo*. Et sicut capra nescit diu morari in uno loco in pace, sic nec plures servi in alico servicio; putant semper abscondere suos defectus per frequentem mutacionem, cum sic tamen magis pupplicant illos quam occultant. Fabula de hoc per avem que vocatur anglice *a puttocke* [2], et de lampreda. Dixit ala [3] : « Ubi, ubi? — Ultra mare, » respondit illa; et dixit lampreda : « Pro qua « causa? » — Respondit : « Occidi unam columbam pro qua « omnes columbe offenduntur et comminantur michi. — « Cum quibus armis vel quo instrumento fecisti hanc rem « maliciosam? » dixit lampreda. — « Vide rostrum meum « adhuc sanguinolentum. » Dixit illa : « Revertere sine « mora : melius est quod confundas solam patriam quam « totum mundum. » Sicut dicitur : *Melior est qui abscondit stulticiam suam*. Prov.

[16] Modo in tantum mutatur seculum quod saphirus mutatur in sulphur [4], et arena in lapidem preciosum qui vocatur *rubye*. Nam nobiles et generosi (*v*°) devenerunt ignobiles et ribaldi, et e converso simplices et pauperes; (quia temporibus istis generosi et nobiles amiserunt curialitates suas, et simplices et pauperes invenerunt eas [5]). Unde

1. *D'après le fr. il faudrait* nisi.
2. *Une buse, c'est* l'escoufle *du français.*
3. Sic, *faut-il corriger* ista, *ou* ala[uda]?
4. *Texte :* en moustard,
5. *L'explication ici enfermée entre* (), *semble bien nécessaire au sens. Elle devrait prendre place dans le français après* Dont la reison si est tiel que (*p.* 22, *l.* 8).

accipiant exemplum de mari rubro quod non est coloratum a natura, sed de saxo super quod fluctuat in magno labore. Et ibi inveniuntur preciose gemme vocate *rubyys*. Ita est de simplicibus et pauperibus, quorum quidam se ponunt ad curiam regiam, quidam ad doctrinam scholasticam, qui magno labore adquirunt (et per violenciam) quod non optinent per naturam, videlicet per [1] sapientiam, curialitatem, etc., cogitantes de illo quod scribitur YSAY 28 : *Sola vexacio dabit intellectum auditui*. Et nota bene nemo potest doceri sedens et residens domi cum stultis. Ideo adjungitur : *Coangustatum est stratum ita ut alter decidat et pallium breve utrumque operire non potest*. Sed filii [2] magnatum sue nature appodiant se, in nomine generositatis [3] tantum confidunt quod illud in opere non exercent. Quare similes videntur illis qui clamant in civitatibus *mustard gentyl*, quod quidem sinapium fit de granis vilibus et aceto acerbo; et pro hiis non est plus generosum, sed tantum pro clamore qui nichil est. Ita nec plus laudandi sunt male morigerati, licet de generosa stirpe sint procreati. Ideo dicit Dominus in Ewangelio : *Si filii Abrahe estis, opera Abrahe facite*.

[17] Bubo (anglice *an howle*) rogavit accipitrem ut pullum suum nutriret et in bonis moribus educaret, quod sibi concedens jussit illum adducere et nido suo inter pullos suos ponere. Cui dixit accipiter quod in omnibus pullis suis conformaret et illorum educacionem adisceret diligenter. Qui respondit se paratum in omnibus suis parere mandatis. Tandem accipiter, pro *(f. 117)* cibo querendo patriam intravit, et rediens nocte nidum suum turpiter invenit [fedatum]. Querenti sibi quis sic nidum maculavit, responsum est quod pullus bubonis illum fedavit. « A ! » dixit accipiter « *hyt ys a fowle brydde that fylyʒth hys owne neste* [4]. » Ita est de

1. *Suppr.* per.
2. *Ms.* sibi.
3. *D'après B (p. 22, var. 6) il faudrait* in nominis generositate.
4. *Ce prov. est encore usité en anglais :* « It is a foul bird that defiles its own nest », *en français :* Malvais est li oisels qui son niu conchie. *Ou encore :* Cel oysel ait mal encombrer | Que foule soun demeine ny, *dans un dit anglo-normand,* Romania, XV, 318, v. 147. *On l'a mis en latin sous cette forme :* Est avis ingrata quæ

pluribus natura ignobilibus : scilicet (rota fortune) dignitati sublimatis vel in religione existentibus, quod frequenter ostendunt factis unde processerunt, quia ad educacionem primariam sepe revertuntur. Ideo anglice dicitur : *Trendul an appull never so ferre, hyt wyll be know fro wheyne he comyth*. De quibus loquitur David in Ps. : Qui sunt in honoribus constituti, non considerantes statum suum sed similes bestiis facti, mutantur magis naturali condicioni quam generose educacioni. Ideo dicit : *Homo cum in honore esset, non intellexit; comparatus est*, etc. Et bene additur : *Hec via illorum scandalum ipsis.*

[18] Basilius in suo Exameron dicit quod quedam animalia in terra a Deo creantur ad laborandum sed non valent ad manducandum, sicut patet de equo, asino et mulo et multis aliis. Quedam sunt ordinata ad sustentacionem humanam et non valent ad laborem, ut oves, porci, galline et multa alia. Quedam vero sunt que nec valent ad laborandum nec ad commedendum, et valent ad domum custodiendam, cujusmodi sunt catus et canis : catus ut (a vermibus [1] purget, canes ut custodiant. Ita est in religione et in domo qualibet : aliqui valent pro uno officio qui non valent pro alio, et sic nullus alium rationabiliter debet alium contempnere, sicut Apostolus, Cor. 13 : *Posuit Deus membra unumquodque in corpore sicut voluit*, etc. *Non potest dicere oculus manui : Operibus tuis non indigeo*, etc. *Que putamus ignobiliora*, etc. Nota illud totum tabernaculum aurcum et opertum saccis cilicinis et munitum [2], Exod. 25. Pavo semel conquestus est Predestinacioni quod multum gravabatur quia nescivit cantare sicut philomenus. Cui respondit Predestinacio : (*v*o) « Tu habes collum longum et generosum, caudam « longam ad terram, pennas diversimode et pulcher[r]ime « coloratas ; quare ergo turbaris, et non potius de graciis tuis « contentaris, cum tibi plura [3] quam sibi conceduntur? » « Ideo dicit Apostolus : *Digne ambuletis vocacione*, etc.

defædat sua strata. *Le prov. anglais cité dans le texte français est tout différent.*

1. *Corr.* muribus ?
2. *Ms.* minutum.
3. *Ms.* plurie.

[19] Animalia quedam habent a natura ut sint domestici, sicut ovis, etc.; quedam vero ut sint fera, sicut cervus, etc. Et illa que sunt fera naturaliter possunt domesticari et fieri mansueta, et illa que a natura sunt domestica fieri possunt fera et indomita, si permittantur laxare habenas proprie voluntatis. Ita est de pueris et servis, inter quos, licet aliqui disponantur ad lasciviam, domesticari tamen possunt per disciplinam, juxta illud, P. : *Disciplina tua correxit me in finem*. Eccli. : *Stulticia colligata est in corde pueri, virga discipline fugabit eam*. Et licet aliqui naturaliter sunt tractabiles et mansueti, si juxta eorum desideria agere permittantur devenient feri [1] et inobedientes. Ideo dicit Salamon, Prov. primo : *Puer qui permittitur proprie voluntati confundit matrem*. Hoc est quod nos docet Spiritus sanctus dicens, Eccli. 70 : *Si sint filii tui, erudi illos a puericia illorum*. Sed multi sunt sicut bestia quedam que vocatus tigris, que nullo modo domesticari potest, sic diversi quod, dolendum est, propter disciplinam aliquam nolunt castigari, quos vocat Salomon stultos; Eccle. : *Stulti difficile corriguntur*. Unde narratur de uno homine sene et ceco et litteras sciente qui habuit plures filios, inter quos erat unus nomine Hykedon qui nunquam doctrinam nec disciplinam voluit recipere. Quem contigit in ecclesia semel legere leccionem coram patre et fratribus suis et notabiliter deficere. Tunc dixit pater : « Vere facis mendacium de Deo. » Cui dixerunt fratres : « Hic est Hykedon. — A! A! » dixit pater, « permittatis eum dicere et facere quod sibi placuerit, « quia nunquam per correpcionem emendabitur. » Ecclesiastes 7 : *Nemo potest corrigere quem Deus despexit*, etc. Nam sicut tigris delectatur (*f. 118*) respicere similitudinem suam in speculo quod ad decepcionem suam ponitur in via sua, ita stulti non libenter respiciunt aliquid nisi quod concordat cum stulticia sua. Ideo dicit filius Syrac Jhesus : Stultus non respicit nisi quod sibi placet [2], Eccli. 8 : *Cum fatuis*, etc.

[20] Quedam animalia querunt predam suam de die, si-

1. *Ms.* fieri.
2. *Paraît imité d'*Eccli. viii, 20; *cf. p. 26, note 9.*

cut aquila et accipiter; quedam de nocte sicut vulpis et lupus, et quedam de die et nocte sicut catus. Ita est in mundo : domini et magnates qui sunt sicut aquile et accipitres tollunt predam suam manifeste. De quibus Job 12 : *Habundant tabernacula predonum et audacter provocant Deum cum ipse dedit in manus eorum omnia. Vim fecerunt depredantes pupillos et vulgus pauperum spoliaverunt*[1]. (*Viros fecerunt gemere, et anime vulneratorum clamabant ad Dominum, et Deus inultum* [*abire*] *non patitur*[2]). *Stabunt justi*, etc. Illa que predam suam querunt de nocte, sicut lupus, etc., sunt latrones et luxuriosi qui malum suum perpetrant semper in absconditis, sicut dicit Job : *Per noctem erit quasi fur. In tenebris perfodiunt domos*, etc. *Oculus adulteri observat caliginem dicens : « Non me videbit oculus », et operit vultum suum*. P. *Nonne qui finxit oculum, ipse considerat?* Illa que capiunt predam de die et de nocte, sicut faciunt cati, sunt (falsi mercatores et causidici), capientes ex utraque parte, tam publice quam private, Eccli. 20 : *Ve peccatori ingredienti terram duabus viis.*

[142 [3]] Magna diversitas in natura est inter ovem et asinum. Nam asinus quanto magis senuerit, tanto minus reddit ei commendabilem[4], quia incipit esse malencolicus et iracundus[5], siccus, frigidus, ponderosus et obliviosus. Tales sunt multi qui bene incipiunt, sed senescentes vadunt retrogradiendo (sicut *crabbe*), qui tamen in eorum juventute fuerunt omnibus placentes, pii, misericordes, devoti Deo, ferventes in amore Dei et hominis, parati satis ad omnia bona perficienda, memoriam etiam latam habentes[7]. Sed, proh dolor[6]! ubi deberent semper crescere in virtute, decrescunt. (*v°*) Nam qui fuerunt in juventute placentes, jam displicent omnibus per eorum malam conversacionem. Gal. 3° :

1. Job. xxiv, 9.
2. *Ibid.*, 12.
3. *Dans le ms. de Cheltenham ce morceau est placé comme ici.*
4. *Phrase mal construite, p.-ê. y a-t-il quelque mot passé; cf. le français.*
5. *Dans le texte :* velu e hercelee.
6. *Dans le français :* e de bone remembraunce.
7. *Ms.* protholor.

Sic stulti facti estis ut cum Spiritu inciperitis in carne consummamini. Qui fuerunt mites et pii effecti sunt, ut asinus, malencolici, iracundi et aliis nocivi, de quibus YSAY : *Argentum tuum versum est in scoriam et vinum tuum mixtum est aqua.* « Hurre fayre speche ys turnyd into grucchyng; Here swete smelle and sawowr ys turnyd into stynggyng [1]. » Qui fuerunt misericordes fiunt modo duri et tenaces, et qui fuerunt in amore Dei ferventes et prelatis et superioribus se subicientes, fiunt tepidi nunc et indevoti et totaliter inobedientes; de quibus Apostolus AD THIMOTHEUM : *Erunt homines se ipos amantes*, etc. Ultima condicio asini est quod cum senuerit fit obliviosus, que ostendit aperte vitam malorum esse periculosam, quia asinus cito obliviscitur loci in quo prius fuerat in periculo, nec propterea curat iterum illuc ire [2] : ECCLI. 8 : Et si malus cencies ad peccatum suum revertitur, eo quod nullam habet resistenciam, si bonum sibi evenerit, hoc Dei gracie est ascribendum [3]. Fabula ad hoc quomodo leo jacuit infirmus, etc. Animalia venerunt eum visitare, et vulpex (*sic*), respiciens urinam, dixit quod si haberet cor asini, convalesceret. Statim vocato [asino] precepit leo ut interficeretur. Tunc rogavit asinus leonem ut domum suam posset adire et testamentum suum facere, et, testamento facto, juravit se illuc reversurum. Videns autem vulpex non satis tempestivum asinum revertentem, illum adivit et cautelis suis eum leoni adduxit, qui statim occisus est. Quo mortuo et aperto, statim cor ejus vulpes furatus est, illud secrete commedens. Interim famuli leonis cor asini querentes et non invenientes, vulpem leoni accusaverunt, qui respondit asinum nullum cor habuisse, et hoc ostendit per racionem talem (*f. 119*) : « quia memoria procedit ex corde, sed asinus alias fuit in periculo, et hoc non obstante huc gratis revenit, per quod patet ipsum non

1. *Cette phrase anglaise, où on peut trouver deux vers allitérés, est à peu près l'équivalent du français* (p. 175) : Lur beal parol torné est en groundelour e lur douceure en maufiel (*ou* mausavour).

2. *C'est presqu'un contre-sens; le texte porte :* ja pur ceo ne lessera de autre foyz retourner (*p.* 176).

3. *La citation d'*ECCLI. VIII, 12, *n'est nullement exacte. C'est le français mis en latin.*

habuisse memoriam nec per consequens habuit cor, cum non fuit memor precedentis periculi; » cujus rationem commendavit leo et dimisit vulpem immunem. Sic homines mali obliviscuntur sui periculi quousque ad finem perducantur, de quibus loquitur Apostolus, THI. 2° : *Mali homines proficiunt in pejus, errantes et in errorem mittentes.*

[143] Sed aliam leccionem docet nos ovis per emendacionem, et non per deterioracionem, ire. Nam illa in juventute est (bona et) amabilis, sed in senectute (melior et) magis ydonea, quia tunc nobis ostendit .4. in natura sua (et docet) que imitari debemus. Primum est quod cum senibus societatem tenet et non cum agnis, sicut dicit Philosophus, 4 : « Nemo juvenes eligit in duces quod inexperti sunt [1]. » Ita et nos societatem habeamus cum senibus sapientibus et non cum juvenibus fatuis, sicut fecit rex Roboam, REGUM 12, et propter hoc amisit regnum suum; et ideo dixit Thobias filio suo [2] juxta illud ECCLI. 8 : *Cum fatuis non habeas concilium*, etc. Secundum est quod cum plus senuerit, tanto forcius terram cum pedibus percutit; sic et nos, cum plures annos habuerimus in etate tanto forcius deberemus terram, id est que terrena sunt, subpeditare et contempnere. Sic fatetur fecisse se Apostolus, COR. 13° : *Cum essem parvulus*, etc. (In juventute dedit se vanitati mundi, sed in senectute contempsit mundum cum contentis;) PHI. 3 : *Omnia detrimentum feci et arbitror ut stercora, ut Christum lucrifaciam.* Tertium est quod cum creverit et senuerit, portat plus de lana; sic et nos, cum plus senuerimus, magis in elemosinis et in aliis bonis operibus habundare debemus, sicut fecit Abraham, Josias [3], Cornelius et Thobias. Hoc monet Apostolus dicens : « Rogo ut magis ac magis habundetis, etc. [4]. » Quartum est quod quanto plus crescit in corporali vigore, tanto crescit in audacia cordiali propter arma que gerit in capite. Ita quilibet nostrum, quanto fuerit senior, tanto esse deberet audacior (ad resistendum (*v°*) diabolo et) ad defendendum

1. *Fausse citation, qui ne se trouve pas dans l'original.*
2. *Le traducteur omet la citation de Tobie, qui dans l'original (p. 178), n'est pas accompagnée du texte latin.*
3. *Comme dans B.*
4. *La citation n'est pas textuelle.*

legem Ecclesie et terre. Ideo dicit Apostolus, Coloc. 1° : *Crescentes in virtute confortati*, etc. Sed jam apparet quod cornua multonis vertuntur in cornua testudinis[1]. Nam prelati et alii quibus incumbit errata corrigere et peccata destruere, cum cornubus ovinis, id est dura correcione et correpcione, cornua retrahunt ad modum testudinis[2] ad nimiam resistenciam, etc., sicut placet.

[121]. Natura testudinis est quod quando est in quiete, non audiens sonitum nec senciens resistenciam, cornua producit, ut satis audax[3], sed quam cito senserit flatum[4], ventum aut guttam pluvie aut resistenciam aliquam, cornua retrahit et infra capud[5] inclusa tenet, (ut vecors). Ita faciunt plures prelati, etc[6]. Ideo dicit propheta Osee : *Loquente Effraym horror invasit Israel.* Sed quantum ad pauperes satis sunt audaces, et hoc est quod dixit Danyel senioribus Veteris Testamenti : *Sic et sic faciebatis filiabus Israhel, et ille timentes vobiscum loquebantur.* Illud ostendebat ovis loquens corvo sedenti super dorsum ejus et lanam laceranti : « Sic non faceres Griffino mastino nostro. » Et non solum prelati, verum eciam in vulgo timentes non audent producere cornua ad dicendum veritatem. Nam quando sedent in societate loquendo de excessibus factis in patria, dicunt et promittunt quod[7] cum tempus advenerit optimam se correccionem facturos (cornua producentes et ungulas), sed cum tempus illud venerit, timore et tremore concussi cornua retrahunt et abscundunt, ut testudo[8]. Sed tales faciunt sicut mures semel fecerunt, tenentes (*f. 120*) parliamentum suum

1. *Ici et plus bas* testitudinis. « Del limeceon », *p.* 179.

2. *La comparaison est ici mieux exprimée que dans le français. Mais ce qui suit ne rend pas du tout le texte et est même inintelligible.*

3. *Cela ne vaut pas le* se tienvent grantz seignurs *du français.*

4. Flatum *ne rend pas* grisyl.

5. « Dedenz lur clos », p. 143.

6. *L'*etc. *indique que deux lignes du texte (p.* 143), *sont omises. De même ailleurs.*

7. *La phrase se poursuit de telle sorte que* quod *devrait être supprimé.*

8. *Traduction libre.*

in quo conquestum erat de cato mures destruente et illis die ac nocte insidiante. Fabula de cato, quod mures conquerentes de eo quia progenitores suos destruxisset, et illis die ac nocte insidians sepe a suis solaciis impedivit. Tandem unus illorum dedit concilium ut campanella circa collum cati penderetur, vel poneretur, et sic premunirentur de adventu cati, et fugerent. Placuit omnibus istud consilium, tanquam bonum et sanum, sed querentibus inter se quis hujusmodi consilii fuerit executor, non est inventus qui campanellam circa collum cati ponere auderet, vel attemptaret; unde catus sicut prius prevaluit contra eos [1]. Sic plures, etc.; sed cum viderint presenciam illorum quos deberent corrigere, non est plus quam *clym! clam! the catte lepe over the damme*.

[122] Cum equus vel mulus fuerit redorsatus (anglice *gallyd*), aut aliter lesus in parte aliqua corporis, ibi ponunt se musce et sedent, (sanguinem et putredinem sugentes); sic est de detractoribus et male loquentibus : si videant in homine virtuosa vel femina bona unum defectum, ibi occasionem querunt ad detrahendum, etc. Et racio est quod plus eis placet feditas quam pulcritudo, amaritudo quam dulcedo, etc. [2]; sicut dicit Job, 24 : *Malum est dulce in ore ejus*. Exemplum de Maymondo multum quoque assueto ad loquendum malum, qui magistro suo venienti de nundinis obviavit extra villam; quem rogavit magister, (sciens eum pronum ad loquendum male), quod non diceret rumores malos; cui ipse : « Nec faciam, nisi quod catulus, *kenet* [3], quem tantum dili- « gebas mortuus est. — Et quo modo? » dixit alius. Respondit ille : « Equus tuus perterritus conculcavit eum pedi- « bus suis. » Dixit alius : « Unde erat equus perterritus? » Ille respondit : « De filio vestro qui cadens in fontem sub- « mersus est. » Magister dixit : « Quid fecit mater ejus? Respondit : « Illa ignem ponens (*v°*) sub patella, et sonitum « casus audiens, surrexit ut filium juvaret, et cadens in fon-

1. *La fable est analysée plutôt que traduite.*

2. *Le passage français correspondant,* plus lur plest ordure que douceour, *semble incomplet.*

3. *Comme B.*

« tem similiter suffocata est. » Et alius : « Quis interim custo-« divit ignem ? » Et respondit quod nullus, « sed ignis preva-« lens combussit domos vestras ». Et mentitus [est]. « Et quid « fecisti tu ? » dixit magister. Cui ille : « Veni vobis obviam « ad notificandum vobis rumores. » Cui ille : « Maledictum « os quod tantum delectatur in malis rumoribus narrandis! » Sic multi assuescunt linguas suas ad male loquendum, quod in nullo quasi alio delectantur; de quibus Jere.: *Docuerunt linguam suam loqui mendacium; ut inique agere[n]t laboraverunt.* Et Eccli. 14 : *Oculus malus semper ad mala.* Talis est natura musce quod semper diligit corupcionem, sed naturam aliam habet formica, [**123**] que, cum invenerit cadaver mortuum, partem cadaveris coruptam fugit et sanam commedit [1], quia corupcionem odit et munditiam diligit. Hic docemur defectus hominis fugere et tacere, sed bona sua imitari et docere seu proclamare [2], juxta illud Eccli. 19 : *Est justus qui inclinat faciem, et fingit se non videre quod ignoratum est.* Prov. 6 : *Vade ad formicam et disce sapienciam.*

[**124**] Aranea per doctrinam suorum parentum incipit texere telam ad muscas capiendas, et circa hoc multum solicitatur in continuis laboribus, die et nocte, sed modico vento perdit laborem. Ita est in isto novo seculo. Quam cito sciunt pueri equitare, mittuntur (ad curias vel ad mercaciones, vel) ad addiscendum cautelas, ad capiendum denarios; de quibus ait Propheta Ysay, 5 : *Telas aranee texerunt, nec erunt eis in vestimentum, quia opus iniquitatis in manibus eorum. Pedes [eorum] ad malum (f. 121) currunt, viam pacis nescierunt* [3].

[**125**] Plinius in libro suo dicit quod juxta Eufratem est mons in quo manet serpens mirabilis nature, quod nulli extraneo malum infert, sed illis de patria tantum nocet. Tales sunt multi moderni qui cautelas didicerunt ut noceant [4] et parcant extraneis, contra doctrinam Apostoli dicentis :

1. *Texte :* quiert l'autre part qe seyne est.
2. *Texte :* e pernoms a bienz qe en lui sont. *Le trad. paraît avoir entendu* pernoms *au sens d'*apernoms, « *enseignons.* »
3. *Ici le ms. porte le chiffre* 18 ; *cf. le texte A, p.* 148, *note* 2.
4. *Il faut probablement suppléer* vicinis ; *cf. le texte.*

Bonum facientes quoad omnes, sed [maxime] ad domesticos fidei.

[126] Exemplum de lupo cujus est natura talis, ut dicit philosophus [1], quod dampnum non facit in patria tempore quo catuli sui parvi sunt, sed ad partes longinquas vadit sibi et suis victum querendo; et hoc facit ne catuli sui graverentur propter suum excessum. Sic faciant [2] mundi sapientes, ballivi et alii servi dominorum : parcant vicinis suis, et si non propter se ipsos, tamen propter suos filios, ne propter sua delicta et excessus luant et lugea[n]t post suos decessus. Ideo dicitur RE. 7 : *Ipsa est lex Adam* [3] *ut homo cogitet de suis post se.*

[127] Plinius dicit quod dama docet infantulum suum (anglice *fawne*) saltare ultra fossata, pro vita sua salvanda. Ita solebant antiquitus homines et mulieres pueros suos informare ad cavendum peccata que sunt quasi fossata profunda in quibus latent bufones inflate superbie, elacionis et invidie, serpentes venenose malicie, testudines [4] accidie et luxurie, rane garulitatis et discordie, et omnia genera peccatorum solebant pueri informari ad cavendum et ultra saltandum. Sic fecerunt Jacob, Joseph et alii patres. THOBIE 4 : *Cave ne peccato consencias; attende tibi, fili mi, ab omni informacione* [5], etc. *Superbiam in tuo sensu nunquam.*

[128] Aristoteles in libro suo dicit quod si pullus equi nutriatur lacte asine in juventute sua, cum ad plenam etatem venerit, mutabitur natura sua in naturam asininam [6]. Ita multi male nutriti (*v°*) in juventute sua et educati fiunt mali in senectute, sicut accidit de Roboam. Ideo dicit Spiritus sanctus, PROV. 8 [7] : *Si admittas alienigenam, pervertet te et alienabit* [8] *te a viis propriis.* Sicut vulpes fecit ovi querens numquid diligeret caseum.— « Non; » dixit ovis, « quia non

1. *C'est la leçon du texte B.*
2. *Ms.* faciunt.
3. *Ms.* adjuvata.
4. *Ici, comme plus haut, ce mot traduit* limaçons.
5. *Corr.* fornicatione.
6. *Ce n'est pas le sens.*
7. *Même inexactitude de citation que dans le texte.*
8. *Ms.* allenabit *ou* allevabit.

« convenit nature mee. —A ! » dixit vulpes, « venias mecum, « et docebo te amare quod nunquam amasti. — Ubi inve- « nire caseum poteris ? » dixit ovis. Ait ille : « Vidi hominem « portare caseum juxta fontem, et homo sospitavit pede [1], et « cecidit caseus in fontem de manu sua. » At ovis querebat quomodo deberet ad caseum venire. Ad quam vulpes ait : « Ecce ego prius descendam in una situla, et nunciabo tibi « rumores. » Et descendit et moram traxit. Querente autem ove cur tantum tardaret, respondit caseum ita magnum esse quod solus non potuit portare nec elevare. « Descende « ergo tu per aliam situlam, et statim erimus expediti. » Et sic fecit, sed ipso descendente alius ascendit et ad terram saltavit. Et quando ovis erat in profundo, dixit vulpes ridendo : « Estne caseus bonus et saporosus? » Ad quem ovis voce lamentabili : « Maledicaris a Deo !

For was hyt never myn kynd
Chese in welle to fynd. »

Prov. 1° : *Si te lactaverint peccatores, ne adquiescas eis ;* si dixerint : *Veni nobiscum,* etc.

[129] Plinius dicit quod asinus sine violencia non ascendet in altum ad transeundum per pontem ubi per medium pontis videre poterit aqua currentem, tantum timet casus periculum. Sed utinam clerici et laici periculum sui status considerarent et gradus qui in honoribus constituuntur, quos pontem periculosum transire oportebit. De quo periculo loquitur Spiritus sanctus per os Salomonis, Prov. 6, dicens : *Judicium durissimum hiis qui presunt fiet* [2] ; et sequitur : *Potentes potenter tormenta patientur* [3]. Et ideo ut hanc leccionem intelligat, dicens : *Prebete aures, vos qui continetis multitudines* [4] ; et Eccli, 7 : *Noli querere fieri judex neque alliges tibi peccata duplicia; nec enim in uno eris immunis.*

1. *Le sens est « trébucha » ; texte :* cesta.
2. Sap. vi, 6, *cette citation est omise dans le texte, et la suivante et simplement paraphrasée en français.*
3. *Ibid.*, 7.
4. *Ibid.*, 3, *passage paraphrasé, mais non cité, dans le texte.*

Et hoc est quod dicit Apostolus : *Omnis pontifex* [1], *etc.* Et capias exemplum de uno leone qui voluit quiescendo dormire, et mus veniens excitavit eum ; cui leo : « Vix (*f. 122*) « evades quin te occidam ! » Cui ille : « Domine, hoc non es- « set difficile potestati tue. » Cui leo : « Verum dicis, sed mi- « sericorditer agam tecum. Vade viam tuam in pace. » Crastina die accidit quod leo in quadam fossa captus erat in retibus venatorum. Tunc veniens mus invenit leonem lamentabiliter plorantem et dolentem. Cui mus ait : « Quia « misericorditer egisti mecum, modo vices rependam. Ego li- « berabo te, salvans vitam tuam. » Et congregans parentes suos, corroderunt cordam cum qua ligatus fuerat leo, et liberatum abire fecerunt. Ita est de magnatibus, prelatis et ballivis, qui potestatem exercent in terris. Si misericorditer agant cum subditis et pauperibus dummodo durat eorum potestas, erunt per hoc liberati a malis cum indiguerunt, juxta verbum Salvatoris [2], MATT. 5° : *Beati misericordes quoniam ipsi*, etc.

[130] Plinius, in libro 28°, ca°. 7 [3], dicit quod asinus de natura sua invite madefacit pedem, et si oporteat eum omnino transire aquam, in eam mingit antequam transeat. Ita est de servis malis : invite faciunt et cum difficultate quod eis injunctum est ; et si illos facere oportet omnino, sic faciunt quod melius foret non factum. De quibus R. 19, dixit Mifiboseth ad David regem : *Servus meus contemsit me in tempore suo* [4] *et accusavit me*. Iste est modus malorum servorum, quia si non faciat quod deberet, et inculpetur propter hoc a magistro suo, statim accusat magistrum suum, dicens ipsum esse crudelem et durum, sicut olim contigit de bobus et eorum domino qui fecit boves trahere fimum [5] de boveria (anglice *fro the chepyn*), quod fimum graviter ferentes, boves conquesti sunt de domino, dicentes quod male eos trac-

1. HEBR. V, 1 ; *cette citation est seulement donnée en paraphrase dans le texte.*
2. *Ms.* Salomonis.
3. *La citation est plus complète que dans le texte, mais tout aussi fausse.*
4. *Faute pour* insuper.
5. *Ici et plus bas, ms.* fumum, fumo.

taret, non considerans laborem eorum continuum circa victum illius, « et tandem tamen istum laborem nobis supe« raddit [1]. » Quibus respondit dominus dicens : « Amici, per « quos fuit domus repleta fimo? » Responderunt : « Per nos ; « non possumus contradicere. » Quibus dominus : « Justum « est ergo ut per vos extrahatur, et domus mundetur. » Quare nullus verecundetur servire, juxta sentenciam Apostoli : *Servus es? non sit tibi cure, sed et si liber potes fieri, magis utere*, scilicet servitute, secundum glosam, quia, secundum eumdem, *qui vocatus est servus libertus est Domini.*

(*v*°) [131] Aristoteles, libro 5to, dicit quod asinus tantum diligit pullum suum juvenem quod per medium ignis transit ne elongetur ab eo. Sic veraciter possum dicere quod tantum diligunt multi filios suos ut ignibus infernalibus se exponant; sicut illi qui soliciti sunt ad ditandum et sublimandum filios suos heredes et alios, non contenti suis relinquere filiis quod progenitores sui reliquerunt illis, immo nituntur per phas et nephas patrimonium augmentare, et sic se pro illis exponunt igni triplici. In primo igne ardet unima per cogitaciones solicitas nocte et die quomodo poterunt plura bona lucrari, et quomodo ad temporalia pervenire [2]. De isto igne loquitur Salomon, dicens : *Ignis nnmquam dicit : « Sufficit; »* scilicet avaricia, secundum glossam. Quod quanto plus aliquis habet, tanto plus indiget, et majorem penam in cogitando sustinebit. Et ideo Spiritus sanctus per Salomonem dicit : *Cuncti dies ejus*, etc. In 2° igne ardet corpus, qui est labor corporis excessivus qui corpus ardet et naturam destruit; de quo dicit Job 31 : *Ignis est usque ad consummacionem devorans*, (scilicet avaricia [3]). In 3° igne ardebunt corpus et anima in inferno pro amore heredum suorum, sicut dicit Job 21 : *Concutit carnem meam tremor. Quare ergo impii vivunt, sublevati sunt confortatique diviciis? Semen eorum permanet coram eis; propinquorum turba et nepotum in conspectu eorum. Domus eorum secure sunt et pacate et*

1. *Le texte n'est pas exactement rendu.*
2. *La traduction est assez libre.*
3. *Cette glose fait double emploi avec la précédente, mais le texte*, com dit Job de coveitise (*p.* 156), *prêtait à cette interprétation.*

non est virga Dei super illos. Bos eorum concepit et non abhortivit. Vacca peperit et non est privata fetu suo. Egrediuntur quasi greges parvuli eorum [et infantes eorum] exultantes lusibus. Tenent tympanum et citharam et gaudent ad sonitum organi. Ducunt in bonis dies suos et in puncto ad inferna descendunt[1]. Tales vero possunt comparari bene asino propter eorum stulticiam, quia stultus est nimis qui pro filiis suis exponit corpus suum et animam suam igni infernali, et maxime cum frequenter probati sunt ingrati. Et hoc per exemplum patet. Narratur quod leo, pullus et capra predam deberent dividere, scilicet unum vitulum quem ceperat leo, et dixit leo : « Ad « me pertinet pars tercia prede racione dominii, et altera « pars tercia michi pertinet quia predam cepi, et pro alia « tercia parte oportet me pugnare. — Non, non! » dixerunt alii ; « vestrum (*f. 123*) sit totum, sine divisione, (quia nec « scimus nec audemus contra te pungnare »). Ita est de pluribus heredibus : quando sunt ordinati executores, habentes simplices aliquos secum de patria, dicunt in divisione bonorum : « Ad nos pertinet tercia pars secundum jura regni ; « altera pars debetur filiis nostris, et pro parte defuncti [2] « oportet pugnare, id est placitare vel contendere. » Tunc dicunt simplices illi : « Vestrum sit integrum, quia vobiscum « contendere non est sanum. » (Et sic patet miseri hominis stulticia manifesta.)

[132] Aristoteles, libro 8, dicit quod corvus maliciose insidiatur asino, et super omnia nititur rostro suo sibi tollere oculum et visum, sed Deus contra hoc asino remedium providens, magna et grossa supercilia sibi fecit, et oculos profundos in capite fixit. Unde, cum corvus eum percutit ut oculos rostro eruat, illos superciliis cooperit [3], et capud movens hinc inde corvum fugat, et visum servat. Ita debet homo visum anime et intencionem custodire, quam diabolus, qui notatur per corvum, nititur pervertere. Bona intencio in factis et dictis est visio anime, secundum illud Ev. Luc. 2° : *Si oculus tuus fuerit simplex*, etc. Et sequitur :

1. Job xxi, 6-13. *La citation est plus complète et plus précise que dans le texte.*
2. *Dans le texte* (p. 157) qe apent a l'alme.
3. *Texte :* « il clost les eols ».

Si nequam fuerit, totum corpus tuum tenebrosum erit; q. d.[1] : Si intencio tua simplex sit et bona, facta tua erunt clara; si autem mala fuerit intencio, amittitur visus spiritualis, (et erunt omnia opera tua tenebrosa). Ideo debet unusquisque visum, id est intencionem, servare a rostro diaboli (superciliis suis), id est ne querat favorem et commendacionem adulatorum de factis, nec cesset a bono opere propter linguas maledicentium. Nam, secundum beatum Bernardum, sic facientes nunc erunt commendati nunc erunt vituperati, sicut placet loquentibus. Unde Jesus Syrac ait : *Qui respicit linguam nunquam habebit requiem*, quia nemo potest placere omnibus[2]. Exemplum ad hoc de homine veniente de nundinis equitante super asinum, quem filius suus pede sequebatur, et, male[3] judicante eum populo, descendit et puerum equitare fecit. Sed et hoc redarguentibus qui viderunt, ascendit cum puero, et adhuc judicabatur, et dixit : « Nescio « quid amplius faciam ut linguas eorum a malis judiciis « cessem, nisi vellem asinum super dorsum proprium por« tare. Sed hoc nolo, neque amplius de linguis judicancium « curare. » Ita nec (*v°*) nos curare debemus de linguis neque de judiciis hominum, si habeamus intencionem bonam, secundum illud dictum Spiritus sancti per Sap. : *Non te ventiles in omnem ventum*, quasi diceret : Non declines cor tuum ad omnem linguam, quia per linguam duplicem probatur homo an stabilis[4] sit an flexibilis sit an flexabilis; Eccli. 5 : *Sic probatur homo in duplici lingua;* et sequitur ibidem : *Esto firmus in via Domini.*

[133] Natura leporis est talis quod clarius videt juxta se quam ante se. Et quanto firmius oculos fixerit ad latus, tanto pejus sibi videt in facie. Ita est de multis qui satis clare vident aliorum facta juxta se, sua penitus ignorantes. Quare propria malefacta modicum vel nichil ponderant. Ideo dicitur Prov. 20 : *Pondus et pondus, mensura et mensura, utrumque est abhominabile apud Deum*, q. d. : Qui mala aliorum multum ponderat et mala propria parum vel

1. Quasi diceret.
2. *Le traducteur omet ici plusieurs phrases* (*p.* 158).
3. *Ms.* mane.
4. *Ms.* subtilis, *abrégé; texte* estable.

nichil, abhominabilis efficitur Deo. Hoc facit multos errare et mala sua modicum curare et ponderare, sed [1] unusquisque plus respicit aliorum facta quam facta propria; quare foret expediens quod homines se haberent sicut fratres componentes concordancias se habebant. Nam cuilibet tradebatur una littera alphabeti, ut juxta illam tantum operaretur, non curans de alio, ita quod qui habebat *A* non curaret de *B*, etc. Ita expediret esse in mundo vel in religione quod nullus curaret nisi de hoc quod sibi injunctum et commissum foret, ita quod Adam nec Alicia intromitteret se de Johanne nec Beatrice. Unde potest queri : Quid ergo facerent prelati, principes et ballivi qui aliorum curam gerant? Nonne debent alienos defectus et peccata corrigere? Immo debent, sed non ut confundant, sed potius ut corrigant et salvent. Ideo in fine alphabeti scribitur *tytyl*, *tytyl*, *est*, *amen)*. Unum *tytyl* sunt principes et ballivi quorum interest curare de temporalibus; aliud *tytyl* sunt prelati qui curam spiritualium receperunt; tercium *tytyl* sunt abbates et priores qui curam gerunt religionis. (Et quilibet istorum non est in magnitudine, bonitate, fortitudine, potestate pulcritudine, etc. (*f.* 124) nisi sicut unum *tytyl* in comparacione ad Deum), tamen isti debent aliis intendere, errata corrigere, non ut confundant, sed ut corrigant et salvent; et hoc debet esse ex ordinacione divina et non ex presumpcione propria. Et ideo Apostolus cuidam magistro, precipiens ut sui ipsius curam gereret, dixit, Thi. 4 : *Attende tibi et doctrine*, etc., quasi d. : Attende tibi primo ut es vocatus, id est ordinatus, judex a Deo, et ut peccata propria corrigas, et postea [2] aliis, ut eorum facta judices et illos doceas, quia, ut dicit Apostolus, Thi. 3° : *Qui domui sue nescit preesse, quomodo ecclesie Dei diligenciam habebit?* q. d. : Qui delicta propria negligit, alios non est dignus emendare nec eos gubernare. Ad hoc deservit *tytyl* ad preservandum racionem a falsitate cum superius fuerit factum vel positum, sed cum inferius fuerit, notat falsitatem racionis. Ita prelati, cum se

1. *Il faudrait* quod.
2. *C'est le texte de B (p.* 161, *note* 13),*mais la version est assez libre.*

teneant superius in veritate, justitia et vite sinceritate, salvant subditos a mala fama; sed, cum inferius, succumbunt per malam vitam vel vecordiam, quod loqui non audeant pro timore vel propter alias causas [1], subditi male faciunt, detrahendo vel, etc., et cum eis versus infernum vadunt. De talibus prelatis vel ballivis, veritatem non exequentibus nec defendentibus justiciam, loquitur propheta Domino, imprecans ne eorum nomina inserantur in libro vite, P. 86 : *Deleantur de libro viventium*, etc. Alas! Alas! Et nullus finaliter salvus erit nisi qui in libro vite scriptus inventus fuerit.

[21] Lepus, cum canes latrare audierit et venatorem cornu sonare, fugam capit, cum aliud refugium non habeat nisi velocitatem pedum suorum, quia nec propter donaria vel promissa parcerent sibi canes, si illos expectaret, etc. [2]. Faciant [3] sic juvenes nostri : cum mulierculas ducentes coreas viderint, et audierint venatorem cornu sonantem, id est ministrallum fistula canentem, (*v°*) vel aliud genus melodie facientem, statim fugiant ne capiantur et morti tradantur, juxta consilium Apostoli dicentis : *Fugite fornicacionem*, et non solum factis, sed omnem occasionem. *Ab omni specie mala abstinete vos* [4]. Non dicit « pugna », sed « fuge », sciens quod difficile est de manibus eorum fugere seu evadere, nisi quis fugam voluerit capere ; sicut dicit Salomon : *Vincula manus ejus*, id est mulieris. Fabula ad hoc de lupo qui obvians lepori dixit : « Quid facis tu ? ubi moraris [5] ? « Unde servis [6] ? Quare inter alia animalia non vivis ? Tu « semper latitas quasi miser et vecors corde. — Non », dixit alius. « Tecum pugnare volo, et in hoc ostendam audaciam « meam. — A ! » dixit lupus, « magnam mercedem tibi dabo [7], « si quod promiseris implere volueris. » Ad quem lepus : « Videas me hic paratum. » Et cum hoc cepit fugere. « A !

1. *Texte :* u pur dons.
2. *L'*etc. *remplace une ligne du texte.*
3. *Ms.* faciunt.
4. *C'est le texte de B ; voy. p.* 28, *note* 1.
5. *Ms.* moriaris.
6. *Ms.* deservis (*faute causée par le voisinage d'*unde *écrit en abrégé.*
7. *La traduction n'est pas exacte.*

quid est hoc? » dixit lupus, « pugnas tu fugiendo? — Ita, » dixit alius. « Tali modo multos leporarios vici et victoriam « optinui. » Ideo unusquisque volens contra peccatum victoriam optinere fugiat consorcia feminarum per quas sapiens Salomon fuit infatuatus, R. II, Sampson fortis debilitatus, Loth incestu viliter fedatus, Sychen nobilis morti traditus, Joseph mundus carceri mancipatus, Judas fortis et valens perditus, Sizara interfectus, et tota tribus una quasi destructa erat propter feminas. Ideo Salomon, tanquam expertus, nos docet, dicens. PROV. 8 : « Non decipiaris per mulierem, nam multi per eam ad mortem liberati sunt [1]. » Et docet nos modum quomodo tale periculum evadere poterimus, PROV. 5° dicens : *Longe fac viam tuam ab ea*. Et Jesus Syrac : *Averte faciem tuam a muliere compta ; ex hoc concupiscencia quasi ignis exardescit.*

[22] Lepus, cum fugatus fuerit a venatore, fugam petit, sed quia non videt ante se clare, frequenter cadit in rethe et occiditur. Venator est diabolus qui hominem fugat habentem chaces [2] ad peccatum. Unde JERE. : *Venabuntur vos (f. 125) de cavernis vestris*. Caverne nostre [3] sunt vulnera Jesu Christi a quibus multi fugati sunt per decepcionem venatoris diaboli, et cadunt in rethe positum ante eos (scilicet peccatum) juxta P. : *Cadent in retiaculo ejus peccatores*, etc. Et sciendum est quod iste venator habet octo genera canum copulatorum currentium pro diversis animalibus, quorum nomina sunt hec : *Rycher and Wylmyn, Havegyf and Bawdewyn Tristewele and Trebelyn, Beaufyʒth and Gloffyn*. Primi canes, scilicet Richez et Wylmyn, sunt soluti (anglice *uncowplyd*) ad cervum et ursum [4] et animalia grossa, hoc est divicie et voluntas mala pertinent ad magnates, et istis duobus, quasi duobus canibus, fugantur in rethe diaboli (id est peccatum) ; nam diviciarum habundancia frequenter ponit hominem extra viam racionis (et justicie), et ducit illum

1. *C'est la traduction du texte, mais non une citation biblique.*
2. Sic ; *suppr.* habentem chaces? *Texte :* qe chace home vers peché.
3. *Le trad. a lu* nostre receit, *et non* vostre.
4. *Texte :* a cerfs et a bisses *(p. 29.)*

juxta arbitrium voluntatis proprie, de quibus SAP. 2 : *Sit fortitudo nostra lex justicie*, q. d. : Totum est rectum quod nobis dic[t]at voluntas nostra ; et per istos duos canes fugantur in rethe diaboli. Unde dicit Scriptura : *Cesset voluntas propria, et non erit infernus.* Faciant ergo tales, et proprie voluntati resistant ad modum cervi calefacti per canes eum insequentes, quibus resistit fortiter (et tunc eos vincit). Et capiant exemplum de Constantino imperatore dicentis : « Plus est voluntatem propriam vincere quam « magnum exercitum lancea debellare. » Sicut David, (Roboam et aliis multis) male accidit quando egerunt arbitrium proprie voluntatis, R. 24. Ideo dicitur ECCL. 18 : *A voluntate tua averte, ne faciat te [venire] in gaudium inimicis tuis.* Multum placet venatori et multum gaudet quando videt cervum ante canes directe euntem versus rethe sibi extensum ; sic diabolus quando videt homines a canibus suis fugatos directe viam capere versus infernum. Et hoc dicit propheta YSAY 9 : *Exultant victores capta preda.*

Deinde venator solvit alios canes nominibus *Have and gyf* [1], id est « accipe et da », qui fugant abbates et priores, milites et magnates [2] et alios qui advocaciones ecclesiarum optinent in eorum dominio, sed in conferendo semper cogitant de dono simonie, (v°) scilicet ad dandum ecclesiam et ad recipiendum pecuniam. Ideo dicit Jesus Syrac : *Omnis misericordia faciet unicuique locum secundum merita operum suorum, et secundum intellectum*, etc., q. d. : Deus retribuet mercedem secundum meritum et intentum donantis, scilicet illi[s] qui tales promociones pro Deo bonis et dignis dare deberent gratis. Nam conferunt ydiotis et indignis propter favorem vel emolumentum temporale, contra doctrinam Ewangelicam [3] : *Da bono et ne receperis peccatorem.* Talibus donatoribus loquitur beatus Petrus : Corda vestra non sunt ordinata secundum Dominum Deum quando [4] queritis terre-

1. *Corr.* alium canem.
2. *Texte* : chivalers e dames *(p.* 31.)
3. *Le traducteur a été trompé par le* nostre Seignur *du texte : la citation qui suit n'est nullement emprunté à l'Évangile.*
4. *Ms.* quem, *abrégé ; cf. le texte (p.* 31.)
5. *Ms.* qui.

nam mercedem in dando spiritualia que [5] libere propter Deum conferre deberent[ur]. » Et ideo dicit : « Vobiscum vadat in perdicionem illud quod accipitis tali intencione [1]. » Videamus ergo si iste canis *Have & gyff* velociter currit et multos in perdicionem fugat.

Deinde alium canem, nomine Bawdewyn, solvit super legistas, placitatores et advocatos, unde plures fugantur in infernum de illis propter eorum balditatem et confidenciam inproprio sensu et sapienciam [2] quod alios sciunt decipere contra justiciam. De quibus loquitur Job. 12 : *Audacter provocant Deum,* q. d. : Per magnam audaciam baculum levant contra Deum.(Deus est veritas, et qui facit contra veritatem, nitens [3] deprimere eam, contra Deum levant baculum, qui est magna confidencia quam habent in eorum cautelis deceptoriis.) Nam sit ex una parte causa falsa cum bursa denariis plena, et ex altera parte causa vera, bona et justa, sine pecunia, bursa cum denariis ad se trahit secreta [4] et decretales, [et] faciet leges contra veritatem optime concordare. Unde dicit Abacuc : *Lacerata est lex. Propterea egreditur judicium perversum.* Canis iste, scilicet balditas sciencie et loquele, plures legistas, advocatos atque judices fugat in rethe diaboli, (et hoc [est] in puteo profundo), juxta illud P. : *Labor labiorum ipsorum operiet eos*, scilicet in inferno. Et hoc est quod sequitur : *In ignem deicies eos,* etc. Quare consulo quod qui fugatus fuerit per canem istum, exemplum accipiat de vulpe qui, cum fugatus fuerit a canibus et sibi approximant, urinam facit super caudam et canes in faciem spargit; (qui, amaritudinem urine sentientes, subtrahunt se, et sic evadit sine dammo). Cauda vulpis significat finem hominis qui est mors ; urina tam amara significat amaram mortis memoriam. Ista cauda cum amara mortis memoria percuciant canem hunc in faciem, et se subtrahet prebens oportunitatem evadendi sine gravi periculo. *(f. 125)* Ideo dicitur : *O mors, quam amara est memoria tua homini injusto !*

1. *Ce n'est point une citation exacte, mais la trad. du français.*
2. *Corr.* sapiencia ? *Texte :* par baudour de lur sen *(p.* 31.)
3. *Corr.* faciunt... nitentes.
4. *Corr.* decreta ?

Deinde solvit quintum canem nomine *Trystewell*, et hoc super animalia multum velocia vocata *roes* [1], que pre velocitate montes transiliunt. Isti sunt ordinati, in ecclesia, rectores, sacerdotes, monachi, fratres, qui velociter montes perfecte vite [2] transcendere deberent et leviter, sine mundialibus curis [3] pertransire deberent vallem miserie, sed, heu! canis iste Trystewell, id est fatua confidencia, istos valde insequitur et fugat in rethe diaboli, pro illorum magna parte, quia confidunt in hoc quod eos decipiet. Nam, cum rector ducentarum librarum fecerit colligi unum discum plenum fragmentis in mensa et dederit pauperi de villa, tunc sibi videtur quod multum fecit pro Deo, confidens quod sibi liceat residuum ponere in corbona vel exponere in vanitatibus, lancis, festis, vel, quod pejus est, in luxuriis vel in nepotum promocionibus, cum bona illa eis conceduntur non ad voluptatem sed ad necessitatem ; quibus Salvator dicit in Ewangelio : *Duces ceci excolantes culicem, camelum autem transglucientes;* q. d. : Que multum valent in usum vestrum cadunt, sed minima pauperibus tribuuntur. Sacerdotes eciam et alii religiosi quilibet tantum confidunt eorum corona et reverencia illis a populo exhibita, quod si unam missam celebraverint in die, videtur illis quod residuum diem expendere, immo consumere possunt in vanitatibus et solaciis corporalibus. Quod pejus est, plures sunt [4] qui tantum confidunt de nomine sacerdotis quod, venientes de eorum concubina, missam celebrant cum tam alta voce acsi essent a Deo ordinati in sancta vita, et residuum diei sequentis consument in [im]pudiciciis suis. De quibus conqueritur Spiritus Sanctus, dicens : *Sunt impii qui ita securi sunt quasi justorum facta habeant*, et ista confidencia falsa ducit eos ad confusionem ; Job 21 : *Domine Deus,* dicit

1. *Ce sont des chevreuils. Il y a* leveres *dans le texte.*

2. *Ce mot, rétabli d'après le texte, est entièrement enlevé par une piqûre de vers.*

3. *Le ms. ajoute* exonera *qui ne se construit pas. On pourrait proposer* sine mundialium curarum onere ; *texte :* sauz charge de terrien aver (*p.* 33).

4. *La traduction affaiblit singulièrement le texte :* Et qe pis est, de ascuns mauveys ribaudes (*p.* 34).

Job, *quare impii vivunt? semen eorum permanet coram eis; propinquorum turba et nepotum in conspectu eorum est; domus eorum secure et pacate (habent) et non est virga Dei super illos,* et sequitur : *Ducunt in bonis dies (vᵘ) suos et in puncto,* etc. Et sic canis iste Trystewell fugat multos et cadere facit in rethe diaboli.

Deinde solvit sextum canem nomine Treblyn, id est usura, et hoc super mercatores, per quem vadunt multi in laqueum diaboli; et merito vocatur canis iste Treblyn, quia nichil emunt vel vendunt nisi triplum lucrantur per fraudem. Ideo alloquitur Dominum per prophetam P. dicens : *Quis ascendit in montem Domini,* etc.? Et responsum est : *Qui jurat proximo suo et non decipit. Qui pecuniam suam non dedit ad usuram,* etc. [1]. Ubi tunc erunt inveniendi [2] mercatores et usurarii qui animas suas vendunt propter pecunias? Respondit propheta in P. : *Non defecit de plateis ejus usura,* etc.; et sequuntur : *Veniat mors super illos et descendant in infernum viventes,* etc. A! quomodo mundus modo pervertitur! Olim vix inveniebatur usurarius in civitate aliqua. Si quis enim agnitus fuerit talis, nemo osculum pacis sibi tribuit (nec osculum pacis) in ecclesia; nemo ad domum suam ignem querere voluit; pueri in vicis illos deridentes cum cachinnis digitis usurarios ostenderunt; domus illius domus diaboli vocabatur; corpus illius sepeliebatur in campo vel in orto [3]. et non in cimiterio. Sed modo pervertitur modus ille; nam qui vitaverunt prebere talibus in ecclesia osculum pacis, modo non recusarent eorum osculari pedes. Illi qui ad domum illorum ignem noluerunt querere, modo non recusant cum illis manducare et bibere. Quibus pueri alii fecerunt derisiones, modo exhibent magnas reverencias, salutaciones et honores; et quorum corpora solebant sepeliri in campo vel orto, nunc sepeliuntur coram altari magno in ecclesiis, sed hoc in eorum confusionem, cum eorum animas per istum canem Treblyn sint fugate in perdicionem.

1. Ps. XIV, 4, 5. *Le latin n'est pas cité dans le français.*

2. *La lecture de ce mot est conjecturale, il n'en reste plus que les deux dernières lettres, le ms. étant troué.*

3. *Les trois derniers mots sont enlevés par des piqûres de vers.*

Deinde solvit septimum canem nomine Beawys de quo venator iste (scilicet diabolus) tantum confidit quod non est animal magnum nec parvum quin per hunc confundetur [1]. Et hoc est super omnia peccata pessimum, scilicet luxuria, que inf...t [2] laicos et clericos, pauperes et divites, juvenes et senes, et omnes quasi fugat ad laqueum diaboli. De cane isto loquitur Salomon dicens : *Multos vulneratos dejecit et fortissimi interfecti sunt ab eo.* Et nota historias ad hoc modicum ante. Ideo caveat unusquisque ne cadat in istud rethe quod cum .iiij. cordis figitur. Corda inferior est profunditas inferni.

(*Le reste manque.*)

1. *Ce mot est d'une lecture douteuse. Il faudrait* confundatur.
2. infestat *ou* inficit ?

NOTES

1. — Les propriétés du *magnes* et de l'*adamas* sont décrites d'après Barthélemi l'Anglais, *de proprietatibus*, l. XVI, ch. IX. — Le passage des *Gesta Romanorum* indiqué en note offre avec notre texte un rapport si évident qu'il est utile de le transcrire ici :

Dixit Ysidorus quod est quidam lapis qui magnes vocatur, qui ferrum ad se trahit. Sed est alius lapis, sc. adamas, qui est de majori fortitudine, quia facit ferrum de magnete ad se revertere.

Moralitas. Karissimi, per magnetem intelligitur Adam, qui per peccatum totum genus humanum traxit ad mortem. Sed postea venit Adamas, id est Christus Jhesus, dominus noster, qui erat fortior in fortitudine virtutis, qui ad se traxit totum genus humanum et liberavit a morte et a potestate dyaboli.

4. — On reconnaît ici l'apologue des *Animaux malades de la peste*, de La Fontaine. L'histoire de cette fable a été l'objet d'une dissertation spéciale de la part de M. Joly [1]. On peut encore consulter les éditions de Robert et de M. H. Regnier [2]. La plus ancienne forme de cette fable se trouve dans le *Pantchatantra* (L. I, fable XII)

1. *Histoire de deux fables de La Fontaine*, dans les *Mémoires de l'Académie de Caen*, 1877, p. 399. Notons en passant que, depuis l'apparition de ce travail, une rédaction, dans laquelle c'est le renard qui confesse successivement le lion, le loup et l'âne, a été publiée d'après un ms. de l'Arsenal dans la *Biblioth. de l'École des chartes*, XXXVIII, 663.

2. Et aussi les *Recherches sur les auteurs dans lesquels La Fontaine a pu trouver les sujets de ses fables*, de Guillaume (Besançon, 1822, in-8°, 58 pp.) p. 31. Il y a dans cet opuscule peu connu un grand nombre d'intéressants rapprochements.

mais si l'idée générale est la même, les circonstances sont absolument différentes. Dans cet ouvrage ou dans les textes dérivés [1] le récit est en somme celui-ci : Le lion est blessé et ne peut plus chasser. Ses associés qui sont le corbeau, le tigre (ou le loup), le renard (ou le chacal) et le chameau, ne savent comment le nourrir. Les trois premier conviennent, à l'insu du chameau, de s'offrir l'un après l'autre en pâture au lion, chacun s'engageant en même temps à le dissuader d'accepter ce sacrifice volontaire. Le chameau s'offre à son tour espérant bien que ses compagnons agirait en sa faveur comme ils ont agi à l'égard l'un de l'autre, mais ceux-ci au contraire le prennent au mot, le tuent et partagent sa chair avec le lion [2]. Le récit le plus proche de celui de Bozon que nous ayons rencontré se trouve dans un recueil de fables très courtes dont le seul ms. connu est conservé à la Bibliothèque de Berne et a été récemment publié par M. Hervieux (*Les Fabulistes latins*, II, 752). Il n'est cependant pas assez semblable pour qu'on puisse y voir la source de Bozon. C'est plutôt un abrégé du texte qui a inspiré le récit de Bozon.

5. — Cf. Barthélemi l'Anglais, l. XVIII, ch. VI :

In latere dextro habet os durissimum, latum et spissum quod semper opponit venabulo persequentis, nam osse illo, pro clipeo, ad se protegendum utitur, sentiens sibi imminere bellum, acuendo culmos contra arbores eos fricat.

6. — Cette assertion était courante au moyen âge ; voir par exemple, Vincent de Beauvais, *Spec. hist.* XV, CLXX (éd. de Douai, col. 1496) et Barthélemi l'Anglais, l. XII, ch. XXXV :

Hec avis impia circa filios suos.... si enim videt pullos suos impinguari, rostro et pedibus eos percutit ut sic fiant en dolore morsuum macillenti, ut dicit Plinius.

1. Voir la traduction Lancereau, p. 365. Pour la version latine *Kalilah et dimnah*, par Jean de Capoue, on peut maintenant citer l'édition si soignée de M. J. Derenbourg, dans la *Bibliothèque de l'École des hautes études*, 1887. Voyez-y notre fable, p 76.

2. Ce récit, modifié en certains points, a été introduit par Ramon Lull dans son Livre des Merveilles ; cf. *Hist. litt.* XXIX, 357-8.

7. — Cette façon de prendre les ours est rapportée dans le *De proprietatibus* de Barthélemi l'Anglais, l. XVIII, fin du ch. cx, d'après Théophraste. Le même récit se trouve encore, mais avec une autre moralisation, dans le recueil d'exemples en vénitien (sans doute traduit du latin) publié par M. Ulrich dans la *Romania*, t. XIII; voy. p. 38 l'ex. 18.

8. — Il ne semble pas que la fable du corbeau et du renard soit prise d'un texte latin (Hervieux, *Fabulistes latins*, II, 254, 289, 309, 716, 742, 758, 801); elle vient plutôt du roman de Renart (Méon, 7187 et suiv.; Martin : branche II, 843 et suiv.) ou de l'Ysopet I de Robert (*Fables inédites*, I, 9). Dans ces deux récits, en effet, qui dérivent sûrement l'un de l'autre, on voit, comme chez Bozon, Renart louer la belle voix du père du Corbeau. Ysopet :

> Dommages iert que ne chantés
> Aussi bien com fist vostre pere :
> Se ainsi chantiez, par saint Pere!
> Je cuid qu'en tout le bois n'eüst
> Oisel qui tant a tous pleüst.

9. — Barthélemi l'Anglais, l. XVIII, ch. XXXIII (d'après Pline, VIII, LXXVI) :

Capre, sole declivi ad occasum ut dicunt, simul non edunt, sed post averse ab invicem jacent. In aliis autem horis averse se convertunt et, versis vultibus ad invicem, in graminibus depascunt.

10. (P. 17). — Nous n'avons pas trouvé la source de la fable du corbeau et des abeilles.

11. — Ce qui est dit au début du § sur le taureau vient de Barthélemi l'Anglais, l. XVIII, ch. CXVII.

Aux citations de la note de la p. 18, on peut ajouter celle de l'*Ars loquendi et tacendi* d'Albertano de Brescia, édition de M. Sundby (*Brunetto Latinos levnet og skrifter*), p. CIV. Le texte des deux vers est identique à celui de Bozon, sauf qu'il y a au premier vers *si* au lieu de *seu*. Enfin ces deux vers célèbres sont cités sous la même forme que chez Albertano, dans le *Petit Jehan de Saintré*, édition Marie Guichard, p. 18. Ils y sont attribués à Thalès de Milet.

12. — Barthélemi l'Anglais, l. XVIII, ch. xxiii :

Capre sicut oves comedunt herbas, sed oves carpunt herbas usque ad radices et manent stabiles in pascuis, capre vero cito moventur a locis.

14. — Pline, VIII, xi, dit que l'éléphant se débarasse des mouches en les écrasant dans les plis de sa peau. Barthélemi l'Anglais n'a rien sur ce sujet.

15. — La fable qui termine ce § a une allure toute populaire. Il n'est donc pas surprenant qu'on ne la rencontre pas sous une forme tout à fait semblable en latin. Ce qui en approche le plus, à notre connaissance, est la fable *de ciconia litigante cum conjuge sua* d'Eude de Cheriton (Hervieux, *Fabul. latins*, II, 606), où la cigogne s'enfuit, honteuse d'avoir crevé un œil à sa femelle, et est rencontrée par le corbeau qui remplit le rôle attribué dans le conte de Bozon au mauvis.

16. — L'idée que les nobles dégénèrent, parce qu'ils comptent uniquement sur leur origine, est reproduite au § 102 avec la même comparaison entre les gentilshommes et la « gentil moutarde », qui n'est *genteel* que de nom. Il faut donc supposer qu'en Angleterre du moins, on accolait l'épithète *gentil* à la moutarde qu'on criait dans les rues.

17. — La fable du chat-huant et de l'autour se rencontre sous deux formes assez différentes. Dans le recueil d'Eude de Cheriton, elle porte pour titre *de busardo et accipitre* (Hervieux, *Fabul. latins*, II, 601 [1]). Le busard, oiseau de proie méprisé, puisqu'on disait proverbialement qu'on ne saurait

1. On en trouvera un texte un peu différent dans les *Latin Stories* de Th. Wright (Percy Society, 1842), sous le nº liv.

faire un épervier d'un busard [1], y est substitué au chat-huant de Bozon. La moralité diffère totalement de celle de Bozon, mais la rédaction est, dans ses traits essentiels, presque la même. Le latin porte, dans l'édition de M. Hervieux : « Quis vestrum est qui nidum suum contra *naturam* commaculavit [2] ? » Notre texte montre qu'il faudrait substituer *nutrituram* à *naturam* : « Que est ceo que jeo « trove encontre norture ? Qui a ceo fet ? » Cette phrase suffit à établir un rapport incontestable entre la rédaction d'Eude de Cheriton et celle de Bozon. Mais il existe une autre forme latine de cette fable dans le recueil que M. Hervieux appelle le Romulus de Marie de France [3]. Dans cette rédaction (Hervieux, *Fabul. latins*, II, 489), c'est bien, comme chez Bozon, un chat-huant (*bubo*) qui confie ses petits à l'épervier. Mais pour le reste, le rapport avec le texte de Bozon est peu sensible. Il faut donc supposer que Bozon a confondu les deux rédactions, soit que cette confusion ait eu lieu dans sa mémoire, soit qu'il ait réellement existé une rédaction dans laquelle la fable d'Eude de Cheriton avait été modifiée par la substitution du *bubo* au *busardus*.

18. — La fable du paon se plaignant à Destinée est ici caractérisée par la substitution de Destinée à Junon mise en scène par Phèdre (III, XVIII) et la plupart de ses imitateurs (Hervieux, *Fabul. latins*, II, 275, 356, 467). Dans une rédaction en prose (*ibid.* 553), le paon est mis en rapport avec le Créateur, et dans Marie de France (fable XLIII) avec « la Deesse ».

19. — La source du récit concernant Hichebon (ou *Hykedon*, selon la version latine, p. 207) nous est inconnue.

La fable du tigre qui se complait à regarder sa figure dans

1. Le Roux de Lincy, *Livre des proverbes*, I, 153 ; Littré, à l'historique de BUSARD.

2. Il y a simplement dans l'édition de M. Œsterley (*Jahrbuch. f. Romanische u. Englische Literatur*, IX, 150) : « Quis est qui nidum maculat ? »

3. Des opinions divergentes ont été exprimées sur le rapport des fables de Marie de France et de ce recueil latin. Voir G. Paris, *Romania*, XV. 629.

un miroir (p. 26) est mal présentée. Il s'agit en réalité, dans les textes les plus complets, de la tigresse à qui un chasseur a enlevé ses petits et qui croit les retrouver dans les miroirs que le chasseur sème sur sa route. Voici quelques textes :

Legimus autem de tygride quod raptis fetibus, dum veloci cursu venatores insequitur, ipsi timentes sibi de crudelitate bestie, speculum vitreum amplum in via proiciunt. Tygris vero, dum ymaginem suam in speculo cernit, a cursu suo subsistit, estimans fetum suum reperisse. Dum autem ymaginem illam amplectitur et ibidem commoratur, venatores evadunt. Ipsa autem tandem, pede fracto speculo, nichil reperit, et ita fetus suos amittit. Sic venator infernalis multos prelatos, objecta ymagine rerum temporalium curiositate, detinet...

(Sermons de Jacques de Vitri, Bibl. nat. lat. 17509 fol. 10 *a b*).

Jacques de Vitri a reproduit la même fable plus brièvement dans l'*Historia Hierosolymitana*, ch. LXXXVI (Bongars, *Gesta Dei per Francos*, p. 1102). Voir encore Alexandre Neckam, *De laudibus divinæ sapientiæ*, éd. Th. Wright (Londres, 1863, collection du Maître des Roles) p. 489; Gautier de Metz, *Image du monde*, dans Le Roux de Lincy, *le Livre des légendes*, p. 212; Albert le Grand, *De animalibus*, l. XXII, traité II (cf. Berger de Xivrey, *Traditions tératologiques*, p. 525). Citons enfin Barthélemi l'Anglais (l. XVIII, ch. CII) :

Qui autem omnes catulos deferre cupit, specula magna in itinere derelinquit, que mater insequens in via invenit, et in eis se intuens, de sua imagine filios esse credit. Circa autem suam umbram illic detenta et circa filiorum extractionem de vitro occupata, dat raptori spatium fugiendi, et sic per umbram decipitur ne raptorem pro catulorum liberatione ulterius persequatur.

C'est à peu près ce que dit Brunet Latin sur le même sujet (éd. Chabaille, pp. 251-2).

Les troubadours et les trouvères ont tiré de cette même fable la matière d'ingénieuses comparaisons : voy. dans le *Lexique roman* de Raynouard les deux passages de Richart de Barbezieux et de Bernart Alahan de Narbonne rapportés au mot TIGRA (V, 301). On peut, en français, citer : Adam de la Halle (éd. De Coussemaker, p. 126) :

Si fait li tigre au mireoir, quant pris
Sont si faon, et cuide proprement
En li mirant trouver chou qu'ele a quis;
Endementiers s'en fuit chieus qui les prent :
Ne faites mie ensement,
Dame, de mi.

Voir aussi le chansonnier de Berne, pièces, 28 et 79.

Le même sujet a été traité au moyen âge comme motif d'ornementation. Parmi les présents offerts par Charles VI à Richard II d'Angleterre, à l'occasion des fiançailles de ce dernier avec Isabelle de France, en 1396, figure « un[e] nef « d'or esteant sur un[e] orse, et, a chescun fin de meesme « la nief, desuis, un tigre regardantz en un vitre » (Récit contemporain de l'entrevue d'Ardres, dans l'*Annuaire-Bulletin de la Société de l'Histoire de France*, XVIII (1881), p. 214).

21. — La fable du loup et du lièvre vient d'Eude de Cheriton[1] : l'application morale est la même de part et d'autre, sauf que la citation de saint Paul est dans le latin à la suite, et non comme ici en tête de la fable; voy. Hervieux, *Fabul. latins*, II, 635-6.

22. — Nous avons ici la forme la plus ancienne que l'on connaisse jusqu'à présent d'un exemple moralisé qui se retrouve, avec quelques circonstances particulières, dans le chap. CXLII des *Gesta Romanorum*. Un veneur, qui est le diable, chasse les âmes à l'aide de sept chiens, dont chacun a un nom significatif en anglais, pour les faire tomber dans des filets attachés de quatre cordes, dont chacune a un sens allégorique (voy. p. 37). Les deux premiers chiens, *Richer* et *Wilemyn* personnifient la richesse et la volonté (*Richess* et *Will*) : ceux-là poursuivent les grands seigneurs. Le troisième s'appelle *have e gyf*, c'est-à-dire, nous dit Bozon (p. 31), « prenez et donnez. » Ils sont lancés sur les abbés, les prieurs, les chevaliers, les dames, qui donnent les églises pour de l'argent, donnant donnant. Le quatrième, *Baudouin*, chasse en enfer les avocats et les légistes « pour

1. Il y a *par* dans le texte français, mais *pur* vaudrait mieux, car la version

baudour de leur sens » (p. 32), c'est-à-dire à cause de la confiance présomptueuse qu'ils ont en eux-mêmes. Le cinquième, *Trystewell* (angl. *Trust well?*) est découplé contre les lièvres (les chevreuils, *roes* dans le latin, ci-dessus, p. 225) qui figurent les ecclésiastiques dont le devoir serait de parcourir rapidement, sans charge d'avoir terrestre, les montagnes de cette vie. Le sixième, appelé *Trebelyn*, « c'est-à-dire usure », chasse les marchands qui vendent leurs marchandises au triple (anglais *treble*) du prix de revient. Le sixième est *Beauvis* (beau visage) qui personnifie la luxure : celui-là s'attaque à tous, clercs et laïques. Dans les *Gesta Romanorum*, ou du moins dans les anciennes éditions et dans les mss. que le dernier éditeur, M. Œsterley, a consultés, ces noms sont corrompus de façons variées. Le texte de M. Œsterley porte *Richer, Emulemin, Hanegif, Baudyn, Crismel, Egofyn, Beanus, Renelyn*. L'éditeur est bien parvenu à reconnaître que ces noms étaient anglais, mais il n'a pas réussi à les restituer d'une façon satisfaisante [1]. Il a bien compris que *Hanegif* devait être lu *Have-gif*, mais il n'a pas su voir que *Emulemin* devait être remplacé par *Ewylemin*, leçon que donnent certains mss. qu'il cite, et qui doit être résolue en *e Wylemin*, preuve que le rédacteur des *Gesta* avait sous les yeux un original français. De même, là où il a lu *Egofyn, et Renelyn*, il fallait lire *e Gofyn*, *e Trevelyn*. D'ailleurs les mss. qu'il cite donnent aussi *Trebelin* et *Etrebelin*. *Beauvis* ne se trouve dans aucun des mss. cités, mais plusieurs mss. et éditions portent *Beamis* ou *Beamys*, leçon bien rapprochée de *Beuamiz*, forme que donne l'un des mss. de Bozon (p. 39, var. 10). Dans les *Gesta*, l'histoire est placée dans un cadre qui ne vient pas de Bozon.

Erat quidem rex potens valde qui quandam forestam construxit et eam muro circumvallavit, in qua diversa genera animalium posuit, in quibus multum delectabatur. Erat eodem tempore qui-

latine porte : « Propter balditatem et confidenciam in proprio sensu et sapiencia » (p. 224).

1. M. Œsterley a exprimé ses conjectures à ce sujet d'abord dans la *Germania*, XV (1870), 104-5, puis, à peu près dans les mêmes termes, dans la préface des *Gesta*, p. 263-4.

dam, qui proditor inventus est, et sic propter sua scelera omnibus suis privatus est. Ille vero de terra sua expulsus est et providit sibi de quatuor generibus canum et multis retibus [1] ut bestias regis in foresta caperet et destrueret. Nomina canum hec erant : *Richer*, *Emulemin*, *Hanegyf*, *Baudyn*, *Crismel*, *Egofyn*, *Beanus* et *Renelyn* [2].

Le roi est Dieu, la forêt représente le monde ; le traître expulsé est le diable qui, chassé du royaume des cieux, cherche à nuire aux chrétiens.

La version des *Gesta*, malgré la différence du cadre, est parfois fort exacte :

Bozon, p. 33.	Gesta, p. 498.
Ore alom a Tristwel, le queynt chien del venour, qe est descouplé as lieveres qe tant sunt vistes de passer les montaignes, com sont les ordenez de seynt Esglise, persones, prestres, moignes, freres, qe dussent par reison mongter, les montaignes de haut vie e legerment passer sanz charge de terrien aver, la valeye de cest mond. Mès, allas ! que dirrai ? Plusours sunt chacés en la rey de[l] venour par Tristwell, son chien qe les mene a sa volenté, pur ceo qe eux affient en chose qe lur deceivera.	Deinde Crismel, alter canis, mittitur circa lepores, qui, cum veloces sunt, montes transeunt, id est ordinati in Ecclesia, sicut sunt presbiteri, rectores, capellani, monachi et fratres mendicantes, qui deberent per racionem transire ad montes alte vite, scilicet de terrenis exonerari, mundum despicere. Sed, heu ! plures sunt tantum temptati per canem istum, quod ducit eos pro voluntate sua ad rethe diaboli, in eo quod confidunt in rebus in quibus decipiuntur.

Cette citation suffit à prouver que le rédacteur des *Gesta* a suivi le texte français et non pas la version latine, ce qui,

1. M. Œsterley n'hésite pas à imprimer *multa recia*. Je corrige d'après l'édition de Lyon, 1555.

2. On remarque qu'ici, comme chez Bozon, les chiens sont assemblés par couples, mais le français (p. 29) est bien plus clair. Il plus certain que le traducteur n'a pas compris puisqu'il a plus d'une fois réuni inintelligement l'*e*, conjonction, au nom : *Emulemin* (lis. *Evilemin*), *Egofyn*. Remarquons que l'un de ces chiens, *Gloffyn* (*Gofyn* dans les *Gesta*) est mentionné, tant dans Bozon que dans les *Gesta*, au début seulement, et n'a aucun rôle par la suite.

du reste, était déjà établi par les formes des noms des chiens.

Bozon conseille à ceux qui sont poursuivis par le chien Baudouin, ou par la « baudour », c'est-à-dire la présomption, de se défendre à la façon du renard quand il est serré de trop près par les chiens. Ce procédé, que l'auteur expose sans réticence (p. 32-3), a été l'objet d'une application non moins morale, mais différente dans un des sermons sur les Épitres des dimanches composés au commencement du XIIIe siècle par Eude de Cheriton :

Scilicet vulpis, quando a canibus angustiatur, mingit in cauda, et in oculis canum aspergit, et sic frequenter eum dimittunt; sic quidam clerici et curiales insequntur episcopos, quidam obsequendo, alii detrahendo, alii accusando, donec aliquo beneficio ora illorum obstruantur; et quando miser episcopus instantiam illorum non potest evadere, urinam spargit in oculis illorum, id est dat eis temporalia quibus excecantur, quoniam per urinam et stercora temporalia intelliguntur.

(Ms. de Toulouse n° 252, fol. 218 *a*.)

Le même auteur avait déjà prêté la même conduite au renard dans l'une de ses fables (Hervieux, *Fabul. latins*, II, 627, *De vulpe volente aquam transire;* cf. aussi Barthélemi l'Anglais, l. XVIII, ch. CXII. En français, on peut citer *Renart le nouvel* (éd. Méon, IV, 379) :

Lors a sour se keue pissié
Renart, et puis les esproa
Es iols, que tous les aveula,
K'en grant tans ne porent veïr;
Et Renart prist lors a fuïr.

23. — Phèdre, IV, XIII, *Leo regnans*, voy. Hervieux, *Fabul. latins*, II, 43, 139, 172, 215, 274, 328, 354, 465, 496, 551, 584 ; cf. La Fontaine, VII, VII. Voici la même fable, tirée de la compilation pieuse connue sous le nom de *Cy nous dit*, composée dans la première moitié du XIVe siècle, sur laquelle on peut voir *Romania*, XVI, 567 :

Ci nous dist fables comment dans Nobles li lions demanda a .j. aignelet s'il avoit forte alaine. Il respondi : « Certes, sire, oïl, « et puant. » Et en l'eure le tua. Après le demanda a une truie ; et elle respondi : « Certes, sire, je sui toute enbausmée a vostre doulce « alaine. » Et pour ce que elle avoit menti, en l'eure la tua. Et après le demanda a Renart. Il respondi : « Certes, Monseigneur, je sui « tous enreumez, je ne sens riens. » C'est a entendre : li martir qui estoient pur et innocent furent mors pour dire voir, et li mensongier morront par mentir. Et cil qui du tout se taisent aussi se dampnent ilz, que on doit adès blasmer le mal et loer le bien.

(Bibl. nat. fr. 425, fol. 39 *c*.)

La rédaction de Bozon ne dérive avec évidence d'aucun des types que nous connaissons.

26. — Les rédactions du *Coq et la Perle* sont fort nombreuses ; voy. La Fontaine I, xx, édit. Robert ou Regnier ; mais partout le coq trouve une perle (Phèdre et ses imitateurs les plus directs) ou une pierre précieuse (*jaspis*, Hervieux, *Fabul. latins*, II, 385, 427, *pretiosus lapis*, II, 436), et non pas, comme ici, un anneau d'or.

27. Cette poétique idée de la formation des perles vient de Pline, IX, LIV ; cf. Solin, LIII, 22 (éd. Mommsen, p. 221), Alexandre Neckam, *De naturis*, p. 150, Barthélemi l'Anglais, l. XIII, ch. XXVI, et l. XVI, ch. LXII, Brunet Latin, p. 186, etc.

28 (p. 44). — La même histoire se rencontre, plus développée, parmi les *Latin stories* recueillies par Th. Wright, n° 96.

29. — La célèbre parabole de l'unicorne (p. 46) a pénétré en Occident au XIIe siècle avec la version latine de *Barlaam et Josaphat*. Elle a été, comme la plupart des paraboles dont se compose ce pieux roman, copiée à part maintes fois et introduite dans une infinité d'ouvrages. Le récit de Bozon est placé sous le nom de Barlaam considéré comme auteur. Cette méprise vient sans doute de l'appellation usuelle *Liber Barlaam*. En tout cas, elle n'est pas particulière à Bozon. Eude de Cheriton avant lui, et l'auteur des *Gesta Romanorum* après lui, l'ont aussi commise.

Cette fable existe en latin sous trois formes au moins [1] : 1° dans l'ancienne version latine de *Barlaam et Josaphat;* 2° dans les sermons de Jacques de Vitri; 3° dans ceux d'Eude de Cheriton. La narration de Bozon est l'abrégé du récit de Jacques de Vitri. Ce qui le prouve, c'est un trait commun à ces deux textes et qui, à notre connaissance, ne se rencontre nulle autre part : l'épée suspendue par un fil au-dessus de la tête du malheureux qui fuyait la poursuite de l'unicorne. Cette bizarre invention doit appartenir à Jacques de Vitri, qui, écrivant de mémoire, aura eu quelque réminiscence de l'épée de Damoclès. Voici le texte emprunté au recueil de ses sermons [2] :

Legimus autem quod quidam homo, dum fugeret a facie unicornis, decidit in foveam magnam et profundam, et extensis manibus apprehendit arbusculam unam, et aperiens oculos, vidit duos mures, unum album et alium nigrum, arbuscule radicem incessanter rodentes, et insuper quatuor aspidum capita que arborem corrodebant et consumebant; et in fundo fovee vidit drachonem cupientem ipsum devorare. Superius autem, supra caput ejus, filo tenui pendebat gladius acutissimus qui, capiti ejus imminens, paratus erat ipsum perforare. Cum autem in tanto esset periculo, elevatis oculis, vidit modicum mellis quod de ramis arbuscule distillabat; et statim, tantorum periculorum oblitus, cepit manum porrigere et mellis dulcedini inhiare. Et ecce subito improviso, arbore que corrodebatur cadente, et gladio cadente super caput ejus, corruit in foveam plenam igne; et dracho insidians rapuit ipsum et cepit devorare. — Unicornis, bestia crudelis que omnes insequitur et nulli parcit, est mors; fovea mundus iste; arbuscula mensura vite nostre, que continue, diebus ac noctibus, velut duobus muribus corroditur : per murem album dies, per nigrum noctes designantur. Quatuor aspidum capita quatuor, sunt elementa in corpore nostro, quibus inordinatis et conturbatis dissolvitur corporis compago. Serpens diabolus; profundum fovee infernus; gladius imminens

1. Sans tenir compte des abrégés dérivés de l'une de ces formes. Ainsi la rédaction des *Gesta Romanorum* (ch. CLXVII) est l'abrégé de la première des trois formes ici mentionnées.

2. Il est à remarquer que dans le recueil d'*Exempla* de Jacques de Vitri que renferme le ms. Bibl. nat., 18134 (XIIIe siècle), le récit de la parabole de l'Unicorne (n° CXXXVI, fol. 241) est celui de la version latine de *Barlaam*, et par conséquent fort différent de celui qu'offrent les sermons.

capiti sententia districti judicis; stilla mellis dulcedo delectationis temporalis; casus hominis hujus vite finis.

(Bibl. nat. lat. 17509, fol. 104 *b*.)

Les deux autres textes sont sensiblement différents. En voici les premières lignes.

Version latine de Barlaam et Josaphat. — Itaque, qui tali serviunt duro ac maligno domino, et a bono ac benigno mente perdita semet ipsos elongant, et presentibus inhiant negotiis..... similes esse arbitror homini fugienti a facie furentis unicornis, qui non ferens sonum vocis illius et terribilium mugituum, fortiter fugiebat ne devoraretur ab eo. Dum ergo velociter curreret, in magnum quoddam decidit baratrum. Dum autem caderet, manibus extensis arbusculam quandam apprehendit et fortiter tenuit, et in base quadam, pedibus impressis visum est sibi in pace de reliquo fore et stabilitate.....

(Bibl. nat. lat. 2153, fol. lxxviij. — XIIe siècle.)

EUDE DE CHERITON, *sermon pour le dixième dimanche après la Trinité.* — Unde Baylardus [1] narrat quod quidam unicornis quendam hominem insequutus est ut eum interficeret, cui nichil mortale resistere potest. Qui, cum ab eo fugeret, cecidit in quandam foveam latam et profundam. Cumque esset quasi in media via versus profundum fovee, in qua erant serpentes, buffones et bestie crudelissime, adhesit cuidam arbori quam ascendit et ibi se tenuit... [2]

(Ed. de Paris, 1520, fol. cvj.)

Il est notable que, parmi les fables d'Eude de Cheriton, il se trouve deux autres rédactions assez courtes de la même parabole (Hervieux, *Fabul. latins,* II, 596 et 626). La première dérive de l'ancienne version latine de *Barlaam,* la seconde de la rédaction adoptée par Eude lui-même dans ses sermons.

30. — Pour la sirène, voy. Barthélemi l'Anglais, l. XVIII,

1. *Baylardus* est une mauvaise leçon; les mss. B. N. lat. 698, fol. 77 et 16506, fol. 194, ont *Bernardus* qui ne vaut pas mieux. Il faut, comme chez Bozon, *Barlaam.* Dans les mss. B. N. lat. 2459, fol. 125 *c*, 2593, fol. 84 *b* et 12418, fol. 43 *b*, l'exemple commence ainsi : « Invenitur in quodam libro « greco quod quidam unicornis quadam die quemdam hominem.... »

2. Cette rédaction de la parabole de l'Unicorne a été souvent copiée à part, notamment dans le ms. Bibl. nat. lat. 3548 *B*, d'après lequel elle a été publiée dans la *Revue des langues romanes,* 3e série, IX, 161.

ch. XCV. — L'aventure du goupil et du paysan à la charrue se trouve ailleurs, mais sous des formes différentes de celle que nous avons ici. C'est la fable *Lupus et Bubulcus* de Phèdre (Hervieux, *Fabul. latins*, II, 72), bien souvent imitée au moyen âge, un loup étant substitué au lièvre (Hervieux, II, 133, 218, 275, 328, 356, 466, 552). Elle se rencontre aussi chez Marie de France (éd. Roquefort, nº XLII). Dans toutes ces rédactions, le loup échappe aux chasseurs, tandis que chez Bozon le renard est pris.

31 (p. 50). — Nous avons ici (p. 50) l'exemple célèbre de l'*Ange et l'ermite* dont l'histoire a été exposée en ses traits généraux par M. G. Paris dans une lecture faite à l'Académie des Inscriptions et Belles-Lettres [1]. Le récit se compose dans notre texte de trois épisodes : 1, le fils noyé; 2, la coupe volée à un homme bon; 3, la coupe donnée à un homme mauvais. Le même exemple se trouve en latin sous cinq formes au moins, qui ne sont du reste que des variantes les unes des autres, mais dont aucune n'est identique à celle que nous présente Bozon. Voici l'indication sommaire de ces différentes formes.

I. Jacques de Vitri [2] : 1, coupe volée; 2, coupe donnée; 3, un serviteur envoyé par le troisième hôte de nos voyageurs pour leur montrer le chemin, est noyé par l'ange; 4, nos voyageurs ayant pris logement chez un quatrième hôte, l'ange étrangle pendant la nuit l'enfant de celui-ci.

II. Premier continuateur d'Eude de Cheriton [3]. Légère variante du texte précédent; la seule différence consiste en

1. Séance publique de l'année 1880; ce travail, résumé de recherches qui seront publiées plus tard sous la forme d'un mémoire développé, a été réimprimé par M. G. Paris. *La Poésie du moyen âge*, pp. 151 et suiv.

2. Ms. lat. 17509, fol. 86 *c*; 18134, fol. 205, sous ce titre : *De angelo qui duxit heremitam ad diversa hospitia.* Th. Wright a publié ce texte d'après un ms. du Musée britannique, *Latin stories*, nº VII, sans savoir qu'il était de Jacques de Vitri; Wright renvoie dans ses notes à trois mss. du Musée britannique, mais l'un au moins de ces mss., Harl. 219, renferme un texte différent, celui de l'auteur que M. Hervieux (*Fabul. latins*, I, 662) appelle le premier continuateur d'Eude de Cheriton.

3. Hervieux, *Fabul. latins*, II, 675-7.

ce que, au troisième épisode, le sénéchal de l'hôte, se trouvant par hasard sur un pont, et n'étant pas chargé de conduire les voyageurs, est précipité dans le fleuve par l'ange.

III. Etienne de Bourbon [1] : 1, Un hermite, qui se proposait de rentrer dans le monde, est jeté à l'eau par l'ange; 2, coupe volée (ici à un hermite); 3, coupe donnée; 4, enfant conduisant les voyageurs tué par l'ange.

IV. *Gesta Romanorum*, chap. LXXX : 1, enfant étranglé; 2, coupe volée; 3, un pauvre qui montrait le chemin à nos deux voyageurs est jeté à l'eau par l'ange; 4, coupe donnée.

V. Ms. 566 de la Bibliothèque Mazarine [2]. Récit assez dénaturé, qui prend place parmi les Vies des Pères du désert, et y est rattaché dans une certaine mesure par la forme qu'il a reçue. 1, coupe, ou plutôt plat (*catinus*) volé à un hermite; 2, le fils de cet hermite vient de la part de son père réclamer l'objet, et l'ange le tue; 3, l'ange donne le plat à un autre hermite.

De ces différentes formes, qui ne sont assurément pas les seules qu'on pourrait trouver, la première, celle de Jacques de Vitri, est celle qui a eu le plus de succès. Elle a été adoptée par Etienne de Besançon († 1294) dans son *Alphabetum narrationum* [3], par Gui de Roie († 1409), dans son *Doctrinal de sapience*, par l'auteur du *Ci nous dit* [4], etc. Il paraît bien que c'est aussi, plus ou moins directement, à Jacques de Vitri que Bozon a emprunté son exemple, réduisant les épisodes à trois, dont l'un, le premier, est formé de la combinaison des épisodes 3 et 4 de son modèle.

32. — La distinction des deux pierres appelées « magnete » est prise à Barthélemi l'Anglais, l. XVI, ch. LXIII. —

1. *Anecdotes*, éd. Lecoy de La Marche (Soc. de l'Histoire de France) nº 396.
2. Texte publié par E. du Méril, *Études sur quelques points d'archéologie et d'histoire littéraire*, pp. 496 et suiv. Le ms. n'est que du XVᵉ siècle (nº 1734 du catalogue de M. A. Molinier).
3. Sous *judicium divinum* ; Bibl. nat. lat. 15913 fol. 46 *d*.
4. Bibl. nat. fr. 425 fol. 78 *d*.

L'histoire des deux compagnons, l'un fou l'autre sage, est ici très abrégée. La voici sous une forme plus complète :

Socio fatuo vel malo non est acquiescendum. *Libro de dono timoris*[1]. Duo fratres ibant per viam, unus sapiens et alter stultus. Venientes autem ad quoddam bivium ubi erant due vie, una delectabilis et altera aspera, voluit fatuus per viam delectabilem ire. Sapiens autem dixit : « Etsi illa via sit delectabilis, tamen ducit ad malum hospitium, alia vero, licet sit aspera, tamen ad bonum hospicium ducit. Unde consulo quod eamus per eam. » Fatuus autem magis credens que videbat, posuit se in delectabili via, quem sapiens, nolens eum derelinquere, secutus est invitus. Qui scilicet pergentes inciderunt in latrones qui eos incarceraverunt. Postmodum jussit rex omnes incarceratos adduci ad se ; inter alios isti adducti contenderunt coram rege, nam sapiens conquerebatur de fatuo quia de via noluit ei credere, fatuus vero de sapiente qui secutus eum fuerat, cum sciret eum fatuum. Tunc rex, data sententia, utrumque jussit suspendi : fatuum quia sapienti non credidit, et sapientem quia fatuum est secutus.

(Etienne de Besançon, Bibl. nat. lat. 15913, fol. 79 *d*).

Le même récit se rencontre sous une forme un peu différente dans un recueil d'exemples latins que renferme le ms. de l'Arsenal 937 (fol. 123 *d*, 124 *a*), et, très développé, dans les *Gesta Romanorum*, ch. LXVII. L'application morale est la même que chez Bozon.

33. — Bozon a pris ce qu'il dit ici de la vertu de l'aimant, non pas directement dans Dioscoride, mais dans le *De Proprietatibus* de Barthélemi l'Anglais (livre XVI, ch. IX) :

Hic lapis, secundum Dyas., gemma reconciliationis dicitur et amoris, quia, si mulier a viro suo fuerit digressa, per virtutem adamantis in viri gratiam facilius revocatur.

34. — Le fait énoncé à la fin de ce §, qu'Hérode aurait tué ses propres fils, a son origine dans une légende très répandue au moyen âge, selon laquelle un jeune enfant de ce per-

1. L'ouvrage ainsi cité est un remaniement de la première partie du traité d'Étienne de Bourbon *De septem donis Spiritus sancti*. Voy. sur ce remaniement, dont les mss. sont assez nombreux, *Histoire littéraire*, XXIX, 536.

sonnage aurait péri dans le massacre des Innocents; voy. Jacques de Varazze, *Legenda aurea*, ch. x, éd. Græsse, p. 65. — Les dernières lignes font allusion à la fable de la corneille et de la brebis, encore rappelée au § 121 (p. 144), et qui vient originairement de Phèdre (Hervieux, *Fabul. latins*, II, 72, 141, 228, 282, 362). On la trouve aussi chez Marie de France, éd. Roquefort, fable xx.

35. — Les qualités du levrier, ici et au § suivant, sont exposées d'après Barthélemi l'Anglais, l. XVIII, fin du ch. xxv.

37. — Ce qui est dit ici du cerf vient de Pline, VIII, L : « Mulcentur fistula pastorali et cantu. Quum erexere aures, « acerrimi auditus; quum remisere, surdi. » Mais nous n'avons pas trouvé la source de l'histoire de l'évêque et de son créancier qui termine ce chapitre.

38. — Pline, *ibid.* : « Maria tranant gregatim, nantes « porrecto ordine et capita imponentes præcedentium « clunibus, vicibusque ad terga redeuntes ...Nec vident « terras, sed in odore earum natant. »

40. — Pline, *ibid.* : « Non decidunt castratis cornua nec « nascuntur. » Tout cela est reproduit par Barthélemi l'Anglais, l. XVIII, ch. xxix.

42. — L'idée que la femelle du singe porte entre ses bras celui de ses petits qu'elle préfère est l'objet d'une fable d'Avianus (xxxv) et se trouve aussi dans Isidore (*Etym.* XII, II), et dans les bestiaires; voy. le P. Cahier, *Mélanges d'archéologie*, III, 230-3. Elle a été bien souvent reproduite au moyen âge; cf. Barthélemi l'Anglais, l. XVIII, ch. xciv. Le même sujet a été traité par le second continuateur d'Eude de Cheriton (Hervieux, *Fabul. latins*, II, 708-9), et a donné matière à plusieurs applications morales. Dans l'*Alphabetum narrationum* d'Étienne de Besançon, sous SIMIA :

SIMIA. Simie peccator assimilatur. *Libro de dono timoris.* Simia habens duos fetus, insequente eam venatore magis dilectum ponit inter brachia, alium super dorsum. Perurgente autem venatore cogitur dilectum relinquere, alio fortiter adherente.

(Bibl. nat. lat. 15913, fol. 79).

Dans un recueil d'exemples formé au XIIIe siècle que renferme le ms. 1072 de la Bibl. Mazarine (catal. de M. Molinier, n° 1030), on lit (fol. 149 *c*) :

Usurarii comparantur symie habenti duos fetus, que cum fugatur, quem plus diligit, portat inter brachia, minus dilectum supra dorsum. Pre lassitudine autem vult prohicere quem minus diligit, sed non potest, quia pendet ad collum, et ita prohicit plus dilectum, velit nolit, alioquin caperetur. Tunc vero cum alio fugit quam potest. Et quando vult se exhonerare, pre lassitudine deficit, et tunc capitur. — Sic feneratores sunt diligentes bursam ; putantes se evadere ponunt bursam, et postponunt peccata, nec considerant quod derelinquent bursam velint nolint. Et post modum deicientur per peccata in laqueos dyaboli in infernum, cum mors fugaverit eos [1].

Quant à la fable du loup et du hérisson qui termine ce paragraphe, on la trouvera, plus longuement contée, dans un recueil de fables en très grande partie dérivées de Romulus, Hervieux, *Fabul. latins*, II, 542.

43. — Ce qui est dit, au commencement de ce §, de la séduction que la musique exerce sur le cerf, et de la ruse par laquelle le chasseur réussit à l'approcher, vient de Barthélemi l'Anglais, l. XVIII, ch. XXIX.— Le conte des deux frères, dont l'un était toujours « pensant et morne », est d'origine orientale et a pénétré pour la première fois en Occident au XIIe siècle avec l'histoire de Barlaam et Josaphat dont il fait partie. Mais il en a été bientôt détaché, et a été rédigé de diverses façons dès le commencement du XIIIe siècle. Le texte latin tiré de Barlaam et Josaphat et d'autres rédactions du même conte ont été publiés ou signalés dans la *Romania*, XIII, 591-5 (article intitulé *Les deux frères, celui qui rit et celui qui pleure*). La rédaction de Bozon, comme toujours assez brève, paraît tirée du ré-

1. Cette forme de notre exemple se retrouve dans le recueil d'exemples en vénitien publié par M. Ulrich, n° 47 (*Romania*, XIII, 52).

cit de Jacques de Vitri publié dans l'article précité. La moralisation est identique : « ... Cum tria spicula acutissima « quibus continue pungor circa me sentiam, quorum unus « est timor peccatorum meorum, alius metus mortis in« certe que omni die imminet michi; tertius timor ge« henne et pene interminabilis [1].

Cet apologue a pénétré dans la littérature vulgaire. Il a été mis en œuvre d'une façon assez libre dans un petit poème français qui a été publié, *Romania*, VI, 29, dans le *dit du Roi et des Hermites* de Jehan de Condé, et dans le *Miroir des Princes* de Watriquet.

44. — Pline, X, III : « Haliæetus tantum implumes etiam« num pullos suos percutiens, subinde cogit adversos in« tueri solis radios, et si conniventem humectantemque « animadvertit, præcipitat e nido, velut adulterinum atque « degenerem; illum cujus acies firma contra stetit educat. »

Ce passage a été paraphrasé par Barthélemi l'Anglais dans son ch. *de aquila* (XII, 1), dont Bozon doit s'être inspiré. Cf. encore Eude de Cheriton dans ses sermons sur les fêtes des saints :

Item, aquila capita pullorum diriget contra solem, et illum qui solem non potest intueri tanquam non suum extra nidum prohicit. Sic debent prelati illos qui nesciunt celestia intueri nec doctrinam Christi intelligere extra nidum Ecclesie, tanquam filium non naturale, expellere.

(Bibl. nat. lat. 16506, fol. 243.)

Dans l'exemple de la p. 62 on a reconnu le sujet du *Médecin malgré lui*. Il existe deux rédactions latines, l'une et l'autre publiées, de ce conte. L'une se trouve dans un recueil d'exemples composé à la fin du XIIIe siècle et dont l'unique exemplaire connu est le ms. 468 de la Bibliothèque de Tours.

1. La leçon donnée par Wright, d'après un ms. dont le contenu n'est pas indiqué (*Latin stories*, n° CIII), se rattache à celle de Jacques de Vitri, tout en étant plus courte, et donne une moralisation encore plus semblable à celle de Bozon, mais le reste de la narration s'y accorde moins que le texte de Jacques de Vitri : « Quatuor gladii sunt qui cotidie cingunt cor meum : primus est « peccata mea innumerabilia, secundus est mors inevitabilis, tertius est ge« henna intolerabilis, quartus terror judicii inestimabilis. »

M. L. Delisle a décrit cette compilation dans la *Bibliothèque de l'École des Chartes*, 6e série, IV, (1868), 598 et suiv. [1]. Le conte qui nous occupe, publié par M. Delisle p. 601, se distingue par des traits notables de la rédaction de Bozon. Il s'agit de guérir non pas le fils, mais la fille du roi, qui avait une arête dans la gorge. Le faux médecin, après avoir été battu à deux reprises, fait allumer un grand feu, et, en présence de la fille du roi, il se dépouille de ses vêtements et se frotte devant le feu. La fille éclate de rire, et l'arête sort. Cette rédaction est la source, ou peut-être le résumé, du *Vilain mire*.— L'autre rédaction latine est celle de Jacques de Vitri (Bibl. nat. lat. 17509, fol. 139). Elle a été publiée par M. Lecoy de La Marche, *Anecdoctes tirées du recueil d'Étienne de Bourbon*, p. 206, note. C'est un récit très court précédé, en guise d'introduction, d'une petite scène destinée à montrer que la femme du médecin supposé avait la manie de contredire son époux en toutes choses. Le malade est, dans cette rédaction, le roi lui-même. Il est probable que Bozon s'est inspiré d'une troisième rédaction que nous n'avons pas retrouvée.

45. — Il s'agit de l'oiseau appelé dans les bestiaires latins *caradrius* (χαραδριός) ; voy. Cahier, *Mélanges d'archéologie*, III, 130. Dans certains bestiaires français, le nom latin est conservé [2]. Richart de Fournival (éd. Hippeau, p. 14) et Brunet Latin (éd. Chabaille, p. 209) l'identifient avec la calandre. C'est probablement l'oiseau qu'Alexandre aurait trouvé dans le palais de Xerxès, selon l'*Historia de prœliis* : « Erantque in eodem palatio aves magne et albe ut « columbe, que previdebant de homine infirmo, si viveret « aut moretur ; id est, si respiciebat in faciem egroti, con- « valescebat de infirmitate, si autem nolebat aspicere... cer- « tissime moriebatur ipse egrotus de ipsa infirmitate. » (Édit. Zingerle, § 122 ; cf. la version italienne publiée par M. Grion, *I nobili fatti di Alessandro magno*. Bologna,

1. Ce ms. portait alors le no 205.
2. Voir le bestiaire de Philippe de Taon (éd. Wright, p. 112), celui de Gervaise (*Romania*, I, 437, vv. 863 et suiv.), le *Poème moralisé* dont M. G. Raynaud a publié des extraits (*Romania*, XIV, 470).

1872, p. 164) Bozon a probablement suivi Barthélemi l'Anglais, l. XII, ch. XXII, *de Kaladrio.*

L'aventure attribuée ici à Raouf *(Radulphus)* Baron a plusieurs analogues dans les recueils de miracles de la Vierge. On y voit plus d'une fois la Vierge obtenir pour ses protégés un répit que ceux-ci consacreront à la pénitence; voy. par ex. la *Légende dorée*, ch. CXXXI, mir. 8 (éd. Græsse, p. 593), et les *Miracles de Nostre Dame*, de Jean Mielot, éd. du Roxburghe club [1], n°s 27, 35, 73. Mais nous n'avons pas trouvé de récit parfaitement identique à celui de Bozon. Nous n'avons pas non plus réussi à identifier R. Baron, bien que le nom de famille *Baron* soit assez fréquent au XIIIe siècle et plus tard.

46. — La propriété du chrysoprase est empruntée à Isidore ou à Barthélemi l'Anglais (l. XVI, ch. XXVII).

Il semble que Bozon ait ici confondu deux fables. Le loup voyant l'image de la lune dans un réservoir croit voir un fromage. Le renard l'entretient dans cette persuasion et lui fait mettre sa queue dans l'eau, sous prétexte d'y attacher le fromage. Mais la surface de l'eau se congèle et le loup ne peut s'en aller qu'en laissant sa queue dans la glace. La lune prise pour un fromage fait penser à la fable du Loup et du Renard telle que La Fontaine l'a contée (l. XI, fable VI) [2], mais pour le reste, le récit de Bozon rappelle l'un des contes de Renart (éd. Méon, vv. 1131 et suiv.; éd. Martin, branche III, vv. 377 et suiv.) [3], où le loup se laisse persuader par Renart de laisser pendre sa queue dans un vivier dont l'eau est au point de congélation. Il s'agit, non pas de prendre un fromage, mais d'attraper des poissons. Le loup est pris dans la glace, et, comme chez Bozon, il y laisse sa queue, mais dans des circonstances toutes différentes.

1. *Miracles de Nostre Dame*, collected by Jean Mielot, reproduced in facsimile from Douce ms. 374,... with introduction and annotated analysis, by George F. Warner. Westminster, 1885, in-fol.

2. Elle se trouve aussi dans Bozon, § 128 ; voir plus loin.

3. Cf. sur ce conte, qui se trouve aussi dans Eude de Cheriton (Hervieux, *Fabul. latins*, II, 656), les *Observations sur le roman de Renart* de M. Martin (1887), p. 36 et les recherches de M. Sudre sur la branche III du roman de Renart, *Romania*, XVII, 1-13.

47. — Barthélemi l'Anglais, l. XIII, ch. xxvi : « Est piscis « nomine *faste* in cujus ore aqua hausta dulcessit, quam « pisces minores sequentes intrant in os ejus, quos subito « accipit et deglutit. » — La fable du singe et de son petit ne paraît pas avoir été fort répandue. On la trouve dans le Romulus de Marie de France (Hervieux, *Fabul. latins*, II, 528) et chez Marie de France elle-même (éd. Roquefort, fable LXXV). Ces deux rédactions sont, naturellement, fort semblables. Le récit de Bozon offre quelques traits particuliers : la réflexion du singe quand il voit son petit mangé, et la conclusion morale qui est tout autre que dans les deux textes précités. Jacques de Vitri a fait usage de cette fable, mais il la donne sous une forme très abrégée et avec une suite qui manque ici [1].

48. — Voy. chez Barthélemi l'Anglais, le passage qui suit immédiatement les lignes citées à la note précédente.

49. — Ni Phèdre ni aucun de ses imitateurs [2] ne dit que le loup et l'agneau fussent venus au ruisseau pour s'y laver les pieds.

50. — L'exemple ici rapporté, dans lequel on voit trois espèces de rats, le rat des champs, le rat d'eau, et le rat de grenier, se rendre en pèlerinage et négliger de faire visite au chat, leur évêque, ne nous est pas connu d'ailleurs.

51. — L'allégorie du pélican (figure de Jésus-Christ) qui tue ses petits révoltés contre lui, et ensuite, mu de pitié, les fait revivre, est de tradition courante au moyen âge. Voy. les bestiaires publiés par le P. Cahier, *Mélanges d'archéol.*, II,

1. Sicut dicitur de symia, que valde pre omnibus animalibus fetum suum diligit, quod aliquando fetum suum in brachiis tenens ostendebat urso. At ille intuens in symiam fetum rapuit et devoravit ; symia vero supra modum dolens cepit cogitare quomodo posset se vindicare, et afferens ligna de nocte posuit illa et disposuit circulariter circa ursum ubi erat religatus, ét igne apposito combussit eum, qui primo parvi pendebat quicquid ei symia, viribus inferior, facere poterat.

(Bibl. nat. lat : 7509, f. 106 *d.*)

2. Hervieux, *Fabul. latins*, II, 122, 146, 177, 235, 248, 285, 305, etc.

137, le bestiaire de Gervaise, vv. 887 et suiv. (*Romania*, I, 437), Eude de Cheriton (Hervieux, *Fabul. latins*, II, 635), etc.

Le conte (p. 71) de l'homme qui avait trois fils, dont un seul légitime, se trouve avant le temps de Bozon sous des formes latines, qui ne diffèrent guère que par la rédaction. Le voici tel qu'il se présente dans un recueil d'*exempla* du mss. 1072 de la Bibliothèque Mazarine (XIIIe) siècle[1] :

(*Fol.* 142 *c*) Fuit quidam uxorem habens, et ex ea tres filios secundum opinionem suam. Cui uxor ejus, cum quadam die litigaret cum eo, objecit quod ipse credebat quod ipse habebat tres filios, sed unus tantum erat suus. Requisita vero ab eo quis suus esset, noluit ei indicare eum. Cum autem pater infirmaretur ad mortem et uxor defuncta esset, ipse faciens testamentum, omnia dimisit illi qui filius ejus erat. Post mortem vero ejus facta est contentio inter illos tres quos tanquam filios suos nutriebat, cujus esset hereditas. Dicebat enim quilibet quod filius suus erat, et quod sua hereditas deberet esse. Unde, cum relatum esset ad judicem, precepit judex ut pater mortuus ligaretur ad arborem, et ille qui directius sagitam in eum mitteret hereditatem haberet. Unde, alligato patre ad arborem, duo ex illis sagitaverunt eum. Tercius vero, videns patrem suum sagitari, offensus est ultra modum contra alios, dicens quod nullo modo sagitaret. Ex quo cognitum est quod ipse erat vere filius ejus, et data est ei hereditas.

Le même récit se rencontre, sous une forme un peu différente, dans le recueil d'Etienne de Bourbon (éd. Lecoy de la Marche, no 160), et dans le *Speculum morale* publié sous le nom de Vincent de Beauvais (l. III, partie x, dist. 25, éd. de Douai col. 1490 D)[2]. Il suffira de citer les premières lignes de cette rédaction plusieurs fois publiée :

Dicitur quod quidam paterfamilias uxorem habuit adulteram, de qua habere videbatur tres filios. Cum autem aliquando improperaret ei peccatum suum et molestaret eam, ait illa ei : « Ut vos « habeatis dolorem perpetuum, significo vobis quod unus isto- « rum trium vester est, alii duo adulteri. Et, ut amore unius

1. No 1030 du catalogue de M. Molinier.

2. Notons que le *Speculum morale* contient une autre rédaction, un peu différente du même conte, l. III, partie v, dist. 9, éd. de Douai, col. 1188 D. Voici les premières lignes de cette autre rédation, qui offre avec celle de la

« duobus aliis provideatis, nunquam scietis quis est vester. » Quod cum nulla ratione vellet ita ei dicere, cum ille in morte faceret testamentum suum, dixit quod omnia bona sua relinquebat illi qui suus erat, aliis ab eis exclusis. Cum autem quereretur ab eo quis esset ille, nec ipse sciret eis dicere, quilibet eorum dicebat se legitimum heredem et volebat res omnes occupare. Trahuntur ad judicium.....

Enfin Th. Wright a publié sous le n° XXI de ses *Latin stories*, d'après le ms. du Musée britannique Addit. 11579 (XIVe siècle), une rédaction assez développée qui paraît bien être l'original de Bozon, car elle a en commun avec notre auteur un trait particulier, la parole du fils légitime, déclarant qu'il renonce à la terre plutôt que de tirer sur son père. Voici les premières et les dernières lignes de cette rédaction :

Erat quidam homo qui habuit tres pueros de uxore sua, ut credidit. Sed cum quadam die litigabant simul et irati fuerant, dixit uxor viro suo, dum litigabant : « Credis tu eos esse filios tuos? » Cui respondens : « Etiam », et ipsa dixit : « Certe non est filius tuus « nisi unicus. » Unde vir, multum dolens, et cogitans quomodo scire poterit. . . . .

. . . .

Cum vero tertius deberet tractare, flevit et ait : « Nonne est ille « pater meus? Non percuterim illum pro toto mundo. Habeatis « prius omnia bona sua et hereditatem, antequam darem ei uni- « cum ictum. » Et dixit dominus ejus : « Vere tu filius ejus es, et « habebitis bona sua et hereditatem suam. »

La version des *Gesta Romanorum* (éd. Œsterley, n° XLV), partie X, distinction 25, ce point commun que le fils légitime, après avoir vu ses frères tirer sur le cadavre, menace quiconque tirerait de nouveau :

« Quidam homo uxorem habens suspectam de adulterio, cum frequenter vocaret eam meretricem, illa impatienter ferens ait quod nisi taceret tale verbum, ei diceret de quo in perpetuum doleret. Cum autem ille magis ac magis improperaret et diceret quid tale posset dicere, dixit illa quod verum dicebat, quia adultera fuerat et de adulterio duos filios habuerat, et solus tertius erat legitimus, pro cujus amore duos nutriret et heredes in bonis suis relinqueret. Cum autem ille quereret quis de tribus esset suus, nec vi nec precibus, quamdiu vixit, voluit ei indicare. Qua defuncta, cum moreretur ipse, condens testamentum, dixit quod omnia bona sua unico filio suo relinquebat. Cum autem, eo mortuo, quilibet illorum trium diceret se esse illum et pugnarent pro hereditate, cum vocati essent a judice urbis.. .. »

se distingue notablement des rédactions précédentes, et particulièrement en ce que les fils sont au nombre de quatre. Nous ne suivrons pas l'histoire de notre conte dans les littératures vulgaires; bornons-nous à dire qu'il a fourni le sujet du *Jugement de Salomon*, publié parmi les fabliaux de Barbazan et Méon, II, 440, et que Wright a eu tort de le rapprocher de la nouvelle LI des *Cent Nouvelles nouvelles* : il n'y a aucun rapport entre les deux récits.

52. — Isidore, *Etym.* XII, VI, 21, range en effet l'hippopotame parmi les poissons. « Die in aquis, commoratur; « nocte segetes depascitur, et hunc Nilus gignit. » Cf. Barthélemi l'Anglais, l. XIII, ch. XXVI.

53. — On trouve dans les traités d'histoire naturelle [1], dans les bestiaires [2], et parmi les fables d'Eude de Cheriton (Hervieux, *Fabul. latins,* II, 609), un article sur l'antilope, mais partout il est dit que cet animal est tué par les chasseurs, non pas tandis qu'il mange les bourgeons du sureau, mais alors que, s'étant approché de l'Euphrate pour y boire, il s'est pris les cornes dans les osiers du rivage.

La fable (p. 74) du chat qui ne voulait pas rester en maison est la traduction libre d'une fable qui se rencontre entre celles du premier continuateur d'Eude de Cheriton (Hervieux, *Fabul. latins*, II, 689) :

Unde quidam habuit pulchrum murilegum et pinguem; et dixit ei vicinus : « Murilegus tuus, pro pulchritudine sua, fugiet et ip- « sum amittes ». Unde, consilio ejus, caudam abscidit et partem pellis combussit; et sic murilegus domi remansit. — Similiter, si caude mulierum essent abscisse et capilli ablati vel combusti, certe domi remanerent.

L'origine de la fable qui suit, où les oiseaux proposent à l'aigle le chat-huant comme épouse, ne nous est pas connue.

54. — Isidore, *Etym.* XII, VI, 40 : « Aphorus, pisciculus

1. Voy. p. ex. Albert le Grand, *De animalibus*, l. XXII, traité II, ch. I.
2. Cahier, *Mélanges d'archéologie,* II, 117; Ph. de Thaon, dans Wright, *Popular treatises*, p. 87 ; Gervaise, v. 449 (*Romania*, I, 432), etc.

« qui propter exiguitatem hamo capi non potest ». Mais ni Isidore ni ceux qui l'ont suivi (Papias, Albert le Grand, Barthélemi l'Anglais, etc.), ne disent que cet animal a un demi-pied de long et qu'il arrête les navires. Il n'est pas douteux que Bozon a confondu avec l'*echeneis* ou *remora*, auquel Pline (IX, XLI; XXXII, I) et les naturalistes du moyen âge attribuent précisément cette propriété. Isidore, *Etym.* XII, VI, 34 : « Echeneis parvus et semipedalis pisciculus nomen « sumpsit quod naves adhærendo retinet. » Cf. Albert le Grand, l. XXIV, Barthélemi l'Anglais, l. XIII, ch. XXVI. Il est à noter que chez ce dernier les articles de l'*aphorus* et de l'*echeneis* se suivent, ce qui a facilité l'erreur de Bozon.

55. — Barthélemi l'Anglais, XII, x : « Item dicit idem « (Aristoteles), l. VIII [1]) : .... Corvus niger est amicus vul- « pis, et propter hoc pugnat cum aceloni et aliis bestiis, ut « juvet vulpem ».

La fable de la brebis plaidant par devant le lion contre le loup, qui appelle en témoignage le renard, le corbeau et le mâtin, est au fond la fable de Phèdre *Ovis, Canis et Lupus* (I, XVII), souvent reproduite au moyen âge (Hervieux, *Fabul. latins*, II, 122, 147, 178, 249, 286, 305, 331, etc.). Dans les rédactions du moyen âge interviennent deux personnages de plus, *milvus et accipiter*. Le rapport est lointain.

56.— Cette propriété du jais *(gagaz)* est mentionnée dans tous les lapidaires; voy. Pannier, pp. 49, 100, 129, 159, Barthélemi l'Anglais, l. XVI, ch. XLIX, etc.

L'origine de la fable qui suit nous est inconnue.

57. — *Mandrage*, plus bas *mandrake* est la mandragore, en anglais *mandrake*. L'idée d'employer cette plante comme anesthésique vient des anciens; voy., dans les comptes-rendus des séances de l'Académie des inscriptions et belles-lettres de 1885 (4e série, XIII, 163), une communication de M. le Dr Lagneau sur les anesthésiques chirurgicaux dans l'antiquité et le moyen âge. La propriété anesthésique qu'on at-

1. Exactement, l. IX, ch. I.

tribuait à la mandragore est mentionnée en maint ouvrage : Isidore, *Etym.* XVII, IX, 30 ; Albert le Grand, *De veget.* l. VI, tr. II, ch. XII ; Barthélemi l'Anglais, XVII, CIV, etc.

58. — La propriété ici attribuée à l'hysope est enregistrée avec bien d'autres par Barthélemi l'Anglais, l. XVII, ch. LXXXV, *in fine*, d'après Dioscoride. — L'exemple qui suit, sur la vertu de la confession, a beaucoup d'analogues [1], mais nous n'en connaissons pas une version tout à fait comparable à celle de Bozon.

59. — La *squille* est la *scilla* des Latins. Ce que Bozon rapporte des propriétés de cette plante paraît venir, indirectement sans doute, de Pline, XX, XXXIX. Cf. ci-après, § 97.

60. — Barthélemi l'Anglais, l. XVII, ch. LII, d'après Pline, XVI, LXIV : « Si fiat vas ex ligno ejus vina transfluere et « aquam, si qua mixta fuerit, remanere certum est. »

61. — La fable du renard et du pigeon est au fond identique à celle du coq et du renard, dans La Fontaine, II, XV. Mais la rédaction de Bozon est plus rapprochée de celle de Marie de France (éd. Roquefort, n° 52), *Dou coulon et dou gourpil* (texte latin dans Hervieux, *Fabul. latins,* II, 533-4, *De Vulpe et Columba).* Un récit analogue, mais déjà plus éloigné, se trouve dans le *Renart* (Méon, vv. 1721 et suiv.; Martin, branche II, vv. 469 et suiv.) La mésange y est substituée au pigeon de Marie et de Bozon. M. Martin *(Observations sur le roman de Renart*, p. 33) renvoie à la fable *Ovis et Lupus*, p. 661 du recueil de M. Hervieux, mais le rapport avec cette fable est bien douteux; c'est à la fable *De Vulpe et Columba,* indiquée plus haut, qu'il fallait se référer.

62. — Henri de Winchester est Henri III. L'incident auquel fait allusion Bozon doit être le procès qui s'éleva entre l'abbé de Westminster, Richard de Crokesley, et les moines de son abbaye, procès dans lequel le roi prit parti pour ces

1. Voir, par exemple, le récit de William de Waddington analysé dans l'*Hist. litt.* XXVIII, 205, sous le n° 49.

derniers contre leur abbé ; voy. Mathieu de Paris, *Chronica majora*, éd. Luard, V, 238, 303 ; cf. Dugdale, *Monasticon Anglicanum*, éd. de 1846, I, 272.

63. — *Wandelardz*, d'après l'explication donnée par le contexte, désigne ceux qui, ayant commis une faute envers leur seigneur, sont à sa merci. Le même mot se rencontre, avec un sens défavorable, mais beaucoup moins facile à préciser, dans un vers du *Petit plet* de Chardry. L'auteur dit que la position du riche est souvent plus difficile que celle du pauvre :

Car, seit a tort u seit a dreit,
Baillifs, viscuntes et *wandelarz*
Le pincerunt de tutes parz
E enchesun li purquerrunt
De li tolir ceo k'il purrunt.
(Ed. Koch, vv. 978-82.)

Un passage d'une pièce latine en vers rhythmiques composée en Angleterre sous Henri III fait mention de quatre frères, d'ailleurs inconnus, dont l'un est ainsi désigné :

Gilebertus postea vir [1] valde wandelardus
(Th. Wright, *Political Songs*, p. 49.)

L'explication proposée par l'éditeur de Chardry, qui rattache ce mot à l'all. *wandel*, est peu probable.

La fable du sergent autorisé à percevoir un droit de péage sur chaque homme affligé de quelque infirmité apparaît pour la première fois dans la *Disciplina clericalis* de Pierre Alphonse[2]. Elle a passé, avec des variantes nombreuses, en beaucoup d'anciens recueils, entre autres dans les *Cento novelle antiche*, nouv. LIII. Il suffira de renvoyer au mémoire de M. d'Ancona, intitulé *Le fonti del Novellino*, voy. *Romania*, III, 174, ou *Studj di critica e storia letteraria* (Bologna, 1880), p. 321. Dans la *Disciplina clericalis* ce singulier droit a été concédé par le roi à un « versificator », en récompense d'une pièce de vers. Le « versificator » a été, à peu

1. Il faut, pour la mesure, supprimer *vir*.
2. Édit. de la Société des Bibliophiles, p. 48 ; version en vers, même édition, p. 39.

près partout, comme ici, remplacé par un baron ou par un serviteur, par un portier *(janitor)* dans l'*Alphabetum narrationum* d'Etienne de Besançon (au mot DEBITUM) qui pourtant cite Pierre Alphonse, et dans les *Gesta Romanorum* ch. (CLVII), qui offrent à peu près la même rédaction qu'Etienne [1].

64. — Barthélemi l'Anglais, l. XVIII, ch. C. : « Tunc incipit aperire oculos in moriendo quos clausos habuit in « vivendo. » Les chapitres de la taupe et du taisson se suivent chez Barthélemi comme ici.

65. On ne conçoit pas bien comment, par la simple action de retenir leur haleine, les taissons ou blaireaux arrivent à se garantir des morsures des chiens. C'est que Bozon a omis l'explication donnée par l'auteur qu'il a suivi. Cet auteur, qui est Barthélemi l'Anglais, dit que le blaireau, en retenant son haleine, gonfle sa peau, qui dès lors n'offre plus de prise aux morsures. Voici le texte, l. XVIII, ch. CI : « De hac bestia, scil. de taxo sive de melo, dicit Pli. l. VIII, « cap. XXIX [2] : Est et melis quedam solertia : quando enim « eos canes insequuntur, anhelitum et flatum retinent, « retinendo cutem extendunt, et sic morsus canum et ictus « hominum arcent. »

66. — D'après Barthélemi l'Anglais, l. XVIII, ch. LXI, qui lui-même suit Pline, VIII, LVI.

67. Barthélemi l'Anglais, *ibid.* :

Hoc autem dicitur habere proprium herinacius quod postquam pomis et racemis est oneratus, si ceciderit pomum de suis spinis,

1. C'est aussi un portier qui figure dans le *Ci nous dit* (Bibl. nat. fr. 425, fol. 40) :

Ci nous dist comment un roi donna a son portier un denier de chascune deffaute que cil aroient qui passeroient par la porte. Et le premier en fist dangier, si en paia .iiij. quar il estoit boisteux, boçus, borgne, chanus ; et il eust été quittes pour un denier s'il eust paié debonnairement.

2. Pline, VIII, LVIII. La citation n'est pas littérale, et la comparaison des textes fait voir que Bozon n'a certainement pas puisé dans Pline ce qu'il dit du blaireau.

casu aliquo, pre indignatione omnia de dorso excutit, et, ut se iterum oneret, reverti ad arborem consuevit.

68. — Barthélemi l'Anglais, *ibid.* : « In aqua igitur calida « ponitur, qua aspersa quasi subito aperitur. » Bozon a lu *tepida* au lieu de *calida.*

69. — Isidore, *Etym.* XII, III : « In messe eligit triticum, « hordeum non tangit ». Barthélemi l'Anglais, l. XVIII, ch. LI : « Congregat autem triticum et non curat ordeum. « Quando pluvia super triticum coacervatum descendit, for« mica totum ejicit et soli exponit ut iterum desiccetur. »

70. — Barthélemi l'Anglais, l. XVIII, ch. XVI : « Botrax, « que rubeta dicitur, genus est rane venenose habitans in « terra pariter et humore... Animal siquidem est virulentum, « et ideo ad iram se animat ad omnem tactum, unde, quanto « plus tangitur, tanto turgescit amplius et inflatur. » Il n'y a rien de cela dans Pline, malgré la citation de Bozon. Le nom même *botrax* paraît se rencontrer pour la première fois dans Isidore, *Etym.* XII, IV, 35.

71. — « Animalium maxime odere murem. », Pline, VIII, X. « Murem fugiunt », Isidore, *Etym.* XII, II, 15. Cf. Barthélemi l'Anglais, l. XVIII, ch. XLI.

72. — Pour la fable du loup et de la grue, qui termine ce § et qui vient originairement de Phèdre, voy. *le Loup et la Cicogne* de La Fontaine, et les analogues cités dans les éditions de Robert et de M. H. Regnier.

73. — Barthélemi l'Anglais, l. XVIII, ch. XLIII :

In libro autem Phisiologi de elephante memini me sic legisse :... Elephantes, inter alia eorum facta, nunquam dormiendo totaliter se inclinant. Quando fessi sunt, arbori, et maxime palme, quietis gratia, accubant; et sic qualitercumque se sustentant; quorum quieti homines insidiantes occulte arborem concavant, cui se appodians elephas et nesciens fraudem, pondere corporis arborem frangit et frangendo cadit subito et succumbit; qui casum suum videns irreparabilem, miro modo barrit, id est clamat et rugit, ad cujus barritum multitudo juvenum subito accedit elephantum, qui paulatim seniorem pro viribus elevant, et ut eum relevent, miro affectu se totis viribus inclinant.

Cette croyance a été adaptée à un sens moral par les prédicateurs. On lit dans un des sermons d'Eude de Cheriton :

Dicitur quod elephas, quando arbor super quam dormiendo se appodiat frangitur, cum arbore corruit. Et quia non habet juncturas in tibiis, surgere nequit, clamat adjutorium, et veniunt elephantes usque ad duodecim et cum jacente clamant, sed nec sic potest elevari. Adducunt quendam elephantem cautissimum, et ille caput suum prostrato supponit et ipsum elevat. Elephas appodians se arbori est peccator in mundo confidens...

(*Sermones ad sanctos,* Bibl. nat. lat. 16506, fol. 239 *c.*)

74. — Pline, VIII, v, dit seulement que l'éléphant passe *(traditur)* pour remettre dans la droite voie les égarés ; mais Barthélemi l'Anglais (l. XVIII, ch. XLI), ajoute : « Et hoc « potissime dicuntur facere quando habent juvenes. Timent « enim quod homo querat fetus suos, et ideo se expedire de « homine primo desiderant, ut sic securius possint nutrire « filios et eos cautius custodire. »

75. — Bozon a sans doute suivi ici Barthélemi l'Anglais, sans probablement se rendre compte de la signification du mot *eruca*. Il a abrégé son texte de façon à le rendre inintelligible, omettant la transformation de la chenille en papillon : «... Ad modum autem bombicis sericum facientis « formam suam mutat et se in formam volatilis de reptili « transfigurat, nam alas tenues et latas suscipit, quibus hinc « inde volitando libere per aera se extollit » (L. XVIII, ch. XLV).

La fable du rat qui voulait prendre femme vient originairement du *Pantchatantra* [1]. Dans le recueil indien il s'agit d'une souris métamorphosée en jeune fille par la prière d'un brahme, proposée par celui-ci aux êtres les plus divers, et finissant par épouser un rat, ce qui a lieu lorsque, à la prière du brahme, elle a repris sa forme première. C'est *La*

1. Livre III, n° 13 ; trad. Lancereau, p. 250-3. Voir aussi la version de Jean de Capoue, éd. J. Derenbourg, p. 189-91.

Souris métamorphosée en Fille de La Fontaine (IX, VII); mais de bonne heure, en Occident, l'idée de la transformation disparaît, et il reste un rat qui veut marier sa fille ou qui veut se marier lui-même. Nous trouvons le premier de ces deux types dans une fable latine (Hervieux, *Fabul. latins*, II, 683) et le second dans Marie de France (fable LXIV), et dans deux fables latines dont l'une est d'Eude de Cheriton (Hervieux, *Fabul. latins*, II, 646, 753). C'est à ce dernier type qu'appartient le récit de Bozon, mais notre auteur doit avoir eu un modèle un peu différent de celui qu'a suivi Marie de France et que reproduisent plus ou moins imparfaitement les deux fables latines. Bozon nous présente, sans aucun développement, la série suivante : soleil, nue, vent, pluie, grange, souris. Il est probable que la pluie abat le vent et que la grange empêche la pluie de pénétrer. Telle devait être l'explication dans l'original dont Bozon ne nous donne qu'un abrégé. Chez Marie de France la pluie manque et la grange est remplacée par la tour contre laquelle les efforts du vent restent impuissants. Dans la fable d'Eude de Cheriton la série (originairement celle de Marie de France), se réduit à vent, tour [1], rat (Hervieux, II, 646); dans l'autre (Hervieux, II, 753), nous avons soleil, vent, rat.

Notons en passant qu'il y a un certain rapport entre cette série et celle qu'on trouve dans le conte de la mouche et de la fourmi tel qu'il est conté dans l'*Armana prouvençau* de 1872 [2].

76. — Barthélemi l'Anglais, l. XVIII, ch. XLV :

Est autem eruca vermis mollis et saniosus, diversis coloribus distinctus; de nocte ut stella lucens, de die deformis et multicolor apparens.

. . . .

77. — Barthélemi l'Anglais, *ibid.* :

Et est eruca ab erodendo dicta, quia rodit folia arborum et herbarum, ut dicit Isid. li. XII..... et remanet super frondes et tardo

1. Cette tour est le château Narbonnais; d'où il résulte que cette fable a dû être écrite quand Eude de Cheriton était à Toulouse.

2. Voy. *Romania*, I, 107-10 et 218-25.

lapsu pigrisque morsibus universa consumit. Hucusque Isid. li. XII, secundum Plinium li. VIII.

78. — Le Trent, rivière qui prend sa source dans le comté de Stafford et se jette dans l'Humber; le Derwent, rivière du comté d'York qui se jette dans l'Ouse, à l'est de Selby. Il y a en Angleterre d'autres rivières du nom de Derwent, mais celle-là est la plus considérable.

79. — Les dernières lignes du premier alinéa (p. 98), sont traduites d'Isaie, XLIX, 15, 16. — L'exemple de Carpe demandant à Dieu de prendre vengeance d'un mécréant qui, après s'être converti, retourne à sa fausse croyance, vient originairement d'un opuscule attribué à saint Denys l'Aréopagite, la lettre à Demophile [1]. Il a été souvent cité, notamment par WIlliam de Waddington; voy. *Hist. litt.* XXVIII, 199.

80. — Barthélemi l'Anglais, l. XVI, ch. XLII :

Enidros parvus lapis est et modicus, perpetuis distillat guttis nec tamen liquefit omnino, nec efficitur aliquo modo minor, unde dicitur in Lapidario : « Perpetui fletus lacrimis distillat enidros, que velut ex pleni fontis scaturigine manat. »

81. — Barthélemi l'Anglais, l. XII, ch. XXXV, d'après Pline : « Penna ejus (vulturis) ligata pedi sinistro parturien- « tis velociter liberat eam. »

Le récit tiré de Bède se trouve en effet dans l'*Historia ecclesiastica gentis Anglorum* de cet auteur, l. IV, ch. XXII, où il est raconté avec beaucoup de détails que Bozon a supprimés. Le héros de l'histoire est appelé *Imma*, ce qui confirme la leçon *Ymme* du ms. de Cheltenham. Il existe plusieurs histoires analogues dont quelques-unes ont été mentionnées par M. John E. B. Mayor dans les notes (p. 357) de son édition des livres III et IV de l'*Historia ecclesiastica* (Cambridge, University press, 1878).

82. — L'exemple (p. 103) tiré des « gestes de Charles » est

1. *Acta Sanctorum*, mai, VI, 356-7.

emprunté originairement à la Chronique du Pseudo-Turpin, ch. VII. Il a du reste été très souvent cité par les sermonnaires. On le trcuve dans les sermons de Jacques de Vitri, dans les *Sermones de sanctis* d'Eude de Cheriton, et, sous une forme un peu différente, dans les fables du premier continuateur de cet auteur [1], dans l'*Alphabetum narrationum* d'Étienne de Besançon (au mot EXECUTOR), dans plusieurs recueils français, dans un recueil d'exemples en vénitien (*Romania*, XIII, 37), etc. La narration de Bozon se rattache assez directement au Pseudo-Turpin. Elle suppose en effet que l'apparition eut lieu au bout de trente jours, comme dans Turpin : « Transactis triginta diebus. » Dans les textes cités en note on trouve, soit huit jours, soit une période indéterminée.

83. — Les diverses propriétés de l'ail sont ici résumées et exposées en forme d'antithèse d'après Barthélemi l'Anglais, l. XVII, ch. XI. — L'exemple des trois folies se trouve en deux endroits des *Vies des Pères*, III, 38 et V, XVIII, 2 (éd.

1. Voici le début de ces trois versions :

J. DE VITRI. (Bibl. nat. lat. 17509 fol. 90 c.)

De quodam milite legimus qui, cum Hispaniam cum Karolo imperatore contra Sarracenos ivisset, et inminente mortis articulo equum suum cum rebus aliis pro salute anime sue in testamento pauperibus reliquit eroganda per manum cujusdam militis consanguinei sui, de quo non modicum confidebat. Ille vero injecit oculum in dextrarium et valde placuit ei, unde, cupiditate victus, illum retinuit. Anima vero defuncti post dies octo illi apparuit...

EUDE DE CHERITON. (Bibl. nat. lat. 16506. fol. 265.)

Quidem miles fuit in bello Karoli magni contra paganos, et, pugnaturus cum Mauris, rogavit quendam cognatum suum ut, si moreretur in bello, equum suum daret pro anima sua alicui indigenti, vel pauperibus precium tribueret. Ipso mortuo, cum equus bene placeret ei, non acquievit precepto suo, et retinuit sibi, et post parvum tempus iste defunctus apparuit ei...

Première addition aux fables d'Eude. (Hervieux, II, 673).

Miles erat quidam qui, cum armigero suo et suo nepote sub rege Karolo expeditionem ingressus, infirmitate detinebatur, et armigero suo, executori suo constituto, injunxit ut equum suum bellicosum venderet, et pretium ejus pro sua anima erogaret. Quo defuncto armiger ille equum sibi ipsi reservavit, domini mandato omnino pretermisso. Cui dominus apparens soli vaganti dixit...

Rosweyde, pp. 506 et 635), à peu près dans les mêmes termes. Dans ces deux récits la première folie (le fardeau) est celle que Bozon place en deuxième lieu ; la seconde est représentée par un homme qui s'obstine à remplir d'eau un récipient percé, elle est remplacée par une autre dans le récit de Bozon ; la troisième (première de Bozon) est celle de l'homme qui cherche à entrer dans une maison, tout en ayant devant lui une pièce de bois en travers. Cette forme de notre récit a passé en de nombreux recueils, entre autres dans les *Gesta Romanorum*, ch. CLXV, par suite dans le *Violier des histoires romaines,* ch. CXXXIV.

84. — Barthélemi l'Anglais, l. XVII, fin du ch. CXXXI :

Piper granum est vile in aspectu exterius atque nigrum, interius album,..... in quantitate modicum, in virtute maximum,..... cujus virtus non sentitur quamdiu est integrum, sed cum masticatum fuerit vel contritum.

L'exemple des deux coffrets vient originairement de *Barlaam et Josaphat* où il fait suite à l'exemple des deux frères reproduit au § 43. Comme chez Bozon, un roi veut montrer que les pauvres méritent d'être honorés bien que l'apparence ne soit pas en leur faveur Nous citons d'après un ancien ms. de la version latine. On trouvera le texte grec dans l'édition de Boissonade, p. 43, ou, mieux, dans le mémoire de M. Zotenberg sur le texte et les versions orientales du livre de Barlaam et Joasaph. *Notices et extraits des mss.*, XXVIII, I, 108 :

Precepit autem [rex] fieri de lignis arcellas quatuor, et duas quidem auro undique coopertas, ossaque mortuorum putentia mittens in eis, aureis obfirmavit seris ; alias vero duas pice et bitumine liniens replevit lapidibus preciosis et inestimabilibus margaritis et omnium unguentorum odoribus, funiculisque cilicinis astrinxit. Demum accersiri fecit reprehensores suos, magnates videlicet illos ac proceres, et posuit ante eos ipsas quatuor arcellas ut estimarent quanto quidem iste, quanto vero ille precio sunt digne. Illi itaque duas quidem deauratas, quia precii magni sunt, indicaverunt. « Expedit enim, inquiunt, in ipsis diademata regalia reponi. » Que vero illita pice et bitumine fuerant vili quodam et exili precio dignas dixerunt. Rex autem dixit ad illos : « Sciebam et ego talia vos « esse dicturos ; exterioribus enim oculis exteriora cernitis... » Et mox precepit ut aperirentur arcelle deaurate. Reseratis igitur illis, dirus quidam fetor exalavit et fedissimus visus est aspectus. Aït ergo rex : « Iste typus est eorum qui splendidis quidem et gloriosis « induuntur vestimentis... » Demum picatas bituminatasque precipiens dissolvi et aperiri, cunctos qui aderant letificavit eorum que intus reposita erant splendore et odore. Tunc aït ad illos : « Scitis « quibus similia sunt ista? Humilibus illis qui vilibus operti erant « vestimentis..... »

(Bibl. nat. lat. 2153, fol. LXV.)

Ce récit a été transcrit dans le *Speculum historiale* de Vincent de Beauvais (XV, x), et fort abrégé dans la *Légende dorée*, ch. CLXXX, éd. Græsse, p. 815. Les quatre coffrets de *Barlaam* se sont d'autant plus facilement réduits à deux dans la rédaction suivie par Bozon qu'en réalité les quatre coffrets étant groupés deux par deux, le choix n'est qu'entre deux objets. Cette même parabole a été souvent reproduite [1]. Elle a pris place avec des modifications diverses, en maint ouvrage, notamment en deux histoires des *Gesta Romanorum* (n°s 109 et 251), et dans le *Merchant of Venice* de Shakespeare.

85. — Barthélemi l'Anglais, t. XVII, ch. c : « Convenit « etiam valde [vitri pulvis] lapidi vesice et renum, quando « bibitur cum vino, ut dicit idem Avic. » — L'exemple rapporté à la suite ne nous est pas connu d'ailleurs.

86. — La préparation que Bozon indique comme devant être prise à l'intérieur est en réalité un remède pour l'usage externe. Barthélemi l'Anglais, l. VII, ch. LXVIII :

Contra morsum canis rabidi et aliorum venenosorum animalium... interius solent dari ista que veneno repugnant, sive sint simplicia, sive composita, ut tyriaca ; exterius super vulnera et similia cataplasmentur, sicut nuces pistate cum allio, rutha et sale..... Idem fiat cum allio, sale contrito, vel cum rutha, si defuerit tyriaca. Constringatur fortiter in principio membrorum quo sit morsus vel punctura, ne possit fumus veneni libere erumpere ad interiora.

L'exemple rapporté dans ce § est célèbre. On le connaît

1. Jean de Condé, dans le *dit des Hermites* (éd. Scheler, I, 67), a suivi exactement *Barlaam*.

sous des formes assez diverses. Voici la rédaction qui paraît avoir été la source du récit de Bozon. Nous l'empruntons à un recueil manuscrit des miracles de la Vierge :

Erat in civitate Romana quidam predives et bonus cujus uxor erat sterilis, beatamque Virginem frequenter orabat ut ei prolem impetraret. Unde, per merita gloriose Dei genitricis, postea filium ex uxore sua genuit, qui simillimus patri fuit. Igitur puer nascitur, et pater filio et uxori suam substantiam reliquit ac deinde ipsemet religionem ingreditur. Cumque puer ad juveniles annos pervenit, cum matre propria incestum commisit atque ex ipsa filium genuit, quem post partum ipsa mater occidit. Interea egrotabat summus pontifex, ad quem venit dyabolus in specie medici, pixides cum medicamento portans. Cumque dominus papa inter cetera se diceret magis confidere in orationibus viduarum et maxime talis vidue, nominans supradictam, que sanctissime conversationis credebatur, quam in ejus medicamentis, respondit dyabolus deridendo sic summum pontificem : « Magne simplicitatis es, o episcope. Hec mulier quam sanctam credis pessima est, quia de filio suo concepit et partum propriis manibus interfecit. » Quo audito stupefactus fecit eam ad se vocari, et arguens eam, crimen suum confiteri hortabatur. At illa negante factum, et demone illo coram papa ipsam commisisse peccatum predictum asserente, vix obtinuit ut tunc domum rediret, tercia die proxima super eodem facto responsura. Interim misera mulier criminis conscia unicum et singulare remedium invenit gloriosam Virginem misericordie matrem, et ipsam pro sui liberatione lacrimis, precibus et gemitibus cepit instanter postulare, in ecclesia beate Virginis Marie facta de peccatis suis confessione. Dum lacrimando ibi pernoctaret, misericordie regina ei apparuit, primo de peccato suo eam corripiens, deinde blande alloquens auxiliumque fideliter promittens. Cujus visione mulier illa consolata et promissione roborata die sequenti in consistorio responsura assistitur. Ad cujus introitum dyabolus, quasi solis radiis excecatus, eam non cognovit; unde obmutuit. Cumque quereretur ab eo quare in accusatione non procederet contra ipsam, dixit se non videre ibi adulteram illam. Illis autem respondentibus nullam aliam ibi esse quam illam quam accusaverat, respondit demon : « Ipsam certe non video. » Quo audito mulier libere redire domum licenciatur et ipse adversarius mendacio arguitur, sicque demon confusus recedere cogitur. Unde et ipse qui prius homo credebatur, in testimonium quod dyabolus fuerit, culmen domus, videntibus cunctis, secum deportavit; mulier vero cum magna veneratione domum revertitur et beate Virgini sue liberatrici totis viribus famulatur, pro peccato suo dolens et penitens; sed et filium suum, quem occiderat parvulum, regina celi vivum et incolumem sibi restituit.......

(Bibl. nat. lat. 5562, fol. 5; XIIIe siècle.)

Une rédaction abrégée où le pape est remplacé par un évêque se trouve dans le recueil d'Étienne de Bourbon (*Anecdotes*, etc., éd. Lecoy de La Marche, p. 156, n° 178). Une autre, où la scène se passe chez l'empereur de Rome, a été publiée par Th. Wright, *Latin stories*, n° CX (p. 98-9). Dans une autre rédaction plus développée (Bibl. nat. lat. 3338, fol. 135 *c*-136 *d*), le jugement a lieu en présence du *dominus civitatis*; il n'est question ni du pape ni de l'empereur. On peut encore citer la rédaction admise dans le *Speculum historiale* de Vincent de Beauvais, VII, XCIII-XCV, dont il existe une version provençale (*Romania*, VIII, 24-8), et celle que renferme la première addition aux fables d'Eude de Cheriton (Hervieux. *Fabul. latins*, II, 697), où le récit est donné, à tort, croyons-nous, comme tiré des *Dialogues* de saint Grégoire : « Narrat Gregorius, libro Dialogorum, « quod, cum papa quidam Rome, infirmitate gravissima « langueret... »

On connaît de cette légende deux imitations françaises. L'une, en vers octosyllabiques, fait partie de la *Vie des Pères*, et a été publiée par Méon, *Nouveau recueil*, II, 394, sous ce titre : *Du senateur de Rome, ou de la borjoise qui fu grosse de son fil*; l'autre, en quatrains de vers alexandrins, se trouve dans le *Nouveau recueil de contes, dits, fabliaux*, de Jubinal, I, 79, et est intitulée *Le dit de la bourjoise de Rome*. Ces deux poèmes ont apparemment la même source : le débat a lieu, dans l'un comme dans l'autre, en présence de l'empereur, et la dame se confesse au pape. C'est au fond le même récit que dans le conte latin publié par Wright, où toutefois il est dit simplement que la dame « ivit cum lacrimis ad confessionem », sans qu'il soit fait aucune mention du pape.

87. — Barthélemi l'Anglais, l. XVII, ch. XXIII : « In me« dio, circa grana, sunt poma citrina et acetosa; in superfi« cie, juxta corticem, sunt dulcia; in carne sive medulla in« teriori, inter dulce et acetosum sunt media ».

88. — Barthélemi l'Anglais, qui suit Dioscoride, n'attribue ces effets nuisibles qu'a l'oignon mangé cru. L. XVII, fin du ch. XLII :

Comestum crudum nihil nutrimenti corpori tribuit, colericis obest, flegmaticis convenit, sitim facit, inflationem gignit, et acumine suo caput percutit atque ledit, et nimis comestum aliquando maniam et insaniam inducit et terribilia somnia videre facit,... lacrimas solo odore provocat et visum ledit. Hucusque Dyas.

89. — L'arbre *de banne* n'est pas l'ébénier, comme nous l'avons dit en note, p. 110, mais l'arbre qui produit le baume. Barthélemi l'Anglais, l. XVII, ch. XVIII : « Dyasc. « dicit quod quedam est species balsami que crescit circa Ba- « biloniam, ubi sunt septem fontes. Si autem alium in locum « transferatur, nec flores nec fructus facit. » Cf. le passage de Jacques de Vitri cité en note, p. 132.

La source de l'exemple qui suit ne nous est pas connue.

90. — Barthélemi l'Anglais, l, XVII, ch. XXVI :

Cynamonum crescit apud Trogloditas in Ethyopia..... Inter vepres et rupes densissimas gignitur, et ideo non sine magna difficultate recolligitur. Ante ortum solis aut post occasum nulli licentia colligendi conceditur.

Le gracieux conte du moine qui s'oublie pendant des siècles, absorbé dans la mélodie du chant d'un oiseau, paraît se rencontrer pour la première fois, sous la forme que nous avons ici, dans un récit latin, réimprimé par M. Liebrecht, dans sa traduction de l'*History of fiction* de Dunlop [1] d'après une publication flamande. L'aventure se serait passée dans l'abbaye d'Afflinghem (diocèse de Malines), vers la fin du XIe siècle, du temps de l'abbé Fulgence. La même histoire a été contée d'une façon charmante par l'évêque de Paris Maurice de Sulli, dans un de ses sermons français [2], et très brièvement par Eude de Cheriton dans ses sermons sur les évangiles des dimanches [3]. La rédaction de Bozon se ratta-

1. *Geschichte der Prosa-Dichtungen*, Berlin, 1851, p. 542.

2. Le texte de la narration de Maurice de Sully a été imprimé comme spécimen des divers mss. des sermons de cet auteur dans la *Romania*, V, 473-85.

3. Édition (Paris, 1520), fol. LXVIII v°, sermon du quatrième dimanche après l'octave de Pâques. Voici le texte, qui est fort court :

che d'assez près à celle où figure l'abbé Fulgence. Dans ces deux rédactions en effet le récit se termine par la mort du moine, ce qui n'a pas lieu chez Maurice de Sulli ni chez Eude de Cheriton. — On sait que cet ingénieux symbole des joies célestes a pris place dans la *Golden Legend* de Longfellow [1].

91 — Il est à craindre que Bozon ait fait ici un contresens. Les remèdes destinés à faire tomber les cheveux ont dû, à toutes les époques, être peu recherchés. Barthélemi l'Anglais, que notre auteur a très probablement eu sous les yeux, indique au contraire le suc de chardon comme un remède propre à arrêter la chûte des cheveux : « Carduus, secundum Isidorum, grecum est, et est genus herbe « vel fruticis spinosi, cujus natura mordax est et austera, « et ideo succûs ejus allopicias, id est capillorum fluxus, curat » (L. XVII, ch. XXXVI).

L'exemple cité se rattache, par beaucoup d'intermédiaires, à la fable *Ranæ ad Solem* de Phèdre (I, VI). La forme la plus rapprochée de la rédaction de Bozon semble être la fable VI de Marie de France où intervient, comme ici, la Destinée. Le récit, toutefois, diffère notablement, puisque chez Marie de France (comme dans toutes les rédactions), les objections au mariage sont présentées par les créatures dans la forme d'une plainte adressée à la Destinée.

92 — Barthélemi l'Anglais, l. XVII, ch. LXXXVIII :

Sicut autem subdit Ysaac in Dietis, castanee sunt calide in medio primi gradus et sicce in secundo. . . . .
Item, earum cortices et folia usta et pulverizata ac cum vino temperata, adolescentis capiti, ad modum cataplasmatis, apposita, augmentant capillos et prohibent eorum casum. Hucusque Ysa. in Dietis.

Istud gaudium tam delectabile est quod mille annos glorificati vix unam horam reputabunt. Unde fratri cuidam miranti quomodo posset esse gaudium sine tedio destinata est avis decantans melodias paradisi, quam sequens extra abbatiam, quasi in extasi manebat in nemore per ducentos annos. Qua avolante rediit ad abbatiam et sicut ignotus vix receptus est.

1. Chapitre II, histoire du moine Félix.

« Chastee sanz charitee, com dit saint Gregoire, ne est « guers a priser. » Peut-être Bozon fait-il allusion à ce passage de saint Grégoire : « Nec castitas ergo magna est « sine bono opere, nec opus bonum est aliquid sine casti- « tate » *(Hom. in Evang.*, l. I, hom. XIII, Migne, *Patr. lat.* LXXVI, 1124 A). Ce passage a pris place dans le Bréviaire, Commun des confesseurs non pontifes, office de matines, 8e leçon.

93. — Barthélemi l'Anglais, l. XVII, ch. CVIII :

Est itaque nux arbor alta et procera, habens ramos et nodos diffusos et folia lata et nervosa piramidalia et acuta, gravis odoris et saporis, quarum umbra dormienti sub ea est nociva.

La lettre de Satan a joui au moyen âge d'une assez grande circulation. Elle est rapportée en ces termes par Eude de Cheriton dans son sermon sur l'évangile du premier dimenche après l'octave de Pâques :

Diabolus in specie hominis per quemdam laïcum misit cuidam archiepiscopo tales salutes : *Princeps tenebrarum principibus ecclesiarum salutem, Quia, tot quot vobis commissi sunt, tot nobis missi.* Unde, in signum veritatis percussit diabolus laïcum in facie, ita quod vestigia manus non recesserunt, nisi per aquam benedictam quam archiepiscopus super faciem aspersit.
(Edition, Paris, 1520, fol. LXV; Bibl. nat. lat. 598, fol. 49 *b*; 16506. fol. 168 *b*.)

La même lettre est rapportée dans la chronique de Salimbene sous une forme un peu plus complète : « Princeps « tenebrarum prelatis ecclesiarum. Gratias vobis referimus « copiosas, quia quot sunt vobis commissi, tot sunt nobis « transmissi » *(Giornale storico della letteratura italiana,* I, 400). Elle est citée, à peu près sous la même forme, par Thomas de Cantimpré, dans son *Bonum universale de apibus*, l. I, ch. XX. no 8; cf. *histoire littéraire,* XXI, 358. Dans aucun de ces textes l'écrit diabolique n'est, comme chez Bozon, apporté d'outre-tombe. Ce n'est donc pas là qu'il faut chercher la source du récit de notre auteur. Cette source est très certainement un récit que Vincent de Beauvais a inséré dans son *Speculum historiale*, XXV, LXXXIX (éd. de Douai, 1624, p. 133) sous la rubrique *Guillelmus in chronicis*. Deux jeunes clercs de Nantes s'étaient promis que le premier d'entre eux qui viendrait à mourir apporterait au survivant des nouvelles de l'autre monde. L'engagement fut tenu : le clerc mort apparut à son compagnon, et, lui faisant savoir qu'il était condamné aux peines éternelles, il lui montra sa main sur laquelle était inscrite la lettre infernale.

94. — Nous n'avons pas trouvé d'article sur la manne dans le *De proprietatibus* de Barthélemi, et les deux articles que cet auteur consacre aux abeilles (livre XII, ch. IV et l. XVIII ch. XI), ne contiennent rien qui ait rapport à ce chapitre de Bozon.

La fable du fèvre qui demande aux arbres de lui fournir de quoi emmancher sa hache est antique, bien qu'on n'en possède que des rédactions du moyen âge (Hervieux, *Fabul. latins*, II, 136, 168, 211, 242, 271, 303, etc.) Elle a été plus d'une fois mise en vers français; voy. *La Forêt et le Bucheron* de La Fontaine et les rapprochements établis par les éditeurs. Certaines ressemblances porteraient à croire que Bozon a rédigé sa fable d'après Marie de France (fable XXIII).

95. — *Miral* est-il un mot corrompu ? Nous ne trouvons rien qui s'y rapporte chez Barthélemi ni ailleurs. — La fin du chapitre est sans doute prise à Barthélemi l'Anglais (l. XV, ch. LXXI, *in fine*) : « Sunt etiam qui in juventute « canescunt et in senio nigrescunt ». Cette notion, que Barthélemi avait empruntée à Pline ou à Solin, a passé dans le poème sur Alexandre (le *Roman de toute chevalerie*) d'Eustache de Kent, composé en Angleterre vers le milieu du XIIIe siècle. On y lit une rubrique ainsi conçue : « Des genz chanuz en juvente, noirs en viellesce » (P. Meyer, *Alexandre le Grand dans la littérature française du moyen âge*, I, 184).

96. — Barthélemi l'Anglais, l. XVII, ch. XXXVI :

De carduo dicit Dyas. quod radix ejus in aqua decocta cupiditatem potatoribus administrat.

Quant à l'anecdote qui suit, Bozon est très probablement le seul auteur qui l'ait recueillie.

97. — Cf. Barthélemi l'Anglais, l. XVII, ch. XL :

Secundum Dyasc. coloquintida, que dicitur cucurbita Alexandrina, aliquando invenitur sola et tunc est mortifera et venenosa sicut herba que dicitur squilla, id est cepa marina.

L'exemple de l'hermite qui se brûle les doigts pour ne pas succomber à la tentation est tiré des Vies des Pères. On le trouve avec cette attribution dans l'*Alphabetum narrationum* d'Étienne de Besançon, sous CARNALES MOTUS : « Ex Vitis Pa« trum. Mulier quedam spopondit cum familiaribus suis ju« venibus quod senem quendam eiceret de cella sua..... » (Bibl. nat. lat. 15913, fol. 16 *c*). Il a été introduit en maint ouvrage, notamment dans les sermons de Jacques de Vitri et dans les fables qui forment la première addition à Eude de Cheriton (Hervieux, *Fabul. latins*, II, 666). La rédaction de Jacques de Vitri a été publiée comme anonyme par Th. Wright dans ses *Latin stories* (nº XVII). Les deux mss. du Musée britannique où Wright l'a trouvée ne portent pas de nom d'auteur, mais la leçon même des *Latin stories* se retrouve dans Jacques, voy. Bibl. nat. lat. 18134, ff. 212-3, exemple CIII, intitulé *De muliere que nocte venit ad cellam heremite*, et lat. 17509 (ms. des sermons) fol. 140 *d*. En français, le même récit a été admis dans le poème, qui fut si répandu, de la Vie des Pères. Notre exemple y est intitulé « l'histoire de l'her« mite que la femme vouloit tenter », ou « de l'ermite qui ardi « ses doigts ». Il a été publié, assez mal, d'après un ms. de ce poème par Ad. Keller, *Zwei fabliaux aus einer Neuenburger Handschrift* (Stuttgart, 1840, in-8º) pp. 24 et suiv.; cf. *Histoire littéraire*, XXIII, 132. On trouve le même exemple, brièvement conté dans le *Ci nous dit*, Bibl. nat. fr. 425, fol. 57 *b*.

98. — Cf. Barthélemi l'Anglais, l. XVII, ch. XLI :

Unam enim proprietatem habet crocus quia in foliis per totam hyemen retinet virorem, nec deponit illum, quantumcunque frigus intendatur; in estate vero deficiunt ejus folia penitus et marcescunt.

Nous n'avons pas trouvé la source de l'exemple joint à ce paragraphe.

Le sens du proverbe « mieux vaut pleure-chante que chante-pleure », encore cité à la fin du § 120, est qu'il vaut mieux pleurer d'abord pour chanter ensuite que l'inverse. La même idée est exprimée par Eude de Cheriton dans un de ses sermons sur les saints :

Ex quo enim in presenti preocupant delicias et festum in vigilia faciunt, in jejunio, sulphure et igne vigiliam senpiternam celebrabunt. Hujusmodi cantant *canta plora*, quod quidam cantant *canta canta*, quidam *plora plora*, quidam *canta plora*, quidam *plora canta*.

(Bibl. nat. lat. 16506, fol. 262 *b*.)

99. — Barthélemi l'Anglais, l. XVIII, ch. LII :

Est animal parvum, formicis infestum, nam furtive earum promptuaria subintrans, granum comedit formicarum, et sic, per subtractionem victus, causa est quare simplices formice in fine necessario moriuntur. Ab aliis autem animalibus devoratur, ut formica.

100. — Barthélemi l'Anglais, l. XVIII, ch. LI :

Sunt autem formice parvule, stricte circa ventrem et quasi cincte, que tandem crescentes efficiuntur pennate, et sic, in fine, ad modum muscarum, in minuta volatilia transformantur.

101. Cf. Barthélemi l'Anglais, *ibid.*, morceau faisant suite à celui qui est cité dans la note précédente :

Item ibidem, ca. xxxij [1]. Sunt quedam formice indice maxime et cornute que, mira cupiditate, gemmas et aurum custodiunt, sed hoc Indi furantur, estivo tempore, quando formice in tumulis, propter fervorem nimium, absconduntur.

Cette fable, sur laquelle on peut voir les observations de M. Bergaigne, *Revue critique*, 1874, art. 120, a été fort répandue au moyen âge ; voir, par ex., Berger de Xivrey, *Traditions tératologiques*, pp. 259-67.

1. Référence à Pline, XI, xxxvi. Barthélemi paraphrase le texte.

102, 103. — Barthélemi l'Anglais, l. XVIII, fin du ch. LXV :

Aristoteles, l. VIII, dicit de bestia que dicitur ferculeo quando comedit aliquod venenosum, et tunc querit stercus hominis et comedit ipsum, et ideo venatores fimum illum in vase aliquo suspendunt super arborem ; et cum venit leopardus, ad arborem saltat ut accipiat stercus, et interim ipsum interficiunt venatores.

104. — Barthélemi l'Anglais, l. XVIII, ch. XXIX (d'après Pline, VIII, L) :

Et cum cervus animal sit cornutum, hoc inter animalia habet proprium quod annis singulis in vere mutat cornu suum, et tunc, quia est inermis, de die sibi querit latibula, et latet quousque, crescentibus cornibus, iterato nova sibi adveniat armatura.

105. Barthélemi l'Anglais, l. XVIII, ch. LXV, dit, à propos du léopard :

Leoni masculo mirabiliter est exosus ; unde timens leonem, facit foveam subterraneam duplex orificium habentem, unum per quod intrat et aliud per quod exit. Est autem fovea illa in utroque orificio valde ampla et in medio magis stricta. Veniente itaque leone in foveam se mergit, quem prosequens leo foveam cum impetu subintrat, ubi triumphare putat de leopardo, sed propter magnitudinem corporis per medium fovee, ubi strictior est, libere transire nequit, quem sciens leopardus ita in strictura impeditum, illam foveam egreditur, et tunc in parte opposita foveam intrans, leonem a tergo morsibus et unguibus aggreditur.

Les dernières lignes du § résument en latin, dans le seul ms. *A*, l'histoire d'un larron qui aurait jeté son compagnon dans une fosse, et se serait ensuite moqué de lui. Nous ne connaissons pas le récit auquel il est fait ici allusion.

106. — Bozon a notablement modifié ce qu'il avait trouvé dans Barthélemi l'Anglais, l. XVIII, ch. XLI, si toutefois il n'a pas eu ici une autre source :

Nam, ut dicunt, in nova luna conveniunt congregatim et in flumine se abluunt et balneant, et novo sideri communiter post inclinant, et sic redeunt ad locum suum. Juvenes suos eundo et revertendo ante se ire faciunt, quos diligenti cura custodiunt et instruunt ad simile faciendum.

Barthélemi lui-même avait altéré le texte de Pline, VIII, I, qu'il cite, et où il n'est point dit que les éléphants instruisent leurs petits à faire comme eux. Il y a simplement : « vitulorum fatigatos præ se ferentes. »

107, 108, 109. — Bozon cite d'abord « le philosophe Pline », puis simplement « le philosophe ». Il est probable qu'il a suivi Barthélemi l'Anglais, l. XVIII, ch. LIX, tout en apportant à son original des modifications considérables, soit qu'il ait mal compris le texte, soit qu'il ait écrit de souvenir et que sa mémoire l'ait trompé :

Natura ejus est ut mutet sexum : nunc enim masculus, nunc femina invenitur, et ideo immundum animal est, ut dicit Isid. Circuit domos de nocte et humanam prout potest fingit vocem, ut ita suspicetur esse homo. De hiena dicit Plinius, li. VIII, ca. XXXI[1], hienis utramque inesse naturam, quia alternis annis marem, alternis feminam esse dicunt..... Tradunt pastores inter stabula sermonem humanum fingere, alicujus nomen adducere, quem evocant foras ut lacerent..... Multas et innumerabiles habet colorum in oculis varietates et oculos valde mobiles..... et omne animal quod ter lustravit in ejus vestigio figit gradum...... Item ut dicit idem (Plinius) fel ejus est valde medicinale : valet maxime contra caliginem oculorum, quia in multis etiam maleficiis corde et jecore hiene utuntur, ut dicitur ibidem.

110. — Cf. Barthélemi l'Anglais, l. XVIII, ch. CX, vers la fin :

Quando capitur, pelvis ardentis aspectu excecatur, catenis colligatur, ludere compellitur et per verbera domesticatur.

111. — On peut comparer le passage suivant de Barthélemi l'Anglais, l. XVIII, ch. XCII *(de stellione)*, qui toutefois ne paraît pas être la source de Bozon.

Latitat in hyeme in cavernis et hebetatur visus ejus. In vere autem exiens de caverna, sentiens defectum visus, mutat locum, et querit sibi locum et cavernam ad Orientem, et continue aperit

1. VIII, XLIV.

oculos contra solis ortum, donec in oculo desiccetur humor, et consumatur nebula que oculis caligimen inducebat.

112. — Barthélemi l'Anglais, l. XII, ch. XXXVIII :

Dicit etiam glosa super Ysa. II quod vespertiliones lucem fugiunt; ceci enim sunt sicut et talpe. Pulverem lingunt, oleum de lampadibus sugunt.

L'exemple du convoiteux et de l'envieux est d'origine indienne. Il a été souvent cité en latin, et on l'a mis au moins deux fois en vers français; voy. *Hist. litt.* XXIII, 237-8. Le voici tel que le conte Jacques de Vitri :

Exemplum de invido et avaro.

Dicitur de duobus quorum unus erat valde invidens et alius supra modum avarus. Cumque in optatione eorum a quodam potente poneretur, ut ab eo peterent quecumque desiderarent, hac condicione ut qui ultimus peteret duplum reportaret, avarus autem, quia plus habere concupivit, prius petere recusavit. Quod attendens invidus non potuit sustinere quod amplius avarus acciperet et magis honoraretur et ditaretur quam ipse. Cumque uterque differret et petere noluisset, tandem invidus, livore invidie stimulatus, prior petens ait : « Volo domine, et peto pro munere ut michi unum oculum eruatis. » Et ita factum est, et extracto oculo uno a capite invidi, duo oculi eruuntur avaro, quia duplum recipere voluit ex pacto. Elegit enim invidus esse monoculus ut socius ejus efficeretur cecus.

(Bibl. nat. lat. 18134, fol. 214; cf. 17509, fol. 128.)

Il est conté comme suit dans le recueil français connu sous le nom de *Ci nous dit :*

Ci nous dist comment uns riches homs dist a .ij. varlès qu'il avoit, qui faisoient mout grant semblant d'amour l'un a l'autre, qu'il demandassent ce qu'il vouldroient, et le premier aroit ce qu'il demanderoit, et le second en aroit deux temps s'il en pouoit finer. Grant piece argüerent l'un a l'autre de demander avant, et trestrent aus los li quelz; et faillut que li uns demandast, pour ce que les los li disoient. Si demanda que l'en li crevast un oeil, pour ce que ses compains en perdist deux.

(Bibl. nat. fr. 425, fol. 66 *c*.)

113. — Barthélemi l'Anglais dit simplement (d'après Pline, VIII, I) à l'article CERVUS, l. XVIII, ch. XXIX : « Ser-

« pentibus [cervi] contrariantur in tantum quod odore cornu « eorum exusti edes fugiunt, cujus coagulum omnium an- « guium sanat morsus [1]. »

114. — Les premières lignes font allusion à une fable que nous ne connaissons pas.

115. — Eude de Cheriton, *Sermones in epistolas dominicales* :

Dicitur quod pavo pulcritudinem pennarum suarum conspiciens, in superbiam extollitur, sed cum convertit oculos suos ad pedes, quos turpes et indecentes conspicit, statim humiliatur.

(Toulouse 252, fol. 226 *b*.)

Barthélemi l'Anglais, l. XII, ch. XXXI :

[Pavo] pennarum suarum admirans pulcritudinem erigit eas ad modum rote sive circuli....... Videns autem pedum suorum deformitatem, quasi erubescit, et velut non attendens predictam pennarum pulcritudinem, eas subito deprimit et submittit.

116. — Ce gracieux récit se rencontre, avec une application morale différente, dans la première addition à Eude de Cheriton (Hervieux, *Fabul. latins*, II, 686) : « Arbor quedam « est, in partibus Indie, que grece dicitur *peredixon*, latine « vero *circa-dexteram*, cujus fructus dulcis est nimis et « valde suavis. Columbe autem satis delectantur in istius ar- « boris dulcedine... » Il vient originairement d'un bestiaire, voy. *Mélanges d'Archéologie*, III, 283. On le trouve aussi, très brièvement conté, et avec la même explication allégorique que chez Bozon, dans un des sermons d'Eude de Cheriton sur les épîtres des dimanches :

Quedam arbor est, ut dicitur, ad cujus umbram drachones qui columbas infestant et interficiunt accedere non audent, et illuc columbe fugiunt et proteguntur a facie drachonis, et ita nos debemus ad umbram crucis confugere ut a demonibus protegamur.

(Toulouse 252, fol. 218 *d*.)

1. Pline dit que la présure *(coagulum)* d'un faon tué dans le ventre de sa mère est le meilleur remède contre les morsures de serpents.

Dans le poème moralisé sur la propriété des choses, l'arbre protecteur est identifié avec la mandragore *(mandegloire)*; voy. *Romania*, XIV, 465-6. Nous n'avons pas trouvé ce récit dans le *De proprietatibus* de Barthélemi.

Dans l'exemple cité (p. 133) on reconnaît *Le Chat et le Renard* de La Fontaine. Toutes les formes connues de cette fable, les latines comme les françaises, associent le renard au chat et non, comme ici, à la colombe.

117. — Bien que Bozon cite Isidore, c'est Barthélemi l'Anglais (l. XVI, ch. XLIX) qu'il a suivi; c'est là qu'il a trouvé *Sicilia* substitué à *Cilicia* :

Gagates est lapis rudis et tamen preciosus, qui primo in Sicilia, et Gagante flumine est repertus....... De hoc autem lapide dicit Isi.: In aqua accenditur, extinguitur vero in oleo, quod est mirum.

Le conte de l'homme à qui on fait croire que son agneau est un chien est d'origine indienne [1]. Il n'a même de sens, comme l'a remarqué Wright (*Latin stories*, p. 222), que dans un pays où le chien passait pour un animal impur. Les rédactions latines de ce conte sont assez nombreuses dès le XIIIe siècle, Aucune n'est tout à fait semblable à celle de Bozon, qui a été probablement rédigée de mémoire. Voici d'abord celle de Jacques de Vitri, où les mystificateurs sont au nombre de cinq; il n'y en a que trois chez Bozon :

Similes sunt cuidam rustico, qui dum agnum portaret ad vendendum, quidam truphator ait sociis suis : « Facite quod dicam « vobis, et gratis habebimus agnum illum. » Et posuit eos in diversis locis separatim, unum post alium. Transeunte autem rustico, primus ait : « Homo, vis vendere canem illum? » At ille pro minimo reputavit et processit. Cum autem veniret ubi alius stabat, dixit ille : « Frater, vis michi vendere canem illum? — Domine, « nolite me irridere : non fero canem sed agnum. » Cum autem idem tertius dixisset, cepit rusticus amirari et erubescere. Quarto autem et quinto idem dicentibus, cogitavit inter se quod hoc esse

1. *Pantchatantra*, l. I, fabl. IV; Jean de Capoue, version latine de *Kalilah et Dimnah* publiée par M. Derenbourg, p. 178. Dans le *Pantchatantra*, le personnage volé est un brahmane qui porte une chèvre; dans *Kalilah et Dimnah*, le brahmane porte un cerf.

posset, quia tot homines in hoc concordabant, quod canem et non agnum portaret; et tandem opinionibus multorum acquiescens ait : « Novit Deus quod credebam quod esset agnus, sed quia ca- « nis est de cetero non portabo illum »; et projecto agno recessit. At illi tulerunt eum et comederunt.

(Bibl. nat. lat. 17509, fol. 20 *c*.)

La version de Jacques de Vitri a été adoptée par Étienne de Besançon dans son *Alphabetum narrationum* (Bibl. nat. lat. 15913, fol. 84 *c*). Dans Étienne de Bourbon (*Anecdotes*, éd. Lecoy, n° 339) les *truffatores* sont au nombre de quatre, et le récit diffère assez, dans la forme sinon dans le fond, de celui de Jacques. Voici maintenant une rédaction très courte, empruntée à un recueil du XIIIe siècle déjà cité précédemment :

Deluditur enim simplex eodem modo quo delusum est cuidam (fol. 133) rustico portanti agnum venalem ad forum, quem quidam lecator videns dixit sociis suis : « Vultis habere agnum illum « quem portat rusticus ille? » Qui dixerunt : « Volumus. » Et ipse disposuit socios suos per diversa loca per que rusticus ille erat transiturus, dicens quod quilibet illorum quereret a rustico si vellet vendere canem illum. Et cum primus quereret, respondit rusticus quod non esset canis sed agnus. Sed cum quesissent alii similiter, ad ultimum credidit de agno quod esset canis.

(Bibl. Mazarine, 1072, fol. 132-3; n° 1030 du catalogue de M. Molinier.)

Dans la version reproduite par Bromyard et publiée par Th. Wright, *Latin stories*, n° XXVII, le paysan (*rusticus*) a affaire à six *mercenarii*, et, au lieu de jeter avec colère son agneau, comme dans les autres rédactions, il le donne au dernier de ses interlocuteurs.

Nous citerons, en dernier lieu, une rédaction introduite par Eude de Cheriton dans un de ses sermons sur les épîtres des dimanches. Elle se rapproche de la version de Bozon en ce que les interlocuteurs sont qualifiés de *ribaldi*, mais elle en diffère, comme de toutes les autres, en ce que le paysan porte, non plus un agneau, mais un bélier dépouillé de sa peau.

Quidam rusticus arietem quem excoriaverat ad forum portavit. Conduxerunt .iiij. ribaldi quod per diversa loca starent et arietem canem esse dicerent, et sic rusticus arietem relinqueret. Factum est, quando rusticus transivit per primum, dixit rustico : « Quid « facies de cane quem portas? » Et dixit rusticus : « Certe, non est « canis, frater ; nescis quod dicis, quoniam aries est, non canis. » Transivit per secundum. qui ait rustico : « Et quid vis facere de « cane quem portas ? » Et dixit rusticus : « Certe, aries est. » Venit rusticus per tercium, et dixit : « Rustice, quid facies de « cane illo ? » Et admirans rusticus, et aliquantulum dubitare incepit. Tandem transivit per quartum, qui ait : « Rustice, quid dia« bolicum proponis facere de cane quem portas? » Et rusticus iratus penes se ait : « Credebam quod esset aries, sed ex quo totus « mundus dicit quod est canis, de cetero eum non portabo. » Et projecit arietem, et sic ribaldi arietem lucrati sunt.

(Toulouse 252, fol. 186-7.)

L'assimilation des trois ribauds à trois personnages imaginaires nommés Croket, Hoket et Loket est un trait particulier à Bozon. *Croket*, d'après l'interprétation donnée par Bozon (p. 137), désigne l'égoïste, celui qui est replié sur lui-même et ne pense pas à autrui. *Hoket* est celui qui accroche, qui « hooks »; *Loket*, dont le rôle est expliqué au § suivant, est celui qui thésaurise, « who locks up ».

118. — Barthélemi l'Anglais, l. XVIII, ch. XXIX : « Ubi nimis pingues se senserint [cervi], latebras querunt, quia in« commodum ponderis corporis pertimescunt. »

119. — Barthélemi l'Anglais, l. XII, ch. I :

Inter omnes avium diversarum species aquila est maxime liberalis, ut dicit Plinius, nam predam quam arripit, nisi nimia fame arceatur, sola non comedit, immo avibus eam sequentibus quasi communem exponit, sua tamen recepta primitus portione. Et ideo semper aquilam alie aves solent insequi, sperantes quod de ipsius preda eis debeat aliqua portio impertiri.

L'histoire de l'enfant qui offre son pain à une statue de l'enfant Jésus se rencontre dans les recueils des miracles de la Vierge sous des formes qui ne varient guère. La rédaction la plus connue est celle que Vincent de Beauvais a admise dans le *Speculum historiale*, VII, XCIX (éd. de Douai, p. 258 *a*), et qui est notablement plus ancienne que cet auteur, car on la trouve dans le ms. Bibl. nat. lat. 14463 (fol. 35), de la fin du XIIe siècle. La scène est placée à Spire. Le même miracle est conté sous une forme très abrégée par Eude de Cheriton dans l'un de ses sermons sur les épîtres des dimanches :

Quedam nutrix portavit parvulum suum ante ymaginem Virginis filium tenentis, et parvulus de cibo suo obtulit parvulo, dicens : « Papa! » Et quia noluit papare, lacrimatus est puer, et respondit ymago fili Dei : « Infra triduum papabis mecum. » Nutrix perterrita sollicita fuit de puero qui infra triduum mortuus, et sic papavit cum Domino.

(Toulouse 252, fol. 175 *b*.)

La même légende a été plus d'une fois traitée en français. Une version, où la scène est placée à Spire, se trouve dans le ms. Bibl. nat. fr. 375, voy. P. Paris, *Manuscrits françois*, III, 237; une autre a pris place dans la *Vie des Pères*, voy. Alfred Weber, *Handschriftliche Studien* (1876), p. 19.

120. — La fable de l'âne et du porc vient d'Eude de Cheriton; voy. Hervieux, *Fabul. latins*, II, 620.

121. — Barthélemi l'Anglais a un article sur le limaçon (l. XVIII, ch. LXVIII), mais il est plus probable que Bozon se soit inspiré du texte d'Eude de Cheriton qui suit :

Testudo duo cornua erigit [1]; sed, si cum palea vel spina tangatur, statim cornua retrahuntur, et infra testam se includunt. — Ita plerumque contingit quod prelati vel episcopi cornuti, quando levi tribulatione vel adversitate tanguntur, cornua sua retrahunt, quandoque in cameris se includunt, et sic non se opponunt muros pro domo Domini nec pro grege sibi commisso.

(Hervieux, *Fabul. latins*, II, 628.)

Pour la fable de la brebis et de la corneille (p. 144), voy. ci-dessus la note du § 34. La source directe semble être une fable anglaise que nous ne connaissons pas.

L'exemple cité *le*(*Conseil tenu par les Rats*, de La Fontaine) vient encore d'Eude de Cheriton; voy. Wright, *Latin stories*

1. Barthélem il'Anglais, dans l'introduction de son livre XVIII (éd. de Strasbourg, 1485, fol. K 2, col. 1) emploie *testudo* dans le même sens. Ailleurs (l. XVIII, ch. CV), il fait de *testudo* un terme générique comprenant tous les animaux pourvus d'un têt. Il range (ch. CVI) parmi les *testudines* la tortue, qu'il appelle *tortuca*.

(sans la morale), XCII, Hervieux, *Fabul. latins*, II, 633. Mais la source directe, comme le prouve le nom de *Sire Badde* donné au chat, semble être une fable anglaise. Quant aux derniers mots du § qui ne se trouvent que dans *B*, » tache! tache! vuyle vivre en pache, » il faut probablement y voir une adaptation du proverbe latin *audi*, *vide*, *tace*, *si tu vis vivere in pace*, sur lequel voy. *Romania*, XVI, 566.

122. — L'exemple de Maimond fait partie du conte XXV de la *Disciplina clericalis* de Pierre Alphonse, édition de la Société des Bibliophiles, p. 172. Il a été souvent cité, notamment par Jacques de Vitri, dans un de ses sermons, Bibl. nat. lat. 17509, fol. 131 *c*.

123. — Nous n'avons pas trouvé la source du passage sur la fourmi dans le chapitre *de formica* de Barthélemi l'Anglais (l. XVIII, ch. LI).

124. — Barthélemi l'Anglais, l. XVIII, ch. X :

Aranea... tele semper intenta nunquam desinit a labore. Perpetuum sustinet in suo labore dispendium, quia sepe, ad modicum flatum venti aut pluvie stillicidium, rumpitur tela sua, et tunc totaliter perdit laborem suum.

125. — Barthélemi l'Anglais, l. XVIII, ch. IX, *in fine :*

Dicit enim [Plinius] sicut quedam animalia indigenis sunt innoxia que interimunt alienos, sic serpentes parcunt mirifice illis qui de terra oriuntur, sicut angues circa Eufratem terre incolas non ledunt nec infestant dormientes; alios autem, cujuscumque gentis, homines cruciantur, eos avide occidentes.

C'est juste le contraire de ce que dit Bozon. Il n'est pas non plus question, dans le passage qu'on vient de lire, d'une montagne située près de l'Euphrate. Bozon a, par erreur, introduit ici une notion prise dans la phrase qui suit immédiatement le passage précité : « Dicit etiam ibidem Plinius « quod Aristoteles tradit *in quondam monte* a scorpionibus « hospites non ledi... »

126. — Nous n'avons pas trouvé l'assertion concernant

le loup dans le chapitre *de lupo* de Barthélemi l'Anglais, l. XVIII, ch. LXIX.

127. — La leçon *bisse* de *B* est certainement à préférer, car la source de ce passage se trouve dans Barthélemi l'Anglais, non pas au chapitre *de damula* (l. XVIII, ch. XXXIV), mais au ch. *de cervo*, l. XVIII, ch. XXIX :

... editos ad cursum exercent [cerve] et se parare eos ad fugam docent. Ad prerupta eos ducunt et saltandi modum eis indicant et ostendunt,

128. — La source de ce qui est dit ici du poulain est probablement le passage où Barthélemi l'Anglais (l. XVIII, ch. VII), parle des mulets :

Horum animalium duo sunt genera, scilicet equus cum asina et asinus cum ipsa equa; immo unum genus ab alio se cohercet, nisi in infantia, lacte hausto mutuo nutriantur, et propter hoc pastores mulos vel burdones ex disparibus animalibus gigni cupientes dicuntur uti ista arte : nam juvenes equorum pullos in tenebris subjiciunt uberibus asinarum, et enutriunt eos lacte asinino, et tales pulli equorum, adulti jam effecti, ad asinarum conjunctionem tempore coïtus commoventur.

La fable du renard et du mouton est au fond semblable à celle du Loup et du Renard (La Fontaine XI, VI), dont on a plusieurs rédactions latines, par ex. dans la *Disciplina clericalis* de Pierre Alphonse (édition de la Société des Bibliophiles, pp. 144-6) et dans le recueil d'Eude de Cheriton (Hervieux, *Fabul. latins*, II, 609 [1]). Mais partout les acteurs mis en scène sont le loup et le renard et non comme ici le mouton et le renard. Il est possible qu'une confusion se soit produite avec la fable *Vulpes et Caper* de Phèdre (*Le Renard et le Bouc* de La Fontaine). Peut-être la confusion avait-elle déjà été faite dans une fable anglaise perdue. Ce qui favoriserait cette hypothèse, c'est la citation de deux vers anglais (p. 151), qui semblent ne pouvoir s'appliquer qu'à la fable même dont ils forment la conclusion.

1. Texte antérieurement publié, sans la morale, dans les *Latin stories* de Wright, nº LVII.

129. — Pour la source du passage relatif à l'âne, voir le texte de Barthélemi l'Anglais cité à propos du § suivant. La fable contée comme exemple est *Le Lion et le Rat* de La Fontaine, fable antique qui a été très répandue au moyen-âge (Hervieux, *Fabul. latins*, II, 127, 157, 186, 238, 255, 291, 310, 369, 383, etc.). La voici d'après Jacques de Vitri :

Sicut dicitur de leone qui murem cepit, et supplicabat ei mus quod permitteret eum abire, cum non esset ei magnus honor si victoriam haberet de parvo et vili animali. Et promisit mus leoni quod, si posset, loco et tempore serviret ei. Leo autem precibus acquievit, et postmodum accidit quod leo incidit in retia, et cum captus esset nec se a rethe explicare valeret, mus reperit eum in magna angustia et tribulatione; et accedens cepit rodere vincula, et ita leo auxilio muris illesus evasit. Non debent igitur principes contemponere personas miserabiles. . . . .

(Bibl. nat. tat. 17509, fol. 107.)

130. — Barthélemi l'Anglais, l. XVIII, ch. VII :

Idem dicit Aristoteles l. V et subdit Plinius : ..... Partum suum amore nimio diligit, in tantum quod etiam per ignes ad fetum vadit. Aquas transire et pedes in eis tingere multum horret, et quando cogitur aquam vel rivum evadare, in ipso mingit ; nec transeunt asini voluntarie per pontes ubi per planicies (*sic*) pontis possunt videre aquam defluentem.

La fable offre un rapport étroit avec celle qui dans le recueil de Marie de France (nº LXXXV) est intitulée *Li Bués et li Vilains*. Les mots « malment alowez le payn e la cerveyse qe avez par nostre travaille » rappellent ces vers de Marie :

Si reprucherent au vilain
La bune cervoise et le pain
Que par lur travail ot eü.

Le rapport avec la fable latine *De Rustico et Bobus* (Hervieux, *Fabul. latins*, II, 493 543) est plus éloigné.

131. — Voir le passage de Barthélemi l'Anglais, l. XVIII, ch. VII, cité à la note précédente :

. .

La fable du lion et de ses compagnons dérive originairement de Phèdre, *Vacca, Capella, Ovis et Leo*. Voir pour les différentes formes, les commentateurs de La Fontaine (l. I, fable VI). La rédaction diffère notablement du type fourni par Phèdre. Elle s'éloigne plus encore de la version d'Eude de Cheriton [1], où les personnages sont le lion, le loup et le renard, et qui offre un rapport intime avec un épisode du Roman de Renart (Méon, vv. 6041 et suiv., Martin, branche XVI, vv. 1188 et suiv.).

132. — Barthélemi l'Anglais, l. XVIII, ch. VII :

Dicit etiam Aristoteles, sicut et Avicenna, quod corvus valde odit asinum, et ideo volat super ipsum et temptat tangere oculos suos rostro suo; sed juvat asinum profunditas oculorum et spissitudo corii ciliorum, quibus contra morsus avium claudit et tegit visum suum, et etiam cooperatur proceritas aurium et mobilitas cum quibus terret aviculas quando infestant visum suum.

Le conte qui suit est l'une des formes les plus anciennes, de la fable, connue surtout par *Le Meunier, son Fils et l'Ane* de La Fontaine. L'histoire en a été faite plus d'une fois, mais présente encore bien des lacunes et des incertitudes [2]. Le conte vient assurément de l'Orient : on le trouve chez les Arabes du moyen âge desquels on suppose que Jean Manuel l'aurait pris, au XIVe siècle, pour l'introduire dans son *Comte Lucanor*. Mais dès le XIIIe siècle le même conte était répandu en France, et on ne sait par quelle voie il y avait pénétré. Chez Bozon le récit présente quatre situations successives : 1° le père est à âne et le fils suit à pied; 2° le fils remplace son père sur l'âne ; 3° le père et le fils sont

1. Th. Wright *Latin stories*, n° LVIII ; Hervieux, *Fabul. latins*, II, 642. Une rédaction semblable pour le fond, mais différente dans la forme, se trouve dans Étienne de Bourbon (éd. Lecoy, n° 376).

2. Les éditions de La Fontaine sont singulièrement insuffisantes en ce qui concerne cette fable. On ne trouvera à peu près rien sur son origine et sur son histoire pendant le moyen âge dans celles de Robert et de M. H. Regnier. Il faut voir surtout Gœdeke, *Asinus Vulgi*, dans le recueil intitulé *Orient und Occident*, I, 531-60, et le supplément relatif à l'Orient arabe, fourni par M. Gildmeister, *ibid.* 773. M. G. Paris a résumé l'histoire de cette fable jusqu'à La Fontaine inclusivement, dans une leçon d'ouverture publiée sous ce titre : *Les contes orientaux dans la littérature française du moyen âge (Revue politique et littéraire*, 24 avril 1875, tirage à part, librairie Franck).

à pied; 4° tous deux montent sur l'âne. Toujours blâmé, le père finit par s'écrier : Il ne reste plus qu'une chose à faire : ce serait de porter l'âne sur mon dos! Mais il ne le fait pas : c'est une exclamation ironique qui, ailleurs, est assez malheureusement transformée en réalité. La narration de Bozon a évidemment pour base un texte latin. Nous connaissons trois récits latins de notre fable, mais il est possible que Bozon en ait connu un quatrième. Quoiqu'il en soit, voici l'analyse et, quand il y aura lieu, le texte de ces trois récits.

I. Étienne de Besançon, *Alphabetum narrationum*, sous Verbum. — 1° Le père est sur l'âne; 2° son fils le remplace; 3° les deux sont à âne; 4° les deux sont à pied; 5° ils portent l'âne. Cet ordre diffère de celui de Bozon par l'interversion des situations 3 et 4 et par l'addition du n° 5. Il semble que la succession des faits soit ainsi plus logiquement présentée : ce qui doit paraître le plus naturel, quand on a un âne, c'est de s'en servir : on ne se résigne à n'en pas faire usage qu'en dernier lieu. Après cela il ne reste plus qu'à renverser les rôles, c'est-à-dire à porter l'âne. Dans la compilation d'Étienne de Besançon, le récit est précédé de ce mot *narrator*. Qui est ce *narrator?* Est-ce le compilateur lui-même? Nous l'ignorons. Ce qui est sûr c'est que la rédaction contenue dans l'*Alphabetum* se trouve ailleurs, par exemple dans une compilation dont un ms. du xve siècle est à Tours [1], et dans le texte amplifié du *Dialogus creaturarum* [2].

Verbum. Verbo non est semper adherendum. *Narrator*. Quidam homo antiquus asinum suum equitabat et filius suus parvus eum sequebatur pedes. Obviantes eis quidam dixerunt : « Iste rusticus « equitat et facit istum tenerum puerum ire pedes! » Tunc descendens fecit puerum ascendere. Obviantes ergo alii dixerunt : « O! « quam fatuus est rusticus iste qui, senio fractus, vadit pedes et « permittit filium suum equitare! » Tunc ascenderunt ambo. Tercii autem obviantes dixerunt : « Multum fatui sunt isti qui istum « asinum interficiunt. » Et tunc dimiserunt asinum vacuum. Quarti vero dixerunt : « Magna est fatuitas istorum qui ducunt asinum,

1. N° 470 du catalogue Dorange. La fable est publiée dans le catalogue, p. 253, col. 2, comme spécimen de la compilation.

2. Texte publié d'après un ms. de Turin, par M. Rajna, *Giornale storico della letteratura italiana*, III (1884), 23.

« et nullus eorum equitat. » Tunc portaverunt ambo asinum. Obviantes ergo eis quidam dixerunt : « Nimis sunt fatui, qui por-« tant asinum qui eos portare deberet. » Tunc aït ille filio : « Vide « quod qualitercumque nos habeamus, semper homines loquuntur. « Non ergo est curandum de verbis, sed semper facias quod fa-« ciendum est. »

(Bibl. nat. lat. 15913, fol. 84 *c*.)

II. Bromyard, sous Judicium divinum, dans Wright, *Latin stories*, nº CXLIV, p. 129. — Très court. La succession est celle-ci : 1º le père est sur l'âne; 2º le fils le remplace; 3º tous deux à pied ; 4º tous deux à âne ; 5º ils portent l'âne. C'est, moins la cinquième scène, l'ordre suivi par Bozon.

III. Anonyme. Texte publié par M. Gœdeke, *Orient und Occident*, p. 540, d'après une compilation du XIVᵉ siècle qui n'est pas désignée avec précision. M. Gœdeke attribue cette rédaction à Jacques de Vitri, hypothèse dénuée de toute vraisemblance [1]. Cette rédaction, très écourtée, présente trois situations : 1º les deux hommes à pied ; 2º le père à âne ; 3º les deux à âne. Sur quoi les passants observent qu'ils devraient porter l'âne, plutôt que de se faire porter par lui.

En français, on peut citer la rédaction du *Ci nous dit*, qui offre la même disposition que le nº 1, moins la dernière scène, l'âne porté.

Cy nous dit conment uns preudoms aloit au marchié, li et son filz, et menoient .j. asne. Et le moquierent les gens pour ce qu'il estoit sus l'asne et son filz a pié. Quant il vit que les gens en parloyent, si monta son filz sus l'asne; et aprés vindrent gens qui le moquierent plus que li premier. Lors monterent anduy sur l'asne; encore les moquierent plus les gens qu'il encontrerent que n'avoient fait li autre. Lors chacierent ilz leur asne bien tost devant eulz, et encores furent ilz aussi bien moquiés conme les autres fois. Lors

1. Nous n'avons pas trouvé de récit analogue dans les sermons de Jacques de Vitri ni dans les recueils de ses *exempla*. M. G. Paris (*Les contes orientaux*, etc. p. 15) suppose que la rédaction, fort vivement tournée, de saint Bernardin de Sienne (*Novellette, escmpi morali e apologhi di S. Bernardino da Sienna*, Bologne, 1868, p. 5) vient de Jacques de Vitri, qui aurait pris le conte dans une source arabe. Cette hypothèse ne nous paraît pas plus fondée que celle de M. Gœdeke.

s'arresterent au chief de la ville; et demanda le preudomme a son filz que les gens avoient dit qui l'avoient encontré. Il respondi : « Li premier distrent que c'estoit laide chose a vous, quant vous « estiez sur l'asne et j'estoie a pié. Et li secont distrent que c'es- « toit laide chose quant j'estoie sur l'asne et vous a pié [1]. Et li tiers « se moquierent de ce que nous estions anduy sur nostre asne. Et « ainsi se moquierent li quart de ce que nous patrouillions la boue « et nostre asne aloit tous vuis. — Or, beaulx filz », dist le preu-doms, « il n'y a que une lieue jusques en nostre maison, et si voy « bien que nous [ne nous] avons sceû demener en telle maniere « que nous n'ayons estés moquié; et malgré leur moquerie som- « mes venus au marchié. Si te loe que d'ore en avant tu ne lesses « nulle chose a faire pour les paroles des gens, puis que tu vois « que soit l'onneur de nostre Seigneur et ton prouffit. Car nulz, « tant soit sage, ne se puet porter [2] si honnestement en ce monde « que qui ce soit n'en face son domage. Car l'un fait son profit de « quoy li autres fait son domage, que combien que nostre Seigneur « soit tout poissant, encore ne monstra il oncques sa poissance a « servir le monde en gré, qu'il ne fait nul temps qui ne plaise aux « uns et desplaise aux autres, mais quiconques est en paradis, la « sert il sa gent en gré. Car tout ce qu'il fait leur plaist, et nulle « rien ne leur desplaist, mais que pechié. »

(Bibl. nat. fr. 425, fol. 80.)

133. — Bozon dit au début du § 22, que le lièvre ne voit pas bien clair devant lui. Ici il ajoute que cet animal voit mieux de côté que devant. Barthélemi l'Anglais (l. XVIII, ch. LXVI), dit seulement, d'après Isidore : « Debilis est visus, « sicut et cetera animalia que non claudunt palpebras ».

Le même § contient un curieux témoignage sur la confection des concordances de la Bible, qui furent exécutées, comme on sait, à Saint-Jacques du Haut-Pas, par des dominicains, sous la direction de Hugues de Saint-Cher, vers le milieu du XIIIe siècle. Peu après une nouvelle édition amplifiée en fut faite par des dominicains anglais, d'où le nom de *Concordantiæ anglicanæ* donné à ce travail. Voir Quetif et Echard. *Scriptores ordinis Prædicatorum*, I, 205; *Histoire littéraire*, XIX, 43.

1. Le ms. 425 répete la phrase précédente : *quë c'estoit laide chose quant vous estiés sur l'asne et je a pié*. Corrigé d'après les autres mss.
2. Ms. 425 *point*.

La comparaison avec les trois *tituli* placés à la fin de l'*a b c* a été amenée par l'idée du classement alphabétique auquel se livrèrent les auteurs des concordances. Il est certain, comme on l'a dit en note, qu'il s'agit des signes d'abréviation qui sont figurés à la suite des anciens alphabets, mais nous ne voyons pas d'où a pu venir l'idée de comparer ces signes avec les princes temporels et avec les chefs du clergé séculier et régulier. Passant à une autre comparaison, Bozon dit que le *titulus* placé au-dessus de la lettre *(amont)* est à sa place ; rien de plus clair, les signes d'abréviations se plaçant au-dessus de la ligne ; que placé au bas *(par desouz)*, « il signifie fausseté ». Cela est obscur, car le seul signe qui se place au-dessous des lettres est le point, servant à indiquer la suppression de la lettre ainsi désignée, et ce point n'a jamais été qualifié de *titulus*. En tout cas la comparaison est peu claire.

134. — Barthélemi l'Anglais, l. XII, ch. VIII :

Vivente femina mas, causa coïtus, cum alia se non associat, sed quoad nidum et generationis officium femine fidem servat, in qua, si masculus aliquo casu adulterum concubitum presenserit, ultra secum non cohabitat, sed rostro, si potest, eam transverberat atque necat, ut dicit Aristoteles. Alias quam in nido mas feminam non calcat, et incubando super ova mas cum femina vices mutat, pullos suos miro affectu diligit et custodit,... ut dicit Ambrosius.

135. — Barthélemi l'Anglais, l. XII, ch. XXXIV :

Turtur autem avis casta ex moribus appellatur, eo quod comes sit castitatis. Amisso enim pari suo, alterius copulam non requirit, solitarie incedit ; memor societatis perdite, semper gemit ; loca solitaria diligit et eligit, consortiaque hominum valde fugit.

Nous ne connaissons pas d'autre rédaction de la fable de la poule qui, devenue veuve, se remaria avec un autour. Il semble que Bozon ait transcrit, sans grand changement, une fable anglo-normande en vers. — Le conte de l'homme qui avait deux renards à vendre et les estimait aussi peu l'un que l'autre nous est également inconnu. — William Werldeschame *(Worldshame)* et Maude Mikilmisaunter *(Muchmisadventure)*, c'est-à-dire Guillaume Le Déconsidéré (?) et

Mathilde Malechance, sont des sobriquets qui étaient probablement dès lors d'un usage courant. *Worldly-Shame* est le nom d'un personnage allégorique qui représente ce qu'on pourrait appeler la honte ou la vindicte publique dans une petite pièce publiée en 1560 sous ce titre : *A pretty interlude called* NICE WANTON, et réimprimée dans R. Dodsley, *Old plays*, éd. W. C. Hazlitt, 1874, II, 161 ; cf. Collier, *History of english dramatic Poetry*, éd. de 1831, II, 381, éd. de 1879, II, 294.

136. — La notion des deux pierres figurées qui s'échauffent lorsqu'elles sont en contact vient originairement des bestiaires ; voy. Cahier, *Mélanges d'archéologie*, II, 125. Elle a été mise à profit dans le *Ci nous dit* :

> Cy nous dit comment une maniere de pierres sont es haulz mons d'Orient en fourme d'omme et de femme, et sont froides comme glace. Et quant on les touche l'une a l'autre feu en sault.
> (Bibl. nat. fr. 436, fol. 42.)

137. — Les notions relatives au faucon données dans ce § et dans le suivant ne viennent pas de Barthélemi, ou du moins nous n'avons pas réussi à les y trouver. L'idée, ici exprimée, que le faucon a une répugnance insurmontable pour la chair corrompue, semble avoir été courante au moyen âge. On la retrouve notamment dans le poëme moralisé du ms. Bibl. nat. fr. 12483, dont des extraits ont été publiés par M. Raynaud ; voy. *Romania*, XIV, 481-2.

Le trait rapporté par Bozon de la vie de sainte Claire (la fondatrice des Clarisses († 1253), se lit dans sa légende, *Acta Sanctorum*, août, II, 759 C D.

138. — L'histoire de la jouvencelle qui se laissa entraîner à céder à l'amour d'un jeune homme par la crainte d'être métamorphosée en chienne est d'origine indienne. Elle fait partie du recueil sanscrit, jusqu'à présent non retrouvé, dont on a des rédactions en grec (*Syntipas*), en hébreu (*Sendabar*), en persan (*Sindibad*), etc. [1]. Le même conte a pris

1. Voir le texte grec dans l'édition de *Syntipas* donnée par Boissonade (Paris, 1828), p. 51. Il est analysé par Loiseleur-Deslongchamps, *Essai sur les*

19

place dans la *Disciplina clericalis* de Pierre Alphonse, édition de la Société des Bibliophiles, p. 74. La rédaction latine de Pierre Alphonse a été reproduite mainte fois, notamment par Jacques de Vitri [1]. On la retrouve encore, avec quelques modifications, dans les *Gesta Romanorum*, ch. XXVIII, et, par suite, dans le *Violier des histoires romaines*, ch. XXVII (édit. G. Brunet, p. 78). Une rédaction latine, très abrégée, qui dérive aussi de Pierre Alphonse, a été publiée par Wright, *Latin stories*, n° XIII. Enfin une rédaction également latine, écrite dans le nord de l'Italie, et probablement d'après un récit oral en langue vulgaire, a été récemment mise au jour par M. Tobler, dans la *Zeitschrift für romanische Philologie*, X, 479-80. On a rapproché de ce même conte, mais à tort, l'histoire de Nastagio degli Onesti et de la fille de Paolo Traversaro, dans le *Decameron* (cinquième journée, conte VIII), qui a une tout autre origine. Le récit de Bozon dérive évidemment de celui de Pierre Alphonse. Cette fable s'est propagée dans les littératures modernes. Encore au commencement du XVIe siècle le poète chartrain Laurent Desmoulins la conte en son *Catholicon des mal advisez*. Il suffira de citer quelques vers :

La faulce lice vers cette fille alla,
Et luy compta des choses ça et la,
En luy disant que avoit une fillette
Laquelle estoit muée en chienette
Par le vouloir du trés hault roy Jesus,
Pour la cause qu'elle avoit fait reffus
De secourir ung homme languissant...
(Edition J. Petit et M. Le Noir, 1513, fol. D iiij v°.)

139. — Barthélemi l'Anglais l. XII, ch. II :

Dicit etiam Basilius in *Exameron*, quod accipitres circa suos pullos sunt crudeles, quia, cum sint habiles ad volandum, cibos eis

fables indiennes (Paris, 1838), p. 106-7. Loiseleur-Deslongchamps donne (p 107, en note) la traduction d'un conte sanscrit analogue tiré du *Vrihat-Kathâ*.

1. Dans ses sermons, Bibl. nat. lat. 17509 fol. 142 *b*, dans le recueil d'*exempla* du ms. Bibl. nat. lat. 18134, fol. 210 (*Exemplum de vetula que decepit castam mulierem*).

subtrahunt, et percutiendo ad modum aquilarum de nidis exire compellunt et cogunt, quia eos audere docent et ad predam excitant, ne adulti effecti, tepescant ocio, et magis cibum querere quam vigorem animi consuescant, ut dicunt Beda et Ambrosius.

Le conte qui suit est connu jusqu'à présent par le ch. LXXII des *Gesta Romanorum* (et *Violier des hist. rom.* LXX), où il est allongé et dénaturé, le vieillard étant métamorphosé en roi, comme il arrive fréquemment dans les *Gesta*. On a signalé le même récit dans Gringore, mais jusqu'à présent on n'en connaissait pas de forme plus ancienne que celle des *Gesta*. Or il se trouve non seulement dans Bozon, mais encore dans les sermons de Jacques de Vitri :

Isti faciunt sicut dicitur de quodam homine nequam cui pater totam substantiam suam dedit, et deveniens ad magnam senectutem, rogavit filium suum ut daret ei potum. Qui respondit : « Pater, « non habeo nisi quinque dolia in cellario meo. » Cui pater : « Fili, « ecce valde sitio. Affer michi de primo dolio. » At ille : « Mustum « est, non dabo tibi. — Da, » inquit, « michi de secundo. » Cui ille : « Nolo tibi dare. — Da michi de tertio. » At ille : « Ferratum « est, non dabo. — Da michi de quarto. » Cui ille : « Vinum ve« tus est, non dabo. » Quintum autem vinum debile erat et canis respersum, et tamen dare recusavit, nec patri sicienti voluit ministrare.

(Bibl. nat. lat. 17509, fol. 151.)

Ce récit est probablement la source de celui des *Gesta*, car dans l'un comme dans l'autre il est question de cinq tonneaux, tandis que Bozon n'en mentionne que trois.

140. — Il n'est pas impossible que l'exemple cité ait un fondement historique : Étienne de Bourbon [1] raconte en effet que le seigneur de Vignori, nouvellement adoubé chevalier, étant passé près de Clairvaux, y entra en religion ; le reste comme dans le récit de Bozon. Dans l'*Alphabetum narrationum* d'Étienne de Besançon [2], le jeune homme n'est pas désigné, et c'est à l'ordre des Frères Prêcheurs (auquel appartenait Étienne de Besançon) qu'il se rend : « Nobilis « quidam clericus, filius magni baronis, ordinem fratrum

1. Anecdotes, éd. Lecoy, n° 50.
2. Au mot CONVERTI, Bibl. nat., lat. 15913, fol. 25 *b*.

« predicatorum, intravit. Quo audito pater potens, ad mor« tem turbatus, cogitavit fratres predictos de terra sua ex« pellere et filium suum ab ordine extrahere. Quod fratres « persencientes, dictum dominum, cum omni humilitate, « adierunt, intimantes ei quod filium suum non violenter « receperant vel retinebant... » Voici enfin le même récit selon Jacques de Vitri :

Legimus de quodam nobili juvene, qui unicus erat parentibus suis, quod, ipsis ignorantibus, assumpsit habitum religionis. Pater autem ejus, qui alium non habebat heredem, doluit, et comminatus est abbati et monachis, nisi filium suum redderent, quod abbaciam incenderet et omnia bona eorum dissiparet. At illi, valde timentes furorem tirannicum, dixerunt illi monacho : « Ecce pater « tuus venit cum multitudine armatorum, et, nisi cum ipso ad se« culum redeas, monasterium nostrum igne succendet et omnia « bona nostra nobis auferet violenter. » Quibus ille respondit : « Nolite timere. Concedite michi equum, et vadam obviam patri « meo. Cum igitur videret pater filium crinibus deturpatis et veste vili deformem, vix eum cognoscere potuit, et pre nimio dolore pene corruit in terram, dixitque filio suo : « Fili, quid fecisti michi sic? « Oportet te redire, et ego omnem terram meam voluntati tue ex« pono ». Cui filius ait : « Pater, est quedam consuetudo valde pe« riculosa in terra vestra, propter quam compulsus sum exire et « habitum monachalem suscipere. » Cui pater : « Omnes consue« tudines terre mee in arbitrio tuo relinquo, ut secundum volunta« tem tuam valeas illas revocare vel immutare; et dic michi que « sit illa consuetudo propter quam recessisti, et promitto tibi firmi« ter quod eam removebo. » Tunc filius ait : « Hec est consuetudo « quam ego valde timeo, quod ita cito, vel quandoque cicius, mori« tur juvenis sicut senex. Nisi hanc removeritis, nunquam rever« tar vobiscum. Nam quomodo promittitis me futurum heredem « vestrum, vel vobis succedere, cum non sim certus quod debeam « plus vivere? Ita enim cito moritur vitulus ut vacca ; ita cito filius « ut pater, puer ut senex. » Quo audito pater ait : « Quomodo hanc « consuetudinem, quam Deus introduxit, possem avertere? » Et compunctus vehementer assumpsit cum filio habitum religionis.

(Bibl. nat. lat. 18134, fol. 206, exemple LXXIX ; cf. lat. 17509, fol. 60 *c d* [1].)

1. On peut regarder comme dérivé de Jacques de Vitri, ou plus probablement comme ayant la même origine, le texte suivant, emprunté à un des *Sermones sanctorum*, d'Eude de Cheriton :

Quidam filius divitis, considerans se in brevi moriturum, claustrum intravit.

Il paraît bien que ce texte est la source même de la narration de Bozon, car là seulement, comme chez Bozon, sans parler d'autres ressemblances, le père entre aussi en religion.

141. — Barthélemi l'Anglais, l. XII, ch. xxx, d'après Isidore : « Perdix... adeo est fraudulenta ut aliena ova diripiens, « foveat ea sic substracta... » La suite diffère.

Le conte des trois compagnons est d'origine orientale. Il est entré dans les littératures de l'Occident par la *Disciplina clericalis* (édition de la Société des Bibliophiles, fable xvii, p. 120), d'où il a passé en bien d'autres recueils[1]. Bozon suit fidèlement Pierre Alphonse. Il semble que l'auteur des *Gesta Romanorum*, tout en amplifiant selon son usage, ait suivi Bozon plutôt que Pierre Alphonse. Les détails omis par Bozon manquent dans les *Gesta*, et ce que les *Gesta* ajoutent au récit de Bozon ne vient pas de Pierre Alphonse et peut être considéré comme pure amplification. Il y a aussi dans les *Gesta* un mot qui, sauf le cas d'une coïncidence fortuite, paraît bien déceler l'imitation. L'un des compagnons, dit l'auteur des *Gesta*, se lève et mange tout le pain : « Nec « unicam micam sociis suis dimisit. » De même Bozon : « Si « s'en va al tortel e le mangea chascun mie ». Il y a dans la *Disciplina* : « At rusticus, perspecta eorum astutia, dor« mientibus sociis traxit panem semicoctum, comedit et ite« rum jacuit. »

142. — Barthélemi l'Anglais, l. XVIII, ch. vii : « [Asi« nus] quanto magis fit annosus, tanto plus quotidie fit « deformis, hispidus et villosus. »

Pater ipsius claustrum destruere voluit. Filius veniens obviam aït ei : « Domine, quare cenobium istum destruere proponis ? » Qui respondit : « Fili mi, « totum destruam, nisi ad seculum revertaris. » Respondit filius : « Libenter ad « seculum revertar, si quandam consuetudinem de terra tua amoveas ». Respondit pater quod libenter faceret. Et dixit filius : « In terra tua tam cito ju« venes ut senes moriuntur. Hanc consuetudinem timens, ne simul inter ju« venes a morte comprenderer, claustrum intravi. Hanc consuetudinem « auferas, et ad seculum revertar ». Hec audiens pater, ad verbum filii mundum dereliquit et claustrum intravit.

(Bibl. nat. lat. 16506, fol. 265 c.)

1. C'est un des *exempla* de Jacques de Vitri ; Bibl. nat. 18134, fol. 194 *b c*.

La fable du lion, du renard et de l'âne qui n'avait pas de cœur est d'origine indienne [1]. Elle se trouve dans la chronique dite de Frédégaire [2] d'où elle a passé dans celle d'Aimoin [3]. C'est la fable LXI de Marie de France, dont on a aussi une rédaction latine (Hervieux, *Fabulistes latins*, II, 541) [4]. Enfin la même fable a été introduite par Philippe de Navarre dans les *Gestes des Chiprois* [5]. Toutes ces rédactions présentent un trait commun : le cerf y joue le rôle attribué à l'âne par Bozon. Il y a du reste des différences ; ainsi chez Marie de France comme chez Philippe de Navarre, le lion est malade ou prétend l'être, et il lui faut, pour guérir, manger le cœur du cerf. En cela ces rédactions se rapprochent de celle de Bozon. Chez Frédégaire, chez Aimoin et ailleurs encore [6], le lion, qui n'est nullement malade, tient cour et a contre le cerf un grief quelconque. Pour que Bozon ait introduit cet exemple dans un chapitre où il est question de la nature de l'âne, il faut qu'il ait connu un texte où l'âne était substitué au cerf [7].

143. — Barthélemi l'Anglais, l. XVIII, ch. II : « De ariete

1. *Pantchatantra*, l. IV, fable II.
2. Texte imprimé dans le second tome des *Études sur les sources de l'Histoire mérovingienne*, de M. G. Monod, *Bibliothèque de l'école des Hautes Études*, fasc. LXIII, p. 72-3.
3. L. I, ch. X ; Bouquet, III, 35.
4. Cf. aussi une fable latine très courte publiée d'après un ms. de Reims par Du Méril, *Poésies inédites du moyen âge* (1854), p. 137, en note.
5. Édition publiée par M. G. Raynaud pour la Société de l'Orient latin, p. 114-5. Cf. la version italienne contenue dans l'*Historia overo commentarii de Cipro*, de Florio Bustron, éd. R. de Mas Latrie, *Mélanges historiques* (*Documents inédits*) V, 102-3.
6. Par ex. dans une fable latine publiée d'après un ms. du Mans, par M. Hervieux, *Fabul. latins*, II, 586.
7. Dans une rédaction, ancienne aussi, puisqu'elle se trouve dans le recueil d'Avianus (fable XXX), la victime est non point un cerf ou un âne, mais un sanglier. Les circonstances sont aussi très différentes. Un paysan avait pris un sanglier qui ravageait son champ et l'avait laissé aller après lui avoir coupé une oreille, en manière d'avertissement. Le sanglier se fait prendre une seconde fois : il est tué, dépecé et cuit. On ne trouve pas le cœur. Le cuisinier, qui se l'était adjugé, assure que si cet animal avait eu un cœur, il ne serait certainement pas revenu se faire prendre. De cette rédaction dérive l'exemple LXXXIII des *Gesta Romanorum*.

« autem singulariter dicit Pli. ca. xlvij. : Arietis, inquit, « naturale est agnos fastidire et oves senectas sibi obvias « consectari [1], nam ipse melior est et utilior in senecta. » On lit un peu plus loin dans le même chap. : « ..... ideo, « duo dedit natura sibi cornua ad modum circuli replicata, « ..... et ideo securius precedit gregem, et erecto capite et « fixo pede ungula divisa vestigio firmius terram premit. « Vellus habet pinguius et in villis prolixius pilos diffun- « dit... » Ces quelques lignes fournissent les éléments des quatre conditions indiquées par Bozon.

144. — Bozon donne ici sur le blaireau (*taisson*) diverses informations qui se trouvent en partie seulement dans le *De proprietatibus* de Barthélemi l'Anglais. Il a dû se renseigner dans le bestiaire que Barthélemi cite sous le nom de *Physiologus*, et qui n'est pas celui que le P. Cahier a publié. Barthélemi, l. XVIII, fin du ch. CI :

Hec bestia (taxus), ut dicit idem (Physiologus) vulpem odit et cum eadem dimicare consuevit, sed videns vulpes quod propter duriciam et villosam ejus pellem eum ledere non poterit, se victam simulans, fugam petit, et dum taxus predam querit, vulpes ejus latibulum subintrans, urina et aliis immundiciis taxi cubiculum inficere consuevit, cujus fetorem abhorrens, melus defedatum domicilium derelinquit et aliam mansiunculam necessariam sibi querit.

Cf. *Ci nous dit* (fr. 425, fol. 47 *d*) :

Ci nous dist que quant le tesson a faite sa maison a grant peine, le renart fait la vilennie a l'uis et le tesson s'en fuit et renart en demeure en possession.

Le récit de la mauvaise farce dont fut victime un faiseur de tours du comté de Leicester est, selon toute apparence, un « fait divers » contemporain, dont il n'y a pas lieu, par conséquent, de rechercher l'origine. Tout au plus pourrait-on constater, en passant, une certaine coïncidence avec un incident du fableau de *Jouglet*.

L'exemple qui vient après est plus intéressant : il est daté

1. Il y a dans Pline (VIII, LXXII) : *Agnos fastidire, senectam ovium consectari.*

et peut servir à déterminer l'époque où Bozon vivait. John d'Alderby fut évêque de Lincoln du 20 janvier 1300 au 5 janvier 1320 [1]. Les évêques de Lincoln ont eu une résidence à Banbury (Oxfordshire) depuis le temps où fut rédigé le *Domesday Book* (1084-6) [2], sinon plus tôt, jusqu'en 1547 [3], *Gignesham*, que nous avons proposé en note de corriger en *Evesham*, est une fausse lecture : le ms. porte *Eignesham*, actuellement Eynsham, ou Ensham, à quelques milles à l'ouest d'Oxford, où se trouvait une abbaye sur laquelle on peut voir le *Monasticon Anglicanum*, éd. de 1846, III, 1 et suiv. L'ecclésiastique dont l'évêque de Lincoln conte l'histoire remplissait, comme on voit, l'office de procureur des Templiers auprès de la cour des Arches [4] et vivait pauvrement des émoluments attachés à cette fonction, sans toucher à ses autres revenus. D'après le récit de Bozon, il dut prendre sa retraite pour cause de vieillesse ou d'infirmités, par conséquent avant la suppression de l'ordre, qui eut lieu, comme on sait, en 1312.

145. — Nous ne saurions dire où Bozon a pris ce qu'il dit ici de la manière de capturer le cerf à l'aide d'une chausse-trape. Ce n'est pas dans la compilation de Barthélemi l'Anglais.

La fable du renard et du chat (p. 184), est dérivée de la fable assez répandue du loup et du renard, dans laquelle le loup joue le rôle de dupe attribué moins naturellement par Bozon au renard. Deux rédactions en ont été imprimées par M. Hervieux, *Fabul. latins*, II, 705 [5], 774. En voici une troi-

1. *Monasticon Anglicanum*; éd. de 1846, VI, 1267.

2. Voy. éd. 1783, I, 155, col. 2.

3. Cf. W. Kennet, *Parochial Antiquities attempted in the history of Ambrosden, Burcester*, etc. Oxford, 1694, 4°, pp. 353-4, 503.

4. Tribunal ecclésiastique qui autrefois se tenait dans la cité de Londres à *Saint-Mary le Bow*, ou *Bow Church*, en latin *S. Maria de Arcubus*, d'où son nom *Arches court*, et qui maintenant se tient dans Westminster Hall.

5. La fable rapportée à cet endroit est celle de la deuxième addition à Eude de Cheriton. Elle avait déjà été citée d'après un texte un peu différent par Arétin, *Beytræge zur Geschichte u. Literatur*, IX. 1241, et d'après Aretin, par Du Méril, *Poésies inédites du moyen âge* (1854), p. 134-5, note. — Du Méril confond à tort cette fable avec la fable ésopique du renard, qui, étant entré maigre

sième, probablement un peu plus ancienne, que nous fournit un sermon de Jacques de Vitri :

Sicut dicitur de vulpe quod persuasit lupo macilento in fraudem ut sequeretur eam in prumptuario. Et cum lupus tantum comedisset quod per artum foramen quo intraverat egredi non posset, oportuit ut tantum jejunaret quod macilentus fieret, sicut prius. Cum fustigaretur exivit sine pelle. — Et fenerator pellem diviciarum in morte reliquit.

(Bibl. nat. lat. 17509, fol. 121.)

La même aventure est contée dans le roman de Renart [1], avec des développements qu'une fable ne comporte pas. C'est toujours le loup qui est la victime du renard.

Le second exemple (p. 186), est apparenté de près à une pieuse légende qui a été fort répandue au moyen âge et dont voici le résumé d'après Jacques de Vitri [2]. Un diable avait pris forme humaine et s'était mis au service d'un hermite afin de le tenter. Il lui procure un coq, pour lui servir de réveille-matin. Puis, comme le coq ne chantait pas, on lui adjoint une poule. L'hermite devient malade : le tentateur l'assure que la compagnie d'une femme lui est aussi nécessaire que celle d'une poule l'a été pour le coq, et il lui amène la fille d'un chevalier. L'hermite succombe à la tentation. Cependant le chevalier, averti par le diable, vient chercher sa fille. Le diable dit alors à l'hermite : « Voici « que le chevalier arrive : s'il trouve ici sa fille, il vous « tuera, et ainsi vous ne pourrez pas faire pénitence pour le « péché commis avec elle. Il vaut mieux la tuer et vous « cacher. » Ce qui fut fait. Le diable alors se met à rire et s'évanouit. Mais l'hermite se met en prières, ressuscite la jeune fille et la rend à son père. Cet exemple se trouve aussi dans le poème français de la *Vie des Pères* [3], avec une fin différente : la jeune fille n'est point rappelée à la vie et l'hermite passe le reste de ses jours dans une dure pénitence.

dans un trou, ne pouvait plus, une fois devenu gras, en sortir (Horace, I, *Epist.* VII, 29 et suiv.)

1. Édition Martin, branche XIV, vv. 647 et suiv. ; cf br. VI, vv. 704 et suiv.

2. Bibl. nat. lat. 18134, exemple VII du recueil.

3. Méon, *Nouveau recueil de fabliaux*, II, 362.

Ailleurs il est conduit au supplice [1]. C'est un récit d'origine orientale, sur lequel on peut voir l'introduction de M. d'Ancona à la *Leggenda di sant'Albano* (Bologna, Romagnoli, 1865), pp. 40 et suiv.

1. Tel est notamment la conclusion de l'histoire dans la rédaction que nous offre l'archiprêtre de Hita (couplets 504 et suiv.)

VOCABULAIRE [1]

Abbays 93, *abois.*

abbé 102, *abbaye.*

abicee 161, *alphabet.*

accide, 149, *torpeur*, *indifférence, l'un des sept péchés capitaux.*

accravanter 46, *casser, abattre.*

acouper 108, accoper 85, accoupé 176, accouperont 39, accoperont 134, *part.* accopez 139, accoupé 176, *inculper, accuser; plus ordinairement en fr.* acolper, acoulper, acorper.

acqeller (*var.* acuyllir) 134, acquiller 179, *atteindre, prendre.*

acueson (*var.* aguzoun) 142, *ce qui aiguise. Manque au dict. de M. Godefroy.*

adeprimes 121, 141, 165, *d'abord, pour la première fois.*

adessement 132, 155, *forme du français d'Angleterre, pour* adesséement, *sans discontinuer.*

adesser 48, 111, 131, *toucher.*

advocatz 9, *avocats.*

afaiter, afaitez 26, *éduquer, façonner.*

afeytement 22, *éducation.*

affor 75, *poisson de mer qui figure ici par erreur; voir pp. 253-4, la note sur ce passage.*

afforcee 113, *renforcé.*

afforcement 152, *force, obligation.*

afforcer, *réfl.*, afforcent 95, afforcea 81, 144, *s'efforcer.*

afray 174, 182, *effroi au sens ancien, agitation.*

agarder, agardez 108, 119, *regarder.*

agüer 12, *aiguiser.*

aille 103, *plur.* aux 107, *ail.*

1. Dans ce vocabulaire, l'*y* est classé comme l'*i*.

alosee 28, *renommé, épith. de Loth.*
alouhe 73, *alouette.*
alower 81, 154, *allouer, attribuer.*
amand, 8, 78, amannd 8, *aimant (minéral).*
ambage 94, *action de circonvenir.*
amenuser, amenusez 74, amenusee 99, *diminuer.*
amercier 38, *prendre à merci, c.-à-d. avoir à sa discrétion un coupable, lui imposer une amende arbitraire. Du Cange,* AMERCIARE.
anguisser, anguissé 89, angucez *ibid., angoisser.*
anur 158, *bien, possession.*
apert, en — 138, *ouvertement.*
apparer 65, *prét.* appareust 82, 103, 108, apareust 89, apparerent 105, *apparaître.*
appower, *réfl.*, 92, *s'appuyer.*
appuail 93, appuaille 92, aspuayl *ibid., appui.*
aprise 16, 26, 90, 114, 148, *enseignement.*
arager, *réfl.*, aragent 76, aragez 174, *devenir fou, perdre la tête.*
arbore 110, *arbre.*
arceons 121, *arçons d'une selle.*
arson 79, *brûlure.*
ascient 32, *escient.*
aspuayl, *voy.* appuail.
ascun-e 16, 79, 94, 120, *aucun-e.*
assailer 54, *fut.* assailerent 179, *assaillir.*
assembler a- 91, *se mesurer avec.*
assent 122, 186, *assentiment, consentement.*
assentir 186, assentez 151, *consentir.*
assotee 50, 100, 155, *amoureux à la folie.*
aswager, aswagea 89, aswagee (*var.* asuagie), asuagé 83, *adoucir, calmer.*
ateicler *ou* atiecler, ateiclez (*var.* atitlez) 29, atieclé (*var.* atitlé) 39, *attacher.*
atempree 20, *tempéré, modéré.*
atitlé, *voy.* ateicler.
attamer, *part. passé* attamee (*var.* entamee) 134, *entamer.*
attecché (*var.* entheché) 167, *pourvu de qualités* (teches).
attrere 179, attrest 125, attrahent 66.
aumoniers 80, *qui fait habituellement l'aumône.*
auncienerie 147, *antiquité, ancien temps.*
auques 65, *un peu, quelque peu.*
autalop (*var.* partipol) 73, *antilope?*
auter 39, *autel.*
autri 137, *autrui.*
aux, *voy.* ail.
auxint 11-2-3-4, *etc., ainsi.*
avant que 155, *plutôt que.*
avauntour 158, *vantard.*
avocherie 114, avowerie 133, *avouerie, protection.*

Bay a —, 33, 123, a baiz 124, *dans l'état d'immobilité, d'im-*

puissance. Voy. Murray. New Engl. Dict. BAY *sb*. 4.

baillye 89, 135, bailliez 124, *gouvernement d'un bailli.*

baillifs 11, 38, 77, 123, *baillis.*

banne 110, *mauvaise leçon pour* basme, *baume, voy. la note sur le* § 89.

baraigne 108, *stérile. Forme propre à l'Angleterre, d'où l'angl.* barren *(voy. Murray,* New Engl. Dict.); *la forme proprement fr. est* brehaing. *Origine inconnue.*

baud, baudz 124, *hardi.*

baudestrote *(var.* baudestrod) 169, 170, *entremetteuse, maquerelle. Dans un anc. gloss. lat. fr. du* XIII*e siècle (C. Hofmann,* Pariser Glossar, n° 540) baudetrot *traduit le lat.* pronuba, *interprétation qui est reproduite en des glossaires anglais du* XV*e siècle; voy. Murray,* New Engl. Dict. *sous* BAWDSTROT.

baudour 32, 91, *hardiesse, confiance en soi-même.*

benefyer, benefya 163, *bénir.*

beofs 154, *bœufs.*

bestaille 23 *bétail.*

bestorner 96, bestorne 22, 48, bestornera 150; *part. passé* bestornee 34; *actif*, 48, 150, *bouleverser, mettre sens dessus dessous*; *neutre*, 22, *se renverser, tourner à mal.*

blemure 163, *tache.*

blieus (*var.* blefs) 25, *bleus.*

boceous (*var.* bossu) 86-7, *bossu.*

boeverie 154, *étable à bœufs.*

boystouse 135, *rude, rugueux. Mot jusqu'ici inconnu en fr. (car on ne saurait le confondre avec* boisteus, *boîteux), mais qui se montre en anglais dès la fin du* XIII*e s. Voy. Murray,* New Engl. Dict. BOISTOUS.

boket 151, *plur.* boketez (*var.* bokes) 151, poketes (*var.* bokes) 39, *seau [de puits]. Tous les ex. que l'on connaît de ce mot sont fournis par des textes écrits en Angleterre; voy. Godefroy sous* boquet *(traduit à tort par « roue pour vider l'eau ») et* buquet. *Angl.* bucket.

botras 90, *sorte de crapaud; voy. la note du* § 70.

bouche a court 181, *bouche en cour.*

bowez, bouz 122, *fr.* boves, *cavernes.*

brayer 143, *braire.*

brocher, broche 89, *piquer.*

broiller, broillés 74, *brûler. Angl.* broil.

brouz 183, *jeunes pousses, bourgeons.*

bufe 76, *soufflet, coup porté sur la joue avec la main.*

busche 104, *bois à brûler.*

busyne 59, 134, *trompette.*

Calketrappe, *voy.* kalketrappe.

camaile 34, *chameau. Même*

forme en ancien angl.

campernole 144, *clochette.*

caroler 28, 44, *danser en rond.*

cautels, cautelz 134, 147, cautieles 176, 183, *ruses.*

ceo 9, 11, seo 110, *pron. dém. neutre, ce, cela;* — 8, 12, 22, 32, 81, *employé indifféremment comme masc. et comme fém, ce, cet, cette;* — 10, 69, 147, *pour* se, *pron. réfléchi.*

ceol 111, *pr. dém. fém., celle.*

cester, cesta 151, *broncher, trébucher, lat.* cespitare *(Du Cange). Ce mot n'a été rencontré jusqu'ici que dans des textes d'Angleterre. Il est glosé par* stumble *dans le traité de Gautier de Biblesworth (P. Meyer*, Recueil d'anc. textes, *partie fr. 36*, 19.

cete 90, *mot pris du latin, baleine.*

chaeler 149, *mettre bas, en parlant de la femelle d'un animal.*

chaier 182, *chaise.*

chalenger, chalengeons 86, chalengee 118, *inculper, charger [quelqu'un d'un crime].*

charni, *pour* escharni 38, *moqué, tourné en dérision.*

chast 164, *chaste.*

chasteux 45, *châteaux.*

chater, chata 185, *pour* achater.

chateux 113, chatieux 141, *biens, en général; s'entend plus particulièrement des troupeaux. Du Cange,* CAPITALE 4, CATALLUM.

chauf meyson 165, *qui reste à la maison, sédentaire.*

cheance 94, *chance, évènement, accident.*

cheer, chiet 92, cheient 52, cheï 46, cherrount 29, *subj. pr.* chiece 37, 45, chece 88, cheiez 118, *part.* cheüz 93, *tomber.*

cheitiveté 179, *état misérable.*

chevere 19, chievere 19, 21, chiever 15, chiver 14, *chèvre.*

cheveret 78, cheverot 79, *chevreau.*

chievere, chiever, *voy.* chevere.

chinchesse 179, *chicheté, avarice.*

chinchez 158, 180, *chiche, avare.* Chinche *a été employé en anglais jusque vers le* XVe *siècle; voy. Halliwell,* Dict. of arch. and provinc, words.

chiton 78, *le petit d'un animal? paraît être un dérivé de l'angl.* chit, *rejeton.*

chiver, *voy.* chevere.

choiser 106, *choisir.*

cieles (*var.* celis), a — 28, *exclamation, l'anc. fr.* chaeles.

cyer, cye 92, *scier.*

cimitier 12, *cimetière.*

cinamone 111, *cannellier.*

clier 67, *clair.*

clocheant 86, *qui cloche en marchant, boîteux.*

clop 86, *boîteux.*

coferez 106, *coffrets.*

coytar (*var.* koytar) 40, *sorte de poisson. Voir la note du* § 26.

coleriks 104, *bilieux.*

colloquintida 118, *coloquinte.*

combater, combata 28.
combaterye 133, *combativité, disposition querelleuse.*
compaignable 17, *sociable, qui aime la compagnie.*
condoner, condonne 91, *accorder, concéder.*
confeccioun 107, *composition, mixture. Du Cange,* CONFECTIO.
contek 157, *débat judiciaire. Ce mot ne paraît que dans les textes écrits en Angleterre. Il se trouve en angl. du moyen âge sous les formes* conteke, conteck, contake; *voy. Halliwell,* Dict. of arch. a. prov. words, CONTAKE. *Dans un ms. de la fin du* XIVe *s.* discordia *est glosé par* contake (*Wright et Halliwell*, Rel. ant. I, 7 *b*).
contours, countours 9, 32, 149, *désigne en droit normand et anglais l'avocat chargé d'exposer une affaire; voy. les exemples cités dans le Dict. de M. Godefroy sous* CONTEOR.
conustre 21, *connaître.*
corf 16, 17, 20, *corbeau.*
coufle 20, 121, 171, *pour* escoufle, *milan.*
coumparisounee 21, *comparé.*
cowe 25, 32, 65, 94, *queue, forme propre aux textes anglo-normands.*
cresçant, cressant, *voy. le suiv.*
crestre 110, 178, crest 110, 178, cressoms, cressent 178, cresçant 111, cressant 118, cruz 69, *croitre.*
crie 22, *cri. Anc. angle.* cri.
croniclez 112, *chroniques. Passé en anglais sous cette forme.*
cruz, *voy.* crestre.

Dalier, 83, 89, *converser, jaser, et particulièrement employer son temps à des jeux de société; cf.* dalier *dans* Romania, XIII, 504, *et* daillement, *sorte de jeu de société,* Bulletin de la Société des anc. textes, 1876, *p.* 114-5, Mélusine II (1885), 327.
damesche 25, 54, [*animal*] *domestique, privé.*
daunyer, daunyé (*var.* daunee) 169, *courtiser.*
daunter 25, *dompter.*
deceite, deceyte 26, 29, 84, 169, *tromperie;* deceitez, 180, *paraît désigner des instruments de prestidigitation.*
deceivere 119, *tromper.*
decerte (*var.* desert) 92, *mérite.*
decrettiles 32, *decrétales.*
defaute 97, *manque, disette.*
deye 185, *servante, mot anglais.*
deyerye 184, *laiterie. Angl.* dairy; *dans Chaucer* deierie.
deyme 149, *daine, femelle du daim.*
deyntee 130, deyntez 185, *gourmandise. Angl.* dainty.
deyt 98, deys, 119, deie 98, deyez 119, *doigt, doigts.*
deliter, *réfl.* 146, *se plaire* [*à faire une chose*].

delytouse 81, *agréable.*
delivers 101, *délivrés, anc. fr.* delivres.
delphyn 67, *dauphin.*
demegne 33, demeigne 23, 45, 86, 127, 150, demeigene 161, demeyne 76, domene 110, *propre.*
demorer 21, demorir 10, 21, 35, 84, 126, *demeurer, séjourner.*
denst *subj. pr.* de doner, *pour* doinst.
depeynture 106, *peinture.*
deporter, deportereyt 164, *ôter, retirer.*
des, *pour* de, « que il fist empler des espicez e des riches gemmes » 106, « pleyn des fiens » *ibid.*
desaker, desakent 93, *tirer en sens contraire, déchirer.*
desavenant 19, 175, *désagréable.*
desclore, desclost 42, desclostrent 187, *déclore, ouvrir* 42; *faire éclore* 187; *ce dernier sens n'est pas relevé dans le dict. de M. Godefroy.*
desert 46, 111, deserte 13, 93, *désert.*
desnatureux 69, 70, 156, *dénaturé, qui agit contrairement aux lois naturelles, par conséquent mauvais.*
desornemès 84, *jamais plus.*
desorrez 25, *mauvaise leçon, pour* dorrez, *dorées, leçon de B.*
desoverir, desoveryt 100, *ouvrir.*
despisables 105, *méprisables.*
despitous 105, *méprisables.*
desporter, desportent 105, *repousser, s'abstenir de. En fr. on disait plutôt en ce sens* se deporter de.
dessavoree 163, *sans saveur.*
destorber, destourbe 91, destorbe 100, *troubler* 91, *dé-détourner* 100.
deviser 12, 103, *attribuer par testament. Du Cange* DIVIDERE.
discendir 167, *descendre.*
diverciles 180, *probablement un mot corrompu formé sur* diverticulum, *retraite.*
dobbour 39, *pour* addobour, *raccommodeur.*
doggez 11, *violent, mot anglais.*
doite 55, *dette.*
domcue 110, *donc.*
domene, *voy.* demegne.
donison, doneison 31, *donation, collation, en parlant d'un bénéfice ecclésiastique.*
dormer 75, *dormir.*
dozze 17, 44, *douze.*
dozze (*var.* deus) 91, 125, *deux.*
dozeins 9, dorreins, dorreyne 72-73, *douzaine, jury composé de douze personnes. Voy. Du Cange* DUODENA.
dreyn, au — 20, 46, 70, 102, a — 71, *en dernier lieu.*
dreitreux 39 (*var.* dreiturel), 117, 161, dreitus 77, *droiturier, juste.*
duresce 12, 116, *dureté, mauvais traitement.*
dustre 21, *conducteur.*

Eawe 81, 89, ewe 45, 65, *eau*.
ee 16, 17, 115, 172, *abeille*.
eese 94, 98, 143, ese 24, *aise*.
egle 27, 74, 140, eagle 139, *aigle*.
eide 93-4, 101, *aide*.
eider 92, 140, *aider*.
eyr 94, heir, 43, heyr 39, *air*.
eyser (*var.* hesier) 80, heser 162 *var.* 14, *mettre à l'aise, se divertir; anc. fr.* aaisier. *Part.* eseez 38, *gens à leur aise, qui ont du bien*.
emparlance (*var.* parlaunce), 159, *paroles, en mauvaise part, bavardage. Manque au dict. de M. Godefroy*.
empensions 181, *pensions, revenus*.
emplaster 113, *emplâtre*.
empleder, empleda 85, *mettre en cause, appeler en justice. Du Cange* IMPLACITARE.
empler 83, 106, *part. passé* empli 154, *emplir*.
emvironer, 69, *aller autour*.
enbeus 80, *imbus*.
embeverir, *part. passé* embeveri 33, *imbiber*.
empensions 185, *pensions, rentes*.
enchacer, enchacent 106, *chasser, expulser*.
encheson, enchesoun 8, 12, 37-8, 68, 88, 108, *occasion, prétexte*.
enchesonement 173, *accusation*.
endoucir, endouce (*var.* endoucist) 49, endoucist 66, *adoucir*.
endurer 110, *durer*.
enfiebler 43, *s'affaiblir*.
enflestrir, enflestrist 119, *se flétrir*.
enfundrez 135, *enfoncés*.
engeler 65, *geler*.
engenoiller, engenoilla 100, *s'agenouiller*.
enhaucer 39, 95, 155, *part. passé* enhaucee 156, enhaucez 39, *élever, fig., porter à une situation supérieure. Angl.* enhance.
enidre 99, *pierre précieuse à laquelle on attribuait des propriétés fabuleuses; voy. la note. L'enhydre est proprement une pierre contenant ou paraissant contenir quelques gouttes d'eau*.
enlacer 147, *prendre aux lacs*.
enmaladir, *ind. pr. s. 3e p.* enmaladie 108, 141, *devenir malade*.
enmoûrer 116, *mûrir*.
ennettir, ennette 57, ennettist 81, ennettyz 82 *var.* 18; *nettoyer, rendre propre. Le seul ex. de ce mot cité par M. Godefroy est aussi fourni par un texte anglo-normand*.
enmortir, enmortie 186, *amortir*.
ennoyter 113, enoynter 155, enoyntent (*lire avec la var.* ennoytent) 104, *augmenter. Mot qui paraît propre à l'anglo-normand*.
enoscurée 100, *part. fém., qui est dans l'obscurité*.

enossé 92, *qui a un os dans le gosier, qui s'étrangle.*

enpeirement 177, *empirement.*

enpernont, *pour* emprenent, 110, *entreprennent.*

enquerrours 77, *enquêteurs.*

enricher 174, *enrichir.*

ensample, ensaumple, 8, 9, 19 68, *exemple, récit moral.*

ensechir, ensechist, 89, 90, ensecchist 110, *sécher, transitif.*

ensint 68 *(var.* issy), ensynt 116, 161, *ainsi.*

ensuïr, ensuist 112, ensués 22, *suivre.*

entrejurez 10, *conjurés.*

entemprer, entemprez 114, *tremper, mélanger. Manque au dict. de M. Godefroy.*

entendre 161, entendesist 161, *s'appliquer, concentrer son attention.*

entente, par — 85, *par convention, sous prétexte.*

enterment 80, entierment 156, *entièrement.*

enticer, entice 85, 184, *inciter, pousser.*

entoché 107, *empoisonné.*

entremettour 158, *paraît désigner d'après le contexte un homme d'affaires, « an intermedler or dealer in other mens causes or controversies » Cotgrave.*

envanir, envanyst 187, *s'évanouir.*

enveogler, enveogle 104, *part. passé* enveogli 127, *aveugler.*

enveogles 26, *aveugle.*

envious 84, *leçon incertaine, qui manque dans B ; le sens ordinaire convient mal.*

enviz 153, *malgré soi.*

eofs 162, *œufs.*

eol 86 *(var.* huyl), 87, 97, 104, 126, 146, *œil.*

eops, *voy.* oops.

eovre, *voy.* overir.

eovers 128, *œuvres.*

erdre, erda 58, *s'attacher.*

eruke 94-5, *terme que Bozon a emprunté au latin sans en comprendre le sens ; voy. la note du* § 75.

escale, eschale 42, *écaille.*

eschar 181, *moquerie,* aver en — 39, *tourner en dérision.*

eschar 137, *avarice. Ce mot n'a été rencontré jusqu'ici que comme adj.*

eschevir, eschevi *(var.*-chevye) 102, *achever, terminer. Pour* eschever.

eschivacher *(var.* chivacher) 147, *chevaucher.*

eschuer 8, eschure 29, 68, 91, 149, 158; *ind. pr.* eschue 147, eschive 91, *impér.* eschuez 30, 149, *subj. pr.* eschue 28, eschuoms 147, *éviter. Angl.* eschew.

escoymous *(var.* escoymuse) 158, *épithète appliquée à une personne qui mange et qui boit peu. Ce mot, ne nous est pas connu d'ailleurs, paraît avoir à peu près le même sens que* gageous ; *voy. ce mot.*

escomengé 35-6, *excommunié.*

escors 109, escorche 113, *écorce.*

escourter, escourtez 74, *couper [la queue].*

escuer (?), escue 88, escowez (*var.* escouhet) 34, *secouer. Dans ce dernier ex. Bozon a mal rendu le latin* excolantes; *p.-ê. a-t-il voulu mettre* escoulez. *La forme normale de l'inf. est* escorre (*Godefroy* ESCOUDRE).

ese, *voy.* eese.

eseez *voy.* eyser.

esparnir 184, *ind. pr.* esparnyst 172, esparnient 153; *prét.* esparnia 85; *fut.* esparniront 148; *cond.* esparnireit 85; *part. passé* esparni 97, *épargner; construit avec la prép.* a, 185, 53, 173.

espatiller (*var.* patiler) 165, *glousser.*

espondre, espondrez 187, *exciter, faire sortie. Fr.* espoindre, *voy. Godefroy.*

estakes 13, *pieux fichés en terre. Angl.* stake.

estale 169, *appeau, oiseau qui sert à attirer les autres. Ce sens n'a pas été signalé jusqu'ici en français. Anc. angl.* stale; *voy. Halliwell.*

ester, *prét.* estut 112, esteut 100, *part. pr.* esteant 140.

estor 121, *réserve, approvisionnement.*

estoree 134, *pourvu.*

estriver 85, 87, *disputer, être en débat.*

estronterye 123, *excréments.*

estuer 33, 139, *serrer, mettre de côté.*

eswispilon 33, *goupillon.*

ewe, *voy* eawe.

ewestre sorice — 67, *souris ou rat d'eau.*

Fablette 142, *petite fable.*

failler 9, 165, faudrent 104, fauderez 65, *faillir, manquer.*

faucyne (*var.* faussyne) 103, fauxine 117, *fausseté. Ce mot paraît avoir été surtout usité en Angleterre.*

faudages 179, *bercail, parc à moutons.*

fauste 66, *nom de poisson emprunté à Barthélemi l'Anglais.*

fauxine, *voy.* faucyne.

feare 12, 16, 21, 26, 42, 43, fere 79, 154; facez 41, face (2e *p. sing.*) 10; fait 11, fet 10, 79, fest 23; facez (2e *p. pl.*) 83; feseynt 11; fist 9; fierent 144; 160; fray 87; frez 84, freez 87; front 44; faceoms 45, 85, fesoms 86; feïst 94; feïssez 144; freit 16, freist 97; freyent 179; *part. passé* fet 11, fest 149; *faire.*

feche *ou* fethe 21, 50, *fois.*

fee 86, *fief.*

fees 104, *faix, fardeau.*

feyre 145, *foire.*

feon 149, *faon.*

feor, a nul — 99, *à aucun prix.*

fer 8, fere 8, 9, *fer.*

fere, *voy.* feare.
ferme 86, *ferme, tenure à ferme opposée au fief.*
fermyne 182, *fermeture.*
feryinge (= ferthinge) 136, *farthing, la plus petite monnaie d'Angleterre.*
fetes (*var.* fes) 96, *faits, actions.*
fevour (*var.* favour) 31, *faveur.*
ficher 45, 87, 126, *part. passé* fichi 126, *ficher, fixer, enfoncer, appuyer.*
fiens 106, fienz 154, 179, *fumier.*
fieu 35-6, 119, 146, 155, fyu 20, *feu.*
fievere 115, *fr.* fevre, *ouvrier. artisan.*
figale (*var.* sigale) 39?
fyu, *voy.* fieu.
fyute 27, *fuite.*
flater 185, *lapper.*
flaterie 66, *flatterie.*
flecchisance 72, *caractère flexible, malléable, en mauvaise part.*
flecchisant 72, *traduit le latin* inconstans.
flures 96, *fleurs.*
force, fors, *dans la locution* « force fere », *se soucier :* fors ne freit ne autri 137; fors ne fetez de mendiantz 139; maudit sei que force ne (*lis.* en, *avec B*) fra 159; fors ne font ke ly aveyne 70; force ne facez 154, *traduction du latin* non sit tibi curæ; force ne fet qi lui veit meffere 71; force ne fet mès que il seit deliverez. « *peu lui importe pourvu qu'il soit délivré.* » *La même loc. paraît signifier* « *être nécessaire, obligatoire* », *dans la phrase :* Et si force lui face de passer une ewe 153.
foreyn, foreyne 105, foreigne 106, *extérieur*; en foreyn 106, *extérieurement, au dehors.*
fors 17, *excepté, sinon.*
fourme 43, *forme, gîte de lièvre, acception qui est relevée dans Littré. On a dit* se former *pour se gîter, en parlant du lièvre; voy.* Rev. crit., 1886, I, 115.
fower 179, 187, *fouïr.*
freillous, *voy.* frillous.
freindre, freinst (*var.* fremit) 156, *fremir.*
freltee 106, *fragilité. Angl.* frailty.
frensye 104, *follie furieuse, Angl.* frenzy.
frillous 104, freillous 175, *frileux.*
furmage 64, 65, 150, *fromage.*
fusil 186, *fusil, servant à allumer le feu.*
fust 179, *excréments?*

Gagaz 78, *jais ; voir la note.*
gage 137, *l'action de saisir un gage, p. ex. en garantie d'une dette.*
gageous 158, 179, *dégoûté, délicat.*
gard, n'avoir — 132, *n'avoir*

garde, n'avoir pas craindre.
gardeyn 102, *gardien.*
garnir 144, garnys 103, 144, *avertir, au sens de l'angl.* warn ; *réfl.* 157, *se protéger.*
gastine, 111 *terre inculte.*
geauntz, *voy.* giwer.
gel 118, giel 65, *gelée.*
gence 9, *plur., gens.*
genterie, 54, 122, gentyrye 167, gentrye 22, *qualité de gentilhomme. Angl.* gentry.
gers 183, *guères.*
gernetere, sorice — 69, *souris qui vit dans les greniers.*
geron 39, *pan d'un vêtement.*
gestez 101, 103, *histoire.*
gettre 12, *jeter.*
giel, *voy.* gel.
gylerie 115, 142, *tromperie. Ce mot qui manque dans le dict. de M. Godefroy, est passé en anglais; voy. Halliwell,* GILLERY *et* GUILERY.
giwer (*var.* juher) 84, 141, giwera 156, geauntz (*var.* juauntz) 34, *jouer.*
graundure 99, greyndur 9 *grandeur.*
graunter, *part. passé* graunté 106, *accorder. Angl.* grant.
gravel 22, *gravier, gros sable.*
grer, *réfl.* 186, *prendre en gré, approuver.*
geignour 67, greinur 90, greignore 8, greignoure 155, greyndre, *employé comme fém.* 113, 171, *plus grand.*
greyndure, *voy.* graundure.
gresser (*var.* engrescier) 138, *engraisser.*
grisyl 143, *grésil.*
groynez 92, *plur., groin (en parlant d'un éléphant).*
groundelour (*var.* groundiler) 175, *grognement.*
grousser, grousse 79, groussent 116, se grousserent 154, *murmurer, blâmer.*
guaymenter, gueymenta 97, guaymentant 153, *gémir.*

Harpeüre 89, *jeu de harpe. Manque au dict. de M. Godefroy.*
haster 88, *presser, harceler.*
hautenerye 133, *hauteur, arrogance.*
heir *voy.* eir.
hercelee 175, *le fr.* harcelé *au sens de querelleur?*
herinaz 88, *mot emprunté au latin* (erinaceus), *et dont on n'a pas d'autre exemple.*
heser *voy.* eyser.
hespès 112, hespèz 157, *épais.*
hiere 83, 182, *lierre.*
holer 179, *débauché, coureur.*
hommesse 178, *âge d'homme. Manque au dict. de M. Godefroy.*
horibul 109, *horrible; de même* nobul.
hors pris 101, *excepté, mis à part.*
hospitalitee 167, hospitalitez 111, *acte d'hospitalité.*

host 91, *ost, armée.*
hostyour, *voy.* ostur.
howe, *voy.* owe.
howe 11, *oie.*
huan 23, *chat-huant.*
hudivesce 34, 141 *(var.* udifesce) *oisiveté. Forme propre aux textes écrits en Angleterre. M. Godefroy a réuni deux ex.* d'udivesse *qu'il a classés sous une forme française* oisivesse *dont l'existence est fort contestable.*
huler 93, *hurler.*

Illoik 100, *là.*
is 96, *ils. Forme fréquente chez Anger; voy.* Romania, XII, 199.
yraigne 147-8, *araignée.*
issint 112, *ainsi.*

Jangelours 91, *hâbleurs.*
janglerie 115, 133, *hâblerie.*
jeone 155, *jeune.*
jolif 80, *qui aime le plaisir.*
justicez, 85, *juges.*
juvente 25, 43, *jeunesse.*

Kalketrappe 182, 186, calketrappe 185, *chaussetrape.*
karkoys 147, *charogne. Du Cange* carcosium, *sous* CARCASIUM, *Godefroy* CHARCOIS. *Mot passé en anglais,* carkoys, carkeis, *etc., et en usage jusqu'au commencement du* XVIIe *siècle; voy. Murray,* New Engl. Dict. CARCASS.
kenette 169, *petite chienne.*

Lande 84, *lande, plaine.*
landreit 127, *là en droit.*
lange 91, *langue.*
laschesse 149, *paresse.*
lavure 67, *lavure, eau qui a servi à laver.*
le, la, les, *faisant fonctions de rég. ind.,* quant ele veit rien qe la despleyt 19; dont il le vient en eyde 77; qui les ount fet 39.
lecherie 36, 116, 133, lecherye 179, *libertinage, débauche.*
lecheour 88, lechour 27, 90, *débauché, libidineux;* lechiere 128, *employé au fém.*
leesce 142, *joie.*
legistres 32, legistrers 9, *légistes, hommes de loi. Anc. angl.* legester, *voy. Halliwell.*
leynz 112, 180, *léans, là dedans.*
lermer 71, leirmaunt 69, *pleurer.*
livere 8, 65, 92, *livre.*
liveret 8, *petit livre.*
loer 107, 120, louer, lower, lowere 110, *loyer, rétribution.*
loyngteynz 148, *qui vient de loin.*
losengeance 159, *cajolerie, paroles trompeuses. Manque au dict. de M. Godefroy.*
losengeour, losongeours 14, *qui trompe en flattant.*

losengers 78, *même sens que le précédent.*

lou 10, 28, 58, 64, low 58, *loup.*

louer, lower, lowere, *voy.* loer.

lui, luy, *art. masc. sing. ou plur. suj.* 9, 11, 13, 14, 28, *etc.; art. rég.*, de lui seinte home 82; luis, *pron. cas rég.* 11.

luire, *ind. pr.* lust 65, 95, lusent 95; *prét.* luserent 135; *luire.*

lur, *rég. dir.*, 13, 33, 35, 50, 94, *les.*

luttre 28, *lutter.*

Magnete 8, 9, 51, *lat.* magnes.

mahumetteries 116, *idolâtrie. Manque au dict. de M. Godefroy.*

maillez 105, *mailles, menue monnaie.*

maillet, malleit 13, 14, *maillet.*

mandrage, mandrake 79, *mandragore. Angl.* mandrake.

manere 67-8, maner 61, *manière.*

manere 65, 85, *manoir, subst.*

marastre 135, 142, *fig. ennemie.*

mars 105, *marcs, monnaie de compte.*

matiere, matiers 8, *matière.*

matrimonie 163, *mariage, considéré comme sacrement.*

maufé 9, 85, 187, maufee 12, 29, 93, *le Diable.*

mauveyz, mauvys 21, *grive mauvis, sorte de merle. Angl.* mavis.

mazer 50, *coupe. Anc. fr.* madre, *angl.* mazer.

meignez, *voy.* meynz.

meigtenant 21, 66, 93, meingtenant 97, *maintenant, sur le champ.*

meigtener 13, meigtené (*var.* ameintiné) 21; *soutenir, défendre* 13; *maintenir dans l'ordre, corriger* 21.

meynz 108, meynez 98, meignez (*var.* mains) 148, *mains.*

menable, non —17, *indomptable.*

mene (*var.* meen) 138, *moyen, adj.*

menestracye 180, minestracie 59, *art du ménestrel. Godefroy* MENESTRALSIE; *tous les ex. sont anglo-normands.*

meon 140, *poss. absolu, mien.*

merchier, mercha 146, *fouler aux pieds.*

merryn 171, *merrain, bois de construction.*

mesderrai 68, *fut. de? Le ms. B (voir la var.) donne une tout autre leçon qui n'est pas plus claire.*

mestrie, mestrye, 75, 134-5, 153, *pouvoir de gouverner, acte impératif;* 92, 108, *acte d'une personne qualifiée de « maître », p. ex. traitement ordonné par un médecin.*

mier 21, 67, 72, 90, *mer.*

minestracie, *voy.* menestracye.

minestral 44, *ménestrel.*

miral? *Voy. la note du* § 95.

moiller 153, *subj. imp.* moillessez 115, *mouiller.*

moisture 89, 90, *humidité. Manque au Dict. de M. Godefroy.*

Passé en anglais sans changement.

mokoys 137, *moquerie. Le dict. de M. Godefroy n'enregistre que* moqueïz.

monee 9, 10, *monnaie, argent, au sens de l'angl.* money.

morir, meorent 121, meorgent 172, en moriant 87, en son moriant 181, *mourir.*

muscer, mussent 138, muscea, muscee 180, *cacher.*

Nariles 19, *narines.*

naturesce 101, *noblesse de sentiments. Bozon a fait un court poème* de naturesse. (Romania, XIII, 508.) *Tous les ex. connus de ce mot sont tirés de textes composés en Angleterre.*

natureux 70, 103, *doué de sentiments nobles, supposés naturels.*

nequedent 90, 98, *néanmoins.*

netteté 147, *propreté, pureté.*

netter 125, *ind. pr. s. 3e p.* nette 104, *part passé* nettez (*var.* ennettyz) 82, *nettoyer.*

nyces 158, *simple, sot.*

niés 97, *nez.*

nobleie, nobleye 124, *magnificence (et non « réunion de nobles » comme traduit M. Godefroy). Tous les ex. connus de cette forme féminine sont fournis par des textes anglonormands.*

nobul 92, *noble.*

noel 107, *le noyau, l'intérieur d'un fruit.*

noysouse 91, *querelleuse.*

norisment 109, *nourriture, matière nutritive.*

norissaunce 150, *nourriture, le fait d'être nourri.*

norture 23, nurture 22, *éducation. Angl.* nurture.

nou 98, *nœud.*

noveutee 73, *paraît avoir le sens de* renouveau, *printemps.*

nuwe 95, *nue, nuage.*

Obeisantz 25, obesant 17, *obeïssant.*

od 113, *ou.*

od 9, 10, *avec.*

odvesqe 69, odvesqes 119, *avec.*

oier, oyer 55, 83, 136 *var.* 9, *prét.* oyerent 107, *ouïr.*

oille, 135, oyl 109, *huile.*

oysealloix 169, *oiseleur.*

oliphant 91-2, *éléphant.*

ont, ount, par — 8, 33, 37, 40, 42, 64, *par où, par quoi, combinaison analogue à* dont (d'ont).

oops 17, eops 74, 116, *besoin, usage. Toujours construit avec* a : a vostre —, a son —.

orde 179, *sale.*

ordre 16, 187, orders 111; *ordre, classe* 111; *règle monastique,* 16, 187.

oreyns 82, *or ains, tout dernièrement.*

oriloge 186, *horloge.*

ostour 170, ostur 23, 26-7, 167,

hostyour (*d'après B*) 135, *autour*.

ount, *voy*. ont.

ouster 91, *écarter*.

ove 12, *avec*.

overir 89, 99, overer (*var*. overyr) 70, eovere 87, overi, overy 14, 100, *ouvrir*.

owaile 19, *ouaille, brebis*.

owes 24, howe 11, *oie*.

Payé 25, 173, *satisfait*.

paistre, pest 183, *part. passé* pieü 38; 143, *repaître, nourrir*.

palfrei 103, palefray 55, *palefroi*.

parcreü 108, *parvenu au terme de sa croissance*.

parliament 74, *parlement; forme conservée en anglais*.

patiler, *voy*. espatiller.

pautenerie 137, *conduite déréglée*, de pautenier.

peel 74, *peau*.

pees 35, 85-6, pès 21, 86, *paix*.

peigneresce 117, *cardeuse de laine*.

peior, *voy*. piour.

peyvere 105, *poivre*.

pelote, venir en — de leverer 27, *être peloté, c.-à-d. roulé, maltraité par un levrier?*

penance 53, 79, 81, 86, 97, 105, *pénitence. Passé en angl.*

perceous (pereçous?) 170, *paresseux*.

perdrisoure 173, *oiseleur qui prend les perdrix au piège*.

persones 33, *prêtres. Angl*. parson.

pès, *voy*. pees.

pest, *voy*. pestre.

philosophre 13, 37, 65, 90, 113, *philosophe, savant. Même forme en anc. angl.*

pié, chescun — 113, *chacun?*

piert 15, 105, 135, *ind. pr. s.* 3e *p*. de parer.

pieü, *voy*. paistre.

pigeons 13, 69, 70, 163, *les petits d'un oiseau*.

piour 126, 129, poyour 114, peior 121, *pire*.

pirs 104, 113, 184, *pis*.

planceons 104, *boutures, jeunes arbres*.

platers 33, *plats*.

pledir 85, *plaider, être en procès*.

pledours 9, 32, 149, *procureur. Du Cange* PLACITATOR, *sous* PLACITUM.

plee 157, *procès. Cette forme a passé en anglais, voy. Halliwell*.

pleure chante 120, 143, *voy. la note du* § 98.

pluvie 89, 95, 99, *pluie*.

poer 9, 17, 30, 83, power 17, 89, *pris subst., pouvoir*.

poer, *ind. pr*. poet 8, peot 9, 14, peout 25, peut 9, 10; poont 133; *imparf*. poeit 104; *prét*. pout 26, 104; *fut*. purrez, purretz 8; *subj. pr*. puse 32; pussoms 86, pusoms 45; *subj. imp*. pusse 98, puse 99; pussez 87; peussent 86; *pouvoir*.

poyndre 107, *part. passé* poyné 107, *piquer; part. pr*. poignantz 105, *qui point, qui pousse comme une fleur, florissant.*

poyne 110, *poignée.*

poketes, *voy.* boket.

poket 133, *poche. Passé en angl.*

porchace, *voy.* purchace.

porreis 41, *porreaux.*

porrer 139, *pourrir.*

porture 114, *contenance. Passé en anglais, voy. Halliwell.*

poûrous 59, 83, 144, *peureux.*

pouture 41, *nourriture.*

poverail 12, *les pauvres gens.*

poverte 106, *pauvreté.*

power, *voy.* poer.

preie 9, preye 27, prey 13, praie 26, praye 9, *proie.*

preyer, preyent 27, *chercher proie.*

prelatye 114, *épiscopat, gouvernement d'un prélat.*

preosme, *voy.* prosmez.

priveitee 89, *lieu privé.*

profrer 166, *anc. fr.* porofrir, *offrir.*

prosmez 104, preosme 35, 94, 109, *prochain.*

pru 122, 136, *profit, avantage; loc.* del un pru ne del autre joye 66, 166.

puddingez 142, *mot anglais, dans le sens primitif de boyau rempli de viande, saucisses, boudins.*

pulente 163, 179, *puante.*

punir 81. *Ce mot, fourni par un seul ms., est probablement une faute, pour* espenir, *expier, faire pénitence.*

purchaz 109, purchace 89, 123, 180, porchace 44, *acquisition, récolte.*

purchacer 123, purchace 89, se purchacent 22, purchaceant 65, *se procurer, récolter.*

purgatore 101, *purgatoire.*

pus 9, *puis.*

Qeor, *voy.* queor.

qi *pour* cui, *de qui,* 100.

qoynt 44, *agréable, gracieux.*

quater 111, *quatre.*

queyntise, *voy.* quoyntise.

queor 34, 74, 83, 107, qeor 14, quer 109, *cœur.*

querre 171, quiere 149; *subj. pr.* quierge 113, 157, 166; *querir.*

questeyer 27-8, quisteié 73, *quêter, en parlant d'un chien de chasse.*

quiler 13, quiller 138, 142, 179, 186, quillent 141, quillaunt 19, quilly 88, *prendre, gagner, recueillir.*

quir 78, 157, *cuir.*

quire 79, *cuire.*

quyture 97, *brûlure; la forme ordinaire est* cuîture.

quoyntise 10, 32, 182, queyntise 148, queyntisez 134, *artifice, ruse. Passé en anglais, voy. Halliwell* QUEINTISE.

Rayer, raye 70, *jaillir.*

raiz 22, 122, *raifort. Traduit dans la vers. lat. (p. 205) par* granis vilibus. *Mais on lit dans un ancien glossaire (P. Meyer*, Doc. mss. de l'anc. litt. de la France, *p.* 125) « *hoc raphanum*, raiz ».

rampir, rampist 13, *monter*.

ravine 137, *rapine. Passé en anglais*.

rebeux 70, *rebelles*.

reboter, rebotée 10, reboteez 95, *repousser*.

receyvere 26, 84, 129, *recevoir*.

recet 29, 92, 115, receit 29, recept 83-4, *refuge, repaire*.

rechesser, *réfl.* 30, 113, *se réjouir. Cf.* se richeise, *dans* Romania, XV, 244, *v.* 233.

rechiner, rechinant 78, *montrer les dents, gronder, comme fait un chien*.

recoverir, *part. passé* recovery 70, *se rétablir, recouvrer la santé*.

reddour 54, 122, 179, *sévérité, justice inflexible. Halliwell* REDDOUR.

redossé, chival — 145, *cheval qui a le dos écorché. On lit dans un ancien glossaire :* « *equus edorsatus*, cheval redoit; *equus redorsatus*, cheval redoit derere » *(P. Meyer*, Doc. mss. de l'anc. litt. fr., *p.* 126); *Cf. Du Cange* EDORSARE *et* REDORSARE.

refut 84, *refuge. Anc. angl.* refuyt.

regeantes *(var.* renchant) 166. Il faut probablement *corriger* rengeantes, *angl.* range, *rôder. Voir ci-après* rongeantes.

regeier 100, *anc. fr.* regehir, *confesser*.

regiwant 78, *anc. fr.* regibant, *qui regimbe*.

rei 35, rey 30, reye 153, *plur.* reis 29, *rets, filet*.

relesser 86, *abandonner, tenir quite de*.

rendre, *prét.* renderent 111.

reon 48, *sillon. Voy.* reonner *dans du Cange sous* VERACTARE.

resailer 9 *ressaillir, remonter*.

resteance 142, *arrêt*.

rester, *subj. pr.* resteyent 30, *composé d'*ester, *faire face, tenir tête. Même sens, Chardry*, Set dormanz, *v.* 956.

retter 48, *accuser*.

reviller *(var.* reveyler) 73, *honnir. Angl.* revile.

ryf e raf *(var* ryf raf) 122, *expression populaire qui se retrouve dans presque tous les idiomes romans* (voy. *Diez*, Wœrt. I RAFFARE), *et qui est apparentée aux verbes français* rifler *et* rafler. *Indique un enlèvement complet*. Cotgrave : « Il ne luy lairra rif ny raf, *he will strip, reave or deprive, him of all* ». Riff-raff *s'est conservé en anglais avec le sens de débris, rebut*.

riseie 120, *risée, rire*.

robberie 133, *disposition au vol*.

royne 104, *rogne*.

ronger 96, 139, rounge 184, *ronger*.

ronger, rongeant 15, *ruminer, Diez*, Wœrt. II c.

rongeantes 166, *doit être probablement corrigé* rengeantes. *A la ligne précédente* regeantes *est employé dans un contexte analogue. Dans les deux cas le ms. B porte* renchant. *Le texte latin traduit à cet endroit porte :* otiosæ discunt circuire domos.

rubie 22, *rubis.*

ruhanz, ruan 173, *paraît désigner une sorte de perdrix.*

ruteison 179, *état de rut.*

ruwe 107, *rue, plante.*

Sachel 180, *sachet, petit sac. Angl.* satchel.

sailler 127, 149, *saillir, sauter.*

saker 87, 102, 143, *tirer, entraîner.*

sauger 11, *lieu planté en sauge.*

saûl 109, *rassasié.*

sauz 73, *saule (et non sureau,* saü, seüs, *comme il a été dit par erreur à la note du* § 53).

savacion 98, 133, *salut.*

savagez 25, *sauvages. Forme passée en anglais.*

save, *adj. fém.* 101, *sauve.*

saver, *ind. pr.* scet 11, 21, seit 158, seot (?) 72, scevent 10, sevent 146; *prét.* seot 25, sout 119; *savoir.*

saver 138, savent 92, 161, *sauver. Angl.* save.

seal [*var.* sele) 121, *selle.*

seate 58-9, 74, 123, *flèche.*

seater 71-2, *frapper de flèches.*

seel 107, *sel.*

seer 84, *seoir, être posé.*

segresteyne 100, *sacristaine.*

seier 21, *soir.*

seyf 109, *soif.*

sen, livre de — 147, *l'Ecclésiastique.*

sengeot 79, *petit singe, cf.* sienget.

seo, *voy.* ceo.

seon, seons 13, 31, 71, soens 42, *possessif absolu, sien, siens ;* seon, *possessif conjoint,* 42, *son.*

seüre 83, *tranquille, en sécurité.*

severalement 82-3, *séparément.*

severir 77, severassent 83, *séparer.*

sye 93, *scie.*

sienge 38, 94, 103, *singe.*

sienget (*var.* synjot) 78, *petit singe.*

simeigne 41, *semaine.*

siwer 184, sure 177; *ind. pr.* syut 8, 46; siwent 66, suent 73, 79; *prét.* suïst 46; *impér.* siwez 123; *part. pr.* suantz 84, 136; *suivre.*

soens, *voy.* seon.

soffrance, suffrance, 49, *patience, tolérance.*

soffrir, soffrer 25, 119, seoffre 120, 167, *souffrir, prendre patience.*

solaz, fere — 94, *faire une gracieuseté, un don gratuit.*

solomc 96, solenke 25, *selon.*

somyl 100, *sommeil.*

son ses (*ms.* ces), *pour* leur- *comme en provençal moderne,* 149, 154.

sorice 68, 91, *souris. Cf.* ewestre *et* gernetere.
souder 103, *soudoyer.*
souger 130 *sucer.*
sourdre, sourd 90, sourdi 77, *surgir, se produire.*
suffrance, *voy.* soffrance.
suggetz 114, *sujets.*
suker, sukent (*var.* souchent) 145, *sucer.*
sure, *voy.* siwer.
surfetous 156, surfetouse 104, *excessif.*
sustenance 24, 133, sustynance, 167, *soutien, sustentation; au plur.* 38, *les moyens de se soutenir, fortune.*

Tabard 48, 87, *sorte de manteau court. Du Cange* TABARDUM, *Halliwell* TABARD.
table 106, *planche, tablette.*
tabour 28, *tambour.*
taisir, teust *réfl.* 80, *se taire.*
tapir 180, tapist 163, tapissant 143, en tapissant 27-8, *se cacher.*
tarier, tariez 89, *provoquer, exciter. Diez,* Wœrt. II c. Tarry *a pris en anglais un sens différent, mais il avait originairement le même sens que* tarier; *voy. Stratmann,* A Dict. of the Old English Language, TERYEN.
tast 116, *l'action de tâter.*
techez 122, *qualités.*
teye 126-7-8, *taie, tache opaque qui se forme sur la cornée.*
teignous 86, *teigneux.*
teillez 148, *toiles.*
teissantz 170, *part. pr. de* tehir, *prospérer.*
teisson 87, 178, *taisson, blaireau.*
tenantz 13, *tenanciers.*
tenours 122, *tenanciers.*
tenvez 94, *fines, délicates; lat.* tenues.
tieve 89, *tiède.*
tystrer 147, *tisser. Anc. fr.* tistre.
titel 161, *signe d'abréviation* (titulus); *voy. la note du* § 133.
toller 157, toler 138, *prét.* tolist 9, tolli 87, *part.* tollet 97. 127, *ôter, enlever; fr.* tollir,
tonel 173, *engin de chasse à l'oiseau.*
torcinouse 30, *dirigée dans le sens du tort ou du mal. Dans les deux anciennes versions du psautier* torcenus (XXIV, 19), *traduit* iniquus.
trance 80, traunsee 107, *moment qui précède la mort. Passé en anglais.*
transglouter, transgloute 72, transglutez 34, *engloutir, avaler.*
trechour 88, *tricheur, trompeur.*
trere, trest 65, 93, trehent 48, tresist 65, *part. passé* tretz 141, *tirer;* 93, *tirer, se diriger vers.*
tregettour 180, *escamoteur, faiseur de tours.*
trespas 37, 82, 86, trespace 85,

transgression, action d'enfreindre une règle, faute.

tressailler 149, *franchir, en sautant.*

trier 9, 77, *juger une cause. Angl.* try.

Udifesce. *voy.* hudivesce.

udives 167, *oisives.*

unquore 65, uncore, 38, 88, 91, 94, *encore, cependant. La forme commençant par* un- *est habituelle dans le français d'Angleterre; voy. les Glossaires de la Vie de saint Gilles et de l'Évangile de Nicodème (où il faut lire A, et non B,* 246).

uns, les — 9, *quelques-uns, certains.*

Vanez 60, *vains, au sens ancien, faibles.*

veer, verre 106, *verre.*

veere, *voy.* veire.

veirdit 75, *opinion véridique, jugement.*

veire 119, veere 26, vere 138, ver 97, veit 19, veioms 96, veont 110, veynt 12, vierent 102, 105, *voir.*

vener 110, *ind. prét.* vyndront 25; *subj. pr.* vigne 83; *imp.* venesist 97; *venir.*

vergilet 111, *arbuste.*

verms 103, 179, verme 94, vermes 187, *vers.*

veudie, *voy.* voidie.

veux 26, veox 44, *vieux.*

vewe 56, 61, 99, 105, 126, 186, viwe 74, 126, *vue, apparence.*

viniters 19, *vendangeurs. Le lat.* vinitarius *signifiait soit un marchand de vin, soit celui qui, avait le soin du vin, le sommelier; voy. Du Cange.*

vis, vys 33, *visage;* a — 110, *à semblant.*

viste 73, *rapide à la course.*

viwe, *voy.* vewe.

voidie 93, 123, voydiez 133, veudie 133, *ruse.*

voler 13, veot 14, volent 179, voillent 167, veolent 10, 12, veolount 110, voleit 12, vodreie 41, *vouloir. Pris substantivement* 13.

voutre 13, 101, woutre 133, *vautour.*

Wacrer, wacrant 21, 72, *errer, parcourir le pays, ici en marchant. Voy. Chardry,* Josaphat, *éd. Koch, v.* 1298 *et la note.*

wandelardz 86, *voir la note, p.* 256.

waster, vast 156, *dévaster, affaiblir.*

wibets 19, wibetes 34, *cousins, insecte diptère. Ce mot dans le Psautier de Montebourg traduit le latin* cinifes. (Ps. CIV, 31; *édit. Michel,* CIV, 29). *Dans le grand commentaire français du psautier, (Durham,* A II 13, *fol.* 28 *b)* cinifes *est glosé ainsi :* « Cinifex *ceo est cincele, petite muschete.* » Wibet et guibet *sont probablement identiques à* bibet *(voy. Godefroy à ce mot), qui a le même sens.*

wischous 33, wichous (*var.* winchous) 134, *rusé.*

wyvre 90, *mobile, excitable.*

wodecoke 73, *bécasse, mot anglais. L'ancien mot français pour « bécasse » est* acée *(Littré, sous* BÉCASSE); assez *est glosé par* wodekok *dans le traité de Gautier de Biblesworth* (*Wright*, A vol. of vocabularies, *p.* 174).

woutre, *voy.* voutre

TABLE DES MATIÈRES

ADDITIONS ET CORRECTIONS

Texte.

P. 1, l. 4 du bas, lis. *Domino*.

P. 3, nº 52, *felicitate*, lis. *flexibilitate?* et de même dans le texte.

P. 14, note 1, au lieu d'Isaiæ, lis. Sap..

P. 16, l. 5 du bas, *Una*, lis. *Unde*.

P. 17, l. 2, *outre*, lis. *entre?*

P. 19, l. 8, *parabola*, lis. *persona?* C'est du moins la leçon de la version latine, p. 203.

P. 24, l. 9 du bas, lis. *unumquodque*.

P. 32, l. 16, lis. *Propterea*.

P. 37, rubrique, lis. [*et*] *prelati*.

P. 63, l. 1, *foles*, lis. *folés*.

P. 72, rubrique, lis. 52 au lieu de 54.

P. 107, l. 6 du bas, *entoche*, lis. *entoché*.

P. 110, l. 6 *Est et ceo*, lis. *Et est ceo*. — Dern. l., *seo*, lis. *ceo*.

P. 122, avant dern. lis., *crie*, lis. *crié*.

P. 144, l. 13, *celui*, lis. *ce liu*.

P. 145, l. 1 du § 122, *redossè*, lis. *redossé*.

P. 153, note 10, Matth. i, lis. v.

P. 154, l. 13, *alowez*, lis. *alowe*[*z*].

P. 155, l. 7, les appels de note 4 et 5 doivent être corrigés 2 et 3.

P. 175, l. 4 du bas, suppr. le chiffre 53º.

P. 182, l. 9, *que le*, lis. *quele*.

P. 190, l. 2, *trorom*, lis. *trovom*.

P. 224, l. 8, lis. *in proprio*.

24. — Barthélemi l'Anglais, l. XVIII, ch. vii : « Item, urina maris asini cum nardo capillos multiplicat et conservat ».

25. — Barthélemi l'Anglais, l. XVIII, ch. lxiii : « De leone autem dicit Arist., similiter Avic. : ... semper primo movet dextrum pedem et post sinistrum. »

30. — Ajoutons que *Reneward* est une des formes du nom de Renard en Anglais. « Ich am *Reneuard* thi frend », *The vox and the wolf*, poème anglais du xiiie siècle, *Reliquiæ antiquæ*, II, 275; Goldbeck et Mætzner, *Altenglische Sprachproben*, p. 134, v. 133.

33. « La alme est la dame, la char ancelle ». C'est l'idée courante au moyen âge du rapport de l'âme et du cors. Dans la Vie de saint Jean Bouche d'or il est dit que chez ce saint

Dame iert li ame et sers li cors.

(V. 52. *Romania*, VI, 331).

74. — La fable indiquée dans les dernières lignes de ce paragraphe est la fable de Phèdre *Simius et vulpes*, Hervieux, *Fab. lat.*, II, 59, 137, 169, 213, 243, 272, 325, 354, 380, 413, 464, 530, 585; Marie de France, n° xxxvi. C'est à tort que l'éditeur de Marie renvoie à la fable du Renard ayant la queue coupée, de La Fontaine : il n'y a aucun rapport entre les deux fables.

144. — A propos du taisson et du renard on peut citer ces vers de l'*Aprise de français* de Gautier de Biblesworth :

Jo vey cy un teissoun
Ke ad gerpi sa mesoun
Pur la fiente de goupil
Ke l'admis en exil.

(Th. Wright, *A vol. of vocabularies*, 1857, p. 166).

145. La fable de la deuxième addition à Eude de Cheriton publiée par Arétin, du Méril et M. Hervieux (*Fab. lat.*, II, 705), a été donnée comme inédite dans la *Germania*, II (1857), 306, d'après un recueil de sermons latins conservé à Münich.

Publications de la SOCIÉTÉ DES ANCIENS TEXTES FRANÇAIS.
(En vente à la librairie FIRMIN DIDOT ET Cie, *56, rue Jacob, à Paris.)*

Bulletin de la Société des anciens textes français (années 1875 à 1888). N'est vendu qu'aux membres de la Société au prix de 3 fr. par année, en papier de Hollande, et de 6 fr. en papier Whatman.

Chansons françaises du xve siècle publiées d'après le manuscrit de la Bibliothèque nationale de Paris par Gaston PARIS, et accompagnées de la musique transcrite en notation moderne par Auguste GEVAERT (1875). *Epuisé.*

Il reste quelques exemplaires sur papier Whatman, au prix de.... 37 fr.

Les plus anciens Monuments de la langue française (IXe, Xe siècles) publiés par Gaston PARIS. *Album* de neuf planches exécutées par la photogravure (1875).. 30 fr.

Brun de la Montaigne, roman d'aventure publié pour la première fois, d'après le manuscrit unique de Paris, par Paul MEYER (1875)................ 5 fr.

Miracles de Nostre Dame par personnages publiés d'après le manuscrit de la Bibliothèque nationale par Gaston PARIS et Ulysse ROBERT, t. I à VII (1876, 1877, 1878, 1879, 1880, 1881, 1882), le vol................ 10 fr.

Texte complet. Le t. VIII, qui est sous presse, contiendra le vocabulaire.

Guillaume de Palerne publié d'après le manuscrit de la bibliothèque de l'Arsenal à Paris par Henri MICHELANT (1876)........................ 10 fr.

Deux Rédactions du roman des Sept Sages de Rome publiées par Gaston PARIS (1876).. 8 fr.

Aiol, chanson de geste publiée d'après le manuscrit unique de Paris par Jacques NORMAND et Gaston RAYNAUD (1877)................... 12 fr.

Le Débat des Hérauts de France et d'Angleterre, suivi de *The Debate between the Heralds of England and France, by* John COKE, édition commencée par L. PANNIER et achevée par Paul MEYER (1877)........... 10 fr.

Œuvres complètes d'Eustache Deschamps publiées d'après le manuscrit de la Bibliothèque nationale par le marquis DE QUEUX DE SAINT-HILAIRE, t. I, II, III, IV et V (1878, 1880, 1882, 1884, 1887), le vol .... 12 fr.

Le Saint Voyage de Jherusalem du seigneur d'Anglure publié par François BONNARDOT et Auguste LONGNON (1878)........................ 10 fr.

Chronique du Mont-Saint-Michel (1343-1468) publiée avec notes et pièces diverses par Siméon LUCE, t. I et II (1879, 1883), le vol........... 12 fr.

Élie de Saint-Gille, chanson de geste publiée avec introduction, glossaire et index, par Gaston RAYNAUD, accompagnée de la rédaction norvégienne traduite par Eugène KOELBING (1879)............................ 8 fr.

Daurel et Beton, chanson de geste provençale publiée pour la première fois d'après le manuscrit unique appartenant à M. A. F. Didot par Paul MEYER (1880).. 8 fr.

La Vie de saint Gilles, par Guillaume de Berneville, poème du XIIe siècle publié d'après le manuscrit unique de Florence par Gaston PARIS et Alphonse Bos (1881).. 10 fr.

L'Amant rendu cordelier à l'observance d'amours, poème attribué à MARTIAL D'AUVERGNE, publié d'après les mss. et les anciennes éditions par A. DE MONTAIGLON (1881).. 10 fr.

Raoul de Cambrai, chanson de geste publiée par Paul MEYER et Auguste LONGNON (1882).. 15 fr.

Le dit de la Panthère d'Amours, par Nicole DE MARGIVAL, poème du XIIIe siècle publié par Henry A. TODD (1883)........................ 6 fr.

Les œuvres poétiques de Philippe de Remi, sire de Beaumanoir publiées par H. SUCHIER, t. I-II (1884-85)........................ 25 fr.

Le premier volume ne se vend pas séparément ; le second volume seul 15 fr.

La Mort Aymeri de Narbonne, chanson de geste publiée par J. COURAYE DU PARC (1884)........................ 10 fr.

Trois versions rimées de l'Evangile de Nicodème publiées par G. PARIS et A. BOS (1885)........................ 8 fr.

Fragments d'une vie de saint Thomas de Cantorbery publiés pour la première fois d'après les feuillets appartenant à la collection Goethals Vercruysse, avec fac-similé en héliogravure de l'original, par Paul MEYER (1885).. 10 fr.

Œuvres poétiques de Christine de Pisan publiées par Maurice ROY, t. I (1886)........................ 10 fr.

Merlin, roman en prose du XIIIe siècle, publié d'après le ms. appartenant à M. A. Huth, par G. PARIS et J. ULRICH, t. I et II (1886)........................ 20 fr.

Aymeri de Narbonne, chanson de geste publiée par Louis DEMAISON, t. I et II (1887)........................ 20 fr.

Le Mystère de saint Bernard de Menthon, publié d'après le ms. unique appartenant à M. le comte de Menthon, par A. LECOY DE LA MARCHE (1888). 8 fr.

Les quatre âges de l'homme, traité moral de Philippe DE NAVARRE, publié par Marcel DE FRÉVILLE (1888)........................ 7 fr.

Le Couronnement de Louis, chanson de geste publiée par E. LANGLOIS, (1888)........................ 15 fr.

Les Contes moralisés de Nicole Bozon, publiés par Miss L. Toulmin SMITH et M. Paul MEYER (1889)........................ 15 fr.

Le Mistère du Viel Testament, publié avec introduction, notes et glossaire, par le baron James DE ROTHSCHILD, t. I, II, III, IV et V (1878, 1879, 1881, 1882, 1885), le vol........................ 10 fr.

(Ouvrage imprimé aux frais du baron James de Rothschild et offert aux membres de la Société.)

Tous ces ouvrages sont in-8°, excepté *Les plus anciens Monuments de la langue française,* album grand in-folio.

Il a été fait de chaque ouvrage un tirage sur papier Whatman. Le prix des exemplaires sur ce papier est double de celui des exemplaires en papier ordinaire.

Les membres de la Société ont droit à une remise de 25 p. 100 sur tous les prix indiqués ci-dessus.

La Société des Anciens Textes français a obtenu pour ses publications le prix Archon-Despérouse, à l'Académie française, en 1882, et le prix La Grange, a l'Académie des Inscriptions et Belles-Lettres, en 1883.

Le Puy. — Imprimerie de Marchessou fils, boulevard Saint-Laurent, 23

www.ingramcontent.com/pod-product-compliance
Lightning Source LLC
Chambersburg PA
CBHW050747030726
47505CB00002B/442
* 9 7 8 2 0 1 2 6 9 3 3 2 6 *